ON SECRET SERVICE

谍海沉浮

JOHN JAKES

[美] 约翰·杰克斯 著

董惠铭 译

浙江教育出版社·杭州

目录

第三卷　冤冤相报

第四卷　骚　乱

第五卷　阴　谋

第一卷

侦探

第一章　1861年1月

“我们肯定已经快到加利纳了。”朗·普赖斯看了一眼紧闭的行李车厢门说道，“什么事也没有。”

“等等。”他的搭档说道。斯莱奇坐在一只装满货物的箱子上，伸展着双腿。放工资的袋子就摆在他的两个脚跟之间。他的靴子很脏，伤痕累累。朗的靴子除了有几片泥迹，倒是十分干净。在办公室，他们称呼他为朗先生，就因为他风度翩翩，干净整洁。他的英语胜过那些英国特工，这样的特工有好几个。

芝加哥和加利纳铁路公司的快车当时正在向西北方向行驶，前往密西西比河对岸的迪比克。亚当斯快递公司每月支付近四百美元租用这条线路的行李车厢。它的竞争对手美国运通公司也有类似的安排。此乃无奈之举，因为火车是劫匪最喜欢的目标，而且它们的路线要经过一个治安官都是骗子、笨蛋或者既是骗子又是笨蛋的地区。朗所在的侦探事务所与两家快递公司和一家拥有六条铁路线的集团公司签订了合同。这些公司为保护它们的不动产和全部车辆每年总共要投入一万美元。

由于上个月同一时间在同一列火车上有人企图抢劫，朗和他的搭档便换下了一名常规的警卫。抢劫未遂；无能的劫匪用一块又轻又薄的谷仓壁板堵在铁轨上，火车司机甚至没有停车，径直将火车头撞了过去。老板曾试图说服芝加哥和加利纳铁路公司换个时间、换趟火车运送下一份迪比克的工资，但铁路公司管理层是靠计划表和时间表过日子的。于是，朗和他的搭档来到了这里，在滚动的车轮上穿越冬夜，守株待兔。

朗哈着自己的双手。车厢里冷得要命，尽管他可以看见那只小火炉里烧着火。烟道在车厢顶上穿过坚硬的壁板通到外面。火炉附近,铁路邮递员坐在一张凳子上,两个手肘靠着柜台。他所有的邮件都已经分类放在了鸽笼式分类架上,他自己则看上去昏昏欲睡。朗觉得那个邮递员鬼鬼祟祟的,很可疑。眼观六路、耳听八方是老板要求养成的习惯。

朗从他左边的口袋里掏出一本翻旧了的书。教名叫菲洛的斯莱奇·格林格拉斯则在他的一个牙齿缝里捣鼓着一根镀了金的牙签。朗肤色白皙,肩膀宽阔,但其他方面却很瘦小;斯莱奇个子更高,分量更重,长着一头卷曲的黑发,可能有意大利或者希腊血统,他比朗大十到十五岁。

"什么书?"斯莱奇朝书点了一下头。

"查尔斯·狄更斯[①]最新的作品。我是说在这儿出版的最新小说。英国有新的连载,叫《远大前程》。狄更斯是继埃德加·坡[②]之后我最喜欢的作家。"朗展示了一下书脊。

"《双城记》。把他请过来,也许他会写部《双国记》呢。"

斯莱奇的讽刺不无道理。联邦正在土崩瓦解。圣诞节前五天,南卡罗来纳州通过了脱离联邦的法令,南方其他州纷纷仿效——上个星期,密西西比州、佛罗里达州、亚拉巴马州也通过了同样的法令。美军驻守查尔斯顿的司令官已经把他的士兵转移到了港口的萨姆特要塞[③],而总统巴克·布坎南[④]载着增援部队的救援船"西部之星"号,已经被查尔斯顿港的防御部队挡了回去。朗曾在芝加哥见过一面的候任总统将面临这个问题。他是伊利诺伊州南部边远地区的一名律师,曾经为伊利诺伊中央铁路公司代理过官司。朗表示怀疑,这样一个怪异丑陋的人能有什么办法力挽狂澜,让这个国家免于战争。

---

①查尔斯·狄更斯,即查尔斯·约翰·赫法姆·狄更斯(1812—1870),英国作家,所写小说反映并鞭笞英国19世纪的丑恶现实,重要作品有《匹克威克外传》《大卫·科波菲尔》《双城记》等。

②埃德加·坡,即埃德加·艾伦·坡(1808—1849),美国诗人、小说家、文艺评论家,现代侦探小说的创始人,主要作品有《乌鸦》《莉盖亚》《摩格街凶杀案》等。

③位于美国南卡罗来纳州查尔斯顿港的一处石制要塞防御工事,始建于1827年,以美国独立战争英雄托马斯·萨姆特将军的姓氏命名。南北战争的第一炮就在此要塞打响。

④巴克·布坎南,即詹姆斯·布坎南(1791—1868),美国第十五任总统(1857—1861),曾任美国驻俄公使、驻英公使、参议员和国务卿,总统任内执行《逃亡奴隶法》,努力防止内战爆发,未获成功。"巴克"为其绰号,源自古英语,意为"公山羊"。

火车头凄厉地鸣响着汽笛，火车咯噔咯噔地转过一个弯道，挂在顶上的三盏油灯摇晃着冒出青烟。车厢里弥漫着早先抽过的雪茄的烟味儿。朗看了半页书，接着又看了两遍这个半页。他合上书本，做了个鬼脸。

斯莱奇说："紧张吗？"

"有点。我入这行才两三年。你是不是对这种危险已经习惯了？"

他们注意到那邮递员在盯着他俩看。斯莱奇压低嗓音："自从加入纽约警队以来，我当警察已经快十三年了。"1853年，斯莱奇和该机构的高级特工、前警官蒂姆·韦伯斯特被派去保护水晶宫的展览。老板见过他们，喜欢他们，便将他们挖走了。

斯莱奇继续说道："我在执勤时受到枪击、刀砍、殴打也许不下十几次。是啊，总是不习惯的。不过即便他们今晚攻击我们，我也不太担心。劫匪不只是狡诈，他们大多数人还很愚蠢。看他们上一次是怎么弄得一团糟的就知道了。规则是，不管你有多害怕，不管你如何被吓破胆，但都千万别流露出来，而且总要回击得比受到的攻击更厉害。这就是活命之道。这就是获胜之道。"

朗大多时候喜欢这位更有经验的伙伴，但是不喜欢他这种说话方式。"我们应该是专业特工，不是粗野的侦探。"事实上，老板禁止当着他的面使用"侦探"这个词。

"哦，我忘了。"斯莱奇用他惯常的揶揄腔调说道，"你是在牧师的屋子里跟着牧师长大的啊。全都是圣歌、圣座、天国、哈利路亚。"

"听着，斯莱奇。我父亲是个好人，他是为了帮助黑人逃往加拿大而献出生命的，他甚至中过抓捕奴隶者的子弹。你说我什么都可以，但是绝对不要说他。"

"对不起，忘了礼貌了。干警察这一行让人把礼貌忘得很快。"

朗不再说话。斯莱奇转换了话题："你觉得那些暴躁的南方人会发动战争吗？"

"我希望不会。不能允许他们摧毁联邦。他们不能为了牟利，奴役一个人种，拆散家庭。黑人应该获得自由。"

"然后把他们中的一些人邀请到我们的客厅里来喝茶？就像他们是白人一样？我表示怀疑。"

"该死的,斯莱奇,那不是——"

斯莱奇飞快地举起一只手,示意别出声。他望着车厢的顶部。朗听见了轻微的砰砰声,朝车厢他们看不见的那一端连接煤水车的地方移动。"上面有人。"

斯莱奇撩开外衣,握住插在腰带里闪闪发亮的点三六英寸口径雷明顿手枪的枪柄。朗带的是小一点的点三一英寸口径的科尔特小手枪,谓之"城里的武器,绅士的枪"。"这些混蛋早已经在车上了。"斯莱奇说,"他们竟然还自己买票!"

他跑到宽敞的门口,推开滑动门。冰冷的风吹了进来,一些雪花也随之飞了进来。外面,白雪皑皑的原野在月光下闪烁。铁路公用事业用地右侧的树像鞭子一样抽打着车厢。斯莱奇抓着车厢,探出身子,想看清楚究竟是什么人正在煤水车上爬过去迫使司机停下火车。另有人会把其余的车厢分开,司机会把火车拉到前面大约一英里的地方,行李车厢会在那里被洗劫一空。

朗用眼角瞄到那邮递员打开了一个抽屉。"斯莱奇,小心!"点三一英寸口径的科尔特小手枪被朗口袋的里子钩住了。邮递员从抽屉里掏出一支左轮手枪,瞄准了斯莱奇带刺绣的马甲。

"别动! 没跟你闹着玩!"车厢里冰冷彻骨,狂风呼啸,雪花乱舞着被刮进车厢,但是那邮递员苍白的脸上汗如雨下,"举起手来!"

斯莱奇乖乖地举起了手。"他们买通了车上一个乘务员。"他嗤之以鼻。朗解下了科尔特小手枪,站在那儿,左侧身子对着邮递员。邮递员十分紧张,要么是没有看见朗右臂的动作,要么是对此无所适从。朗听到他右边有声音,车厢后面的门打开了。他拿着枪转过身去。一个戴着松软黑帽子、穿着毛皮领外套的瘦瘦长长的人端着一支左轮手枪走了进来。

"完事了,伙计们。缴了他们的枪,弗农。"

邮递员从斯莱奇的腰带里拔出雷明顿手枪的时候就处在一臂之遥的地方。斯莱奇看起来气得要把邮递员的胳膊咬下来。邮递员转身对着朗,明显地在发抖。斯莱奇突然伸手搂住邮递员的脖子,在另一个人开枪时一把将他拉到自己胸前。隔壁车厢里,乘客们尖叫起来。

斯莱奇比开枪的人快了毫厘,一把将邮递员推向前去,自己则闪身扑倒在地板上。枪手的子弹立刻杀死了邮递员,他侧身翻倒在打开的车门旁。火车又拐了一个弯，速度慢了下来。车厢顶上的灯笼在摇晃，将黑影投射到车厢壁上。朗一个急转，使他的目标面变得很窄，他在枪手开枪前一秒钟击倒了那个年龄比他大的枪手。

朗的子弹打得较低，击中了枪手的腹部。他面朝下倒在地上。左轮手枪从他的手心滑出，掉落到离他张开的手指一英尺半的地方。

座席车厢里的喊叫声和说话声更响了。驱动轮在铁轨上发出尖厉的声响。即使在司机室里控制了火车司机和司炉工的人也不知道枪声是什么意思。倒在地上的枪手发出抽抽搭搭的哭声。他的帽子掉了，露出丝一样的灰白长发，有很大一块地方已经秃顶。对刚刚满二十三岁的朗来说，他看上去老了，而且有点可怜。

朗刚要走上前去拾起那人的左轮手枪，却突然转过身来，因为斯莱奇咆哮道："该死。我打赌只有两个，两个，还有这条鼻涕虫。"他用磨破的靴子狠狠踹了一脚那邮递员，尸体掉落到了车门外。"抢火车你得有四五个人才行。我跟你说，劫匪都是笨蛋。"斯莱奇瞧着朗身后的那个人，"快把那人解决掉吧。"

"干什么？他已经倒下了。"斯莱奇举起自己的左轮手枪，朝朗的身后开枪，将子弹射进了劫匪的前额正中，弹孔像第三只眼睛。在斯莱奇干掉那个劫匪之前，劫匪已经抓住了手枪的枪柄。

朗在该机构工作的两年时间里，只经历过一次枪击事件，当时他浑身发抖，现在也一样颤抖得很厉害。斯莱奇靠在车门上，大声喊道："嗨，你个笨蛋！你在司机室那儿。你的两个同伙都死了。他们死了，听见了吗？"

行李车驶过一个水平交叉路口，附近有一间亮着灯的农舍。喊叫回来的声音虽然轻，但很清楚，因为机车的速度慢了下来。"你是谁？"

"平克顿[①]侦探事务所的特工格林格拉斯。你知道的，'不眠之眼'。我们有两个人，你只剩一个人了。邮递员和那老家伙都死了。你最好下车逃命去吧。"

"我们应该把他抓起来。"朗说道。

---

①平克顿，即艾伦·平克顿(1819—1884)，美国私人侦探，创建平克顿全国侦探事务所，著有《侦探生涯三十年》等。平克顿全国侦探事务所为美国独立的警察部队，专门侦破铁路盗窃案，并于1861年在巴尔的摩阻止了一场暗杀林肯总统的阴谋。

“怎么抓？等我爬到那上面，他很可能会杀了司机或者司炉工。而且，在月光下，我可是个很好的靶子。”

“我愿意试试。”

斯莱奇犀利地瞪了他一眼。“我想你会的。你是个很有礼貌的人，但你有缺点。”他再次探出车门，“笨蛋，听着！”

机车和整列火车停了下来。斯莱奇的喊声过后，传来沉重的“砰”的一声。一会儿之后，他们听见火车司机说道：

“菲尼用铁锹砸中了他的脑袋，他出局了。”

斯莱奇回到车厢里面，大笑着。“全搞定了，那么，”他拎起装工资的帆布袋子，“迪比克那儿芝加哥和加利纳铁路公司的伙计们能拿到工钱了。我说啊，这一夜的活儿干得不错。”

“两个人死了。”朗无法体会斯莱奇的那种快乐。

斯莱奇耸了耸肩：“别忘了老板说的话。如果目的是正义的，那么手段就能证明是正当的。”

“平克顿先生说过很多让我钦佩的话，但不包括这一句。”

“也许有一天你会发现我们这个行当有点肮脏。”斯莱奇走过去，拍了拍朗的肩膀，“与此同时，我们是一个很好的团队。”

第二章　1861年1月

朗回到芝加哥，在等待新任务的时候，不由得细细思考了一下这场分裂危机。当他得出结论之后，便去找了侦探事务所的总监乔治·班斯，一个身材高大、衣着华丽、有着银行家派头、凡事习惯说“不”的人。班斯是平克顿的“看门人”，正在整理求职申请，一脸不耐烦的样子。

“我们无法为镖局找到足够的人。”他抱怨着，仿佛朗该对此负责一样。镖局是公司的一个独立组织，镖师们都穿着制服，负责押运货物。“有认识的吗？”

朗说没有，他要求约见老板。班斯告诉他，平克顿将与一位潜在客户外出，要到午后才能回来。他在预约簿上写下朗的名字，约了一点钟。

在巨大的中央办公室办公桌上，朗写了芝加哥和加利纳铁路公司事件的报告。平克顿自己写了大量的报告，也要求他的特工们写报告。斯莱奇说朗读过书，于是他们俩的报告就归他写了。

朗大约在中午时分写好了报告。他去找他的搭档，在隔壁的房间里找到了斯莱奇。斯莱奇正在试用侦探事务所的一个化装包里的假胡子，他的上唇还留着一撇下垂的小胡子。

“你看怎么样？”

“你要扮什么呢，一名官员？”

斯莱奇把小胡子扔到盒子里，选了另外一个更短更整洁的：“我在装扮成一名绅士，租了套别致的装备去郊游。有人从罗克福德的一个大车马行偷走了昂贵的马。”

朗点点头：“这个合适。”

“你在干什么?”

“目前无事可干。”朗没有告诉斯莱奇他打算辞职。

蒂莫西·韦伯斯特,那个留着胡子的威严的资深特工从罪犯案例和照片档案室那儿过来,问朗是否想要去吃午饭。侦探事务所率先建立了关于已知或可疑嫌犯的事实和图片档案。韦伯斯特手里拿着最新的湿板印刷品,在背面,用精美而又工整的手写体写着有关信息。

“那是谁?”朗问道。

“拉尔夫·麦克斯威尼。他是一名四处巡游的肖像摄影师。他的甜言蜜语和高档设备使他能轻而易举地进入那些豪华住宅,然后他开始哄骗房主,最后把房子洗劫一空。一起吃午饭?”

朗找了借口婉拒一起去吃午饭,他需要时间预演一下他的辞职演讲。他走出磨砂玻璃门,门上有一只大眼睛盯着来客,眼睛的下面有一条醒目的标语:不眠之眼。

突然的解冻使尚未铺好的街道变成了褐色的烂泥路。好端端的晴朗日子被煤烟和角落里一堆堆粪便的臭气给污染了。一阵微风吹过湖面,吹来了湖边屠宰场的恶臭。交通糟透了,更糟的是赶牲口的人赶着牛群慢悠悠地走,猪到处乱窜,似乎没有人监管。持续不断的喧闹声中,最响亮的声音是湖上船只低沉洪亮的鸣笛声和火车的尖啸声与喷气声。

尽管这里肮脏邋遢、凌乱不堪,但朗还是很喜欢这个当时他从俄亥俄州南部逃来落脚的无序扩张的城市。芝加哥原先是个边境贸易站,现在变成了一个大都会,是一个蓬勃发展的谷物、肉类和铁路中心,而且还成了十多万人的家园。在熙熙攘攘的行人中,朗的英式及膝外衣特别引人注目。这是他从一个手推车小贩那里买来的,当时就看中了它时髦的黑色天鹅绒衣领。外套配上一顶潇洒的黑色毡帽,相得益彰,浅浅的帽冠饰有窄窄的红色绸带,帽檐卷曲,很宽。他没有像他的大多数同事那样留胡子,因为胡子让他感觉很痒。

不幸的是,他选择了一个错误的酒馆吃了一个三明治并表达了自己的一些想法。当他十二点四十五分回到办公室的时候,他的两个脸颊变成了紫色。他外衣臀部位置的一个口袋被扯破了,挂在那里像个喘着气的舌头。他还没来得及开门，一个年近三十、肤色浅黑、身材苗条、穿着时髦的黑发女人走了出来。

“你好，凯特。”

“我的天哪，你怎么了？”

“我卷入了一场萨姆特要塞的讨论。”

“讨论？”她说，两眼盯着他的乌青。

“唉，吵了一架。他们两个人，我一个人。真没想到芝加哥有这么多的蓄奴主义者。”

“到处都有。”凯特说道，“除了这个事务所。”凯特负责管理侦探事务所的几个女性特工。1856年，她来到老板这儿，是一名年轻的寡妇，立志从事警察工作。没有一个城市的警局愿意雇用女人，但是平克顿明智地看到了雇用女性侦探的好处，立即录用了她。

“有案子？”朗问道。

凯特拍拍自己的眼睛。“只是一个可怜的单身女人去咨询一名律师。这名律师的两名客户说，这律师骗走了他们一大笔款项。我们去看看。”她挥挥手，走下楼梯。

在去班斯办公桌的路上，朗遇见了约翰·斯库利，一个大多数外人都会把他误认为是平克顿的特工。头发凌乱的斯库利说了句“你好”，便跌跌撞撞地走了过去，身后飘散着一团永远伴随着他的威士忌酒香。

“他回来了。”班斯还没等朗问就说道，“他在等你。”

老板的办公室位于一个角落，非常宽敞，里面几乎全是书籍、文件、一叠叠的报道和案件报告。好在平克顿是个有条理的人，才使办公室免于混乱。每一堆整洁的书或资料都由一张写有标注的书写纸加以标识。唯一清爽的地方是平克顿办公桌后面那张擦得锃亮的长桌子。他在那儿的一个木头架子上摆放了一面小小的美国国旗，摆了一幅他跟妻子琼以及他们儿子们的照片，还有几本书，包括弗雷德里克·道格拉斯[①]的演讲集，以及侦探事务所的皮封面精装小册子《一般

①弗雷德里克·道格拉斯（1817—1895），美国废奴及人权运动领袖，黑奴出身。美国内战时期，任林肯总统顾问，著有自传《弗雷德里克·道格拉斯的生平与时代》；曾在华盛顿特区几个政府部门任职并出任美国驻海地公使。

原则说明》，朗被要求读过这本书并同意之后平克顿才聘用了他。这个文件说，这家事务所不接受离婚案件或者“丑闻”案件，也不接受任何额外费用、酬金或者“特别奖赏或奖励”。平克顿十年前创立了这家机构，在美国开了先河。他认为自己是专业人士，坚持以专业人士的身份获取相应的待遇和报酬。

艾伦·平克顿的两眼紧盯着他的客人。这双蓝灰色的眼睛，比朗的稍稍淡一点。“我收到了你的报告，晚上我会看的。干得好，阿朗佐。”平克顿对他的员工尽可能彬彬有礼。来了六个月之后，朗曾对老板说过，他不喜欢用他的教名，可是老板很难改变。凡是他坚信的事情，总是很难改变。

“菲洛也一样，先生。他表现得很勇敢。”

“是的，菲洛。”平克顿表示赞同，不过，他的眼睑忽闪了一下，意味着他并不完全欣赏斯莱奇或者说他的方式方法。“坐吧。你这些乌青哪儿弄来的？”

“我吃午饭的地方进行了一场有关奴隶制的小讨论。我本不该介入的，可我还是介入了。”平克顿歪了一下脑袋，表示赞同地点了点头。朗曾经当过安全警卫，有两次他被邀请到平克顿在亚当斯大街的家里见过逃奴。平克顿是“地下铁路”的工头。工头们负责“车站”的运作，将“包裹”或“货物”，也就是那些逃亡者，从这一站运送到下一站，一直运送到加拿大。

朗在很多方面都钦佩他的老板。如果你不钦佩他，就很难为他这种性格的人工作。平克顿很少露出笑脸，这会儿他也没有笑脸。他要求他的特工绝对忠诚，而他也回报以绝对忠诚。就像韦伯斯特说的，“他会为你冲击地狱之门，但如果你背叛他，他会让你在那里被烧为灰烬”。

平克顿等着朗开口。“先生，我是来递交辞呈的。”平克顿往后一靠，交叉了双手。“我想先告诉您，我对我的工作没有任何不满。事实上，我对它的热爱与日俱增。”

“那么是什么促使你这样做的呢？”

“我认为战争正在临近。我不知道何时何地会开始，但是，我在报纸上所看到的和听到的让我确信，南方已经被一些不愿让步的狂热分子控制了。”

“所有南方人都是狂热分子。”平克顿说道。朗不信任南方人，因为他的牧师父亲在抚养他成长的过程中就让他学会了憎恨奴隶制。平克顿不仅仅憎恨这项制度，而且憎恨那些实践该制度的人，每一个人。“我赞同你对战争的感受。可是你为什么要为此而辞职呢？”

“军队需要人，我有义务去。当然，我会一直坚守岗位直到征兵的时候。”

“你的情操令人钦佩，阿朗佐。但是它们误导了你的结论。”

朗不解：“此话怎讲，先生？”

“我上周收到了上尉的一封信。如果战争爆发，上尉很有可能受到召唤，跟其他的西点军校毕业生一起。军校中的某些分裂分子会变成叛徒，投向南方。他们中的许多人将很快会自相残杀。”

平克顿在他的转椅里旋转着——这把椅子的油总是上得很好，从不发出吱吱声。他凝视着书柜上方墙上的一张镶框照片：一个阳光明媚的日子，艾伦·平克顿和上尉乔·布·麦克莱伦[1]站在伊利诺伊中央铁路的调车场里。两个人身高差不多，五英尺八英寸，比朗矮两英寸。麦克莱伦三十出头的年纪，青春焕发；平克顿两三年之前就上了四十，他脸上的皱纹也表明了他的年龄。麦克莱伦一副春风得意的样子，平克顿则是典型的阴沉脸色。平克顿留了极为普通的胡子，麦克莱伦则蓄着漂亮的小胡子和小小的拿破仑式帝髯。这张照片拍摄于麦克莱伦担任铁路总工程师时期。他雇用了这家机构保护伊利诺伊中央铁路的不动产和车辆。最近，他去了辛辛那提，担任陷入困境的俄亥俄和密西西比铁路公司的总经理。据传，他的年薪达到了令人不可思议的一万美元。

两人之间的亲密友谊令事务所的每个人都感到不可思议。麦克莱伦温文尔雅，受过良好教育，跑过三江六码头。在辞去军职前，他曾在墨西哥战场服役，慢慢地从少尉晋升到上尉，并有幸被派驻海外，观察克里米亚战争。平克顿来自格拉斯哥的贫民窟，受过的学校教育不多。朗曾经跟上尉一起吃过饭，知道麦克莱伦喜好美味佳肴，喜欢喝酒和抽雪茄。平克顿不抽烟，不喝酒，不骂人。这是一段不太牢靠的友谊，但有一点是肯定的：这两个人都受雄心壮志的驱使，都义无反顾地献身于艰苦卓绝的事业、没日没夜的劳动，而且都对工作精益求精。朗猜

①乔·布·麦克莱伦，即乔治·布林顿·麦克莱伦（1826—1885），美国将军，曾参加墨西哥战争，后辞职任伊利诺伊州中央铁路总工程师，还担任俄亥俄和密西西比铁路总经理。美国内战时期，历任俄亥俄军区司令、联邦军总司令。他作战谨慎，进攻犹豫，屡屡错失战机，导致失利。内战后曾代表民主党竞选总统，失败后任大西洋和大西部铁路总经理。

测，这肯定是连接他们的纽带。

“对不起，先生，我不明白麦克莱伦上尉的未来跟我们有什么关系。”

“情报，军事情报。陆军总参谋部没有专门提供情报的部门，每个将军都得自己搜集情报。他走在这群人的前面。他写信来说，如果他被召回部队，他将雇用这个事务所做特勤工作。”

是穿过一尘不染的窗户透进的阳光在耍花招，还是平克顿几乎要笑了？朗无法断定。他脑子里跳出了一个词“间谍”，不过他没有说出口。

“阿朗佐，战争一旦爆发——跟你一样，我相信会的，一定会的，惩罚南方那些邪恶的疯子——上尉肯定会成为将军，他实际上已经在招募我们了。任何人都可能死于冲锋陷阵之中，但是在这个国家的任何其他地方，或者说据我所知，在这个世界的任何其他地方，你绝对找不到可以做我们这种事情的人——愿意献身于秘密战争的人，不要在这场战争最需要你的时候离开这个组织。”

蓝灰色的眼睛燃烧着一丝火焰，朗考虑了不到五秒钟，他收回了辞呈，离开了办公室。他相信自己很快就会进入一个在他的职业地图上还没有标明的新领域。一整天，以及此后好几天，他为此激动不已。

第三章　1861年1月

芬戈尔的蟹屋从普拉特大街俯瞰着内港。原来的店铺是一个船工的棚屋，里面摆满了许多捕龙虾和捕螃蟹的笼子，没有地方摆放桌子。蟹屋像苔藓一样向外蔓延，长到现在这个样子：错综复杂的房间和棚屋连成一片，迎合着庞大而稳定的客户群。家具陈设朴素简单，但饭菜美味可口。玛格丽特吃着巴尔的摩蟹肉饼，她父亲吃着新鲜牡蛎。

"你打算什么时候回华盛顿去？"卡尔霍恩·米勒用一把牡蛎刀撬开又一只牡蛎的壳，问道。

"明天下午，我想。"玛格丽特用一块包肉的纸代替餐巾纸擦了擦嘴角。放在各色奇形怪状瓶瓶罐罐里的蜡烛照亮了伤痕累累的桌子。雪花飞舞着落在窗上，在没有融化前，宛若萤火虫般晶莹闪亮。

"你已经有三个星期没有回家了。"

"你在城里又买了一幢排屋，这样我们在首都就感到舒心了，爸爸。"

"我买它主要是为了办报纸更方便些。它让我离国会近一些。"

"我在那里很舒服。"

"一个人住，没有仆人，随时随地随心所欲地闲逛。我这个人有点老派，玛格丽特。我认为像你这么大的女孩子做这种事情不合适。"

玛格丽特将手伸过桌子紧紧握住她父亲的手。她知道他关心她，她也因此非常爱他，尽管有时这种关心会让人感到窒息。"你知道你可以相信我不会做出什么过分的事情，而且我会小心的。不过，城市并不让我感到害怕，男人也不让我感到害怕。毕竟，我已经二十岁了。"

“过去的九年里，没有母亲的教导。”米勒说道，叹了口气。他身材魁梧，仪表堂堂，身高六英尺四英寸。玛格丽特继承了他的身高。总是需要修剪的浓密银发，卷曲在他的衣领上。他买高档精致的衣服，但袖口和衬衫的前襟常常被羽毛笔或印刷机上的墨水弄得污渍斑斑。他那件棕黄色长外衣右侧的袖子此时此刻就是这个样子。

“正因为这样我才学会独立生活啊。”她说道。

“我还是不明白你为什么急着要走。”

“假期结束了，多纳尔又去巡查公司的办事处……”

“顺便问一下，他去哪儿了？拿骚？萨凡纳？”

“我不知道。多纳尔是个不写信的主。我不想错过余下的华盛顿赛季。此外，我听够了这个城镇关于分裂国家的所有言论。”

不仅仅是言论，而且还有宣泄亲南方的情绪，到处都这样。最靠近大街的那个房间里，店主钉了一面南卡罗来纳州的州旗和两幅版画，一幅是查尔斯顿港的萨姆特要塞，另一幅是巴尔的摩的海港，似乎在暗示两者之间的联系。

“这个你在华盛顿也躲不过的，我的姑娘。”

“罗丝不允许那些脾气火暴的人进入她的沙龙，只有体面的先生和女士才可以。”

“这是又一件事情。那个姓格里诺的女人，我想她还在哀悼她的一个女儿吧。”

“没错，她还没有走出来，不过她仍然在接待客人。”

“我承认你说得对，她很乐意接纳你，向人们介绍你——”

“她喜欢我。她是马里兰州人，而且跟你一样大力支持南方。”

他父亲仔细瞧着他杯底那一英寸的金色贮藏啤酒。“她的品行不太端正，名声有些不好。”

“哦，爸爸，那是流言蜚语。人们讨厌有强烈主见的女人。罗丝是个受人尊敬的寡妇。她的小女儿小罗丝就和她住在同一个屋檐下。华盛顿最优秀的精英都到那儿去。参议员、众议员、军官——布坎南总统是她最忠实的顾客之一。”

“老巴克。”米勒沮丧地说，“他只知道犹豫、祈祷，却对危机无动于衷。”

"坦率地讲,我希望这一切都能过去。我讨厌战争,一旦发生战争,很多事情就做不下去了。"

"有点头脑的人都不希望发生武装冲突。不过,写下我相信的东西并发表出来是我的职责。马里兰州必须脱离联邦,加入南方姐妹们的行列中。在这个州,我们更属于迪克西[①],不属于北方佬。"

玛格丽特喝了最后一口芬戈尔端上来的二流红酒。她点的酒从不超过一杯,喝的酒也很少超过一半:"你真的认为马里兰州能够和平地脱离联邦吗?"

"这是我在报纸上发表的立场,能够,而且一定。"卡尔霍恩·米勒是《巴尔的摩独立报》的老板和首席编辑,也是他们之前居住过的弗吉尼亚州西部另一家《独立报》的继承者,他维护他的家乡南卡罗来纳州和整个南方的利益。他站在一个商人的实用立场为自己辩护,北方和英国需要南方的棉花,北方的工业需要南方的市场。他相信,南方这种特殊的劳动制度会自然而然地萎缩,在此之前,人们应该遵从利润原则和州权原则,不去触动它。这是伟大的约翰·卡尔霍恩[②]的强烈主张,米勒的父母就是选了他的姓作为儿子的名字。最近几个月,玛格丽特发现她父亲的立场发生了变化,他认为北方的敌意太强烈了,正在把南方逼上宣布独立的境地。他没有像里士满的报纸那样激进,呼吁马里兰州人拿下国家首都,但是他支持脱离联邦。

米勒注意到她的盘子空了:"我们可以走了吗?"

"当然。又是漫长的一天,你一定累坏了。"

米勒从墙上的钉子那儿拿下女儿的斗篷,一件连风帽的时髦的深绿色长斗篷,上面有垂直的白色条纹。她在下巴下面系好她那顶圆圆的馅饼一样的英式小礼帽,绿色丝带拖在身后。玛格丽特是一位漂亮的年轻女子,长腿,胸部丰满。她那乌黑的长发盘成一个时髦的发髻,裹在黑色的天鹅绒里。她的服饰最大的特点是一条漂亮合身的裙子;她感到高兴,因为僵硬的钢制裙撑被赶出了时尚界。由于她在记者之家的成长经历和在华盛顿山女子学院的教育背景,她在这

---

①指1861年组成南部邦联的美国南部各州。

②约翰·卡尔霍恩,即约翰·考德威尔·卡尔霍恩(1782—1850),曾任美国副总统(1825—1832)、共和党领袖,主张每个州都有权拒绝接受国会的法令,极力维护奴隶制。

个年龄段便显得异乎寻常的老于世故。

她挽着她父亲的胳膊出门。路上，米勒看了一下自己的怀表："西姆斯该来了，我告诉他七点整到。啊，他在那儿。"他们的黑人男仆裹在一件大衣里，坐在米勒豪华的六人座四轮轻便马车的车座上。马车的顶篷在他头顶上方向前伸展，但几乎无法抵挡飘飞的雪花。他是一个好仆人，即便觉得潮湿和寒冷，他也没有表现出来。

"我们回家去，西姆斯。"米勒一边扶着玛格丽特上车，一边说道。

"好的，先生。谢谢您，先生。"西姆斯总是通过表示感谢的方式来接受命令。他是一个六十多岁的自由人，他不想和废奴主义者有任何瓜葛。玛格丽特估计国家的混乱局面让他感到困惑，甚至是吓到了，但他从来不说这种事。

米勒关上车门，在两人身上盖了一条毛毯。他们颠簸着沿普拉特大街驶去，离开海港。远处一艘轮船鸣响着汽笛。

"你哥哥有没有早点回家？"他问道。

"没有。"

"他去哪儿了？"

"我不知道。西塞罗从来不对我说他的行踪。他肯定不会半夜还在公司开会。"玛格丽特的哥哥从弗吉尼亚大学毕业后，决定跟随当地一位著名律师学习法律。他在这上面花了四年时间，进展甚微，也没有急于求成的明显愿望。玛格丽特除了跟他交流他身体的伤势外，早就放弃了对他的了解。

"要是你在华盛顿的时候多纳尔回来了，要不要告诉他到哪儿去找你？"

"我觉得你应该告诉他。"

"这狂野的热情啊。"米勒大笑了一声。

"多纳尔是个好人，爸爸，而且我的确打算嫁给他。可是我不必老是盯着他，是吧？"

"当一个人恋爱的时候，不是应该常有这样的行为吗？"

玛格丽特把脸转向后方的城市灯光，没有回答。她没有仓促行事，而是顺其自然，不知不觉中和多纳尔订了婚。多纳尔的先辈拥有麦基·威瑟斯棉花经纪公司已经超过一百年了。公司创立于伦敦，但多纳尔却在美国位于下曼哈顿的总部经营公司。多纳尔的母亲是一位美女，美国佐治亚商帮的一位绸布商，所以她父亲选择大部分时间都生活在美国。多纳尔也很喜欢美国，不过他保留了英国国籍。他说，这样方便旅行，也使他能够避开某些让人头疼的进出口法律。每当玛格丽特对这些事情感到疑惑时，多纳尔总是微微一笑说，男人的事情，她还是少操心的好。

每当玛格丽特有意识地正视她对未婚夫的感情时，就会感到痛苦。缺乏感情，相当缺乏感情。这种缺乏感情让她产生了内疚感，可是她因正义感而对可能发生战争的恼怒却没有任何内疚。罗丝·格里诺圈子里的人都在预测，战争如果爆发，因为群情激愤，战争时间不会超过九十天。玛格丽特没有因此感到宽慰。

有音乐向他们飘来，是一首口琴演奏的流行乐曲。米勒说道："我们生活的世界真是乱七八糟。丹·埃米特①为他的游方艺人写了《迪克西》②，去年秋天，林肯的共和党人和着它的节奏游行示威，现在它似乎成了南方的国歌。真是古怪透顶。"

十分钟之后，他们到了市中心北面那幢美轮美奂的红砖排屋。在油漆得锃光瓦亮的前门上方的扇形窗户里，灯光闪烁着。西姆斯在拴马桩旁边勒住了马。

米勒摘下海狸皮高顶黑色大礼帽，从靠近街道的一侧下了马车。他在玛格丽特靠路缘石这边下车时，跟西姆斯说着话。排屋的门打开了，一道亮光照亮了她哥哥和一个陌生访客：一个戴着绿色花呢帽子、衣衫褴褛的丑八怪。客人递给西塞罗一个用棕色纸包着的小包，形状像是一个直角三角形，表明很可能是一支带有长枪管的左轮手枪。

这个丑八怪跑下台阶，看也不看玛格丽特一眼便飞也似的跑走了。米勒拍了拍马的鼻子，转到路缘石这边："给它喂点饲料，把它擦洗干净，今晚就这样吧，西姆斯。"

"好的，先生。谢谢，先生。"西姆斯抖了一下缰绳，马便开始绕着街区慢慢地

---

①丹·埃米特，即尼尔丹·迪凯特·埃米特（1815—1904），美国表演艺人和词曲创作者，1843年与三位表演者在纽约组织了弗吉尼亚游方艺人歌唱团，为最早的黑人歌唱团表演团体之一。1859年写了《迪克西》这首歌，后来成为美国南北战争时期南部邦联的非正式国歌。他有名的歌曲还包括《老丹·塔克》和《蓝尾苍蝇》。

②美国南北战争时期在南部各州流行的战歌，现仍流行。

走向后面的马车房。那客人弄得玛格丽特心烦意乱。这丑八怪为什么要偷偷塞给她哥哥武器,如果那真是武器的话。

西塞罗在门厅里等他们。他二十九岁,是一个身体羸弱、有点书呆子气的人,头上除了还有一圈铁锈色的头发外已经基本秃顶。他四岁时与宠物小马的一次事故使他的左腿永久残疾。他穿着一只鞋底有两英寸厚的特制鞋。他走路时身体向那一边倾斜。

米勒将他的大衣扔到一张长凳上,大步走进客厅,那里有一个看不见的壁炉在燃烧。玛格丽特出于礼貌停下脚步,吻了吻西塞罗苍白的脸颊。她尽力爱她的哥哥,但他既不热情也不亲切。她对他童年的意外事故总感到有些内疚,尽管事故发生时她还没有出生,是他们的父亲没有驾驭好那匹小马。

“晚饭吃得好吗?”西塞罗问道。

“好,真遗憾你不能来。”

他耸了一下肩膀,一瘸一拐地跟在她身后:“我有事啊。”

“跟刚刚在这儿的那个人?他肯定不是客户。”

“不是,只是一个朋友。”

“从什么时候开始你跟看上去像不戴拳套的职业拳击手这样的人交上朋友了?”

“他是我所加入的一个组织的成员。”

“秘密社团?你不是这种人,西塞罗。”

“不是秘密社团,是个爱国团体。我不能对你说更多,连名字也是保密的。”他朝她伸长脖子,那样子使她想起一只乌龟从壳里探出头来。“请别再问了。”这话说得很轻,但是她听出了警告。

西塞罗在政治上比他们的父亲要激进得多。在公开场合,他竟敢把领导军队的高贵的老弗吉尼亚人温菲尔德·斯科特[①]将军称为“自由州的皮条客”。西塞

①温菲尔德·斯科特(1786—1866),美国将领,参加过1812年的齐珀瓦战役和伦迪小路战役,晋升少将后前往欧洲研究战术,主张军人要受严格训练和讲求纪律,因强调军队礼仪而得到“爱摆排场的老头”绰号。1841年成为美国陆军指挥将领,在墨西哥战争中曾指挥美军入侵墨西哥,攻入墨西哥城(1847)。

罗说，“如果我们幸运的话”，无尾猿艾伯[1]可能活不过就职典礼，他说这样的话时居然很轻快。玛格丽特不喜欢这种话。她痛恨席卷巴尔的摩并感染了自己家庭的脱离联邦热。她迫不及待地想回到罗丝·格里诺的沙龙——那个安全的小小世界里去。

---

①艾伯，即亚伯拉罕·林肯(1809—1865)，美国第十六任总统(1861—1865)、共和党人，当过律师、众议员(1847—1849)，就任总统后，爆发南北战争(1861)，采取革命性措施，颁布《宅地法》和《解放黑奴宣言》(1862)，取得战争胜利(1865)，战后被暴徒刺杀。

第四章　1861年1月

21日，星期一，他走进参议院的旁听席，觉得自己像一个在狂风暴雨的沼泽地里迷路的人，没有灯笼，也没有路标。美国政府给了他教育，作为回报，只要求他提供服务——他乐意提供的服务。军旅生活的秩序和可预见性很适合他。再说了，还有这个不可言传的事实：南方来的西点军校师生控制了军队。面对这一局面，北方有能力的军官辞去了军职，转而寻求平民生活以图发展。与此同时，南方军官辞去军职，原因却大相径庭。

演讲的消息很快传开了，黎明前就排起了长队。到九点钟的时候，旁听席已经差不多挤满了人。瓦丽娜·戴维斯悄悄地走了进来，来到一个为她保留的位置。声名狼藉的格里诺太太大摇大摆地走了进来，她帽子上的黄色鸵鸟羽毛挡住了身后的人。尽管有人要求她拿掉羽毛，可她就是不愿意。

他在最后一排看到有一个座位，便走上前去坐下，五分钟之后，看到有女士没有座位，他又让了出来。他站在门边上过道的尽头，露出专注的沉思神情。这不是一张传统意义上的英俊面孔，却是一张引人注目的面孔：胡萝卜色的头发、淡红色的眉毛、灰绿色的眼睛、一个大鼻子。当他下达命令时，他的手下从来没有二话。他们要是有二话，那也只有一次机会。

西点军校1857届毕业生弗雷德里克·斯科特·达舍少尉今天穿着便服。这是他特殊职业的一部分，他并不喜欢这样。他是一个单身汉，一个弗吉尼亚人，他在谢南多厄河谷里的弗龙特罗亚尔小镇附近的一个马场长大。他拥有那个马场，但是那儿再也没有家人。他父亲去世了，是酒精的受害者。他的弟弟八岁时死于猩红热。他姐姐玛丽跟她丈夫一起居住在田纳西州。他可怜的母亲在诺克斯维尔由玛丽照顾，由于她对周围环境根本就不熟悉，所以就算是在月球上生活，她也无所谓。弗雷德[①]一直以为自己会找一个合适的年轻女人结婚并重建达舍家族，可他现在再也不这样想了，他不知道美国是否还有人有可靠的未来。

参议院处理其早间事务的时间拖得很长。座无虚席，连走道里和外面的楼梯上都站满了人。第一位棉花州[②]的参议员起身告别，其他人也跟着告别。观众们彬彬有礼，却焦躁不安，他们是来听那位密西西比州参议员的演讲的。他卧病在床，是从病榻上爬起来参加这个活动的。当他站起身来时，整个大厅和旁听席集体屏住了呼吸。

杰斐逊·戴维斯[③]的声音因为生病而微弱。他已经五十多岁了，但是压力使他布满皱纹的消瘦脸庞又增添了十岁年纪。他是西点军校的毕业生，曾经在墨西哥跟李[④]、萨姆·格兰特[⑤]、汤姆·杰克逊[⑥]、乔治·皮克特[⑦]并肩战斗过。他曾担任皮尔斯[⑧]总统的陆军部部长，然后代表他的家乡光荣地进入了参议院。此时此刻，他说，他要离开了，他觉得这是给他剩下的唯一道路了。

“卡尔霍恩先生，一位现在已经与他的先辈们一起长眠的伟人，曾提出将州拒绝执行联邦法令的主张作为一种解决办法，但这是一种和平的解决办法。脱离联邦属于另一种解决办法，但它有正当理由的基础，即各州拥有主权。一度，没有人对其进行否定。”他停了下来，疲惫而狂热的目光盯着旁听席。他的妻子瓦丽娜像一尊大理石雕像，无论她感到怎样的痛苦，都被压抑着，隐藏着。

---

①弗雷德里克的昵称。

②美国亚拉巴马州的别称，因该州盛产棉花而得名。

③杰斐逊·戴维斯（1808—1889），美国内战时期南部邦联政府总统（1861—1865），曾任联邦政府陆军部部长（1853），1865年5月被俘，被监禁两年。

④李，即罗伯特·爱德华·李（1807—1870），美国内战时期南军统帅，原为北军将领，西点军校校长，曾率领联邦军队抓获约翰·布朗，参加南军后受命担任南军总司令（1862），以出色的战略战术多次击败北军，最终失利投降，战后致力于教育事业。

⑤萨姆·格兰特，即尤利西斯·辛普森·格兰特（1822—1885），美国第十八任总统（1869—1877）、共和党人，内战时任联邦军总司令（1864）。总统任内对南方实行宽大的重建政策，曾颁布《大赦法令》，赦免内战中叛乱的奴隶主。

⑥汤姆·杰克逊，即托马斯·乔纳森·杰克逊（1824—1863），美国内战时期南军将领，在布尔溪战役中以少胜多，赢得“石壁”绰号。

⑦乔治·皮克特，即乔治·爱德华·皮克特（1825—1875），美国内战时期南军将领。

⑧皮尔斯，即富兰克林·皮尔斯（1804—1869），民主党人，美国第十四任总统（1853—1857）。

"我对你们没有敌意，北方的参议员们。我敢肯定，无论我们之间有什么样的尖锐争论，但对你们中间任何一个人，我都祝你一切安好。说完这话，总统先生和参议员们，在发表完这一场合似乎不得不发表的声明之后，我只剩下对你们的恋恋不舍，我只能说后会有期了。"

戴维斯的同事们出于尊敬，也出于悲伤，默默地坐着。旁听席上传来呜咽声，其中最响亮的便是格里诺寡妇的哭声。她捂着自己的脸，在座位上摇晃着身子。弗雷德的胸部因紧张而绷得紧紧的，他被深深地感动了。他冲出门去，太难过了，甚至都没有向被他推搡的人道歉。

国会大厦外，浓雾蔽天，湿度很高。他像个迷宫里的人一样，在乱七八糟的科林斯式柱子、大理石板和木材中间拐来拐去。平民看客（游客家庭、单身妇女）混杂在邋遢的工人中间，那些工人在国会大厦圆顶建设上的进展速度似乎像蜗牛爬一样。铸铁底座已经竣工，但是被包裹在丑陋的脚手架中。将被安装到圆顶上的"武装的自由女神"雕像则侧卧在烂泥地里。

弗雷德每走一步都会有烂泥溅到他的浅黄褐色裤子上。让人心痛的演讲结束后，他的头脑正在变得清醒。如果像戴维斯这样才华横溢、地位显赫的人都能抵抗政府对自由的侵犯，那么他也能。

他没有看见那个在街上游荡的妓女，直到她挡住他的去路，用她抹了胭脂的嘴对他咕咕哝哝地说话。

弗雷德对待女人向来彬彬有礼，但这次不是。他使劲推了她一把，结果她撞到了一块未切割的大理石上。"哎哟！ 肮脏的混蛋！"他稳了稳头上那顶海狸皮帽子，大步走进草地广场的浓雾中。他已经闻到了运河的味道，他十二点钟在那里有个约会。

他飞快地走过崎岖不平的地面，经过塔楼像奇怪的红色手指一样戳向空中的史密森学会，继续往前走，一直走到总统公园的南边，可以看到远处乔治·华盛顿[①]纪念碑尚未完工的主干。捐款数量越来越少；人们说，这个纪念碑永远不可

①乔治·华盛顿（1732—1799），美国第一任总统（1789—1797），第一和第二届大陆会议代表，领导美国独立战争的大陆军总司令（1775—1781），主持费城制宪会议（1787），制定联邦宪法，当选为总统（1789），连任两届。

能竣工了。

他朝几只正在烂泥里拱食的猪扔了一块石头。这地方让人感到羞耻，而且到了晚上非常危险。这是一片沼泽和泥滩，市政运河横贯其中。这条运河曾经连接过波托马克河和波托马克河的东支流。现在它已经被废弃不用了，到处都是垃圾、粪便，偶尔还会有马或狗的腐尸。弗雷德虽然不是一个过分讲究的人，但当他走近一座横跨运河的铁桥时，他也用一块亚麻布手帕捂住了鼻子和嘴巴。运河对面，光秃秃的树丛中，一个身穿带披肩的深灰色大衣、头戴无标记军便帽的男人像个拦路强盗一样潜伏着。弗雷德一肚子厌恶，这对一个职业军人来说合适吗？

"上校。"他走近那个人时说道。他接到命令，在有可能被人看见的地方别敬礼。

"少尉。"上校说道，"有什么发现？"

"正如你所怀疑的一样，长官。国家步枪队里实际上全都是分裂分子。"

查尔斯·斯通上校，西点军校1845届毕业生，负责华盛顿特区的防御。这一任务是自大狂妄、外号"爱摆排场的老头"的陆军首脑斯科特给的。弗雷德是斯通的副官，他被迫充当一名"光荣"的侦探。在从堪萨斯州、纽约州北部地区以及他们被赶出来的两个南方军火库调来正规军部队之前，唯一能够保护该市的就是包括国家步枪队在内的四支民兵部队。弗雷德用了弗雷德里克·丹纳这个名字，还用了弗吉尼亚人的证件，加入国家步枪队进行训练。

"你对民兵指挥官的评价如何？"斯通问道。

"很难看懂谢弗上尉这个人，长官。一方面，他十分小心谨慎，从来不说有关党派或有争议的话。另一方面，他招募的人构成了对他不利的证据。每一个人都是他精心挑选过的，因为他们都同情分裂分子。部队武装精良，有军刀、左轮手枪、两门山地榴弹炮。"

"我的天哪。"

弗雷德最后说了一句关键性的话："所有的武器都是直接从军械库里拿出来的，我能证明这点。"

"干得好，少尉。武器将被没收，但是我们必须继续观察。我建议我们再会面——”

“长官。”

“——星期五。我们也许可以找个更加暖和的地方。”

“长官,星期五不行。”

“为什么不行?”

“我可以直截了当地说吗?”

“可以。”斯通说道,语气比之前少了些亲密。

“我不喜欢这样的工作,长官。偷偷摸摸。身份还要造假。”

“少尉,这座城市已经四面楚歌,敌人随时可能反叛并发动进攻。我的部分职责是找出我们国防力量的薄弱点。这项工作很有必要,而且我没有其他人可以用来干这事儿。”

弗雷德甚至在说出他事先排练过的话之前就感到了如释重负。“这不是个人的事儿,上校,我很抱歉就这样离开你——”

“天哪。你不能也这样啊。”

“是的,长官。我今天就会递交辞呈,辞去军职。”

“那你去死吧,先生,你是个叛徒。”

弗雷德又受伤又生气,不知道该说什么好。他对他的指挥官没有敌意。他们在大雾中共同无助地沉默了片刻。最后,斯通说道:“那么你打算去哪里呢?”

“南方。”弗雷德说道,“他们需要我的任何地方。”

第五章　1861年1月

“当我还是小姑娘的时候，我在老国会大厦住过一段时间。”罗丝对一个一直跟在她身边的人说道。这是一个眼睛鼓鼓的年轻人，这家沙龙的新来者。附近的人们有礼貌地听着，虽然大多数人听过这个故事好多次了。玛格丽特也听过。

“真是可惜，他们把它变成了监狱，它的历史可辉煌了。1814年英国人烧毁华盛顿的时候，国会就是在那幢大楼里开的会。国会搬出去之后，它变成了一个时髦人物光顾的家庭旅馆。店主希尔夫人是我的姑妈。住在那里对一个年轻女人来说就是一种教育。我见过亨利·克莱①和丹尼尔·韦伯斯特②。我听过首席法官马歇尔③在最高法院地下室的房间里谈论法律，都是大人物，政治家啊，而不是今天在城里四处乱窜的黄鼠狼。他们中最伟大的人物当数约翰·考·卡尔霍恩，他喜欢我姑妈的好客。在他最后的日子里，我有幸坐在他的床边，给他抿几口水或者拿块凉布敷敷他的额头。他对我的思想产生了深远的影响，他在去世之前，就预言南方与北方将发生致命冲突。”

罗丝·奥尼尔·格里诺是个极具魅力的女人，有着和玛格丽特一样的黑色眼睛，皮肤是更深一点的橄榄色。没有人知道她的确切年龄。玛格丽特猜她四十多岁。她乌黑的头发从中间分开，只露出几丝灰色。她的穿戴十分庄重：一件黑

①亨利·克莱（1777—1852），美国政治家，辉格党领袖，主张建立“美国制度”，曾任国务卿（1825—1829）、参议员（1831—1842），领导反对派与杰克逊政府进行斗争。

②丹尼尔·韦伯斯特（1782—1852），美国国务卿（1841—1843；1850—1852）、众议员（1813—1817；1823—1827）、参议员（1827—1841；1845—1850），支持1828年关税法案，主张保护贸易，和英国签订《韦伯斯特—阿什伯顿条约》（1842），曾为美国辉格党三名总统候选人之一。

③马歇尔，即约翰·马歇尔（1755—1835），美国国务卿（1800—1801）、最高法院首席法官（1801—1835），美国宪法性法律制度包括司法审查原则的主要创建人。

色紧捻纱罗毛料短上衣，外面套着一件黑色丝绸连衣裙，极其性感的胸前挂着一串珍珠项链。

有十来位客人被召集在她第十六大街三百九十八号宅邸的客厅里。那宅邸是她已故丈夫格里诺大夫留给她的遗产。这是当月的最后一个星期一。罗丝在星期一、星期五和星期六下午接待客人。

“啊，不过有个人你必须要见见。”她对那个眼睛突出的客人大声说道。身材修长、有点驼背的西沃德[1]参议员和军事委员会主席、马萨诸塞州的亨利·威尔逊[2]手挽着手走了进来。相貌平平、体态臃肿的威尔逊使玛格丽特觉得他很像一个农场主。他是常客。玛格丽特怀疑他迷恋上了罗丝，所以从不带妻子。

“州长，”罗丝说着，带着客人仪态万方地向西沃德走去。“你好，亨利。”一声招呼让威尔逊傻傻地咧嘴笑了。罗丝把注意力集中在那位来自纽约州的参议员身上。“这位年轻人是我已故丈夫一位好朋友的侄子。贾维斯·托特尔，这是威廉·西沃德阁下，大家都叫他州长，尽管他是在参议院任职。”

“很高兴见到您，先生。”西沃德说，声音因为雪茄烟抽得太多而变得沙哑。他的衣服上也有一股很浓的雪茄烟味。

罗丝挽着年轻人的胳膊。“贾维斯刚刚从肯塔基州大学毕业，他想在政府里找个工作。我对他说你有门路，也许能给他找个职员位置，因为大家都在说你将领导新内阁并成为事实上的总统。”很久以前，西沃德曾预言，在提倡自由劳动和奴隶劳动的人之间将发生“无法抑制的冲突”。罗丝鄙视他的共和党政治，但对他个人表示欢迎，就像她欢迎共和党的其他人一样，因为他们能为她办事。

“不过，我必须提醒你，众所周知，贾维斯同情南方。”

“一点不错，我的帽子上有蓝色帽徽。”贾维斯说道。

西沃德整理了一下这位绅士披在礼服大衣上的旅行披肩：“在华盛顿，当然不只有你一个人。《星报》声称，我们在这个特区有二万五千名想要脱离联邦的市民，白人人口的三分之一，很多人在政府部门工作。说说你的情况吧，托特尔

①西沃德，即威廉·亨利·西沃德（1801—1872），美国政治家，曾任纽约州参议员、州长，辉格党和共和党内反奴隶制的领袖，后任林肯总统顾问和国务卿（1861—1869）。

②亨利·威尔逊（1812—1875），美国共和党参议员（1855—1873）、副总统（1873—1875），废奴运动领袖，著有《美洲奴隶力量兴衰史》。

先生。”

玛格丽特一直在听。这时，她转过身去，对汉娜今晚没有来感到失望。自从进入罗丝的社交圈子之后，她结识了许多人，但成为朋友的只有汉娜·西格尔一人。

玛格丽特和汉娜同龄，但在其他方面却大相径庭。汉娜是欧洲人，皮肤白皙，臀部窄小，有点像个男孩子。她的穿着打扮就是为了遮掩她那并不完美的身材。玛格丽特的头发黝黑油亮，而汉娜则拥有一头金发，长着一双蓝眼睛。

玛格丽特优游自得，而汉娜则穷困潦倒。汉娜的父亲曾是奥地利军队的一名军官。当被问及移民美国的原因时，他总是用“寻求机遇”这样含糊其词的话来搪塞。像年轻的贾维斯·托特尔和许许多多其他人一样，他也在寻求美差，试图找个项目或者找个政府部门的差事。

汉娜是个演员，她结交的是一群职业演员，和她一样为生计而挣扎的人。米勒瞧不起这种人，认为他们不值得尊敬。玛格丽特对女演员的印象是好交际，甚至到了滥交的地步，而且常常野心勃勃。汉娜性格沉静，虽然不动声色，却临事善断。在这个国家不到三年的时间里，她只留下了一点点欧洲口音的痕迹。她受雇于一位演讲技巧课教师的妻子十八个月。她帮忙洗盘子、擦地板、倒马桶，作为回报，老师帮她消除了口音。

他们在奴隶制的问题上观念尖锐对立。玛格丽特认为这是一个令人遗憾的制度，但对南方的生存是必要的。这是卡尔霍恩·米勒的观念。汉娜希望某一道闪电能毁灭那些实施奴隶制的白人。汉娜想要她的朋友改变观念，而玛格丽特则总是顾左右而言他。

尽管存在分歧，但汉娜和玛格丽特还是被某种更强大的东西吸引到了一起——她们共同喜爱各种方式的心灵自由。天气好的时候，玛格丽特会租两匹马，她们沿着第七大街或罗克维尔的那些道路向北奔驰，不是双腿放在马的同侧慢慢行走，而是双腿跨在马背上全速驰骋。有时，她们想要特别无拘无束，就穿裤子。

玛格丽特的脚踩在马镫上，裤脚口或褶边下露出了一大截脚踝。她知道自己的双腿形状很好，没有理由去掩饰它们。老老少少的男人都欣赏这两位骑手，有时候还大声喊叫着一些下流话。有一次，一个在罗克维尔大道上的蔬菜园地里的老妇人指着她们大声说道："不要脸，像你们这样的女孩真不要脸！"

这话逗得玛格丽特和汉娜哈哈大笑，奔驰得更快了。

罗丝的侄女阿黛尔来了。阿迪[①]是11月份林肯击败的那位民主党人道格拉斯[②]先生的妻子。她们亲切地聊着无关紧要的事情。比如乔治·艾略特的新小说什么时候面世，格罗弗的剧院接下来会上演什么吸引人的剧目，国会大厦的圆顶什么时候才能完工，可怕的华盛顿沼泽的瘴气什么时候才能排掉，破旧的宾夕法尼亚大道上已经破碎的鹅卵石什么时候才会换新的，等等。

当小罗丝穿着她短短的圆环裙和宽松的土耳其灯笼裤在房间里嬉戏欢闹时，每个人都笑逐颜开，欢欣无比。罗丝的女儿七八岁年纪，不懂礼貌，喜欢卖弄，玛格丽特的父亲对这种行为不能容忍。当然，野玫瑰罗丝本身就是个爱出风头的人，一有机会就炫耀自己的美丽、教养和影响力。

罗丝像演戏般举起双臂："女士们，先生们，点心来了。茶、潘趣酒，以及为那些想喝的人准备的更烈的酒。"威尔逊参议员对她说了什么，可是罗丝不理睬他，大摇大摆地走到餐厅去了。威尔逊像条忠实的狗一样紧跟在她身后。对某些男人来说，罗丝具有一种强大到无法抗拒的吸引力。

不久，玛格丽特发现自己与一位英俊的大胡子军官攀谈了起来。这位军官自称是托马斯·乔丹上尉。他穿着人们司空见惯的单调乏味的礼服：一件有僵硬立领的深蓝色上衣，搭配的裤子没有线缝条纹，整套服饰中闪亮的东西只有几颗黄铜纽扣、一条紫红色肩带和每个肩章上各两条金色军阶杠。乔丹有一种冷淡到几乎是警惕的神情。他一边谈论着这场危机，一边留心着房间里的一举一动。

"现在佐治亚州脱离了联邦，路易斯安那州也没了。得克萨斯州也一定很快会脱离。你对这场剧变有何感受，米勒小姐？"

"我尽量不去感受。我有自己的生活和爱好，我相信你也有。我不需要也不

---

①阿黛尔的昵称。

②道格拉斯，即斯蒂芬·阿诺德·道格拉斯（1813—1861），美国政治家，曾任联邦众议员、参议员，强烈支持国家领土完整和美国扩张政策，主张人民主权论，因能言善辩且身体矮胖，人称"小巨人"。曾被民主党人提名为总统候选人，但在竞选中败于林肯。

希望美国人去杀害美国人。你不赞同吗?”

“只是一点点。我发过誓,永远跟随总司令,但我感觉有一股相反的力量在扯着我。我的心一直放不下我的家乡弗吉尼亚州。我不知道远在得克萨斯的李上校是否有同样的感觉。也许我们很快就能知道了,我听说他们已经征召他了。”阿灵顿的罗伯特·爱·李是美国最杰出的军人之一。他曾率领一支海军陆战队在哈珀斯费里①抓获了约翰·布朗②,导致了对布朗的审判和处决,进一步加剧了整个国家的分裂。

“好吧,我希望林肯先生有一些本事或计谋,能想出一个解决办法。”玛格丽特说道,“查尔斯顿港的那个旧要塞,政府还要它干什么?”

“恐怕没有它,他们也能过日子,其他所有的军火库和堡垒也一样。但是,轻易放弃它则是懦弱的象征。我认为,我们会为此开战的。”

“我希望不会。要是开战,我不会选边站。”

“但是一旦战争来临,怎么可能有人保持中立呢?”

“相信我,上尉,我会尽一切努力。”

“听到您表达这种观点,我感到非常沮丧。”一个熟悉的声音说道。罗丝快步进入他们的视线,不再是笑容可掬的女主人。“你是个聪明的年轻女人,你来自马里兰州——你怎么可以宣布自己不愿意选边站呢?”

小罗丝在她母亲身后悄悄走了过来,跺了跺脚:“我要帮她去打仗。我是你见过的最厉害的小反叛者。”

乔丹笑了起来。罗丝拧了拧她的耳朵:“我们不在有教养的朋友面前说这种话,亲爱的。”小罗丝任性地模仿着士兵的样子走开了。

玛格丽特不喜欢被人奚落。“辩论这个问题不是很傻吗?”她说道,“乔丹上尉可能不得不表明立场,加入这场争执,但是一个女人,无论站在哪一边,她能做什么呢?”

乔丹说道:“你放心,立场坚定的年轻女性会有用武之地的。”

---

①美国西弗吉尼亚州的哈珀斯费里镇,1859年废奴主义者布朗发起暴动的地方,这是一个预示美国南北战争的事件,南北战争时期该地还发生了多次战役。

②约翰·布朗(1800—1859),美国废奴主义领袖,组织反奴隶制的武装集团,在袭击弗吉尼亚州的哈珀斯费里军火库战斗中被捕,后在绞架就义。

玛格丽特皱起眉头:“为什么要立场坚定? 哪方面的用武之地? 我不明白。”

罗丝飞快地瞪了那个军官一眼,他这奇怪的说法使她有点恼火。他的脸上微微有点发红。罗丝瞥见又有客人进来了。

“玛格丽特,我看是你先生来了。”

“多纳尔?”

“是的。你在等他吗?”

罗丝挥挥手:“她在这儿,麦基先生。”

玛格丽特向他跑去:“多纳尔,谢谢你救了我。我不知道你什么时候回来。”

“轮船昨天停靠在巴尔的摩。你父亲说先到排屋去看看,如果你不在那儿,就到这儿来。你好吗,我最亲爱的?”多纳尔的目光在她胸部的曲线上停留了片刻。“要不是在公共场合,我会亲吻你,紧紧拥抱你。酒店里有香槟吗?”

“这边请。”她领着他朝自助餐厅走去。有时候,多纳尔是个累赘,但今晚,她庆幸他来了,因为与罗丝的口角仍然令她耿耿于怀。

多纳尔·麦基是个身材修长、举止优雅的人,虽然还不到三十五岁,但因为忙于操劳生意,头发已经白得很厉害了。他比玛格丽特矮一到两英寸。他有一双纤细的手和一头卷发,稍微后缩的下巴破坏了他本来还算刚毅的脸庞。她是两年前在纽波特遇见他的,当时她跟她父亲和西塞罗在度假。有几个出于嫉妒的熟人,都是女性,无缘无故地告诉她多纳尔是个花花公子。即便确有其事,但他在她面前却表现得极为检点。在她认识他的所有时间里,玛格丽特都没有看到他是花花公子的任何证据。她只是不知道他在旅行时是否有过什么出轨的行为。

“旅途怎么样?”

“我不喜欢在那些分号里翻阅账册,不过如果我们不想让人在背后监守自盗的话,那也只能这样。新奥尔良倒是挺有趣,原因就是这个脱离联邦的事情。啊,谢谢。”他对递给他香槟酒的白人服务员说道。玛格丽特谢绝了香槟酒。

多纳尔悄悄将一条胳膊搭在她的腰上:“我似乎被认为是研究英国的专家,因为我父亲来自利兹。人们老是问我,英国会不会承认南部邦联。我说我不了解女王陛下政府的政治,但我想会的。英国的纺织厂需要南方的棉花。”他将她拉到一个隐蔽的角落里，避开宾客人群。他喝光香槟酒，把杯子放到一边，用两只手搂住她的腰。

“玛格丽特，一看到你我就心烦意乱。我都等不及要你成为我的妻子了，你选好日子了吗？”

“还没有，不过我正在认真考虑这件事情。”

“还不够认真。我是个性急的人，我必须得再来一杯酒。”

他信步走开，不一会儿便跟罗丝攀谈起来。她笑着，爱抚他的脸颊，有点太亲昵了。玛格丽特再次感到她和多纳尔的关系很混乱。

他们第一次见面的时候，她被他的老于世故迷住了。与那些漂流进她生活中的同龄人、那些被她一脚踢开的追求者相比，他更加年长，阅历丰富，要聪明得多，文雅得多。使她感到困惑和不安的是，她对多纳尔缺乏感情上的吸引。除了敬佩和安全感，她对他没有其他兴趣——这很难成为婚姻的良好基础。这就是她不断推迟婚期的原因。看着多纳尔以一种占有的甚至是亲密的方式触摸罗丝的手臂，让人产生了一些熟悉的问题。她该解除婚约吗？面对渴望看到她结婚成家的父亲，她情何以堪？她怎么能向父亲承认她不爱她的未婚夫呢？

她一下子陷入了怀疑和自责的汪洋大海中。这使得所有关于分裂国家和战争的喧嚣变得微不足道。

第六章　1861年2月

在第十四大街，威拉德兄弟宾馆就在这条大道环境较好的北面。从黎明到午夜，它为华盛顿的要人提供膳食。从下午五点到较晚的晚餐时间，威拉德宾馆的餐厅供应丰盛的茶点。2月初，汉娜休息了一夜，七点半她到那儿与玛格丽特会面。

汉娜的朋友一如既往地穿着时髦漂亮。汉娜自己的服饰则让她感到寒酸。她穿着一件百衲衣一样的连衣裙，外面套着她父亲的男式短便装上衣保暖。她的膝盖上放着一顶布制的工人帽。她身上唯一符合女性气质的是一双黑色的网眼长袜。

“你能在《第十二夜》中扮演角色，我兴奋极了。”玛格丽特说道，“我可以来看看吗？”

“如果你想看没有报酬的演员在潮湿的教堂地下室里表演莎士比亚[①]的作品，那当然可以。”

“薇奥拉就是那个装扮成侍童塞萨里奥的小女孩，是吗？”

“是的。至少我有这个人物的外形。”

“别这么说，别老是把自己贬得这么低。”汉娜耸了耸肩膀，一双蓝眼睛忧郁地翻了个白眼，算是回答。玛格丽特隔着茶杯和花色小点心递了一张艳丽而又俗气的小广告过去。“这里有点戏剧信息给你，爸爸昨天的信里寄来的。”

---

①莎士比亚，即威廉·莎士比亚（1564—1616），英国剧作家、诗人，作有三十七部戏剧、一百五十四首十四行诗和两首长诗，主要作品有《仲夏夜之梦》《威尼斯商人》《理查三世》《亨利四世》《罗密欧与朱丽叶》《哈姆雷特》《奥赛罗》《李尔王》《麦克白》等。

来自巴尔的摩哈利迪大街剧院的小广告上写着：著名演员世家的后裔约·威·布思[①]先生以令人吃惊、栩栩如生的方式扮演了诗圣[②]不朽的反派人物理查三世。仅此三晚！再无延期！

“你见过他吗？”玛格丽特问道。

“没有，只是听说过他。我不相信他会到华盛顿来。他好像更喜欢查尔斯顿，更喜欢在南方巡演。”

“一个彻头彻尾的反叛者是吗？我已经喜欢上他了。爸爸说他当演员比他哥哥埃德温以及他们的父亲朱尼厄斯活着的时候要好。‘充满激情，勇猛无畏，还有一丝离奇古怪’——爸爸就是这样描述年轻的布思先生的。你觉得他会到这里来演出吗？”

汉娜的茶已经变凉了，她喝完最后一口茶：“我估计他不会，除非有人开了高档的剧院。他这种高水平的演员是不会到音乐厅去演出的。”

汉娜对那种场所很熟悉。她每周有几个晚上在坎特伯雷干活，那是一个音乐厅，表演的人有健壮的舞女、杂耍演员、会表演的狗和讲荤段子的黑人喜剧演员。尽管工作很辛苦，但它帮助汉娜和她的父亲勉强度日，也能使她偶尔在一家业余剧团担任几个不付报酬的角色。汉娜负责上十美分一杯的酒，避开了那些粗鲁的男人。那些男人认为这个地方的每个女孩只要有个价格就会把自己的裙子撩起来。真是讽刺。迄今为止，汉娜在她的生活中经历过三次短暂的放纵，但是并没有从任何一次放纵中得到满足，无论是生理上还是情感上。有时候，她怀疑自己没有能力去爱一个正派的男人。

玛格丽特的心思还在布思身上。“爸爸说他非常英俊，以追女孩出名。”

“我想见见他，看看他的能耐如何。我是指舞台上的，你懂的。”

两人哈哈大笑起来。玛格丽特把小广告放到一边。“我从来不看报纸，所以你能不能告诉我，我们的新总统什么时候来？”

“本月下旬。他从伊利诺伊州启程，乘火车开始一段漫长的仪式性旅行。他

---

①约·威·布思，即约翰·威尔克斯·布思（1838—1865），美国演员，公开支持奴隶制，刺杀林肯总统的凶手，被追捕时毙命。

②即威廉·莎士比亚。

不可能很快就到这儿。我希望他能清除所有同情南方的人。”

玛格丽特的笑容像恶魔一样：“呸，汉娜。你想让我被赶走吗？我喜欢华盛顿。”

“我当然不想你被赶走，我们是朋友。有时，我会忘了你的心在哪里。”

“说真的，我哪边都不支持。我讨厌这场混乱的争吵，但愿它能快点平息。”

汉娜严肃地说：“在最后解决之前不会平息。”

“但以什么方式解决呢？”

“以正确的方式，我相信。”汉娜看到玛格丽特灵动的眼睛里流露出恼怒的神色，便赶快避开她的视线。在废奴问题上过分直言不讳已经毁了她好几段友谊，她不想让这一关系遭到破坏。

服务员在一只银色托盘上送来一份账单。汉娜将手伸进外衣口袋里，她没有合适的钱包。

“这次请让我自己付我的那份吧。”

“当哪位剧院经理招募专业剧团来支持一位特邀明星，而你又被聘用扮演主角的时候，你可以自己付，但在这之前不用。哦，我忘了问你爸爸怎么样了。有什么消息吗？”

“今天下午他去见乔治敦民兵连的指挥官了。他们登广告说要招募一名有经验的教官。”

“我一直感到好奇，他为何离开奥地利军队呢？”

“他嫌晋升得不够快，就这么回事。”

但并不仅仅如此，这件事说起来有点肮脏，汉娜守口如瓶。安东·西格尔是一个野心勃勃的人，在奥地利的时候他确实不满于晋升缓慢和军官微薄的薪金。作为团长，他有条件篡改账本，还能私底下榨取军需品供应商额外的钱财。他们其中的一个人告发了他。

少校一刻也没有表示过悔恨。相反，他因为被撤职而怒火中烧，他处理好女儿的事情，买了离开汉堡的统舱船票，就这样结束了汉娜在维也纳的日子。那些时光只剩下一本悲伤的回忆剪贴簿。斯蒂芬广场的一个咖啡馆里，热咖啡加牛奶。萨切尔花园中的甜美果子奶油蛋糕，城市公园枝繁叶茂的树底下带着一本书静静地放松……

父女俩来到华盛顿，前途灰暗，几乎身无分文。有三个月，他们差点饿死，直到汉娜找到了工作。现在他们过得好多了。

“那些日子里啊，爸爸忧郁到了极点。”她们离开宾馆，沿着大道砖砌的人行道走去时，汉娜对玛格丽特说道，“他又开始酗酒。我祈祷他在乔治敦能有所成就。”

“好吧，如果能消除一点你脸上的紧张，我很乐意帮忙。”玛格丽特给了门房一点小费，那人吹了一声口哨，一辆马车从一个角落里转了出来。“等你再有空的时候，给我写张条子。等这个阴冷的冬天一过，我们一定要到乡下去骑马兜风。”

“好的，一定。”汉娜赞同道。她们拥抱，玛格丽特坐上双轮双座马车，挥手道别。

汉娜快速朝第十大街走去，然后转向北走。这是一个寒冷且无云的夜晚，星星像冰片一样闪烁。她要去一个叫黑鬼山的小区，她从未提及这个令人不悦的名字。她有很长一段路要走，因为她没钱坐车。

在朝第十大街走去的路上，她绕过了一个正在呕吐的醉汉，什么都吐了出来，就在他自己脚边不到三英尺的地方。她听到了一阵枪声，还看到两个男人在华盛顿众多的家庭旅馆前赤手空拳地打架。几个女人倚靠在一楼的窗户上，热情洋溢地为打架的人加油。

西格尔父女俩租了一座简陋的盒式小房子，有三个很小的房间，位于城里一个叫“北方特别行政区”的破败地区一条土路的尽头。回到自己的家，汉娜要路过一幢整洁的小屋，小屋的主人是一个名叫斯彭斯的黑人，他是巴尔的摩和俄亥俄铁路公司的搬运工。透过客厅的窗户，她看到斯彭斯先生和他的两个女儿在一起嬉闹。汉娜和她的父亲从来没有分享过这种爱和陪伴。小的时候，她一个人在维也纳流浪，于是养成了一种冷漠的性格，她不想要这样的爱和陪伴，虽然偶尔她也会羡慕玛格丽特或者斯彭斯先生那样拥有幸福家庭的人。

汉娜走进门去，门从来不锁。邻居们都知道少校从早到晚一直带着他的手枪和军刀。前面那个小小的房间是她的卧室，漆黑一片。他们浪费不起蜡烛。旁边那个房间属于她父亲。他在那儿睡觉，藏着他正在发霉的军装、克劳塞维茨的书和其他有关战争艺术的书。那儿也漆黑一片。后面那个房间透出一缕光亮，她慢慢地朝那缕微弱的黄色光亮走去。

少校没精打采地坐在松木板桌子旁。桌面满是疤痕，十分肮脏，尽管汉娜费尽力气想保持它的干净。一块砖头垫在一只断了脚的桌子下面。

西格尔剪短的金发正在变白。他的颧骨宽大，下巴结实。他在军校读书时留下了一道长长的决斗伤疤，在他眼睛下面的左脸颊上，十分醒目。他穿着旧军裤，褐紫红色，上面有灰色条纹，仅此而已。他裤子的背带拖落在臀部下面。

他听见她进来了。他伸出手来跟她打招呼，手掌一直伸到高出蜡烛火焰两英寸的地方。他的手和肌肉发达的手臂倒是没有显露出丝毫的颤抖。他喝醉了，他赤裸的双脚之间放着一个空的德国烈酒瓶子。一只蟑螂在瓶子四周爬来爬去。

“爸爸？”

西格尔缩回手。他笑着张开手掌，没有受伤。汉娜摘下她的工人帽。

“乔治敦那边怎么样，爸爸？”

由于他的英语说得不流利，所以他们用德语交谈。“有一个人捷足先登了。”他在椅子底下摸索着，发现酒瓶子空了，便骂了声，将它扔到墙边。酒瓶弹跳着滚了过去。

“一个年纪只有我一半大的半吊子蠢货，曾经在宾夕法尼亚州的民兵部队服过役。不过当然了——当然！——他是个美国人。我的经验毫无用处。还有，有人在我背后说我说的话太洋气了。我不喜欢这种肮脏的民主，我不喜欢那些自认为能和有教养的人平起平坐的混混，他们都没资格给我擦屁股。”

汉娜想要哭泣：“您难道就不能穿上衬衫吗？”

“我不冷，去睡觉吧。”她还在犹豫的时候，他用拳头捶着桌子。“去睡觉！”他的喊声吓得那只蟑螂飞快地逃走了。

“如果您不再喝酒了，我会去睡的。”

“管好你自己的事情。关上你的门，让我安静一会儿。”

汉娜回到前面的房间，关上门。在脱衣服之前，她走到散发着臭气的厕所里，坐在那里小便。她多么希望她能给父亲更多的支持、更多的舒适，但是他当然不会从她那里得到，她是一个女儿啊。她记得，母亲生她难产去世后，他有过多少次酒后泄愤。“莉斯尔让我失望，你母亲让我失望，我想要一个能当兵的儿子啊。”这种牢骚汉娜听了很多次，内心留下了内疚的深深伤痕，痛感自己无能为力。

一年前，在希林顿一家广受欢迎的书店的一个旧箱子里，她翻出了一本1844年的小说《女海盗船长范妮》，作者是一个佚名文人。女主人公是个海盗，她的情人说：“以我的灵魂起誓，你本应是个男人。”

你本应是个男人，她永远也忘不了这句话。在故事中，这是一种热情的赞美。但从她父亲嘴里吼出来，就变成了一种指责。她本应是个男人，有时候，她真的非常想成为一个男人。难道这就是为什么她那几次短暂而冒失的爱情没有一次能使她满意的原因吗？

她拖着沉重的脚步回到屋里，穿好内衣，爬上床去。屋子里很冷，她得等到坎特伯雷音乐厅发给她那一周的工资之后才买得起柴火。每天晚上睡着前，她有个习惯，总要轻声地背诵一遍薇奥拉的所有台词，可是今晚，她太心烦意乱了。透过门，她听见西格尔嘴里嘟囔着一连串的脏话。他诅咒自己的命运，诅咒乔治敦的民兵，诅咒美国的民主——而且，他很可能也在诅咒她。她拉过一条破旧的毯子，盖到自己的头上，默默地流泪。

第七章　1861年2月

斯莱奇把他的金牙签挪到嘴的另一边。“该死的，他们要在里面吵多久?”朗不禁感到一阵罪恶感。他的牧师父亲曾经为维护自己的信仰而大发雷霆。

一位叫约翰·波普的上尉军官站在斯莱奇所指的套房外面。朗和斯莱奇在哈里斯堡守在套房和琼斯公寓楼梯之间的走廊。波普上尉用毫不掩饰的怀疑神情注视着他们。

“也许无休无止。”朗说道，“拉蒙上校不喜欢老板，这是明摆着的。”

斯莱奇弯下膝盖，把靴子后跟靠在洁白的墙纸上，留下了一个污渍。朗伸着懒腰，打着哈欠，侧身移动着悄悄靠近套房。在煤气火焰灯光下，朗和斯莱奇看上去脸色苍白，神情疲惫。他们星期四拂晓就起床，离开巴尔的摩来到费城。他们接到命令前往这里，到一辆专列上保护林肯及他的妻子、儿子、朋友以及政界密友。

由于受到死亡威胁，平克顿想马上把林肯先生神不知鬼不觉地送到华盛顿去。林肯拒绝取消星期五的活动安排。他在独立大厅升起了一面旗帜，以展示堪萨斯州这颗新星，并庆祝华盛顿的生日。接着，他将乘坐列车快速访问特伦顿，然后到哈里斯堡去会见宾夕法尼亚州的立法机构人员和州长柯廷。在平克顿的坚持下，林肯六点钟从宾馆宴会厅被请到楼上。现在已经是八点半了。

双扇门的背后传来争吵声。新总统的秘书尼古拉在那里。诺曼·贾德，一个十分强势的伊利诺伊州政治家也在那里，另外还有两名负责当选总统安保工作的军官。争论从昨天晚上就开始了，当时弗雷德里克·西沃德来到费城的大陆酒店，带来了一封警告信。

“我说我们应该执行这个计划。”这是平克顿的声音，拒绝妥协，“我们早在一个月前就听闻了暗杀企图的传言。昨晚我们单独得到了确认，信息是斯通上校在巴尔的摩的特工发给斯科特将军的，之后就到了西沃德参议员那儿，他派他儿子把信送来了。证据已经非常充分，阁下。我建议您按照我的计划办。”

拉蒙打断他道：“不，我反对。我们仍然不能确定。”

“沃德，等一下。”这是林肯的声音。他的声音又弱又轻，偶尔升得很高，听起来极不舒服。沃德·希尔·拉蒙是一位律师，在这趟开往华盛顿专列的这些乘客中，他是林肯最亲密的朋友。“没有人想要看到当选总统像个贼一样在夜里偷偷溜进城去，我也不想。自从参加竞选以来，我对死亡威胁已经司空见惯。我不想理睬这些威胁。可是西沃德和斯科特都不是大惊小怪的人。我不得不承认，他们俩，还有你，平克顿先生，都可能是对同一组传言做出的反应。但问题是，我们还是不能确定。”

“我不相信什么巴尔的摩阴谋，从来就没有相信过。”拉蒙说道。

“但巴尔的摩那些黑帮的无法无天可是出了名的啊。”这是那位白发老者、正规军的萨姆纳上校的声音。

“没关系。这些所谓的侦探只不过是想通过虚无缥缈的阴谋来抬高自己罢了。”

平克顿说道：“拉蒙，这话伤人。要是现在还允许决斗的话，我就会把你叫出去。我和我最好的五名特工一起在巴尔的摩秘密侦查了一个月。我们受费城、威尔明顿和巴尔的摩铁路公司总裁费尔顿先生的邀请去的那儿，因为他的铁路线受到了威胁。我已经赢得了南方派系领导人的信任，尤其是巴纳姆宾馆的理发师费兰迪尼。他是一个名为“自由骑士团”的秘密社团的成员。我已经把我的人安插到了这个组织里面。你知道在我说服他我是佐治亚州的一个脱离分子后他告诉了我什么吗？‘只有一件事情可以拯救南方。林肯先生的尸体。’”

“哦哟哟。”林肯疲惫但饶有兴趣地说道，“脑子发热，那些拉丁人。”

“这些拉丁人应该被枪毙。”这是另一位上校，埃尔斯沃思。他指挥着一个义勇军民兵团。

平克顿的信念让他的口气变得坚决起来：“费兰迪尼是个无足轻重的小人，

但我不小看他。在意大利,他跟几乎刺杀了拿破仑三世的那个人有牵连。更重要的是,先生们,你们都没有我了解这帮奴隶制的维护者。为了维护他们罪恶的奴隶制,再十恶不赦的犯罪也不在他们的话下。只有把南方的每一个成年男人都绞死,我们才能过上好日子。"

"每一个人?这种观念太不仁慈了,平克顿先生。"林肯说道。

"但我还是坚持我的观点,先生。我不喜欢也不信任他们所有的人。时候不早了,我们有一辆单节车厢的专列在等着,跟晚上十一点从费城开出的卧铺车衔接。我的代理人沃恩太太在最后一节车厢为您预留了位子,您将以她生病的哥哥的身份旅行。费尔顿先生在这条线路上派驻了近两百人,如果铁路遭到破坏,他们随时会发出信号。"这是平克顿昨晚提出的同一个方案。当选总统在从斯普林菲尔德出发的长途铁路旅行中看到了成千上万表示良好祝愿的人们。一群群的人都很友好,只有巴尔的摩是个可怕的例外。

林肯叹了口气:"好吧。我们可以把这块培根切得再薄一点。如果生怕人们嘲笑是唯一使我们却步的东西,那么我倾向于赞成这个计划。"拉蒙又开始反对。

"好了,就这样吧,沃德。我要换掉这身丧服。"

"我准备了一顶帽子和旅行披肩。"平克顿说道。

拉蒙冲进大厅,恶狠狠地瞪了侦探们一眼,大步走了。他是个威严的家伙,留着龙骑兵式的胡子,一副妄自尊大的样子。林肯喜欢听他唱歌和演奏班卓琴,尤其是他演唱的《蓝尾苍蝇》。拉蒙的身上始终带着两支左轮手枪。

平克顿冲进大厅,激动得满脸通红。他带着斯莱奇和朗朝楼梯走去,离开了过于好奇的波普上尉。

"我们再过半个小时出发。早上之前,其他的火车都不准出城。人们正准备剪断电报线路。早上六点之前,我会让总统平安抵达威拉德宾馆的。这一行其余的人明天将按原计划穿过巴尔的摩,你们俩去陪他们。"

林肯松开白色领带,把头探出门外。他是个长相古怪的人,几乎可以说是丑陋了。他有一双凹陷得很深的忧郁的眼睛,下巴上的胡子凌乱不堪,皮肤黝黑粗糙。跟总统风范相去太远了,朗心想。

"平克顿,我要等告知了我夫人再走。"

"我会亲自通知她的。"

林肯退回门里。老板大步朝紧邻的套间走去，敲门，走进门去，斯莱奇和朗交换着眼色。朗乐善好施，他父亲教导他这是一种美德。但是，跟林肯这位态度傲慢、说话尖刻的妻子的一天相处，彻底颠覆了这种教导。他们听到了玛丽·林肯歇斯底里般的尖叫：

"我不接受。我不接受，我不接受！"

"夫人，他同意去的。他会安全的，我向您保证。"

"你是谁？一个商人。无名小卒！我要求拉蒙上校跟你一起去保护我丈夫。"

"这架势，好像她已经是第一夫人了。"斯莱奇轻声说道。波普上尉尴尬地僵在那里。他们听到平克顿在恳求：

"行行好吧，夫人，麻烦您声音轻一点。我同意您的要求，拉蒙上校可以跟我们一起去。"

"还有罗伯特。"罗伯特是林肯的大儿子，十八岁，小名鲍勃。

"不，只能是拉蒙。"林肯夫人尖锐地回答，她的声音淹没在了她儿子鲍勃竭力安慰她的声音中。

朗揣摩着巴尔的摩的情况。它没有中央火车站，而且旧的法令又禁止机车穿越市中心区域行驶。来自北方的乘客必须从卡尔弗特大街火车站出发，再经过一又四分之一英里的路程，才能搭乘前往华盛顿的巴尔的摩和俄亥俄铁路的列车。单节的车厢都被拖到马车的轨道上，但林肯原本计划乘坐的是一辆敞篷马车。在巴尔的摩，平克顿被告知，一群阴谋分子会制造事端，引开警察，而另外一小群人则会围上来，用枪或者刀刺杀林肯。由于警察局长公开支持南部邦联，这种危险便有增无减。朗当晚一夜无眠。

"那儿一定有上千人。"斯莱奇说道。

"多两到三倍。"客车沿着轨道嘎吱嘎吱地慢慢前进，朗说道。林肯平安无事。一份清晨的电报传来消息说，"李子"，即平克顿，带着他照管的"坚果"已经抵达华盛顿。朗嘲笑这两个傻乎乎的代号。斯莱奇说："小心一点哦，很可能是老板自己编的呢。”

他们刚刚离开了卡尔弗特大街，一群暴徒一直在那里跟着他们。在火车站里，暴徒受到了相对的控制。他们的头目为南部邦联三呼“万岁”，为新总统戴维斯三呼“万岁”，却对林肯三次长“嘘”以示反对。一看这情形，玛丽·林肯瘫倒在一张豪华的长毛绒座椅上，号啕大哭起来。鲍勃这位哈佛大学的学生，竭力安慰着她，想让她安静下来，但徒劳无功。

一队行走缓慢的马拉着车厢驶过这个灰色的冬日下午。偶尔有雨点在窗户上留下水迹，由于天气温和，有些窗户是开着的。人们在车厢两侧奔跑，吐着唾沫，咒骂着，叫喊着。

“杀死那只大猩猩!”

“里面那是他老婆!”

“不要脸的女人!”

“妈妈，那是什么意思?”这是林肯的小儿子托马斯，小名叫塔德。他紧靠在母亲的身旁，眼睛睁得圆圆的。玛丽·林肯脸上的脂粉被泪水溶化了，顺着她的脸颊流了下来。她让朗想起了一个疯狂的小丑。她是一个矮矮胖胖的女人，也许曾经很迷人，在她当肯塔基州的美女的那些日子里。

一块石头飞了进来，在一个痰盂上弹了一下，掉了下来。“把那该死的窗户关上。”年轻的埃尔斯沃思上校喊道，并动手把第一扇窗户降下来。老萨姆纳上校和约翰·尼古拉斯赶快起身帮忙。几扇窗户都降了下来，砰，砰，砰，接着，窗帘也拉上了。但是人们已经吐了好多烟草汁，吐在好几块玻璃上，还在其中一块玻璃上涂上棕色的东西，看起来像粪便。

朗和斯莱奇站在车厢的后门口，那些军官把守着前门。朗的一只手紧紧抓着口袋里的点三一英寸口径科尔特手枪。塔德跟他十岁的哥哥威利不断地缠着朗，直到他把手枪拿出来给他们看了才罢休。他们都是很漂亮的小男孩，可是他们被宠坏了，无法无天。

有人用棍子敲打着车厢，其他人也加入进来。林肯夫人把塔德和威利拉到自己怀里，抓着他们的头，发出深深的啜泣。萨姆纳上校朝着车厢前连廊上驾驭马匹的人喊道：“还有多远?”

“再过两个街区。”

“快一点，林肯夫人非常痛苦。”

暴徒们推着车厢的侧面，朗感觉它在摇晃。有人用石块砸碎了一扇窗户，碎玻璃从窗帘后面洒落下来。喊叫声持续不断。

“他不可能活着当总统！”

“天哪，他们简直是一群疯子。”朗小声说道，把父亲的训诫抛诸脑后。

突然，朗透过门上的一扇小窗户看到，有两个面相凶恶、穿着肮脏的人爬过链条，爬上了连廊的台阶。第三个人站在后面的车钩上，准备翻过栏杆。朗一把拉开车门，冲到外面。

站在台阶上的第一个人用一根棍子朝他打来。朗猛地把头往后一仰，头重重地撞在车厢壁上，疼痛万分。斯莱奇挤过朗的身边，用左轮手枪瞄准那个拿棍子的人。那人慌忙将他的伙伴推到一边，自己跳下了火车。

与此同时，朗正在对付站在车钩上的那个人。那人用杀猪刀猛砍，撕破了朗的裤腿，刮伤了他的小腿。朗愤怒了，用手枪狠狠地击打那人的脸。那人摔下了车钩，鼻孔鲜血直流。他躺在铁轨上，头歪的角度很奇怪。

台阶上，最后一个人看着斯莱奇伸出胳膊，拿着雷明顿手枪瞄准他，问道：“你怎么样，混蛋？”那人像第一个人一样跳了下去。

“该死的懦夫。”斯莱奇将手枪插回枪套。车厢驶离了围在轨道上那个人四周的人群。“我觉得你把他该死的脖子打断了。祝贺。”当那个倒下的人被扶起来之后，虽然还有些头晕，但总归是站直了身子，朗的负罪感减轻了些。“最好到里面去处理一下那条腿。”

皮肉上的伤口倒不厉害，就是流血不止，但它严重损坏了朗的钱包，他没钱马上换一条裤子。他用从勤杂工那里找来的布条包扎好伤口。他依然因为刚才的打斗而心有余悸。

平克顿的两位特工和军队的人始终没有让暴徒靠近，车厢平安抵达另一个火车站，林肯夫人在那儿逐渐平静下来。雨持续不停地下。当他们穿过马里兰州边界时，鲍勃·林肯带领大家一起唱起了《星光灿烂的旗帜》。

朗唱得不热情。巴尔的摩是一个惨痛的教训。南方那些乱党分子的暴力倾向和危险程度比平克顿所说的要厉害一百倍,他们必须受到鞭笞,必须被摧毁。必须不惜一切代价阻止他们凶残的无政府状态的蔓延。他认为他父亲会为他的决心感到自豪。

第八章　1836年—1858年

马赛厄斯·普赖斯小时候在苏格兰就被约翰·卫斯理[①]所宣扬的基督教教义所吸引。它给生活在格拉斯哥贫民窟中缺乏这种爱的人们带来了希望，他的家也在那里。他在英格兰布里斯托尔的一次复兴运动中皈依了基督教，二十三岁前被任命为牧师。他选择了响应美国卫理公会的召唤。

他在查尔斯顿踏上了美国的土地，并看到了一幕惨烈的景象：一个奴隶赤裸的背部多次受到鞭打，伤疤的条纹纵横交错在黑色的皮肤上。“就像地狱的地形图。”马赛厄斯说道。

19世纪30年代，美国的卫理公会教派已经在奴隶制问题上陷入分裂。马赛厄斯·普赖斯牧师永远不会在他所称的“黑暗的南方”任职。他接受了俄亥俄州黎巴嫩村的一个小教区，离辛辛那提不远。他是由他的一个堂姐多拉·菲尔森和她的丈夫赛拉斯推荐的。赛拉斯是一个富裕的农场主。

马赛厄斯在辛辛那提的德国人社区找到了他的妻子。结婚一年后，克里斯蒂娜·普赖斯在生产他们的孩子时不幸去世了，这是他们唯一的孩子。在小男孩的记忆中，他母亲只是一个云游四方的画家用铅笔画的模糊肖像。他父亲把肖像装在一个椭圆形的镜框里，放在书桌上。

马赛厄斯·普赖斯是一个精瘦、强壮的人，他对基督教的虔诚和他的身体一样强健。他的布道并不是宣扬另一个世界的舒适和满足，而是鼓吹对这个世界进行积极改革。普赖斯牧师住宅里最显眼的一件东西是他让堂姐多拉缝制的刺

①约翰·卫斯理（1703—1791），英国布道家，基督教新教卫斯理宗创始人，曾与其弟去北美传教（1735），回国（1737）后开始巡回露天布道，在英国建立卫斯理宗（即循道宗）教会。

绣品。这是他对《以赛亚书》第五十八章一节经文的修正版本：

松开邪恶的锁链，
卸下沉重的负担，
让被压迫者自由。

他的布道不仅来自《圣经》，还来自爱默生等哲学家："我看不出一个野蛮社会和一个文明社会怎么能够合成一个国家。我们面临的选择，要么摆脱奴隶制，要么摆脱自由。"他引用卫斯理的话说："奴隶贸易是所有邪恶行为中最可恶的一种。"在离肯塔基州如此近的地方，对南方的同情十分强烈，马赛厄斯的教众中有人要求主教把他调走。他反抗，坚持，抚养他的儿子阿朗佐成长，教导他爱善良、爱智慧，最重要的是，爱自由。

在每周日的布道之间，普赖斯牧师常常会消失好几天。有几次，他回来时全身不是擦伤就是挫伤，身边跟着一些黑人。他把他们藏在地窖里，直到第二天早上，他们神秘地消失了。不谙世事的朗或多或少地认为这是理所当然的，当他父亲回避直接回答问题时，他也能接受。

父亲不在家时，朗就在堂姑多拉的农场里吃住。多拉的丈夫赛拉斯是肯塔基州的帕迪尤卡人。他不赞成牧师的反奴隶制行为，因为如果没有奴隶劳动力，南方就无法生存下去。多拉反对的理由不同："他会伤到自己，或者别人会把他杀了。这件事太危险了。"

"是什么样的事情啊？"朗问道。

"宗教人士不应该做的事情。"她不想再说更多。

牧师的小小书房是这个正在成长的男孩的避难所和伊甸园。他在那里做学校的作业，看父亲的书。他喜欢司各特[①]的骑士精神和冒险精神，喜欢詹姆斯·费尼莫尔·库珀[②]的《皮袜子故事集》的刺激，喜欢查尔斯·狄更斯的狂欢和情节剧。

①司各特，即沃尔特·司各特（1771—1832）爵士，苏格兰小说家、诗人、历史小说首创者、浪漫主义运动的先驱，主要作品有《玛密恩》《艾凡赫》等。

②詹姆斯·费尼莫尔·库珀（1789—1851），美国小说家，开创了美国文学史上三种不同类型的小说，即美国革命历史小说、边疆冒险小说和海上冒险小说，代表作为《皮袜子故事集》。

他记忆犹新，他和父亲站在黎巴嫩村一家名为“金色羔羊”的旅店外的人群中，这位伟大的文学巨擘在他的第一次美国之旅中，在这里停留了一夜。

朗发现了埃德加·坡，他非同寻常的故事出现在名不见经传的文学季刊中，这些季刊进入了这个家。尤其引人入胜的是坡笔下的巴黎侦探杜宾的历险，他用智慧和观察力破案。辛辛那提报纸上的一篇文章让朗想起了法国刑事调查机构“保安局”的创始人维多克那本耸人听闻的回忆录。炎热的夏天，朗躺在树荫下，编造自己是一名聪明警察的故事。在他情窦初开的恋爱中，有一次，十一岁的他对十岁的佩兴丝说：“我想成为一个像杜宾那样的侦探，或者那个另外的侦探，我不知道怎么念他的名字。”

他和佩兴丝在一条乡间道路上散步。她说：“美国有那样的侦探吗？”

“我不知道。”

“你要是不知道，阿朗佐，那你干吗费神去想这事儿呢？你应该做个小店老板，或者像赛拉斯·菲尔森那样去做个农场主。”

“那太乏味了。”

“那你想干什么呢？”

“我不知道！”他大叫道，恼火极了。恋爱的花朵很快就枯萎了。

在19世纪50年代长大成人的过程中，朗慢慢地理解了他父亲不在家的日子里所做的事情。朗无意中听到人们在谈论一种叫作“地下铁路”的东西，这并不是一条真正的铁路，而是一条通往加拿大的逃亡奴隶的秘密通道。黑人们在储藏根菜作物的地窖里做短暂停留。有时，他们会带来小孩，朗很想跟他们一起玩耍，可是父亲说那些黑人孩子白天不敢露面。

朗十二岁的时候，他鼓起勇气问他父亲：“你是为‘地下铁路’工作的吗？”

牧师借着寓所办公桌上一盏冒着烟的鲸油灯的光，凝视着他的儿子：“是的，我是的，我就是所谓的列车员，这个家被称为火车站。我只是不知道该在什么时候告诉你。”

“你认为奴隶制是不对的。”

“这在上帝眼中是可憎的。”

“多拉姑姑说你干的事情很危险。”

牧师心不在焉地摸了摸他的左眼，紫色和黄色的瘀伤使他的左眼变了颜色，这是他最近一次旅行的“纪念品”。“多拉想让我放弃这事儿。赛拉斯认为非洲人天生就是奴隶，而且认为这个制度对那些被误导的南方人的生计至关重要。‘我们如果不实行这个制度，’他们公开说，‘我们怎么办呢？我们怎么活呢？’我说，找其他的工作，要么饿死。奴隶制是邪恶的。”

“为什么呢，爸爸？奴隶不快乐吗？”

“没有人能在束缚中快乐。如果我用链条把你拴住，你即使有钱也不能到村子里去买甘草，那会怎么样？如果我让你一直打扫谷仓和厕所呢，那又会怎么样？”

“我不会喜欢。”

“是啊，这就是奴隶制。”牧师沉默了一会儿，“跟我去地窖吧。”

寒冷的黑暗中，一个黑人家庭在烛光下用铁皮盘子吃饭。牧师请那个男人脱掉上身的衣服，朗看见一大片可怕的伤疤，闪着光，散发着强烈的油膏味儿。

马赛厄斯指着那些伤疤：“这就是奴隶制，阿朗佐。千万别忘记你所看到的，千万别忘记它意味着什么。当我们与奴隶制战斗时，我们是在为上帝工作。”

有一次，马赛厄斯·普赖斯骑马回家时，几乎失去了知觉，手臂上缠着血淋淋的绷带。多拉说，在俄亥俄河下游，一个捉奴隶的人开枪打中了他。她吓坏了：“子弹有可能打中他的心脏啊！”

全国各地的冲突愈演愈烈。人们为那些逃亡奴隶的法律争论不休。国会议员们唇枪舌剑，甚至动用了手杖。在“流血的堪萨斯”[①]，人们为了奴隶制互相残杀。朗听说了一件叫作“脱离联邦”的事情，赛拉斯说“必然发生”。接着，在1857年冬季的一天，当时朗已经十八岁了，牧师出差回来，发着高烧。“我在冰冷的小溪里等了六个小时，等着从肯塔基来的货物。”

“货物？”

①《不列颠简明百科全书》称之为“堪萨斯内战”，1854年至1859年美国的蓄奴论者和反对蓄奴论者之间为争夺对新堪萨斯准州的控制权而进行的一场小规模内战，零星的战斗持续到1861年堪萨斯成为联邦的自由州之后才告结束。

"包裹。运过来的三个黑人,他们都没有来。我不知道发生了什么事。哦,我痛死了。"

医生诊断是肺炎,且病情恶化。即使没有人告诉他,朗也知道,他敬爱的父亲快要死了。一天夜里,暴风雪呼啸,马赛厄斯把他叫到床边。油灯的火苗很低。朗亲吻了父亲胡子拉碴的脸颊。父亲的脸烫得像火烧,丝毫没有力气的手指摸到了他的手。

"阿朗佐,我要升天了。我很快就会看到上帝为我们准备的一切。你可以走自己的路,你长大了,你聪明,而且心地善良,所以我对你没有不放心的。我希望你向我保证,无论你这一生干什么,你要永远捍卫正义,决不妥协。奴隶制必须结束,只为那些有这一信念的人工作。别跟那些没有这一信念的人为伍,要与他们斗争。向我保证。"

朗的眼睛里噙满绝望的泪水:"我保证。"

虚弱无力的手指再次紧了紧。暴风雪哗啦一声撕下了小屋的一扇百叶窗。油灯灭了,朗留在床边。不久,天破晓,暴风雨平息了,他握着的那只无力的手也软了下来。

赛拉斯接纳了朗。他几乎乐不可支,他可以让这个男孩长时间地在菲尔森农场干苦活。每当朗的工作不能使赛拉斯满意时,这位长辈就会把他带到牲口棚,拿一根长长的山核桃木棍子抽打他赤裸的屁股。朗忍受着惩罚和苦差事,直到有一天赛拉斯抽打得他太狠,他的屁股都流血了。当天晚上,他趴在床上,心里产生了一个新的想法。他只是个奴隶而已,奴隶受到的待遇跟赛拉斯对待他的一模一样啊。

他想把所有的牲畜都赶出牲口棚,然后一把火烧了它。他不能这样做,因为他怀疑父亲不知道在什么地方以何种方式看着他呢。所以他就只是用黄色扎染印花的大手帕包了几件自己的物品,沿着月光照亮的大路,偷偷地溜到代顿去了。他从代顿来到芝加哥,一个正在飞快地成为全国牛肉、小麦和铁路运输中心的城市。

他在一家旅馆找到了拖地板的工作,然后在一个粮仓卸载用帆布覆盖着的麦车。他最短的工作是在这个蓬勃发展的城市的湖岸附近的一家屠宰场当夜班看守。一周后，他受不了那些恶臭以及对不会说话的牛和猪的血腥屠杀，辞去了这份工作。

他在伊利诺伊州中央铁路的车场找到了一份工作，跟一伙工人一起维护铁路。这是一项艰苦的工作，但它是在户外，那种氛围充满活力，富有现代感，机车穿梭频繁，货车往来不断，装载着粮食、农产品和各式各样的商品。有一天，这条铁路的副总裁麦克莱伦先生带着一个个子比他小一点、神态比他严厉一点的同伴前来巡视了一圈。那人似乎对货运车厢上的锁和链条很感兴趣，不断检测其强度。朗问工长那人是谁。“他经营一家新型私人安保机构。铁路公司跟他签订了合同，保护车场和车辆。”

朗想要的正是这个。他省下每一分钱，慢慢地在阴暗潮湿的宿舍狭窄的小床下的一个盒子里积攒了一些更好的衣服。他和酒鬼、流浪汉以及其他一些品行不端的人住在一起，但他与他们任何人都没有来往。

等攒够了钱，他便买了一套二手西装、一双像样的鞋子和一条干净的领带，然后他循着地址去了位于迪尔伯恩的平克顿侦探事务所，这是华盛顿西街二楼的一个经营场所。他被带到了一个叫班斯先生的人那里，请求给份工作。

“没有，我们没有工作。除非你有当过警察的经验，否则没有。”

“我想要的就是这种经验，先生。”

“对不起。”

他又去过两次，每次都是“对不起”。第四次，班斯先生上下打量着他。“又来了，普赖斯先生？决心是个有价值的特质。你几岁了？”

“十九，快二十了。”

“你会认字和算术吗？”

“当然会。”

班斯眯起眼睛，挑剔地审视着他：“我们需要一位档案管理员。我带你去见平克顿先生。”朗的心跳得像独立日游行时的大鼓。

“好的，先生！时刻准备着。”

班斯对朗的热情会心地笑了。

第九章　1858年—1860年

艾伦·平克顿的指甲修剪得干净整洁，头发理得一丝不苟，领结打得完美无缺。也许朗只是被吓到了，但他觉得自己是跟一块冰在说话。平克顿缓慢地问了几个问题，以确定朗是否真的能读会算，以及是否有当侦探的雄心壮志。然后他说道："你的家在芝加哥吗？"

"不，先生，在俄亥俄南部。我父亲离开苏格兰来到那里之后，成了一名卫理公会牧师。他去年去世了，在帮助逃跑的奴隶时得了肺炎。"

"非常令人钦佩。苏格兰哪个地区？"

"格拉斯哥，先生。"

"你听说过戈巴尔斯区吗？"

"那是一个可怕的贫民窟。我父亲就出生在那里。"

"我也是。你父亲属于宪章派[①]吗？"

"不，先生。他对我说，他相信那项运动的目的是为了劳苦大众，可是他说，宪章派太暴力。"

"有些不是的——就是所谓的道德力量派。我是个物理力量派，当机器取代了流落街头等待毁灭的正直人时，那么除了暴力以外没有其他办法。我离开苏格兰时，警察在追捕我。我不知道我是否遇见过你父亲，不过，如果他到威廉·麦考利的箍桶作坊买过木桶或者酒桶，那也许遇见过。我在那里做过学徒。"

"我说不准他去没去过那里，先生。"朗吞了一口口水，抓住时机说道，"我真

①参加1838年至1848年英国宪章运动的人。宪章运动是当时英国无产阶级为争取实行《人民宪章》而发动的革命运动。

的很想在您这里工作，学习这门行当。我看过那个创建巴黎警察部门的人的所有资料。”

“弗朗索瓦·维多克，一个恶棍，但是是一位先驱。”平克顿蘸了一下钢笔，在那张书写纸上写了点什么。“我们将雇用你试用一个月。如果你诚实、勤奋，而且我发现你的性格中没有严重的缺陷，我们将接受你为正式员工。”

朗从椅子上跳起身来伸出手，劲儿使得太大了，差点把墨水瓶打翻。平克顿跟他握手，脸上第一次露出了笑容。也许在这冰一样的躯体里面，有一个真实的人存在。

这个侦探事务所的日常工作使朗既兴奋又着迷。平克顿侦探事务所有点像剧院，特工们通过伪装自己和扮演角色来执行任务。有时，他们携带武器，但大多数时候他们不携带武器，依靠敏捷的思维而非武力。凯特·沃恩手下的四位女侦探从不携带武器。

平克顿七点前就在伏案工作了，向来如此。那位英国籍的侦探普赖斯·刘易斯告诉朗，老板拂晓前起床，洗一个冷水澡，然后长距离散步，六点半就出门来上班了。朗喜欢刘易斯，他是一位有教养的年轻人，在加入该事务所之前是卖书的。如果刘易斯不忙于案子，他们在午饭时间就会讨论文学。

平克顿每天有好几次走出他的办公室，会见客户，召集特工，把报告堆放到这张或那张办公桌上。平克顿写的报告几乎可以称得上是短篇小说。雇员们经常拿这事儿开玩笑，但从来不敢当着他的面。

作为一个在那儿工作的职员，朗很快就改变了对老板的看法。平克顿与其说令人生畏，不如说是要求严格。他遵循一种严格的职业道德，并期待别人也这样做。尽管平克顿毫无幽默感，拘谨刻板，但朗认为父亲会喜欢他，因为他献身于废奴事业。

到第四个星期的时候，朗的神经处于一种高度紧张状态，他担心自己会被解雇。他没有犯大的错误，但是没有一个人对他的档案保存工作有过评价，无论是正面的还是负面的。周六快下班的时候，班斯先生走近朗的办公桌，让他在高度颓废之余几乎猝不及防。“普赖斯，你周一来上班，以后就每天来上班了。平克顿先生正式录用你了。”

朗的后背一阵震颤。他没有意识到，平克顿在整个月里一直关注着他。那不动声色的目光可以洞察一切，这种目光作为侦探社的标志，最恰当不过。

有了固定的工作，朗就有钱住得好一点了。他在芝加哥河对岸爱尔兰人聚居区的一对夫妇家里租了一间干净的房间。他又买了一套更好的服装，而且很快把目光锁定在了另一个不同的工作上，做一名正式的侦探。他向班斯提了这件事，也向其他很多人说了这件事，但都白费口舌。

朗认识了斯莱奇。朗和这位前警察属于完全不同类型的人，但他们彼此喜欢。斯莱奇向朗询问有关书籍、餐桌礼仪、地理、简单的数学等问题，显然这些都是他童年教育中所缺失的。朗感觉应该谨慎节制的地方，斯莱奇却豪爽直率，以粗野著称，几乎总是随身携带着武器。

沉闷的冬天笼罩着芝加哥。雪堆积如山。积雪融化之后，大街小巷宛如肮脏的小河。从密歇根湖上吹来的风凶猛凛冽，寒冷刺骨。对每个人来说，这都是一段黑暗、沮丧的时光，唯有平克顿例外，似乎快到1859年2月底的时候他反而表现得异常兴奋。没有人知道原因何在。

3月11日星期五晚上，朗七点半了还在工作，他正在对工资分类账进行最后核对。平克顿冲出他的办公室："人都到哪儿去了？"他看了一下怀表。回答他的是静静的办公桌和朗墨水台边上的孤独的台灯。

平克顿递给朗一个密封的信封，信是送给伊利诺伊中央铁路的总经理哈蒙德上校的。"我需要马上把这封信送出去。如果哈蒙德在家，等他回复，然后把回复送到我家里。"平克顿停顿了一下，继续说道，"我不是非要书面回复不可，我信任你。我要求哈蒙德提供一辆特别轨道车送一些人去加拿大，他们如果继续待在芝加哥，可能会有危险。所以，我要求哈蒙德立刻回复。"

朗伸手去拿自己的帽子和羊毛围巾，平克顿又问了一句："你知道我住在哪儿吗？"

"亚当斯大街，靠近富兰克林广场。"朗从来没有受邀到他家去过，但大家都知道那个地址。

"我会等你，哪怕等到午夜或更晚。"

又一场风暴正在肆虐，狂风卷着刺骨的冬雨几乎是横扫着刮来，朗到达哈蒙德公馆的时候已经冻得浑身僵硬。上校在家，他看信的时候让朗到他家客厅的壁炉边暖暖身子。他看完信，将它扔进火里烧了。

“你可以告诉平克顿先生，明天下午五点前他会得到他的专车。你知道谁要去加拿大吗？”朗摇摇头。“我无权告诉你这事儿，但是如果他告诉你的话，你会明白这件事情非常紧迫。”

朗再次出发，摸黑穿越几乎空寂的街道。芝加哥安卧在一条白色的毯子下，这条毯子裹住了嘈杂的声音，营造出一种虚假的和平感。经过半个小时的艰难跋涉，他来到了那座装有护墙楔形板的别墅，老板和他的妻子、两个儿子以及一个小女儿住在这里。透过大门椭圆形的玻璃，朗看到了令人吃惊的一幕：两个黑人小孩冲过大厅，在玩捉人游戏。

平克顿听到门铃声，前来开门：“你速度很快嘛。进来吧，琼在炉子上烧水。我想你需要一些茶来暖和一下身子。”

朗渴望喝热茶，但出于礼貌他不得不说：“不必了，先生，我不冷。”

“哦？你的嘴唇是天生的蓝色吗？你要喝茶，别客气了。哈蒙德怎么回答？”

“车厢明天下午五点前准备好。”

“好极了。琼，给普赖斯先生倒杯茶。”平克顿朝屋子后面大声说道，“把靴子脱掉，来见见我们的客人。我相信你不会把你见过他们的事情透露给任何人。”

“不会，先生。”朗说道。他将靴子放在一旁，大惑不解地跟着老板来到客厅。

最先映入眼帘的惊人景象是八张黑色面孔，五个男人和三个女人身上穿着破旧但干净的衣服，脸上带着羞涩友好的表情。他们簇拥在一个身穿黑色礼服、系着细条领带、留着络腮胡子的高个子白人后面。蓝灰色的眼睛深陷在他那张粗糙的脸上，壁炉的火光映照得他容光焕发。

“这些人乘坐有篷马车旅行了六百英里。”平克顿解释道，这时他妻子给朗端来了一杯热腾腾的茶。琼是一位平凡而热情的女人，来自格拉斯哥。朗曾经在侦探社见过她。“他们每一步都受到这位布朗先生的保护。”

朗差一点把茶洒了。他想起了杂志上的版画，认出了这位白人。站在他面前的正是堪萨斯州的约翰·布朗，他在著名的奥萨瓦托米之战中杀死了许多支持奴隶制的人。布朗是一个国家级的人物，是许多人心目中的英雄，其他人则称他为杀人犯。

“布朗先生的这些同伴都是前奴隶，他们要跟他一起去加拿大。”

“我在那儿成立了我的临时政府。”布朗说道，两眼放射出令人难忘的疯狂光芒。“然后我在东部有重要的工作要做。”

“我一直在为这项工作筹集资金，并为这次旅行做各种准备。”平克顿说道。

每一个逃奴都被介绍给朗，但他的脑子里全是他们这位领队，所以根本就记不住他们的名字。等他准备离开的时候，布朗用他那巨大而粗糙的手握住他的手。

“年轻人，囤些烟草、棉花和食糖在那儿，因为我打算提价。我的革命将使南方跪拜在地，要用鲜血来清洗它的罪孽。”

朗对他的话并不完全明白，直到几个月后，布朗的小股武装攻击了哈珀斯费里的政府军兵工厂，结果被罗伯特·李上校率领的来自华盛顿的海军陆战队俘虏了。布朗受到审判。南方人说他是个疯子，北方人说他是圣徒和烈士。平克顿疯狂地为他的辩护筹集资金，但无济于事。布朗被判绞刑，老板好几个星期都郁郁寡欢。

1860年4月，资深探员蒂莫西·韦伯斯特被派往印第安纳波利斯处理一起贪污案件。亚当斯·罗奇，一位抽烟斗的德国人，跟他搭伴同行，但突然生病了。没有其他特工可派，班斯想到了朗的志向，遂派他跟那位英国人一同前往。朗不被允许带枪。

在开往南方的火车上，韦伯斯特用他清脆快速的英语口音解释了案子的情况。“两万美元从雇用我们的银行里凭空蒸发。一个叫索尔·克努森先生的副总裁受到他雇主们的怀疑。我们的任务就是找到部分或全部的钱，这样克努森就可以被移交给当局并受到指控。”

“为什么他是个嫌疑人？”

“行为。克努森一向是个有固定习惯的人，追求完美，嗜好整洁。后来，他结婚多年的妻子去世了。他带了一个年轻的瑞典姑娘到他家里当管家，有外遇就可疑。银行总裁说克努森在工作和举止上变得神秘古怪。很可能是那位女管家鼓动并怂恿他偷的。”

来到印第安纳波利斯,韦伯斯特用演戏用的粉染白了头发。在一个阳光明媚的星期六,他们驾着马车前往卡梅尔村。韦伯斯特带了一份看上去很正式,但经不起仔细推敲的文件。

他们把轻便马车停在克努森家白色大房子的碎石车道上,爬下车来。树篱吐绿,树枝上蓓蕾初绽;春天的泥土洋溢着芬芳,使空气变得清新怡人。很难相信他们这是在调查一个嫌犯。

在这所房子后面的马厩里,韦伯斯特发现两个隔间都停着马车。“我们也许可以在家里抓到他。我倒希望不是这样。到了屋里要保持高度警惕,注意任何反常的东西。”

韦伯斯特信心十足,像一位经验丰富的演员登场一样,大步走上门廊的台阶,响亮地敲门。一个矮胖的年轻女人打开了门,她有一张宽大的红色嘴巴。韦伯斯特向她脱帽致意。

“早上好,小姐。我是班布里奇先生,县建筑督察办公室的。这位是我的同事哈里斯先生。我们是来对这所住宅进行例行检查的,这是我们的证件。”韦伯斯特只用了三秒钟的时间展示了一下这份看上去很正式的文件。“房主在家吗?一位叫克努森的先生,我记得。”

“不在家。”年轻女人说道,口音很重。

“太糟了。我们尽量简化检查吧。”韦伯斯特跨过门槛,趁她还没来得及反对,就把她逼了回去。朗注意到,走廊的伞架上方,有一幅带框的小小景观画,角度略微有点歪斜。

韦伯斯特环顾了一下四周,脸上绽放出迷人的微笑。他指着餐厅:“请你到里面去,哈里斯先生。我检查客厅,欢迎您跟着我们,小姐。这真的只是例行公事。”

“快一点。”她大声喊叫道,说这几个字都好像快要憋死了一样。朗猜想,她就是生怕东窗事发,怕犯罪坐牢。但这并不意味着他们可以找到证据。

餐厅里的每一件家具都摆放得恰到好处,而且一尘不染。朗感觉他是在检查一个博物馆。他回到客厅，韦伯斯特正在一个小本子上记着什么。“一切都令人满意。”朗说道。

“这里也一样。我们检查一下——这是什么？”朗盯着一幅穿着深色衣服的老年妇女的画像。

“这是第二幅挂歪的画像，走廊里也有一幅。其他一切都井然有序。”

“我也许要看一下。”当韦伯斯特走近画像的时候，女管家冲上前来，喊道：“托瓦尔德！”

韦伯斯特将画像从钩子上摘下，翻过来。做背衬的棕色纸有一边被切开了。“有什么东西被藏在这里，然后匆忙换了地方。检查另一幅画像。”

朗听到楼上一阵骚动：沉重的脚步声，男人愤怒的说话声。他检查了那幅风景画，跑回到客厅。“如出一辙。你认为他把现金藏在了画里吗？”

“是的，而且我敢打赌，其他画里还有更多，他来不及割开取走。”他们听到响动，便冲到客厅里。一个六十多岁的矮胖男人正大步走下楼梯，他的马甲和无领白衬衫没有扣上纽扣，稀疏的灰色头发乱成一团。朗和韦伯斯特正对着他的猎枪枪口。

“从我的屋里滚出去。”他大声喊道，拿枪瞄准他们。

“克努森，别犯傻，你只会进一步害自己。”韦伯斯特说道。朗在他身后摸索着，摸到了一个涂了釉的姜黄色小瓶，他把它甩过头顶，砸在了克努森的额头上，砸得粉碎。韦伯斯特急忙扑倒在地板上。克努森踉跄着撞到楼梯栏杆上，一不小心把猎枪两根枪管里的子弹都射进了天花板。板条和灰泥纷纷落下。楼上，女管家像个疯婆子一样尖叫着。

韦伯斯特擒获了克努森，后者肌肉松软，根本不是他的对手。朗割开餐室里另一幅小油画的背衬纸，抽出一些大面额的钞票。韦伯斯特用猎枪看守着这位痛哭流涕的银行家，朗则跑去找地方当局的人。

“你有可能被枪打死啊。”事后韦伯斯特对朗说道。

“可是我没有被打死啊。”

“不要经常冒那样的险，这样做不专业。”

“我明白了，韦伯斯特先生。”

“叫我蒂姆。”他说着，一条胳膊亲密地搭到朗的肩上。

回到芝加哥，平克顿把朗叫到办公室。老板表扬了他敏锐的观察力和敏捷的思维能力，韦伯斯特在报告里对这一点毫不吝啬地大加赞扬。平克顿握了握朗的手，并立即宣布提拔他为特工。在接下来的几个月里，朗忙得不可开交，几乎没有时间去关注那些地方冲突正在把这个国家推向最终的对抗，焦点仍是奴隶制。

第十章　1861年3月

“爸爸,我没时间说话,五点有排练。”

“可是我有个好消息。”少校步履轻快地走进屋来,几个月来,他从未表现得如此活力四射、充满热情。他的靴子因走路而落满了灰尘,但他那件天蓝色的旧军大衣和披风却刷得干干净净,还算过得去。他放在雪茄盒里的单片眼镜被夹在了左眼上。“一个职位,在总统公园陆军部做办事员。我下周去报到。”

汉娜扑进西格尔的怀里,紧紧拥抱他:“太好了。怎么回事啊?你以前没有申请过吗?”

“申请过两次,我被当作狗一样对待。这是新一届政府。”

“谁雇用你的,那位新部长吗?”

“不是,不是卡梅伦[①]先生,是两位助手。他们欣赏我的军旅背景,部长没有军队经历。有人开玩笑说,卡梅伦最伟大的经历就是在宾夕法尼亚州往投票箱里塞选票。林肯让他进入内阁,因为他帮助林肯确保了提名。只要他给我足够的报酬,就算他是魔鬼也没关系——啊,汉娜,你的衣服,你为什么穿成这样?”

让少校做出这一反应的是她那件没有形状的灰色羊毛外套和紧绷绷的裤子,这是隔壁的黑人门房斯彭斯先生的妻子给她的旧衣服。她在那件棉布衬衫里面用干净的布条包扎起来,用别针别住,把胸部压平。她还用一把又旧又钝的剪刀剪头发,把耳朵周围弄得像个男孩子一样乱蓬蓬的。

---

①卡梅伦,即西蒙·卡梅伦(1799—1889),美国商人、政治家,经商致富后进入参议院,先后任参议员十八年,帮助林肯获得竞选总统提名,1861年被任命为陆军部部长,但很快因为在授予军队合同中滥用裙带关系而被解职。

“这样可以帮助我进入角色，我扮演一个伪装成奥尔西诺公爵侍从的女孩。”

“那些职业演员啊，你的朋友，他们以奇怪的方式影响着你呀。”他摇着头，摘下旧手套。“我在等我的任命的时候，遇见了一个绝对有趣的人。一个叫贝克[①]先生的人也在寻求职位，他在加利福尼亚州的旧金山领导了一支非正式的军事力量，他称之为义务警员。他们绞死了任何——”

“爸爸，我得走了。我真为你高兴。”

“为我们，我们可以从这个到处是黑人的小区搬出去了。到了市中心要小心，这个城市是个疯人院。”

成为疯人院好几天了，就为了准备林肯3月4日星期一的就职典礼。旅店一房难求，数以百计找不到房间的人睡在门口，或者干脆就整晚在街头游荡。有一份报纸说，国家宾馆每天提供一千两百份饭。但是，她到达宾夕法尼亚大道之后，才真正意识到拥挤的程度。一群群工人在大街上刷洗林肯先生从国会大厦到白宫坐马车要经过的整个路段。人们在人行道上乱转。她怀疑许多人来自伊利诺伊州，因为他们穿着粗糙的深色衣服并且不怕难为情地瞪着眼睛看人。坎特伯雷音乐厅的经理说，真是声名狼藉，这些草原上来的莽汉吝啬极了，从来不给小费。

汉娜还看到了其他更粗野的男人，他们拿着各种酒瓶子狂饮胡喝，谁挡他们的道，就推搡谁，包括女人。城里充斥着来自巴尔的摩市的流氓无赖，前来扰乱就职典礼。有一个人踩到了她的脚，她瞪了他一眼，用粗话骂他。那人不甘示弱，用脏话回骂，然后继续大摇大摆地往前走去。

一个从国家宾馆出来的年轻人被带着签名册的人团团围住。汉娜看到过一幅平版画，认出了这是林肯正在读大学的儿子。有人戏称他为“铁轨王子”。鲍勃·林肯毫无怨言地签上自己的姓名。

一道明亮的闪光把她的目光吸引到她正经过的一座建筑物的屋顶上。3月的阳光反射在一位军官的望远镜上，他正在观察这些人群。这出戏剧的导演说，

①贝克，即拉斐特·柯里·贝克（1826—1868），美国内战时期联邦侦探警察局局长、联邦情报与反情报行动项目主管，1862年接替平克顿担任联邦政府特勤局局长，1863年创建了华盛顿哥伦比亚特区骑兵营，后发展为一个团；他被指责对林肯总统被刺负有疏忽大意的责任，他亲自到现场抓捕刺杀林肯的凶手并下令将其击毙，后晋升为准将；著有《美国特勤局史》。

由于死亡威胁，游行路线的沿途布置了一些神枪手。据一则传闻称，来自得克萨斯州的二十名带着鲍伊猎刀的歹徒计划在守卫总统就职典礼马车的华盛顿哥伦比亚特区骑兵部队中砍出一条小路，将总统刺死。

又有人说，纽约马上将宣布自己是一座自由城市，以便与双方政府进行交易；说林肯总统将立即召集来自新成立的南部邦联首府蒙哥马利的代表举行和平会议；说黑人们正在等待星期一来"报答"他们的主人和雇主。正是这种谣言在她们最近一次一起吃晚饭时，引发了她与玛格丽特的令人遗憾的争吵：

"我哥哥西塞罗说得很肯定，他一个朋友家的黑人女佣说，等林肯一就任，她就要扇她女主人的耳光，朝她的脸上吐口水。"

"玛格丽特，你怎么会相信这样的胡说八道呢？"

"我只是告诉你我听到的而已。我父亲说，一旦林肯和那些同情黑人的共和党人掌了权，就会血流成河。"

"那你怎么看呢？"

"尽可能少流点血。我不喜欢这种想法。"

"你不能永远做墙头草。马上要打仗了，我要是能参军就好了，我要是个男人就好了，可以为这项事业出一份力。"

"那是你的事业，不是我的事业。"玛格丽特说道，明显带有怒意。

汉娜的脸上泛起红晕。两个女人都看向了别处。她们的服务员跟那些高档宾馆和酒店的所有服务员一样是白人，看见她们争吵起来，便到另一张桌子去了。

汉娜把手放在玛格丽特的胳膊上，做出和解的姿态。汉娜的指甲很钝，有几处还断了，这与玛格丽特光洁完美的指甲形成了鲜明的对比。

玛格丽特先开口："这真是太粗鲁、太愚蠢了。原谅我好吗？"

汉娜说："当然。"

"我们没必要这么激动，我们是朋友啊。"

"是的，确实是的，永远的朋友。"

但是，如果有个性的话，朋友也会表明立场，或者说应该表明立场，汉娜心想。就像家庭、州和国家之间互相仇恨、陷入分裂一样，她和玛格丽特的关系也是如此。汉娜不喜欢看到这样的结局,但是感觉到了某种必然性。她们客气地分别,没有以往的那种亲密表示。

汉娜所在的由业余演员组成的剧团在国会大厦后面一座新教圣公会教堂的地下室一个有幕布的舞台上表演。教区长喜欢戏剧表演,就允许这群人租用了地下室,只要他们保持整洁就行。教会的会众里有大量南方人和同情他们的人。

像往常一样,当她到达时,演员们像谷仓边的鸡一样到处乱跑,发出叽叽喳喳的声音。今天是他们第一次带妆彩排。导演是一个才华横溢但颇为谨小慎微的鞋子推销员,名叫德里克·福利。

汉娜走进化装间的时候,泽菲拉·康福特穿着内衣,正在手忙脚乱地摆弄她的紧身胸衣带子。"哦,打扰了。你能帮我一下吗,亲爱的?"

"当然啦,亲爱的。"泽菲拉·康福特很丰满,是个蹩脚的演员,可是因为德里克跟她住在一起,所以她总能得到角色。

汉娜喜欢薇奥拉这个角色,伊丽莎白时代莎士比亚笔下由年轻男子扮演的女性之一。薇奥拉在伊利亚海岸的海难中幸存下来,为了保护自己免受伤害,她伪装成一个白脸小生。马伏里奥形容她"作为男人不够老,作为男孩不够小"。薇奥拉很快就成了塞萨里奥,即奥尔西诺的侍从,奥尔西诺派她去奥利维娅小姐那里代他向她求爱。在第一幕的第五场也是最后一场中,汉娜第一次穿上了侍从的华服,一件绿色的丝绸外套和齐膝的短裤,上衣翻领上镶着黄色的小花。汉娜喜欢她白色长筒袜的紧身感,喜欢撒了粉的假发的气味。泽菲拉·康福特戴着一个很厚实的面纱扮演奥利维娅,直到剧本要求她向这位能言善辩的侍从露出她的本来面目。

泽菲拉双手紧握胸前,装腔作势地问:"他是怎么爱我的?"

汉娜的回答更为克制,更为现实,因此也更加可信:"用真挚的爱慕,用无尽的泪水,用雷鸣般的爱的呻吟,用火焰般的叹息!……如果我真的在我主人的烈焰中,承受如此难以忍受的痛苦,凭借如此死亡一般的生命,爱上了你,一旦被你拒绝,我就会失去理智。"

这一幕结束时,德里克从凳子上跳起身来,拍手:"泽菲拉,你太棒了。别松懈。亲爱的小汉娜——这是一套漂亮的衣服，可惜就是旧了。左臂下的一条缝裂开了，像个大裂谷。让管服装的姑娘把它缝起来。”

“好的，德里克。”

“我得好好表扬你的表演。我要是个陌生人见到你的话，真会以为你是个男人。把嗓音降低一点效果会更好。”

“谢谢，德里克。”

“五分钟，大伙儿，然后我们继续。”

汉娜走到了外面。落日的余晖下沉在西边尚未竣工的国会大厦圆顶后面。浓重的阴影笼罩在大街上。她听到马蹄声嘚嘚作响，由远及近。

她靠着教堂的砖墙，拿火柴点燃了一根手工制作的香烟，汉娜喜欢烟草的气味和感觉。她吐出一口烟雾，暮色苍黄之中，有六七个骑兵踢着马刺跑过。她仔细观察着黑暗和他们宽松的军服如何模糊了他们的个性，脑子里突然冒出一个新的想法。

“如果我这么像个男人，那为什么不能打扮得像个男人呢？为什么不能跟随一支部队上战场去呢？爸爸最终就会有个当兵的孩子了。”

她很兴奋，尽管对潜在的风险并不只有一点点担心。可是她是一位聪明的演员，不是吗？只要小心谨慎一点就不会暴露。她沉浸在幻想中，连德里克要求开演第二幕的叫唤声都没有听到，只得让脾气暴躁的舞台监督亲自护送她进场。

第十一章　1861年3月

就职典礼那天，天气晴朗，但相当寒冷。一阵大风刮过，冻得人面颊发麻，露在外面的手也麻木了。现场部署了很多军队。九点半，朗和斯莱奇出发去国会大厦。在宾夕法尼亚大道以北的F大街，华盛顿哥伦比亚特区骑兵将陪同游行队伍，国民军的步兵将守卫游行路线，正规军部队将作为增援。端着步枪的国民军士兵像一群等待尸体的秃鹫一样盘踞在大街两边的屋顶上。

铁路公司的执行总裁费尔顿雇用了平克顿侦探事务所的侦探作为就职典礼的特别巡逻队。这是一个爱国的私人行动。斯科特将军负责安全，不会授权平民随意介入。这位“爱摆排场的老头”住在I大街。据说，那儿有一位做餐饮的法国人给他提供一日三餐。朗估计斯科特一天要吃五到六餐，因为他胖得出奇，手脚都浮肿了。他得由那些军士把他抬上他的马车去。七十五岁高龄的他，太老了，不该再居于最高军事职位，可他就是身居这一高位。

“看样子这些人不太高兴。”斯莱奇在他们经过早已挤满路边的那些平民百姓身边时说道。朗也注意到了同样的情况。声音嘈杂——报童们在叫卖报纸，小贩们挥舞着林肯的石版肖像——但热情不高。他在有些人的脸上看到了愤怒，在更多人的脸上看到了焦虑。商店的百叶窗和更上面的窗户统统关闭了，很可能是为了表示抗议。

他们绕着国会大厦的南侧走到东廊。数以百计的人早已经在悬挂国旗的平台前的预留椅子后面等待着。平克顿说，平台下面，将埋伏五十个全副武装的士兵。

朗和斯莱奇在人群中找到了蒂姆·韦伯斯特。他分派斯莱奇到公园东北面的四分之一区，朗到东南面的四分之一区。

人们哆哆嗦嗦，抱怨着冷风。朗翻起他那件旧大衣的天鹅绒领子，按住他的黑色毡帽。他游走着，研究着人们的脸，观察着任何可能显示他们为疯子的迹象。他没有看到有人有此类迹象，但依然感到紧张。为什么刺客一定要看起来很奇怪呢？为什么他不能是个英俊的人，或者说就是一个普通人呢？

一些身手敏捷的人爬上了公园光秃秃的树木。场地上聚集着城市警察，国会大厦两翼的每个窗户都有一名拿着步枪的士兵监视着外面。他们中会有人快得足以阻止一个下定决心的神枪手吗？

人群已经增加到了好几千人。十二点刚过，远处有音乐传来；海军军乐队，正沿着宾夕法尼亚大道行进。林肯和布坎南坐着他们的敞篷马车离开了威拉德宾馆，周围簇拥着他们的警卫。根据最新的传闻，如果这位新总统在宣誓就职前没有被暗杀，那么一群弗吉尼亚人就会飞驰过长桥，在今晚的就职舞会上绑架他。

朗的目光一直在四处扫视，寻找可能引发事端的蛛丝马迹。他倒退着的时候，撞上了一个年轻女子，把一本书从她戴着手套的手上撞落了。

"女士，实在对不起。"

"你真是的。"

她跟他年纪相仿，个子高挑，端庄健美，黑眸星眼。她的服装表明她很有钱，也很有品位。她在裙子上方穿了一件深琥珀色的毛绒披肩。她的帽子与之十分相配，饰有鸵鸟羽毛。她比朗高出一英寸。

他跪下身子，飞快地捡起书本——《白衣女人》。他将一些冬天生长的草屑从封面上掸掉。

"我没有读过这本书，不过我听说威尔基·柯林斯[①]是一位优秀的作家。他跟我特别喜欢的作家查尔斯·狄更斯是好友。"

她凝眸注视着。

"我听说这部小说里有一个侦探。"

她盯着他的帽子，他突然感觉很被动，便赶紧摘下帽子。"那么给您。请接受

---

①威尔基·柯林斯，全名威廉·威尔基·柯林斯（1824—1889），英国侦探小说家，早期作品刊登在狄更斯主编的《家常话》杂志上，主要作品有《白衣女人》《月亮宝石》等。

我的敬意。”

她接过书本：“谢谢，可是我不需要北方佬的敬意。”

他生气了，厉声朝她说道：“接受一个美国人的敬意又怎么样呢？”

她睫毛下垂，掩饰了一丝快乐：“天哪，你的行为也太粗鲁了。可以问问，你这样的男人靠什么挣钱养活自己啊？在一个黑暗肮脏的工厂里做奴隶，幻想着自己是自由的？”

“不，我们先不谈种植园奴隶比工薪奴隶更富裕这件事，这是一个似是而非的论点。工厂的工人随时可以离开工厂。一个奴隶离开了，他们就会用鞭子抽他，烙上火印，甚至更糟。”他本应该到此为止了，可是她那不可一世的眼神和桀骜不驯的下巴激怒了他。“我想你也不喜欢你的新总统吧。”

“不喜欢。他充其量就是个来自伊利诺伊州的粗俗乡巴佬。”

“我也来自伊利诺伊州。”

“真的吗？一点也不像。如果亚伯拉罕·林肯还有一点点常识的话，他就会宣扬和解，而不是冲突。”

“但是当南方为了保护其特有的制度而不顾一切地撕毁宪法时，就不可能了。你们这些分离主义者以为你们的方式是唯一的——”

“对不起，我离开你这么久，亲爱的。”一位年纪比他们大的男人从她身后走上前来拉住她的胳膊。“遇见了一个老朋友。你认识这位先生吗？”这人说话有点装腔作势。虽然不完全是英国人的风格，但他说话十分干脆利落，以显示他的优越感，对听者形成居高临下的态度。他穿着一件有棕色天鹅绒翻领的漂亮长外套，立领上系着领结，头戴高顶黑色大礼帽，双手戴着手套，手里还拿着一根手杖。

“不，多纳尔。这位先生撞了我一下，把我的书撞到地上了。至少他有礼貌地把书捡了起来。”

“嗯，非常感谢，先生。”多纳尔的话语略带讽刺，但缺少了真诚。那人用一只结实的手扶着她的胳膊，把年轻女子带走了。朗不明白怎么这么漂亮的姑娘居然会跟一个白发苍苍、下巴瘦削的男人在一起。他很可能非常有钱。年轻女子离开的时候回头望了一眼，朗说不出这个眼神是好奇还是轻蔑。

最让他恼火的不是她尖刻的舌头，事实上，他倒是颇为喜欢她的胆量。他生自己的气，因为他一开始就和她对着干，而不是试图让她喜欢他。他一看见她，就喜欢上了她线条优美的面庞和富有光泽的秀发，并希望她也能喜欢他。

“别浪费你的时间，那绝对不是一条你可能走的路。”

太糟糕了。他不能说在如此短的时间内跟一位素昧平生的漂亮姑娘一见钟情，可是年轻人心中的某种东西打开了一扇可能之门。

朗从未恋爱过。他曾经和很多年轻女性有过逢场作戏的调情，还有过三次床第之欢。最近一次，斯莱奇带他去了芝加哥的一家妓院，并为那个女孩付了钱。朗发现这是一次机械的，甚至是十分糟糕的经历。他没有告诉斯莱奇，因为斯莱奇会嘲笑他是个书生气十足的浪漫主义者。

他正要走开，却看到一张彩色的纸书签掉在她原来站着的地方。希林顿书店的又一本好书。

他去过那家很受欢迎的书店。他捡起书签，确信它肯定不是从威尔基·柯林斯的书里掉出来的。她为什么把书签扔在这儿？他在人群中搜寻着她，仿佛找到她就能找到答案似的。她不见了。

他甚至连她姓什么都不知道。

他把书签塞进口袋里，回头继续工作。

大楼北侧的喊叫声和骚动标志着官方队伍来了，该队伍将前往参议院会议厅，副总统哈姆林将在那儿宣誓就职。不一会儿，由国会议员、最高法院法官、朋友和家人组成的官方队伍从圆形大厅里走了出来，走下台阶，来到台子上。林肯来了，他和以前一样愁眉苦脸，平凡得令人失望。他在前排的一张椅子上坐下，将他的金头手杖搁到膝头。来自俄勒冈州的参议员贝克站在一张简陋的小桌子后面介绍他。朗的注意力全部集中在老坦尼[1]身上，这位身穿长袍的首席大法官

①坦尼，即罗杰·布鲁克·坦尼（1777—1864），美国大法官，当过律师，曾任州总检察长、杰克逊总统的司法部部长。担任最高法院的大法官后，主要以“德雷德·斯科特裁决案”为人们所知，也因在“艾布曼诉布思案”以及“查尔斯河桥梁公司诉沃伦桥梁公司案”中的观点而闻名，在前一案中，他否决了州有阻挠联邦法院程序的权力。虽然他认为奴隶制是一种罪恶，但他认为消除奴隶制应循序渐进地由那些蓄奴州自己解决。

坐在贝克的左边。坦尼曾写过著名的德雷德·斯科特[①]裁决书，说奴隶不是公民，因此无权得到法律的保护。朗尽管对这个人的其他方面一无所知，但他不喜欢他。

介绍完毕，林肯走上前去。他对掌声表示了感谢，把手杖放在桌子上。他摘下帽子，像是要把帽子放下似的动了一下，可是又犹豫不决。有几个人嘲笑他的尴尬。那位“小巨人”道格拉斯参议员赶紧微笑着站起身来，从林肯手里接过高顶礼帽。他坐下，小心翼翼地将礼帽放到自己的一个膝头。人们喜欢这个象征性的动作，去年秋天的政治对手团结了起来。

这个场合，总统的声音跟以往没有什么区别，依然又细又尖，而且，朗真不情愿这样说，令人厌恶。然而，林肯的言辞慢慢地吸引了他。

林肯谈到了分裂国家的问题，然后立即说这是不可能的。联邦是永恒的，它不能由个别州说解散就解散，分裂国家的法令是无效的。

“因此，我认为，从宪法和法律的角度来看，联邦没有分裂。在我力所能及的范围之内，我将按照宪法明文规定的那样，在各州忠实地执行联邦法律。”

人群屏息静气，一动不动，你几乎能听到云彩在天空飘过的声音。朗身后的一个人轻声说道：“这该死的傻瓜的意思是，如果南方不收手，那就开战。”

林肯严肃地告诉他们，除非是强加到联邦政府头上，否则就不会有暴力或流血。“内战这一重大问题掌握在你们手中，我的心怀不满的同胞们，而不是掌握在我的手中。政府不会责难你们。只要你们自己不是侵略者，那么你们就不会面临冲突。如果你们没有对天发过誓要摧毁政府，那么我可以许下最庄严郑重的诺言，誓死保全、保护、保卫政府。”

他忧郁的眼睛吸引着人群。“虽然人们激情的张力也许已经处于饱和状态，但它决不能破坏我们之间的感情纽带。在这片广袤的土地上，从每一个战场和每一个爱国者的坟墓，到每一颗鲜活的心和每一个家庭，这些神秘记忆的和弦，当我们天性中更加善良的天使再次将它触动而且必然将它触动时，联邦的合唱声将会变得更加嘹亮。”

---

①德雷德·斯科特（1795？—1858），美国黑奴，向州法院提出要求自由人身份的诉讼，经美国最高法院裁决（1857），认为黑奴无资格要求权利，因而激化了北方反奴隶制的斗争。

掌声过后，坦尼大法官拿出一本《圣经》。他让总统宣誓就职，仪式圆满完成。谢天谢地，没有发生暴力事件。“感情纽带”这四个字伴随着一点失落感萦绕在朗的脑海中。

在艾伦·平克顿和他的手下周三离开华盛顿之前，朗到希林顿书店去了一趟。干了将近一年的特工，他能令人信服地杜撰一个故事。

“星期一，一名年轻女子在总统公园里掉了一本《白衣女人》。我捡到了这本书，可是还没来得及还给她，她就不见了。如果她不是一个外地游客，我想把书还给她，可是我不知道她的名字，也不知道去哪儿找她。你们书店的一张书签告诉我，她一定是在这儿买的书。”

朗老实厚道的表情和蓝色的眼睛打消了店员的怀疑。他去拿来了一只铁皮盒子。“柯林斯的书自从去年出版以来我们卖得很多，不过对于本地的顾客我们都留有名片。你能形容一下她吗？”

朗形容了她，店员找到了她的名片。“米勒小姐。”朗自己学会了倒过来看字，她的教名是玛格丽特。店员的大拇指遮挡着地址。

“华盛顿人吗？”

“巴尔的摩。不过她家在富兰克林广场还有一套住宅。”店员给他看了门牌号码。有件事唤起了店员的记忆，令他哑然失笑。“她不怕跟我们一些男性顾客谈论政治，她是个狂热的分离主义者。”

“巴尔的摩就是这样。”朗附和着他的话，一面脱帽致了个谢。

他冲了出去，天黑后冒着暴风骤雨去了富兰克林广场，结果却站在门廊上，浑身淋得像只落汤鸡，失望至极。四处没有一丝亮光。他退下台阶，帽檐上滴滴答答地淌着雨水。她一定是离开这儿了。他明天早晨要走。该死的，没有机会再见到她了，或者说连登门的机会也没有了。

巴尔的摩和俄亥俄铁路西行的列车上，车厢里太热了，车厢外面的天气潮湿而阴沉，车窗全都蒙上了水汽。普赖斯·刘易斯坐在朗的身边，翻阅着华盛顿和纽约的报纸。“天哪，南方他们已经把剑挥舞得呼呼乱响了。听听这来自阿肯色州的声音吧。‘如果说宣布联邦永久存在意味着胁迫，那么林肯的就职就意味着战争。’《蒙哥马利广告商》说，‘战争，战争，唯有战争才能让那个废奴头子满意’。我估计我们肯定要倒霉——朗，你究竟在干什么？谁是玛格丽特啊？”

朗抹掉玻璃上水汽中所显示的名字。“我在就职典礼上邂逅的一位女士。”他将下巴搁在手掌上，透过水汽的小洞，凝视着雨水落在冬天的树林里。树林看上去孤苦伶仃，跟他的心情一样。

第十二章　1861年4月

那些暴民情绪激动，身着蓝色的民兵制服，肩上扛着装了刺刀的步枪，兴奋不已。玛格丽特用胳膊肘捅了一下挤在她后面的人。“拜托，别推了！”

她滑了一下，要不是紧紧抓住别人的肩膀，就会被鞋跟和鞋钉踩在脚下。她几乎喘不过气来。她被困在一大群挤得水泄不通、浑身散发着酒气、愤怒异常的人之中。他们乱扔东西，包括人行道上的铺路石。

满载着士兵的七节车厢穿城而过，被拉往巴尔的摩和俄亥俄铁路的卡姆登车站。然后，暴民们在铁道上抛掷了一个船上用的锚，挡住了后面来的三节车厢。马萨诸塞第六民兵团的年轻战士跳下车，在凯恩警察局长的两排警察队伍之间徒步前进。昨天，宾夕法尼亚第二十五团的几个连队穿越城市时只遇到了少量的麻烦。西塞罗保证今天会采取更多行动。她是到普拉特大街来看热闹的。

暴雨般的投掷物和狂风般的污言秽语交织在一起。民兵战士眼巴巴地望着他们的军官，期待下达自卫命令。从后面扔过来的砖头击中了玛格丽特的肩膀。有人开了一枪，一个上了年纪的平民倒下了。暴民们尖叫起来。

她附近的一个人拔出手枪，更多的枪声响起。一名士兵向后飞起身来撞在一名警察身上，他的大衣上瞬间出现了一个暗红色的斑点。一名上尉紧紧抓着他的脸，一大片鲜血从他脸上流淌下来。枪声噼啪作响，一片喧闹。

她用双手捂住耳朵，可依然听得到枪声阵阵。她闭了一会儿眼睛，可依然看得到普拉特大街上硝烟弥漫，士兵和平民纷纷倒下。她用手掌捂紧耳朵，但喧闹声反而越来越大。一个士兵端着上了刺刀的步枪向她冲了过来，他那粉红色的脸怒不可遏。她赶紧往后退去，但是一堵人墙阻断了她的后路。“你这该死的分裂联邦的女人。”那士兵尖叫着用刺刀捅向她……

“不！”

玛格丽特挣扎着扑腾，大哭大叫，醒了过来。

她醒了过来，意识到自己安然无恙。她浑身颤抖，但是处在她黑漆漆的卧室，安然无恙。她的睡衣已经湿透。梦中，她重温了昨天，也就是星期五在普拉特大街上所看到的情景。就在一个星期前，查尔斯顿的炮兵部队在萨姆特要塞开火，摧毁了所有和平的希望。周一，林肯宣布这是一场叛乱，并征召了七万五千名国民军保卫华盛顿。她本来希望打乱她平和安宁生活的事情永远不会发生，但终究还是发生了。

她瞧着卧室壁炉架上的一口时钟，九点半。她匆匆穿上睡袍，冲下楼去。门厅里的一张桌子上堆满了脱离联邦的卡片和海报。餐厅里她父亲的座位上，摆放着一份两页的《巴尔的摩独立报》特刊。“巴尔的摩人被外国军人杀害！十三个平民被开枪击中——据说有五人死亡！林肯的雇佣兵让我们的街道浸透了鲜血！”

西姆斯听见她在走来走去，便推开厨房食品间的双开式弹簧门。“吃早饭吗，米勒小姐？”那个上了年纪的黑人一脸阴沉，跟她一样为过去一周所发生的事情感到沮丧。

“就来点咖啡，我没有胃口。父亲跟西塞罗走了吗？”

“去纪念碑广场开一个很大的脱离联邦大会，然后去其他一些地方，不知道是哪里。米勒先生发烧了，脸色灰白得要命。我担心他的健康。您最好不要外出了。克拉丽莎来上班的时候，她对我说他们还在闹。可怕，这一切真是太可怕了。”

玛格丽特把一缕桀骜不驯的黑发从前额甩了出去：“我哥哥的情况怎么样？”

“咖啡马上来。”西姆斯退出了她的视线，仿佛没有听见这个问题。

加了菊苣根的咖啡味道很苦，她没法咽下咖啡。她是一周前的星期四回到家里的，一次很常规的回家，但是因为战争爆发，被困在了巴尔的摩。多纳尔再次跑到纽约去了。她决定留在巴尔的摩，以为这里可能比华盛顿要平静一些。

她的“以为”错了，不到几个小时，暴民们便开始游行示威，脱离联邦的旗帜在港口的桅杆上飘扬。礼花绽放，喜庆漫天，庆贺战争爆发。

马里兰州州长希克斯发布了一则公告，呼吁维持秩序。回应却是嘲笑和蔑视。这下好了，巴尔的摩以“暴民城”出名了。文学爱好者们说，神秘的坡先生在1849年的市政选举中死于一群暴徒之手。

玛格丽特把两个胳膊肘搁在擦得锃亮的桌子上，双手捂着眼睛。她想起了总统公园里那个肩膀宽阔的陌生人，他对北方佬的正义得意扬扬，十分迅速地用他自己的一些嘲讽来回应她的嘲讽。这个年轻人真是讨厌至极。

那么，她为什么在过去的几个星期里老是想到他呢？

嗯，他说他看小说。她知道巴尔的摩有一些小青年看小说，但他们都是纨绔子弟。他喜欢蓝眼睛，但很难说这是一个世界上独一无二的特征。对此她无法解释。他是个坏人，站在错误的一边，然而不知怎么的，却令她怦然心动。毫无疑问，他打算要参军，来杀害南方的战士，她不想再见到他了。

她为父亲担心。过去的两个星期里，卡尔霍恩·米勒几乎没有睡什么觉，他写的社论越来越义愤填膺，半夜里还接待陌生的访客。他说，弗吉尼亚人向该州注入资金，帮助印刷有关脱离联邦的文献。有好几次，米勒为鸡毛蒜皮的小事对她发火，过去他从来没有这样过。原因很可能不是脱离联邦的努力正在遭到失败，就是进展太慢。

与此同时，她哥哥却嘴里哼着小调，在屋里忙忙碌碌，兴高采烈得非同寻常。他甚至把那个秘密社团的名字都告诉了她，“自由骑士团”。他说，他们抵抗北方侵略者，不是用陈词滥调和印刷材料，而是用炸药、易燃油和偷来的武器。西塞罗喜欢这种可怕的动乱。

她担心他在街头的安全，但她更担心她正直的父亲的安危和幸福。夜幕降临了，他和西塞罗都没有回家。

仓库里弥漫着一股鱼腥味和二十多个人潮湿的毛料衣服的气味。又有一个人来了，一个身材魁梧的看门人拦住了他。双方交换了拉丁文口令。

一张小桌子上摆放着两盏油灯，这是唯一的照明。两盏油灯之间交叉摆放着两把马刀和一本《圣经》。桌子后面六码远的地方，横梁上悬挂着一面州旗。西塞罗·米勒站在一旁，眼睛扫视着那群听他父亲讲话的自以为公正善良的人们。

卡尔霍恩·米勒的衬衣看起来脏了。他疲惫的双眼透出坚毅的神情。在此之前，他先是在乔治·华盛顿市政纪念碑前的公众集会上发表演讲，然后又到另外两次会议上发表了演讲。西塞罗的表情始终保持着冷静，但内心却暗暗高兴。第一次，所发生的事件说服了卡尔霍恩·米勒对“自由骑士团”的成员们发表讲话。

“去年，我怀着自豪和希望，”米勒说道，“参加了新宪法联盟党的提名大会。在11月的选举之前，我们把自己作为道格拉斯民主党人、南方民主党人以及被鄙视的共和党人的替代者。我们的党是妥协与温和的党，是妥协与温和的平台。”

听到这话，有些“骑士”抱怨起来。港湾里一艘船的钟声响了，一辆马车在外面嘎吱嘎吱地行驶，然后停了下来。

“我们的候选人贝尔先生和埃弗雷特先生发誓拒绝接受双方的激进观念。我们希望维持联邦——”有人大声喊叫“不”表示反对。“但是我们也希望维护南方利益。林肯先生的升迁向我表明我们错了。另一方没有妥协的精神，所以我们这边也不可能有温和。”西塞罗望着一对老鼠在他父亲身后的黑暗中飞速窜过。

“奴隶制在马里兰州已经盛行了几代人，我们可以自豪地说，我们是实际的南方人，我们生来就是南方人。”西塞罗带头鼓掌。“我们那位胆小如鼠的州长终于解决了危机，下令摧毁城北的铁路桥，这样外国军队就无法通过。可是要做的事情还有很多。马里兰州必须加入南部邦联的姐妹州行列中。我要求你们作为爱国的公民，在华盛顿登记就位的平等主义势力压倒我们之前，用一切必要的手段，尽快实现这一目标。和平已经不再可能，克制已经不再可能。很好。我宁愿为捍卫南方所尊崇和维护的宪法而死，也不愿在已经昭彰天日的北方的狂热暴政下生活一小时。”

“我们该怎么做，杀了那些不想脱离联邦的人?”

西塞罗转过身去，认出是那个名叫斯库利的人，他刚刚加入骑士团。跟他同时加入进来的一个更胖的男人比尔·托平就站在他旁边。

卡尔霍恩·米勒说道："如果你非要我回答，那么是的，假如有必要的话。"

"对不起，不敢苟同。"

西塞罗的跛脚刮擦着地面走上前去，挡在那个说"不"的人的前面。"你参加这个组织的时候发誓要忠诚的。你不能一有风吹草动就反悔。"

斯库利说道："错。你们这些人在煽动暴乱。会议结束了。"

"你是谁啊，来发号施令？"

"你知道我的名字，约翰·斯库利。"他从上衣里掏出一把手枪，"平克顿组织的。比尔，叫警车里的人过来。"

托平朝仓库门口冲去，手里也拿着一把手枪。人们大声喊叫着：

"这个混账说他是亚拉巴马州人。"

"他是怎么弄到口令的？"

西塞罗的声音最大："抓住他们。"

托平在锈迹斑斑的轨道上把门推开。街灯光芒笼罩的大街上，巴尔的摩警察从他们的马车后面冲了出来。西塞罗怒火中烧，一瘸一拐地走到桌子边，吹灭了一盏灯。有人开了一枪，打中了另一个人，这一下把玻璃灯罩给毁了，火热的油飞溅开来。警察挥舞着警棍冲进仓库。

有一个北方侦探开着枪，一个骑士开枪还击。顷刻间，喊叫声、枪声，一片混乱喧嚣，人们四处奔逃，掉落到地板上的油灯的火开始蔓延。西塞罗好不容易来到他父亲跟前。

"我们得出去。那边。"几乎就在他耳边，又一声枪响。米勒看起来吓了一跳，接着他倒下了。

"西姆斯。"楼下的声音来自玛格丽特的哥哥，"西姆斯，你这个懒惰的黑鬼，赶快过来！"

玛格丽特把书丢到一边，朝楼下跑去。这时，西姆斯跌跌撞撞地从他地下室的房间里爬了上来，出现在楼梯下面的一扇小门门口。

"穿好衣服，备好马车。"西塞罗正靠在一堵墙上，衣衫不整，满脸乌黑。看到他身后的墙纸上有一条长长的红色痕迹，玛格丽特吓坏了。

“这个时候你要马车干什么？”她问道。

“把遗体搬回家来。”

“遗体？啊，天哪，不会是——”

“是的。警察驱散了我们的集会。一个假装来自亚拉巴马州的人出卖了我们。他实际上是一个北方佬的特工。我不知道是谁朝爸爸开的枪，但是他们杀了他。”

“我跟你一起去。”

西姆斯策马驱车疾驰在烟雾弥漫的街道上，衣衫褴褛的孩子们向行人投掷石块，引爆发出嘶嘶声和浓烟的小爆竹。大火熊熊，恣意横行，吞噬着被洗劫商店的附着装置、丢弃的衣物和一辆翻倒的小型马车。成群结队的暴徒像猎犬追杀猎物一样，从四轮马车边飞奔而过。

在码头的仓库里，两名城市巡警看守着卡尔霍恩·米勒仰卧的尸体。玛格丽特跪在她父亲身边，轻轻抚摸着他苍白的脸庞：“不，爸爸。哦，不！”

“布朗市长要来视察。”一个警察说道。

西塞罗咆哮道：“让他来吧。”布朗是反对奴隶制度的。“退后啊，你的尊重到哪儿去了？这是卡尔霍恩·米勒，报纸的编辑。他在一个和平集会上被开枪打死了。帮我把他裹进毯子里，西姆斯。”

在四轮马车里，米勒那令人心碎的尸体安放在座位上，玛格丽特坐在对面，想哭泣，想咆哮，但她强忍着。

西塞罗抓住她的手：“他们要为他们的所作所为付出代价，我保证。”

玛格丽特望着她哥哥闪闪发光的眼睛，他也许已经半疯了，但这次死亡事件让他们结成了联盟。她捏了捏他湿漉漉的手指。

“我也一样。我们俩要对他们以牙还牙。我真傻，竟然说这场斗争无关紧要。”

第二卷

间谍

第十三章 1861年5月

华盛顿是嘉年华还是臭粪坑,这取决于个人的政治观点。玛格丽特认为是后者。4月份有一个星期,危机四伏,铁路桥梁被烧毁,电报线路被切断,人们因害怕入侵而战栗不已。之后,电报线路被接通,铁路高架被修复,南行的火车又把士兵送到了首都。

他们嘲笑他们奉命保卫的是一个泥泞污浊、破败不堪的城市。他们在政府大楼里睡觉,生火做饭。他们用蔓延无序的帐篷区块破坏了一块块空地。从西部来的每一列火车上都有贪得无厌的小商贩前来为他们服务。他们在史密森学会的广场上进行打靶练习,根本不顾附近有平民存在。无论是来自布鲁克林区消防车公司流氓成性的义勇军,还是来自纽约第七团娇气十足的花花公子,他们都会因为任何他们想象中的诽谤或轻视而野蛮地殴打市民。

他们随时都会操练、打鼓、吹号角。他们在酒馆和街道上吵架滋事,直到宪兵纠察队用消防水龙将他们制服。他们在总统公园的树下举办军乐队音乐会。他们用骑兵岗哨保卫波托马克河上的桥梁。他们懒得挖厕所,随地大小便。由于各条运河被污染,河道污水泛滥,华盛顿一直以来散发着臭味,现在则臭得难以名状。

5月一个暖融融的下午,玛格丽特驾着她那辆钢琴箱一样漂亮小巧的双轮单马轻便马车离开了富兰克林广场。当轻便马车被堵在一辆出了故障的大车后面时,一个粗俗的北方佬蹒跚着从路边走上前来跟她搭讪,没有注意到她穿了黑色的邦巴辛毛葛外套,戴着黑色的手套和黑色的帽子。

那人的蓝色法兰绒衬衫上有黄色的V形臂章。他的呼吸闻起来像杜松子酒浸泡的垃圾。他把一只手放在她的腿上,问她会不会和自由的卫士亲热。

她用马车鞭子抽了一下他的脸颊,然后驾驶马车驶进旁边没有被堵死的一条狭窄小巷。

她用颤抖的手把鞭子放回到插座里,一缕鲜血染红了辕杆。她不知道自己身上居然还埋藏着这么大的积怨。

她把马匹拴在第十六大街和I大街交界处那幢砖房前一个带环的柱子上。她在脸上漫不经心地抹了点脂粉,阳光下就像一个奇形怪状的白色面具。她注意到了花坛里杂草未除,打理花坛的黑人园丁一定是辞职不干了。

门打开后,玛格丽特说道:"罗丝,你知道吗,北方佬杀了我父亲。"

"是的,我听说了。我真的感到很难过。"

"我来这里是因为原先我对重要的事情一直漠不关心,这是不对的。你认识这么多人,他们一定同情戴维斯先生和他的新政府。我有什么办法可以帮到他们吗?"

罗丝·格里诺慢慢地绽放出热情洋溢、富有魅力的微笑:"当然啦,进来,我们谈谈。"

罗丝的客厅给人一种空气浑浊、尘土遍地的感觉。只有几缕细细的阳光从紧闭的窗帘之间穿透进来。玛格丽特听声音,屋子里除了小罗丝外没有其他人,小罗丝在楼上重重地跺着脚。

罗丝穿着有宝塔袖的深红色丝绸服装,里面穿着合身的紧身胸衣,使她丰满的身材显得楚楚动人。当她坐下时,玛格丽特瞥见了猩红色的长筒袜子。

"我很遗憾你经历了一场磨难。"罗丝说道,"能对我具体说说吗?"

玛格丽特说了事情的经过:"我穿这些丧服已经一个月了,是时候把它们脱下来了。我哥哥西塞罗上周去了里士满。"

"它很快将成为南部邦联的首都,我听说蒙哥马利将被放弃。"

"西塞罗和我一样决心献身于这项事业。他因为身体有缺陷不可能成为军人,但他很聪明,他会有用武之地的。"

小罗丝蹦蹦跳跳地跑进客厅,她冲到她母亲身后,故意打翻了一瓶郁金香,水从一张镶有嵌饰的精致桌子上流过。当罗丝责骂她时，小罗丝号啕大哭，扑到地毯上，咬着桌腿，留下深深的牙印。

“对不起，玛格丽特。”罗丝拽着尖叫的孩子的耳朵上楼，把她锁在房间里，然后再次来到楼下。

“这个小淘气，什么要求不满足她，她就会报复你好几个小时。她倒是有真正的反叛精神。”

玛格丽特笑了。“我在巴尔的摩的家暂时不住了，我们的黑人佣人西姆斯会继续住在那里，充当看守。父亲留下的遗产足以支付他的工资。在这场预计九十天左右的战争结束之前，我不打算再回到那儿去了。”

“这可能是乐观的。乔丹上尉——你还记得他吗？”玛格丽特说她记得。“他在里士满和这里来回奔波，说博雷加德①将很快从查尔斯顿过来指挥亚历山德里亚防线。你听说了吗？林肯请鲍勃·李出山指挥军队，可是李拒绝了，他很快会加入弗吉尼亚阵营。”

“双方的军队会在那儿打起来吗？”

“那是肯定的。对于博雷加德来说，掌握敌人力量的信息至关重要。我给你看点东西。”

随着一阵裙子的沙沙作响，罗丝把玛格丽特领进一个小小的书房，在那里给她看了一大摞报纸。“《纽约先驱报》《华盛顿晚星报》，这是当地共和党人出版的肮脏破烂。那些编辑有一个共同点，就是非常慷慨地报道北方佬部队的情况，他们在哪里，他们要去哪里，提供了大量的细节。我们真的感激他们，直到我们的北方朋友意识到自己是多么愚蠢为止。乔丹上尉负责把报纸送到里士满，不过，他马上就要辞职不干了。”

“他不是西点军校的人吗？”

“那又怎样？那个地方的毕业生中有一些最好的已经过来了。李是他们中的佼佼者。要是杰夫·戴维斯肯让他来当头就好了！戴维斯毕业于西点军校，在

---

①博雷加德，即皮埃尔·古斯塔夫·图坦特·博雷加德（1818—1893），美国军事领袖，西点军校毕业生，曾参加墨西哥战争，后参加南军，指挥部队炮轰萨姆特要塞，参与了布尔溪战役和夏洛战役以及里士满保卫战。

墨西哥服过役,所以他自诩为一位至高无上的战略家。”

罗丝关上书房的门,她们回到客厅。玛格丽特突然觉得这房子有点像被废弃的一样,黑人佣人走了,并不是因为渴望去隐居,而是出于更微妙的原因。

“如果你加入我们,你会了解到上尉正在做的其他工作。”罗丝说道。

“那么有岗位给我吗?”

“是的,在一个精心挑选的女士和先生们的小圈子中,他们将承担秘密任务,向弗吉尼亚的将军们提供军事情报。南方所需要的远不止订阅报纸。”玛格丽特的心开始在她胸膛内怦怦直跳。

“这项工作需要极高的智慧,以及在紧急情况下面对那些北方佬恶棍的勇气。我们具有很有利的条件,他们大多数人都是不识字的农民。要给你一两天考虑一下吗?”

“一天也不需要,罗丝。我来找你就是希望得到这样的工作。你告诉我的一切超出了我的期望。”

罗丝飞快地站起身来:“你的决定务必要坚定。”

“我很坚定。”

“不管发生什么危险,你都要保证忠诚并保守秘密。你必须毫无疑问、毫不犹豫地服从命令。”

“我会的。”

罗丝热情地拥抱她:“那么你将具有巨大的优势,妩媚动人的年轻女性不会受到这些北方乡巴佬的怀疑。你在华盛顿这边有仆人吗?”

“有,当厨师很棒,但是当管家却糟糕得很,又懒惰。”

“解雇掉,黑人不可信任,这种时候不能信任。最重要的是要记住一点:我们处在战争中。我们必须赢得战争,即使我们沉溺于以前没有人会想到的行为。”

两天之后,玛格丽特再次来到罗丝的住处,向托马斯·乔丹上尉再次表明了她的决心。最后,她问道:“放弃你的职位会让你痛苦吗?”

乔丹哼了一声,扯了扯自己的胡子:“在一段时间里,斯科特将军的参谋人员是一个很好的信息来源,但我的观点众所周知,这些观点开始限制我的观察能力。除此之外我没有什么遗憾。那些志愿兵对他们的指挥官老是顶嘴，直呼其名——如果恰好不喜欢某个命令，他们就不会服从。除了上校外，他们选举所有的军官，当选与否就看人缘。那不是一支军队，而是一帮乌合之众。我很高兴自由了。此外，在我们的新组织中，乔丹上尉已不复存在，我姓雷福德了，假名字是必要的保护措施。”

乔丹告诉她，他正在马里兰州南部建立一些供谍报人员和秘密警探藏身的安全屋，并招募船工将情报人员送过波托马克河，送到弗吉尼亚去。罗丝手下的男人和女人将被要求将电码情报携带出城，送给在安全屋等候的情报人员。

“你知道密码吗，玛格丽特？”

“我也只是在埃德加·坡的小说里了解了一点儿。”

“我给你看一个我们要用的密码吧。它被称为‘猪圈密码’，有时也被称为‘玫瑰十字会密码’，因为这个教派用它来制作秘密文件。它非常古老，但是一旦理解了它，你就会发现你可以很容易地加密一条消息。”

他在灯光照亮的桌子上摊开一张纸。“它是一种符号密码，而不是一种代用密码，代用密码是用甲单词代表乙单词的模式，乙单词即那些无意义的暗码或者被挖掉的单词。”

“对不起，无意义的暗码和……”

“被挖掉的单词。无意义的暗码是加密消息中没有意义的单词。只有被挖掉的单词才能表示内容。这就是‘猪圈密码’。”他画了两条水平线，与两条垂直线相交，形成了一个无边框的九宫格。从左上角的格子填入ABC开始，他在每个格子里分别填入三个字母。右下角的格子只留下了Y和Z。

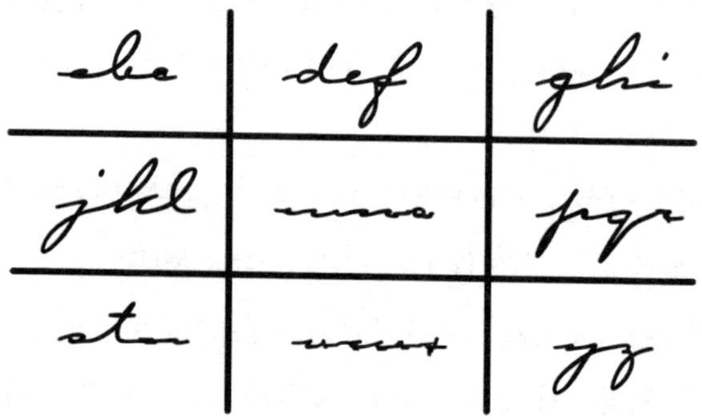

“因为这个九宫格是四面开放的，所以没有两个格子是一样的。如果你想要一条编码信息，你就画出你想要的字母所在格子的形状；如果你要该格子里的第二个字母，那么就画一个点；如果你想要第三个字母，就画两个点；如果是第一个字母，就不画点。对信息中的其余字母则重复此过程即可。现在我写‘猫’的英文单词‘cat’。”

乔丹将铅笔放到纸的边上。“你可以看到它并不复杂，这对战场上的军队几乎没有什么价值，但是我们不是军队，所以我们凑合着用。我们很快就会成为一支军队。这座房子将有助于解决这个问题。所以让我说，欢迎。”

他伸出一只手。玛格丽特握住了那只手，不由自主的激动让她浑身发抖。

第二天，她正在希林顿书店浏览书籍，突然一个声音吓了她一跳。“玛格丽特？”

“天哪，汉娜！”她的朋友穿着一条裤子和一件男式长礼服，一点也不讨人喜欢。她的金发短得不成体统。一个店员怒目而视，两位顾客窃窃私语。

玛格丽特拥抱了汉娜一下：“你好吗？好久不见。”

汉娜摸了摸玛格丽特的黑丝袖套：“家里有人去世了吗？”玛格丽特向她讲述了自己父亲的事情，汉娜紧握着玛格丽特的手。

“太可怕了。我记得我见过你父亲，他确实是一位英俊潇洒而又彬彬有礼的绅士。”

“他被两个北方佬侦探无情地杀害了，虽然我不知道是谁开的枪。这事儿要翻篇还得有些时间。少校怎么样？”

“比前段时间好多了，他在陆军部卡梅伦部长手下当差。”玛格丽特想到了最近她对罗丝和那位“雷福德先生”的效忠承诺。所有其他的关系都必须在此基础上加以审视。

“他很高兴身处战争的中心,”汉娜继续说道,“不过当然啦,他对他们付给他的那点微薄薪水牢骚满腹。除非他发了财,否则他是不会罢休的,虽然我看不出他在华盛顿会怎么发财。罗丝还在经营她的沙龙吗?”

“偶尔,不像以前那么经常了。”

“考虑到她的政见,我不想再去那儿了。我们哪天下午骑马去?”

玛格丽特不能像她所希望的那样做出热情的肯定回答:“啊,恐怕不行。我忙得不可开交。房产……”声音越来越小,软弱无力而又冷漠生疏。

汉娜用一种近乎怀疑的目光望着她:“我明白了。好吧,那么再见。下次再见吧。”

汉娜离开了书店。玛格丽特将一本书塞回书架,她不喜欢自己的言行,但内疚感很快就过去了。战争时期,朋友不也是各为其主吗?汉娜现在是敌人。

第十四章　1861年6月

半英里外，一辆巴尔的摩和俄亥俄铁路的机车鸣响着汽笛。俄亥俄河谷到弗吉尼亚州西部的铁路再次畅通。两周前，三支联邦部队进驻格拉夫顿进行守卫，格拉夫顿是该铁路多条支线进入惠灵和俄亥俄州的枢纽。五天后，在雨中，莫里斯[①]将军在菲利皮突袭了一支小小的南部邦联军队，打得南军士兵抱头鼠窜，有些人连裤子都还缠绕在脚踝上。弗吉尼亚州西部坚定支持联邦的各县为"菲利皮溃逃"欢呼雀跃。派遣三支部队渡过俄亥俄河的那个人便是新任命的准将乔治·麦克莱伦。

在帕克斯堡一家名为"卡诺瓦小憩"的小酒店里，朗和他的搭档坐在一扇脏兮兮的窗户旁，监视着街对面的一座仓库；巴尔的摩和俄亥俄铁路线在帕克斯堡这里靠近河流。他们白天连黑夜地监视那座仓库已经三天了，没有任何结果。

朗用一个指甲在厚木板桌子上来回刮擦。他灰色工作服衬衫的袖子卷了上去，旧草帽的帽檐拉了下来。没有引起任何人的注意，这就是看起来平淡无奇的意义所在。

斯莱奇吸着玉米芯烟斗，悠闲地翻着当地的报纸。"看样子他们马上要在惠灵组建支持联邦的政府了。不想再成为奴隶州的一部分了。"

"说得没错。嗯。"在没有任何预兆的情况下，他突然记起了一件事情。"哦，地狱之火啊。"朗重重地将他的威士忌酒杯放到桌子上，吓了酒馆老板一大跳。"我们离开辛辛那提太急促了，我连房租都没付呢。"

①莫里斯，即托马斯·阿姆斯特朗·莫里斯（1811—1904），美国内战时期联邦军队将领，战后重返铁路行业，后来成为印第安纳波利斯水务公司的总裁。

斯莱奇那有点像猫头鹰的目光表明他已经下肚了三杯威士忌，而朗只喝了一杯。"这不太像你啊，伙计。"

"我的女房东就是那种辛辛那提的德国人，希望什么事情都准点，提前更好。恐怕她会把我的东西扔到大街上去。"

"威胁她，她会把它们扔回去的。"

"你就什么事儿都用这个答案，拳头。"

"管用。别那么大声，好吗?"斯莱奇瞧了一眼酒吧里的三个农民。"你太敏感了，知道吗?"

"为什么不呢？我们的同事在肯塔基州和田纳西州搜集有用的情报，而我们却在这样一个边远落后的地区监视一个该死的仓库，里面全是邦克山遗留下来的老式燧发枪。没啥用处。"

"有了膛线和新的火帽，它们的用处大着呢。这就是它们被从附近其他仓库里找出来的原因。"

"不是反叛分子找出来的，是普通窃贼。"

"枪支弹药是军队的财产，麦克莱伦想要破获这个集团。你是处在战争中啊，伙计。"

"我不这样认为。"朗以一种他不常有的酸溜溜的口吻说道。当战争向前推进的时候，他的生活却走上了另一条道路。

正如老板所预测的那样，麦克莱伦受到了军界的召唤。事实上，有三个州，纽约州、宾夕法尼亚州和俄亥俄州都想招募他。他选择了加入俄亥俄州军队的一个新的部门担任指挥官。他上任后立刻致电平克顿，请他组织一个机构来搜集军事情报，他称之为特勤局，并表示他将承担所有费用。军队没有这样的运作计划，也没有这样的预算。麦克莱伦在海外以观察员的身份观察克里米亚战争时，对类似的机构印象深刻。

虽然平克顿和麦克莱伦准将在奴隶制问题上意见相左——这位将军是民主党人，对奴隶制持宽容态度——但老板认为他有义务为之服务。他是有准备的。4月份，他曾在致总统的信中表示愿意提供该机构的资源。他被邀请到华盛顿，参加了一个冗长的会议，得到了承诺，回到芝加哥的家后却再也没有听到下文。

他的愤怒之情溢于言表。

他缩减了芝加哥的运营规模，并把他最能干的手下都转移到了麦克莱伦司令部所在的城市辛辛那提。在市中心一座满是灰尘的办公楼里，外面的门上没有名字，“E. J. 艾伦少校”掌管着他的这个新部门。朗问起这事儿，平克顿在解释时说“艾伦”是老板的化名。

其他的特工或单独或成对地被派往叛乱地区。平克顿自己也承担了艰巨的任务，一路冒险，来到孟菲斯，以一个格鲁吉亚侨民的身份出现在那儿，扮演他在巴尔的摩时扮演的角色。朗和斯莱奇被派去追捕小偷。朗讨厌远离真正的战争，远离他遇到了玛格丽特的华盛顿，他经常想念她。

夏日的黄昏暮光是灰蒙蒙的橙色，正在从街上渐渐褪去。6月的暮色里，小虫儿嗡嗡叫，萤火虫闪闪亮。酒馆老板划燃一根火柴，点亮了一盏顶灯。那三个农民喝得越来越多，他们开始讲一些关于杰夫·戴维斯的下流笑话。接着，有一个农民拿出一支口琴，开始演奏《哥伦比亚，大海的明珠》。另一个人在地板上笨拙地跳着舞。酒馆老板说道：“别把椅子撞坏了，撞坏了要赔钱。”

朗听到了未铺路石的街道上传来一个声响。他用袖子擦了擦油腻腻的窗玻璃，四个穿着粗陋的人把浑身冒着汗珠的马拴在了仓库外。朗看也没看就抓住了斯莱奇的胳膊，威士忌洒到了他的手上。

“天哪，朗，你洒了我一半的——”

“瞧那儿，中间的那个人——块头很大的那个。六天前我在‘西部联盟’列车上见过他，当时我们坐的就是那趟车。”

“认出其他人了吗？”

“没有，但是我记得他。”也许谁都会记得，他的块头太大了，压在他那匹背部凹陷的马上，那分量太恐怖了。他的头剃得光光的，使他那满是疤痕的耳朵、肿胀一样的头盖骨、凸出的前额、深陷在脂肪里几乎看不见的眼睛显得更加引人注目。和其他三个人一样，他一目了然地佩带着不止一把带皮套的手枪。

“他们要去哪儿呢？仓库有后门吗？”

斯莱奇说：“是的。早先我转了一圈，看见过。”

“你为什么不告诉我？”朗跳起身来，撞翻了他的椅子，打断了《我留在身后的姑娘》的演唱。他猛地戴上帽子。“我们走。”

骑马的人一个接着一个在仓库右侧消失了。仓库那扇很宽的临街的门依然被铁链子锁着。朗跑过大街，来到大楼的左边，在紫色的阴影中沿着山墙悄悄走去。来到墙角，他从衬衫里面拔出他的点三一英寸口径的科尔特手枪。巴尔的摩和俄亥俄铁路的机车再次鸣响了汽笛，长长的呼啸声让他想到了死亡。他开始冒汗，他听到了说话声。

“该死的马车在哪儿？”

“隔壁那条街，时间到了我会去赶过来的。”

“锯断那条链子，我们不能等到明年才拿。”

“闭嘴，格里尔，我已经快得不能再快了。”

朗听到金属上有什么东西在刮擦的刺耳声音。

“去你的，我闭嘴？这里我说了算，别忘了。”

这里我说了算。格里尔。格里尔是头吗？

“当啷”一声，“嘎嘎”一声，然后一个男人在链条断裂的时候轻轻地叫了起来。他们使劲拧着、拉着门，可能是没有挂锁的那一头。格里尔喘着粗气说：“我可以挤过去了，但还是继续吧，把锁砸了。我们需要敞开大门把东西拖出来。”

“天太黑了，格里尔。看不清。”

“用那该死的灯笼啊。让那白痴提着。”

朗猜想，很有可能，有两个人进了仓库，留下了两个人。一个正在凿锁扣，另一个他们叫他什么？白痴？一帮活宝。

朗和斯莱奇轻轻说了几句话，又做了几个手势，摆好姿势。朗数到三，从墙角扑了出去，冲得很远，给斯莱奇留下了足够的空间。凿锁扣的人先发现了他们；那个“大头娃娃”正在盯着星星看，他手里的灯笼看起来像玩具般大小。

“格里尔！”第一个人大喊一声，把他的凿子扔了过来。凿子正好击中了斯莱奇的前额，打得他头晕目眩。那大块头将细长的眼睛转向两位侦探，把灯笼扔了过来。朗猫了一下腰闪避。灯笼在一堆引火柴和木柴里被打破，引火柴燃烧起来。朗将枪口对准另一个人。

“把手举起来，伙计，越高越好。”

仓库后面的地方随着引火柴的燃烧越来越亮。站在锁扣旁的人服从了朗的命令，但那大块头却伸出手，抓住那人的胳膊，把他转过身来扔向了斯莱奇。斯莱奇的额头上有一道三英寸长的伤口，正在流血。斯莱奇撞到了朗的身上，朗一把将他推开；但就在此时，那大块头已经掐住了他的脖子。

朗跪倒在地，大块头掐住他的脖子，像个孩子似的傻笑着。仓库里面，那两个人大声问着问题。朗的视线模糊了，巨大的双手紧紧掐着他的气管，令他喘不过气来。格里尔和第四个人正在拼命地又是踢又是推门上松垮的部分，想从那儿挤出来。朗模模糊糊地有一种感觉，他会在帕克斯堡不光彩地死去，没有机会为他的国家做些有益的事情了。

一支手枪响了。大块头喘着粗气，踮起脚尖，掐的力度痉挛性地更大了。一切都变得漆黑一片。斯莱奇又将三颗子弹射进大块头体内——背上一颗，腿上一颗，头上一颗。朗掰开紧紧钳着他的手指。有一个人逃离了这座房子。尽管火光很亮，在酒店里引发了一片喧闹，但朗还是晕晕乎乎地看不清那人的脸。不过，他看到的可以开枪击中的目标足够清晰。一颗子弹，那人便脸朝下倒在了地上。

"哦，天哪——格里尔？格里尔？"这是凿锁的那个人。他逃跑了，消失在了隔壁那条街道的一些棚屋之间。留在屋内的那个人后退了几步，片刻之后踢开了一扇侧门。朗飞快地绕过屋子，但那人逃进了黑暗中。

人们跑了过来，带来了灯笼。酒店老板大声喊道："赶快拿桶打水，否则要把整个小区烧了。"

朗吞下灼痛喉咙的酸胆汁。他用一只脚轻轻推了一下格里尔，将他翻过身来。朗的子弹击中了团伙头目的胸部。格里尔的嘴巴张开着，双眼也睁开着。他的表情天真得出奇，仿佛感觉莫名其妙。

朗抹了一把额头："谁认识这个人？"

有一个农民弯腰看了一眼尸体："他的名字叫德西马斯·格里尔。克拉克斯堡那边人。啥都偷，臭名昭著。那个人，半个脑袋没了，我一点也不认识——哦，天哪。"那农民跌跌撞撞地跑开去，吐了。

更多的市民来到了这里，包括一些对这种极端混乱状态感到兴奋的年轻人。

一桶桶的水倒在火上，将它浇成了灰烬。斯莱奇拿衬衣下摆擦干净脸上的血。

“谢谢你帮我干掉了他。”朗说道，“我差点完蛋了。”

“所以我才要打死他，伙计。如果这个格里尔是老板的话，那也许我们把整个团伙都给打散了呢。平克顿先生会很高兴向将军报告这件事的。”

朗无法平静，这事儿太玄乎了。格里尔和他那些可怜的小偷同伙完全有可能让他在这个倒霉地方死于非命。

斯莱奇注意到了他的脸色：“怎么了？”

“如果要丢命，我应该让它有意义一点。我应该穿军装。”

“杀人就是杀人。”

“我不是。”

“啊，有时候我觉得你这个人是个疯子。”斯莱奇走开了。

朗并没有退缩。回到辛辛那提之后，他要辞职。这次，他铁了心。

他恐怕得赶到华盛顿去从军。他也许能找到那位姑娘，除非她已经用木板封好了她在城里的房子，然后离开了。他当然可以进行寻找。一想到这儿，他颇为高兴。

第十五章　1861年6月

夏季带来了漫长的白昼、炎热的天气，斯蒂芬·道格拉斯的突然去世带来了令人兴奋的猜测，说是有一个行动，围剿集结在波托马克河对岸一个铁路枢纽站的反叛分子，从该市行军到那个火车站不需要一天时间。美国陆军副官长办公室的准将欧文·麦克道尔[①]被任命为弗吉尼亚州东北部的指挥官。麦克道尔在阿灵顿废弃的李将军官邸设立了司令部。罗伯特·爱·李和他的家人已经去了南方。

罗丝结束了哀悼期，开始频繁离家外出，她还继续经营她的晚间沙龙。在这里，玛格丽特遇到了奥古斯塔·莫里斯，一位漂亮的寡妇，还认识了一位名叫贝蒂·杜瓦尔的年轻漂亮女子。原来姓乔丹的雷福德先生一一做了介绍，他私下里告诉玛格丽特，为了大家的安全，罗丝不赞成女士们参加社交活动，除非是在她安排的场合。

来沙龙的男士三教九流，千奇百怪。罗丝继续邀请共和党人前来聚会，包括她的绯闻男友、在军事委员会任职的参议员威尔逊。其中有政府土地管理局的前雇员唐兰先生和F大街一家高档瓷器店的老板巴特勒先生。还有一些年轻的职员，他们拜倒在罗丝的石榴裙下，因为她的影响力太大了，他们愿意做任何她要求的事情。偶尔也有军官，比如第一罗得岛团的博伊斯上尉。雷福德说，博伊斯欠了该市其中一个赌窟一大笔债，因此“有可塑性”。

汉娜再也没有来过沙龙。玛格丽特打她们最后一次见面之后就估计会是这样。

---

①欧文·麦克道尔（1818—1885），美国联邦军队将领，南北战争中因两次布尔溪战役指挥失误而被解职。

一个愉快的星期六，罗丝组织了一次野餐。六七名女士和先生驾着几辆马车来到一个正在修建的新棱堡附近的一片草地上。华盛顿的防御系统由一圈类似的防御工事组成。今天人们感兴趣的是埃尔斯沃思堡，它是以那位已故的消防义勇军上校的名字命名的。埃尔斯沃思在扯下一面南部邦联的旗帜时被人开枪打死，这面旗帜当时挑衅性地飘扬在亚历山德里亚一家旅馆的屋顶上。

他们带着一篮篮饭店外带的冷鸡肉、馅饼、奶酪、法式长棍面包、白葡萄酒和冰镇香槟前来野餐。这群人海阔天空地闲聊着一些无关痛痒的话题——乔·杰斐逊的表演天赋啦，战争造成的物价飙升啦，每次支付士兵工资总会爆发可怕的混战啦——格里诺太太则透过一架小小的望远镜仔细观察着建筑工地，并用铅笔在一本红皮封面的日记本里记着什么。玛格丽特喜欢这样的郊游，但是她对自己的无所事事感到恼火。到目前为止，她除了等待通知，没有领受过任何任务。

接下来的这个星期六，任务来了。唐兰先生请她驾马车到海军造船厂附近的一个地方，去认识一下一位内科医生的家，认识一下怀维尔大夫这个人。医生是一个快乐随和的老人家，温和慈祥。他将她迎进他那气味浓烈的诊所，并说他们很快就会在一起工作。

他确认了一下候诊室里没有人，便说道："唐兰正在建立一条通往里士满的医生专线，这是北方的终点。医生是神圣的人物，你知道的。"他眨了眨眼睛："四处奔波——总是坐着车去某个地方照顾处于痛苦中的病人。没有人会质疑医生的行动，也不会非要搜查他的黑色箱包不可。极好的掩饰，你说是吗，米勒小姐？下次也许你会给我捎封给里士满的信，我会很高兴的。"他握了握她的手，她便离开了。

在回家的路上，她看见一群群穿军装的人在街上喧闹作乐。喊叫声、手枪的砰砰声响彻云霄，面包师的马车被掀翻并被点着了火，这一切告诉她今天又是发薪日。她小心翼翼地尽量避免正面遇见这些人。

那天晚上，在雷雨交加中，她被临街大门口一阵巨大的喧闹声给吵醒了。她裹上长袍，睡意蒙眬、跌跌撞撞地跑下楼来。透过门边上的玻璃，她看到三个士兵在雨中佝偻着。块头最大的那个人再次敲响了门环。玛格丽特站在门口："你们到底想要什么?”

“呼——呼,我马上就买下她。”其中一个喘着气高兴地说。

“晚上好,安女士。”块头最大的那个人说道,一边摘下帽子,像个傻瓜一样咧嘴笑着。

“我不叫安,你们走错门了。”

大块头仔细看了一下一张湿漉漉的纸:“这不是安女士的家庭旅馆?”家庭旅馆在华盛顿是对妓院的别称。“这是拉菲特广场吗?”

“你们这些醉鬼傻瓜,这是富兰克林广场。再见。”

“听着,女士,我们浑身湿透了,我们难受得像只公鸡,我们是来花钱消遣的。让我们进去看看你有没有对我们撒谎。”

玛格丽特吓坏了,用尽全身力气关上门。她飞快地闩上门,靠在墙上,士兵们大声叫嚷着,用拳头和胳膊肘砸着门。如果他们打碎一块小玻璃怎么办?把手伸进来……

他们没有。大雨浇灭了他们的热情,他们在闪电的白光中跌跌撞撞地走了。

再见到雷福德时,她告诉他她需要一支手枪。他把她介绍给一个枪械匠,后者卖给了她一把亨利·德林格工厂制造的点四四英寸口径的袖珍手枪。在商店后面一个有围墙的院子里,枪械匠稳住她的手臂,让她朝一个蓝色瓶子射出了平生第一颗子弹。后坐力相当大,但令人惊讶的是,瓶子爆裂成了碎片。枪械匠咧嘴笑了。

“德林格只生产单发的枪械。但十到二十英尺的距离,一发就够了。很多女士都配备了这个小玩意儿,现在危险啊。”

“是啊。”玛格丽特热情地说,“我需要一些弹药。”

一个星期二,罗丝派信使把她叫了过来,她被告知从屋子的后门进入。罗丝把她带到一扇客厅的窗户前,拉开窗帘,指给她看一个男人。那人戴着种植园的人戴的那种帽子,身上穿着白色风衣,坐在街对面一辆有篷的四轮单马轻便马车里。他看上去非常放松,好像他总是停在教堂外面看报纸似的。

“这位先生过去两天一直在监视这所房子,我敢肯定他来者不善。托拜厄斯先生在书房里，他马上要带着一条藏在空心手杖里的情报去烟草港，我不希望他被拘留或被跟踪。你能不能驾着马车出去，让那人看见你？这样就会把他引开。我们只要五分钟就够了。”

玛格丽特说没问题。她驾着钢琴箱一样的马车从巷子里驶入I大街，沿着第十六大街向北行驶，恰好从那陌生人身边驶过。除了浓密的胡子，她几乎看不见这个人的其他任何面貌特征。

他抓起缰绳跟了上来。玛格丽特既紧张又兴奋，她用鞭子轻轻碰了碰马的臀部。

驶过十个街区之后，她在马路中间转了个弯，向南疾驰而去。交会时，她俏皮地冲那个陌生人微微一笑。他掀了掀种植园主戴的帽子，向她致意，然后转过马车，继续追她。

玛格丽特突然转向罗丝家门前的路边。她让自己冷静下来，在马车篷的阴凉处等着陌生人的到来。他回到原来的地方，把缰绳缠在一根挡泥板的柱子上，踱过街道。他似乎是个有教养的绅士，个子不高，但看上去很强壮。尽管天气炎热，但他红润的两颊还是干干的。她并不感到害怕，直到看到他冷漠的灰色眼睛。

他快速地摘下帽子，鞠了一个躬。6月的阳光照在他淡棕色的长发上，闪闪发亮。她估摸他三十多岁年纪。“女士，您的驾车技术很熟练，当我意识到您是故意引我离开这座房子时为时已晚，总有原因的吧。”

“原因很简单，我只是想去呼吸几分钟新鲜空气，我不明白你为什么会感兴趣。我以前从来没有见过你。”

“对不起，我唐突了。我是拉斐特·柯·贝克上校，为您效劳。”他的目光迅速扫向这座砖房，“您经常来这儿吗？”

“我要是经常来那又怎么样？你说你是上校，你有证件吗？”

贝克勉强地笑了笑，好像没有料到居然会遇到一个年轻漂亮女子这样的对抗。“没有，女士。我的兴趣在于一个爱国公民发现了一个可能的叛国窝。”

“叛国？这儿吗？胡说八道。”她捡起缰绳，“请原谅。”

贝克生气了，一把抓住她的胳膊，根本不在意用了多大的力气，也不管会不会弄疼她。“谁都知道住在这屋子里的女人是一个狂热的分裂分子。为什么她的朋友就不会是呢？整天都有人进进出出。”

玛格丽特把自己的胳膊挣脱出来：“我发现你这个人很讨厌，你是在当间谍吗，贝克先生？”

他拿帽子拍着自己的腿：“上校。”

她淋漓尽致地展现自己轻蔑的表情：“我只是听你自己说说而已。”

拉斐特·贝克的脸唰地红了，他本想暴怒地反驳她，但忍住了：“我很遗憾看到像你这样一位女士居然跟格里诺夫人混在一起，小姐……”他的停顿是为了给她时间让她说出自己的姓，她没有说。“你是一个很有魅力的人，不过我猜你的立场和她没有什么差别。这些日子，华盛顿的分裂活动甚嚣尘上。总有一天，他们将被禁止向现有的立宪政府泼脏水。你聪明点，最好别跟那个女人搅在一起。”他把一根手指放在玛格丽特的左手上，“我们也许可以找个晚上再深入探讨一下这件事情。”

“贝克先生，你能把手拿开吗，还是想让这根鞭子抽你的脸？”

贝克往后退去。“我要是个爱骂人的人，早就把你骂得狗血喷头了。”

“再见，先生。”玛格丽特扬鞭催马，把贝克留在一片黄褐色的尘土中。她觉得自己充满活力，活得有意义——这很重要。她一直喜欢玩游戏：惠斯特牌、单人纸牌，甚至是令人反感的掷骰子游戏。有一次，她甜言蜜语地纠缠西塞罗陪她玩骰子，直到西塞罗从抽屉里拿出骰子，教训了她一顿。这种追踪和欺骗的游戏是最快乐的游戏了。第二天，她向她的良师益友报告了这次相遇的主要经过，并告诉她陌生人的名字叫贝克。这种事情对罗丝来说，小菜一碟。

汉娜拜访了玛格丽特。她们坐在客厅里，拘谨而正式，仿佛她们骑马出游和其他交流从未发生过似的。在广场上，士兵和车夫的马车发出很大的喧闹声。第十二纽约团正在扎营，草地上扎满了白色的帐篷。

“玛格丽特，说这事儿很抱歉，但必须得说。我父亲说，有人怀疑你在罗丝家的活动超出了社交活动的范围。我不能随便告诉你陆军部是怎么发现的——”

玛格丽特打断了她：“我知道怎么回事。一个姓贝克的人，他跟陆军部有关系吗?”

汉娜的蓝眼睛流露出她的不安:“他很想这样,他竭力想让自己有个靠山。”

“坦率地说,他吓到我了,他是一条蛇。”

“这个没有争议,我见过他。”

“还有很多事情让我感到害怕,但我不会逃避。父亲被杀后,我有一笔债要讨还。”

“哦,玛格丽特,你不是那些进入这个城市的人的对手。我父亲很勇敢,可他摸清了贝克的情况,不敢轻视他。贝克是一个旧金山的治安维持会成员。他不用审判就可以把人绞死,而且还到处拿这种事儿吹牛。他或者像他这样的人将会让罗丝走投无路。她忠于南方的态度太赤裸裸了,她的举动也太大胆了。当局不会无限容忍的。如果你和她有牵连,在你被拖累之前赶快脱身。”

玛格丽特双手交叉着放在膝上,拒绝这个曾经是她朋友的年轻女人的忠告是一件痛苦的事情,但界限已经划定:“我们谈谈其他事情吧。要不要我给你煮点茶?”

汉娜用犀利的目光看了她一眼,感到很难过,摇了摇头:“我走了,很遗憾你听不进去。”

汉娜站起身来。玛格丽特走向她,希望像姐妹一样亲吻一下。汉娜看出了她的意图,便摇摇头,跑出了前门,跑进夏日的炙热阳光中,把玛格丽特丢在了阴暗的客厅里,绞着手帕,皱着眉头。

第十六章　1861年7月

多么有趣啊，女扮男装。这比穿着塞萨里奥的紧身衣在舞台上跳来跳去，拼命记住那位诗圣的台词要愉快得多。那三场要命的表演，一场比一场糟糕，这都要归功于泽菲拉·康福特演得太过火了。

她选择星期四是因为整个城市都陷入了爱国主义的狂热，到处都是士兵。人们挂在外面的国旗不计其数，以表忠诚。河对岸和城市后面的炮兵部队向天空鸣炮致敬。市民们一边抛掷彩带，一边躲避从阳台上扔下来的鞭炮。两万名纽约的士兵在宾夕法尼亚大道上游行，这只是驻扎在华盛顿及其周边地区军队的一小部分。

没有参加军事表演的士兵们在占满了每一寸空地的帐篷里闲逛，或者醉醺醺地四处游荡，向陌生人讨钱，让自己喝得更醉。来自弗吉尼亚州西部的消息使公众欢欣鼓舞。一位勇敢的年轻将军麦克莱伦，一颗真正的西部之星，率领军队迂回穿插，进退自如，把叛军赶过阿勒格尼山脉。到目前为止，北方还没有经历过重大的战场损失，首都已经做好了庆祝的准备。太阳下山之后，广场上挂满了灯笼，士兵们整夜燃放烟花。汉娜不知道这个时候玛格丽特会做什么。

正规军的军服，即将回家的"三个月民兵"的制服，色彩缤纷，图案各异，像一盘大杂烩。经德里克同意，汉娜在戏剧协会的戏装箱里翻箱倒柜，搜集到了一条闺房淑女穿的灰色长裤——还过得去的类似于义勇军的裤子，一件纽扣褪了色、金色绲边已经磨损的海军蓝夹克，一双合脚的、便宜的马萨诸塞州产的鞋子，一顶上面绣着图案的灰色帽子，这是演完一出法国喜剧后留下来的。除此之外，她还加了一片遮颈片，这是从一个朋友那里弄来的，这个朋友和她所在教会的其他女士们一起，为军队没日没夜地缝制这种遮颈片。7月3日，汉娜花了大半夜的时间从帽子上清理掉那朵绣着的鸢尾花，把纽扣擦亮，把绲边上最破旧的线头剪掉。遮颈片是用别针别在帽子上的一块厚厚的白色粗斜纹布，用来保护士兵的脖子不被晒伤，这种遮颈片是从驻扎在印度的英国军队那儿引进的。

当林肯总统、斯科特将军、内阁成员和军队高官在宾夕法尼亚大道的阅兵式上检阅部队时，汉娜正自信地走向长桥。她的胃在痉挛，自从她在少校打呼噜的时候偷偷溜出屋子以后就一直这样。怯场倒是有用的，如果控制得当，它可以化为提高演出水平的优势。她把剪短的头发别在帽子里，把帽舌拉低，盖在眼睛上方，还在一边面颊上抹了些灰尘。她嘴里叼着一支两美分的雪茄，这是在一家商店里叽里咕噜、指手画脚一大通后才买到的。她在一条小巷里抽了半支雪茄，呛得直咳嗽，为艺术她可以做任何事情。她希望那没有点燃的雪茄烟头能帮她增强貌似男性的形象。

亲切友好的士兵在通往长桥的路上向她致意，她的回应每次都一样："好。"

熙熙攘攘的长桥上，到处都是骑兵战马从城里缓步来回所留下的粪便。阿灵顿的房屋和商店都挂着颇合时宜的联邦国旗，在越来越炽热的热浪里显得无精打采、模糊不清。汗水浸湿了汉娜的内衣，遮颈片太重了，而且扎得人痒痒的。当然，三个月的士兵会很高兴看到他们最后的临时制服。少校说，陆军部对7月份服役期满的士兵人数感到震惊，因为当时预计将会发生一场大战。

她绕过两辆回程的随军小商贩马车，驾驭这两辆帆布顶篷的巨大货运马车的人粗口诅咒着那些步行的人和车。这时汉娜意识到有人齐步走在了她身边。如果她不说话，他就会起疑心。她把头转了一英寸左右。

"好。"

这名男子身穿一件蓝色法兰绒衬衫，前面有倒U形的纽扣，灰色裤子上有蓝色条纹，脖子上围着围巾，头上戴着工作帽。他黄褐色的胡子又浓又密。"你要去哪里，士兵？"

"那边。阿灵顿。"汉娜压低嗓音，嘴里咬着那黏糊糊的雪茄。

"麦克道尔在阿灵顿酒店，你知道的。我不是说的今天，但那是他的司令部。"

“是的，去看看。”

“我姓科尔，雷利亚恩斯·科尔。罗得岛第一团。他们终于把我们从那个该死的专利局搬出来了，搬到城北哪个头面人物的豪宅里去了。”汉娜点点头，轻轻地哼哼几下，表示她在听。“你叫什么？”

她脱口而出：“史密斯。”她意识到自己说得太简单了，便补充道，“伯利恒·史密斯。”

“很高兴认识你。哪个部队的？”

这个问题她早有准备：“印第安纳第十一团。”

“不知道这儿还有西部人。”

汉娜再次点点头。她从大清早起就没上过厕所，内急得厉害。科尔咯咯地笑了：“伯利恒，看你的样子真还没有到当兵的年龄啊。你开始刮胡子了吗？”

她抹了一把自己脏兮兮的脸：“胡子从没见过，皮肤白。”

“白得看不见啊。”科尔哈哈大笑起来。他们离开了长桥和那些岗哨，岗哨上百无聊赖的士兵闷闷不乐地盯着那些下了班的人。“前面有一个不错的联邦小酒馆，比亚历山德里亚的马歇尔酒店要好，埃尔斯沃思就是在那儿买下的农场。至少他们杀死了向他开枪的那个胆小如鼠的客栈老板。这么热的天，我想喝杯啤酒还付得起账。你怎么样？”

“哦，不，我不想——”

“你当然可以的啦，来吧。”科尔用一条粗壮的胳膊抱着汉娜，抱得很紧。

沿着印满车辙的道路走了一百码，就到了他所说的那个小酒馆，小酒馆里有一大群士兵和平民，有些人拿着玻璃酒杯和大啤酒杯在外面闲逛。他们走上前去时，科尔扯着自己的裤裆：“先生们，厕所在哪里？”

“地沟，后面。”

“肚子疼。”科尔走的时候对汉娜说。“估计是脏水喝的。要小便吗？”

“不，不，我在这儿等。”内急更甚，她有点受不了。她靠在小酒馆上了油漆的壁板上休息，汗水直往眼睛里流，心跳快得反常。这是她扮演的最难的角色，而且是在光天化日之下。她为自己感到骄傲，但又焦虑不安，白天结束还早着呢。

科尔回来了，一边扣着纽扣一边说道：“我们喝那个清凉饮料。”

他们大步走进烟雾弥漫的酒吧间。科尔点了两杯啤酒。汉娜的膀胱太满了,但她还是小口小口抿着啤酒来舒缓自己紧张的神经。科尔发表着自己的看法,什么总统的相貌太寒碜啦,什么他在华盛顿哥伦比亚特区泡的女人有可能已经染上花柳病啦,什么他敢肯定上帝也不愿错过的罗得岛州小康普顿的夏日美景啦。他干下两杯啤酒的时间里,汉娜喝了四分之一杯啤酒。啤酒让她感觉好了点,虽然她的内急几乎到了忍无可忍的地步。

"我们去看看阿灵顿。"科尔说道。于是他们离开了酒吧,来到倾斜的绿色草坪上,那儿矗立着李和他的家人曾经住过的有白色圆柱的豪宅,一直住到科尔所说的"他把教育和信任他的国家出卖了"之后才离开。卫兵站在大厦前的四个大帐篷外,司令部的旗帜在上面飘扬。

他们看够了麦克道尔的司令部之后,科尔说道:"听说大约一英里外有一个很好的妓院。想去吗?"

"不了,得回营地了。"

科尔用手指拨弄着他那黄褐色的胡子:"伯利恒,我活了二十五年,从来没有见过你这么奇怪的士兵。你听上去像是在教堂圣乐团唱女高音一样。"

"男高音。"

"没有胡子,嗓音像鸟叫一样清脆——"汉娜站稳脚跟,等待着某种程度的暴露。科尔响亮地放了个屁,将裤子从座位上拉开,耸了耸肩膀。"估计军队里什么人都有,很高兴认识你。"他伸出一只手。

汉娜只好握手。科尔说道:"你在印第安纳是干什么的?这手这么软,肯定不是种地的。"

"音乐教师。弹钢琴和唱歌。"

"我猜也是的,圣乐团的男高音,圣乐团确实什么人都有。"他重复了一遍"什么人都有",似乎这是什么至理名言。汉娜的膀胱快要破裂了,她敷衍了事地行了个礼,向后转过身,朝桥那边匆匆走去。她还没走完四十步就冲进一条没有一丝风的小巷,小巷两旁都是小房子,花园已经被夏日的热浪烤焦了。她疯狂地寻找户外厕所,但为时已晚。

她靠在一个工具棚旁,发出一种介于欢笑和呜咽之间的声音。这是她度过的最奇怪但最令人兴奋的一天。即使裤子湿了,她也能这么说。

她在小巷里闲逛,一直逛到那个地方开始干了,然后便再次出发,感觉好多了。尽管身上的毛衣很热,尽管那潮湿的地方令她羞耻,可是当科尔火力全开地提出那些问题时,她几乎死了十几回了,她为自己感到兴奋和自豪。一股冲动激励着她一路回到了“北方特别行政区”。

夕阳西下,她悄无声息地溜进静悄悄的屋子,换好衣服。她系上一条专门供女性使用的褪了色的围裙,思考着下一个目标。上战场,参加战斗或者至少在战场附近……

她收拾屋子,收拾那些不成套的破烂家具,仿佛它们真的值点钱似的。她一面干活一面哼着歌。天黑之后没多久,少校用脚踢开前门,她还在哼着歌。他身上有雪茄的味道,毫无疑问,比她在嘴里衔了一整天的雪茄要好。

西格尔从来就没有在意过他把衣服扔到哪里,汉娜拿起他的斗篷。他说:“你的笑容那么甜蜜,好像你一直在演戏一样。”

“是的,我今天一直在演戏,我还演得很好呢。”

“我没听说过休息日还演戏的。”

“德里克这个工头要求可严了。你吃晚饭了吗?”

“跟部里的几个人一起到国家宾馆去了。正式的服务员中有许多人都要去参军。宾馆正在用黑人取而代之呢。让黑人操弄白人的食物,这是一种耻辱。”他摇摇头,意思是这件事情很严重。

“爸爸,国家宾馆的费用很昂贵吧?”

“所以我们有一周的口粮短缺。他们付给我农奴的工资,但我不会过农奴的生活。在我能过得更好之前,我得装门面。”

汉娜在厨房里发现了一块长了霉斑的干面包片。她挖掉霉斑,咀嚼着面包,竭力想找回下午那种心醉神迷的感觉。

第十七章　1861年7月

7月6日，星期六，玛格丽特给怀维尔大夫送去了一封信件。接下来的周二，她又送了一封。每次送去的信件都是一个不大于五角硬币的密封防水油布包。其厚度表明这是一张折叠得很小的纸。罗丝把这些小包交给玛格丽特的时候谆谆嘱咐，说它们非常重要。

玛格丽特几次去医生家的路上，都被这个城市的气氛所深深吸引。是的，华盛顿处处人满为患，处处都是陌生人。帐篷遍地，车水马龙，交通阻塞，食物等必需品和其他物资堆积在波托马克河的码头上，那里有小型的双桅纵帆船和蒸汽驱动的船只日夜不停地进出。工人们从巨大的木制卷筒中拉出绝缘电线，将电线串到政府大楼、桥梁与河对岸的营地。来自外地的商贾租用了空着的店铺，营业到很晚，卖各种商品，从家禽到逼真的写实绘画，应有尽有。战争突然带来了繁荣景象，但还不止这点。华盛顿显得自信满满，坚定无疑地认为这场战争的第一次大战将是最后一次大战。

报纸轻描淡写地声称，欧文·麦克道尔将于本月中旬前进驻费尔法克斯县城。大大小小的广告和海报大肆宣扬霍勒斯·格里利①编辑的“向里士满进发！”的口号。南部邦联的新国会定于7月20日在那里召开会议。忠诚的联邦主义者期盼南方会在那一天或不久之后在战场上被摧毁。

7月12日，星期五，早上七点半，一个白人男孩将一份急件送到了富兰克林广场。八点刚过，玛格丽特便穿着一身凉快的白色上等细麻布衣衫，戴着一顶松

---

①霍勒斯·格里利(1811—1872)，美国报刊编辑，创办《纽约论坛报》，内战中反对林肯继任总统，参加组建自由共和党，被该党提名为总统候选人，竞选中惨败。

软的草帽，来到了罗丝家。

“怀维尔大夫没法行动了。”罗丝说道，“他得了伤寒。这个必须在天黑前通过大夫的这条线传送出去。你去送可以吗？没有其他人了。”

“当然可以。”

“让我告诉你这件事有多重要。”罗丝伸手到一排书的后面拿出一份用黑墨水画的地图。玛格丽特一眼就认出那弯弯曲曲的波托马克河和华盛顿周边地区。没有标示语的黑色圆圈表示弗吉尼亚州的城镇。一行红点从代表城市的交叉排线一直延伸到一个小小的马耳他十字。罗丝点了点那个十字。

“这是马纳萨斯枢纽站，奥兰治和亚历山德里亚铁路线在这里与马纳萨斯峡谷铁路线相连，一直到温切斯特。据报道，博雷加德的军队正在那里集结。”

“还有这里，这些红点很可能是麦克道尔将他的五个师投入战斗的线路。”

小罗丝把头探进书房，哭着要糖果。她的母亲跺了跺脚：“现在不行，出去！”小孩子听出了母亲话语中的严厉，便乖乖地走了。

玛格丽特问道：“这地图可靠吗？”

罗丝笑了：“和陆军部原件的任何复制品一样可靠。”玛格丽特激动得脉搏都加快了。难道罗丝是通过威尔逊参议员搞到这张地图的吗？他是否正在背叛他的政府以博取她的欢心？她知道不该问。

“这条情报的重要性仅次于麦克道尔向马纳萨斯进军的确切日期和时间。日期和时间我也正在尽力了解。与此同时，这一切必须尽快告诉我们的朋友们。”

玛格丽特的任务是驾马车去马里兰州一个叫萨拉茨维尔的小村子，大约在波托马克河东支流以南十英里的地方。“过了小酒馆半英里处，有一棵相当大的枯死的空心树。当你走近时，它就在左边。在背向道路的一边，你会发现有一个离地面大约三英尺的洞，把地图放在那儿。怀维尔大夫的一位同事会来取的，然后会把它送到下一站去。”

“我该怎么携带它呢？”

“到化装间来。”

玛格丽特坐着，双手放在膝盖上，罗丝小心翼翼地把地图折进一个小油布袋子里。她把玛格丽特的头发撩到脑后，把小包藏在里面，用别针把头发盘好。罗丝双手叉腰，端详着她的作品。

“十分安全。出发吧。”

“我家里有支手枪，要不要把它带上？”

“没有时间了，你必须马上走。”罗丝亲吻并拥抱了她。不到一个小时，玛格丽特便驾着她的轻便马车越过了波托马克河的东支流，进入了马里兰州，在颠簸的道路上迂回于农民们的大车之间。这些装载着瓜果、白菜和土豆的大车都是进城去的。田野和树林在炎热中闪闪发光。蜿蜒的路上，拉车的马踢起团团尘土；玛格丽特的脸上和手上也沾满了灰尘。

当她在田园诗般的乡村里只看见当地居民而没有其他什么人时，她的紧张情绪开始缓和下来。正当她庆幸自己的旅途平安无事时，突然听到了一个骑马人的声音。从她帽子上垂下来的淡蓝色缎带有时被称为“跟我来缎带”，这个称呼真是太贴切了。

她往后面望去，心里嘀咕着是不是听到了两匹马的声音。她只看见一匹马，上面骑着一个穿蓝色军装的士兵。她的第一个冲动是鞭打拉车的马赶快跑掉，但那只会使她显得可疑。骑马的人很快让马变成了快步小跑，随即就靠到了她的旁边。他举起他的长手套示意她离开大路。

这人已经有些年纪，瘦骨嶙峋，其貌不扬。他身上佩带着一把带枪套的左轮手枪，马鞍旁的枪鞘里插着一支滑膛枪。他用三个指头碰了碰自己的帽子。这人给她的印象是礼貌和老派。

“您好，小姐。我叫斯内尔，是华盛顿宪兵纠察队的。”

“这不超出你的管辖范围了吗，中士？我以为华盛顿宪兵纠察队只负责华盛顿哥伦比亚特区的治安。”

“在战争时期，小姐，我们有权管辖每个地方。”玛格丽特感觉后脖子上隐藏的小包下面有汗水在流动。

“你有什么事吗？我赶时间呢。”

“小姐，我无意冒犯，这是我的职责。我们有理由相信，您携带了一份机密情报。”

“你们是怎么得出这么个荒谬结论的？”

“我们已经得出结论了，就是这么回事。我们估计这份情报就藏在您身上的某个地方。”

“你想要干什么？用你的双手搜我身体把它找出来吗？”

“小姐，我真的不想这样做，但这是要求。”

“我从来没有听说过有这么卑鄙、这么野蛮的事情。”她希望她的目光和话音激烈到了极点。

他咕哝着回答道：“对不起，小姐。这是命令。”

她的心跳得十分厉害，她觉得他都听到了她的心跳。她摘下自己的太阳帽，放到身边。她拍拍自己的后脑勺，松开一个发夹。“我下车的时候请把头转过去。”

虽然她要求他看别的地方，但她估计他不会。她拉起自己的裙子，露出几英寸的脚踝、小腿和长筒袜子，踩着马车的踏板走下马车来。“中士，我再次请求你——请你别看这儿好不好？”

这次他把头转了过去。她转过身，挡住右侧，甩了一下头发，一把抓住那个小包，她将小包扔到路肩上的野草丛中。“你可以执行你的公务了。”

斯内尔依然紧张不安：“我还是找个隐蔽的地方，免得您尴尬。”

“尴尬？我愤怒。你要是非要实施这个下流得无以言表的行径，那你尽可以当着每个人的面搜查我啊。我倒是希望人们都过来看看北方佬是如何在女人身上发动战争的。”

斯内尔跳下马来，犹豫着。“快点啊，中士。我不能永远在这儿耗着。”

他再次脸红了：“小姐——我不能。我不能把手放到高贵的女士身上。”

“你比我想象的要有教养，我可以走了吗？”

“是的，小姐，我想您可以走了。”

她坐上轻便马车的座位，确信又给他瞥了一眼她的腿。还在少女时期，她的闺蜜们就批评她太前卫，对男人太开放。这些品质帮助她逃离了斯内尔中士的魔爪。做一个具有现代气质的女人是有很多好处的。

当她捡起缰绳的时候，斯内尔骑着马来到了路的另一边。她吓了一跳，因为她瞥见有一个骑马的人半隐半露地站在一棵巨大柳树茂密的树枝后面。斯内尔撩开树枝从下面穿过时,玛格丽特清晰地看见了另一个骑马的人。那人穿着白色的风衣,戴着一顶种植园主戴的帽子,帽子遮住了他的脸。柳树枝恢复了原状,遮挡住了两个人的身影。

她驾着轻便马车全速来到萨拉特那家摇摇欲坠的小酒馆,停在那儿让自己镇定下来。一位年轻人介绍自己说是店老板的儿子,他对他们这个地方的简陋表示歉意,他说小酒馆主要招待男性。他还说如果他拉张桌子到门廊这儿来,她是不是要来杯咖啡,或者来碗萨拉特夫人做的大麦粥。她说她要的。

吃完东西,她驾着马车回到斯内尔截住她的地方。路上空无一人,她很容易就在野草丛中找到了那个小包。她再次转向南方,不费任何周折就来到了那棵空心树那儿。

一个牧羊人和一只汪汪叫着的柯利牧羊犬出现了,赶着一群羊朝华盛顿的方向走去。玛格丽特的马车停在阴影里,她在车上有礼貌地朝他微微一笑。他腼腆地摸了摸自己的前额,一句话也没说。等他走了之后,她环顾了一下四周。除了远处有一个谷仓,她没有看到有什么对她构成威胁的东西。她走到那棵树的后面,将小包放进洞里。她转头往北驶去,超过了那个牧羊人和咩咩叫的羊群。

她让疲惫不堪的马儿放慢脚步走了一会儿。热浪滚滚,给大地蒙上了一层白色的雾霾。她感觉好多了,她玩了个游戏,而且赢了。她开始轻轻哼起了歌,哼了一会儿,她才意识到,她哼的歌是《迪克西》。

17日,星期三,罗丝邀请她信赖的女士和男士一起喝茶。罗丝神采飞扬,她穿着一件领口开得十分大胆的紫红色裙服。哀悼期彻底结束了。

"我有新闻。"她宣布道,"我们的朋友托马斯·雷福德将来不会跟我们在一起了。他用自己的真名加入了博雷加德将军的参谋部。他为我们所做的服务非常出色,创立了我们的密码和交通线。"

罗丝整理了她的裙子。在客厅里,小罗丝吹着口哨,像行军般大步走着。"唐兰先生也不能出席了。他星期一晚上从弗吉尼亚州到这里,但是当晚就返回了,带着这个家迄今为止发出的最重要的情报。十六个字。”她故意停顿了一下，“‘命令下达，麦克道尔今晚进军马纳萨斯。’国会的一位朋友证实，麦克道尔早已进入或者接近费尔法克斯县城，但是博雷加德将军事先得到了消息。”

贝蒂·杜瓦尔松了口气。“哦，太好了。”那个瓷器商巴特勒先生鼓起掌来，问罗丝是如何获得这个情报的。

“这件事最好还是保密。”

小罗丝跑了进来，用力挤到她母亲前面。“妈妈，这是不是说北方佬要被杀死了。”

罗丝哈哈大笑着：“是的，如果我方进展一切顺利的话，就是这个意思。”

“万岁。”小罗丝一个侧手翻，差点把一个广口瓶从基座上打翻。

在接下来的三天时间里，华盛顿征兆遍地，谣言满天。说什么在弗吉尼亚州，大火的浓烟冲天而起，许多房子被付之一炬，或因炮火而毁于一旦。这取决于你从谁那里得到的消息。星期五，玛格丽特经常光顾的肉店老板说，那里发生了“殊死的战斗”，但人们追问他时，他又说不出细节。

下午，玛格丽特在继续采购家庭日常用品时，又听说整个城市都在传言，说这场大战将在星期日打响。她吃了一顿饭的威拉德宾馆里，餐饮服务台被围得水泄不通，先生们纷纷在预订一篮篮的野餐。她问服务员这是怎么回事。

“哎呀，小姐，他们要驾着马车去看麦克道尔痛打叛军呢。哪怕出再高的价钱，你也租不到马车或者配鞍的马了。”玛格丽特觉得人们怎么会想到一边享用野餐一边看着人类互相残杀呢，真是古怪。战争时期，死人是不可避免的，可是没有理由像一位观众一样去欣赏这样的事情啊。

整个星期六，城里一直十分宁静，除了可以听到远方重武器隐隐约约的隆隆声。星期日，她醒来的时候再次听到了隆隆声，这次声音更响了。

她太焦躁不安了，在家里待不住。她的床铺还没有整理，她的早餐咖啡渣依然留在壶里，她便穿戴整齐，急匆匆地来到宾夕法尼亚大道上。整个上午，一直延续到下午，她都徘徊在无数个等待消息的人群中。报社里，公布简明新闻的黑板依然空空如也。偶尔，有谣言在人群中传播。有人说，麦克道尔胜利了。有人说，不，他失败了，他的军队溃不成军，撤退到了森特维尔。还有人说，不，撤退到了费尔法克斯；不，撤退到了波托马克河。夕阳西下，她还在男男女女的人流中游荡，所有人都心情压抑。如果麦克道尔胜了，难道消息会到不了他们这儿吗？

她走到陆军部，希望能了解一点情况。大楼里每一扇窗户都灯火通明。她听到大道上传来很响的一声“喂”，便跟着其他人一起跑了过去，看见一对驾着一辆四轮四座大马车的狼狈不堪的夫妇被团团围住了，动弹不得。女人的脸色害怕得发白，她的膝头搁着一只野餐的篮子，上面的篮盖已经不知去向。人们大声问着问题。男人大声喊叫着回答道：

“乔·约翰斯顿①的部队利用谢南多厄河谷的铁路前来增援博雷加德。我们的军队兵败如山倒。条条道路挤满了逃命的懦夫。人们的马车要么被毁坏，要么被偷走。我们算幸运的，逃出来了。”

有一个人喊叫：“万岁，博雷加德！万岁，杰夫·戴维斯！”其他的人咒骂喊叫着扑向那个人，将他打倒在地，用脚踢他。

数千人整夜都待在大街上，看着更多的平民百姓在月光下逃回城里，用不同版本陈述着千篇一律的溃败和奔逃的故事。玛格丽特浑身疲倦，但她依然留在街头。夜空乌云密布，就在拂晓前，天开始下起了小雨。第一波士兵出现在了长桥的方向。

很多战士浑身肮脏，血迹斑斑，丢盔弃甲，拖着沉重的步伐三三两两地走着，他们的部队被击溃打散了。他们中有一些人费力地走进总统公园，躺倒在滴着雨水的树下休息。玛格丽特尽管对南部邦联的胜利感到高兴，可是这样的结局并不令人赏心悦目。你可以庆祝战争中的一场胜利，但你怎么可能为伴随而来的死亡和伤痛而欢欣鼓舞呢？

七点半的时候，她疲惫地回到家里，一头倒在床上，一直睡到中午才醒来。她回到宾夕法尼亚大道上，听到愤怒的男人和女人异口同声地在诅咒斯科特和麦克道尔打了败仗，诅咒西点军校的军官小集团，诅咒夹着尾巴逃跑的民兵。她走到长桥那儿，望着十几个俘虏被押解着走进城来。女人和孩子拿石头扔他们，

①乔·约翰斯顿，即约瑟夫·埃格尔斯顿·约翰斯顿（1807—1891），美国内战时期南部邦联军队上将，常胜将军，与总统戴维斯长期不和，1865年向谢尔曼将军投降。

向他们吐口水。“杀了这些叛贼!”

“他们要去哪儿?”玛格丽特问一位押解着被俘叛军士兵走来的下士。

“监狱。老国会大厦。”那士兵看上去跟那些俘虏一样战战兢兢。尖叫声持续不断。

“绞死他们!”

“枪毙他们!”

接着来了救护车,先是二十辆,然后是四十辆,五十辆,长长的车队,慢慢地行驶。粗制滥造的双轮马车,两边挂着帆布窗帘,前后摇晃着,在坑坑洼洼的路上颠簸。每一次颠簸与摇晃都会让看不见的伤员发出痛苦的喊叫。异口同声的惨叫最后驱使玛格丽特回到了她的排屋里。夜里她做梦了,梦见那些救护车滚滚向前,绵延数英里,直逼地平线。她醒来时口干舌燥,眼前的景象渐渐淡去,但是那惨绝人寰的喊叫声依然不绝于耳。

第十八章 1861年7月

在倾盆大雨中，朗坐在巴尔的摩和俄亥俄铁路的列车上，无法入睡。最后，车厢另一边雨水潺潺的窗玻璃外面，铁路沿线的公用事业用地上出现了白色的军队帐篷。列车员在车厢里喊叫道："俄亥俄州的贝弗利，贝弗利车站到了。"

朗下车来到车站站台上。即便在午夜，位于哥伦布—帕克斯堡铁路线附近的这个小村庄仍然灯火辉煌。三天前，布尔溪战役①溃败之后不到二十四小时，陆军部发电报给麦克莱伦将军，召唤他赶赴华盛顿，接替名誉扫地、被解除军职的麦克道尔，负责指挥波托马克部。他在格拉夫顿、菲利皮、里奇山和科里克滩获得成功之后，一时声名大噪。弗吉尼亚州西部的道路、河流、铁路尽在联邦的掌握之中，十分安全，这是可以进攻弗吉尼亚州东部的一个基地。

带雨的空气使得朗恢复了生气。他步履艰难地穿过泥泞，时刻躲避着部队通信兵不期而至的飞驰马匹，找人打听。在一个有很多楔形帐篷的地方，他找到了一位衣衫不整的军官，人们说找他即可。

"杰特中尉吗？我恐怕得见一下将军。"

"将军没时间会见普通人，他预定明天上午离开惠灵。有一列专车送他去华盛顿，你知道的。"他说这话的口气仿佛朗是一个来自穷乡僻壤的白痴。

朗不耐烦了，说道："这些我都知道，是将军叫我来的，瞧瞧这个。"他将一封短笺递给中尉。

①美国南北战争中，在弗吉尼亚州北部马纳萨斯附近一条名叫布尔溪的溪流上进行了两次战役，第一次战役也称第一次马纳萨斯战役，于1861年7月21日打响，北军三万七千人，由麦克道尔指挥，南军三万五千人，由博雷加德和约翰斯顿指挥，北军战败。第二次布尔溪战役发生在1862年8月29日至30日，北军七万人，由波普指挥，南军五万六千人，由李指挥，也以北军失败而告终。

“辛辛那提的艾伦少校？从来没有听说过他。”

“将军知道他。该死的，我告诉你是他叫我来的。”

中尉望了朗一眼，那眼神明显在暗示他不相信，之后他便离开了帐篷。雨点落在帆布上。朗从他湿漉漉的外衣口袋里掏出一瓶植物性营养液和一大块硬饼干，这是昨晚的晚餐剩下的。不一会儿，中尉回来了，看上去有点不高兴。

“你还真说得不错，他给你十分钟，跟我来。”

麦克莱伦少将给自己弄了一个屋式帐篷。他从一张战地办公桌后面站起身来，办公桌上堆满了备忘录、报告和黄色的电报纸。一个小小的图表架子上放着一张玻璃干板照片，在一片杂乱中，这张照片——他漂亮的妻子埃伦——特别醒目。

“普赖斯先生，向你致敬。我记得你来自芝加哥。”麦克莱伦的握手十分有力。朗感到惊讶，此时才凌晨四点半，这个人竟然如此机敏和富有活力。

乔治·麦克莱伦个子不高，然而他似乎散发出一种令人敬畏和英武的感觉。他赭色的头发被梳理得整整齐齐，微微泛红的棕色八字胡和帝髯修剪得完美无缺。他的蓝色羊毛军装上没有肩带，也没有任何军衔的标志。难怪麦克莱伦在三十五岁时就成为他部下心目中神一般的人物。

将军指了指一把轻便折椅，朗表达了谢意后坐下。“刚刚过去的这周有点忙乱。”将军一开始这样说。

“我相信的确是这样，长官。祝贺您获得新的任命。”

麦克莱伦心事重重地微微一笑：“说什么你是被召唤去拯救这个国家的，纯粹是一种奉承，有些报纸就是这样说的。我无意成为他们罗马帝国那样的军事独裁者，但是我的任务很清晰，华盛顿有一帮自称军队的乌合之众，我要让他们赶快成为名副其实的军队。上个星期日所发生的事情是一个耻辱，我认为责任在斯科特，而不是麦克道尔。说得宽容一点，斯科特将军就是太老了；说得不客气一点，他能力不够。不过，你远道而来，普赖斯先生，我们谈正事吧。”

“艾伦少校让我找你谈谈。”

“谈谈你的辞职。”

“是的，长官。我从弗吉尼亚州西部回来之后——”

“你和你的同事粉碎了一个偷盗我们物资的盗窃团伙。回到辛辛那提一天之后,你想辞职不干了,是这样吗?”

“是的,长官。我辞职不干是为了参军打仗。我希望我说的话没有过分做作,我相信这场战争是正义的。我父亲是个牧师,他参加过‘地下铁路’的工作,他认为黑人应该获得自由。”

“嗯,我认为这值得称道。不过,我是不会随随便便让你在我家招待黑人的。我也无法想象他们会到那儿去。这场战争的目的是保住联邦。”朗想要反驳,可是不是时候也不是地方。

“艾伦少校一直说你是一个了不起的人,他最好的特工之一,他不想失去你。我欣赏你参军打仗的想法,但你要认识到,如果你跟着少校干,那你就已经是在军队了。”

“长官?”朗说,莫名其妙。

“一旦可行,我打算把艾伦少校和他的整个团队带到首都,为我和我的参谋部做你们在辛辛那提所做的同样的情报工作。”朗傻了眼。麦克莱伦继续说道:“你不必训练,不必扛枪,也不必穿军装,但你是一名战士,肩负着不可或缺的艰巨使命。如果我们不知道叛乱分子在哪里,不知道他们有多少人,不知道他们是如何部署的,那我们怎么能战胜他们呢?我们需要训练有素的特工来找出这些问题的答案。你会看到你的那份战斗、那份危险,我敢肯定。你将像任何一个行进在步兵行列里的战士一样全身心地为这个国家服务。”

麦克莱伦再次站了起来,时间到了。

“我建议你改变主意,普赖斯先生。改变主意,并收回辞呈。”

朗对麦克莱伦摆在他面前的机会感到惊讶不已。他突然想到了玛格丽特,几乎没有任何犹豫。

“好吧,将军——我会的。”

“那这段时间花得很值得。去找杰特中尉,让他把你安排到军官食堂吃个饭。去哥伦布的火车要七点半才通过这里。”

“是的,长官。谢谢,将军。”

麦克莱伦做了一个随意的动作,半是敬礼,半是友好的挥手。他很快回到战地办公桌上工作了。

朗走出帐篷，走进雨中。他和麦克莱伦显然在奴隶制问题上看法不一，但这没有关系。跟着平克顿在麦克莱伦所描述的岗位上干，他可以实现他对父亲的承诺。

东方的小山顶上，饱含着水汽的灰色光线正在慢慢显露。朗感觉离开辛辛那提以来，脑子从来没有如此清晰过，心情从来没有这么欢快过。

在辛辛那提德国人聚居区"莱茵河畔"的露天啤酒馆，朗对斯莱奇说了他跟将军会面的事情。斯莱奇说："很高兴我们还可以做搭档。"他抹掉八字胡上的泡沫，向一个路过的服务员挥舞着自己的空酒杯。露天啤酒馆的另一个地方，四个穿着吊带花饰皮裤的男人正在跳一支肖蒂什轮舞。朗和斯莱奇都喝了过量的啤酒。纸糊的灯笼闪闪发亮，纸做的花使他们四周的白色格子显得格外鲜亮生动，战争似乎并不存在。

"我知道你为什么这么做。"新斟满的啤酒杯端来时斯莱奇说道。

"为联邦而战，为结束奴隶制而战。"

"当然，当然。有身份的朗先生的光荣神圣战争。听着，我不是最聪明的家伙，但是这个我懂。我们现在在干的活是脏活，到我们要去的地方也是干同样的活。我知道你不相信这个，但是总有一天你会相信的。你会的。祝你成功。"

他们默默地喝着酒。斯莱奇打嗝，声音很响，其他的顾客纷纷朝他瞪着眼睛。"在这段时间，小伙子，让我们玩个痛快。喝他几回醉，找些姑娘玩玩——哦，我忘了，你只有一个姑娘，在华盛顿。这就是你改变主意的原因。"

朗的脸红了，便是无声的供认。

第十九章　1861年8月

平克顿手下的男女特工悄无声息地来到了华盛顿，他们在城市四周那些鲜为人知的简陋寄宿舍内蛰伏下来。朗和斯莱奇用假名在K大街的一个爱尔兰寡妇那儿租了房子。老板很少有如此谨慎的。整个城市聚焦在他所崇拜的那个人身上，那位风度翩翩的武装力量司令官将部队改名为波托马克方面军。

麦克莱伦竭尽所能抛头露面，鼓舞那些三年服役期志愿兵的士气，提高他们的战备能力。三年期志愿兵正在集结，用来代替九十天服役期的士兵。他在第十九大街和宾夕法尼亚大道交界处的司令部运筹帷幄。这是一座向一位海军军官租借的房子。那儿没有食堂，他和他的参谋人员在I大街的一家咖啡馆用餐。咖啡馆是一位广受欢迎的黑白混血儿餐饮商开的。麦克莱伦大多数夜晚都在司令部办公。好多次，朗到这幢大楼里办事，路过麦克莱伦开着的办公室门的时候，他都看到了总统，他通常穿着一套很旧的黑色西装，脚上是一双皮质的浅口便鞋，有时对那位穿戴过分讲究的将军讲法律故事，有时听对方讲解训练和战略理论。

麦克莱伦每天总有十二到十四个小时骑在他那匹名叫丹·韦伯斯特的枣红大马上东跑西颠。他的马鞍是他在克里米亚所看见的那种两腿分开的类型，他推荐给军队采用，军队便用他的名字命名。他为跟随他骑行的参谋部军官与龙骑兵卫士树立了一个很难模仿的榜样。他视察护卫城市的四十八个防御要塞、棱堡和炮台。他驰马跨越波托马克河，巡查分布在阿灵顿到亚历山德里亚的军营。博雷加德依然在马纳萨斯，平克顿说将军担心他进攻华盛顿，但是麦克莱伦情绪高涨，激情澎湃，所以普通官兵不知道他的这种担心。每当他驱马骑过的时候，战士们便挥舞着帽子，高呼“小麦克”或者“乔治将军”。他在马镫上站起身来，挥舞着帽子，向他们致敬。

有少数人并不怎么欢迎他，他们尝过他纪律的味道。他派巡逻队上街扫荡喝醉酒和骂大街的军人。犯规的人会被浸在碱水里并被塞上嘴巴，或者被迫站在一只木桶上背负一袋砖头数小时。这些示众手段就是为了杀鸡儆猴。

每个爱国的公民都想拥有麦克莱伦的照片。他在大道上的马修·布雷迪的照相馆拍了照。他最受追捧的照片是右手插在军上衣口袋里的那张，这个姿势很受高级军官的喜爱。报纸和公众开始叫他“小拿破仑”。

平克顿将蒂姆·韦伯斯特和哈蒂·劳顿派回到巴尔的摩，那儿再次出现了秘密社团。普赖斯·刘易斯跟其他几个特工一起留在华盛顿。其中一个是萨姆·布里奇曼，他是个弗吉尼亚人，他彬彬有礼的样子掩盖了他粗俗的习惯。他当众挖鼻孔，随地吐痰，不过今年夏天，他在弗吉尼亚州一次冒险的侦察任务中成功地扮演了一名男仆。普赖斯·刘易斯跟他搭档，假扮成一位前来考察美国的英国勋爵。朗不喜欢萨姆·布里奇曼。

一天晚上，在埃比特烧烤店，朗跟几位同事一起在那张桃花心木吧台喝酒。从帕克斯堡开始，他就喜欢上了酸麦芽浆威士忌。它似乎可以比啤酒更强劲更快速地让人忘掉那些不愉快的记忆，比如斯莱奇在帕克斯堡用子弹打中那个大块头的一刻。

一个名叫弗兰克·埃利斯的特工提到了马里兰州的形势。脱离联邦的事情还在讨论中，但是由于联邦军队武装干预的威胁，讨论不那么热烈了。萨姆·布里奇曼吹牛说，他粉碎了巴尔的摩的一个秘密社团。

“‘自由骑士团’。枪战那个激烈呀。一个姓米勒的煽动叛乱的混蛋被当场击毙，我不知道那是不是我的子弹，不过我觉得应该是的。”

布里奇曼抽身离开了吧台，在地板上吐了一口黄褐色的烟草口水。朗站在布里奇曼的左侧，全神贯注地盯着他的空酒杯。米勒，那位姑娘也姓这个姓，来自巴尔的摩。

他不太愿意承认斯莱奇对他们工作性质的说法是正确的。他只是希望自己身上不要沾上太多的脏东西。

当天晚些时候，他走到富兰克林广场的那幢排屋那里。楼下的灯亮着。又有一盏灯移动到了门厅里，照亮了扇形窗的玻璃，像一只萤火虫飞过。她在那里。

他怎么才能见到她呢？如果他尝试敲门，她会不会当着他的面把门摔上？会不会骂他是北方佬？值得一试。

平克顿没有给他机会，麦克莱伦想要了解博雷加德的军力。平克顿将朗、斯莱奇和萨姆·布里奇曼派往弗吉尼亚州那个遍地帐篷的巨大城市。每一个逃离南部邦联防线的人——逃兵、难民、奴隶——都要受到审查。平克顿选择朗来审查潜入北军阵营的黑奴，即所谓的逃奴。他说他之所以把这个任务交给朗，是因为他知道朗同情黑人、关心黑人。

“我很遗憾地说，将军不这么认为。我不知道他会如何对待我们从黑人那里获得的所有情报，但这并不能减轻我们的责任。”

朗将贝利斯十字路口一个军营的一个屋式帐篷作为办公处所。火热的8月，一天又一天，他耐心细致地询问排着长长队伍的大多数都是不识字的黑人，他们冒着生命危险逃离了他们的主人。

黑人们走进帐篷来，全都哆哆嗦嗦，战战兢兢。他们通常穿得十分破烂，有些稍微好点，但再好也好不到哪儿去。他们刮擦着自己的双脚，用指关节挠着自己的额头，朗对这些人从小被迫生活在这样的处境中再次感到义愤填膺。

帐篷里弥漫着汗臭以及附近地沟厕所的恶臭。逃到北军阵营的黑奴坐在一张桌子前的凳子上，桌子上堆满了准备递交给平克顿的报告。平克顿已经有很多报告要处理，他说他感觉自己就像一个独臂的波吕斐摩斯[①]。

朗问那些逃到北军阵营的黑奴同样的问题：“有多少人，有多少白人士兵驻扎在马纳萨斯枢纽站附近？几个？很多？”

“几千。”那些黑奴总会睁大眼睛满脸真诚地回答。或者会说：“很多，数也数

①波吕斐摩斯，即希腊神话中的独眼巨人库克罗普斯，他是波塞冬和仙女索欧撒的儿子。当奥德修斯及其同伴被冲到西西里海岸时，落到了波吕斐摩斯手中，他把奥德修斯和他的同伴关进洞中，并打算吃掉他们。但奥德修斯想方设法把波吕斐摩斯灌醉，趁他熟睡时用一根燃烧着的木棍弄瞎了他的独眼，带着六个朋友逃了出去。

不清。”或者会说：“上尉，遍地都是，我这双老眼看都看不过来。”

“在布尔溪，叛军调来了他们的黑马骑兵部队。这让很多民兵闻风丧胆，所以他们逃跑了。你们见过任何骑兵部队吗？你们数过有多少黑马吗？”

“到处都是黑马。”他们这样回答。或者说：“他们骑的全都是这个，长官，全都是黑马。”或者说：“哦，天哪，肯定全都是黑马——百万是多少？”他们想要帮忙，但是照例，当朗将上面冠有“普拉托”或者“詹姆斯”或者“阿莫斯”的纸张放到一边的时候，上面没有一个答案是有用的。

然后，一个不同类型的人走了进来。他瘦得像根棍子，下身穿着干净的粗斜纹布裤子，上身是一件工装，工装的袖子被撕了下来。他头上的灰白头发让他看上去比实际要老，像有三十岁左右的年纪。

这人有一个长长的下巴，脸很窄。浓密的眉毛突出在凹陷得很深的黑色眼睛上面。他的皮肤是漂亮的金黄色。朗估计他是一个混血儿，那种黑白混血儿。

这张凳子对他来说太小了。他弓着身子坐在凳子上，双手交叉放在膝头；他不像其他人那样咧嘴朝朗一个劲儿地笑，不断地说“长官、长官”以表示他急于配合，而是等着朗开口进行交谈。

“花名册上写着你的名字叫扎卡赖亚·奇索姆。”

“是这样，因为就是这个名字。”

“我的名字叫阿朗佐·普赖斯。”

“嗯。”没有表示认可，也没有表示不认可，就是一个“嗯”，接着又一言不发。

“你认字吗，扎卡赖亚？”

“认得一些。”

“会算术吗？”

“也就是不会被骗这点程度。”

“你是什么时候从哪里逃出来的？”

“前天夜里从韦德·汉普顿[1]军团的兵营逃出来的。那天晚上没有月亮，我估计我有机会了。”

---

①韦德·汉普顿（1818—1902），美国内战时期南部邦联军队军官，一贯坚持奴隶制，内战爆发后组建“汉普顿军团”参战，晋升至中将，战后重建时期极力鼓吹恢复白人霸权。

“南卡罗来纳的汉普顿军团?”

“我是泰里·布鲁姆上尉的黑人家奴。他把我从萨默维尔带过来,在他当兵的时候给他烧饭洗衣。我们有很多人都是主人带到北方来的。”

“你的主人仁慈还是不仁慈?”

“基本上算仁慈,但这又有什么区别呢?他是主人,不过他不是太聪明。走向自由的路上,大多数路程都是他带着我,但是他认为我不会走完最后一英里。我只是在等待我的机会。我离开的那个夜晚,布鲁姆上尉红酒喝得太多了,在擦拭他的手枪时走火,打伤了自己的脚,引发了很大的混乱。等他的朋友们把他送到医生那儿去之后,我就飞快地逃了出来。”

朗将羽毛笔蘸上墨水,在一张上面冠有“扎·奇索姆”的纸上写了两三行字。“关于南部邦联军队的规模和部署,你能告诉我什么情况吗?”

“部署是什么意思?”

“就是兵力安排在哪里。”

“没有多少情况可以告诉你,我不懂如何估算部队的兵力,只知道有很多很多士兵。你给我一张地图,我不知道能不能标出汉普顿军团的位置。”

“坐在那儿的一些黑人给了我数字,很大的数字。”

“嗯,当然,这并不让我感到奇怪。他们想要取悦白人。他们害怕如果给错了白人答案,白人就会生他们的气,就会把他们送回去。所以,他们就编造一些事实。”

“坦率地讲,这些事实不是很有用。你为什么不编造答案?”

奇索姆似乎被这个问题弄得很伤心,或者对问这个问题的人感到失望:“我要是编造事实,那就是对你撒谎。这对我们双方有什么好处呢?”

朗靠回到椅子背上,挠着自己的脸,一只会刺人的虫子刚刚蜇了他一下。司号员吹响了号角,战士们在外面大步走过,训练开始了。

“我喜欢你,奇索姆。你没有提供丝毫帮助,但我喜欢你。”奇索姆抿了一下自己的嘴唇,好像要笑的样子。朗突然有一个想法。

“你愿意回到敌占区去吗?”

“你以为我跟泰里·布鲁姆上尉一样笨吗?见鬼,我不愿意。”

“如果被派回去，也许跟像我这样的人一起去，搜集对我方有用的情报，你愿意吗？因为你的肤色，所以你在敌人的战线后面活动比较容易。”

奇索姆眯眼看着朗，仿佛竭力在探查是否是圈套：“那样的话，是的，也许我愿意。”

“我很高兴知道你愿意。”朗盖上墨水池的盖子，伸手拿过帽子。“他们让你住在什么地方？”

“投诚黑奴营地，往那个方向一英里左右，一堆极小极小的狗窝一样的帐篷。”

“一定要待在那里，这样我可以找到你。千万别让他们派你到别的地方去。让我们离开这个烤箱，去找杯冷饮喝。”

他们在灼热的阳光下沿着帐篷间的小道走去。一个红头发的士兵坐在他的帐篷外面，赤膊，正在擦拭他军装上衣的铜纽扣。这位战士望着他们，等他们走过去之后，朗听到了他吐口水的声音。

朗拿出一个烟草袋子，卷了一根香烟点燃。前面，经过长时间踩踏的小道微微升向一个坡顶，那儿有一个打满补丁的帐篷，里面有一块木板，算是柜台，售卖日用品，但是有一块招牌警告道，“不卖军人烈酒”。帐篷顶上有一块更大的招牌，上面写着“第二缅因团霍布豪斯随军商贩”。第二缅因团在征兵这个问题上挨过麦克莱伦的训，参与叛乱暴动的大约六十名士兵戴着脚镣手铐被送往德赖托图格斯群岛关押。

随军小贩的柜台上展示着廉价的剃须刀、剃须皂液杯、书写材料和针线盒。随军小贩是一个个子矮小、相貌狡诈的人。朗将一枚硬币轻轻地拍到木板柜台上。

“那些木桶里面有柠檬水吗？”

“我可以卖一杯给你，但是他不行，黑人不卖。”

朗将香烟扔到地上：“那我买两杯。”

随军小贩将一把长长的鲍伊猎刀放到柜台上，刀刃一侧还沾染着铁锈色的血迹。“你要是给他一杯，我们就有麻烦了，先生。”

朗吸了一口浑浊的空气，踌躇着该怎么办。随军小贩的一只手像蜘蛛似的爬向刀柄。扎克·奇索姆在朗的身后说道:“我不渴。”

朗强按住自己的怒火,将帽子拉到眼睛下方,转身离开柜台边。“我也不渴。”当他们离开时,随军小贩说:“钟爱黑鬼的家伙。”

奇索姆缩着自己的头,双手插在口袋里:“我想我看错了北方,本以为有色人种会受到公平对待,跟白人一样。”

“很多好人都希望这样,扎卡赖亚。我怕是还有很多人没有做好准备,总有一天他们会的。”

“到那个时候我可能已经不在人世了。”扎克阴沉着脸生气地说。对此,朗无言以对。

在华盛顿总司令部大楼二楼的平克顿办公室里,朗说出了他的想法。老板非常感兴趣:“别和奇索姆失去联系。我们把他弄到这儿来,给他找份工作,直到我们可以派他上阵。我派弗兰克·埃利斯去。”

“我可以去。”朗说。

“不,你、菲洛、布里奇曼和刘易斯有新的任务。这是陆军部助理部长汤姆·斯科特传达的命令,要我们监视一个名叫罗丝·格里诺的反叛嫌疑分子。”

第二十章　1861年8月

“不要骂人，不要吐痰，不要有任何亵渎上帝的行为。”I大街上圣约翰教堂的教区长说道，“这是上帝的屋子。”

上了年纪的教区长在陆军部的担保下，将他的贮藏室暂时借给了艾伦少校。朗发现这个房间令他毛骨悚然地想起了自己的童年，但是，在堆满了赞美诗集、祈祷书和提倡温和宽容的基督教行为的主日学校教科书的架子中间从事与战争有关的工作，真是一种讽刺。

他打开窗户，8月上午的热气从死气沉沉的街道上一拥而入。蓝色的大苍蝇也飞了进来，它们成群结队地挤在拉车的牲口留下的粪堆上。斯莱奇想办法弄来了一张小桌子、两把椅子、一大罐水、一只玻璃杯、若干纸张和铅笔。他们的工作持续到天黑，然后是刘易斯和布里奇曼接班。

街道对面，路边种着的不好看的臭椿树衬托着格里诺夫人的两层楼砖砌豪宅，屋子在黄色的雾霭中显得死气沉沉。老板被召到华盛顿，要求为麦克莱伦搜集情报，但现在摆在他面前的是另一项完全不同的任务。平克顿称之为反间谍活动。特工们被要求记录和描述每一个进出罗丝·格里诺屋子的人。

“博雷加德提前知道了麦克道尔进军的日期。”平克顿说，“有权接触机密材料的官员经常到格里诺夫人这里来。逻辑上讲，她有嫌疑。”

一开始的三天，来客寥寥：商人、一个国务院的低级职员、一个雍容华贵的年轻女人。朗跟踪她去了一家女帽店，然后到了她在石溪公园附近的住所。一辆运冰马车的车夫认出那女人是菲利普·菲利普斯太太。“彻头彻尾的叛国贼。老公是亚拉巴马州的国会议员，他去了南方。你说说吧，如果不是要帮助那些该死的反叛分子,老婆干吗还留下来啊?”

菲利普斯太太进入罗丝·格里诺的圈子,这样的说法有道理,但是很难成为叛国的罪证。“我们要找到证据。”平克顿在朗汇报时斩钉截铁地说,“叛国贼罗丝总会露出马脚,等她露出马脚的时候,我们就到那里抓她,让她戴上手铐。”

8月份第三周快到周末的时候,轮到朗值夜班。正当他坐在那个渐渐黑下来的贮藏室里大汗淋漓的时候,一辆漂亮的钢琴箱一样的双轮单马轻便马车拴在了罗丝的屋子前面,一个女人爬上高高的门廊。万籁俱寂中,铃声特别清脆。

屋子里的侍女将来客迎进屋去,溢出的一缕灯光照亮了侍女的身影。朗坐直了身子,震惊不已。来客就是富兰克林广场那位年轻漂亮的女子玛格丽特·米勒。他知道她同情南方,可是他怎么也无法想象她会跟间谍有牵连。

斯莱奇偷偷地溜到外面去厮混了一小时,玛格丽特在他回来之前就驾车走了,朗对此次来访缄口不言。第二天是星期六,那天大部分时间他都在思考如何采取行动。格里诺夫人涉嫌叛国,那也意味着米勒小姐与其同流合污吗?假如她仅仅是一般的社交熟人呢?

下午晚些时候,他系上自己最好的领带,擦干净靴子上的灰尘,戴上一顶他从普赖斯·刘易斯那儿借来的棕色海狸皮高顶礼帽,这样的帽子刘易斯有三顶。险恶的黄铜色天空下,城市热得发昏,远处的天空中回荡着隆隆的雷声。

他在富兰克林广场的那幢排屋敲响了门。他希望他不会发现那女人跟不管是唐纳德还是多纳尔还是其他什么名字的人在一起。他们的那次短暂会面曾经引起过朗的强烈反感。

他听到有人在客厅里。门打开了,是她,夏日的暴风雨过后,一阵清凉的空气吹来,她依旧那样美丽可爱。他无法解释为什么她那棕色的眼睛,她那大大的红色嘴唇,她那不完美但仍然可爱的脸和丰满的身材在对他说话,使他产生了渴望,一点不假。

“来了,是谁——?”接着她认出来了,“哎呀,总统公园,威尔基·柯林斯。”

“还没有忘记伊利诺伊州的粗俗乡巴佬。很荣幸你还记得,米勒小姐。”

“哦,我从来不会忘记一个好对手。”有嘲弄的味道吗?“请问这是怎么回事?”

“这不是社交性拜访。如果方便的话,我有一件重要的事情要办。”

“事实上不太方便，不过你可以进来，长话短说。”她退后，她隐藏在里面的衬裙发出的沙沙声立刻引起了他的注意。他希望自己的窘态不要太明显。

她把他领到一间装饰雅致但并不华丽的客厅里。小盆里的植物缓解了深色木制家具的沉闷单调。玛格丽特在一张双人座椅上坐下，整理好她的绿色塔夫绸裙子，用一块花边手帕擦了擦脸颊上的汗珠。一棵小小的金色棕榈树挂在她裙子胸前的链子上，棕榈树是南卡罗来纳州的标志，她没有掩饰自己忠于哪一方。

“你恐怕占有优势，先生。我知道你是北方人，不过我只了解这一点。既然你已经知道了我的姓，那么我可以知道你姓什么吗？”

“普赖斯，朗·普赖斯，小名阿朗佐。”他在她对面坐下，手里紧紧抓着他的高顶礼帽，就像一个溺水的人抓着救生圈。这都是被她的脸色和举止给弄的。“我觉得见你很重要，所以我费了好大劲才了解到你的身份和下落。”

“我可以问一下你是怎么做到的吗？”

他把手伸进上衣里面，拿出书签放在膝盖上。“我们相遇时你掉了这个，我就是根据这条线索找到了希林顿书店。”

她的目光瞬间移向了其他地方：“一定是书里掉出来的。”

“毫无疑问。”他说道，他的表情十分温和。

“你是警察吗，普赖斯先生？他们雇用了一百五十个人来加强特区的警力。”

“是的，但我不是其中之一。”

“其他类型的侦探？”

“我的职业并不重要。”他放下书签，“我是来私下告诉你，你的朋友格里诺夫人有不忠的嫌疑。”

“罗丝？对谁不忠？”

“对政府。”

她捏紧了拳头。如果那手帕是块石头，他估计她可能会扔过来。“这么说你是个侦探。为林肯、卡梅伦那帮人效力的该死的间谍？”

“请听我解释——”

“请允许我说完，罗丝·格里诺是我的好朋友，我敬重的好朋友。你是个傻瓜，让我反对她，派你来的那些人都是傻瓜。”

朗跳起身来，浑身燥热，脸色通红。“没有人指派我。没有其他人知道这件事情。”

她无言以对，但怀疑依旧。客厅里的光线明显暗了下来。乌云在附近的屋顶上空翻滚，雷声隆隆。

“我的本意不是让你去反对你所敬重的好朋友。”他用更加镇定的语气说道，“你的安危是我来这儿的唯一原因。跟这位女士有牵连，你的处境将非常危险，不管你有多喜欢她。”

她的怒气化为谨慎的困惑，朗再次坐下。她轻轻擦了擦自己的额头：“你为什么关心我的安危？我们萍水相逢，关系并不密切。”

“是的，但你把书拿回去了，这是事实。”

“普赖斯先生，别跟我扯皮，我不是校园里不谙世事的少女。你这次来访一定有原因，而不是纯粹的善意，请明说。”

朗知道他可以撤退，可以离开，可以避免自己遭遇尴尬。但是，她那可爱的脸颊曲线，她那瀑布般的乌黑秀发，她那红色皮鞋纽扣上微微显露的脚踝，令他不能自持。

“好吧，我跟你说实话，不过我估计你会把它扔回到我的脸上。就像你说的，我们见面的时候，彼此说了几句话——”

“有人称之为击剑。”她几乎是在微笑。

“击剑。”他重复了一遍，“你把我刺得很厉害。尽管如此，我走的时候在想，你是一个聪明的女人，而且很迷人。所以我费尽周折在希林顿书店找到了你的名字和住址，我想再次见到你。”

“嗯，你见到了。仅此而已？”

一个黑人小贩在街上叫卖草莓，他的头上顶着一只用草编织的筐子，那筐子似乎从窗口飘移了过去。房间里的气氛变得更加沉闷了。

“不，我想象或者期望的相见不是这样。”他说着，再次站起身来，“我去书店之后，发现了你朋友罗丝·格里诺的事情。”

“怎么了？”

“不说那事儿，我就是想告诫你别跟那女人走得太近。”

“普赖斯先生，我再说一遍，罗丝·格里诺是我的朋友，而且将继续是我的朋友，我们志同道合。”

“显然如此。眼下，在这样的政治气候中，这会给你带来麻烦。”

随着裙子发出的沙沙声，她两眼冒火，径直走到他跟前。“你是在威胁我吗？”一道耀眼的白光遮住了窗户，一声霹雳使玻璃嘎嘎作响。“你为谁工作？谁付给你钱？你必须告诉我。”

“好吧，如果这能让你相信我的话，那么我为陆军部工作。”

“所以你是一个卑鄙的间谍。”她给了他一个巴掌。

朗往后退去，她的手印从他红润的脸颊上消失了。“米勒小姐，这个我不会计较，但我要再次告诉你，和那个女人交往，会使你自己处于危险之中。”

她旋风般冲进大厅，一把拉开前门，尘土随着阵风飘舞。朗把帽子拍在头上，慢慢地，不慌不忙地，带着点嘲弄性质地朝她走去。她跺了跺脚。

“可不可以请你出去，要不然我跑到街上大叫救命？我的肺活量很大，我可以喊得像泼妇一样，我会的。”

这话使他哈哈大笑起来：“我也不敢有其他奢望了，米勒小姐。”

他原以为她会以微笑回应，也许是休战，但是她没有。他们只是在狂风的呼啸声中凝视着对方。然后，他冲动地抓住她的两条前臂，吻了她。

几秒钟之后，他退到一边，准备着她再次扇他耳光。但是没有，她只是傻傻地僵在那儿，一言不发。她支支吾吾地说了一句话：“普赖斯先生，你——你是我见过的人里面最不要脸的。恐怕这也是该死的北方佬的特质吧。”

“很可能。我告诉你，我对你一见钟情。如果这是不要脸的话，那我认错。再见，米勒小姐，请记住我的告诫。”

他跑下台阶，跑进一团团飞扬的尘土和一堆堆瓦砾中；她摔上门。街道对面，一位老人颤颤巍巍地打开一把雨伞。狂风抓住雨伞，一下子将它刮走了。朗在路边揉着自己的脸颊。结果就是这样了。

他大步流星地走去的时候，看见那幢房子其中一扇窗户上的窗帘在动。他看不见她，可是他知道她在望着。她真是个矛盾的人，这也是她迷人的地方之一。

他冲上前去，抓住老人在排水沟里滚动的雨伞。他穿过街道，将雨伞还给老人。当他再回首望向那幢排屋的时候，窗帘不再动了。他摇摇头，继续向前走去。

斯莱奇在威拉德宾馆的餐厅里等着他。

“先生们，来点什么？”个子高高的黄皮肤服务员穿着有袖箍的上过浆的白衬衫，系着黑色的窄领带和服务员专用围裙，看上去相当专业。扎卡赖亚·奇索姆是第三个被聘用来取代去参军的白人服务员的黑人。

斯莱奇让扎克来两杯威士忌：“有什么事情烦你，伙计？你看起来像只被剪断鸡冠的公鸡。”

“我就是这个感觉。今天我去看总统就职典礼那天在总统公园邂逅的那个女人，昨夜我看见她去了罗丝·格里诺那儿。”

“我当时在哪儿？”

“跟珀尔或者莫德或者她们哪个姐妹找乐子去了。”朗解释了他试图警告玛格丽特别跟那个间谍嫌犯搅在一起。

“天哪，你在想什么啊？任何跟格里诺有牵连的人都是该死的叛国贼啊。你要是相信他们中的任何一个，包括这位女士，迟早，他们会出卖你。如果需要，还会杀了你。”

“我不相信她是这样的人。”

“那你就是个乳臭未干的大傻瓜。你不听老板的话吗？格里诺和她的朋友是战士，不管他们伪装得如何巧妙。你还有很多东西要学呢，伙计。”

扎克再次守候在附近，拿着铅笔和服务本子时刻侍候。雷声震动了餐厅的枝形吊灯。斯莱奇将餐巾塞进他的领子。“来吧，点餐，否则我们要迟到了。老板说他今晚要来看看。”

平克顿在十点之前带着萨姆·布里奇曼来到了教堂。“到目前为止有什么情况吗？”

“安静得像个坟墓，先生。”朗指着对面那幢渐渐黑下来的房子，“九点半之后就没有亮过灯，我估计她已经上床睡觉了。”

他们安顿下来监视。大约十点半，一个戴着普通军官帽子、披着橡胶雨披的高个子男人步行来到了那儿。一道闪电的辉光照亮了那只别在帽檐上的铜鹰。

“有人知道他是谁吗？”布里奇曼问道。

“我有一些怀疑。”那陌生人爬上台阶敲门的时候，平克顿说道，“有人一直在复制城市防御工事的设计图。一个办事员在宪兵司令部的炉子里发现了一个已经烧了一半的版本。”楼下客厅里的一盏灯照出了罗丝·格里诺的剪影，她将客人迎进屋去。“这可能是我们要捕捉的鸟。跟我来！”

他们将小腿碰得啪啪作响，推推搡搡地走下黑暗的楼梯。大雨将人们关在了家里。他们没有引起任何注意地穿过了街道，挤到台阶下面的空间里。平克顿盯着一楼他头顶上方的几扇窗户，窗帘后面，灯光闪烁。

“她把他带进了客厅。朗、萨姆——弯腰，让我踩到你们的背上。”平克顿脱下靴子。

他们从台阶下爬出来，站起身，摆好姿势。平克顿爬上他们的背时，萨姆·布里奇曼轻轻喊了一声“哦”。平克顿抓住窗台稳住身子。朗发现一辆出租马车驶进了隔壁的街区。如果出租马车驶过时有闪电，他们就会被看见。他还没来得及警告其他人，那辆出租马车早已右转拐进K大街，不见了。

他将双手撑在砖块上，平克顿的分量相当重。一声微弱的吱吱声说明老板撬开了窗扇，想透过窗帘窥视里面。布里奇曼呻吟着：“我快受不了了。”朗瞄见一男一女撑着一把雨伞正沿着街区匆匆走来。“有人来了！”

平克顿跳了下来，将泥水溅了其他人一身。“大家都躲到台阶底下。”四个人赶快挤进台阶下面那个地方，直到那一男一女过去。大雨瓢泼，这也帮助掩护了侦探们。朗的背有点痛。

那一男一女不见了。平克顿轻声说道：“我认出了客厅里的那个男人，是约翰·埃尔伍德上尉，第五步兵团的，隶属于宪兵司令部办公室。他跟她坐得这么近——”平克顿伸出双手，两只手掌比画的距离只有一英寸，“仔细看几幅图。我敢打赌它们是我们防御工事的计划。等等，客厅的灯灭了，她走进过道里了，她要带他上二楼去呢。”

“去干什么?”布里奇曼问道。

“你说去干什么?她去犒劳他,像她犒劳所有其他人一样。”

暴风雨在继续,依然有低沉的隆隆雷声。五分钟过去了,十五分钟过去了,半个小时过去了。斯莱奇歪过他的怀表,借着闪电看了看:“到这儿差不多一个小时了,我们要待多久——?”

平克顿用一只手紧紧捂住斯莱奇的嘴巴。朗听见了罗丝的声音,接着听见了那军官的声音,然后听见了好像是亲吻的声音。罗丝轻声说道:“再见,亲爱的。”那军官跑下台阶,朝着宾夕法尼亚大道的方向走去。

“萨姆,跟我来。”平克顿命令道,“你们俩守在这儿。”

“守多久?”斯莱奇的问题没有得到任何回答。平克顿和萨姆·布里奇曼早已无影无踪,追那军官去了,平克顿的靴子也落在了这儿。

朗跪在台阶下潮湿的地面上,一边揉着自己的背。“真是疯了。我们的行动像马戏团的小丑。”

“所见略同。”斯莱奇说道。

一辆装满牛奶罐的农用马车吱吱嘎嘎地驶过。街区前头,一楼的窗户猛地打开了,屋里的一个人把一只喵喵叫的猫扔到雨中。罗丝·格里诺的屋里依旧漆黑一片。时间在一分一秒地过去。

两点钟,斯莱奇说道:“算了吧,他们不会回来了。”

“再等一个小时。”朗说道。

三点钟,他们拖着疲惫的步伐回到了他们的家庭旅馆。朗脱下湿衣服,抓紧时间睡了两三个小时。他在七点半的时候醒来。快到八点时,他和斯莱奇已经在平克顿位于麦克莱伦司令部二楼的办公室了,老板不在那儿。

朗阅读最近一期的《晚星报》。有关十二天前南部邦联在密苏里州威尔逊溪大获全胜的报道仍在发酵,北方输掉了这场战争的第二场大战。在圣路易斯,亲南方的报纸受到弗里蒙特将军的镇压。在纽约的美国巡回法院,《布鲁克林鹰报》和《每日新闻》面临不忠的指控。报纸上有骑兵在弗吉尼亚州和马里兰州爆发小规模战斗的简要描述。

九点半左右，楼梯上传来沉重的脚步声。平克顿出现了，头上没戴帽子，浑身凌乱不堪，两眼因为疲惫而眯成一条缝。朗说道：“长官，发生了什么事？”

平克顿脱掉自己的湿大衣：“布里奇曼扭伤了脚踝，我只好把他留在那儿。我跟踪那人到了兵营。埃尔伍德叫来警卫把我抓了起来。我向他表明了自己的身份，E. J. 艾伦，而且一口咬定。埃尔伍德把我关进了一间小屋。今天早上，他拖着我去见陆军部的汤姆·斯科特。”

平克顿极其难得地冲他们微微一笑：“斯科特告诉埃尔伍德我是谁。我问埃尔伍德他昨夜是否拜访了罗丝·格里诺，他否认有此事。我告诉他我就在那儿，而且有目击证人。他又改变了说法，声称那是一次社交性质的拜访。然后我告诉他我看见他把一份我们防御工事的图纸交给了那个女人，他崩溃了，承认他不仅仅给了那份图纸，而且还给了一份军力清单。我没有提及他们在楼上的时间，前面的坦白已经够丢人的了。埃尔伍德被关了起来，他们把他带走的时候他哭了。我告诉他们把他的皮带、背带以及任何他可能用来伤害自己的东西拿走。你们俩小子吃早饭了吗？”

斯莱奇说：“没有。我想我们应该庆祝一下。”昨晚的滑稽行为居然导致一个叛徒被捕，这似乎令人难以置信。

平克顿的两眼在跳舞：“我们找个地方去吃牛排和鸡蛋，庆祝一下。埃尔伍德的坦白交代正是我们所需要的，我们的叛国贼罗丝完蛋了，接下来该轮到她的朋友了。”

第二十一章　1861年8月

就在朗前去拜访玛格丽特·米勒的同一个狂风暴雨的下午，汉娜上气不接下气地来到了国会大厦。她还在大厦西面的时候就听到了加农炮的轰鸣声。当她到达东区的时候，一支乐队正在演奏《哥伦比亚，大海的明珠》。铜管乐器声在响弦鼓的敲击伴奏下显得清晰嘹亮而铿锵有力。她拉起裙子，跑了起来。少校不喜欢迟到。

她在一长排马车后面快速奔跑。人们站在马车中间或者边上，挥舞着小小的国旗，向昂首阔步走过的部队欢呼。麦克莱伦将军把被踩踏得很平整的公地变成了阅兵场。他气势恢宏的阅兵给这个因麦克道尔的失败而受到沉重打击的城市带来了一种自信和欢乐的气氛。人们普遍认为，在布尔溪大战后溃败的那个晚上，如果南部邦联军队继续推进而不是固守阵地的话，他们有可能会占领华盛顿。

汉娜在几百个站着的人中间寻找她的父亲。她发现了他，他正在和一个侏儒般的中年男子谈话，那人有一张令人讨厌的脸，戴着金丝边眼镜，下巴上长满了胡须，这些给她感觉似乎挺熟悉的，但又想不起他是谁。

她父亲的衣服见证了他地位的提高，他的灰色双排扣外套和裤子是英国进口毛料的。外套口袋边上镶着昂贵的丝绸穗带，猩红色的马甲和相配的领结使灰色的外衣焕发出蓬勃活力，高顶礼帽是必不可少的。西格尔把自己那点微薄的工资的大部分都用在了自己身上。汉娜想要的任何东西，小到缝补裙子或者袜子的针线，全靠她在坎特伯雷的那点薪水对付。

他们搬出了北区的混杂居住区，换成了一个租来的小屋。那个区域住的都是白人工匠和公司职员，就在海军造船厂后面，靠近波托马克河的东支流。少校认为这只是又一个停靠站。他答应汉娜，只要能挣到比政府微薄的收入还多的钱，就在郊区或一个时髦的广场上弄一座更大、更精致的房子住。他称政府的工资为“微薄的收入”，跟一个受过教育和有经验的人不相配。尽管如此，他还是很开心，因为这份办事员工作让他涉及重要的工作，而且使他跟重要人物有了联系。

戴着白手套的连队伴随着军乐队的音乐，或正向行进，或反向行进。肩上的刺刀像银色的尖钉闪耀着亮光。在越来越强劲的风中，缤纷的色彩十分引人注目。几道闪电照亮了暗沉沉的天空。

“我当然认识总统啦。”那位侏儒一样的先生在汉娜走近时说道，“几年前，他和我曾经代理过赛勒斯·麦考密克[①]的官司。我坚持由我担任首席律师，因为林肯先生是个初出茅庐的乡村律师。我看不出他有多大的变化。”

“啊，我女儿来了。”西格尔说道，“汉娜，要我给你介绍一下司法部部长斯坦顿[②]先生吗？”

埃德温·斯坦顿，她见过他的照片。她微笑着伸出手：“您好，先生。”

“见到你很高兴。”斯坦顿的头顶几乎没她的肩膀高，他的两条腿又粗又短，他那令人讨厌的表情使她想起了一条哈巴狗。

“你迟到了，亲爱的。”

“上班呢，爸爸。”她说她从坎特伯雷赶来。她不想让少校难堪，说她花了一个下午的时间在擦地板。

一个男人在人群中溜达，仔细察看着人们的脸。西格尔看到了他：“上校！”那人走了过来，摘下他那顶种植园主戴的帽子，白色风衣的下摆在风中噼啪作响。

“安东·西格尔少校，长官。我们之前见过。”

“是的，我们见过，你好吗？”

---

①赛勒斯·麦考密克，即赛勒斯·霍尔·麦考密克（1809—1884），美国企业家、发明家，1831年发明了收割机。

②斯坦顿，即埃德温·麦克马斯特斯·斯坦顿（1814—1869），美国律师，1861年被任命为司法部部长，1862—1868年担任陆军部部长，主张对南部重建采取严厉措施，与约翰逊总统发生争吵，诱发弹劾总统事件，因弹劾失败而被迫辞职。

“好的，长官。您认识陆军部部长卡梅伦的法律顾问斯坦顿先生吗？”

“只是久闻大名。拉斐特·贝克，先生。卑职愿为您效劳。”

“很高兴。”他说，嘴唇仍然撇着。汉娜心想，这个人是否只会顾影自怜。“你在服役吗，上校？”

“是的，以我自己的方式，先生。我很幸运在国务院得到了一个到处奔走的职务。我负责调查和揭发叛乱分子。”

“把这项活动分给两个内阁部门既浪费资源又无济于事。”斯坦顿说道，“西沃德先生对可疑的叛乱分子过于宽大纵容，而卡梅伦先生则过于杂乱无章和缺乏经验，无法有效对付他们。这项工作需要在一位强有力的陆军部部长的领导下集中进行。”汉娜有礼貌地听着，心里认定她不喜欢这个固执己见而又桀骜不驯的司法部部长。她对那个冷若冰霜的贝克上校更不喜欢，发现他正厚颜无耻地盯着她平坦的胸脯不放。

贝克把目光移开了，丝毫没有感到尴尬。“我也认为情况十分混乱。但这不是当务之急。我们必须铲除国家的敌人，不让他们带来危害。总统在军营附近暂停人身保护令是有帮助的，但范围应该大大扩展。把绳子挂到树枝上也是很有效的。”他笑了起来，仿佛他刚才说的话很幽默似的。

“极端的观点，上校。”一滴雨水落到了斯坦顿的眼镜上，“不过，我对此并不完全不赞同。”

贝克恭敬地鞠了一个躬。突然间天空风雨大作。他们匆匆道了再见之后，汉娜和她父亲从现场赶快奔逃，一路躲避着疾驰而过的马车，里面全是大呼小叫的孩子们。他们逃进国会大厦，风雨更猛了。汉娜用德语表达自己的真实思想：

“那个斯坦顿先生令人讨厌。”

“可他是个才华横溢的律师，一个很能干的行政官员，而且是叛乱分子的死敌。大伙儿都认为这颗星星会冉冉升起。”

“那另一个怎么样，贝克？他看上去像个阴谋家。”

“负责这样的任务，挺好的啊。我是在我们俩到陆军部申请职位的时候见到他的。当责任界限更加明确之后，最好让他站在我们一边。”

“你这是跟鲨鱼在一起游泳啊，爸爸。”

西格尔少校哈哈大笑起来："这比跟那些小鱼在一起游泳好啊。"大雨来得快，去得也快。"你的裙子都是泥水了。"他们离开大厦时，少校说道。

"我回家就清洗。"

"我是在说你的外在形象。你难道不能买些好点的衣服吗？你穿得寒酸让我脸上无光啊。"

她的眼里涌出泪水，他没有注意到。他看见了一个他认识的人，便跑过去拍了拍他的背，向他问好。

第二十二章　1861年8月

星期五，埃尔伍德上尉被捕的同一天。上午十一点钟，一辆有两个座位的弹簧马车沿着第十六大街缓缓向北驶去，马车有精美的黑色漆面、黑色的皮革座椅，还有一个带流苏的顶篷。朗挽着缰绳，旁边坐着平克顿。斯莱奇坐在后排座位上，几乎要把约翰·斯库利挤出座位。斯库利一定是用杜松子酒漱了口，但掩盖不了他身上的臭味儿，他需要洗澡。除了斯库利，其余的特工看上去都像上午外出兜风的受人敬重的官员一样。

他们经过格里诺豪宅，它的窗帘都拉上了，以抵御外面的炎热。平克顿仔细察看了一下前面的几条人行道。“她在那儿。”下一个十字路口附近，一位手持太阳伞的女士与一位绅士手挽手在散步。朗驾车超过一辆小推车，很快就赶上了那一男一女。他勒了一下灰马的缰绳，减慢速度。

罗丝感觉到有人靠近，便转过身，目光犀利地望了侦探们一眼。平克顿跳下马车，他一把摘下自己黑色的宽边帽子。

“E. J.艾伦少校，格里诺夫人。”

“我知道你是谁，可恶的犹太教侦探。”

平克顿差一点笑了起来：“您说的宗教不对，但职业是正确的。我们可以回到您的家里去吗？”他没有去理会那个在罗丝的太阳伞下眨巴着眼睛、焦躁不安的小个子男人。朗将一只脚搁在马车的挡泥板上，插在腰带里的小科尔特手枪顶得他的胃生痛。

平克顿对罗丝的同伴说道：“先生，请您走开。”

那人留着一撇打了蜡的小胡子，脸色红润。他跺了跺一只脚。“你知道我是谁吗?”浓重的口音使他的英语大为逊色,“艾蒂安·尚博尔,法国公使馆的。你粗鲁地打断了一场私人谈话。”

平克顿把他那件黑色礼服大衣的下摆往后一撩,露出装在枪套里的左轮手枪。“这是美国政府的事情,请走开。”

“不光彩。”那外交官大叫道,“你们的总统在国宴上都能尽一切礼节招待皇帝的堂兄拿破仑亲王,而你却像对待罪犯一样对待法兰西派遣的代表。我决不离开此地。”一名女仆从一扇一楼的窗户探出身子,饶有兴趣地瞧着这场对峙。

平克顿说道:“格林格拉斯先生,看看你能否改变这位先生的主意。”

斯莱奇从马车上跳下来,咧嘴笑着,弯曲着手指。他满脸堆笑地俯视着这个比他矮一头的法国人:“准备来十个回合的拳击怎么样,法国人?”

罗丝挡在他们两人中间:“别跟这个垃圾北方佬较劲,艾蒂安。关于对南部邦联的外交承认,我们另外找个时间商量吧。”

尚博尔拿起他的高顶毡帽在腿上拍了一下,然后大步走开了。平克顿说道:“格里诺夫人,我要逮捕您。我要求您陪我到您家里去,在那里您将被扣留。”

“谁给你的权力?出示你的授权令。”

“我没有书面授权令,我是根据陆军部和国务院的口头授权行事的。您能安静地走吗?我不喜欢对一个有身份的女性动粗。”

“去你的,你这个微不足道的卑鄙家伙。”罗丝转过身,大步流星地走了。平克顿示意朗在大街上掉转车头。

罗丝右手握着遮阳伞,左臂上晃荡着一个绣花的手提网兜。她步履矫健,昂首挺胸,以示反抗。斯库利咕哝道:“这个贱人一定是他们用大理石雕刻出来的。”

朗不急不缓地跟随在他们身边,平克顿走在罗丝身后两步的地方。来到罗丝家附近,她突然向前飞奔,拉开了距离。来到高高的台阶下,她扔下遮阳伞,把手伸进手提网兜,掏出一样东西,塞进嘴里,嚼了起来。平克顿一把抓住她的胳膊。

“夫人,把纸片吐出来。”

她露出牙齿和舌头,已经把东西吞进肚子里了。朗不禁哈哈大笑起来。平克顿从地上一把抓起罗丝的遮阳伞，使劲推着她往台阶上走。“你要是再碰任何东西，不管是手提包里还是屋子里，我就把你铐起来。”

朗将灰马拴好，跟着斯莱奇和斯库利跑上台阶。平克顿早已经押着他的嫌犯来到了屋里。一阵凄厉的哀号说明罗丝的女儿已经知道发生了什么事。朗在教堂的储藏室里看到过小罗丝，一眼就看出她是个被宠坏了的捣蛋鬼。

在阴暗的门厅里，平克顿喊叫道：“把那个小孩带回到这里来，斯库利先生。”小罗丝的速度太快了，她冲过厨房，逃进后花园，爬上了一棵榆树。从最低的树枝上探出身子尖叫着，正好是斯库利够不着的地方。“妈妈被抓啦，妈妈被该死的北方佬抓啦！”一个年长的黑人园丁从隔壁跑了过来。斯库利突然朝他亮出一支藏在身上的四管手枪，他连忙回头。

“待在那别动！”斯库利大喝道。小罗丝朝他吐唾沫。罗丝在厨房里看着这一幕，高兴极了。平克顿强令她坐在一把木椅上。“格林格拉斯先生，你和普赖斯先生搜查屋子。我要文件、信件，任何看上去重要的东西。”他朝花园喊叫道：“进来，斯库利，要是那小捣蛋逃走了更好。”

斯库利拖着沉重的脚步走进屋里，丢下了爬在树上的罗丝的女儿。小家伙感到迷惑，为什么突然他们对她不感兴趣了。她爬下树来，跟着斯库利来到厨房。平克顿将她拉到她母亲跟前：“让她安静，否则我们把她锁到壁橱里去。”

斯莱奇早已经走向客厅。朗走进来时，只听到金属圆环哗啦一声，他一把拉开了窗帘。斯莱奇把一张高高的写字台从靠墙的地方拉开，往前一推，写字台“哗”的一声翻倒在地。纸张满天飞，一个墨水瓶把黑色的墨水泼洒在了手织的东方式地毯上。斯莱奇咧嘴朝朗一笑，朗吓了一跳。他想起了父亲曾经如何定义奴隶制的本质罪恶，所有者的权力太大，无法制衡。

突然，一声“拦住她”的叫喊声使他迅速转过身来，他看见罗丝的双脚飞快地奔上楼去了。他一步跨过两个台阶，追了上去。

罗丝冲进一个卧室，从油漆成白色的壁炉的炉台上抓起一个东西。她转过身来，将一支史密斯韦森左轮手枪对准朗的额头。尽管她双手握着左轮手枪，但是枪口还是摇晃不定。

“你这个北方蟊贼，我要杀了你。”

朗从裤腰里拔出那把小科尔特手枪："好吧，格里诺夫人，但你得先扳动枪的击锤。"

她愣在了那儿，给了朗足够的时间走到她跟前，夺下她的左轮手枪，把枪扔了出去，也不管它落到了什么地方。手枪砸破一扇窗户，飞落到了阳光里。

他拿枪指着罗丝，将她押下楼去。这时，斯莱奇、斯库利和平克顿正在翻箱倒柜，拽出餐具柜里的抽屉，掀翻瓷器柜，践踏着镀银餐具和打碎的瓷器餐具，从墙上扯下油画，撕破画布，拆散画框。她声嘶力竭地把她所知道的所有令人生畏的淫言秽语全都骂了出来。平克顿强行将她的双臂反到背后，用铁手铐铐住她的手腕，把她扔到沙发上。她在那里目睹着这场大浩劫，恐惧万分，愤怒至极。小罗丝依偎在母亲的怀里，抽着鼻子。

朗把手指插到盆栽棕榈树的泥土里，寻找埋在那儿的东西。"翻过来，把泥土倒出来。"斯库利说道，一面将好几只纸板文件盒搬到平克顿那儿。老板正在仔细研究一个红色皮封面的小本子，他似乎很高兴。朗放下栽种在坛子里的那棵小棕榈树，跑向书房，斯莱奇正在那里把书架上的书拽下来。斯莱奇检查一本书，撕下几页，然后费了九牛二虎之力，从书脊上撕下封面，把碎片扔了出去。

权力太大，无法制衡……

"你就为了玩玩把它们撕成碎片的吗？"朗说道。斯莱奇又拿过一本烫金的皮封面图书。朗一把从他手中夺过书本："要找里面有没有东西藏着，不用把它们给毁了。"

"你怎么啦？那女人是个分裂分子。"

"这是私人财产，你有什么权力把它毁了？"

斯莱奇用一个石块一样的拳头从朗的手里一把打掉那本书，他狠狠地推了一下朗的肩膀。"你这是站在哪一边啊，搭档？"

"别这样。"

斯莱奇咬紧牙关，又用力推了一下。朗用那把小科尔特手枪猛地一挡，手枪的瞄准器划了一下斯莱奇的手，口子虽然不深，但划出了鲜血。斯莱奇举起他巨大的拳头，朗将科尔特手枪对准了他。突然，他莫名其妙地摇了摇头，把手枪塞进裤子里，盯着他的搭档。

斯莱奇的拳头也松开了，他放下自己的手。两人的火气很快就消退了，但一种新的丑恶的东西却依然存在。朗表露了出来：

“我们到底要变成什么样子？”

他走开了，斯莱奇在他身后又撕碎了一本书。斯库利一边毁坏用餐室里的家具，一边唱着歌。如果这是为了教训南方同情者，那么这是一个错误的教训。

第二十三章　1861年9月

两天之后,玛格丽特得知罗丝被捕了。菲利普·菲利普斯太太是她在罗丝的圈子里认识的一个女人,星期六下午来告诉她这个消息。玛格丽特正在写字台前给西塞罗写信,她被打断了。她希望通过信使把信送到里士满去,因为到南方的定期邮递服务已于5月份中断。自从哥哥在巴尔的摩失踪之后,玛格丽特就没有收到过他的任何消息。

菲利普斯太太又激动又生气:“罗丝被一个叫艾伦少校的手下侦探给团团围住了。他们在逮捕她之后仔细搜查了她的住所。自从巴尔的摩骚乱以来,就是这些人一直在为北方佬工作。”

玛格丽特的脸色变得苍白,是不是他们中的某个人涉及对她父亲的谋杀?

“他们对罗丝还好吗?”她问道。

“她被监禁在自己的卧室里。他们不允许她关门,甚至睡觉时也不行。你能想象一个女人竟然被羞辱到这种程度吗?”

“碰到北方佬,可以想象。所有这些你是怎么知道的?”

菲利普斯太太露出一个狡黠的微笑:“罗丝的机智程度比十个男人加起来还要高,而且她有很多她不认识的仰慕者。昨天我路过那座房子时,有一群人聚集在屋外,对她表示支持。罗丝悄悄地塞了一张纸条给其中一个人。”

“允许别人去看望她吗?”

菲利普斯太太说不可以,然后便告辞了。玛格丽特陷入了混乱之中。首先,要担心西塞罗,现在要挂念她的朋友。华盛顿的媒体开始报道声名狼藉的格里诺夫人案件的重大进展。麦克莱伦将军的私人警卫,斯特吉斯步枪队的士兵取代了平民侦探，这座房子很快被命名为格里诺堡。玛格丽特害怕极了，她在报纸上看到，菲利普斯太太、她的两个女儿，还有她妹妹也都被捕了，关在那座房子里，罪名是“不忠”。每天下午，她开始到那儿去探视。但每次一个全副武装的士兵都拒绝了她。然后，9月一个闷热的下午，她得到了允许，也没有任何解释。

她原本以为房子里面会一塌糊涂。相反，这里恢复了整洁和良好的秩序，新的家具取代了被损坏的家具。一位英俊潇洒、风度翩翩的军官自我介绍说，他是负责看守工作的谢尔登中尉。他将玛格丽特带到紧邻客厅的音乐室。有人正在一架风琴上弹奏《马里兰，我的马里兰》。这首歌是巴尔的摩的一名侨民在骚乱发生后创作的，是一首新的反叛颂歌。

这脱离联邦的音乐和士兵们的友好行为使玛格丽特困惑不解，她走进客厅。令她感到吃惊的是，她不仅看到了菲利普·菲利普斯夫人，还看到了罗丝的另一位间谍人员奥古斯塔·莫里斯。奥古斯塔放下手中沃尔特·司各特的小说，给了玛格丽特一个犀利的眼神。玛格丽特估计这是一个警告，要她说话谨慎。

她敲了一下开着的音乐室的门，罗丝中断了演奏。“玛格丽特！见到你真是太棒了。”她们紧紧拥抱。

“我不知道这是怎么回事，罗丝。”

“典型的北方佬行径。感觉就像玛丽·安托瓦内特[①]在被送上断头台之前在巴士底狱一样。那个侦探离开之后，情况略有好转。”

“艾伦少校？”

“他的真姓叫平克顿。”然后她轻声说道，“他逮捕了沃克，还有恩普蒂上校。他们被囚禁在老国会大厦里。”沃克是一名很有价值的特工，在邮政局任职。另一名特工恩普蒂也一样，恩普蒂又叫迈·汤，是迈克尔·汤普森的简称，南卡罗来纳州的一名律师。“平克顿发现了我的日记，上面写着汤姆·乔丹的密码，但我有其他方式与外界联系。”

“你是说那些士兵会合作吗？”

“有些会。如果他们是绅士，而且当我提出请求时，他们装作若无其事的样

①玛丽·安托瓦内特（1755—1793），法国国王路易十六的王后，神圣罗马帝国皇帝弗兰西斯一世之女，勾结奥地利干涉法国革命，被抓获交付革命法庭审判，处死于断头台。

子，那我就很高兴地认为他们是朋友。如果他们拒绝我的小小要求，他们就会惩罚我。”玛格丽特赞叹不已，罗丝的迷人魅力和坚定意志没有辜负她。

“我可能很快会要你办件事。”她被客厅里一个低沉的喊叫声打断了。“早上好，女士们。”没有人回答早安。菲利普斯太太轻蔑地瞥了一眼这位新来者，回头继续做她的针线活。

女人气呼呼地坐下，她身高马大，脸圆圆的，很粗糙。罗丝拿一只手挡着自己的嘴巴悄悄说道：“翁德唐克夫人，彻头彻尾无可救药的贱民。谢尔登中尉不愿说她为什么被拘留，我怀疑她是被安插来暗中监视我们的，我不愿跟她在同一张桌子上吃饭。到楼上去，我给你看一封我正在写的给西沃德国务卿的信，抗议这种虐待行为。”

两天之后玛格丽特再来的时候，罗丝给她看了一样她正在做的东西：一张绣有不同颜色小花的布书签。“请你把这个带给怀维尔大夫。”

“他康复了吗？”

“是的，不过身体仍然很虚弱。”

“他需要书签吗？”玛格丽特开心地说道。

罗丝迅速地看了一眼大厅里的警卫，那个金发男孩正在全神贯注地看《警察报》。“不同颜色的线传达的情报，医生会理解并传递出去的。那侦探可以没收我的密码本，可是他抢不走我的脑子。”

当天下午，玛格丽特驾着马车去了大夫家。她携带了书签和给西塞罗的信，信封上写明“存局待领”，地址是里士满。她进去时，注意到有一辆马车停在路对面一条小巷的浓荫里。

怀维尔大夫瘦得很厉害，看上去枯槁憔悴，面无血色。玛格丽特待了不到三分钟。当她走回到炎热的9月日光下时，朗·普赖斯正从小巷的口子上大步朝她走来。

她内心的情感冲击十分强烈，但又相互矛盾。她想起了他的亲吻和激情，既有负罪感，又有愉悦感。令她惊讶的是，这扰动了她内心深处的某种东西。然而，这个人有可能是对她父亲之死负有责任的那个组织的成员。她不敢忘记这一点。

"普赖斯先生。"她冷冰冰地点了一下头，以掩饰她的紧张，"你为什么在这个小区窥探？"

"'窥探'这个词太刺耳了。"

"这不正是你在干的事吗？你不是受雇于一个姓平克顿的侦探吗？"

他蓝灰色的双眼什么也没透露："我在陆军部的E. J.艾伦少校手下工作。"

"恐怕对一个间谍来说，一个名字和两个名字没有什么差别。"她本以为会招致他的发火，但令她感到惊讶的是，她看到了他懊悔的微笑。

"您挺了不起，米勒小姐，您真的挺了不起。"

这话让她感到难为情。她深深吸了一口气："我倒是真的欠你一个道歉。"

"此话怎讲？"

"我们上次见面时，我对你动手了。"

他耸耸肩："剑术不精，仅此而已。我们来谈谈住在这座房子里的人。怀维尔大夫是臭名昭著的南方同情分子，而且有南部邦联特务的嫌疑。我很遗憾看到您来探望他，这事儿再次把您跟那些坏分子联系在了一起。"

"怀维尔大夫是一位优秀的内科大夫，我生病了随时都会去看他。"

"那他在不到五分钟的时间里对您进行了诊断并做了治疗？我表示怀疑。"她还没来得及回答，他又说道："显然，我之前的警告并未引起您的注意。您就是不了解现实，现在正在抓人，很多人被关起来了。"

"毫无公道可言。"她被自己不符合贵妇身份的话吓了一大跳，跟一个在尘土飞扬的街道上滚铁环玩耍的小孩一模一样了。

"华盛顿的司法资源供不应求，米勒小姐。总统的中止人身保护令，当局可以随意做出解释。如果确定某人的行为举止可疑，则可以忽略正当程序。"他背靠在怀维尔大夫家结实的尖桩栅栏上，扫视了一下街道。除了隔着三座房子那儿有一个满头白发的老太太正在侍弄一个花朵已经萎谢的花圃外，街道上空无一人。

"我被派来监视这位大夫的住宅，也许另有人跟踪您到了这儿。"

"我没看见有人啊。"一想到这里，她不寒而栗。

"我恳求您，回家去。求您，不要再卷入其中。"

“你说这些话是什么意思?”

他报之以微笑,给她的感觉是真诚的,没有任何虚伪。“我不是对您说过吗?我希望我足够聪明,可以滔滔不绝地引用诗歌来解释,但我没有那么聪明。我只是一个追逐月光的傻瓜。我知道您不在乎我。”

她喜欢这个男人,太残酷了,他是敌人啊。她说道:“你错了,普赖斯先生。我真的在乎你,特别是你的过去。4月份,在巴尔的摩,侦探袭击了一名在‘自由骑士团’组织的私人会议上发言的人。”警惕凝固在了他的脸上,然后抹去了他的笑容。“你或者你的组织跟这件事情有关系吗?”

“我不能说我们去了哪儿或者干了什么。”

“我父亲在那次会议上被杀害了,像个卑微的小偷一样被一枪打死了,他身上没有武器啊。”

“有可能他在煽动那群人干非法的事。”

“见鬼去吧,普赖斯先生,你就见鬼去吧。我想你几乎都承认你知道这件事了。”

“‘自由骑士团’致力于反政府的恐怖主义,他们已经被解散了。我知道有一个叫卡尔霍恩·米勒的人在他们其中的一次集会上死了,但我没有把他跟您联系起来。对这个悲剧我很难过,我也只能说这些了。现在请回家去,待在家里。除此之外没有什么可以保护您。”

他飞快地朝小巷走去,脚下腾起黄色的尘土。

一周之后,一个星期四的夜晚,多纳尔回到了华盛顿。他有乔·杰斐逊常年演的里普·范·温克尔的戏票。玛格丽特曾经见过这位伟大演员演过的剧中角色,她很想再见他一面。杰斐逊的表演也许能抵消第十一大街和C大街交界处老旧华盛顿剧院的污浊气氛。

多纳尔订的包厢热得像地狱。幕间休息时,玛格丽特迫不及待地逃到了门廊里。大门上方的煤气灯发出嘶嘶声,照出高高的白色柱子上已经有一部分油漆剥落。多纳尔看到两个士兵和两个女人在街上嬉戏。他过分讲究地用手帕擦了擦嘴唇。

"我不喜欢这个城市的氛围,我宁愿在纽约或拿骚等待战争结束。我希望你认真考虑一下,玛格丽特,为了你自身的安全和幸福。我们可以结婚,你原则上同意了。"

"多纳尔,现在不是时候。"

"你还没有确定婚期吗？为什么呢?"

一辆出租马车在街道对面停了下来。车门打开,朗走了下来。当他付给马车夫钱时,玛格丽特心中突然充满了恐惧。

"因为我有责任,罗丝已经被非法拘禁,她需要朋友们的支持。"这是逃避婚姻问题的一种快速而又十分便捷的方式。朗大步朝他们走来,脸色阴沉。他有礼貌地摘下头上的帽子向他们问好。

"对不起,恐怕我得破坏你们今晚的兴致了,米勒小姐。我得拘捕你。"

"拘捕？你什么意思?"多纳尔的喊叫声引来了其他看戏的常客围观。

"这是陆军部的事情。我要求由我来做这件事,因为我不想让米勒小姐遭受我们一些人对囚犯的虐待。"他转向玛格丽特补充道,"一个名叫斯库利的特工的确跟踪你到了大夫的家。"

多纳尔说道:"他在说什么,玛格丽特？你卷入了什么事情?"

她的感觉真是太奇怪了。她很害怕,但又特别高兴,因为在所有的人中,解决她燃眉之急的人竟是朗·普赖斯,她不想要这场婚礼。

"我只是在做我认为是正确的事情。"她说道,"跟这位先生在一起,我会安全的。他是个北方人,但是有人教过他懂礼貌。"她挽住朗的胳膊,她的胸脯挤压到了他的手臂上。虽然这不是故意的,但是令她感受到了意想不到的快乐。

多纳尔再次大叫着,或许是希望其他人会加以干预:"你不可以没有逮捕证就逮捕一个人。"

有两个肥头大耳的先生走近前来,脸上的表情就是想要打架的样子。朗撩开他上衣的下摆,露出腰带上的手枪:"要是我就不会干涉。"

那两人退了回去。朗对多纳尔说道:"你错了,华盛顿已经实行军管。任何人,任何时候,在任何情况下都可以遭到拘捕。米勒小姐,请吧。"他们手挽手走上街道,多纳尔望着他们,脸上一副目瞪口呆的愤怒表情。

第二十四章　1861年12月—1862年1月

“你打算怎么办呢，扎卡赖亚？”朗在威拉德宾馆厨房后面的小巷里问道。12月的黄昏里，他们的香烟闪着光亮。飘落的雪花夹杂着细雨。

“活着。”那高个子说道，“弄个稍微好一点的房间，找个黑人寡妇。”

一辆运送家禽的马车在泥泞中停了下来，车夫搬下了他运送的东西——拔光了毛的串在杆子上的鸡。他走进门的时候撞了一下扎克：“一边去，黑鬼。”

朗问道：“这种事情碰到多吗？”

“比我想象的还多，多到让人喘不过气来。我要是跟每一个叫我‘黑鬼’的白人吵架，那就不用吃饭睡觉了。你好像说过，你要让一个黑人一起去反叛分子的地方吗？”

“如果有军队行动的话。”

乔治·麦克莱伦星运高照，比以往任何时候都旺，这要归功于10月在鲍尔斯布拉夫完败之后的灵活机动。在华盛顿西北部的波托马克河畔，一场双方各有约一千七百人的小规模战斗演变成了联邦军队的溃败。南部邦联一方的大多数人早已经受了血的洗礼，而联邦军队却没有。这场小规模的战斗成为麦克莱伦的一大难堪，他一直让一架私人印刷机大肆印制公告。正好鲍尔斯布拉夫战役之前的一份公告宣称：“战士们！我们不会再撤退！我们不会再失败！”

国会想要找一个替罪羊，麦克莱伦说服了一些重量级的参议员，认为问题出在温菲尔德·斯科特身上。这位总司令太老了，太累了，患的浮肿病和痛风病太重了，所以效率不高。这一计谋得逞了，国会赦免了麦克莱伦，并将责任归咎于鲍尔斯布拉夫战斗的指挥官斯通准将。11月1日，林肯下达命令，麦克莱伦接替斯科特。华盛顿举行了庆祝活动，布伦克的几个德国师举行了一场火炬游行，红色、白色、蓝色的巨大烟火在国会大厦上空飞舞。

随着圣诞节的临近，麦克莱伦的部队在风雨中的营地里操练、等待。人们嘲讽地谈论政府每日公报中的一句话"波托马克河万籁俱寂"。国会的激进分子认为林肯过于耐心了，他们成立了一个联合委员会来调查战争行为。卡梅伦部长的首席顾问埃德温·斯坦顿严厉批评了麦克莱伦的麻木不仁和奢华生活："将军的香槟和牡蛎晚餐必须停止。"

朗说道："来听听你的建议，扎卡赖亚。我需要给一位女士送份礼物，她跟另外七个女人一道关在一座房子里。政府说她是一名间谍。她所能接受的礼物只能是食物。"

扎克将香烟扔进一个水坑里。一支街头乐队演奏的《阿黛斯特·菲德里斯》的音乐飘到了小巷里。尽管天气恶劣，加上战事不断，但华盛顿还是在享受这个季节。城市里到处都是发明家和扒手、军火商和牧马工、殡葬业者和外科医生，他们都在寻找商机。闻名遐迩的小说家特罗洛普[①]先生来到了这个城市。

"那位女士对你很重要吗？"

"如果我在岗，不重要。如果不在岗……"

说了半句的话让扎克笑了起来："丁香火腿，大块的丁香火腿就很好。高档，但就是不太实用，看守她的狱卒也会喜欢的。"

"这东西宾馆里能买到吗？"

"看我能不能找厨师长搞定它，我得走了。记住我说的话，我要为打击反叛分子出点力。"

"我也是。审问那些逃兵，我烦死了。"

圣诞节前夕，朗带着用礼物纸包着的火腿，来到了格里诺堡。玛格丽特健康的肤色不见了，她看上去比以前更消瘦，但魅力不减，他想张开双臂拥抱她。一名看守在监视着他们。

---

①特罗洛普，即安东尼·特罗洛普（1815—1882），英国小说家，以虚构的巴塞特郡系列小说著称，包括《养老院院长》《巴塞特寺院》《索恩医生》等，其他重要作品还有政治小说《首相》《你能原谅他吗？》等。

客厅里挂着几盆绿色植物，这是唯一的庆祝标志。被羁押的人里面有三个坐在那儿想着什么心事。据玛格丽特说，最新来的那位巴克斯利夫人每天都会经历至少一次歇斯底里的发作。

“你真好。”朗在书房里拿出礼物时她说道，“你的好意我无以为报，普赖斯先生。”

火腿的香味从鲜艳的包装中散发出来。一个角落里，小罗丝正在寻找一本书。“我希望您叫我朗，不过我估计您会叫我别的名字。”她大笑起来。“您在这里过得怎么样？”

“度日如年，夜里最糟。我挤在一个有两张帆布床的阁楼房间里，还有会打呼噜的翁德唐克夫人。”

小罗丝伸出舌头：“妈妈说她是一只猪，是个卑鄙的告密者。”她像猪一样呼噜着拿着她的书蹦跳了开去。

“您如果在老国会大厦会糟糕得多。”他说道。

“他们在考虑让我们换地方吗？”

“这是传言，卡梅伦部长还举棋不定。有传言称卡梅伦将被迫辞职，而斯坦顿被认为是接替他的可能人选。斯坦顿对敌人采取强硬路线。”在奴隶制问题上也一样，这将使他与平克顿的保护伞形成对立。老板早就对反麦克莱伦的那些小集团耿耿于怀了。

“艾伦少校觉得这儿有安全漏洞。”朗继续说道，“格里诺夫人还在往外偷偷传送情报。”

“她是个受欢迎的女人，她有很多朋友。威尔逊参议员仍然会来探望，尽管他跟大家说他正在为某个委员会做调查。他认为我们不是叛国分子。”

“您认为我对所发生的事情负有责任，是吗？”

“我怎么能不这样认为呢？我明白你不发号施令，你只是一位优秀的士兵。我就是觉得你要不是这样就好了，你要是站在我这一边就好了。”

“我就是啊，而且比您知道的有过之无不及。我喜欢您，玛格丽特。”

“我已经订婚了。”

“跟那个叫麦基的家伙？我情依旧。”

一口时钟在寂静中滴答着。玛格丽特一屁股坐倒在书房的一张凳子上，灯光下看上去温和而又脆弱。“天哪，我不知道我们是生活在喜剧里还是在噩梦里。”

“生活在战争里，玛格丽特。跟这个国家的所有人一样，经历了前所未有的事情。兄弟姐妹互殴，亲朋好友残杀。”

“你估计何时会结束？”

“春季，如果道路干了之后麦克莱伦将军发动攻势的话。总统要他行动，要他攻克里士满。”

她热切地望着他：“我想要你告诉我是谁杀了我父亲。”

“我帮不了您，我已经说过了。”

“所以我们还是敌人。”

“我希望不是。”

她沉默了，隔在他们之间的墙壁依旧很高。他灰心丧气，向她道了个“圣诞快乐”，便离开了。

老国会大厦监狱位于第一大街和国会大厦东大街的交界处，由好几幢大楼组成，一些建筑零散地向北延伸了整个街区，一直到A大街。自战争开始以来建造的木板围墙为囚犯们提供了一个在好天气里放风的场所，但现在已经等同于无。从元旦前开始到1月，雨一直下个不停。麦克莱伦依然按兵不动，他患了伤寒，还在康复中。

1月20日，星期一，平克顿派朗来到老国会大厦，给一个名叫威廉·伍德的小个子监狱长送一封密信。朗并不想分享老板的每一个想法和决定，但他突然意识到，自从上周斯坦顿被任命为陆军部部长以来，平克顿的行为就变得更加隐秘了。

雨水从朗的帽子和斗篷上滴落下来，他把马拴在监狱门外，这里原先是一幢三层砖砌的优雅建筑，现在却变成了污秽和苦难的汇集之地。众议院和参议院的议员们曾经从这扇大门进进出出，操办国家大事。如今，二楼的那些立法大厅被分隔成五个大房间，里面关押着等待军事法庭审判的部队军官、因协助敌人而被捕的各种各样的弗吉尼亚州人和马里兰州人。十六号房间是最大的，里面关着政治观点被认为是危险的男女。监狱的其他地方，有逃到北方来的黑人被当作慈善对象供奉在那儿。

平克顿的手下拿这座老国会大厦开玩笑，说它是“一个有许多窟窿的捕鼠笼子，有许多窟窿通向里面，但是没有窟窿通向外面”。朗不喜欢那里的污垢、被刷白了的表面粗糙的墙壁，以及粪水泛滥的露天厕所的恶臭。有两个供官员使用的围起来的水槽，只要囚犯向狱卒提供适当的贿赂便可以使用。监狱长在囚犯中间安插了一些有报酬的告密者，于是又增加了一层欺骗。

朗向一名站在外面看守的士兵亮了一下自己的证件。两个军士抬着一副担架出来了，一条肮脏的被单裹着一具尸体。朗问那个士兵：“那是谁呀？”

“埃尔伍德上尉，他最后弄到了一根绳子，昨夜上吊自杀了。”雨水使得被单紧紧地贴在死者的鼻子、下巴和张大的嘴巴上。朗耸了一下肩膀，不禁想起了罗丝·格里诺家门前台阶下的那个夜晚。

在前厅值班的军士说伍德监狱长在地下室，正在审问一个犯人。伍德审问犯人的方法平克顿侦探事务所早有耳闻。朗朝台阶走去。“你不可以下到那儿去。”朗不予理睬。

灯光昏暗的地下过道里弥漫着一股尿臊味。当朗走近唯一一扇下面有亮光的门时，有什么东西从他的脚趾上蹿了过去。他听到一个甜言蜜语的哄骗声，听出那是伍德的声音。他敲了敲门：“艾伦少校有信给监狱长。”

一个仪表堂堂的人前来开门，他穿着一件及膝的灰色粗花呢大衣，胸前口袋里露出一条醒目的红色大手帕。那人戴着漂亮的皮手套和灰色毡帽，朗不认识他。

“把信给我。”

“我要亲自交给监狱长。”

“让他进来，让他进来，我们差不多快完了。”伍德从一个瘫坐在椅子上的军官身边走开，那人的手腕被绑在身后。监狱长是一个个子矮小、相貌丑陋的人，牙齿参差不齐，耳朵里长满了粗毛。他的马甲、衬衫袖子和裤子都被食物和饮料弄脏了。这个监狱长让朗想起了狄更斯笔下的恶棍。

朗把信给了他，那位昏昏沉沉的军官抬起头来。“你们已经有两天没让我吃饭睡觉了，而且我就坐在自己的大便上啊。”

“对不起，非常抱歉。”伍德说道，一边点头，一边搓着双手。“我和你一样只是个卑微的听差，我想成为你的朋友，我想帮助你。你需要做的只是签署这份文件。”

“告诉你，我不会在空白供状上签字的。我没有犯任何罪，我只是不喜欢那位总统，公开说了出来而已。”

“那么对不起，你只能再忍受不吃不睡一会儿了。如果你改变主意了，我会第一时间来帮助你，亲自给你端早餐。是的，长官。”

那个衣冠楚楚的人似乎被逗得很开心。伍德拍拍囚犯的头，挥了一下手，让大伙儿都到走廊里去。当他关上门时，他一脸的和蔼可亲瞬间像面具一样被抛弃了：“他会签字的，我们在天黑之前搞定这个混蛋。”

他用肮脏的指甲拆开信封，看完信。“你带来的消息很重要，你认识我陆军部的同事拉斐特·贝克吗？”

“朗·普赖斯。我当然听说过您，上校。”这就是那个神秘的行动自由的人，他在内阁各部门里转来转去，彬彬有礼地说自己想找份差事。老板说，贝克冒着危险独自前往里士满走了一遭，给斯坦顿留下了深刻的印象。

他们握手，贝克的握手十分有力：“你是艾伦少校的手下，普赖斯先生？”

“没错。”

“这么说你的确是为麦克莱伦将军工作的。”

“我为联邦工作。”

“斯坦顿部长不太信任你们这位将军。如果他不尽快与敌人交战，那他还是继续去经营哪条乡巴佬铁路的好。我提这件事是因为我听说你是个高级特工，不要押错了马。”

朗真想一拳头砸向这张自鸣得意的脸：“有回信吗，监狱长？”

“就说我们将尽最大努力以适合他们的方式接待客人。艾伦对你说过这件事情吗？”

“没有。”

伍德露出了污迹斑斑的牙齿，像巨怪咧嘴傻笑一样。“他说服上级关闭格里诺堡，从明天开始所有可爱的囚犯都会住到这里来了。”

第二十五章　1862年2—3月

平克顿派了二十多名特工到华盛顿工作。冬季的时候，有不少特工悄悄地进出里士满。他们请人喝酒，贿赂不满军队现状的人以骗取情报，观察和绘制防御工事的图样，从人们无拘无束的闲谈中尽可能地搜集情报。其中有一名特工叫埃尔文·斯坦因，杰夫·戴维斯在弗吉尼亚州首府的就职典礼上，他都站到了离他很近的地方。

蒂姆·韦伯斯特经历过好几次这样的危险旅行，还带着哈蒂·劳顿，假扮成韦伯斯特夫人。朗羡慕那些人，他们在敌后的工作激起了他对自己单调工作的不满。那个团叫什么名字？你数了那些临时营房吗？他们的给养怎么样？说说他们的士气。逃兵和逃出来的黑奴继续夸大其词以取悦他们的新朋友。当朗提交兵力估算时，平克顿增加了估算：

“总是要加上百分之十来弥补计数中遗漏的部队。如果将军想要成功，那么那个华盛顿阴谋集团必须给他足够的人力。除非敌人的数量很多，否则他们不会。”“华盛顿阴谋集团”这个说法指的是斯坦顿部长和国会的激进分子，“试图让总统对他的司令官产生偏见”的“暗藏之敌”。

他们似乎干得很成功。秋天，当小麦克每天训练他的士兵七到八个小时，以建立一支由三年期志愿军和退伍军人组成的训练有素的军队时，林肯给了他随意行动的权力。将军不必着急。但是到了1月份，也许受到激进分子的影响，林肯厌倦了等待麦克莱伦一再的许诺——“一次致命的打击将会粉碎叛乱”。总统停止了晚上到总司令部交换故事的活动。朗在平克顿那儿听说，林肯秘密下达了特别战争命令，定下不可撤销的日期，让军队在马纳萨斯和森特维尔与乔·约翰逊的南部邦联军队进行决战。

平克顿说,麦克莱伦对林肯这么外行地直接干预军事感到“愤怒和羞辱”。与此同时,小麦克正在推进他攻占里士满的计划。该计划要求军队通过水路运动到切萨皮克湾,然后到拉帕汉诺克河上的厄班纳。他将从那里登陆急行军最后五十英里,直捣黄龙。林肯踌躇再三,最后没有表示赞同。

激进分子再次热炒鲍尔斯布拉夫战役这件事,参议院的一位参议员,俄勒冈州的贝克,在那儿战死了。斯通准将硬是被拖到战争行为联合委员会面前,被指控“与敌人勾结”。指控是基于一个名叫雅各布·肖布的逃兵的证词。他发誓说,早些时候未经证实的关于斯通和南部邦联军官之间的秘密谈判确有其事。平克顿称肖布的说法不可靠,但他把报告交给了麦克莱伦,麦克莱伦又把报告交给了斯坦顿。斯通将军否认了指控,坚定捍卫自己的荣誉和忠诚。他被捕了,关押在纽约港的监狱里,他的军事生涯毁于一旦。这件事情老板一直耿耿于怀:

“斯通将军是一位保守的民主党人,对南方宽容,就像我们所认识的某位高级军官一样。共和党人对此如鲠在喉。他们下决心要除掉那些不百分之百接受他们观点的人。做一个解放主义者挺好,值得称道。我是一个解放主义者,但是,国会中的解放主义者推进他们议程的方式是邪恶和无原则的。这不是理想主义,这是政治。”

西部传来新的胜利消息。田纳西河上的亨特堡和坎伯兰河上的多纳尔逊堡相继陷落,纳什维尔被攻占。那么,为什么“波托马克河万籁俱寂”依旧呢?“怯懦”这个词悄然与麦克莱伦联系在了一起。

朗每隔几天都要将报告送进城里。一场暴风雪突然袭来,他被困在那里。他正顶着风弯腰穿过财政部公园白雪覆盖的废墟,一个骨瘦如柴的身影突然出现,他无法避开,他们撞了个满怀。跟在高个儿男人后面的一个穿蓝披风的士兵拔出手枪。朗惊叫道:“总统先生,对不起,我没看见您。”

一条围巾遮住了林肯半张灰黄色的脸,那顶高筒的大礼帽下,一双凹陷的眼睛似乎在发出火辣辣的目光。他朝那位士兵做了个手势,士兵把手枪放了回去。林肯俯身看着朗:“我们以前见过,先生。”

“哈里斯堡，总统先生。我叫普赖斯，是艾伦少校的手下。听到您痛失爱子的消息，我非常非常难过。”

“威利是个好孩子，我觉得他有点被宠坏了，但他长大后就不会这样了。医生称其为胆汁性发热，他们不知道真实病因时，总是说胆汁性发热。”

“这对您和您妻子来说是个巨大的损失。”

“我们都背负重压，国家的负担最重。很多家庭会痛失爱子，我们会挺过去的。我也祈望你的重要工作顺利，代我向你们头儿问好。”

骨瘦如柴的手，冰冷却又有力，紧紧握住朗的手。然后，总统和他的警卫继续沿着小路走去，很快便消失在暴风雪中。

总统看上去悲伤不已，神情疲惫。战争陷入了僵局。他的妻子因为在肯塔基州有亲戚而被怀疑对国家不忠——“三分之二拥护奴隶制，还有三分之一是叛国分子”，人们这么说玛丽·林肯。林肯的总司令时而冷落他，反对他的干预；时而出于他所想要的军事目的而向他示好。朗踏着沉重的脚步朝宾夕法尼亚大道走去，心想，这个从伊利诺伊州来的瘦骨嶙峋、愁容满面的人所承受的负担比谁都重啊。

2月下旬的一个晚上，斯莱奇驾车去费尔法克斯车站。天气变得暖和，积雪正在融化。斯莱奇和朗在奥兰治和亚历山德里亚铁路附近士兵们的原木屋子之间走去，走上一个低矮的山丘，山丘的南坡上有一个黑色的弹坑张开着大口。朗旋转着望远镜对准焦点，他希望看到乔·约翰斯顿的营火。这块地山丘密布，起伏不平。他所能看到的就是低低的地平线上联邦方面一个新的观测气球的轮廓，一根电线从筐子里伸到地面。在深蓝色的天幕和新出现的星星的背景下，随着飞船驾驶员排出气球中比空气轻的气体，气球开始慢慢下降。在气球下面看不见的地方，一名地面工作人员紧紧抓住沉重的绳索，以保护气球不受阵风的袭击。

斯莱奇点燃了玉米芯烟斗：“刘易斯和斯库利昨天到里士满去了。蒂姆·韦伯斯特病得很厉害，在那边哪个宾馆里，关节炎，走路都瘸了。我估计是冰天雪地的天气里跨越波托马克河的缘故。哈蒂在照顾他，普赖斯和约翰会接班，可能会想法把他给弄出来。”

“幸运的家伙。”朗啪啪地把望远镜的各个部分折合在一起。

“你这样认为？普赖斯说里士满到处都是为南部邦联宪兵司令温德工作的侦探。他玩的游戏很粗野，比我们粗野。”

“我还是想玩这个游戏。”

斯莱奇吸了一口烟，然后将烟吐出到夜风中。他基本上放弃了说服朗，他们不是骑着马儿、挺着长矛、跟具有骑士道德的对手格斗的骑士。他最多只是偶尔预测一下，朗总有一天会睁大眼睛的，等到他成为那样的人时，朗不会喜欢他所看到的事情。

当朗带着另一只装满报告的箱子回到华盛顿时，波托马克河上挤满了轮船、拖船和驳船：麦克莱伦的船队正在集结，准备启程前往厄班纳。城市的居民依然在担心敌人来袭。布尔溪的英勇抵抗之后有“石壁”之称的汤姆·杰克逊将军，率领着一支两万到三万人的军队，已经来到了那个名叫谢南多厄的河谷。杰克逊是这个首都的噩梦。如果麦克莱伦将大部分军队调往里士满，那么这座城市很容易受到杰克逊行军神速的“步骑兵”的袭击。

平克顿说，如果军队行动的话，他将跟随而去，在战场上做情报工作。“我知道，那些日子，让你问问题问烦了，阿朗佐。我打算带上班斯先生做我的战地助理，另外再带十二个人去，你是其中之一。精心准备一下你的装备，一定要带上武器，并采取任何必要的预防措施，万一你被杀死或被捕。最好立个遗嘱。”

“谢谢，长官，不过没有人继承任何东西。”承认这一点令他想起了玛格丽特，心里很不是滋味儿。

他和斯莱奇商量了平克顿有关被捕的话。朗想到一件也许有用的事情，所以他带着斯莱奇来到了宾夕法尼亚大道上的马修·布雷迪照相馆。布雷迪是一名个儿矮小的爱尔兰人，脾气很坏，留着浓密的大胡子，但在华盛顿是一位颇受欢迎的摄影师。他为想要把肖像送回家的军人保留了一个军事财产储藏室。

“我们是E. J. 艾伦少校的手下。”朗说道。

“我听说过这个名字。”布雷迪的表情表明，他所听到的不止于此。

“我们想要在必要的时候能够证明我们是南军士兵。”

“在这儿等一下。”

布雷迪回来时拿来了一面很大的旗子，四英尺见方。这面南部邦联的新战旗有着红色的底子，镶嵌着十三颗白色星星的蓝色圣安德鲁十字架，十一颗代表脱离联邦的州，还有两颗代表密苏里州和肯塔基州。旗子崭新，色彩鲜艳。

“你从哪儿弄来的？”斯莱奇问道，“看上去崭新。”

“上周，我们有一个很好的新教圣公会教堂的教区委员会的一位先生来照相，他带来作背景的，他说是在城里一家商店买的。”布雷迪的笑容有点讽刺的味道，“他没有说是哪家商店，我也不想说他是谁。你们可能会逮捕他的。”

“这旗子完美无瑕。”朗说，“要是我们被抓住的话，我们就是南方忠实的儿子，有照片为证。”

布雷迪把他们夹在头夹里摆好姿势，朗坐着，斯莱奇站着，靠着这面战旗和一盆棕榈。他将头伸进一块黑色的布下，做了长时间曝光，并告诉朗明天再来。朗拿起两个小金属盒子，每个盒子上都有一个淡棕色的肖像，两个英勇的南部邦联人，下巴伸出，怒容满面，一副好战的样子。

第二天，朗带着照片去了老国会大厦，给玛格丽特看。二楼十六号房间，住着大约二三十个人，男女都有，年龄各异，相貌不同。这是一个肮脏邋遢的地方，四面墙边排列着床铺，没有厕所。大多数的床铺上堆满了小箱子、帽子盒、鞋子、书本和其他个人物品。

“他们为什么拿床放东西？”朗问看守。

“不好睡觉。我们这儿臭虫比麦克莱伦招募的士兵还多。夜里，他们在地板上放上垫子睡觉。有些人把桌子拼在一起铺上床单睡觉。”朗发现玛格丽特正全神贯注地和一个有一部分身体被另一个囚犯挡着的人交谈。他穿过趴在桌子上写信的人们和玩扑克赌小钱的人们走去，直到那个囚犯走开并认出那是玛格丽特的未婚夫多纳尔才停下脚步。他妒火中烧，连忙转身离开了。

整个冬季，朗都用另一种方法为可能的被捕做准备。他在脑子里塞满了他能读到和记住的关于代码和密码的一切东西。在敌人手里，一名间谍可能需要有安全的方法把情报送给他的上级。

倒回到辛辛那提那儿，老板、麦克莱伦将军和一名电报员开发出了一款他们经常使用的字词转换密码。它必须要有密码纸，而那些密码纸一旦被抓都是可以证明你有罪的。朗想要一种既有用又不危险的东西。他在法国贵族布莱兹·德·维热涅尔的一篇有点浮夸的《论密文》文章的译文中找到了它。

他所找到的东西便是维热涅尔字母表，一个经典的字母网格，任何人都可以记住并使用，而无须特殊技能、设备、密码本等。密码用所选关键字中的字母代替情报的字母，并基于这些字母，使用表格轻松地对情报进行编码和解码。

	A	B	C	D	E	F	G	H	I	J	K	L	M	N	O	P	Q	R	S	T	U	V	W	X	Y	Z
A	a	b	c	d	e	f	g	h	i	j	k	l	m	n	o	p	q	r	s	t	u	v	w	x	y	z
B	b	c	d	e	f	g	h	i	j	k	l	m	n	o	p	q	r	s	t	u	v	w	x	y	z	a
C	c	d	e	f	g	h	i	j	k	l	m	n	o	p	q	r	s	t	u	v	w	x	y	z	a	b
D	d	e	f	g	h	i	j	k	l	m	n	o	p	q	r	s	t	u	v	w	x	y	z	a	b	c
E	e	f	g	h	i	j	k	l	m	n	o	p	q	r	s	t	u	v	w	x	y	z	a	b	c	d
F	f	g	h	i	j	k	l	m	n	o	p	q	r	s	t	u	v	w	x	y	z	a	b	c	d	e
G	g	h	i	j	k	l	m	n	o	p	q	r	s	t	u	v	w	x	y	z	a	b	c	d	e	f
H	h	i	j	k	l	m	n	o	p	q	r	s	t	u	v	w	x	y	z	a	b	c	d	e	f	g
I	i	j	k	l	m	n	o	p	q	r	s	t	u	v	w	x	y	z	a	b	c	d	e	f	g	h
J	j	k	l	m	n	o	p	q	r	s	t	u	v	w	x	y	z	a	b	c	d	e	f	g	h	i
K	k	l	m	n	o	p	q	r	s	t	u	v	w	x	y	z	a	b	c	d	e	f	g	h	i	j
L	l	m	n	o	p	q	r	s	t	u	v	w	x	y	z	a	b	c	d	e	f	g	h	i	j	k
M	m	n	o	p	q	r	s	t	u	v	w	x	y	z	a	b	c	d	e	f	g	h	i	j	k	l
N	n	o	p	q	r	s	t	u	v	w	x	y	z	a	b	c	d	e	f	g	h	i	j	k	l	m
O	o	p	q	r	s	t	u	v	w	x	y	z	a	b	c	d	e	f	g	h	i	j	k	l	m	n
P	p	q	r	s	t	u	v	w	x	y	z	a	b	c	d	e	f	g	h	i	j	k	l	m	n	o
Q	q	r	s	t	u	v	w	x	y	z	a	b	c	d	e	f	g	h	i	j	k	l	m	n	o	p
R	r	s	t	u	v	w	x	y	z	a	b	c	d	e	f	g	h	i	j	k	l	m	n	o	p	q
S	s	t	u	v	w	x	y	z	a	b	c	d	e	f	g	h	i	j	k	l	m	n	o	p	q	r
T	t	u	v	w	x	y	z	a	b	c	d	e	f	g	h	i	j	k	l	m	n	o	p	q	r	s
U	u	v	w	x	y	z	a	b	c	d	e	f	g	h	i	j	k	l	m	n	o	p	q	r	s	t
V	v	w	x	y	z	a	b	c	d	e	f	g	h	i	j	k	l	m	n	o	p	q	r	s	t	u
W	w	x	y	z	a	b	c	d	e	f	g	h	i	j	k	l	m	n	o	p	q	r	s	t	u	v
X	x	y	z	a	b	c	d	e	f	g	h	i	j	k	l	m	n	o	p	q	r	s	t	u	v	w
Y	y	z	a	b	c	d	e	f	g	h	i	j	k	l	m	n	o	p	q	r	s	t	u	v	w	x
Z	z	a	b	c	d	e	f	g	h	i	j	k	l	m	n	o	p	q	r	s	t	u	v	w	x	y

首先，发件人在需要发送的单词上方写下他的关键词，次数不限。朗想练习一下，便写道：

平克顿

情报员

“平克顿”作为关键词。沿着表格的垂直P列下移到水平M行的交叉点，便可以得到b作为编码单词的第一个字母。对于“情报员messenger”中的e，他沿着I列往下，到达与水平E线的交点，他得到的字母是m，依此类推。情报员Messenger整个单词的编码便是：

b m f c i e z s e

译码人需要知道发送者的关键词，但仅此而已。朗很喜欢这个最新的间谍技巧。他确保老板和乔治·班斯都知道他的关键词——“传教士”。

3月7日，星期五，街上鼓角齐鸣，朗一骨碌从床上爬了下来。一整天，大街小巷，桥上桥下，全都挤满了整团整团穿着蓝色军装的士兵，向着弗吉尼亚州进发。在森特维尔和马纳萨斯南部邦联军防御工事的方向，烟雾笼罩着天空。

老板命令朗跟随部队行动，战斗打响后报告情况。但是，没有战斗。在长桥那儿，一位军官骑着马奔向城里，高喊着人们都听得见的话：“乔·约翰斯顿逃跑了。所有南部叛军都悄悄逃到南方去了。”

在森特维尔，朗看到了令人震惊的景象：机车黑色的钢铁尸体趴伏在铁轨上，烧焦的货车骨架在它后面倒塌，约翰斯顿的部队烧毁了他们的茅屋、军需品以及除了防御工事以外的所有东西，涂成黑色的长枪枪管突出在枪眼上。兴高采烈的士兵们已经开始用刀从木头枪上切下各种各样的碎片。

朗和一位名叫拉塞尔的英国记者聊了起来，拉塞尔轻蔑地总结这一切道：“小拿破仑被叛军和他们的假大炮给骗了，他下一个错误会是什么呢？”

第二天，华盛顿听到南部邦联的一艘装甲舰“弗吉尼亚”号在汉普顿锚地击沉了两艘大型驱逐舰的消息，既群情激愤又惊恐万状。它就是原先联邦的那艘大型驱逐舰“梅里麦克”号，被俘获后倒戈了。一天后，它与一艘名为“巨蜥”的奇怪的新船进行了一场对峙。朗看到过这艘联邦舰艇的版画，它就像一个放在木板条上的浅浅的铁皮罐子。

由于切萨皮克湾水域有一艘敌人的装甲舰，而且有报告说乔·约翰斯顿的军队正在拉帕汉诺克河的下游挖掘壕沟固守，于是厄班纳计划寿终正寝。平克顿把他挑选出来奔赴战场的手下召集起来。其中一人是他儿子威廉，最近刚中止大学学业，来做情报传递工作。

“时刻准备着。”平克顿说道，“我们将跟随军队顺河而下到门罗要塞。”

“这是不是意味着半岛上会有战斗？”其中一人问道。

“我认为这就是将军的意图。”

他不再拥有总司令的头衔，林肯解除了他所有的职责，只留下波托马克方面军司令官一职。总统说这是一种有益的安排，麦克莱伦可以集中精力对付这场战役。老板对此有不同的看法：

“华盛顿阴谋集团又一次在背后捅刀子。”

老板喋喋不休地谈论阴谋集团这个想法，弄得他心烦意乱。真的存在一个秘密集团吗，还是凭空想象出来的？是平克顿对他们那位自负而又傲慢的将军坚定不移、忠贞不渝的产物？朗知道政府内部有敌对派系，但他认为他们应该合作，而不是像血腥的斗鸡那样互相厮杀。

会议结束之后，平克顿把他叫到一边：“你那个逃过来的黑奴——他叫什么名字？”

“扎卡赖亚·奇索姆。”

“他愿意跟我们一起去吗？”

“如果您需要他，我敢肯定他立马会放下他的工作。”

“落实一下，我们可能需要个黑人来派用场。”

朗与房东太太结清了账，她答应等他回来时一定给他留着房间。“你要自己小心，阿朗佐。你是个好小伙子，平安归来。”

“没问题。”他说道。他没有低估战争的危险，相反，这正是他在漫长而沉闷的冬天里渴望的生活和希望。一种新的使命感战胜了他的焦虑。

除了开支津贴外，特工们每天还能得到六美元的报酬。朗定期将钱存到了床铺下面的咖啡罐里，他用这笔资金为自己参加这场战役添置了一些装备。平克顿这个大家庭的物资并不是由军队军需官提供的，这是一件幸事，因为私人承包商卖给政府的衣服和食品往往质量很差或者受到污染。

为了准备这一刻，朗找了一些正规军的老兵交谈，了解在战场上什么是有用的，什么是无用的。他在一个新背包里额外塞进了一双袜子、一条短裤、一件衬衫、几盒科尔特手枪子弹、一把象牙柄的折刀、烟草、卷烟纸、藏在防水管里的火柴、他的《圣经》、一把剃刀和一块剃须肥皂，还有一罐用任何唾手可得的绿树枝便能刷牙的牙粉。他把水壶换成了一个沉重的马口铁杯子，这个杯子可以兼作咖啡壶。特工们的伙食用具将装在一只野营箱子里，放在补给车上。

背包重约二十磅，背包的上面放着一个卷成圆筒形的睡袋和半个双人帐篷，折叠起来裹在他的橡胶披风里。披风可以充当帐篷的地板。

他买了一件新的粗斜纹棉布大衣，及膝，没有任何标志。他听从了一个步兵中士的建议，放弃了靴子，换上了结实的步行鞋——厚底平跟的粗皮鞋。灯芯绒裤子和一顶没有标志的军便帽，最后完成了他的全部装束。扔掉军便帽后，他可以冒充农民。

圣帕特里克节①是星期一，波托马克河上黑压压地停满了运输船队的两三百艘船。汽船鸣响，拖船向驳船抛去拖缆。海因策尔曼第三军团的第一批连队来到亚历山德里亚的码头，登上了“海洋女王”号和“宪法”号。

朗在下午两点钟探访老国会大厦，他发现玛格丽特在十六号牢房，正跟一名男性囚犯坐在一张松木桌子边。一些纸牌和一块克里比奇牌戏计分板表明，他们正在玩马金兹牌戏。

玛格丽特黄色丝绸连衣裙的袖子上用蓝色法兰绒打了补丁。她皱巴巴的裙子上满是污渍，和她在一起的那个年轻人的衣服上也是如此。他脸色蜡黄，耳朵硕大，一副冷漠的表情，淡蓝色马甲上有一块很大的酒渍。两个人的午饭都还没有动过，那是一堆白色的糊状食物，有煮熟的豆子、米饭和几块灰色的肉。只有

①圣帕特里克节，每年的3月17日，爱尔兰人节。

鲁莽的傻瓜才会吃监狱里供应的肉。

玛格丽特一看见朗,便立刻收拢手中的牌,站起身来,脸上的笑容热情而真诚,至少朗这么认为。她的乌黑秀发松散地垂落在腰背中间。他很好奇,她怎么会保持得这么鲜亮、这么干净。

“梅森,这是我的一个熟人,普赖斯先生。这位是梅森·海伯恩。梅森被抓的时候还在神学院上学。看起来,如果是写反对林肯政府的东西或者说这样的话,那么第一修正案就不再适用了。”

梅森伸出一只手指纤细、手掌微微有点潮湿的手。“如果你只是说出了你的想法,我很遗憾你被监禁了,海伯恩先生。但我不制定陆军部的政策。今天天气很好,玛格丽特,你能获得批准外出吗?”

“可以的,这事儿他们不为难我们。对不起,梅森。”

年轻人嘴里喃喃着什么,坐下,开始发牌玩单人纸牌游戏。

天空中飘着厚重的积云,不少囚犯在院子里呼吸新鲜空气。高墙外面附近的街道上,传来各种各样的声音:骑兵的马蹄声,远处乐队的音乐声,驶向码头的弹药车和拖拉火炮的车辆发出的嘎嘎声。骄阳炙烤着泥泞的地面,就像它炙烤着弗吉尼亚州的大道小路一样。大地散发出春天的气息。

玛格丽特挽住他的胳膊,朗感觉到她的胸部贴在了他的手臂上,他身体的反应立竿见影。她说道:“你的穿着跟往常不同啊。”

“我是来告别的,我要离开这个城市了。这可能是这场战争的第一场也是最后一场战役。”

“我不会指望南方会这么容易被击败。”微风把她的黑发抛在她的双肩上。他看到了她在水坑里涟漪荡漾的倒影。

“在我走之前,我得问你个问题。你可能认为这很荒谬,但对我来说没有比这更重要的了。”她等着,她的头微微偏向他这边。“你对多纳尔的依恋有多深?”

一个光着脚的逃亡奴隶从旁边走过,烂泥从他棕色的脚趾间挤了出来。朗一开始认为他并不老,但实际上他只是个年轻人,因为备受奴役之苦,或许还因为在一个并不需要他的北方生活,前景十分暗淡,他的身体已经佝偻,他的头发过早地变白了。

玛格丽特摸了摸挂在胸前的那棵小小的金色棕榈树。“我答应嫁给他了。我父亲教导我人不能言而无信。”

“唉，我尊重这一点，真希望事情能有不同的结果啊。”

她的一只手伸向他的一条胳膊，轻轻地挽着：“有时候我也有同样的感觉。”

“无所谓我是干这行的？”

“我努力想恨你，但我做不到。”

他不知道哪个更强烈，是痛惜还是渴望。“我对你怀有最崇高的敬意，玛格丽特。从我第一次遇见你的那一天起，我就爱——”

“别说了。”冰冷的手按住了他的嘴唇，阻止了他接下来要说的话。“你只会激起我不被允许拥有的感情。”

“你是说在不同的情况下……？”他太激动了，不敢把话说完。她乌黑的眼睛里溢满了泪水，她一把抹去了眼泪。

“是的。”

她不顾院子里还有其他犯人，伸出双臂搂住了他的脖子。“是的，是的！现在走吧，好好照顾自己。”

他感觉到了她的热泪。她在他的脸颊上吻了一下，然后挣脱了他的拥抱，跑向监狱的入口。从二楼的一扇窗户里，他看到有人飞速地退了回去，有人一直在观察。他觉得肯定是那个神学院的学生。

玛格丽特在门口举起一只手，她稍稍挥了挥手，然后一头扎进了暗处，消失了。

朗从大院板墙上一扇有人守卫的大门离开了监狱。五分钟之后，梅森·海伯恩敲了敲一楼典狱长的门，溜了进去。

第二十六章　1862年3月

第二天，玛格丽特那儿来了一位没有像上一位客人那样受欢迎的客人。

她一直在楼上，在罗丝和她女儿合住的牢房里做客。家具包括一张窄窄的床，一张破旧的椅子，一块小罗丝睡觉用的草席，一面挂在钉子上的镜子，还有罗丝的一台缝纫机。一枝茉莉花垂在桌上的水果罐里。房间没有窗户，但是门可以关起来，留点私人空间。前来老国会大厦的同情者带来了罗丝在里士满成名的故事，"野玫瑰"罗丝是南部邦联的女英雄。

罗丝问玛格丽特是否哭了。

"是的，我承认，我很惭愧，但这个地方实在让我受不了。"她几乎说不出别的话，她的脸颊和鼻子都红了。一整夜，她都在断断续续地默默哭泣，担心朗·普赖斯会被杀害，渴望与他有亲密的接触，对父亲被杀而凶手未受惩罚感到内疚，并对她与多纳尔的未来感到困惑。

她们谈到了汉娜，她没有到监狱里来看过她们俩。对此，玛格丽特感到遗憾，但也就把它当作这场战争的又一个结果。

回到十六号囚室，她跟怀维尔大夫交谈起来。她被捕两天之后，他也被捕了，关进了监狱。她沉思着这些极具讽刺意味的事情："我们都是因为一个无辜的书签而来到了这里。"

"别这么单纯，亲爱的。每一朵小花都代表着一种特殊类型的十门大炮。红色的花代表六磅重的大炮，黄色的花代表老式的十二磅榴弹炮，白色的花代表十二磅重的1857型拿破仑炮。罗丝不应该把答案写在一个本子上。"罗丝傲慢自信，她粗心大意地保留了太多完全有可能被发现的秘密信息和记录，这些都是因为她被关进监狱的人经常谈论的话题。罗丝是一个敬业的间谍，但行事并不谨慎。

“我相信那位先生是来找你的。”医生说道，一边收拢他的纸牌，花牌是著名的印第安酋长。

那人走到他们跟前，他恭恭敬敬地举起他的灰色圆顶礼帽：“您好，米勒小姐。还记得我吗？贝克上校。”

玛格丽特的太阳穴开始作痛，一位坐在铺位上的中年妇女在一个桶里呕吐着，恶臭弥漫。贝克拿帽子给自己扇着风。

“我听说您在这儿，但陆军部事务太忙，一直脱不开身，现在才来。到院子里走走，是不是更舒服点？”

“不，您不需要浪费时间，我要说的我都说了。”

“确切地说，到目前为止，您说的这些都毫无用处。我跟伍德监狱长讨论过您的案子、您的守口如瓶。不过，我不是来刺探情报的，我只是来了解一下您在这里过得舒不舒服。”

“真的吗？这不是有点可笑吗？看看四周。”那个在桶里干呕的老太婆，使一半的人都躲开了她，另一半人则厌恶地看着她。

“您不必忍受这些，您知道的。您可以一个人一个房间，吃得好一点，这一切都可以安排。”

“付钱给这些贪赃枉法的狱卒？不，谢谢。”

“钱有人会付的，有捐助人，一位特别的朋友。”贝克的目光滑过她胸部的曲线，“您是一位极其漂亮的女人。”

她想起了烈日下，在第十六大道上来回追逐的那一幕，那时候她在他的眼睛里也看到了同样的闪光。她的微笑充满了甜蜜的恶意，她说道：“贝克先生，无论你是谁，不管你干什么，我都不需要你的任何东西。我不跟北方佬来往。”

贝克的脸颊绽放出浓烈的胭脂红一样的颜色，他握着圆顶礼帽的指关节都发白了。

“友谊的对立面是敌意，米勒小姐。在这种时势下，并非明智之选。”

“滚，别让我看到你。”

“好的，在我离开之前，我得提醒您，政府的敌人可以被关在监狱里数年，无须任何理由，不必诉诸法律，也没有任何赦免的希望。您刚刚恐怕已经决定了那样的命运，这是您自找的，米勒小姐。再见。”

第三卷 冤冤相报

第二十七章 1862年4月

“天哪，那是什么?”

“洛教授的气球船啊。”朗说道，“史无前例的东西，我跟你说过的。”

斯莱奇的不解情有可原。军事力量的花样层出不穷，像一幅阳光普照的巨大环形全景画一样包围着他们，其中有太多的东西让他们无法吸收。在约克河的悬崖下，一艘蒸汽拖轮正拖着一艘海军的煤驳船，船的舱面是平的，前面有甲板室，后面装着气球充气设备。在甲板上方用锚绳固定住的是洛教授的一个印度绸气球。它有五十英尺高，画着漂亮的星星和一只凶猛的联邦鹰。

这只是波托马克方面军在门罗要塞壮观场面的一部分。门罗要塞位于半岛的顶端，那里是约克河与詹姆斯河的交汇处。自敌对行动爆发以来，一万名守军在老将军伍尔的率领下一直控制着这个要塞。舷侧轮船和驳船卸下人员、物资、货运马车、救护车和大炮，包括一百匹马一次只能移动几英寸的巨型海岸迫击炮。一卷卷巨大的电报线从驳船上卸到码头上，这些电报线将连接麦克莱伦和他的野战将领，以及他与华盛顿保持联络的司令部。他们所生活的这个世界多么伟大、多么现代啊!

“洛真的是哪个地方的教授吗?”斯莱奇问道。

“我不这样认为。他主要是做一些公开讲座。他是一名科学家，而科学家通常被称作教授。”

这两个人的身后，是一片白色的帐篷海洋，他们自己的帐篷就淹没在其中的某个地方。空气中回荡着车轴的摩擦声、鞭子的啪啪声、军士们抑扬顿挫的呼喊声、猪的尖叫声以及牛在仓促搭建的屠宰场里的哞哞声。在过去的十五天里，有十二万五千人沿着波托马克河进发——连随着所属的团，团随着所属的旅，旅随着所属的师，师随着所属的军。老板说小麦克现在正乘坐轮船去门罗要塞。隔水向南三英里处，诺福克的叛军基地就隐藏在雾霭中，敌人的存在似乎不真实，根本没有什么威胁。

“天哪。”斯莱奇再次说道，“朗，你见过这样的军队吗？我打赌我们会在5月1日前攻下里士满，然后我们就都可以打道回府了。”

这是一个光辉灿烂、充满希望的时刻，在这个赤日炎炎的愚人节早晨。朗对这个时刻记忆深刻，是因为他们充满了期待和信心，也因为在那之后一切都出了问题。

麦克莱伦本指望有一支超过十五万人的军事力量参加战役。林肯和陆军部似乎有否定他这一指望的意图。3月31日，布伦克有一万兵力的师接到命令进军哈珀斯费里，增援弗里蒙特的新防区。伍尔将军的驻军不得不留在门罗要塞，以防弗吉尼亚州的突袭。麦克莱伦本指望着麦克道尔第一军的这张王牌在华盛顿郊外等待进军命令。4月3日，也就是将军抵达半岛的第二天，华盛顿发出指令，第一军将留下来保卫这座城市。

“天哪，这太不合情理了。”平克顿对他的手下说道，“我从来没有见过将军如此愤怒和痛苦。如果说人们对华盛顿阴谋集团的意图曾经有过怀疑，那么现在怀疑变成了现实。”

尽管如此，联邦军队仍然占据数量上的优势，人们的信心仍然高涨。军队向半岛以北十二英里处的那个古老的殖民村庄约克敦[①]挺进，那里就是康华里俯首投降、结束了美国独立战争的地方。海因策尔曼的第三军沿着大路前进，凯斯的第四军则沿着同样方向更靠近詹姆斯河的路线进军。士兵们唱起了一首新的歌曲《战歌》，新词谱上了《约翰·布朗的尸体》的老调。那天，阳光灿烂，气象万千。

第二天，老天打开了闸门，暴雨把道路变得像黏胶一样泥泞。麦克莱伦的参

①美国弗吉尼亚州东南部的一个城镇，1781年爆发了结束美国独立战争的约克敦围城战役，同年华盛顿在此接受英军投降。约克敦又译为约克镇。

谋人员被告知这些道路在任何天气下都可以通行。伍尔老将军发布了错误的地图，地图上显示沃里克河与詹姆斯河平行。实际上，沃里克河穿过半岛，流向约克敦。叛军在河的那边挖掘了壕沟。麦克莱伦的大军完全停了下来。恶劣天气使洛教授的观察气球也无法飞起来。

朗和他的同事们受到沙蚤、鹿蝇、蠓虫和蚊子的叮咬，不胜其扰。他们睡在泥泞和潮湿中，几个小时之后，朗的衣服变得又硬又脏。除了他自己，谁也不会来给他洗衣服，所有的军队洗衣女工都被落在了后面。

至少，他们吃得还好。平克顿找到了一位印第安人厨师，他自己掏腰包雇了他。斯帕蒂尼的英语大部分是由污言秽语构成的。他主要是依靠双手，不斩不切原料或不搅拌炖锅时便会到处挥舞着双手。平克顿放宽了对酒的态度，允许晚饭时喝几小杯波尔图葡萄酒。他不吃也不喝，到这里后，他患上了痢疾。

约克敦建有庞大的防御工事系统，其中一些是独立战争时期遗留下来的。这些堡垒外面有很深的壕沟和防弹掩体加以保护，所以大炮也徒劳无功。在约克河对岸的格洛斯特角，还有南部邦联的第二个堡垒，既威胁着联邦军队的陆军，也威胁着它河里的炮艇。

军营内流传着这样的说法，说联邦军队可以轻而易举地攻破约克敦的防御工事，并击溃一万五千到两万名的守军。麦克莱伦更喜欢一种更慢更安全的方法——围城。从4月6日开始，他们在夜间修筑土木工事，并在随后几天里调来了大炮。这些防御工事是工程上的杰作，巨大的防御土墙上用盛有石头的铁笼、装满泥土的筐子加固，顶部再盖上沙袋。朗急于参加战斗，对军事科学如此出色的表现并没有留下深刻的印象。

这几天，平克顿走路蹒跚，脸色苍白，虚弱无力。他肩负着陆军部各种各样的新工作：追捕为领取津贴入伍而随后开小差的逃兵，满足希望得到将军青睐的政客的请求，应召出席军事听证会，接受承包商的欺诈投诉。有些投诉就交给了朗去调查。他情非所愿地成了一个专家，专门研究长满虫子的饼干和腐烂牛肉的紫色光泽。他写了很多很多报告。

他的胡子变得又密又长，军队里的大多数人看起来像《圣经》中的族长。朗不管走到哪里，外衣的一只口袋里都会藏着一支手枪，另一只口袋里则是布雷迪的那张照片。他很想有一张玛格丽特·米勒的照片。

电报带来了消息，说是在遥远的田纳西州一个叫夏洛教堂的地方发生了一场大战①。一个绰号叫“无条件投降”的格兰特将军受到了赞扬，叛军丧失了他们最好的将领之一艾伯特·西德尼·约翰斯顿将军。

一些逃兵历尽艰辛穿过了联邦军队的防线。朗审问了第九亚拉巴马团的一个逃兵，那个眼睛斜视的下士急于合作：“有一个新人给杰夫·戴维斯当顾问。鲍勃·李将军，我们经过里士满的时候看见过他。”

朗将这件事情记录下来，尽管之前他听说过这事：“你们团有多少兵员？”

下士在凳子上扭来扭去，挠着裤子里不受欢迎的客人。“你是说在册人员还是不包括准备淘汰的？”

“这有区别吗？”这个问题已经困扰他好几天了。

“当然有，公子哥儿。你以为我们有多少人呢？”

“我们估计一个团七千到八千人。”

“花名册上，也许是的。但那不是说都可以当战斗人员用。总是有一帮病号，还有被关进监狱的。然后有煮饭的、敲鼓的，还有一些胆儿太小都不敢放枪的。很有可能只有六成或者六成半，虽然我从不数人头。”

朗将这话记录下来。平克顿总是想要更大的数字，即当前的总数，然后他通常在此基础上再增加百分之十。朗不明白他们为什么要积累大量误导人的信息，他很生气，没有人正视这一问题。

南部邦联的将军“约翰王子”马格鲁德②傲慢得令人恼火，他继续沿着十英里长的沃里克河防线阻挡北方军队。在相隔五英里的水坝之间，河水泛滥，形成了一系列池塘。这些池塘太宽太深，步兵或骑兵根本无法发动攻击。狭窄的堤坝是唯一的通道，叛军派狙击手隐藏在树林和防御工事后面，封锁了堤坝。

---

①这场大战即著名的夏洛战役，美国南北战争中的第二次大战役，战场在田纳西河畔的匹兹堡兰丁靠近夏洛教堂的地方，双方死伤惨重，各损失约一万人，但人们普遍认为这场战役是南部邦联军队的失败，因为南部邦联的主将之一艾伯特·西德尼·约翰斯顿在此次战役中受重伤，不久死亡。

②马格鲁德，即约翰·班克黑德·马格鲁德（1807—1871），在美国陆军服役三十年，参加过墨西哥战争；美国内战时期参加南部邦联军队，英勇善战，屡建奇功，人称“约翰王子”。

马格鲁德的炮兵轰击任何会移动的东西,他的手下定期在联邦军的眼皮底下佯动。他的乐队通宵演奏,不让人睡觉。洛的气球每天升空进行观察。有时,洛带一个或多个观察员在吊篮里升空;有时,他派出他的一个航空领航员上去。平克顿这个精英小组的成员偶尔也会上去,研究地形,绘制草图。到了4月底的时候,轮到朗了。

斯莱奇本来应该和他一起去的,但他却遭遇了跟老板一样的痛苦折磨,一个劲儿像跳快步舞般上厕所。好几个星期,扎克·奇索姆一直徘徊在这个团体的外围,从来没有被邀请上过正式的餐桌,他几乎到了忍无可忍的地步。他要求顶替斯莱奇,平克顿勉强同意了。"最后由气球领航员说了算。"

洛的气球通常在黎明前升空,这时可以看到敌人的营火,营火位置的变化通常表明部队的动向。凌晨三点钟,朗与扎克出发步行数英里,前往洛的一个地面站,这是战线后方炮兵射程之外的一块空地。

带有银色反射器的聚光灯将空地笼罩在白色的强光中。这些灯被设置在与气体发生器保持安全距离的地方。气体发生器是两辆笨重的货运马车,实际上就是轮子上的抗酸蒸馏罐。铁锉屑从顶上的口子放入,硫酸通过一根竖直的管子注入,产生氢气。覆盖着帆布的管道从每个罐子通向一个方形的木制装置,另一边有一根更大的单根管子。这根管子给一个气球充满气用不了两个小时。

撒迪厄斯·洛的全部五十个人今晚似乎都在工作。尽管气球部队隶属于陆军地形地貌工兵部管辖,但洛和他的手下依然算是平民。朗发现这位身高六英尺、体格强壮的教授正在和一个个子比他矮小的男人一起研究地图。那个男人长着一张哈巴狗似的脸,留着滤汤网一样的胡子。

"早上好,我的孩子。"朗走上前去时洛说道。撒迪厄斯·索比斯基·康斯坦丁·洛还不到三十岁年纪,但是见到每个明显比他年轻的人都称之为"我的孩子"。他是个身材高大、喜欢炫耀的人,一头乌黑发亮的头发,肩膀结实有力。他穿着一件黑色的长外套,足蹬高筒靴子,头戴工作帽,帽子上有一个气球形状的金属徽章,上面印有字母BC。朗想象,他在讲台上一定是个威风凛凛的人物。"你是普赖斯先生?"

"是的。"

“哈珀先生是你早上的领航员。”朗伸出他的手。哈巴狗脸的年轻人不理睬他的手，只是盯着扎克。

“这是谁？”

“扎克·奇索姆。我们部队的。”

哈珀卷起地图：“不带黑鬼，没有商量余地。”

洛用严厉的目光警告他。哈珀踏着坚实的脚步向气球走去。通过绘有星星和条纹的图案，朗认出了它是“自由”号。

木制设备上的单根软管在地面上蜿蜒而行，与气囊相连，并在气囊处逐渐变细，成为一个充气口。气球米黄色的球壁慢慢地膨胀，被包裹在了一张亚麻纱的绳网中。绳子向下延伸到箍在充气口的一个粗木环上，每根绳子都系在这个环上。木环下面挂着一个蓝色的柳条吊篮，上面画着白色的星星。工作人员在吊篮上绑上沙袋作为压舱物。气球高六十英尺，系在马尼拉麻绳上，摇曳摆动，分外美丽。

“没有雾，有一点顺风。”洛说道，“哈珀奉命要过河。我们的气球老是受到枪击。这个你们准备好了吗？”洛的蓝色眼睛盯着扎克。扎克对这种暗示他软弱的目光表示强烈不满。

“我们跟你的领航员一样冒同样的危险。”朗说道。有一个人骑着马慢慢跑出了小树林。朗认出了那个戴着眼镜、从浑身冒着汗珠的牲口身上跳下来的平民。

“斯坦，你在这儿干什么？”

“寻找去艾伦少校那儿的路。”埃尔文·斯坦是个个儿矮小、谨小慎微的人。聚光灯映射在他眼镜的一个个小圆圈里。他穿着破破烂烂的天鹅绒领子外套和一件淡黄色的马甲，简直可以被当作保险代理人或小学教师。他看起来确实不像间谍。

斯坦在水桶里舀水，先喝了一些，接着将余下的水淋到自己肮脏的额头。他的裤子有两个地方撕破了，好像他是骑行过荆棘丛似的。

“我们在里士满的行动出了问题，我差点就出不来了。一条小船载着我沿詹姆斯河而下，我在离那儿有点距离的地方偷了这匹马。”

"里士满出了什么问题?"

"刘易斯和斯库利发现蒂姆·韦伯斯特因患关节炎卧床不起,没错。哈蒂在照顾他。你还记得佛罗里达的杰克逊·莫顿参议员吗?"

"老板让莫顿和他的家人在华盛顿被软禁了一段时间。"

"当时是刘易斯和斯库利看管的他们。莫顿的两个儿子现在在里士满。他们认出了普赖斯和约翰,并指认了他们。宪兵司令温德将军有一份我们所有特工的名单,我真不知道这是怎么回事。"

"可能跟罗丝·格里诺有关。还有什么?"

"叛军把普赖斯和约翰投进了亨里科县的监狱。普赖斯纠集了几个人设法越狱,可是普赖斯被抓住了。他和约翰被关进了戈德温城堡,过去通常是关押黑人的监狱,现在这里成了战俘的地狱。他们被宪兵司令的那些侦探们折腾得够呛,一帮卑鄙下流的家伙。我们两个小伙子都坚贞不屈,矢口否认,尽管我听说斯库利差一点挡不住。他们被送上了法庭,判决很快,有罪。不得交换,不得假释,判处绞刑。"

"我的天哪。"朗说道。

"还没对你说最要命的呢。斯库利一想到死就害怕,他说如果他们饶恕他,他就坦白。他供出了普赖斯,还有蒂姆和哈蒂。普赖斯是英国人,英国代理领事请求减刑,但蒂姆和哈蒂没有逃生出口。我到底在哪里能找到老板?"

朗给他指了方向。斯坦把脚钩进马镫,纵身一跃。"一开始,这是一种很好的绅士游戏,现在再也不是了。"他骑马驶进了黑暗的小树林。

在耀眼的白光下,洛监督着安全气囊慢慢关闭。哈珀喊叫道:"嗨,侦探。如果你要飞上天去,快到这儿来,你和你那个黑鬼。"

扎克额头上的一块肌肉突了出来。朗说道:"也许你应该留下来,我有一种感觉,他是个卑鄙的混蛋。"

"他一点也不喜欢我。"

"是啊,但犯不着为他生气,我们都是同一战壕里的。"

"哦,那是当然。"扎克说着做了个鬼脸。他们朝气球走去的时候,朗的脑子里又响起了斯坦说的不吉利的话。一开始,这是一种很好的绅士游戏,现在再也不是了。

哈珀早已经在气球吊篮里了。朗抬腿爬进吊篮，然后扎克也爬了进去。远方，约翰·马格鲁德王子的大炮轰鸣着迎接黎明。

第二十八章　1862年4月

当地勤人员通过滑轮组放出锚绳时，珍珠形状的气球慢慢向林木线[1]升起。气球是一道美丽的风景，当它从树梢飘到阳光下时，涂在上面的亮光漆更加明亮地闪闪发光。吊篮往往会摇摆，朗发现这并不是什么不好的感觉。扎克看上去却像是胆病发作一样。

朗注意到，吊篮和一堆外加的沙袋之间插着一杆步枪。一种新型的七连发斯宾塞步枪，杠杆式枪机。这是他唯一羡慕哈珀的地方。

平坦无垠、林木葱郁的半岛沐浴着阳光，随着他们的上升，半岛的面貌渐渐展露无遗。朗问他们头顶上方穿过木环垂下来的两个绳圈是什么东西。哈珀说，其中一个用于控制从气球顶部排放气体的阀门，以便缓慢下降，另一个用于打开位于气球上四分之一处一个叫作“扯裂式气门板”的东西，以便在紧急情况下快速撕开气囊。

扎克问道：“我们大概要升多高啊，先生？”哈珀没有回答。他从绑在吊篮外面的器械盒里拿出了海军野外望远镜。这种望远镜在放大倍数不是十分重要的时候，可以用来观察很宽广的区域。

“哈珀。”朗问道，“你听见他的问题了吗？”

“观察通常需要三五百英尺，天气好就可以望到十二到十五英里。今天，我们要待在相当低的地方。”哈珀说话的时候没有放下他的望远镜。

一幅绮丽壮观、美不胜收、清晰如洗的景象展现在他们面前。他们朝着沃里克河的近岸飘去，河流宽阔而宁静，宛如破晓之光中的护城河。朗要求哈珀确认

①指山区或高纬度地区树木生长的上线。

一条狭窄的堤坝。

“李家磨坊。”

河的对岸，清除了灌木丛和小树的地面上，挖掘了散兵壕。朗在散兵壕以及散兵壕后面的小树林里发现了动静。先是从树林里冒出一股烟，接着是一门大炮的轰鸣声。“发现我们了。”哈珀说道，“跟往常一样向我们问好，说早上好呢。”

朗猜他们可能离隐藏的大炮有三千码远。炮弹在不到一半距离的地方爆炸了，他们毫发无伤。

“他们在那里有发射十二磅炮弹的大炮。”哈珀说道，“滑膛炮，四门炮一组。不必担心。距离太远，而且十二磅的大炮没法进行高角度射击。他们主要是想吓唬一下我们。”

扎克反应强烈地说：“他们肯定吓唬到我了。”哈珀傲慢地瞪了他一眼作为回答。

他将双筒望远镜放回到器械盒里。他们告诉过他，有些东西他应该观察得更加仔细一点。他打开一个涂有油漆的单筒望远镜镜筒的盖子，拉开望远镜的各个部件，然后眯起眼睛透过接目镜进行观察。

在他们的右边，朗可以一直望到约克敦——古雅的屋顶，乔·约翰斯顿挤满了人的防御工事，正对着他们的是同样忙碌的联邦军的土木工事。狭窄的河道对面，格洛斯特角清晰可见。正前方，李家磨坊的河堤外大约一英里处，叛军已经建起了一道鹿砦，这是一道由砍倒的树木组成的宽阔的防御土墙，用斧头削尖的树枝戳出在外，用来阻挡敌人的进攻。在鹿砦后面稍远的地方，有一个巨大的土木工事。它前面的树桩已经被砍去，开辟出了一条广阔的防火带。朗轻轻拍了拍哈珀，指着那个土木工事。

哈珀说道：“马格鲁德堡垒。万一第一道防线失守，那是第二道防线。昨天到今天，这地方好像没有太大变化。我们飘近点去看看。”他俯身到吊篮外面，跟地面上很小的人影打着手势。地面工作人员放松绳子，气球朝沃里克河飘去。它的影子出现在了平静如镜的水面上。

清晨，风和日丽。朗听到了小鸟的歌唱，一条猎狗在某个地方吠叫着。树林里的烟雾表明营地开始醒来。突然，东面吹来一阵大风，把气球往下吹去。等阵风过去之后，哈珀解开了一只沙袋，将它扔下，帮助气球恢复高度。朗觉得这位领航员看上去很着急。

他借来哈珀的望远镜，观察到远处的泥路上有炮兵车队在疾驰，接着有一支骑兵部队呈四列队形慢步前进，向着那个古老的殖民地首府威廉斯堡进发。几个穿着淡棕色土布军装、心情急躁的士兵从散兵壕里爬出来，对着气球砰砰射击，但没有用。又有一股向下的气流把气球推向地面，但它很快恢复了原状并迅速上升。朗的心跳加快了一点。

“太神奇了，从这里可以看到多少东西啊。”他对哈珀说道。

“起初，那些有肩章的人嘲笑教授从空中侦察的想法。不过有一批人——菲茨姜·波特、斯通曼、海因策尔曼，还有小麦克——他们都乘过气球。现在他们相信了。”

当他们飘移在平静的河面上方时，朗感觉到风刮得更猛烈了。阵风往往会刮得气球突然东倒西歪。每跌落十到二十英尺，朗的胃就被提拉到了嗓子眼儿上，或者说感觉是这样。更多的步枪砰砰开火，希望能击中目标。“该死的风把我们吹得太近了。”哈珀说道，“得飞得更高点。出点力，黑鬼，扔四五个沙袋下去。”

“听着，哈珀，不要对奇索姆先生用这个词。他是个自由人，跟你一样。”

“滚蛋。”哈珀转过身。大风再次把他们往下刮去。吊篮的底部突然破裂，裂成了一堆碎片。哈珀向后一跳，一个射手直接从下面击中了吊篮。

“天哪，差一点打中我。把那杆枪递给我，黑鬼。”

朗从沙袋后面一把拽出那支斯宾塞步枪，狠狠地扔到哈珀手里。“我告诉过你别那么说——”哈珀用斯宾塞的枪托击中了朗的嘴巴。

朗的嘴唇破裂了，鲜血沿着下巴流了下来。他与其说是受伤难忍，不如说是怒不可遏。气球向着树林飘去，他举起双拳。哈珀举起步枪，挡在脸前。“你是想打架还是想逃命？我们太低了，该死的。你——”他指着扎克，“把所有沙袋扔下去。普赖斯，你用力拉那根绳子，用力拉三下，等等，然后再拉三下。”

扎克解开沙袋，将它们扔了下去。朗将马尼拉麻绳拉了三下，然后又拉了三下。有两下剧烈的拉动发生了作用。喊叫声、咒骂声和断断续续的步枪射击声抗议着落下的沙袋。树林里有一门大炮轰隆一声。哈珀大喊道：“把头低下。这么低,他们能打中我们的。每发炮弹有七八十块弹片——”定时引信炮弹在半空中爆炸。

朗和扎克赶紧埋下头,朗护住自己的头顶。铅弹呼啸着穿过索具,有一个铅弹从木环上磕下了一大块呈三角形的木头,两根绳子断了。哈珀对朗大喊道:“你拉绳子的时候,有没有反应?”

“有的,我感觉有两下反应。”

从散兵壕里射出的子弹把吊篮的两边都打烂了。“他们干吗不把我们拉下去?得再减轻点分量。”领航员一脸狰狞。他将一发子弹推上膛,扳开斯宾塞的枪机,瞄准了扎克。

“为你的同胞做点贡献,黑鬼,跳吧。”

扎克吓得张大了嘴巴。朗义愤填膺,一把拔出口袋里的科尔特手枪。一声巨响预示着另一枚炮弹即将来袭。朗朝吊篮另一头的哈珀扑去。

领航员抡起斯宾塞步枪打朗。炮弹在气球附近爆炸了。离朗不到两英尺的地方,一个铅弹射进了哈珀的右眼。哈珀的手在空中飞舞。他的手腕被扯裂式气门板的绳子缠住了,拖着绳子摔倒在地,嘴里喊着一个女人的名字。只听得“啪”的一声,他上方的扯开式气门板打开了。气体排放出来,声音很大。他们急速下坠。

第三颗炮弹爆炸了,铅弹穿透了气囊。朗只来得及抓起掉落的斯宾塞步枪并大喊一声“抓住,扎克”,然后他们便往地面撞了过去。

哈珀尖叫着。朗咬着自己的下唇,咬出了一缕鲜血。他恍惚地瞥见哈珀耷拉着的脑袋,一只眼睛血淋淋的,只剩下一个孔,另一只眼睛死白死白的,虹膜卷起,已经看不见了。

朗把扎克从吊篮里推了出去,紧接着跟着他滚了下去。就在这时,气球和它的绳网一股脑儿全砸在了吊篮上,砸在了他们掉落的一个散兵壕里所有大喊大叫的人的头上。

朗抓着斯宾塞步枪爬起身来。不远处,河水像一面粉红色玻璃的镜子,被狭窄的水坝一分为二。“快朝河里跑,扎克。跟我过河。”

叛军士兵从散兵壕里蜂拥而出,大声叫嚷着把北方佬当火鸡射击。朗猫下腰，用尽全力奔跑。他没有回头看，相信他的耳朵会告诉他，扎克就在那里，也在拼命奔跑。

枪声噼啪作响，一颗子弹划破了朗的裤腿。他绊了一下，差点儿一头栽进河里，但他还是稳住了身子，连滚带爬地来到堤坝上狭窄的木头顶部，接着跑过水坝四分之一的路程。子弹扑通扑通地打在他周围的水里。

跑过了一半……

跑过了四分之三……

前面的地面树木稀疏，植被很少。在水坝的尽头，他被埋在地里的一块石头绊了一跤，侧身跌倒在倾斜的河岸上。他倒在了泥泞里，肚子着地滑了下去。他穿着粗皮鞋的双脚落进水里。他用力将斯宾塞步枪的枪托插进河岸，并像抓住杆子一样抓住它以阻止下滑。他把全身的重量都压在了枪杆上，从水里挣脱出来。斯宾塞的枪托断了，这一断不要紧，他的脸狠狠地砸到了河堤上，直砸得他气喘吁吁，嘴里呸呸地一个劲儿吐着烂泥。

“起来，阿朗佐。”扎克跪倒在地。他又长又细的手指插进朗的胳膊底下想把他搀扶起来。当穿过水坝的六路纵队中的第一个叛军士兵拿着他的滑膛枪开火时，他就是这样蹲着的姿势。扎克一声惨叫，子弹把他击倒在他倒地的朋友身上。

我们会见面的，但我们会想念他。

将会有一把椅子空着……

玛格丽特把一张红桃四放在一张黑桃五上面，一边听那歌手唱歌。她不知道他的名字，但他有一个美妙的男高音。虽然这是一首北方佬的歌，但这首情歌的歌词却是在鲍尔斯布拉夫战役之后写的，让她深深感动。

我们轻声做着晚祷，

那是对他恋恋不舍的爱抚。

她呆呆地望着单人纸牌戏的牌面，那是她发的第五十还是第五百副牌了，多少天，多少星期，可怕的千篇一律，把日子都弄模糊了。一些囚犯走了，其他囚犯来了，被斯坦顿的私人警察拖了进来。怀维尔大夫又生病了。麦克莱伦将军正在向里士满挺进。西塞罗安全吗？她与焦虑和绝望做斗争，这种焦虑和绝望每天都使她变得更加沮丧。她痛恨自己的无可奈何，然而想要扭转这一颓势似乎又孤立无援。

她常常想起朗·普赖斯。他有危险吗？他为什么会让她如此揪心？她知道得很清楚，她爱上了他，一种无望的、错误的、痛苦的爱。她没有告诉任何人，朗是敌人。

好啦，都过去了。其实，它从来就没有开始。毫无疑问，她再也见不到他了。

悲伤的情歌结束了。她在一张黑桃四上放了一张黑桃三。她的头发乱作一团，暗淡无光。她没有肥皂好好清洗，而且每周只有半桶水。她的衣服下，虫子在她的双腿、她的脖子、她的胸部叮咬出一个个红红的包，奇痒无比。

伍德监狱长这个虚伪的小混世魔王让她使用围起来的水槽。“我能做的也就这些了，你这是自作自受。我愿意做你的朋友，但我不被允许。有人看到你和一名平克顿的侦探拥抱，想要跟他套近乎。”

玛格丽特嘲笑这种荒谬的臆测。

伍德继续胡说八道：“你惹恼了贝克上校，他是一个很有权势的人，和斯坦顿先生十分亲近。这就超出了我的控制范围，我很抱歉。”

有人走近她的桌子，她抬起头来，冷冷地瞥了一眼。“你好，梅森。”她再也不相信梅森·海伯恩是一名神学院的学生了。她不知道他是什么人，只知道他是一名间谍。

“罗丝准备如何利用她的名望，她有没有透露什么？”

“没有，梅森。”玛格丽特又打出一张牌。“你为什么不去问问你的监狱长朋友啊？也许他知道。”罗丝想方设法偷偷给弗吉尼亚州的托马斯·乔丹·雷福德写了一封信，信中满篇激愤言辞，描述平克顿“暴徒”入侵她家并搜身时的“愤怒”。这封耸人听闻的信发表在了《里士满辉格党人报》上，随后传遍了整个北方和英格兰。

罗丝的一些铁杆粉丝每天都在老国会大厦外守候，希望能在窗口看她一眼。监狱的台阶上留下了鲜花和纪念卡片，赞扬她对南方的忠诚。带去一篮篮食物的好心访客还偷偷带去了南方报纸的一些剪报，这些报纸有的称赞罗丝是一名前线战士，有的说她是一位圣人。整个南部邦联都知道，当她在3月份接受正式审讯时，她蔑视迪克斯将军和皮尔庞特法官，否认那位“犹太教侦探”提出的所有指控，并在人头攒动的听证室前诋毁林肯。

“你为什么不断指责我是监狱长的朋友?”海伯恩生气地问道。

“为什么？因为你的胡须刮得溜光，你的衣服熨得笔挺，你的衬衣洗得干净。有人把你喂得很好。当你声称自己穷得没钱行贿时，谁会帮你这些忙呢？大伙儿都知道你差不多每天都到监狱长那儿去。这回答了你的问题吗，梅森？如果是这样，请离开我的视线。”

海伯恩抬起肩膀，低下头。她感觉他很像一只受到冒犯的乌龟。“傲慢的家伙。”他骂了一声，走开了。

玛格丽特本想哈哈大笑，无奈她眼中噙满的却是泪水。泪水让她的心理崩溃，监狱让她的心理崩溃。她发出一声轻轻的呼喊——半是愤怒，半是绝望，把排列在桌子上的纸牌游戏的纸牌通通扫到了地上。正在缝补衣服或者看书读报的囚犯们抬起头来，然后移开了视线。

她想到了多纳尔。他已经回纽约去了。多纳尔的到来会有所帮助。她并不爱他，但他的来访是她放松和安宁的时刻。她渴望他再来，早日来。

第二十九章　1862年4—5月

扎克双膝跪地，他的右手也撑在地上。他的左臂像鸟儿折断的翅膀悬在那儿。他的胳膊肘上方，土布衬衫上渗透着一圈鲜血。朗看到所有这一切就发生在几秒钟内，也就是这几秒钟，他坐起身来，拉起枪栓把子弹推进那支破斯宾塞步枪的枪膛里。

第一个叛军士兵来到水坝顶头，朗朝他射击，射偏了。士兵们全都是些年轻的新兵蛋子，像马戏团的小丑一样撞在了一起。朗推上子弹，开了第二枪。队伍里的最后三个人撤退了。第二个和第三个叛军士兵跳进或掉进了河里。只有第一个过来的红发小伙子站在原地，匆忙地给他的滑膛枪装弹药。朗再次拉开斯宾塞的枪栓，枪膛空了。哈珀只装了两发子弹。

就在红头发士兵朝他们开枪前一刹那，朗一把将扎克推到地上。叛军士兵的枪法并不比朗好多少。子弹在头顶上方嗡嗡作响，落在小树林附近一片枯死的灌木丛里。朗翻身趴在地上，拿他的小科尔特手枪开了两枪。红头发士兵转身逃跑，不料脚下一滑，连同他的滑膛枪一头栽进了水里。

朗帮助扎克站起身来。“那颗子弹要是没有打中你，就肯定会打中我。”

“没关系，你是我的朋友，我这一生没有多少朋友。我们能在那些叛军士兵游到这儿之前逃出去吗？”河中传来哗啦哗啦的水花声，只听有人大叫：“查理，我不会游泳！”

“你能跑吗？”朗问道。

“我的胳膊没了，不是腿没了。有时我真的不明白，都像你这样，你们白人怎么有足够的脑子管好这个世界呢。”

朗大笑起来，挥了一下手，示意他的朋友往前走。“穿过那儿。”他们朝着那片枯死的灌木丛跑去。朗在口袋里找到了防水的火柴筒，他擦燃一根火柴，扔进灌木丛里。当他们一瘸一拐地走向地面站时，身后留下了一道蓝灰色的烟雾，叛军士兵的叫喊声渐渐消失了。

朗向洛报告说，“自由”号和哈珀都没了，被怪异的风吹过河流，进入了敌人的射程。他对哈珀的卑鄙和懦弱一字未提。还有什么意义呢？人都死了，他所有的坏品格也随之一起烟消云散了。

外科医生从扎克的手臂里取出一颗扁平的滑膛枪子弹，给他包扎好，并宣布他很幸运，没有伤到骨头。扎克在自己住的小帐篷里养伤。等到可以的时候，朗前去看望他，又给他带去了硬饼干和一水壶装着水以及随军小贩那儿买来的威士忌混合起来的饮料。斯莱奇对此颇不以为然，认为朗对一个黑人太小题大做了。朗提醒他，扎克很勇敢。

到4月底，麦克莱伦的攻城大炮几乎全部到位。乔治·班斯说，对约克敦的轰炸很快就会开始。5月1日那天，刚吃完早餐，平克顿就把他的手下召集到位于司令部所在地的他的帐篷里。老板的帐篷总是在将军帐篷的视线范围之内。一阵狂风猛烈地吹打着帆布帐篷壁。平克顿看上去身体虚弱、面容憔悴。

“先生们，我有责任把让人扫兴的消息告诉你们，叛乱出现了一个新的险恶的转折。上星期二，29日，尽管我发出了各种人道主义呼吁，但我们还是失去了一位宝贵的同事和朋友——蒂姆·韦伯斯特。”

人们一言不发，只是在地上拖着脚。

“蒂姆是一位敬业而又无畏的特工，一位地地道道的专业人士。他冒着危险，反复进入里士满，搜集情报。他的报告是仔细周到和细节详尽的典范。他没有错过任何东西，从干草或军大衣的短缺到里士满防御工事的数量和装备。由于运气不好，再加上那个酒鬼懦夫约翰·斯库利的背叛，蒂姆和哈蒂·劳顿落入南部邦联宪兵的手中。温德将军将他们监禁起来，对他们进行审判。对哈蒂的判决相对人道，一年的监禁，对假释或交换没有限制。蒂姆就没那么幸运，法庭判处他绞刑。”

风儿吹得帐篷的帆布噼啪作响，犹如刺耳的枪声。

“在伍尔将军的安排下，我打着一面休战旗，亲自越过战线，向戴维斯政府递交了一份书面申诉。”平克顿在他的战地办公桌上找到了一份文件。“有一段话我是这样说的：‘迄今为止，联邦政府对间谍采取的方针一直是宽容的。在许多情况下，这些人在短期监禁后都被释放了。在任何情况下，没有任何一个被控从事间谍活动的人被判处过死刑。’”

平克顿把文件放在一边。“无功而返。蒂姆以一颗勇敢的心去迎接他的造物主了，但他的死亡受到了羞辱。在城里的集市场地上，他们举行了一场可耻的公众嘉年华。小贩出售纪念品。城里那些体面人家的女士们坐着漂亮的马车前来观看一个北方佬的绞刑。最后，当套索套在蒂姆的脖子上时，活板门弹了起来，发生了不可思议的情况，绳子居然松开了。蒂姆倒在地上，还活着。他被迫再次爬上台阶，再次套上绞索——死两回啊。”

一名特工举起一只手：“长官，所有这一切我们是怎么知道的？”

“劳顿太太，海蒂写了一份完整的令人心碎的报告。我们有朋友潜伏在里士满的社交界，他们有办法把消息偷偷带出来。”

平克顿闭了一会儿眼睛：“蒂姆·韦伯斯特的死为我们这场斗争翻开了一个丑陋的新篇章。我们的敌人露出了他的真面目。我们必须始终保持警惕，但从此以后，每当必要，我们必须毫不留情。”

朗有一种强烈的感觉，有人在盯着他看，他环顾四周。斯莱奇正盯着他看，好像在暗示他知道事情会变成这样。他曾经警告过朗，结果却遭到了愚蠢的否认。

好了，不会再这样了。朗随着其他人离开了帐篷，没有人说一句话。

5月3日，星期六，就在麦克莱伦的大炮准备开炮轰城的两天前，乔·约翰斯顿的大炮却首先发难。炮声隆隆，炮弹横飞，从当天晚些时候开始射入联邦军队的战线。夜幕降临后很长一段时间，炮声一直在隆隆作响。早晨，侦察兵攻破了约克敦的出击口，发现在炮火的掩护下，约翰斯顿撤回了他的部队。他向西逃到了里士满，把这个城市留给了联邦军队。

星期日，斯帕迪尼冲进约克敦，为平克顿队伍的伙食寻找新鲜蔬菜。他脚下的街道爆炸了。叛军在地里埋了装有雷酸汞雷管和烈性炸药的炸弹。这些邪恶的装置在人或马的重压下会爆炸。星期日深夜，朗听说了这件事，他找遍医院的帐篷，最后找到了斯帕迪尼。

这个天真烂漫的小伙子醒着，但由于疼痛和麻醉剂的作用而有点神志不清，他躺在一张草席上，头顶上方有一盏灯冒着烟。他用支离破碎的英语重复着什么话，好像是："我现在怎么做饭啊？"污迹斑斑的绷带包裹着他的残腕，地雷炸掉了他的双手。但不管怎样，外科医生总算保住了他的性命。

"还不如死了的好，死了的好。"

朗找不出一句话来安慰他。不过也无所谓，他敢肯定，斯帕迪尼没有认出他。他离开帐篷。第二天早上，乔治·班斯告诉他说，斯帕迪尼早上四点钟死了。

斯莱奇呼呼大睡。大雨敲打着帐篷，朗就着烛光看《圣经》。

他读《出埃及记》。不可杀人。他读《以赛亚书》。他们要将刀打成犁头，把枪打成镰刀。这国不举刀攻击那国，他们也不再学习战事。他读《马太福音》。使人和睦的人有福了，因为他们必称为神的儿子。

马赛厄斯·普赖斯曾经多少次引用或者宣讲这些经文啊，朗相信它们的意义和价值。然而，这些经文似乎对他自己所处的充满仇恨和杀戮的泥沼来说再也没有什么意义。

他吹灭了蜡烛。凄厉的雨水倾泻而下，冲刷着帐篷壁，渗漏到帐篷下面。他躺在那里，听着军号声和战鼓声、靴子踩着泥浆的啪哒声、链条的咔嗒声和车轮的嘎吱声，这些声音持续了整整一夜。他依然醒着，在潮湿中瑟瑟发抖。这时，军号吹响了起床号，其余的军队开始出发追击乔·约翰斯顿了。

第三十章　1862年5月

怀维尔大夫死了。显然，他只有一个亲戚，一个表亲。她从费尔法克斯县城赶来认领尸体。她个子矮小，一身黑装，甚至连她擦拭泪眼的花边手帕都是黑色的。她看着狱卒把尸体装进一个简陋的松木箱子里，走到楼梯的一半，她开始尖叫起来："杀人犯！杀人犯！"

十六号囚室的每一个人都停下了手中的事情。玛格丽特呆呆地坐着，无法理解桌子上牌局的布局。尖叫声在大楼里回荡，直到那女人带着那具沉重的尸体离开。

5月5日，星期一，监狱里谣言四起，说这里最有名的那个囚犯将在第二天离开，被假释到里士满，因为她在华盛顿的影响力太大了，如果继续让她留在这里，会不断制造不安和尴尬。

罗丝和小罗丝向囚犯中与她们关系比较好的人告别。罗丝看起来神清气爽，她脸色红润，双眸灵动，就像玛格丽特以前见过的那样目空一切。

"要想尽办法离开这个肮脏的地方。"罗丝在她们拥抱之后说道，"你不该受贝克和伍德这种人的虐待。"

玛格丽特无可奈何地耸了耸肩："你到了里士满能帮我个忙吗？"

"只要力所能及，当然啦。"

"想办法打听一下，我哥哥西塞罗是否安然无恙。"

"好的，而且我会捎信给你，放心好了。"

小罗丝拉了拉她的手："妈妈，车子在等着呢。"

一群人聚集在外面为她们送行。像女王告别她的臣民一样，罗丝挥着手，大声道别，昂首阔步地离开了这个肮脏而又阴暗的十六号囚室。玛格丽特也跟其他人一样鼓掌。祝福的人们高喊着："罗丝！罗丝！"这声音从大街传向四面八方。玛格丽特听见小罗丝在楼梯上说道：

"我们向那些该死的老共和党人证明了自己，是不是，妈妈？"

三天后，华盛顿沉浸在半岛威廉斯堡激烈交火这一消息的狂欢中。卡尼[①]和汉考克[②]这两位联邦军准将脱颖而出。那天，汉娜的来访给了玛格丽特一个惊喜。

汉娜穿着一套深灰色的衣服，一件扣着纽扣的马甲，还有一条飘逸的丝绸领带。裁剪到小腿中部的裤子露出了带有黑色竖条纹的灰色长袜。玛格丽特不知道这套衣服是为女人量身定做的，还是从男孩子的套装改过来的。无论如何，汉娜都胸部扁平，丝毫没有女性味道。她的脸色苍白，没有涂脂抹粉。

汉娜跟玛格丽特打招呼时显得有些迟疑和犹豫。当她拿出一小块用格子餐巾包着的荷兰球形干酪时，玛格丽特拥抱了她，气氛变得热烈起来。汉娜拉过一张凳子，像个密谋者一样低声说道："你永远也想象不到我去了哪里。"

"那我肯定想不到，告诉我。"

"弗吉尼亚，法尔茅斯。麦克道尔将军的军团就驻扎在那儿，等待命令，增援麦克莱伦。我穿了一套军装，混在士兵中，就像我是其中一员一样。"

"真的吗？你说过要这样做，可是我绝对想不到你真的会做。"

"我在坎特伯雷请了假，收拾好用品和铺盖，就走了。"

"少校怎么说？"

"哦，他激烈反对，可是他没时间阻止我。斯坦顿先生一直让他的雇员们忙得不可开交。"

汉娜环顾了一下囚室，这里已然成了玛格丽特的个人世界。"我很遗憾你深陷这个地方，我问爸爸他能不能做点什么。他说你是拉斐特·贝克上校的囚犯，

①卡尼，即菲利普·卡尼（1814—1862），美国内战时期联邦军将领，曾参加墨西哥战争，失去一臂，内战时指挥骑兵，参加过半岛战役和第二次布尔溪战役。

②汉考克，即温菲尔德·斯科特·汉考克（1824—1886），美国内战时期联邦军将领，曾参加半岛战役、葛底斯堡战役，1880年被提名为民主党总统候选人，大选中败于加菲尔德。

他是唯一一个可以签发释放令的人。爸爸警告我不要来看你,因为你是个危险的间谍。我告诉他哪怕这是真的,我也要来。”

“好了,我们不去担心它是不是真的。我在这里,而且那位杰出的贝克上校也要让我留在这里。还是多告诉我一些你的冒险经历吧,女扮男装不是很危险吗?”

“我倒真希望是这样。你只需要避免两件事:在男人面前脱衣服和上厕所。我在营地里转悠了整整二十四个小时,甚至睡了一会儿,没有出什么事。有很多人掉队了,他们根本就跟不上了。”

“如果有人要求你表明身份怎么办?”

“哦,有的。不过我是个演员啊,别忘了。我压低嗓音,说我是二等兵西格尔,来自俄亥俄的一个团,是虚构的。”她操着音乐厅的口音说:“用一点点德语来摆脱他们。”她咧嘴笑了。“如果他们问我为什么没有枪,只有一个粗帆布背包和铺盖卷,我就说被人偷走了。军官们太忙了,坦白说,他们太幼稚了,根本顾及不到每一个人。”

玛格丽特被逗乐了,说:“如果这么简单,那你就不妨加入算了。”

“我可以的,大多数志愿者从不脱掉衣服进行检查。医生检查他们的身高、手,尤其是脚。仅此而已。”

“好吧,你已经尝过味道了,所以你不必老是去冒险了。”

“哦,是的,我准备回去了。我对我的第一次探险失望至极。我所看到的就只有乡间小路、军营篝火,还有一群乳臭未干的小男孩围坐在一起唱着伤感的歌谣,读着下流的书,或者赌博。我得去看大象①。”

“你说什么?”

“参加战斗,听真正的步枪子弹呼啸而过。我会等待时机,直到华盛顿附近发生更多的战斗。”

“你认为会有吗?”

“这事儿我几乎毫不怀疑。爸爸说,陆军部的大多数人都认为麦克莱伦是个无能的自负家伙,而且过于胆小怕事。斯坦顿先生认为他会失败。”汉娜看着这

①美国俚语,意为经风雨,见世面。

凄凉的环境。“你真的没有办法从这儿出去吗?”

“哦,不。我可以成为一名叛徒,把我的一些狱友出卖给监狱长,或者屈服于贝克。”玛格丽特拂去前额上散乱的头发。“你知道我绝对不会做这样的事情。”

汉娜紧紧捏了捏她的手:“我知道,我很难过,战争把我们分开了。等战争结束,我们再来解决这些事情。”

“那是一定的。”玛格丽特的微笑背后隐含着心痛的怀疑。

她看着她的朋友走向楼梯,她们的友谊破裂,她负有很大的责任。但是因为各为其主,这又有什么办法呢?

正当她个人的前景似乎黑暗得不能再黑暗的时候,出现了一道意想不到的亮光。中午时分,她到围起来的水槽那里去了一趟回来后,看见多纳尔站在十六号囚室的中央,手里拿着淡紫色的手套和漆面手杖——多纳尔来了。

他卷曲的头发闪亮着理发师涂上的油。当他看见她的时候,他黑色的眼睛热情洋溢。当玛格丽特向他跑去,乱蓬蓬的头发飞舞着,狱友们都笑了。她扑进他的怀里,把脸埋在他的脖子里。“我担心死了。没有来信,没有一点消息。”

“对不起,亲爱的。我在拿骚耽搁了两个星期。斯科特封锁南方的该死的‘蟒蛇计划’给商业贸易制造了大麻烦。南方急于用棉花换现金,但封锁限制了棉花的供应。没关系,我到这儿了,看到你了。”

他退后一步,仔细打量着她的面庞。“他们对你做了什么?你看起来简直糟透了。我打算对此进行补救。”

她的眼睛里噙满了无法控制的泪水。此时此刻,看着多纳尔如此自信和关心,她几乎爱上他了。

第三十一章　1862年5月

春天，天气闷热，空气潮湿。弗吉尼亚第一骑兵团的弗雷德里克·斯科特·达舍上尉正沿着斯波齐尔韦尼亚县的一条林间小路向北骑行。据弗雷德估计，他们距离弗雷德里克斯堡以南大约十五英里处，麦克道尔的军团就驻扎在那里。

这支三十五人的侦察小分队是由考尔德上尉通常率领的骑兵中队的一半人员组成的。他在里士满一定认识一个有权有势的人，因为他对如何照顾马匹根本一窍不通。考尔德在威廉斯堡掩护乔·约翰斯顿撤退后，他的黑色牡马在炎热的天气里经过一段急行军，因过度进食和饮水而倒地死亡。考尔德马上出发去寻找新的坐骑。每个骑兵都必须自己提供战马，这是南部邦联政府的愚蠢之举。弗雷德为这样的政府服务，内心有一种复杂的情感，既骄傲又有负罪感。只要在弗龙特罗亚尔小镇附近的家庭养马场仍然留在南部邦联境内，他再弄战马就不会有任何问题。他的这匹战马“男爵”就是从那里弄来的。“男爵”是一匹骟马，身架高大，颇有灵性，肋腹部像煤炭一样黑得闪闪发亮。这种动物在马纳萨斯战役中吓得联邦军士兵屁滚尿流，他们一听“黑马骑兵”便闻风而逃。

弗雷德的指挥官是詹姆斯·尤厄尔·布朗·斯图尔特[①]准将，他早在军事学院上学时就认识他，并很钦佩他。乔·约翰斯顿撤回到拉帕汉诺克河之前，弗雷德在马纳萨斯和斯图尔特一起应征入伍。虽然弗雷德并不觉得这有什么特别之处，但他知道斯图尔特本人很喜欢他，也信任他的专业水平。正因为如此，斯图

①詹姆斯·尤厄尔·布朗·斯图尔特（1833—1864），美国内战时期南部邦联军队指挥官，曾参加第二次布尔溪战役、弗雷德里克斯堡战役、钱瑟勒斯维尔战役、葛底斯堡战役、斯波齐尔韦尼亚县城战役，在获取北军情报中立下战功，被称为“部队的眼睛”。

尔特派他到帕芒基河的北面去，寻找麦克道尔将军进攻的行踪。

弗雷德骑行在乔纳斯·埃伯哈特旁边，走在二路纵队的前头。埃伯哈特是考尔德的少尉之一。他很认真，但没有受过训练。他的经验来自在他叔叔的车马行里偶尔干点活，不是典型的养过马的那种南部邦联骑兵。

彩蝶纷飞，在树林间的一束束阳光下翩翩起舞。嘲鸫和松鸦又唱又骂。弗雷德在纵队前面安排了三个侦察兵，每个侧翼有八个人排成一路纵队。万一受到攻击，整支队伍可以迅速左右转向应战。

小分队默默地前进，只听得见马嚼子的叮当声和马蹄的嘚嘚声。当骑兵们经过时，黄色的尘土向上腾起，然后又落在他们的身体两侧和脸上。每个人的鞍囊里都装着食物，但没有铺盖。弗雷德不打算停下过夜。

他的肩带上挂着一支里士满仿制的夏普斯后膛枪。他的马鞍枪套上鼓鼓囊囊地插着两杆比利时制造的新型勒马特点四十英寸口径的左轮手枪。勒马特上面的枪管可以从旋转弹膛发射九发子弹，下面的枪管无膛线，用来装散弹。迄今为止，他只开过两次枪，一次是在德兰斯维尔的小规模战斗中，另一次是在掩护威廉斯堡的撤退过程中。

汗水在他卷曲的红头发上聚集，从他那顶有鲜黄色帽冠的军便帽上滴落下来。他长了两天的胡子有点痒。他渴望从水壶里喝上一大口，他知道自己喝得太多了。离开华盛顿后，他的酒量有增无减。

一个骑兵跑上前来，是通信员约翰·莫斯比①。二等兵莫斯比是个身材瘦小、有点驼背的年轻人，一双奇怪而令人不安的眼睛似乎从来没有安静的时候。莫斯比曾是一名训练有素的律师，也当过脾气暴躁的“牢骚”琼斯的副官，但他憎恨纪律，表现鲁莽，这与弗雷德谨慎的职业操守大相径庭。由于某种不可名状的理由，杰布·斯图尔特挺喜欢莫斯比，正在为他物色一项任命。

弗雷德仔细地瞧了一眼太阳，他估计离中午还有一个小时。从拂晓起，他们就轮番小跑和慢步前进。马上就该卸鞍了，给战马的背部凉快凉快。再次安装

①约翰·莫斯比，即约翰·辛格尔顿·莫斯比（1833—1916），美国内战时期南部邦联别动队首领，南军投降后将队伍解散（1865），后加入共和党，曾任美国驻香港领事（1878—1885）、司法部部长助理（1904—1910）。

马鞍时，要确保鞍布是光滑平整的。

一名骑兵的声音打断了他的思路。他举起一只手，示意队伍停止前进，然后策马小跑上前，超过了耷拉着脑袋坐在马背上的莫斯比。一名侦察兵穿过阳光照射下的一大团尘埃冲了过来。

“上尉，长官。”上气不接下气的二等兵敬了个礼，勒住了他的战马。“北方佬有一支步兵队伍在这条路上大约四英里的地方。我们在东面五六英里处还看到了第二支队伍。”

“麦克道尔的部队？”

“我看几乎可以肯定，长官。”

“干得好。回去继续侦察，但要在他们之前撤退。我们不想被人发现。”

侦察兵疾驰而去。如果他们真的撞上了麦克道尔军团南下的先头部队，那么斯图尔特和最高统帅部肯定想要知道这一情况。毫无疑问，那些北方佬正在向麦克莱伦靠拢，联手进攻里士满。弗雷德策马小跑回到埃伯哈特少尉身边。

“北方佬的步兵正从这条路上过来。我们把队伍分开，你带一半人马去西面，严密监视敌人，但要保持隐蔽。我带另一半去东面。除非你被发现，否则不要开枪。你有手表吗？”

“就在这儿，长官。”

“五点前要一直监视着北方佬。如果他们还在进军，就离开他们。你还记得昨晚我们给马饮水的地方吗？”

“斯内尔十字路口以东的小溪。”

“我们将在那儿会合。如果任何一方在日落后三十分钟内没有出现，另一方就继续前进，向斯图尔特将军报告。出发。”

队伍一分为二，弗雷德不像他在骑兵部队里的一些贵族兄弟那样认为一般的北方佬是愚蠢的。步兵会发现并理解路上的马蹄印和马粪团意味着什么，这没有办法。不过他怀疑，如果命令说要他们以既定的速度与麦克莱伦会合，他们是不会打乱队形，到树林里搜索的。

他带领着他的人马离开尘土飞扬的道路，选择了侧翼方向，向森林进发。走了半英里，路还在眼前，他命令士兵们下马。他告诫他们要控制好马匹。第一团的大多数马匹都受过良好的训练，但并非全部。有时新入伍的马匹会后腿直立，会咬人，会表现得像马戏团的马。

“如果一定要小便，动作要快，不要发出任何声响。”说完，弗雷德从马鞍的圆环上解开水壶，走开了。他一边用牙齿打开水壶瓶塞，一边拍打着昆虫。他喝了一大口那种私酿的酒，可怕的东西，天知道那小贩在里面放了什么。

他把软木塞塞回水壶，回到队伍里，感觉好多了。莫斯比靠在一棵树上，嚼着一根小树枝。莫斯比瞧着弗雷德，好像知道弗雷德的秘密似的。

四十分钟后，他们看到了那支队伍，骑哨走在他们前面很远的地方。穿蓝色军装的士兵和骑着马的军官走得很慢。莫斯比抚摸着他的胡须。“长官，我们不应该把他们撂倒吗？”

“跟几百个步兵较量？我不这么认为，二等兵。我们的目标是观察和报告。”

“是，长官。这是西点军校的策略吗，长官？”

“不是。这是命令。”他们瞪着对方，莫斯比先把目光移开了。

一条无毒的绿色小蛇在一名下士的马下面游过，那匹马吓得直往后退，发出嘶鸣声。其他的马喷着鼻息，跺着脚。那名下士又是轻声说着话又是抚摸它的身体安抚它。大路上，有几个人转过头来，下士的马安静了下来。北方佬继续前进。

弗雷德和他的手下跟在这支步兵队伍后面，保持一定的安全距离。刚过四点，弗雷德就让他们转向东南方向走，他们看不见路了。十分钟后，他命令士兵们策马小跑前进。

当他们到达小溪边的会合地点时，炽热的落日仿佛在西边的树林中燃烧。不久，埃伯哈特少尉也到了，他满脸通红，很高兴自己平安无事地渡过了难关。他们向南疾驰，半小时内跑了八英里路，然后放松下来慢跑，在接下来的三十分钟内跑了三英里。弗雷德命令慢步前进，并允许战士们在马鞍上休息。

他睡不着，尽管他用膝盖钩住前鞍桥，放下缰绳，双臂交叉放在胸前。他的神经绷得紧紧的。他不止一次地看到二等兵莫斯比那双讥讽的眼睛在月光下闪着光。莫斯比给弗雷德的印象是不可靠的，即使没有精神错乱，也有潜在的暴力倾向。

“男爵”的步履很稳，大可以放心。弗雷德的思绪回到了他罪恶感的源头——西点军校。

他记得从哈德逊轮船码头第一次长途攀登到平原高地的生动景象和瞬间。他记得那个夏天兽栏一样的兵营，高年级学生尖叫着说他不是一个新生，他甚至不是一个人，他是一个卑鄙、邪恶、道德败坏、令人憎恶的“东西”。弗吉尼亚州五四届的杰布·斯图尔特是学长们中最喜欢骂人的一个。每个学员都有别人给取的绰号。斯图尔特的绰号是“帅哥”，恰恰因为他太不像一个帅哥了。

弗雷德回忆起在灯笼下学习的漫长夜晚，甚至还有更长的夜晚，那是在严寒的天气里站岗放哨以抵消自己所犯下的错误。他记得他的朋友，其中最好的两个是来自宾夕法尼亚州的年轻学员比利·哈泽德和来自南卡罗来纳州的查尔斯·梅因。这两人的亲戚都上过西点军校，还都参加过墨西哥战争。查尔斯·梅因还根据弗雷德的头发给他起了个绰号——“胡萝卜”。也许他会在斯图尔特的六个骑兵团中碰到查利，他估计比利在联邦军队服役。

一段最清晰、最痛苦的回忆带他回到了一个小教堂，在那里，新的军校校长罗伯特·李上校向学员团和教员发表讲话。李上校引用亨利五世的话，称这些学员为兄弟。他说，他们不应该只忠诚于某一个州或某一个地区，而要忠诚于让他们接受教育的国家和他们毕业后宣誓效忠的国家。

像这个国家一样，这帮兄弟分裂为两大阵营。那亲兄弟们呢？他们中也有一些分裂了吗？弗雷德摇摇头，对这种阴郁而又缺乏男子气概的想法感到愤怒。他最近经常这样。

天亮后，他们到达了斯图尔特位于帕芒基河边的司令部。这位二十九岁的将军，穿着锃亮的长筒马靴，系着带金色流苏的饰带，蓄着精美绝伦的大胡子，像往常一样光彩照人。他正和菲茨·李上校以及健壮魁梧的海罗斯·冯·博克一起吃早饭。冯·博克属于普鲁士龙骑兵团，在那里告了假，然后在查尔斯顿登陆，来到这里。斯图尔特看中了冯·博克那件稀奇古怪、粉白相间的骑马服，就把他纳入了他的参谋班子中。

菲茨·李是西点军校五六届毕业生，比弗雷德早一年。他的胡子可以和斯图亚特的媲美，有助于掩饰他的年轻幼稚。菲茨是军校里一个让人兴奋的捣蛋鬼，差一点被校长也就是他的叔叔开除。人们之所以尊敬他，是因为他在西部参加了正规军的战役，并受了伤。还有另一个李也在斯图尔特手下，罗伯特的儿子鲁尼。虽然他是一名能干的骑兵，但他是哈佛大学的毕业生，因此不属于西点军校的圈子。

斯图尔特挥手让弗雷德在一把轻便折椅上坐下，弗雷德报告了他们所看到的情况。斯图尔特很高兴。“我们马上派个传令兵去见约翰斯顿将军。”

弗雷德知道他不应该提莫斯比的事情，可是他提了：“我不知道这个人怎么回事，但我认为他不是当兵的料。”

斯图尔特的牙齿在他赤褐色的胡子中间闪闪发亮。他个子不高，体格健壮，浑身透出的既有乐观情绪，又有绝对权威。“我承认，他是个精明的家伙，但是我有个预感，他是个非同一般的战士。现在的挑战是要找到合适的地方让他去战斗。”

菲茨·李和冯·博克告退。斯图尔特示意他的勤务兵再给弗雷德的铁皮杯子斟满热咖啡。“恕我直言，上尉。你看起来不太开心，除了莫斯比的问题，你还有其他问题吗？”

“真的没有，长官。只是昨天整晚我都在回想军校的事情。”

将军并非不和蔼地说：“这对你来说是个问题，是吗？”

“有的时候，是的。”

“你并不是唯一一个感到惆怅的人，而且还有点负罪感。我们都离开了我们所热爱的军队。我妻子的父亲选择留在了另一边——”斯图尔特微微一笑，“我认为他会因此而不断后悔的。战争开始时，菲茨是西点军校的一名战术教官。我估计其他很多人有不同的看法，像朗斯特里特将军、约翰斯顿将军，当然还有戴维斯总统。但是，一旦你站在岔路口并选择了你的道路的时候，不断回首是没有意义的，也是危险的。”

“我也是这样告诫自己的，可总是会有负罪感。”

“因为你是一个正直的人，你发过誓，不喜欢违背自己的誓言。我们没有时间去思考这种负罪感。我们有一项责任——那就是不管付出多大代价，不管有谁挡道，都要积极地完成每一项任务。现在谈谈手头的事情，我还有三个分队在弗雷德里克斯堡附近侦察,但我希望你们也去那里。我们的视线一刻也不能离开麦克道尔。离开参谋部,你没有意见吧?"

"说实话,长官,我更喜欢上战场。"

"你跟考尔德的手下处得怎么样?"

"他们中有些人缺乏经验,不过肯执行命令,而且学得很快。这帮人还不错。"

"二等兵莫斯比除外。"

"我不是说要惹——"

"没关系,我也听到过别人的抱怨,我们会为他找个合适的职位。你抓紧时间休息,记住我说的话。"将军身体前倾,他明亮的蓝色眼睛坚定地凝视着他。"一旦站在岔路口选择了自己的路,你就不能回头看,否则你可能会错过正等着伏击你的敌人。"

"是,长官。"

弗雷德站起身来,敬礼,向后转。他走后,斯图尔特叫来他的勤务兵。"把莫斯比找来,他要去给约翰斯顿将军送个信号。"

弗雷德沿着河岸漫步。他多么希望能轻而易举地听从将军的建议,原谅自己一个带着疑虑因素的决定,这是一种挥之不去的信任被背叛的感觉。当他还是个孩子的时候,他的母亲就教导他信誉的意义非凡,践诺至关重要。有时,他憎恨她的这种正义感,就像他憎恨所有的牧师和老师一样,他们巧舌如簧地将正义的钉子钉进他的良心,使之变得更加强大。他的水壶里有治疗伤痛和疑虑的唯一可靠的灵丹妙药。外出侦察时他只喝了一半。中午之前,在他自己幽然独处的帐篷里,他喝完了另一半。

三十六个小时之后,5月27日的下午,弗雷德的侦察小分队再次发现了联邦军队的行踪——向着北方,向着弗雷德里克斯堡。弗雷德和他的手下侦察后确定这不是一次孤立的撤退,而是整个军团的行动。无论出于何种原因,麦克莱伦都不会得到麦克道尔的增援了。弗雷德率领他的士兵回身飞驰向斯图尔特,向他报告这个消息。

第三十二章　1862年5月

游客们经常把战争的消息带到老国会大厦。南部邦联的同情者欢欣鼓舞地传播消息，说五艘联邦军队的炮艇在詹姆斯河上被击退。南部邦联在德鲁里断崖上的炮兵将他们轰回到了里士满以南八英里的地方。这座城市暂时避免了来自河上的袭击。

陆地上的前景就不那么乐观了。麦克莱伦的强大军队正蓄势待发，准备迎接自马纳萨斯战役以来最大的一场战役。南方的热情支持者们都希望乔·约翰斯顿发动一场猛烈的进攻，将敌人赶出半岛。

5月份第三个星期的开头，玛格丽特感到很惊讶，有一位她并不认识的上了年纪的新教圣公会牧师前来拜访她。伍德监狱长让她来到罗丝原先的那间囚室里，那里相对私密一些，她在那里接待了来客。他坐着，后背挡住了任何往里看的人。当他谈到林肯政府的罪恶时，他悄悄地把一只手放到了他的黑色胸带下，然后递给她一封信。她对牧师的观点并不感到惊讶，华盛顿的新教圣公会因庇护南方的效忠者而闻名。

会面结束时，她感谢了牧师，并把他送到门口。一名看守在外面走来走去，他名叫霍奇斯。他不仅仅老了——六十岁或者六十五岁——而且显得令人厌恶，他大腹便便，咧嘴笑时假牙就像瓷器一样闪闪发光。他每次遇到玛格丽特都是这样，让她浑身起鸡皮疙瘩。

她半掩上门，然后撕开信封，她认出这是罗丝的笔迹。罗丝在里士满。

小罗丝和我受到了热烈的欢迎，其狂热的程度远远超过了我的期待。这座城市处于极度的恐慌状态，在我写这封信的时候，麦克莱伦麾下由德国人、爱尔兰人、天知道还有其他什么人组成的杂牌军，已经来到了离城市不到二十英里的地方。戴维斯夫人和总统的四个孩子已经逃往罗利。如果城市马上要陷落，政府将把它的金库运往南卡罗来纳州。我们的黑人仆人囤积了一小袋一小袋的烟草，准备作为与占领军交易的货币。我甚至听说，戴维斯会在里士满被攻占之前把城市烧毁。

现在向我亲爱的朋友报告一个开心一点的消息。虽然我没有见到你的哥哥西塞罗，但我得到了可靠的消息，说他还活着，并且在宪兵司令下面的一个部门工作，不过我不知道他的职务是什么。

玛格丽特如释重负，呜呜咽咽地哭了起来。她听到外面有响动，便走到门口，一看到霍奇斯那张笑脸，立刻退了回来。

“出什么事了吗，小姐？”

她当着他的面“砰”的一声摔上了门。

朗瘦了，胡子留得更长了。这使他看上去粗俗而又土气，如果平克顿把他派到敌后去的话，这也许会有用。麦克莱伦的军队驻扎在帕芒基河的下游，位于“白宫”和坎伯兰兰丁之间，“白宫”是李氏家族所拥有的一个逶迤伸展的种植园，坎伯兰兰丁在再往南的地方。朗审问囚犯、逃兵和偷逃过来的黑奴，他每天都因上交的数据和向将军汇报的数据之间存在差异而变得越来越惴惴不安。

小麦克利用平克顿的估算来拖延他在陆地的推进速度，因为他需要增援。曾在威廉斯堡表现出色的独臂准将菲尔·卡尼则讽刺地称麦克莱伦为“弗吉尼亚爬虫”。斯莱奇的酒友，一个在陆军部电报部门工作的平民电报员说，他曾翻译过一份陆军部的电文，总统直截了当地告诉麦克莱伦，他必须向里士满挺进，否则就该放弃这份工作，回去保卫华盛顿。

“如果他们知道我的朋友泄露了这些东西，他们会把他绞死的。”斯莱奇说道，“当然啦，他告诉我这事儿的时候喝多了。你觉得将军生性胆小怯懦吗？”

“我认为他是小心谨慎，因为他不想无谓地牺牲战士们的生命。”

“或者可能不想无谓地失去自己的声誉吧？我听说他可能两年后代表民主党参选总统，我认为他可以轻而易举地击败林肯。”

朗坦诚地说出了自己对将军的怀疑，尤其是麦克莱伦众所周知的不断抗议，抗议斯坦顿和林肯通过不发援兵来抽他釜底的薪。

“我们不断听说敌人在数量上超过我们。我从我所询问的人那里得到数字，我把它们加起来，做了一些有根据的推测，我始终不相信我们的数量不及敌人，斯莱奇。我认为我们的有生力量有十万之众，但约翰斯顿充其量只能召集到我们的四分之三。埃尔文·斯坦同意这个判断，他去过里士满。”

“你对老板说了什么吗？”

“他又病了，脾气暴躁得像个魔鬼。”

斯莱奇又一次轻蔑地耸了耸肩膀，说：“如果你不介意被他臭骂一顿，那就跟他谈谈。也许他会听你的话。”

“你说得轻松。”

斯莱奇咧嘴笑了：“那是，我不像你啊，我对这些事根本就不关心。”

在没有窗户的房间里，玛格丽特在闷热和恶臭中醒来。一道灯笼的亮光表明那是门的方向，门半开着。在吹灭灯之前，她是把门关上的。

一块地板发出吱吱嘎嘎的声响。她依然困倦朦胧，把手放到下面撑着身子坐起来。她从这位不请自来的家伙酸臭的呼吸中闻到了烈酒的气味。

虽然他的脸在阴影中，但她通过他头部的轮廓认出了他。他在她汗湿的棉睡衣上摸着她的腿。“来吧，亲爱的，你现在一定很想做这事儿。”他的手指像蜘蛛一样顺着她的大腿摸了上去。

她用右手击打，用因缺乏修剪而变得像犬牙一样的指甲抓这人的脸，抓得他大叫起来。他咒骂着，将她推倒，并把他的手塞到她的睡衣下面。她用手掌根狠狠地击打了他一下。他被打趴在地上。她大声喊叫着求救，他跳起身来逃了出去，“砰”的一声摔上了门。

她喘着粗气，把头发从眼睛里拂开。一个看守拿着灯没有敲门就一脚把门踢开了，玛格丽特赶紧把睡衣的下摆拉起来遮住膝盖。

“怎么回事，娘们？你干吗喊叫？”

“霍奇斯进来了，他要强暴我。”

“不可能，霍奇斯不上夜班。”

“我告诉你是霍奇斯，把监狱长叫来。”

“闭上你叽里呱啦的臭嘴，监狱长要七点钟才来。”

他走了。玛格丽特双臂抱着膝盖，在那张简陋的小床上瑟瑟发抖。那天晚上剩下的时间里，她几乎没怎么睡觉，即便睡着了，也会突然惊醒，从喉咙里发出一声尖叫。

伍德监狱长八点钟过来看她，他说他相信她说的话。他扭着双手，滚动着眼珠子，表示痛苦万分，倘若是一名情节剧的演员，这样的表演定会给他增光添彩。

“哦，天哪，我很难过，米勒小姐。我会安排霍奇斯到大楼外面去干活，你不会再被打扰了。这些事情多如牛毛，男人都好这口。我不喜欢霍奇斯，但我得尽本分，我还能有什么办法？如果你不是国家的敌人，我可以在你的门上装把锁。”伍德挖着自己的鼻孔。“这本来是可以避免的。如果贝克上校再来的话，你也许可以考虑再对他好一点。”

诚如他肯定会来的一样，她突然明白了其中的缘由，是贝克让霍奇斯来摧毁她的精神的吗？如果真是这样，那他正在获得成功。

潮湿的傍晚，朗审完最后一个嫌犯，写好最后一份报告后，织补好袜子，用剪刀和从斯莱奇那儿借来的一块碎镜片修剪好胡子，沿着蜿蜒的河流散步，一边抽烟，一边思考。

夜晚回响着哨兵查问口令的喝叫声和某人大声回应的声音。猫头鹰鸣叫着，昆虫发出嗡嗡声。水面上的热雾朦胧了锚泊在那儿的炮艇上的灯光。不知在什么地方，一个司号员在练习军队新的晚寝号角。乔治·班斯说，半岛上的一名准将在战役期间创作了“熄灯号”。忧郁的音符使他想起了玛格丽特。不管有没有战争，他都不能放弃她。当他再次见到她的时候，他要把自己的感情表白出来，并期待这些感情对她来说很重要。

在这样的一次夜间漫步时，他做出了决定，不能再对这些数字保持沉默。“长官，我可以和您谈谈吗？”第二天早上，他在“白宫”种植园中平克顿的帐篷里说。

老板凹陷的眼睛里没有丝毫友好的表情。“我非常忙。”这是显而易见的，平克顿的办公桌几乎被成堆的文件覆盖了，许多文件还堆在他凳子旁边的地上。他的手上和衬衫袖口上全是干了的墨水迹。

“我长话短说，长官。是关于我们给麦克莱伦将军的报告，我在想这些数字是否造成了一种错觉，导致了错误的结论。”

平克顿蓝灰色的眼睛冷若冰霜：“继续。”

“在约克敦，我们以为我们在人数上处于劣势，但从那以后我们做的每次评估都证明，乔·约翰斯顿大约有五万有生力量，而我们至少有七万五千。如果这是真的，我们本可以击溃他们的防线，但将军却下令只是围城。”

“你越界了，阿朗佐。你没上过西点军校，你不是战略家。”

“我看得懂报告，也会加数字，长官。”他本想找老板开诚布公地谈一谈。他意识到气氛太紧张了，平克顿对他那位主人的忠诚到了愚蠢的地步。然而，良心促使他义无反顾。

“我只是说常识，这次围城给了约翰斯顿近一个月的时间来加强他的军队。有些人说约克敦对我们来说实际上是个失败。”

“哪些人？告诉我他们的名字。”

“我不知道他们的名字，即使知道我也不会把他们牵扯进来。他们只是表达自己的想法，我也恰巧赞同——”

“你所指的这些人违抗了命令，你也正在朝着那个方向走。”

朗大声说道：“长官，我不同意您所说的。您自己说过，我们将数据夸大了至少百分之十，但原始数据一开始就有缺陷。我们尽我们所能确定的数据估算可用的总人数，但这个数字包括病员和伤员，我们甚至可能包括了开小差的人数。我们应该只估计适合执行任务的人数，否则它就是一个假象。”

“阿朗佐，你在这里的任务就是执行命令，而不是解释或者批评命令。我要派你去华盛顿，送一些太长无法通过电报发送的报告。也许在首都的办公桌那儿待上一两个星期，会让你重新审视自己的看法。我们要继续利用一切可能的手段来加强我们的军队，因为将军经常被国防部部长和总统釜底抽薪。华盛顿的阴谋集团——”

朗的脾气爆发了:“我们有任何证据证明阴谋集团真的存在吗? 如果有的话,我想看看。那我就为我的怀疑道歉,但在这之前——”

“够了! 去领一匹马,明天早上六点钟到班斯先生那儿报到。他会给你送往华盛顿的材料和你所需要的通行证。坦率地说,我对你感到失望,我原以为你具备杰出的情报分析员素质,我被误导了。再见。”

5月份第三个星期快到周末的时候,多纳尔再次来到老国会大厦。多纳尔到该市已经一个星期了,尽管他没有说来这里做什么。他和玛格丽特在她的囚室里单独交谈。

“我一直在结交英国大使莱昂斯勋爵。”多纳尔呼吸中的威士忌无法掩盖更微妙、更香浓的香水,那可不是男人会用的香味。

“你知道我有英国护照,因此勋爵非常重视我。此外,他知道我控制着大陆上最大的原棉供应渠道之一,我可以雇用人员和船只穿越封锁线将部分或全部原料运到英国的纺织厂。如果那些工厂原棉断供,就会关闭。”

多纳尔把他的手杖和高顶黑色大礼帽放在桌子上。玛格丽特很长时间没有见过他这么热情洋溢了。“勋爵和我见过三次面,最后一次是一顿美味的香槟晚餐。”

还跟来自家庭旅馆的年轻女士一起吃甜点?

她立刻为自己的这一想法感到羞愧。她了解多纳尔和他的癖好,他不仅是个精力旺盛的人,而且是个富有的人,颇能吸引女人。

他拉住她的手,热切地说:“莱昂斯勋爵和我达成了一个愉快的协议。因此,我可以提出一个建议,打开这个难以形容的地方的大门。”

玛格丽特激动得几乎脑子发晕。多纳尔很高兴,她从他自信的微笑中看出了这一点。他把她的手抓得更紧了。

“如果你对这个计划持赞成态度,那么我几天之内就能把你弄出去。没有人,不管是那个恶棍贝克,还是斯坦顿、林肯,任何力量都无法阻止。”

第三十三章　1862年5—6月

扎克的胳膊深深地浸在一个满是肥皂泡的木头浴盆里。不为平克顿打杂的时候，他就会并非毫无怨言地去洗盘子，收拾锅碗瓢盆。“你是跑腿的，我在洗铁皮杯子。”他对朗说，“我们要做的那个重要的秘密情报工作在哪里呢？这跟我在威拉德宾馆伺候白人几乎没有什么两样。”

“是我的错。”朗从胡子里拣出一点饼干屑，“我现在不是老板最喜欢的人了。”

扎克把他的抹布搭在浴盆边上：“你到了华盛顿那儿可得小心，你是我结交的唯一朋友。这儿的空气中到处都盘旋着许许多多卑鄙龌龊的事情。”

“有什么非同寻常的事情吗？”

“的确如此。昨晚睡不着，所以我散步到了我不该去的地方，但是没人看见。老板的帐篷跟以往一样亮着灯。他有位客人，那个大将军，像个疯子一样怒不可遏，是关于军队撤回华盛顿的事情。”

“麦克道尔的增援吗？”

“肯定是。那位大将军把斯坦顿先生骂得狗血淋头，称他为加略人犹大。”

“我的天哪。”

“你最好在情况变得更糟之前回来。”

朗骑马前往门罗要塞的途中和乘轮船溯流而上时，脑子里一直萦绕着不祥的念头。旅程花了一天半的时间。平克顿经常这样做，在军事法庭或承包商某个听证会上匆匆出庭作证，然后觉也不睡急急归来，这也往往导致他满脸憔悴、脾气暴躁。

朗来到华盛顿之后,了解到麦克道尔为了防御“石壁”杰克逊攻击首都,的确受命从弗雷德里克斯堡返回了。麦克莱伦所说的阴谋集团难道真的不是空穴来风?

他发现这个城市因杰克逊的到来和5月最后一天在约克河铁路线上的七棵松车站爆发的战斗而兴奋不已。各家报馆宣布了联邦军的胜利,南军司令约翰斯顿受了两次伤。但在平克顿指挥部,情况就不一样了。从事文书工作的凯特·沃恩告诉朗:“我们收到了一封电报,麦克莱伦大约死伤了六千人。他以前从来没有遭受过这样的惨败,天知道这会对他有什么影响。他们说他正在失去控制,林肯已经忍无可忍了。”

“如果约翰斯顿受伤了,谁会接替他?”

“博比·李。戴维斯已经宣布了。”

“我们怎么知道的?”

“我们在里士满有人。”

随着麦克莱伦的失宠,平克顿的地位还会有多牢固?朗记起了拉斐特·贝克在老国会大厦的警告:不要押错了马。这话看来不再显得愚蠢或自私。

他忐忑不安地把密封的公文袋送到总统公园的陆军部。在那里,斯坦顿部长每天早上都要接待前来请示的人,他像最糟糕的严格执行军纪的军官一样,站在一张讲台一样的办公桌后面,大声提出问题和下达命令。数十名请示的人坐在大厅的长椅上,等着以同样的方式被打发。

二楼的图书室里设有电报局。斯坦顿强行将这些设备弄了过来,把它们从波托马克方面军司令部搬到了这儿。朗朝大楼出入口走去的时候,听到了收报机咔嗒咔嗒的声音。在入口处,他撞上了总统。林肯摘下他那顶旧的高筒大礼帽,向他道歉,但他没有认出朗。他挤过那些几乎没有注意到他的请示人,急急忙忙走上楼去。

朗的下一个公文袋要送到陆军军需兵司令办公室去,包括从一个销售生满虫子的饼干给半岛军队的承包商那里没收的几捆账本。斯莱奇使用指节铜套没收了这些账本。他吹嘘说,这个承包商多处骨折,两眼乌青,伤得很重,在家疗养，让他有足够的时间去反省自己的违法行为了。

朗忐忑不安地准备这趟出差中自己的一件私事。理发师给他修剪了头发和胡须。在希林顿书店，他和一个店员商量买一件礼物。那位拘谨的店员推荐了朗从未读过的欧玛尔·海亚姆[①]的《鲁巴集》一个相对较新的译本。店员向他保证，这些诗歌与浪漫和命运有很大关系，尽管带着一种适合战时的挽歌体格调。

“用花纸把它包起来。”朗说道，“是送给女士的。”

“她会理解你温情的心的。”

老国会大厦仍然是他记忆中那个阴暗凄凉的地方，只不过在西边的天空聚集着雷雨云砧的这个温暖下午，它看起来更加冷酷和令人悲伤，仿佛在发出警告，远处看不见的地方蛰伏着“石壁”。当他出示证件时，狱卒并没有表示异议。但令他感到惊讶的是，玛格丽特居然有一间自己的囚室，原来属于罗丝·格里诺的那间。

他一步跨两级走上楼梯。他决心把自己的情况说出来，表达自己的感受，并问她一旦战争结束，她是否也会对他有同样的感觉。他环顾了一下十六号囚室那些垂头丧气的人们，他们有的在看书看报，有的在写东西，有的在睡觉，还有的在打牌。她没有在他们中间。他快速朝原先罗丝的囚室走去，敲门。玛格丽特打开了门。

“嗯，有什么事？”她穿着一条黑绿相间的深色格子呢裙，紧紧地包裹着她的臀部和胸部。她凝视着他，想看看他那浓密的大胡子后面的脸。

“天哪，是你。”

“你好，玛格丽特。”他满脸通红，热情洋溢地将那本包好的书递给她。“我知道他们只允许带食物作为礼物，但是没有人阻止我。”她的脸瘦了些，没有血色。苍白的脸色使她眼睛周围的黑眼圈显得更加醒目。她带着困惑的微笑审视着这个包裹。

“非常感谢你，你不进来吗？”

这间囚室让他心情抑郁。一盏幽暗的灯将一缕青烟送向水渍斑斑的天花

①欧玛尔·海亚姆（1048？—1122？），原名吉亚赫-丁·阿布·法特赫·欧玛尔·伊本·易卜拉辛·内沙布里·海亚姆，波斯诗人、数学家和天文学家，曾参加修订穆斯林历法。

板。有人在地板和外墙上打了弹孔。他推测,是看守干的。玛格丽特坚持让他坐唯一的一把椅子。

“这真的有点意外,我还以为你一直在弗吉尼亚呢。”

“是的,在麦克莱伦将军那里。”

“面对人数比他少的对手,他表现得很差。”她说这话时带着一点蔑视,一种愉快的暗示。这个女人到底有什么让他如此着迷和兴奋?他不知道,他只知道他爱她。

她坐在床上,把格子花纹的裙子裹在两条长腿上。“你一直没事吧?”

“哦,是的。大部分时间我们都在后方工作,远离危险。”他只字不提那次热气球探险。他需要坦白自己的感情,就像机器里的蒸汽压力一样正在积聚。她开始拆书的包装。

“我知道你为什么能带这个进来没遇到麻烦。我马上就要出去了,所以看守也温和多了。”

“出去?什么时候?”

“伍德监狱长下周就签文件,等我未婚夫从百慕大回来。你还记得多纳尔吧。我释放的那天我们就结婚。”

即使她用锤子敲他的前额,他也不会感到如此震惊或者如此受伤。每一个希望,每一个他排练过的表白,统统从他的脑海里被轰击了出去。她将双手放在膝头的书上,向他做解释。

“你知道,贝克费尽心思想让我永远留在这里。结婚是绕过他的唯一出路。多纳尔从小就住在美国,但他一直保留着英国国籍。显然,这有助于规避一些进出口的法律。他就我的事情向大使莱昂斯勋爵正式提出了抗议。由于与英国的关系很敏感,那些该死的黑人共和党人担心女王陛下的政府会承认南部邦联,所以他们很谨慎,他们不会拘留英国臣民的妻子。”

“这是你嫁给他的唯一理由吗?为了出去?”

“我们订婚已经有一段时间了。我非常喜欢多纳尔,他是一个有钱人,是一个——”

朗拉着她站起身来,书本掉落到了地上。“你知道我为什么来这里吗?恳求你等待,忍受这场战争,等战争结束后,我可以向你求婚。”

“我希望——天哪,我希望我没有误导你。”

他抓住她的双肩,紧紧盯着她那双棕色的眼睛。“不,尽管我们之间有那么多的差异,但我还是看到了你给我的眼神。我认为这些眼神在说,你可以喜欢我。或者说我可以让你喜欢,只要给我们时间。”

她将头埋在他的肩膀上,她乌黑的长发和他的胡须纠缠在一起。他感受到了她丰满的身体。“我们相遇的那天,我做梦也没想到会这样。”她用锐利的目光望着他,缩回自己的身子,“但是——是的,你可以。”

他紧紧地搂着她的腰,把嘴压在了她的嘴上。什么端庄有礼,见鬼去吧,反正什么都没有了。

她在他怀里依偎了一会儿,浑身紧张。接着,她伸出双臂搂住他的脖子,热烈地回吻他。于是,他感到一种变化,一种渴望,她的嘴唇又潮湿又甜蜜。当她退开身子的时候,她看上去是那么年轻,她的眼睛睁得大大的,就像一只在森林里受惊的母鹿。

“我不能这样做,朗。这场该死的战争不允许——”

“战争一两年就结束了。”

“这个肮脏的地方我一年也待不下去,更别说两年了。我都不想再多待一个月啊! 你不了解发生的一切。”她转过身去,挡住自己的脸。他伸手去安抚她,看到她的双肩在发抖,便缩回了自己的手。当她转过身来再次面对他时,她已经泪流满面。

“之前告诉过你,北方佬杀了我父亲,那些为你老板工作的人。我不知道能否迈过这道坎。我发誓要让杀死我父亲的人付出代价。到目前为止,我做得并不成功,但当我自由时,我将有第二次机会。”她犹豫了一下,“还有一个障碍。”

“你不喜欢我。”

“天哪,我喜欢你。但就是在这个房间我当着多纳尔的面答应嫁给他了,我不会违背诺言。”

“即使这意味着放弃你的生活也不会吗?”

“我觉得你最好还是走吧。”

"玛格丽特——"

"别说了,求你。走吧!"最后两个字十分刺耳。她再次转过身去,让他怔怔地盯着她那缠结着的乱糟糟的头发,还有他在扉页上写着日期、题着词的诗集,上面写着"永远的爱,朗·普赖斯"。

多么愚蠢、绝望、幼稚的表示啊。他把帽子扣在头上,走了出去。

很久以后,他想了又想,终于明白,就是玛格丽特断然拒绝的那一刻、那一次短暂的相见,扼杀了他对战争最后的浪漫情怀。他把战争看成了一项残忍的任务,必须采取一切必要的无情手段,迅速完成这一任务。他几乎能听到斯莱奇在大笑,在祝贺他新的洞察力的诞生。

他穿过笼罩在一片闷热、茫然中的华盛顿。西方的天空,乌云密布,雷声隆隆,就像杰克逊军队前进时的炮声一样。

第三十四章　1862年6月

弗雷德用“疯狂”来形容斯图尔特的计划。一些军官在私下里悄悄地议论说这是“自杀”。弗雷德喜欢“疯狂”——“非凡”“英勇”，随便你怎么形容它，但他认为是“疯狂”。

它始于6月12日。斯图尔特从第四团、第九团和杰夫·戴维斯军团中选好士兵后，命令他们在凌晨两点备马出发。他们借着月光从里士满向北挺进，一千二百名士兵，包括由菲茨和鲁尼·李率领的特遣小分队。马炮部队的布雷思德中尉拥有一门膛线炮和一门十二磅榴弹炮。冯·博克跟他们同行，还有将军的班卓琴师萨姆·斯威尼，他是一名乐师，战争爆发时被困在了首都。那个该死的莫斯比也跟他们在一起。

由于他们是朝着路易莎县城前进，所以他们就以为可以增援在河谷里的杰克逊。他们在靠近南安娜河的泰勒维尔附近的农场露营了一小段时间。侦察兵在天亮前回来了。斯图尔特命令发射信号火箭，但不要吹起床号。他们骑马向东，前往汉诺威县城，然后斯图尔特透露了他们真正的任务：根据约翰斯顿的继任者鲍勃·李下达的命令，他们要到敌人后方进行一次秘密远征。许多军官因为李去年在西弗吉尼亚州的败仗和撤退而不信任他。李是一个过于讲究道德的人，严厉，几乎难以接近。你可以友好地拍拍小乔·约翰斯顿的秃头，他也不会在意，但没有人敢对“李奶奶”这么做。

黎明前欢乐的嬉笑怒骂已经一去不返。他们正朝麦克莱伦的右翼进发，想知道它在哪里，保护得有多好。他们很快就摸得一清二楚。在托托波托米溪沿岸，看不到北方佬的战壕，尽管他们应该在那里保护波特在联邦军队右翼的阵地。

鲁尼·李首先遭遇敌人——斯通曼的骑兵，有一百人。鲁尼·李拔出他的军刀，下令进攻。他的士兵向敌人疾驰而去，高喊着新的反抗呐喊，这是一种使敌人热血凝结的啸鸣。联邦军队瞬间溃败，四散奔逃。弗雷德等人赶了上来，追了北方佬将近两英里，还抓了几个吓破胆的俘虏。

联邦军队重新集结，跟斯图尔特的一些士兵进行了一场激战。弗雷德右手拿着军刀，左手握着一支勒马特手枪，面颊上有一道刀伤。一把北方佬的军刀削掉了“男爵”的耳朵。这匹骟马既没有弓背跃起也没有蹒跚摇晃，这使弗雷德赢得时间朝北方佬上尉的脸开了一枪。

他看见散射的铅弹把上尉的脸撕得粉碎，看见他慢慢地从马鞍上摔了下去。虽然他以前从未夺过人的性命，但他无动于衷。在烟雾弥漫的混乱中，战马嘶鸣，军刀铿锵，轻武器噼啪作响，他感到惊讶，如果有人想要先杀死你，那么你居然能如此心安理得地杀死对方。

在古教堂那儿被丢弃的联邦营地里，他们抢劫了能携带的物品，把剩下的一把火烧毁，然后休息，等待斯图尔特计划他的下一步行动。他们能穿过雨水泛滥的帕芒基河吗？不可能，他们没有浮桥。他们能回去吗？不可能，后卫部队报告说，联邦骑兵和步兵正在追踪而来。那么，怎么办呢？前进，朝东南方向。经过弗吉桥跨越奇卡霍米尼河，绕到联邦军队左翼的另一边，到达查尔斯城的詹姆斯河，然后返回里士满——完全绕过麦克莱伦啊！这样做正合了斯图尔特的心意，他喜欢虚张声势，也符合他经常重复的勇士信条：至死不屈。

随着计划的实施，弗雷德第一次听到有人悄悄在议论“自杀”这两个字。这真的很疯狂，快到夏季的时候，一切都变得更加疯狂。6月是少年儿童冲出学校牢笼的月份；是年轻妇女成为新娘的月份；是农民们在黑土地里用粗糙的双手刨食的月份，是他们感恩上天赐予让作物生长的好天气的月份，也是他们祈求雨水的月份。然而，他们在前往埃农和霍氏商店的路上，却没有这种心情。他们在马鞍上待了两天两夜，几乎没有或者说根本没有睡觉，他们的帆布背包已经空空如也，麻木和恐惧开始蔓延。

甚至连将军自己也表露出了这种迹象，他那顶奇特帽子上的羽毛似乎耷拉了下来，别在他短上衣翻领上的红色玫瑰枯萎了。萨姆·斯威尼不再演唱《坎普敦赛马》或《凯瑟琳·马沃尼恩》，也没有人请他演唱。他们在麦克莱伦右翼的另一边，离他在“白宫”的主要基地不到五英里的地方。如果能活着出去就太幸运了。弗雷德偷偷地从水壶里喝起酒来，一次极其珍惜地喝一小口。

6月14日，星期六下午，他们进逼滕斯托尔车站，这是约克河铁路上连接“白宫”和联邦军队战线的一个车站。斯图尔特召集弗雷德参加一个马鞍上的会议。

“带上奈特上尉的中队沿着那条支路前进，加利克斯兰丁离这儿不远。毁掉你能找到的任何联邦军队的物资，然后回到滕斯托尔车站。”加利克斯兰丁是河边的一个小村庄。侦察兵报告说，那儿有一个小队驻军，还停着两艘内河轮船。

“你会在滕斯托尔车站停留吗，将军?”

“停留足够长的时间来拆掉铁轨并切断电报线路，再看看我们还能搞些什么恶作剧。祝你好运。”弗雷德还没来得及规矩地敬个礼，他就骑马走了。

弗雷德在一个小松树林里方便了一下，也是个再次拿出水壶喝一口酒的好机会。很快，他就走在了两路纵队的前头，沿着一条长着大榆树和悬铃木的小路走去。阳光照耀下，树枝如同穹顶，恍若一座绿色的大教堂。一些农民冲到路边挥手鼓励。一声“孩子们，给我们打几只蓝色鸣鸟吧”，把弗雷德逗得哈哈大笑起来。

当队伍从茂密的树林中走出来时，他看到前面大约一英里处散落着一些粗陋的建筑物。小小的蓝色人影在停着的货车之间匆匆地跑来跑去。他拿起望远镜对准眼睛，观察到一些平民和士兵，但没有看到防御工事。他举起手来。

“四路纵队，拔刀——”许多军刀出鞘的金属声让他的脊背发冷，“快步前进!”这四个字吐得不是很清楚，他咬住了缰绳。

他用膝盖夹紧“男爵”，左手从马鞍枪套里拔出勒马特手枪，右手举起军刀，策马冲向前去。热风吹拂着他的脸。在没有油漆的农舍和仓库后面，可以看到一艘小轮船的桅杆。

一个穿着蓝色军装的联邦军士兵发现了他们，连忙跑去报警。铁铃叮当作响，叛军的马匹在阳光照耀的道路上发出雷鸣般的隆隆声。战士们发出凶猛的呐喊，弗雷德喊叫着“冲啊”。面对零星的还击火力，他们咆哮着冲向加利克斯兰丁。在他身后，弗雷德听到一名骑兵发出一声惨叫，从坐骑上摔了下来。那骑兵的马突然转向，拖着他穿过灌木丛跑走了；他的一只脚仍然卡在马镫里。

一个白肤金发碧眼的中士从一辆马车后面冲了出来，用步枪瞄准弗雷德。弗雷德从他身边兜转“男爵”，用军刀向下猛砍，割开了那个北方佬的脖子，那人惊恐地睁大了眼睛，他喷出的血溅在“男爵”的肋腹和弗雷德的靴子上。弗雷德向那人的胸部开了一枪以确保安全。

寡不敌众的北方佬早已经放下了武器。主码头的顶端有一座屋顶下垂的两层楼房。弗雷德从水槽、长椅和褪色的招牌判断，这是一家客栈。上面的百叶窗突然打开了，一个戴着头巾式室内女帽的老妇人挥动着一个白色枕套。一名骑兵策马来到悬挂在大门上方的联邦国旗旁，一把将它撕了下来。一个北方佬从那里跑了出来，近距离向那骑兵开枪，一枪把他从马背上往后击落下来。

弗雷德策马向前冲去，一边将军刀插回鞘内，以便腾出右手拿起第二把左轮手枪。又有三个北方佬跑出客栈，跪在地上开火。在他身后，他听见一些“蓝色鸣鸟”在叽叽喳喳地求饶，但他前面的三人却不肯轻易投降。他从右边向他们冲去，向最近的那个人连开两枪。那人似乎从地上跳起来，飞身撞向那房子，在空中就已毙命。弗雷德疾驰而过，让“男爵”来了个一百八十度转弯，毫不犹豫地用两把左轮手枪开了火。

右边的北方佬早已一头栽倒在地，另外有人将他打伤了。弗雷德左手的左轮手枪干掉了第三个人，那人侧身倒在地上。就在这时，一个九到十岁的小女孩穿着一件打补丁的连衣裙，挥舞着一面缀有圣安德鲁十字的鲜艳小旗子，从门口跑了出来。弗雷德的右手抬枪射击，本想给倒在地上的士兵补一枪，但却击中了她。正当她绽放灿烂的微笑迎接解放者的来临时，一朵血花却在她平坦的胸前盛开了。

“哦，天哪！哦，我的天哪。”

他从马鞍上跳下，帽子也掉落在地。他向前跑去，跪倒在地。她凝视着他的脸，她的双眼是一种矢车菊蓝。她伸出一只手摸索着，抓住了他的手。“奶奶？奶奶，好痛啊。”她的头垂向一边，扬起一阵尘土。

一位老妇人从黑暗的门廊跑到阳光下：“你为什么要打死她？我们忠于杰

夫·戴维斯啊，她的枕头底下还藏着他的照片呢。”

“夫人，她出现得太突然了，我不是故意要——”

“你这个凶残的刽子手！你这个混蛋杀人犯！哦，你个该死的，她是我唯一的孙女啊。”她瘫倒在一张长凳上，捶胸顿足，悲痛欲绝。一位老人从客栈里走出来安慰她，看见了孩子的尸体，便蹒跚着回到屋里，哇哇地吐了。

弗雷德左手里的勒马特手枪又重又烫。他眨着眼睛，站起身来，面对着马上的奈特上尉。

“完全是意外，她突然冲出来。我没能及时发现她。”上尉朝他们南边升起的烟柱歪了歪脑袋。“看来将军正在对付滕斯托尔车站。”

弗雷德差不多是在尖叫：“天哪，该死。上尉，我不是故意的，你认为我会故意开枪打死一个孩子吗？”

“不会，长官，不是故意的。”奈特的眼睛里闪烁着怜悯或轻蔑的光，“我们抓了二十五个俘虏，长官。我们该烧什么呢？”

罪恶感像白口铁一样烧灼着弗雷德的五脏六腑，他下达了一些事后自己都不记得的命令。他们点燃了满载谷物和咖啡的篷车。很快，加利克斯兰丁便弥漫着浓郁的烤咖啡豆香味。那两艘北方佬轮船上的哨兵很快就投降了。叛军士兵们蜂拥而至，点燃了等待卸货的补给车。

弗雷德的特遣小分队在这次小规模战斗中损失了两个人，还有一个人大腿受了伤。他们从畜栏里赶出骡子，让北方佬骑在上面。俘虏们没有惹麻烦。弗雷德的动作就像你在收费低廉的博物馆里看到的那种机械奇物一样，栩栩如生的假人儿，模仿活人点头、打牌。他躲在“男爵”身后，吞下威士忌，把水壶里的酒喝了个精光。一阵暴怒袭来，他把水壶扔在了地上。

暮色中，当他们走近滕斯托尔车站时，迎接他们的是跳跃的火焰和飘飞的火星。小车站变成了一堆黑色的瓦砾。电线杆被斧子砍倒，横扔在铁轨上。弗雷德向斯图尔特将军做了汇报，斯图尔特将军表扬了他和奈特上尉。

“发生了意外，长官。一个小女孩从北方佬防守的屋子里跑了出来。我的子弹没有射中那些士兵，却打到了她。”这些话充满了悔恨和痛苦，“我杀了她。”

杰布·斯图尔特的蓝眼睛带有一种奇怪的冷若冰霜的气质。他看上去不再整洁漂亮，而是满身污垢，靴子上沾满了烂泥，有红色条纹的披风背后，留下了一道道污迹。

“很不幸，上尉。在战时，这种事经常发生。我很抱歉。我们必须在战士们完全崩溃之前赶到奇卡霍米尼河。”斯图尔特策马走了，燃烧货运马车的熊熊烈焰映衬出他的黑色身影。

他们在塔利斯维尔遇到了一家联邦军队的野战医院。斯图尔特命令不准骚扰病人和外科医生。一些被遗弃的随军小贩的四轮马车里装着牛舌、泡菜、夹心蛋糕、番茄酱和其他食品，还有香槟酒和葡萄酒。饥肠辘辘的骑兵们什么都吃，什么都喝。弗雷德尝了尝香槟酒，然后将半瓶红葡萄酒放到了一边。

他们发现奇卡霍米尼河河水泛滥。鲁尼·李跳进河里测试河水深浅时差点被淹死。斯图尔特的军械官到下游的弗吉桥侦察。桥梁已经被大水冲走了，但石头桥墩仍然存在。还有一个废弃的仓库，里面堆满了木材。士兵们在一座临时搭建的板桥上过河，马在水流的下游由他们牵着过河。等两门野战炮、战俘和俘获的牲口过河之后，一个后卫部队的战士点燃了临时搭建的桥梁。

6月15日早晨，杰布·斯图尔特准将赶在他的部队之前进入里士满。他向李报告说，麦克莱伦的右翼毫无防备，没有明显的保护。喧喧嚷嚷的老百姓欢呼着迎接疲惫不堪的骑兵队伍。他们散乱地沿着查尔斯城的道路凯旋，带来了一百六十五名被俘的北方佬，还带来了几乎两倍多的马和骡子。弗雷德·达舍归来了，带着永远无法愈合的伤口。

斯图尔特推荐了许多人晋升，其中包括约翰·莫斯比。这也是弗雷德找酒馆把自己灌得酩酊大醉的又一个原因。

第三十五章　1862年7—8月

飘荡在乔治·布林顿·麦克莱伦身后数月的荣耀光环，在里士满城门口的血雨腥风中化为乌有。血战持续了七天。它拯救了这座城市，结束了半岛战争，并抹黑了麦克莱伦的名声，他将此归咎于他人。

在橡树林和梅卡尼克斯维尔交战之后，6月27日在盖恩斯磨坊的一场大战为南部邦联带来了一场代价高昂的胜利。当夜幕降临时，新闻工作者、士兵们就像会行走的报纸一样在营地里四处游荡，他们讲述着自己所知道的点点滴滴。远处传来断断续续的炮声。临近午夜，艾伦·平克顿把他焦虑不安的特工们召集到“白宫”的餐桌前。当平克顿向他们讲话时，朗看到了他与约翰·布朗令人毛骨悚然的相似之处。

“今天，叛军以尚未查明的大约好几千人的损失打败了我们。我们输掉了这些战斗，因为我们寡不敌众。麦克莱伦将军将责任明确地归咎于总统和他的小集团，并会写信这样告知林肯先生。从明天开始，这个基地将被放弃。我们前往詹姆斯河上的哈里森斯兰丁。将军将放弃对里士满的进攻，以挽救他的军队，而当他成功挽救军队之时，他将不会感谢华盛顿的任何人。只有那个阴谋集团，而非南部邦联，才能打败这个国家最优秀的战士。”

人们几乎不敢抬头看一眼，这个指控是如此的疯狂和可怕。平克顿火辣辣的目光扫视着帐篷，仿佛想找出谁会反驳他。流露出最多怀疑的是扎克的脸。他站在朗的身后，双臂交叉着，恰好是在昏暗灯光照不到的阴影里。

当平克顿走出去时，大家异口同声地发出了叹息。第二天早上，第一列长长的马车队沿着因大雨而车辙遍地的道路向南驶去，后面跟着一群哞哞叫唤的军用菜牛。

随着7月1日萨维奇车站战斗、弗雷瑟农场战斗和马尔文山战斗的结束，腥风血雨的七天过去了。里士满摆脱了危险，尽管平克顿办公桌上铺天盖地的伤亡人数表明，李以损失其军队大约四分之一的代价暂时缓解了该市的燃眉之急。

波托马克方面军在哈里森斯兰丁的安全防御工事后面庆祝独立日。乐队演奏着乐曲，炮兵向节日致敬。麦克莱伦又发布了一份公告，赞扬军队的崇高表现，没有提到胜利。即便如此，部队还是感到振奋。第二天，斯莱奇心情很好，他发现朗在一盆已经有十多个人用过的脏兮兮的水里洗袜子和短裤。两人都勇敢地试图忽略附近医院帐篷里传来的惨叫声和锯子截肢的吱嘎声。

“我听说林肯明天要来。”斯莱奇开口说道。

“那肯定不是来看我的。”

出乎意料的酸味使斯莱奇皱起了眉头。他穿着几个星期以来一直穿的衣服，一件袖子上朗帮他打了补丁的宽松白衬衫，但是他把黑色的窄领带打成了一个蝴蝶结系在上面，头发用水梳得溜光。朗称赞他整洁帅气。

“刚刚见到老板，他说里士满暂时放一放，所以我们要从头再来。”

“指什么呢?”

“他要派我去侦察防御工事。”

朗的反应是失望，然后便是嫉妒:“危险的任务，斯莱奇。”

“那是，不过我们的屁股都快坐烂了。”

朗拧着他的内衣，仍然将水拧进木盆里。斯莱奇咬着他的镀金牙签:“他要派两个人去，我请求派你去。”

朗将湿衣服放到一边，用手掌擦着自己赤裸的胸膛。这个动作擦掉了一些汗水，但并没有让他感到凉快。夏天酷热难耐，天空万里无云，阳光残酷无情。泥泞的地面上蒸汽升腾。朗的鼻子和肩膀晒得通红，快要起泡了。

“这事儿老板怎么说呢?”

“他说好的。不过，不能说他很痛快。你做了什么，往他脸上吐口水了?”

“我猜他是这么想的。我对过去几个月我们为将军提供的数据表示怀疑，我不相信这些数据。”

“估计老斯坦顿也不相信，反正跟我无关。”斯莱奇说着耸了一下肩膀，这样的耸肩俨然等同于整个格林格拉斯的哲学体系。

“我们什么时候走？”

“一切都安定下来之后。大概一两个星期。你敢去吗？”

“当然。”几个月的工作枯燥乏味，唯有那次乘气球飞行才得以给人少许刺激，朗都等不及了。

“扎克怎么办？”

“我估计他得回到威拉德宾馆去了，他肯定不高兴。”

“在这个军营里，谁会真的高兴？我们被打败了，兄弟。戴维斯和李稳坐在里士满看我们的笑话。小麦克躲在茅厕里，而且，如果老板没有救命稻草，他就会跟着他一起倒霉。我们最好是躲到敌人后方去。”

考虑到风险，朗对此表示怀疑，但他没有争辩。斯莱奇吹着口哨走了。朗拿起洗好的衣服，步履沉重地走向他的帐篷，当又一个伤员惨叫时，他不禁皱了皱眉。

一想到麦克莱伦会把平克顿拖下水，他就感到沮丧。老板和其他人一样，曾经失败过，但朗仍然钦佩他，不仅因为他对奴隶制的仇恨，还因为他站在他的手下一边。几个月来，他一直在为工资问题与陆军部争论。斯坦顿的官僚们声称，他们不能兑现平克顿的工资凭单，因为每个凭单上都只是应付的总额，而没有任何解释。陆军部想要一份特工名单，平克顿一再拒绝，理由是，如果某个同情南方叛乱分子的职员拿到这样一份名单，就会危及他的特工。朗在华盛顿期间，遇到过一位上尉，这位上尉目睹了平克顿在陆军部跟一个叫西格尔的喋喋不休的欧洲人之间的争吵。老板当时十分愤慨和激动，上尉还以为他会揍西格尔或者心脏病发作。

平克顿输了，陆军部继续发放部分工资，而不是全部，而且这笔工资总是姗姗来迟。一个人不倾注全力怎么能承担这么多责任呢？

平克顿的问题给朗带来了其他问题。如果老板和他的靠山一起倒下怎么办？朗能改变他的忠诚，为拉斐特·贝克工作吗？如果竭尽全力来加速获得一个胜利，这样的需求是否能盖过他对囚禁玛格丽特的那个人的厌恶呢？

贝克的形象消失了，变成了另一个严肃的画面，玛格丽特躺在婚床上。朗的精神萎靡不振。麦克莱伦将军不是今年夏天唯一一个惨遭失败的人。

林肯并没有将麦克莱伦铲除掉，而是叫他回来重建波托马克方面军以保卫华盛顿。尽管将军从哈里森斯兰丁又寄来一封很不礼貌的信，但总统还是这样做了。小道消息说，小麦克不仅给林肯讲了战略，而且还讲了政治，特别是奴隶制问题。他说，奴隶制问题不应该影响军事决策。

华盛顿命令麦克莱伦放弃半岛，将军队转移到阿夸兰丁和亚历山德里亚。他提出抗议，但还是服从了。为了指挥新的野战军队——弗吉尼亚方面军，林肯调来了西部战区第十号岛的英雄约翰·波普[①]将军。波普在首都受到了麦克莱伦进城时同样过于乐观的欢迎。

汉娜不耐烦地等待着重返战场的机会。玛格丽特突然神秘地从老国会大厦走了，留下一封信，汉娜看了很惊讶。

亲爱的朋友，等你看到这封信的时候，我已经是一个有夫之妇了。多纳尔和我在监狱里结了婚，很快，我就被释放了。这就是外交的魔力。我估计很可能那个卑鄙的贝克会像条疯狗一样口吐白沫，狂吠不止，他本来就是条疯狗。

多纳尔希望住在纽约，但首先我们要走陆路去里士满，和我哥哥团聚。多纳尔将获得外交文件，让我们能够在不受干扰的情况下通过北方军和南方军的防线。当然，也存在一些风险，因为有时防线似乎会突然转移。他愿意为我承担这些风险，也因为他可以在里士满建立重要的业务联系。政府急于将尽可能多的棉花运往国外，以支付其无法再从北方购买的商品。我相信我们这次冒险会安然无恙。

信的结尾是对汉娜幸福和安全的祝愿，并承诺当乌云消散、天空再次晴朗时

①约翰·波普（1822—1892），美国内战时期联邦军将领，在第二次布尔溪战役中他的军队被击溃，参加过墨西哥战争，还参与过镇压明尼苏达州苏族印第安人的动乱。

她们将重修旧好。玛格丽特在信中没有半个字提到作为一个新婚女人她很幸福。

从半岛撤军始于8月。经过几天的等待,朗和斯莱奇为他们的任务做好了准备。乔治·班斯给了他们每人一份密密麻麻地写着密码和暗号的清单,并指示他们联系里士满间谍网中一名他们被允许知道姓名的特工。西格弗里德·雷兹,一个反对奴隶制的新移民,经营着一家肉店。

"你们不会立刻去他那儿。"班斯说道,"如果一切顺利,你们将被关起来,直到你们被认为已经可以加入一个工作队了。最糟糕的情况是,他们会给你们发一套军装并派你们去前线,但是越接近年底,这种可能性就越小。一旦发生这种情况,很简单,你们就再次开小差。"

"哦,当然,容易。"斯莱奇说道,一边滚动着他的眼珠。

他们选择了新的名字。朗成了列兵阿尔比恩·罗杰斯,斯莱奇成了列兵萨姆·斯诺登。他们穿着蓝色的克尔赛呢裤子和别了菱形红布徽章的深蓝色便装短上衣,系着铜扣腰带。菲尔·卡尼在这场战役中引入了军团徽章,这一举措非常受欢迎。

当晚,他们出发,平克顿找到他们,同他们握手道别。他没有责备朗,这让朗很高兴。

他们始终避开主路,穿过遭炮火蹂躏的乡村,前往里士满。一股凉爽的北风带来了秋天的第一丝讯息。第一天,他们只看到南部邦联的三支巡逻队,很容易就避开了。第二天晚些时候,他们听到了城里教堂的钟声。然后,在一条蜿蜒穿过森林的泥路上,倒霉的事情发生了:三个全副武装的南部邦联军人突然出现在他们面前,他们沿着一个弹坑的边缘行进。非正规军,朗判断,其中两个人不超过十四岁。他和斯莱奇不等他们发话便举起了双手。

那个有着大胡子的头儿长得像个未开化的白痴,他的门牙少了一半。他戴着一顶布满弹孔的旧毡帽,穿着一套让人笑掉大牙的制服:翡翠绿的外套,宽松下垂的紫红色裤子。在他的红色腰带里面,插着一把鲍伊猎刀和一支超大的点四五英寸口径的艾伦五管转轮手枪。他向他们敬了个礼,纯粹是在嘲弄他们。

“杰法·马尔斯上校，亨里科县的保卫者。你们小子要去哪里？”

斯莱奇用双手恰如其分地揉着他的军便帽：“去里士满。我们不想再为错误的一方打仗了。”

马尔斯上校上下打量着他们。“你们叫什么名字？”

“二等兵萨姆·斯诺登，海因策尔曼的第三军第一师。”斯莱奇抚摸着那个红色的菱形徽章。

“二等兵阿尔比恩·罗杰斯，同一部队。”朗说道，“让我把手伸到衬衫底下，我给你看些东西来证明我们说的是真的。”

“好的，不过慢一点。”

朗解开便装短上衣的扣子，拿出布雷迪的照片。“在这儿呢，华盛顿城拍的。要不是为了我在纽约奥尔巴尼老家的女朋友，我绝对不会报名从军的。她不愿意跟我一起去干草棚，除非我说我会去服役。我答应了，她也答应了。”

马尔斯上校忙着挠他的裤裆。“唉，先生，为一个女人付出的代价真是太大了。这老伙计还真有办法让一个人丧失理智啊，不是吗？向谢默斯·蒂珀上尉和贝尔方·福尼上尉问个好，他们是为南方权利而战的两个最勇敢的小伙子。”蒂珀和福尼上尉都是营养不良的少年，装备着通过交易弄来的生锈的滑膛枪，枪龄应该已经有三十年了。

“我们最近有很多你们北军的士兵投诚过来。”马尔斯说，“如果你们两个小子愿意为正义的一方服务，如果你们真的憎恨黑鬼和那些俯首亲他们屁股的人，那我就欢迎你们。但是，如果你们在撒谎，如果你们是胆小鬼或间谍或诸如此类的东西，那我们有刽子手，他们多处死一个或者少处死一个没有任何问题。”

这位自封的上校也许是个穷乡僻壤的无知笨蛋，但他却非同一般的精明。傍晚凉爽的空气突然令人胆寒，夏末的太阳投下长长的影子。从树梢上，朗看见一群水鸟呈人字形向南飞去，他希望他们也能同样轻而易举地飞走。

马尔斯上校又使劲地揉着他的裤裆：“在我们动身进城之前，先看看你们口袋里有什么，把它们翻出来。”

除了服从，别无选择。像斯莱奇一样，朗手无寸铁。他把他的袖珍科尔特左轮手枪和其他个人物品放在了一个小盒子里，扎克答应把它们带回华盛顿去。

斯莱奇除了烟草，唯一携带的物品是那根镀金的牙签，他将它拿了出来。马尔斯上校瞪大了双眼。

“喂，让我们看看那个东西。”斯莱奇显然心烦意乱，把牙签放在了马尔斯肮脏的手掌上。马尔斯把它举起来，将它放到阳光下。他把它举到唇边，饶有兴致地舔了舔。“黄金，是吗？太好了。”蒂珀上尉和福尼上尉互相推搡着，咯咯地笑。“我想这个还是我留着吧。”马尔斯把它塞进上衣口袋里。

“这牙签是我爸给我的。”斯莱奇说道。

马尔斯上校乐呵呵地回答道：“那这和我有什么关系？”

“那是我的。还给我，要不我自己拿回来。”

“嘿，这家伙还挺勇敢呢。”马尔斯上校对他的伙伴说道。两个小男孩上尉举起滑膛枪。朗赶紧发出警告的目光，但斯莱奇不予理睬，或者根本没有看见。“你要是能拿走，就自己从我这儿拿走吧，北方佬。”

斯莱奇本来有时间可以三思而后行，可是他没有。他举起他的两个大拳头走向前去。马尔斯上校从他的红色腰带里拔出那把转轮手枪，一枪打中他的前额。

斯莱奇滚倒在地，一动不动了。朗被这突如其来的无谓杀戮吓得浑身发抖。马尔斯上校眯眼瞧着他。

“你怎么样？想为一根牙签而死吗？”

里士满的教堂钟声响起，音符亲切宜人地飘过夏日的乡村。一只野兔从野莓丛中探出头来，然后又退了回去。斯莱奇躺在地上死了，头骨上有一个洞，眼睛周围有一圈血。朗想起了这次任务，便麻木地摇了摇头。马尔斯上校笑了，露出他那排蛀牙。

“好吧，那么，出发。”

第三十六章　1862年7—8月

半岛战役的最后几天，斯图尔特再次率领人马回到了敌后。6月25日，将军带领两千名骑兵离开里士满，与从河谷中迅速而又秘密进军的杰克逊的步兵会合。斯图尔特部队的人马选拔自菲茨·李的第一弗吉尼亚团、鲁尼·李的第九团、威克姆的第四团、杰夫·戴维斯和韦德·汉普顿的两个军团，以及佩勒姆的炮兵团。弗雷德·达舍正是在汉普顿的南卡罗来纳州人中发现了查利·梅因。他们互相招呼，策马走到了一起。

“我的天哪，查利。你看上去太棒了，一点都不显老，棕色的皮肤简直像桃花心木一样。”

查利·梅因，一个身材瘦削、粗犷英俊的年轻人，摸了摸自己的脸颊：“还是这张糙皮脸，两年前我在得克萨斯离开第二骑兵团时的模样。”

“你认为我们能赢得这场战争吗？”

“见鬼，‘胡萝卜’，我不知道。有时我觉得我们为之战斗的所有理由都是错误的。让我们在麦克莱伦被打败之后再见面谈吧。再见。”

斯图尔特引导杰克逊的步骑兵迂回到麦克莱伦没有保护的右翼。杰克逊是一个面色苍白、形容枯槁的人，还不到四十岁。他没有穿正规的军服，而是穿了一件脏兮兮、破旧不堪的制服，一顶弗吉尼亚军事学院的破旧帽子被拉下来遮住了一只眼睛，他曾在那个学院任教。弗雷德第一次看到他时，他正坐在一块石头上看地图。他几乎不能相信，这个其貌不扬的人就是大名鼎鼎的“石壁”。

他们很快便陷入了激烈的战斗中。猛烈而飞速的炮弹呼啸而来，击碎了树木，炸飞了泥土，把人和马抛到空中，他们被撕得粉身碎骨，一命呜呼。弗雷德率领的骑兵击溃了七百名联邦长矛轻骑兵，他们那些古怪的武器被证明毫无用处。他的特遣小分队在麦克莱伦的“白宫”基地前发动佯攻。这种武力的展示非常有效，北方佬赶紧烧毁了种植园的房子及其附房，并迅速用船将他们的步兵转移到了安全的地方。为了摧毁缴获的北方佬机车，佩勒姆的大炮在五十码的射程内将锅炉轰成了筛子。

士兵们在这座可爱的老房子的灰烬和被烧焦的横梁里搜寻吃的。他们找到了成箱未曾受损的美味佳肴和威士忌。弗雷德喝下了他那一份，暂时缓解了对战争的紧张情绪。奇卡霍米尼河和詹姆斯河之间的那片土地是他今生今世未曾见过的地狱，那里成了一片可怕的荒原，森林被烧毁，树木倒下，田野上横陈着爬满了蛆虫的尸体，溪流里塞满了腐烂的骡子和马匹。许多士兵闻到空气中的恶臭，都无法下咽食物。

经过七天的战斗，麦克莱伦退却了，里士满欢呼雀跃，骑兵也休息了。

杰布·斯图尔特向李将军做了报告，回来时已经被任命为少将。他推荐了他手下的许多人升职，包括弗雷德，但弗雷德并不欢欣鼓舞。他觉得战争，或者说是他参与的战争，正在走下坡路。

他身心俱疲，不愿放弃服用危险的“药物”来缓解自己紧张的情绪，他担心自己会变成一个酒鬼。他做了很多噩梦，梦境里色彩鲜艳，充满噪声。在这些梦中，加利克斯兰丁的小女孩一次又一次地死去，没完没了。

他在里士满以北的阿特利斯车站附近的骑兵司令部驻地安排了一次与查利的会面。他们放松身心，在一棵巨大橡树的树荫下栖息玩耍。农庄主屋的草坪上，斯图尔特将军和他的孩子们嬉闹着，而他漂亮的妻子弗洛拉则在山核桃树枝上悬挂下来的秋千上休息。夏日的微风吹来弗吉尼亚中央铁路上军用火车的咔嚓声。

弗雷德和查利纵情大笑，回忆着他们在西点军校的日子。查利伸展双腿，嘴里叼着一根小雪茄，他评论说，骑兵已经成为军队的眼睛和耳朵，所以他和弗雷德事实上就成了马上的密探。然后他坦白，他和一个女人纠缠在了一起，她住在斯波齐尔韦尼亚县。

“跟你说实话，弗雷德，就是因为她，我才开始讨厌这场该死的战争。一个人在一个星期里的任何一天都有可能被杀死，“砰”的一声，没有任何警告，所以我认为你不应该套上爱情这根绞索。麻烦的是我自己套上了，不知道它会把我牵向何方。”

“她叫什么名字？”

“奥古丝塔·巴克利，寡妇。她很漂亮，而且很可爱。你怎么样？有意中人吗？”

弗雷德摇摇头。他一生的大部分时间都奉献给了这支古老的军队，而且他那几次短暂的恋爱几乎不值得记住那些女人的姓名，他通常依靠妓院解决问题。近来，他感到非常需要一个女人，他羡慕查利。

阳光明媚的铁路上，一列平板车驶过，士兵们大声叫喊，挥舞着帽子。弗雷德断定他们是没有见过世面的新兵。汽笛鸣响，悠长而又悲切。弗雷德和查利掸掉身上的灰尘，准备道别。

他们像亲兄弟一样紧紧拥抱。查利说道：“等我们把这件乱七八糟的事全部办完了，也不知是否能办完，我们再谈吧。”他把那顶帽檐耷拉的破旧帽子戴在头上。“你确定没事吗，‘胡萝卜’？你的脸苍白得像面粉袋的里子。”

弗雷德看到了加利克斯兰丁，他看到了那个小女孩的死亡，他没有提起这件事。他渴望喝杯威士忌。

“我挺好。你照顾好自己，向你那位女士问好。”

“谢谢。祝你好运，少校，长官。”弗雷德透露了他即将升职的消息，他微笑着回应了查利装模作样的敬礼。他看着他脸庞褐色、相貌英俊的朋友兴高采烈地去寻找他的马。他站在树荫下，沉默而悲伤。

7月余下的时间和8月初，他都在汉诺威县城的训练营训练新兵。听到约翰·莫斯比愚蠢地冒险执行侦察任务，被北方佬骑兵俘虏的消息，他暗暗感到高兴。8月，他听说莫斯比在一次战俘交换中被释放了。

麦克莱伦正将他在半岛的军队向波托马克河上游推进，以准备有可能增援约翰·波普的弗吉尼亚新军队。波普进军到了拉皮丹河与拉帕汉诺克河之间一个易受攻击的地方。李将军决定采取先发制人的策略,在两军会合之前对波普采取行动。

李将军在一个叫作克拉克斯山的山顶上观察了波普的军队后,派斯图尔特和一支小分队去侦察敌人的位置。弗雷德是其中一员,莫斯比也是。8月17日午夜前,他们在维迪尔斯维尔郊外的一个农场扎营。战士们伸手摊足地躺在芬芳的草坪上睡觉,斯图尔特则睡在农舍的门廊上。

寂静的夜晚,星光灿烂。弗雷德被附近路上传来的马蹄声惊醒,他踢开毯子。在门廊上,莫斯比叫醒了斯图尔特:"北方佬骑兵,长官。马上就到这儿了。"

他们赶紧跑去找他们的马。斯图尔特跳上"云雀",用力过猛,令他那顶缀有羽饰的帽子都掉了下来。斯图尔特和弗雷德等人在一阵枪声中从农场飞奔而去,惊险地躲过了追击他们的北军。斯图尔特因为丢了帽子而怒气冲冲。

一天后,波普莫名其妙地开始向北撤退到拉帕汉诺克河。李派斯图尔特的人去侦察敌军,扰乱他们的通信线路,阻碍他们撤退。这次斯图尔特带了一千五百名骑兵和两门野战炮。逃脱了敌人的追捕,他一直兴奋异常,他们出发时他又大叫道:"伙计们,找我的帽子去!"

他们在敌人后方的第一个目标是流经卡特利特车站的锡达溪上的一座铁路桥,在奥兰奇和亚历山德里亚铁路线上。为了到达目的地,他们绕得很远,一直绕到卡特利特车站西北的沃伦顿。黄昏时,他们在一家小酒馆歇脚,一个中尉带着一个瘦长的白发黑人来到斯图尔特面前。"警戒队在城外抓到了他,将军。"

"抓我并不很费事儿。"那黑人说,"我叫西蒙·比格斯。我是联畜运输车的车夫,是自由人。该死的北方佬硬生生把我抓了来,就像过去英国人强行抓人去当水手一样。我赶他们那该死的马车已经六个月了。'黑鬼,干这个,黑鬼,干那个,'我受够了,所以我就跑了。"弗雷德坐在斯图尔特旁边的一张木板桌子旁,手里拿着一只铁皮杯子,里面是没气的啤酒,他心里想,这场战争的任何一方其卑劣程度都可谓绝顶了。

"比格斯先生,你到底是从哪里来的?"斯图尔特问道。

西蒙·比格斯明白,不管周围有多少手枪和军刀,他都能掌控局面。他伸了伸懒腰,小心翼翼地拉直他那件旧灰色工作衬衫的破领子。他眯起眼睛看着斯图尔特,露出狡黠的笑容。

"哎呀,将军,我来自另一位将军约翰·波普的大本营啊。"

一片寂静中,弗雷德听到一只苍蝇嗡嗡叫。莫斯比总是急于引起大家的注意,他从长凳上跳下来,大步走到斯图尔特的桌子前,以便听得更清楚一点。弗雷德看着他,从铁皮杯里喝了一口酒,看上去像吞下毒药一样。

"营地近吗?"斯图尔特的话音里有一种紧张,被硬生生地压抑着。

"离卡特利特车站很近。"

"波普本人在那儿吗?"

"不确定。他刚才还在。不过,他的行李都堆起来了,我可以带你去看看。"

斯图尔特握着他的手。"谢谢啦,比格斯先生,很高兴有你的合作。"斯图尔特对聚集在那儿的军官们说道,"两分钟后上马出发。"

在通往卡特利特车站积满灰尘的铁路上,狂风猛烈地吹打着骑兵。云团在星星下面飘过,把星星遮掩了起来。白色的闪电在云中闪烁。风吹过,叶子从树上脱落。弗雷德感到雨点在拍打着他的脸颊。

几分钟后达到强风的程度,但随着雨越下越大,风势减弱了。绵绵细雨变成了大暴雨。雷声隆隆,经久不息,他们慢步向前走去。闪电让白昼变得怪诞阴森,令人恐惧。西蒙·比格斯骑在斯图尔特身边的一头骡子上,指着前方微弱的灯光。"那边就是营地,小河的另一边,河水很浅。"

"那我们最好在洪水泛滥之前过河。两路纵队,前进。"

弗雷德紧跟在斯图尔特身后,他从衣领里掏出一条扎染印花的大手帕,把它挂在鼻子上挡雨。他把帽檐拉下来护住眼睛。"男爵"嘶鸣着逡巡不前。弗雷德用手掌抚摸了一下马,让它平静下来。

他们蹚过湍急的河水,在泥泞的河岸上左右散开,离帐篷和马车还有四分之一英里远,几十盏点亮的灯笼使它们显得稍微清晰了一点。弗雷德从水壶里喝了些威士忌振奋一下自己。霹雳震响。斯图尔特光着脑袋,雨水从他的胡子里直往下流,对这趟找回他的帽子之旅表示敬意。

弗雷德拔出他的军刀,闪电划过长空。这把利刃像亚瑟王的神剑一样闪闪发光。他一直很喜欢亚瑟王传奇中的豪侠气概,现实却大相径庭。

“二等兵弗雷德,吹响冲锋号。”

大雨抽打着弗雷德的脸,“男爵”蹿向前去,他们直扑联邦军营地。帐篷里的灯笼映出里面众人的轮廓。他们似乎很放松,正在吃喝,好像因为大雨而感到非常安全。弗雷德提高了嗓门,发出一声长长的号叫,汇合在无数人号啕般的喊叫声中。

他嘴里叼着缰绳,驱马飞奔,两只手里握着两把勒马特手枪。一个小男孩一样的哨兵挡在他的路上,徒劳地试图用他的滑膛枪发射。弗雷德朝他的胸部开了一枪。雷声隆隆。

南军骑兵们砍断了帐篷拉索,帐篷倒塌了。被困在下面的人挣扎着想要逃跑,像网里的鱼一样被射杀。惊慌失措的哨兵四处乱跑,如果他们不立即放下武器,就会被击毙或用刀砍死。斯图尔特的手下将火把藏在防雨披风下面点燃,然后将点燃的火把扔进给养车里。有一个哨兵举起双手,突然冲到“男爵”前面。“我放弃,我投降。”弗雷德将一颗子弹射进那人的胸膛。

弗雷德沿着帐篷之间的一条小路驶去,突然他听到其中一个帐篷里传来一声令人毛骨悚然的尖叫。要么是哪个新兵的嗓子还没有变音,要么是有人藏匿了一个女人。他将一把左轮手枪放回枪套,将另一把藏在外衣里,然后从“男爵”身上跳了下来。他踏着水花穿过一摊摊积水,来到帐篷入口处,他从外套里掏出了勒马特手枪。

第三十七章　1862年8月

半岛战役失败后，一船一船的伤员抵达波托马克河的那些码头。许多伤员死在了医院里。二手货商店很快就堆满了被丢弃的军装。汉娜挑选了几件令人沮丧的东西，经过讨价还价，然后买了下来。一个欧洲军队携带的那种硬边背包，一条天蓝色的克尔赛呢长裤，一件深蓝色的四扣男式便装短上衣，帽顶上只有一小点血迹的轻步兵帽子，还有一双泥驳鞋，是承包商提供的那种廉价方头军鞋。不知怎么的，鞋子比衣服更令人恐惧，那个穿着这双鞋死去的可怜男孩是谁呢？

如果有店主把自己的疑问说了出来，一个女人为什么要买这样的东西，汉娜就说她在收集战争纪念品。为什么不呢？那年夏天，华盛顿是个疯狂的地方。雪上加霜的是，工人们为了修建一条新的有轨电车线路，把宾夕法尼亚大道给掀了个底朝天。那些反联邦的女士们不费吹灰之力就可以穿过波托马克河上的那些桥，去购物或拜访志同道合的朋友。奇怪的新纸币开始流通：由蔡斯[①]领衔的财政部发行的绿背纸币，还有北方众多城市发行的大小不一和图案迥异的钞票。

林肯号召更多的人参军，并激发了一首新的赞歌："我们来了，亚伯拉罕老爹，三十万精锐之师。"一列车一列车的新兵来了。西格尔少校每天晚上工作到十点或十一点，不停地抱怨工作时间长、工资低。然而，他似乎又醉心于自己是

①蔡斯，即萨蒙·波特兰·蔡斯（1808—1873），美国法官、南北战争前的反奴隶制领袖，曾先后参加建立自由土壤党（1848）和共和党（1854），出任林肯政府的财政部部长（1861—1864）、美国最高法院首席大法官（1864—1873）。

局内人的地位，不停地带来那位人们还不太熟悉的新总司令哈勒克[1]的家庭逸事，或者是关于那位新的弗吉尼亚方面军司令官波普的消息。人们广为传播，说他喜欢自吹自擂，很不靠谱，他那支醉醺醺的军队在马纳萨斯军营里只知道喧闹作乐，已经乱成了一团。联邦现在在弗吉尼亚州的北部有两支军队——波普的军队和麦克莱伦的军队。后者在亚历山德里亚被其受到惩戒、几乎丢尽颜面的将军逐渐锻造回到了原先的状态。

汉娜把她买的东西藏在海军造船厂附近那座小房子的一个旧的大衣橱里。当波普在8月份进入战场时，她决定最好不再拖延。

不巧的是，德里克·福利让她在刚刚开始排练的秋季剧中扮演朱丽叶这个角色。当她告诉德里克她要离开一段时间时，德里克说他讨厌和那些“不体谅人的演艺人”打交道。汉娜哈哈大笑起来。德里克把自己的脸靠到离她的脸两英寸的地方，大声喊叫着说，泽菲拉·康福特将取代她。汉娜咯咯直笑，笑个不停。扮演两个朱丽叶，真是够胖乎乎的泽菲拉喝一壶的了。她意识到她在德里克这儿的演艺生涯结束了。

第二天凌晨一点钟，少校回家时浑身散发着德国烈酒的酒气。汉娜重复了一遍她对德里克所说的话。西格尔一屁股坐到一张椅子上，大声问道：“你要去哪里？我有权知道。”

“我要去看看那些军营。”

“你早就去过一次了。”

“我想再去一次。”

“去干什么？你跟那些士兵没有任何关系——”少校粉红色的嘴唇撇了一下，傻笑着，“除非你像有些女人那样在他们身上捞钱。”

“爸爸，这种玩笑太恶心了。”

“我不在乎，我再也不知道你是什么了，汉娜。你不是男人，但你是个奇怪的女人。你想自己冒险，我不管了。”他摇摇晃晃地站起身来，把椅子也打翻了，“我要睡觉了。斯坦顿在七点钟召集了一个会议。”

---

①哈勒克，即亨利·韦杰·哈勒克（1815—1872），美国内战时期的联邦军官，应林肯总统之邀担任军事顾问、陆军总司令和总参谋长。

汉娜盯着那个拖着脚走路的矮胖身影，也想要像他那样大声喊叫。“你不知道我是谁吗？我是你的女儿，用心想成为你关心的一个人啊。”她不知道，少校除了关心他自己，关心他个人的升迁，还会关心什么，而且，他对她失望至极，因为她仅仅就这样平庸无奇地在世上苟延残喘。

她把金黄色的头发剪了，所以头发又变短了。她把软木塞塞进口袋里，以便烧焦后可以涂脸，使她白皙的皮肤变黑，让人觉得她有胡子。她背着一个欧洲军人常用的硬边背包，加上一双蓝色的眼睛，足以让人以为她是成千上万憎恨奴役的德国移民中的一员，他们都签约受雇为“亚伯拉罕老爹”而战。

她选择向南去波普军队的计划简单得近乎完美，她只需说自己的母语德语就行。

有两件事情使该计划具有可行性。一是大批德国人已经加入了波普的军队，由弗朗茨·西格尔将军率领。西格尔来自密苏里州，在此之前，他参加过1848年失败的欧洲革命。他指挥着波普的三个师中的一个。汉娜曾在华盛顿的一次阅兵中见过他，他身材瘦小，留着络腮胡子，神情阴郁。每当她被拦住盘问时，她总是用一句许多不懂英语的德国士兵常说的话来回答：“我在西格尔手下打仗。”

当被问及她的部队时，她用德语回答：“希姆梅尔费尼格，第一旅。”亚历山大·希姆梅尔费尼格上校是1848年另一个被流放出德国的人。如果有人问她其他问题，她会用手比画，假装很无助。

有些拦住她的人想知道她为什么在旅途上独自一人。“我病了。”人人都知道美军在华盛顿有一个没有什么用的军团。人们朝汉娜挥手致敬，常常伴有赞扬。逃兵不敢像她这样大胆走路。他们总是偷偷摸摸地行走，而且他们绝对不会往南方走。

波普的军队就位于拉帕汉诺克河下游的某个地方。8月底的一个星期五晚上，汉娜在一场猛烈的雷暴雨中迷失了方向。她一瘸一拐地走进了位于奥林奇和亚历山德里亚铁路旁边的一个大营地。一个警卫部队的中士拦住了她，用盖过大雨哗哗声的嗓音喊道：“姓名？部队？”

“雨果·劳赫。我在西格尔手下打仗。希姆梅尔费尼格，第一旅。我病了。”

她指来指去,意思是她迷路了,“希姆梅尔费尼格在哪儿?”

“该死的,我也不知道。这儿是波普将军的大本营。”乍一看,这个大本营似乎戒备并不森严。军士指了指一个灯火通明的有墙的大帐篷:“那儿是他的行李。将军本人,他不在这里。”

对于战区的一个营地来说,这个地方似乎松懈得有点古怪。汉娜闻到了咖啡和熏肉的味道,她的肚子咕咕直叫,因为她中午吃完了最后一块饼干。

中士把她带到一个正在帐篷里躺着的少尉那里,他说他们人手不足。在继续寻找他的部队之前,二等兵劳赫可以让自己派点用场而挣顿饭吃。他们找到了一件旧的油布雨披和一把滑膛枪。九点半,汉娜已经蜷缩在马车场一辆大货车的背风处站岗了。

她庆幸自己走了这么远。尽管她饥肠辘辘,衣服湿透,但她精神状态良好,心里盘算着如何偷偷溜走,然后当太阳再次照耀时,如何晾干她的军服。

在雷声的间歇里,她听到了骑兵和号角声。接着是手枪的射击声,还有一种令人毛骨悚然的喊叫声,这一定是她听说过的南军士兵的战斗呐喊,它从无数个喉咙里轰鸣而出。她的胃突然翻腾起来,一种见到“大象”的意外反应。

一颗子弹打在她身后的马车上,碎片迸裂,刺痛了她的面颊。骑马的人在她眼前飞驰而过,她笨拙地摆弄着那支滑膛枪。一道道闪电迸发,照亮了长满胡须的脸,也照亮了湿漉漉的马和雨水浸透的灰色军衣,一些骑手戴着有黑色羽毛的帽子。南部邦联军骑兵,在敌人后方作战。

一个军官从帐篷里跑了出来,衣领里塞着餐巾。一个南军士兵朝他开了一枪,他一头栽进烂泥里,鲜血染红了餐巾。帐篷燃起熊熊大火。人们大声喊叫着他们找到了几箱食物和红酒。汉娜竭力抗拒着恐惧,蹑手蹑脚地开始逃离这个地方。一个南军步兵从黑暗里冲了出来,闪电中,只见他手中亮着军刀。南军士兵一把夺过她的步枪,然后抓住她的胳膊。汉娜用她那又短又破的指甲抓他的脸。

他发疯般地吐着口水,把军刀插进烂泥里,熊抱着她,想弄断她的脊梁骨。他们仿佛在雨水中跳着奇形怪状的舞蹈,突然他目瞪口呆地发出一声“啊?”他的手摸到了她男式便装短上衣的前襟,弄痛了她束紧着的双乳。

“天哪！比福德中尉？长官，等着看看我抓了只什么鸟吧！”

一会儿之后，汉娜被推进了一个帐篷，帐篷的横梁上点着一盏灯笼。那个抓住她的男人，一个有着一头黄头发的南部邦联的年轻士兵，一把将她的帽子扯了下来。

“你是谁？”

“我在西格尔手下打仗。”

“西格尔这些日子招募女孩子啦？”中尉走了进来。“我们抓到了一个装扮成步兵的女人，比福德中尉。”

“嗯，我听说过这种情况。”中尉慢条斯理地说。他个子很高，戴着一顶有黑羽饰的帽子，一张粗糙的双下巴脸。汉娜将双手交叉在胸前。“抓住她。”那士兵猛地把她的胳膊拉到她身后。比福德抓住她的衣领，将她的男式便装短上衣一把撕开，扣子啪啪地弹了开去。

他把手伸了过去，潮湿的脸上绽开了笑容：“中士，你捉到了一只稀有的嫩嫩的小鸟。我们要不要小小地犒赏一下自己？”

等中士明白了之后，眼睛里顿时放出光来：“安全吗？”

“只要快一点就行。我先来，把灯灭了，去看着点。”

汉娜扑向那堵帆布墙，想把它撕破或者在下面挖个洞。比福德中尉用脚钩住了她的一条腿，她四肢伸开，重重地摔倒在地上。中尉叉开双脚跨在她的臀部上方。她挣扎着试图爬开，他便一脚踩住她的小腿，疼痛使她喘不过气来。

中士用捆扎用的铁丝弄灭了悬在横梁上的灯。汉娜最后看到的是中尉沾沾自喜的笑脸和越来越近的身影。

第三十八章　1862年8月

弗雷德走进帐篷,看见两个人。其中一人是一个丑陋的中尉,他跪在一个平躺着的士兵的两腿之间。弗雷德一瞬间的印象是那人有一头黄色的头发,一张满是污垢的娃娃脸。“见鬼的,你在干什么?”弗雷德挥动着他的左轮手枪,“站起来。”

中尉挣扎着站起身来。弗雷德在口袋里掏出背包形状的铁皮火柴盒,他把火柴盒扔给中尉。

“把灯点亮。”

中尉将一根点燃的火柴戳进涂着白色“美国”字样的黑色铁皮灯里。他点燃蜡烛,关上了白云母薄片的灯门。他把火柴盒还回去,说道:“少校,请让我解释一下。”他有浓重的乡下口音,让弗吉尼亚人一听就感到厌恶。

“没关系。你得报告你猥亵战友的情况。”

“长官,再瞧瞧,是个女的。”

弗雷德瞥了一眼,意识到自己看错了。不是男的,是个女的。没错,蓝眼睛,像个受了惊吓的孩子般浑身颤抖。她的短装里面,布条紧束着她的胸部。

弗雷德感到了空气的振动——是那个中士,正准备离开。弗雷德一个转身,用左轮手枪抵住那人的下巴。

“不许再走一步。”弗雷德对中尉说道,“你的身份。”

中尉整好裤子,敬了个礼:“亨利·比福德中尉,长官。杰夫·戴维斯军团。”

“密西西比州的部队吗?”

“是的,长官。抓到这个北方佬在鬼鬼祟祟地溜来溜去,而且——”

“闭嘴！你真丢人！”弗雷德转向那中士，“你呢？”回答像是在喉咙里翻筋斗一样。弗雷德打开手枪的保险：“不要害羞。”

“克——克——克利塔斯·沃斯中士。长——长官。”又一个赶马车的。

弗雷德从那军士的脖子那儿收回勒马特手枪。燃烧的帐篷和货运马车在帆布墙上投射出火光的图案。偶尔会有枪声响起，但当士兵们清理波普营地的战利品时，战斗已经变成了喧闹的狂欢。弗雷德在前几分钟忘却的久坐在马鞍上的疲劳又回来了：尾骨疼痛，大腿内侧擦伤的皮肤疼痛。“你们两个必须到马丁上校那里去报告。现在滚出去。”

比福德中尉扣上裤子的扣子，从弗雷德身边溜过去，抬起膝盖踢了一脚军士的屁股，好像他们的困境是他造成的一样。两人消失在毛毛细雨中。

“起来，穿好衣服。”

姑娘坐起身，接着站了起来。她步履不稳，弗雷德抓住她的胳膊。她浅黄色的头发湿了，她的双眼有春日天空般的灵动色彩。她是个漂亮姑娘，长得眉清目秀，乍一看让人误以为是个男孩子。他做了个吞咽动作，放开她。

“你是怎么到这儿来的？哪儿人？”

“华盛顿人。我想看看打仗。”

“好吧，看过了吧，回家去。这可不是花式舞会，小姐。这儿要死人的。”

他该拿她怎么办呢？他决定逃避责任，让司令官来决定。当然，他们还是得让她走。如果她待在这儿做俘虏，他可以想象她会被俘虏的北方佬和同样好色的南军士兵强奸多少次都不知道。

“你叫什么名字？”

“汉娜·西格尔。”

“德国人吗？”

“差不多，奥地利人。听你口音不是南方人。”

“弗吉尼亚人，在北方待的时间比较长。如何处置你我得去见将军。”

“哪个将军？”

“詹姆斯·尤·布·斯图尔特，斯图尔特骑兵部队的斯图尔特。我叫弗雷德里克·达舍。”

“我很感激你所做的一切，达舍少校。”

“很好。”弗雷德说道，几乎将自己陷入那双蓝色眼睛的深处而不能自拔。几周前骑马离开里士满后，他就再也没有和女人在一起过。这个长着乌黑脸颊、穿着破烂服装的小精灵不知怎么地触动了他。她充其量只有他的肩膀高，她和他说话时不得不仰起面孔，这使她仿佛很脆弱。这在他身上引发了意想不到的情感，而且是危险的情感。

“把你鞋子上的鞋带解下拿过来。”他说道。

“干什么？”

“因为我不能相信你，我得去见将军。在小床上坐下。”他又抓住她的胳膊，好像要扶住她，其实他真正的目的是想触摸她。

汉娜从她沾满烂泥的鞋子上扯下生皮鞋带。弗雷德把左轮手枪塞进裤子里，将两条皮鞋带结成一条，然后反背她的双手，将生皮鞋带一圈又一圈地绑在她的手腕上。

“别绑得太紧。”

“对不起。”他打好结，“你得守信，待在这里，直到我回来。”

“我现在连二十步都跑不了。”

他的嘴巴里面干得像灰。“如果他们把你扔给一群有一段时间没有亲近过女人的男人，你会拼了命跑呢。”他心里想。

“你要是想坐可以坐。”

“谢谢。”他掀开帐篷门帘的时候，她问道，“你拥有奴隶吗，少校？”

“我在弗龙特罗亚尔小镇附近有一个马场，有六个黑人为我工作。大约四年前，我为他们所有人签署了解放文件。”

“所以你不认为南部邦联的战争是道德的？”

“我没这么说。我离开美国军队的原因和李将军一样，就是为了弗吉尼亚而战。我很快就回来。”

在小路上，忠实的“男爵”等着他，他低着头，没有拴缰绳。弗雷德拍了拍黑马，嘟囔着他们的生活中总是有这么多复杂情况。他把水壶从马鞍上拿下来，晃了晃，里面还有一些威士忌，他喝光了酒。

他在一个四合院一样的司令部帐篷那儿找到了斯图尔特。有三个帐篷已经着火了,但第四个还没有。菲茨·李头戴一顶有羽饰的帽子,身穿一件袖子上缀着黑色将军穗带的蓝色军官大衣,在帐篷前面招摇地走来走去,看得斯图尔特、冯·博克和其他一些人都乐了。

“瞧这个,弗雷德。”弗雷德走上前去敬礼时,斯图尔特大声说道,“波普将军最好的大衣,我拿它来换我的帽子。我们找到的还不止这些,我们还发现了野战命令,密码本——怎么回事?出什么事了?”

“几分钟前我抓了一个俘虏,长官。”

“祝贺。这也不必愁眉苦脸,是吗?”

“这个俘虏——长官,是一个女人。”菲茨·李停住了脚步,双手叉腰,跟其他人一样,把注意力集中到了弗雷德身上。“一个来自华盛顿的年轻女子,打扮得像个男人,说是来看打仗的。我得请示该怎么——”

一名上尉上气不接下气地从黑暗处跑了出来。“将军,我们烧不了铁路桥,木头太湿了。我们斧头又太少,所以也没法砍碎木头。”

“我去看看。”斯图尔特拔腿便走,走到火光边缘,对弗雷德说,“像对待其他俘虏一样对待那个女人。如果她够男人,穿得了军装,那么她也够男人,进得了监狱。”

有两三个军官傻笑着。弗雷德还没来得及反对,斯图尔特便早已朝着被雨水淹没的锡达溪方向走去了。

他不相信将军是当真的,一个弗吉尼亚的绅士不会把一个十九或二十岁的女孩子关进满是卑鄙小人和强奸犯的监狱。他摇摇头,匆匆回到帐篷里。当他走进去时,汉娜抬起了一张期待的脸。

“斯图尔特将军要把你像其他战俘一样对待,一直囚禁到被交换。”她的反应好像是他打了她一拳似的,她低声说了一句德语,也许是“天哪”。

“将军有点反常。我们现在处境艰难,在联邦军的防线后面几英里处。我们不能带这么多俘虏,他会明白的。站起来。”

汉娜不知所措,任由他把她转过身来。他开始解鞋带的结,弄破了两个指甲才把结解开。

“我带你离开这个地方。你还是把两只手放在背后，好像仍然被绑着一样。我们走到最近的藏身处，那个小树林，然后你就拼命跑，一直跑回到华盛顿。再也不要玩这种傻乎乎的惊险游戏了。”

“不会了，不会了，我再也不会了。你为什么要这么做？”

“我只是不想把女人扔进里士满的那种监狱。那都不是狗待的地方，更别说人了。”

“你会有麻烦吗？”

“我会对付的。”尽管他不知道具体怎么做，“我们走到外面的时候，你要装得很害怕。”

她露出勇敢的微笑，说：“我演过很多戏，但没演过这种角色。”

也许是威士忌，也许是雨水，也许是自从杀死那个小女孩以来一直困扰着他的迷茫感。不管是什么原因，这个原因驱使他用那双大手抱住她脆弱的肩膀，弯下腰来吻她。

她呆若木鸡，然后她的嘴唇有了反应。刚触到她的双唇时是冰冷的，不过在他后退之前他感到嘴唇在变暖。他脑袋发晕，有什么事情发生了。

“你的名字叫汉娜。”

“是的。”

“我不会忘记。”

“我也不会忘记你的名字。”

“把双手放到背后。”

他们走出帐篷，走进大雨滂沱的黑暗中。

斯图尔特的骑兵沿着原路返回到沃伦顿。他们抓获了俘虏，还缴获了波普将军的公文簿，尽管在这次突袭中，将军本人碰巧不在现场。南部邦联国库增加了三十五万美元，这都是波普将军钱箱里的东西。

沃伦顿的年轻姑娘们在黎明时分就来到街头，她们挥舞着手帕，向疲惫不堪的士兵们欢呼致意。斯图尔特命令停下来让战马休息一下。他把弗雷德叫到属于一个叫卢卡斯家的一座房子的门廊前，询问那名女俘虏的情况。

弗雷德觉得掩饰毫无意义,他承认他让她走了。斯图尔特的愤怒是可想而知的:“你知道你违反了直接命令。”

“那个命令下得很随意,长官。我想我或许还有点自由度。”

“你没有。这件事没完。”斯图尔特猛地拉了一下弗雷德的袖子,走到稍远一点的地方,以免被人听见。“你个该死的,为什么要作践自己?发生了什么事?你不必费心回答,士兵们的闲话很多。你老是酗酒,现在又来这个。”

弗雷德又累又渴,想要大声喊叫,他喝酒是为了试图忘掉他在这场丑陋战争中杀死的那个小姑娘。他拼命克制自己,保持沉默。

“你有什么话要说吗?”

“我做了我认为是正确和人道的事情,将军。我敢肯定,那姑娘还不到二十岁。她一定是无意中误入了波普的营地。”

“没有借口,我直接给你下的命令。我不会把你送上军事法庭,我们不能失去一个好战士,但你被降为二等兵了。我将亲自签署这些文件。”

早晨,雾气弥漫的阳光洒在村舍的屋顶上,树上滴着昨夜的雨,某个地方有一只知更鸟在歌唱。年轻的女士们和脏兮兮的士兵们混在一起,一边说着赞美他们的话,一边递给他们一勺勺的水和一片片面包。斯图尔特发现了人群中的某个人,他注视了一会儿,然后转身再次面对着弗雷德。

“为了防止你再犯错误,造成真正的伤害,我还要调动一下你的工作。约翰·莫斯比一直在向我要求组建一支游击队,突袭敌人的后方。我倾向于同意,因为我认为这个任务和他这个人很相配,我会派你去莫斯比那里。从今以后,你要听从他的命令。”

第三十九章　1862年8—9月

一辆南行火车的车头灯照亮了奥兰奇和亚历山德里亚铁路线的铁轨。汉娜冲下路堤，蜷缩在潮湿的地面上，直到火车开过。几分钟后，远处传来的枪声表明火车上的乘务员受到了来自叛军的热烈欢迎。

她爬回到铁路上，在断断续续的雨中继续艰难地跋涉，雨持续了大半个晚上。到了早上，她感冒了。大约中午时分，她躲在一处茂密的矮树林里，因为发烧和跳快步舞般的行走而感觉浑身难受。她躺在那里直到天黑，直到她感到自己有足够的力气继续挣扎着上路。

她认为肚子痛是因为肚子空了，而不是疾病，所以她在一个偏僻的农场停了下来，向这家的女主人讨了一片面包。那女人瘦得像根绳子，布满皱纹的脸上长满了很大的痣。她举起油灯，仔细打量着汉娜。

"一个姑娘家穿着这身军装干什么？"

汉娜试着用脑子里最先想到的故事做解释："我是一名护士，跟部队失去了联系。"

"倒不知道比利·扬克还带有护士。你可以睡在谷仓里，那里很暖和。我给你拿盘吃的，明天早上再装袋食物。"汉娜的背包被抓她的人抢走了。"等等，我去找条毯子。"

汉娜靠在门框上，闭上了眼睛。战争并没有像她有时担心的那样，把人性从每个人身上压榨光。她应该知道这一点，因为她想起了少校。她看见他的脸向她俯了下来。灰色加绿色的眼睛里含有一种奇怪而极其强烈的悲伤——

"给你。"

“谢谢,夫人。你太好了。”

“我的丈夫和儿子在李司令手下打仗。如果你碰到其中一个受了重伤,我希望你不管怎样都能照顾他。”

“好的,夫人。我会的。”

“你给我的印象就是这样的人。这边走。”

汉娜星期日早晨离开了那个农场。当她看到南部邦联军的骑兵排着队向西进发时,她离开了铁路。快到布里斯托车站时,她听到了轻武器的射击声,便往东走了一会儿。她穿过树林和田野,看到一大群一大群步兵在行进,但他们离得太远,她辨认不出是哪边的军队。

到了星期三,她已接近马纳萨斯枢纽站。那里是联邦军队的供应站,已经黑烟滚滚了。在去华盛顿的路上,她加入了一大群难民的行列,白人家庭坐着马车,黑人步行,所有人都在匆忙逃离那片废墟。一个身穿粗蓝布工作服的魁梧黑人说出了罪魁祸首的名字:“‘石壁’杰克逊。他在烧所有他拿不走的东西。”汉娜看见黑人光着的脚上有血。

她的境况也好不到哪里去,她那双宽大的泥驳鞋已经磨破了。缅因州或马萨诸塞州的哪个贪婪承包商却正通过出售此等劣质商品而享受着上等白兰地和雪茄呢。

守卫长桥的哨兵们没有费力阻止难民。如果他们这样做了,可能会被踏成肉泥或者撕成碎片。城里的街道上挤满了惊恐的人。汉娜听到一位穿着讲究的夫人对着她的孩子们尖叫:“李将军带着十五万大军来了!”在弗吉尼亚州,隆隆的炮声表明这可能不是一个毫无意义的警告。

她的双脚又酸又痛,她的身子又臭又脏,星期五早上,她一瘸一拐地走进了海军造船厂附近的那间小屋。她搜遍了食品柜,找到了几根香肠和一条不新鲜的面包。她先把面包皮上的霉去掉,然后把面包片和香肠一起煎了一下。

她从后院的井里汲水,加热,然后倒进锌做的浴盆里。她光着身子沉入浴盆,沉浸在令人舒心惬意的温暖中。那个叛军军官灰绿色的眼睛在她的眼睑里闪烁。当她伸手擦洗自己的身体时,她不明白为什么对他的记忆会如此动人。

下午和晚上的大部分时间她都在睡觉。十点半，少校衣冠不整、满身墨迹地回到家里。他跟她打了个招呼，既不亲热，也不十分惊讶，只是说："我还以为你被杀死了呢。"

"没有，爸爸，我好着呢。"

"你看上去可不好哇，你看上去生病了。你去哪儿了？"

"弗吉尼亚，一直到一个叫卡特利特车站的地方。"

"天哪，那是他们袭击波普营地的地方啊。"

"我一定是之前到的那里，这事儿我一点也不知道。"她不想说出她被俘过的事情，以免让他担心。

少校脱掉外衣，迈着沉重的步伐走到火炉边。她炖了一锅羊肉。她父亲的变化是明显的。他在政府部门工作，工资很少带回家，大部分都花在和他的上司去更高档的饭店聚餐上。结果，他的腰变粗了，失去了军事人员那种健壮的身体素质。他的眼睛发红，说明他已经看了好几个小时的材料。一个月前，他去眼镜店买了他的第一副眼镜，这让他愤怒了好几天。

他把炖羊肉舀进一只破碗里："你做的事情很愚蠢，汉娜。我怎么才能阻止你做蠢事呢？"

她坐在松木桌子旁，双手交叉着放在伤痕累累的木头上。"别担心，我已经领教了。我确实看到了打仗，从远处看。"她很快补充道。

他默默地端详了她一会儿，然后用一种出人意料的温和口吻说道："要有点勇气。"这是她多年来听到的最接近赞美的话，她笑了。

"我很高兴回家跟你在一起，爸爸。"

"嗯，明天或后天你可能就不会这么高兴了。"他坐下来，开始脱下他擦得锃亮的齐膝长靴。"布尔溪那儿会发生更多的战斗，一场大战。波普想要打击杰克逊——给他迎头痛击，麦克道尔将从盖恩斯维尔的侧翼发动进攻，没人知道结果会怎样。总统在电报室过夜。今天早上，斯坦顿命令我们所有人收集文件，打包。"

"为什么？"

"怕万一叛军打过桥来。"8月的夜晚很热，但汉娜感觉到了微微的凉意。

“如果这还不够糟糕的话——”他从调羹里吮吸着炖肉，舔了舔嘴唇，但在下巴上留下了一点残羹，“猜猜斯坦顿还做了什么？他喜欢有色人种，这个人真是的。他命令南方司令部——其大本营设在南卡罗来纳州沿海的某个狗屎一样的小岛上——他命令他们招募五千名黑人并训练他们担任警卫和巡逻职务。接下来还有什么？创建个无尾猿军团？过去的国家是不会发生这种事的。”

第二天，星期六，天气闷热难耐。汉娜去坎特伯雷打听她的工作情况，结果发现她被取代了。奇怪的是，这似乎无关紧要，因为整个城市都在为敌人可能的入侵而栗栗危惧。在大街上，她听到不止一个醉醺醺的士兵在诅咒约翰·波普和整个最高指挥部。

那天下午，公报在财政部外被挂出来时，她也站在一大群人中间看着。“联邦军队在布尔溪大获全胜！”当观众看到下一张长长的纸条时，欢呼声和掌声停止了。“死伤人数恐怕上万。”副标题宣布召集外科医生和男护士五点钟到财政部集合。

夜幕降临时，一群观光客——国会议员和带着孩子的家庭——涌向长桥。汉娜在长桥靠华盛顿的一端站了一会儿，看着新的难民在大批逃离的人群中逆向而行。她感到震惊，那些叛国者今晚要进出华盛顿何其容易。

在漫长的回家途中，她看到一队骑兵包围了一辆公共马车。带队的下士用枪指着马车夫，命令他下车，并把两名乘客连同六件行李扔到了大街上。

“但我们刚从代顿来啊。”这位先生抗议道，他的妻子在一旁擤着鼻子。“我跟陆军军需兵有生意关系。”

“这辆马车伤员要用，自己走路吧。布鲁斯特！”一名二等兵跳上马车，驾车走了。

汉娜在往前走的过程中还遇到了类似的场景：马被赶出车马行，主人再反对也徒劳无用；一座豪华住宅前的一辆有金饰的四轮大马车被一些步兵强行征用。每个家庭和企业都被搜了个遍，寻找四轮大马车、双轮单座马车、狗拉小车以及任何有轮子的东西。

西格尔少校直到凌晨一点半才回家，他累得眼睛都瞪了出来。

“糟透了，汉娜。我们没有打败他们啊，军队在撤退。西格尔的部队崩溃了，麦克道尔的也崩溃了。海恩兹尔曼和波特被摧毁。那个胆小鬼麦克莱伦按兵不动,所以波普没能打胜。今晚,部长签署了一份请愿书送呈总统,请愿书是他和蔡斯商量好的。他们希望免去麦克莱伦的职务,斯坦顿说蔡斯甚至想把他给枪毙了。"

"天哪,爸爸。形势正在急转直下。"

"行了,反正浴盆的底已经没有了,去睡觉。到星期一,我们可能得收拾东西走人。"

星期日,士兵们蜂拥过波托马克河,随之而来的还有惊恐万状的弗吉尼亚白人和黑人,看来情况确实如此。所有这一切都证明败局已定。被打败的军队正在城市防御工事中占据阵地。那天晚上少校回家带来了更多的坏消息。

"两天内,我们有一万两千到一万四千人伤亡。波普完了,但是林肯想让麦克莱伦再次执掌军队,你能相信吗?他想让一个败军之将再来担当重任!他认为军队对麦克莱伦还是有信心的。部长听到这件事后,咆哮了一个小时。这事儿如果不是那么恶心倒真有点好笑。打包。"

"今晚?"

"是的。明天我们有可能撤离陆军部。如果它走了,我们就走。"他解开领带,更加严肃地注视着她。汉娜继续坐在客厅的摇椅上,她的身体在休息,她的微笑令人捉摸不透。

"你怎么了?"

"你指的是什么,爸爸?"

"从你那次疯狂的旅行回来后,你的行为就很古怪。我不知道该怎么说——不太正常?魂不守舍?你有什么事瞒着我吗?是不是有哪个混账士兵抓住你了,然后——然后……"

"没有,爸爸。没有那回事。我很高兴回家了,跟你在一起,就这么回事儿。我在弗吉尼亚大部分时间都害怕极了,我明白我犯了个错误。"

他的表情表明他对解释有怀疑。他拿起客厅里的蜡烛,任汉娜坐在潮湿黑暗中的摇椅上,仰着头,闭着眼睛。她没有告诉少校任何接近真相的事情。在她身上发生的事情是和那位南部邦联少校的相遇,他身上有一种豪侠而又悲哀的气息。仿佛他就在房间里和她在一起似的，她闻到了他湿漉漉的羊毛军装的味道，闻到了他皮肤上的雨水、他的汗水，还有威士忌的味道。

她的脑海里浮现出他灰绿色的眼睛，她看见他的脸俯向她的脸，她感受并品尝了他的亲吻。这就是所发生的事情。

9月1日，星期一，这座城市再次听到了弗吉尼亚的炮击声。出租马车、狗拉小车、公共马车、干草大车和四轮轻便马车载着一车车又哭又叫的伤兵隆隆驶过长桥。醉醺醺的逃兵们在宾夕法尼亚大道中央打闹，也没有人阻止他们。当天晚些时候，一场暴雨减缓了炎热，人们被迫待在室内。到了周中，显而易见，这支军队幸存了下来，城市再次得到了保护，麦克莱伦再次掌权，危机过去了。但是，感染给每个人的失败和绝望的气氛没有消失，无论是士兵还是平民，除了那些把第二次布尔溪战役看作是自己这一方胜利的人。

汉娜不断地想起那位具有骑士风度的军官。她祈祷他还活着，平安无事。她渴望再次见到他。

第四十章　1862年10月

朗沿着国会大厦广场的富兰克林大街走去，广场上，如今已经被称为“南部邦联之父”的乔治·华盛顿的巨大雕像威猛地骑着他的青铜战马。他昂首挺胸、自信满满地走着，尽量不引起别人的注意。他腋下夹着一听半磅重的英国茶叶，那是特纳中尉给他五美元让他买的。那位监狱长还喜欢吃水龟、新鲜牡蛎和其他南部邦联军需部无法供应的美味佳肴。一个杂货商从后门高价出售茶叶。他告诉他的老顾客，由于封锁，再也买不到伦敦来的茶叶了。

10月的空气清新宜人，起伏不平的街道上各色行人摩肩接踵，各种车马往来穿梭。朗在广场东边五个街区的地方找到了西格弗里德·雷兹的肉店。他在商店门口扫视着洒满阳光的人行道，他没有看见任何可疑的人。他把那件军校学员灰色衬衫上磨损的袖口拉到左手拇指的根部，遮住了左手手腕上两英寸长的单扣手铐。

“朗先生”已经不复存在了。朗的胡子长到了衣领下的第二颗纽扣。他的皮肤像一张鼓面，紧贴在骨头上。自从马尔斯上校把他交给看管他的狱卒之后，几个星期以来，他身上的肥肉都因为饥饿而掉光了。这座群山绵延、水道交错的迷人古城有大量关押战俘的监狱，国会大厦广场上有大量乞讨的残疾老兵，酒店里有大量投机分子、赌牌骗子和扒手，大街上有大量眼巴巴望着陌生人的孤独的军人妻子。最重要的是，里士满对任何一个“林肯的雇佣工”都充满刻骨铭心的仇恨。

肉店里弥漫着肉和锯木屑的味道。一个穿着干净白衬衫和裤子的帅气黑人小男孩坐在打开的陈列柜旁的一个盒子上，在融冰的几个小水坑里漂浮着的几块切得惨不忍睹的灰色肉块上方挥舞着一个掸子。肉店老板被朗的样子吓了一跳，切肉刀也掉在了砧板上。他大概三十岁年纪，瘦骨嶙峋，有一双忧伤的棕色眼睛，黄褐色的小胡子尖上了蜡。

“西格弗里德·雷兹吗?”

“是的，当然，是我。”他的口音很重。

“你有肉片卖吗?”

雷兹眯眼瞧着这位不速之客:“猪肉片还是牛肉片?”

“那家女主人不喜欢猪肉片。”

“反正我们只有小牛肉了。”交换了奇特的接头暗语后，雷兹轻轻拍了拍小男孩。“海勒姆，出去走走，如果你能找到苹果，就买一个吧。”他给了小男孩一枚硬币。小男孩蹦蹦跳跳地走了。“我正想着什么时候会有人来。”

“我8月份就到这儿了。艾伦少校派了我们两个过来，假扮成逃兵。”

“我希望你比那个被绞死的人幸运，韦伯斯特。”

“我们刚开始的时候运气不太好。一个叛军抓住了我们，杀了我的搭档。他把我带到了一个他称作仓库监狱的地方。”

“莉比，这是一个杂货零售商的旧仓库。”

“这真是个地狱。”

“还有更糟的。你叫什么名字?”

“朗·普赖斯。”

“西格·雷兹。这在英语里是个小笑话，对吧?”他用动作和手势比画着喷了几口烟。他说话急促，上气不接下气。朗喜欢他。

“到后面来。你也看到了，我没有顾客。五年前，当我在波士顿下船的时候，我以为在美国会发大财。我选错了城镇。”

雷兹撩起一扇布帘让朗过去。后屋用煤气灯照明，里面有一张单人床、一把有坐垫的椅子、一个火炉、一张堆满了账本的小桌子、一个上了漆的冰柜和一大堆报纸。这房间尽管很简陋，却一尘不染。

朗渴望获得消息，他从一堆报纸的最上面看到了一份《问询报》。最长的一篇文章猛烈抨击林肯关于在所有叛乱州中解放奴隶的宣言，该宣言将于1月1日生效。关于这个计划的传言,他已经听了好几个月了。显然,9月在马里兰州发生的那场大战给了林肯发布这一宣言的信心。麦克莱伦在安蒂特姆①阻止了李对北方的入侵,这在一定程度上挽回了自己的声誉。《问询报》的这篇文章中充斥着愤怒的言辞,像“疯狂的平等主义”“我们祖先的纯血统将被混血化”这类说法比比皆是。

“这事儿你怎么看,啊?”雷兹问道。

“那个宣言吗?我赞同。”

“是啊,当然,只是在这种地方不要说得太大声,他们会把你吊死在灯柱上的。”雷兹在污渍斑斑的围裙上擦了擦手,“你有什么东西要给我吗?”

朗从衬衫底下拿出一张折叠的纸:“送给艾伦少校,我相信他现在已经回到华盛顿了。”

雷兹点了点头,仔细看着那几张用铅笔书写的大张纸。朗花了几天的时间搜集情报,每次为监狱长跑腿都争取一点额外的时间。他那几百个字,从南部邦联经济的悲惨状况到保卫河滨地区大炮的数量和大小,无所不包。他用维热涅尔字母表和关键字“传教士”对信息进行编码。第一行是“EIMCGYIGDIX”;破译后,它就是“普赖斯报告”。

“这个怎么送到华盛顿去呢?”

“我把它送到前线,你不需要知道更多了。”雷兹把那几张纸折起来,藏在椅垫的一个缝里。他轻轻拍了拍朗的手铐。“监狱长把这颗‘监狱明珠’给你了?”

“对,特纳中尉。卑鄙的混蛋。”

“还没有去年秋天他们挤兑出去的那个人一半卑鄙呢。托德上尉,林肯妻子的同父异母兄弟,一天到晚酗酒的卑鄙小人和酷刑专家。有报道称,国会希望对他进行调查,但结果,他们把他调走了。你想喝点啤酒吗?”

“谢谢。我有好几个月没有尝到啤酒的味道了。”

雷兹从冰柜里拿出一个铁皮桶,倒了一小杯。朗细细品味着啤酒的气味和

①美国马里兰州的一条小河,1862年9月17日,南部邦联军队取得第二次布尔溪战役的胜利后,挥师挺进马里兰州,试图攻占华盛顿特区,但在安蒂特姆小河边遭到了联邦军队的堵截,南军死亡一万三千人,退回到弗吉尼亚州,这场大战史称安蒂特姆战役。正是在这一胜利的激励下,林肯颁布了一份早已预备好的《解放黑人奴隶宣言》,宣布所有叛乱州的奴隶全部获得解放。

味道，虽然啤酒微微有点热。“我想听听这个‘手镯’的故事。”

“说来话长。”

“我没有冰了，我没有好肉卖，你看现在我真的门可罗雀啦。时间，现在——我有的是时间。”

马尔斯上校在8月一个闷热的下午把朗交给了当局。鉴于他所付出的这些努力，他将得到南部邦联的一元赏金，他更大的奖赏来自他带着朗在主街上招摇过市。朗的军服吸引了一群顽童、伤残军人和穿着考究的平民。一个拄着拐杖的单腿老兵朝朗扔石头，一块石头划破了朗的额头。

人们的骂声下流肮脏得匪夷所思。“蓝肚子混蛋！”“林肯私生子！”女人和男人一样下流。马尔斯让他们为所欲为，直到他们自己厌倦了并将朗的脸吐满了口水为止。自从斯莱奇被杀死以后，他心中的怒火一直在积聚，无法发泄。仇恨的鞭笞使这种压力有增无减。

他们的目的地是里士满的收容监狱，位于一个由仓库、棚屋、马厩和空地组成的地区。三层楼的建筑俯瞰着卡里大街，离主街只有一个街区。第十九大街从卡里大街向下倾斜，靠运河一侧多出一层楼。这是一幢漂亮的旧砖房，外墙上写着四个大字“莉比监狱”。

他们经过街角的岗亭，从一扇有大量条纹装饰的门进去。武装警卫在大厅里巡逻。朗朝一间有几个炉子的公用厨房看了看。再往前走几步，一个身体虚弱的秃头男子从监狱长的办公室里走了出来。“谢谢，长官，让您费时间了。如果您怀疑哪个俘虏有什么问题，就把他交给我们。”

那人戴上一顶棕色的毡制常礼帽。他的左腿跛了，走路时身子有点倾斜，刮擦着地板的鞋底很厚。朗走过时，那人盯着他看。

监狱长特纳中尉是一个二十岁或二十一岁的严厉的年轻军人。他的胡须剃得很干净，头发很短。“姓名和军衔？”他的嗓音很低沉，说起话来有隆隆声。

“二等兵阿尔比恩·罗杰斯。”朗说出了他的团、师和军的番号。特纳的文书把它们记录在一个大本子里。

“我们会尽快对你进行处理。北方佬的逃兵通常被派往‘霹雳城堡’的帕尔默斯工厂。那个地方的名字是俘虏们取的，大概的意思是神的愤怒降临到了那里的每一个人身上。他们是对的，与‘霹雳城堡’相比，这里简直是一所女子学院。在莉比监狱，我们有一个至高无上的规则，不管什么时候都必须离窗户三英尺以上，否则你会被开枪打死。我们的容量是四百名战俘，但我们实际关押的是这个数的三倍。如果你死了，就是帮了我们一个忙。勤务兵！”

一个穿军装的年轻人信步走了进来。“把这个人交给二楼的中士。”特纳对朗说道：“他不是真正的中士，我们这样称呼他是因为我们让他负责。”

“二楼，是，长官。”勤务兵用警棍猛击朗的肘部，“走快一点，废奴主义者先生。”

朗不动脚步：“我说，中尉。我入伍的时候，不得不吞下他们那该死的誓言，但我还是逃走了，因为我不想打这样的仗，以便让那些黑鬼可以大摇大摆地假装自己跟白人一样好。我什么时候才有机会为正确的一方服务呢？”

“将来，也许吧。把他带出去。”

在去楼梯的路上，勤务兵用警棍捅了朗一下，然后再一下，然后第三下。朗转过身来，满脸通红。

“什么事情让你不高兴了，蓝肚子？”勤务兵用警棍打朗的耳朵。朗一个趔趄，撞向楼梯，竭力想抓住黏糊糊的栏杆。“你这混账北方佬。站起来，否则我就在这里把你的头敲下来！”

朗站了起来。

根据朗的父亲和他的同行神职人员的说法，撒旦的领地在地球表面下的某个地方。那天朗发现，地狱不在那个地方了，地狱上来了，他就在地狱里。

楼梯边上的墙壁变成了一幅挂毯，上面尽是被压碎的昆虫、乱涂的诅咒语和淫秽的图画。从楼上开始，可以闻到人粪的臭味。走上第一个楼梯平台，臭气很浓。再往上走，简直恶心极了。

一群囚徒在二楼等着，一边吹着口哨，一边大喊大叫。“鲜鱼来了[①]，鲜鱼！”囚徒们都变成了行尸走肉，浑身肮脏，只剩下干瘪枯槁的躯壳。他们对朗挤挤戳

①“鱼”，原文fish，美国俚语，有很多意思，此处意为“新来的囚犯”。

戳。有一个人小声说道:“有钱吗？你可以花一角钱得到我。”

“别耍什么鬼把戏,女士们。”后面有一个人说道。囚徒们像红海退潮般向后退去,露出了一个粗壮的士兵。他的蓝色外衣上别着一枚铁皮剪成的徽章。他的额头系着一条红色头巾,使他有一种海盗的模样。他的右眼有一种令人不安的倾向,似乎要向自己的耳朵靠拢。里面有一个房间,囚徒们就在地板上大小便,那里的臭气几乎令朗恶心欲呕。他看见一个士兵躺在那里,他的头就埋在其中的一些粪便里。那个粗壮的士兵把这情形指给勤务兵看。

“桑尼昨晚死了,很可能是想家想疯了。他就一直盯着天花板,哭了快一个星期。”

“写份详细的报告,把他搬到楼下去。”勤务兵说。他戳了一下朗:“这是管你这个楼层的中士,二等兵格里夫。”

勤务兵走下楼去。朗和格里夫瞪着对方,其余的囚犯在看热闹。格里夫的目光再次无目的地移动起来,他伸出一只手,抽动着手指。

“鞋子,脱下来给我,就算是交二楼的会员费吧。”

朗有一种攻击这个混蛋的冲动,但是他不想第一天就被铐上镣铐,所以他坐在台阶上,把破鞋子脱了下来。马尔斯曾警告过他,大多数私人财产都会被“充公”,不是被看守豪夺,就是被囚犯巧取。马尔斯说,一旦他掌握了这个诀窍,他就可以从别人那里窃取他所需要的东西。

“很好。现在把你的口袋翻过来。”

“除了这个,我什么都没有。”朗拿出了他的象牙柄折叠刀,这是马尔斯允许他保留的,称它是“囚犯的必需品”。

杰夫说:“好吧,我要了。”

“抓我的人说囚犯本来就可以保留刀的。”

“我才不管他跟你说了什么,先生。我可以拿这么好的刀做交易啊。”

朗摇了摇头:“对不起,不给。”

格里夫叹了口气,仿佛在和一个没脑子的孩子打交道:“现在听好了,新来的。”他走上前来,突然抬起膝盖,猛地撞向朗的下体。朗疼得弯下了身子。

格里夫一把揪住他的头发把他拽了起来:“我说把它给——”朗握紧折刀,挥手直砍格里夫的头。

格里夫转动着身子撞到墙上,其他囚徒都争先恐后地逃开了。有一个人喊道:“嘿,帕迪,没想到这里有场大战呢。”

格里夫像一头发狂的熊一样,笨拙地朝朗走去。朗被汗水和愤怒弄得几乎什么也看不见。他只记得自己举着双拳扑向前去,此后便什么也不记得了,直到仿佛从雾中撞了出来,并听到了掌声和口哨声。几个看守抓住他的两个肩膀把他拉了起来。格里夫躺在楼梯平台上,裤裆里污迹斑斑,嘴唇上鲜血汩汩,鼻子也扁了,他的右腿弯曲着压在左腿下面。朗看着自己流血的指关节,一脸惊讶。

一个看守用手枪指着他,让他靠在墙上。另一个人试图拉直格里夫的腿,格里夫尖叫起来。特纳中尉跑上楼梯,查看骚动情况。一位惊呆了的南部邦联士兵跪在格里夫身边俯视着他说:“看样子他的腿断了,长官。我想这家伙是徒手把他的腿弄断的。”

朗的双眼从他长满密密麻麻毛发的脸上射出凌厉的光芒:“这混蛋想拿走我的折刀。”

他对雷兹说:“我以为我完了,监狱长把我扔进地下室一个黑得像洞穴的禁闭室里。三天没有食物和水,甚至没有撒尿的桶。然后他们把我送回二楼,我发现特纳已经选我做了那层楼空缺的中士。我行为检点,我安排人每天两次从厨房拿来食物,我不再打架,我帮助一些不能写信的人写信。不久,特纳把我叫去,说他还需要一个勤务兵,一个既不是傻瓜也不是疯狂恶霸的勤务兵。如果我是值得信赖的,如果我想按照我说的那样为南部邦联效力,那么我就会被释放,然后去做一些短期的差事,再是一些长期的差事。特纳设定了一个条件。”

朗露出他的左手腕。煤气灯光下,铁制的手铐闪闪发亮。

“任何看到这个的人都知道我是一条鱼,比一些人受到的信任稍微多一点,但仍然是一条鱼。我必须宣誓效忠,我不喜欢它,但我的老板是派我来干活的,所以我依从了。他们给我穿上了灰色军装,这样我就不会在中尉每次把我派到某个地方去的时候撞南墙。几周前,我觉得安全了,就开始搜集情报。事情就是这样。”

“是啊，真的，很精彩的故事。”雷兹说道，他的钦佩之情溢于言表，“你们这些间谍都是高明之人。”

“偶然而已。这场战争一点也不高明，西格。一群野兽互相撕咬。这是我死去的搭档教给我的。”

“你会一直给我送情报吗？”

“我会尽量经常送来。”

“走之前还想喝点啤酒吗？”

“不了，谢谢，但我还想再坐几分钟，看看那些报纸。被囚禁的人不允许看任何报纸，除了他们自己出版的手写小报。”

西格·雷兹做了个手势：“请便，想待多久就待多久。我得去看看海勒姆怎么样了。我可能会有顾客来，猪也可能会突然出乎意料地到来。”

朗坐在雷兹的软垫椅子上。他乐了，居然坐在一份可能会让他被处死的密码报告上。

《里士满快报》的第二页，在一篇关于食物短缺和物价暴涨的悲情报道旁边，他发现了一则令他震惊的报道。在不列颠领事代表克里德兰先生举办的招待会上，嘉宾中还有一位该国的公民，纽约市商人多纳尔·麦基。麦基先生在南部邦联有大量商业利益，他和妻子暂时住在教堂山的出租屋里。

第四十一章　1862年11月

玛格丽特在楼梯脚说道："麦基先生下来了吗，尤多拉？"

"下来了，吃过了，走了。"尤多拉用鸡毛掸子轻轻掸了掸装饰门厅的一个华丽的罐子。她是一个胸部丰满的黑人妇女，三十出头。她的米色皮肤表明她有一两个祖先是白人。尤多拉负责做饭和打扫卫生，她的弟弟莫里斯·汤普森负责其他家务，两人都是奴隶。他们住在教堂山第二十四大街一座有十个房间的漂亮房子里。这座房子是一位单身律师的财产，他于去年12月去世。多纳尔租了这所房子六个月。这是一座死气沉沉的老房子，对他们来说有点太大了，虽然它有一个可爱的花园，种着樱桃树和苹果树，棚架上长着繁茂喷香的卡罗来纳茉莉花。

"我先生有没有说他要去哪里？"

"埃克斯钱奇宾馆，参加一个会议。"更有可能又是一场马拉松式的纸牌游戏。有时他们整夜不停地玩。等到太阳升起，多纳尔和他的那些新朋友们就会回家去，洗个澡，换上干净的内衣，然后继续玩。

玛格丽特觉得很难相信，四个月前，一支庞大的联邦军队曾驻扎在距里士满六英里的地方。人们说，距离这么近，从城市的小山上都可以看到敌人的营火。北方佬被打退了，战争又向北推进，于是南方的精英阶层继续经营生意，继续花天酒地，仿佛别人并没有为他们进行着战斗、做出牺牲似的。如果你碰巧开车靠近钦博拉佐或温德尔医院，伤员的惨叫声和恸哭声会提醒你这一事实。

"有地道一点的咖啡吗？"

"不，小姐，只有烤玉米混合饮料。我会把它拿到餐厅去。你哥哥又来了吗？”

“我们每周三都一起吃早餐，尤多拉，这个你知道的。”在南部邦联首都发现西塞罗安然无恙，这是这次被迫待在这儿的少有的好事之一。“他应该会在九点之前到，请随时为他服务。”

“好的，夫人。”尤多拉那双可爱的棕色眼睛反映出这两个女人对彼此的厌恶。从第一天晚上开始，尤多拉就一直对多纳尔满脸赔笑，竭尽插科打诨之能事。她显然被他迷住了，对玛格丽特或任何其他跟他有关联的人都感到嫉妒。

这也许解释了为什么在9月底，尤多拉悄悄告诉玛格丽特她去市中心寻找食物时碰到的事情。离开一家没有东西可买的杂货店时，她看到玛格丽特的丈夫驾着一辆敞篷马车从附近驶过，旁边坐着一位尤多拉知道是个寡妇的迷人白种女人。当尤多拉把这一花絮告诉玛格丽特时，她那张漂亮的脸蛋被妒火扭曲得一塌糊涂，玛格丽特立即训斥了她一顿。从那时起，尤多拉不仅是她的对手，而且成了她的敌人。

玛格丽特撩起她那件美丽的琥珀色丝绸晨衣的裙摆，向餐厅走去。这条裙子是多纳尔在来南方之前给她买的巴黎行头的一部分。

虽然咖啡有一部分是替代品，但它驱散了一些挥之不去的昏昏欲睡。窗外，深红色的枫叶飘落下来。一个女人胳膊上挎着一只购物篮走过。范·卢小姐是附近一个很有钱的女人，性情古怪，个子小巧，长着一头长卷发和一个不讨人喜欢的大鼻子。尤多拉厚颜无耻地嘲笑范·卢小姐，说：“人们称她为疯婆子。”

在玛格丽特看来，整个城市都有点疯狂。那里大批大批的伤员和跛子，那里空空如也的货架，那里态度冷漠的店主，那里愤愤不平的家庭主妇，都令她感到沮丧。年轻的女士们抱着不快乐白不快乐的绝望态度，继续到较好的旅馆参加舞会，或者去老集市的营火上烤糖稀，在紫色的黄昏中唱《美丽的蓝旗》或《洛雷娜》。杰斐逊·戴维斯的妻子，瓦丽娜，一个玛格丽特很喜欢的有橄榄色皮肤的优雅女人，她公开说她觉得里士满是个冷漠的地方，缺乏她长大成人的密西西比边境的那种友好氛围。玛格丽特希望他们不久就会从威尔明顿或查尔斯顿上船，铤而走险地穿越联邦海军中队的封锁线。

尽管如此，她还是宁愿选择一个被围困的南部邦联城市，而不是位于北方佬地区的纽约。无论他们去哪里,多纳尔都会找到温顺的女人。她听之任之。

玛格丽特很高兴,罗丝·格里诺和她的女儿住在巴拉德家里,罗丝正在写她被监禁的回忆录。她现在看上去有点疲惫和憔悴,没有玛格丽特记忆里那么热情洋溢。她的头发已经大部分呈现出灰白色。小罗丝正在成长发育,开始对男孩子产生兴趣。

罗丝说,杰斐逊·戴维斯亲自为她颁发了两千五百美元奖金,以奖励她在华盛顿的出色表现,并说如果没有她,第一次马纳萨斯战役就不会获胜。玛丽·切斯纳特,一位南部邦联众议员刻薄的妻子,散布谣言说罗丝是西沃德或斯坦顿派来里士满的,是来做间谍的。玛格丽特是从哈哈大笑的瓦丽娜·戴维斯那里听到这事儿的。"当然,玛丽认为几乎所有人都是坏人。她记日记,你知道的,但愿我不在里面。"

瓦丽娜的丈夫当然会。城里有一个由《检查人报》的编辑们牵头组成的很大的反戴维斯派系。他们说,戴维斯认为由于他在西点军校所受的教育和在墨西哥战争中的服役,有资本对他的军事指挥官们发号施令。瓦丽娜说,源源不断的批评导致戴维斯先生严重消化不良。

每星期两次,玛格丽特跟罗丝和一群女士聚在一起,为士兵们编织袜子和手套。在其他日子里,她走路,试图通过让自己疲劳来销蚀自己的不开心。在街上,她看到涂脂抹粉的女人在公开拉客。她看到了征兵游行,临时拼凑起来的乐队里通常有一两个黑人。她发现,具有讽刺意味的是,一个黑人鼓手或横笛手也在卖力地帮助征募兵员以维护奴役他的制度。乐队往往演奏的是《马赛曲》[①]而不是《迪克西》。

有好几次,她看见一长列的穷苦黑人从乡下进城来,由一个白人领着或赶着,到所谓的奴隶监狱去。奴隶贸易仍然异常活跃,奴隶拍卖依旧十分频繁。有一次,她拐错弯进入运河附近的一条狭窄小巷里,看到一个黑人青年赤身裸体地站在拍卖台上,她惊呆了。当白人绅士们围住她,劝她离开时,她的眼睛紧盯着那双痛不欲生的眼睛,那是被买卖的人类的痛苦眼睛啊。他似乎在无声地呼喊

---

①法国国歌,1792年由工兵上尉克劳德·约瑟夫·鲁热·德莱尔一夜之间作成,马赛志愿兵高唱此歌向巴黎进军,故名,1795年被国民公会定为国歌。

着，要求帮助，或者至少要求承认正在发生的事情是有罪的。之后的几个晚上，她一直睡不好。在巴尔的摩，她从未见过如此可怕的景象，尽管她可能已经有意识地尽量避开了这样的景象。

西塞罗准时到达。他住在斯波茨伍德酒店，认为这比照料一个家方便。她在《问询报》上刊登了一则小广告，在许多广告中出了一个高价，寻找一位应征入伍的替代人，就这样找到了他。西塞罗以平民身份为军事信号部工作。他只肯说这么多，尽管他向她保证他在做的工作十分重要。

"这让北方佬损失惨重，而且我很喜欢这个工作。"有一次他说，"每隔几天，我就给父亲割一磅北方佬的肉。我也给你割了不少呢，玛格丽特。"他的笑容热情而宽厚，热情宽厚得令人不安。

"亲爱的妹妹，早上好。"他边说边一瘸一拐地走进餐厅。他弯下身去吻她的前额，他的眼睛闪闪发光。他那套棕色的格子羊毛套装、深绿色的马甲，以及衣领上系着的配套领带，都证明了他的薪水远高于贫困水平。

"你看上去好像挺高兴的。"她说道。

"我们抓到了一个冒充专利药品销售员的联邦方面的记者，他在斯波茨伍德酒店的酒吧里肆无忌惮地分发名片。我估计他是一名间谍，我们会查个水落石出的。我们有一些办法，这么美好的日子，我不敢提那些办法。你好，尤多拉。"

"您好，先生。"尤多拉一边说，一边在他面前放了一小份炒鸡蛋和两片肥美的培根，玛格丽特不想猜那两片培根的价格。尤多拉随后端上了一筐在厨房里烤好的粗面包。她对西塞罗笑了笑，对玛格丽特却没有任何笑容。他把餐巾塞进衬衫里，开始向食物发动猛攻。

"我以为多纳尔可能也在呢。"

"他又去玩他那无间道纸牌游戏了。他说，这是与重要商人见面的一种方式。我希望这就是他所做的，我真的无法知道。"

"我好像闻到了一丝妻子的醋意，是吗？你还只是个新娘呢，玛格丽特。"

"也许我有怀疑的理由，你知道多纳尔的名声。"

"在我离开巴尔的摩之前，你提到过几次，就是这样。你不是说他在和别的女人约会吗？"

“我知道他和一个女人一起坐过马车，肯定是哪个棉花种植园主的未婚姨妈。”

西塞罗说了一声“哎哟”，然后低下头，仿佛在躲避一颗子弹。他用手捂住她的手。“我希望这些事情只是你的想象。多纳尔是个很棒的、不可多得的白马王子，他帮你摆脱了地狱般的困境啊。”

“是的，他是的，他帮我摆脱了困境。”她赞同道，“我们可以谈点别的吗？”

她不愿向西塞罗承认，自从在华盛顿度蜜月以来，她与多纳尔的关系微妙而迅速地恶化。一个星期又一个星期过去了，多纳尔变得不那么殷勤，尽管他仍然是一个温柔体贴的爱人。当他在晚上选择去她的房间时，他们之间仍能感受到一种特别的情感激动。令她感到羞愧的是，当他们在一起的时候，她有时脑子里却想着她怀里抱着的是那个北方佬侦探。

她和她的哥哥闲聊着，猜测接替麦克莱伦的新任联邦军司令官伯恩赛德[①]的有关情况。西塞罗十点不到就走了，拖着他那双厚底的鞋子，忍受着剧烈的疼痛，极其缓慢地从这幢豪宅的大理石台阶上走下去。玛格丽特在窗口望着他沿着砖砌的人行道往前走去。他做了什么事情让他如此高兴？如果他是在为他们父亲的谋杀报仇，那为什么这事儿会让她内心不安呢？

下午，她又与瓦丽娜·戴维斯和几位内阁成员的夫人在克莱大街那幢有圆柱的大厦里喝茶，大家都把这座大厦称为“南部邦联的白宫”。总统一度走了进来，以南方人的礼貌问候女士们，弯腰亲吻她们的每只手，还用下巴上的胡须挠玛格丽特手的痒痒。就像大厦里的坐垫、帷幔和其他东西一样，他身上充斥着雪茄的味道。她觉得他看起来疲惫不堪，心事重重。

她选择步行回家。天气变得寒冷刺骨，工厂的浓烟污染了深蓝色的天空，枯树叶在她脚下旋转飞舞。她一走进家门，尤多拉便走上前来招呼她。

“一个男人刚刚拿来的，让我马上给你。”她把一张折好的墙纸放到玛格丽特戴着手套的手里，字条用一点褐紫红色的蜡封住了。

---

①伯恩赛德，即安布罗斯·埃弗里特·伯恩赛德（1824—1881），美国内战时期的联邦军将领，西点军校毕业。他接替麦克莱伦担任波托马克方面军司令官，但在弗雷德里克斯堡战役中惨败后被撤职；1864年在彼得斯堡战役中将一矿井炸毁试图破坏南军，结果造成联邦军重大损失，之后退出军界；1866—1869年出任罗得岛州州长，1875—1881年担任美国参议员。他引领了留络腮胡的时尚，世称“大鬓角”。

“他是谁？他长什么样？”

“就像那种应该走后门的人，他就是从后门来的。不是很老，但看起来很疲惫。胡子是棕色的，到这里了——”她摸了摸自己的胸脯，“——浓密得足以做鸟巢了。穿了一身旧的灰色军装，像当兵的扔掉不要的东西。哦，他是个白人。”

“谢谢你，尤多拉，你可以走了。”尤多拉别无选择，只好留下那张未看过的神秘字条离开了。

玛格丽特把字条拿进客厅，她坐在马鬃沙发上，脱下手套。远处的炮声震得窗玻璃嘎嘎作响，她希望这只是当地炮兵在训练。

她打开了蜡封，墙纸的内侧没有印什么东西。信是用很粗的铅笔写的，字迹潦草。

星期五下午四点能否来肖凯山坟地一见？

希望此要求不会带来太高的“代价”。

为什么这两个字要放在引号里？是谁？

“天哪。”是他，她对此毫不怀疑。

第四十二章　1862年11月

在肖凯山的坟地里，他的四周尽是石头天使、六翼天使和十字架。莉比监狱的囚犯说，蒂姆·韦伯斯特就躺在这里一个没有标记的坟墓里。当朗在三点半到达时，他在贫民安葬区走了十分钟，这是对一个勇敢的特工表示敬意的必要姿态。

当天早些时候，掘墓人埋葬了一个人，他在前往墓地西南侧的路上经过了那个新的坟墓。他把包在纸里的肉放在一个墓碑的台面上。在取回监狱长拿去洗的衣物之前，他已经把一袋报告送到了宪兵司令的办公室。在温德将军实施的全市戒严法下，即使有特别通行证，他也必须在天黑前离开街道。

他的有利位置使他可以观察到第二和第三大街上来来往往的车辆。薄雾笼罩，詹姆士河和运河隐藏在低低的雾团中，灯像数百只猫的眼睛一样闪亮着。他的灰色短上衣只剩下了一个扣子，一点也不暖和。

教堂的钟声敲响了四下，深沉的音符在雾霭中回响。他用右手的大拇指来回摩挲着冰冷的金属手铐，一遍又一遍。如果她不来怎么办？她不明白他交给那个黑人奴仆的信息吗？

一只流浪猫在墓碑间徘徊，朝他喵喵叫着，他嘘着它让它走开。当他又向山下望去时，看见一辆马车正在上坡往第二大街行驶。驾马车的是个女子，独自一人。尽管她黑色头发上的灰色面纱模糊了她的容貌，但他知道这是玛格丽特。

他从一座上面有一个伸出双手的大理石基督像的墓碑后面走了出来，挥舞着双手。马车歪歪斜斜地拐过一个角落。她穿着黑色的骑马服，戴着黄色的手套，看上去多么漂亮啊！

他跑上前去把马拴在路边的一根铁柱子上，然后扶着她下来。他被她那圆润丰满的手指和她撩起面纱时露出的近乎羞涩的微笑激动得不能自已。她宽大的嘴巴是深樱桃红的颜色。

“我知道是你送的条子，可是我看到你的时候，还以为自己犯了个极大的错误呢。我还以为不是你呢。”她抚摸着他的胡子。

“为了让自己看起来像其他数以百计的士兵，所以我把胡须蓄起来了。”

她看见了手铐：“这是什么？你是囚犯吗？”

“莉比监狱，我会解释的。我们离开这条路。”

她挽住他的胳膊，胸脯碰到了他的身体，唤起了他的春情。他领着她进入墓地深处。被设计成小型希腊神庙的陵墓挡住了他们的身影，大街上看不见。

“你还因为我为谁工作而恨我吗，玛格丽特？”

“如果我恨你，我还会这样做吗？一个女人孤身一人在这里被人看到是很危险的。”

“那你为什么来？”

“你不知道吗？我情不自禁，我必须得再见到你。”

他笑了：“你幸福吗？”

“别问那个问题。”

他用大拇指轻轻地抚摸着她的脸颊，脸是湿的。“我必须知道。当你说你要嫁给多纳尔时，你把我的心都打碎了。”

“当时我绝望了，我已经坠落到了井底，贝克会把我永远留在老国会大厦。多纳尔有能力把我从监狱里救出来，从华盛顿弄出来。我别无选择。”

“但是你幸福吗？”

“哦，朗，在这个时世，谁可以得到幸福呢？我做了个安排。多纳尔喜欢我，他喜欢我打扮得漂漂亮亮、穿得体体面面。我很有用。他，我们这么说吧，对许多女人都很友好，但他不能在自己的家里把她们大多数人介绍为女主人。只是一个安排而已。”她用一只手抚摸着他旧上衣的前襟。“别再纠结这件事了，我希望你能抱着我。”

他把她抱在怀里，紧紧地搂在胸前，从她骑马服的黑领口上面吻她的脖子。

他们身后，薄雾中看不见的掘墓人在互相招呼致意。声音渐渐远去，没有威胁。

他亲吻她的嘴，这吻又长又深，既有快乐又有痛苦。

“你怎么知道我在里士满？”她问道。他告诉她他看到了那条新闻。“我想听听关于你的一切，包括你是怎么来的。你在为北方佬干秘密工作吗？”

“是的。”他把她拉到一个墓碑前，那里有一个宽阔的基座，他们可以坐在那里，避开大路。他把戴着手铐的手放在她的膝盖上，讲述了他的被俘、斯莱奇的身亡、打败格里夫的经过，然后讲述了慢慢赢得特纳中尉信任的过程。

“你有可能被交换吗？”

“估计有可能，我已经向华盛顿报告了我的行踪。”

“怎么报告的？”

“我在城里有联络人。我不能说得更多了。你在里士满会待多久？”

“我不知道。”

“你会回到纽约去吗？”

“应该会的，我不喜欢这个主意，不过我想也无所谓。无论我们在哪里，多纳尔总能找到心甘情愿的女人。”

“你结婚才多久——四个月吗？你是说他早就在骗你了？”

“当我接受他的求婚时，我就知道多纳尔的天性。可我不想一年年烂在那该死的监狱里。”

“唉，这个情况真是糟糕透顶。”他们沉默了片刻。“玛格丽特。”她转向他。“我爱你。”

“啊，请别说——”

“我爱你。”

她乌黑的双眼闪亮着泪水：“我也爱你。”

她把戴着手套的手贴在他潮湿的脸颊上，用嘴、舌头和颤抖的身体爱抚他。当她缩回身子的时候，她擦了擦眼睛，然后放下面纱。

“你不能再想起我了。你只要努力一下，就会忘记我的。”

“忘了你？你在故我在，你有故我有啊。自从我们相遇以来，你就一直在我所能看见的每一个情景中。一直到我生命的最后一刻，你永远是我人生的一部分。”

当她意识到他说的是什么时，她睁大了眼睛：“那是皮普说的，对吗？当埃丝特拉想让他忘记她的时候。”

“这话我牢牢记着，偶尔我们也被允许在监狱里看看书，当地的好心人带来的，他们称之为‘囚犯援助’。我上个月重读了《远大前程》，皮普在埃丝特拉嫁给德鲁姆时的感觉就是我对你的感觉。狄更斯说得很完美，我们可以分开，但你永远不会离开我，永远。”

她使劲抓住他的手，用力之猛，猛到他的手指都疼了。他们听到了马的声音。

他跳了起来。她紧贴着他的肩膀，紧张地看着那辆载着两个军人的黑色马车从第三大街驶来。第三个人是个平民，骑马跟在后面。马车直立的顶部把车夫和乘客遮挡在了阴影中。薄雾包裹着黄铜边灯，边灯呈现出幽灵般的光环。马车看上去十分邪恶，像是从地狱里驶来的魔鬼的马车。

玛格丽特轻声说道：“那是多纳尔的敞篷旅游马车。”她看到了朗的表情。“哦，天哪，你不会以为是我……？”

“不，不。”他说道，带着一种内疚感和羞耻感，他的心里正是这样想的。“还有谁看见过那张条子吗？”

“只有我们家的侍女尤多拉，她给我那张条子的时候封口蜡完好无损啊。”

“封口蜡可以融化，然后再封好，看不出破绽。”

“那她一定看过了，那姑娘不喜欢我，她为了泄愤告诉了多纳尔。”

敞篷旅游马车转过拐角，摇晃着停在轻便马车后面。骑马的人身材魁梧，身穿礼服大衣，头戴宽边的种植园主帽子。他跳下马来，跟另外两个人交换了一下意见。他举起胳膊指了指，朗和玛格丽特被发现了。

玛格丽特推了朗一把：“快跑！”

“你怎么办？”

“我会想办法解决的，别担心。亲爱的——快跑！”

他转身冲进雾气弥漫的墓地深处。他本知道他徒步逃脱的机会很小，但他想把那些男人们从她身边引开。他听见一匹马疾驰而来，穿着带有踢马刺的马靴的骑手追着他在墓碑之间穿行，仿佛在追逐猎物。

他跑得更快了，双臂像抽水泵的杆子一样急剧摆动着，呼吸通过紧咬的牙齿发出嘶嘶声。那骑手轻而易举地就追上了他，并从绑在腿上的枪套里拔出一把左轮手枪。“站住，不然我就给你背上一枪。”

朗在飞奔中撞上了一棵橡树，鼻子在树皮上蹭了一下。

“转身，举起手来。”那人脸色红润，一颗金色的门牙闪闪发光。“现在走在我前面，到麦基先生和克里奇先生那儿去。”

“你是谁？”

“我叫帕森斯。我的搭档亨博尔特·克里奇和我是里士满宪兵司令约翰·温德将军的特工。”

就是负责管理监狱的人——而且还和间谍打交道。

朗沿着草地上被马踩踏出的足迹走去。帕森斯把左轮手枪放在大腿上，让马慢慢走着。朗在离开玛格丽特的地方经过她身旁。幸好他看不到她面纱后面的恐惧和不安，否则，他会崩溃的。

多纳尔·麦基站在他的敞篷旅游马车旁边，两个大拇指插在绣花马甲的口袋里。他的乘客正在检查那捆要洗的衣服。他看上去是个性情温和的人，四十岁左右年纪，长着一张红润的圆脸，很像维多利亚时代小说里的中小学老师、唱诗班指挥或者和蔼可亲的亲戚。当他举起手来调整他的常礼帽时，手上露出了一个极其丑陋的伤疤，从他的大拇指根部一直延伸到袖口处。

多纳尔对他妻子大声说道：“请在那儿等着，直到我们结束。”他控制得很好，无法估计他的愤怒有多深。戴着常礼帽的那个人上下打量着朗。

“我是赫米·克里奇，先生。宪兵司令办公室的。”他的声音很柔和，甚至很镇静。那副小小的圆眼镜后面，他的黄褐色眼睛看上去比其他部位更加苍老、更加阴冷。“你有在城里闲逛的通行证吗？”

朗拿出通行证，克里奇仔细看了一下。“签名是温德将军的，通行证是发给阿尔比恩·罗杰斯的。你是罗杰斯？”

“是的，二等兵阿尔比恩·罗杰斯，海因策尔曼第三军团，第一师——”克里奇的胳膊像一条攻击的蛇一样猛地向前一蹿。他的拳头啪的一声把朗的头击向一边。

“好了，先生，这根本不是真的，是吧？”

多纳尔说：“我对你说过，他叫普赖斯。我们在华盛顿见到他之后，我妻子就老是提到这个名字。他在那张条子上签的名就是‘代价’普赖斯。”

“是的，先生，我看到了。”克里奇赞同道，“你确定是同一个人吗？”

“毫无疑问。他在林肯的就职典礼上执勤，至少我是这么认为的。他在人群中定期巡逻，监视着人们。我看见他和另一个同伙商议过什么事情，我敢肯定他在这里是冒充的。”

克里奇看上去很难过。“‘耕罪孽、种毒害的人都照样收割。’约伯记，第五章。”

朗说道：“是第四章，第八节。”

“哎呀，我们这里来了什么人物啊，《圣经》学者吗？”克里奇兴高采烈地说。他又打了朗一拳，打得他脚跟直摇晃。“绞死懂《圣经》的人和绞死异教徒一样容易、一样快。‘流人血、行诡诈的人必活不到半世。’你知道这是哪首赞美诗吗？”

“滚开，你这个混蛋叛贼。”

克里奇的脸变得像李子一样红，他朝帕森斯示意了一下。帕森斯走上前来，把左轮手枪倒过来，用枪托敲向朗的脑袋。朗跪倒在地，玛格丽特尖叫起来。多纳尔笑了。

克里奇用手指捏着朗的下巴。“我想知道你为什么穿着南部邦联军队的灰色军装，戴着手铐，我想知道这是谁的衣服，我想知道里士满是否有联邦的间谍团伙。我的上司和我有足够的时间找出这些答案，而且我们会的。站起来。”

第四十三章　1862年11月

南部联盟的“白宫”位于第十二大街和克莱大街的交界处，是一幢有柱子的拉毛粉饰大厦，与其说是白色倒不如说是灰色。朗在楼上一间没有窗户的房间里被关了半个小时。帕森斯没有表现出明显的敌意，只是在朗踱来踱去的时候说了句：“我希望你坐下。”他为玛格丽特感到苦恼。多纳尔会惩罚她吗？假若他不是轻率鲁莽地写那张条子……

一位军事助手打开了门：“总统已经准备好见你了。”

朗和帕森斯跟着他来到一间俯瞰着灯光闪烁的城市的朴实无华的办公室。架子上嘀嗒作响的时钟显示六点半。在总统写字台前的一把访客椅上，一个六十多岁、英俊魁梧的军官用敌视的目光打量着这个囚犯。朗在一幅雕版印刷品上看到过他，认出这是宪兵司令、陆军准将约翰·温德，又一名投向敌方营垒的西点军校毕业生。在半岛上，士兵们都在议论温德的儿子，他是一名陆军上尉，战争开始后就到了华盛顿。平克顿要他签署一份效忠誓言，麦克莱伦选择将他送回加利福尼亚州执行任务。

将军浓密的白发飘逸地梳成波浪，垂到耳边。甚至连他自己的军官，包括特纳在内，都认为他严厉而顽固。每当提到他的名字，人们通常都会想起，他的父亲曾经在1814年英国人来袭时率领军队夹着尾巴逃跑，使华盛顿成了一座不设防的城市，遭到洗劫和焚毁。

杰斐逊·戴维斯指了指一张空椅子。“请坐，先生。”他那有礼貌的声誉名不虚传。

“谢谢。”朗慢慢地坐到椅子上。戴维斯的左眼有一层混浊的薄翳。他那酸臭的呼吸在桌子对面可以闻得清清楚楚。他一边看着一份文件，一边捂住嘴，轻轻地打了个嗝。帕森斯懒洋洋地在那些高高的书架旁闲逛。克里奇站在他旁边，把常礼帽紧按在自己的马甲上，这样子使朗觉得他很卑躬屈膝。他注意到还有一个平民交叉着双臂站在一个黑暗的角落里，是莉比监狱走廊里的那个秃头男人。

戴维斯说道："你坚持认为你的名字叫罗杰斯，先生？"

"二等兵阿尔比恩·罗杰斯。没错，先生。"朗响亮地回答道，竭力不让自己显出害怕。

"一个有良好声誉的先生提供了一个不同的名字。温德将军手下的侦探们有一张你送到这位先生家里的便条，上面签了同样的姓氏。你还否认双重身份吗？"

"是的，先生。"

"我钦佩你的勇气，尽管你会发现你的勇气被滥用了。我怀疑你是麦克莱伦将军手下的特勤局局长平克顿的特工。"

温德严厉地说："如果你有通过交换战俘来拯救自己的想法，那这对你半毛钱好处也没有。麦克莱伦将军被解除了职务。"

"是的，长官，我听说了。"

秃头男人在阴影中说话："树倒猢狲散啊。前个星期，我们截获了一封穿越战线、带有战俘交换协议和名册的信件。你的雇主平克顿，写信给霹雳城堡的普赖斯·刘易斯，说他要辞去职务，回到他在芝加哥的老位子去。我们看完信后把它送去了，刘易斯将会确认其内容。"

戴维斯在办公桌上紧握着自己布满青筋的双手："继续抵赖是徒劳的，普赖斯先生。你的两个同事现在被关在霹雳城堡，刘易斯先生和斯库利先生。如果你是平克顿派来的，他们会指认你的。你放心吧，只要你把在里士满的联络人，也就是联邦政府的间谍名单列给我们，我们也许会对你宽大处理。"

赫米·克里奇咳嗽了一声，连忙过于谄媚地道歉。戴维斯挥挥手示意安静。

朗说道："我没法这么做，先生。我不知道你说的联络人是什么意思。我从联邦军队逃过来是因为我不相信他们的事业，我来里士满是为了支持南部邦联。

我的事情就是这样。”

戴维斯看上去很痛心的样子：“你知道，你们那一方会输的。林肯没有真正有能力的军事将领，只有无能之辈，或者像麦克莱伦那样言必称‘我’的人。我知道，我在墨西哥和他们中的很多人一起服过役。我们这边有西点军校最优秀的人才，首屈一指的是李将军。我们的事业是正义的，我们寻求摆脱北方工业家的统治而独立。我们追求我们自己自由的生活方式，不受种族乱伦伪君子的干涉。除非强迫或者买通他们，否则这些伪君子们绝对不会允许自由的黑人进入他们的客厅。”

朗没有回答。他能说什么呢？戴维斯对奴隶制的看法是完全错误的，尽管也许在北方虚伪的问题上差不多说到了点子上。至于那些将军，这或许是令人沮丧的事实。麦克莱伦在他可以攻克里士满的情况下，因为兵力不足而功亏一篑。这一切似乎杂乱无章，但与玛格丽特的困境和他自己的罪过相比，则显得无足轻重。

时钟嘀嗒作响。克里奇又开始咳嗽了，温德怒不可遏。戴维斯清澈的右眼再次映射出煤气灯的微小反光，他把手放在桌子上。“先生们，恐怕这是毫无意义的。普赖斯先生，拒绝合作你会后悔的，霹雳城堡不是最舒适的住所。米勒先生，请把他带走。”他伸手去拿文件夹，示意会面结束了。

朗的耳朵嗡嗡直响。米勒？

秃头男人一瘸一拐地走过地毯，抓住朗的胳膊，把他从椅子上拉了起来。五分钟后，他们坐在一辆封闭的马车里，嘎吱嘎吱地驶离了国会大厦广场。

在教堂山上的卧室里，玛格丽特凝视着雨。大雨瓢泼，如河水从屋顶倾泻而下，驱散了薄雾。她赤着脚，只穿着一件日式风格的装饰着白鹤展翅飞翔的黑色晨衣。

当温德的侦探们用敞篷旅游马车把朗带走时，墓地上的可怕场面才结束。多纳尔用轻便马车送她回家，他一句话也没说。当他们到达教堂山时，他递给她一把黑色雨伞。她下车后，他就驾车走了。毫无疑问，她之后肯定会挨他的骂。这是一种意识，而不是恐惧。她恐惧的是黑暗中朗与温德的那些暴徒们在一起。

她在梳妆台上拿起一把梳子梳着她乌黑的长发。通常这习惯性的动作令她愉悦,今晚却是机械的。她的睡衣下垂,镜子里映出她优雅婀娜的身影。

大厅里的脚步声提醒她,多纳尔回来了,他没敲门就进来了。他的英式睡袍,焦橙色的丝绸,领子加软衬料缝制,腰带上饰有流苏,非常合身。考虑到他花在衣服上的钱,这并不奇怪。他的身上散发着滑石粉的味道,卷曲的头发闪闪发光,显然涂了一些油性制剂。

多纳尔坐在床的一端,她刚想开口说话,他举起了一只手。

“让我跟你说清楚,玛格丽特。我不在乎那个北方佬的工作性质,也不在乎他的老板是谁,我真正在乎的是你是否跟他调情了。”

“如果你指的是他是否把我弄上床了,那没有。”

“并不是你不喜欢,是这个意思吗?”

“我喜欢他,多纳尔。”

“胜过喜欢你丈夫。”

她毫不畏缩地看着他,她不需要回答。

他若有所思地说:“今天发生的事情使我非常难堪。只要我们在里士满,它就会继续让我难堪,一个男人不能容忍那样的事情。账目必须平衡,一次行为不检点,一次惩罚。你明白吗?”

“你是说如果我不再这样做,你就不会再惩罚我吗?”

“你是个聪明的女孩,我不明白一个聪明的女孩怎么会犯这样可怕的错误。我想我们时不时都会成为人性的牺牲品。”

“你当然是,多纳尔。”

他不喜欢这样。他从梳妆台的角落里拿起她那副染成黄色的手套。“漂亮,我相信它们适合我。”他先戴上一只,然后又戴上另一只。她的心跳得很快,被威胁的感觉十分强烈。

“我不想这样做,玛格丽特。对不起。”

“那你为什么——”

她最后看到的是他的黄色拳头飞向她的双眼。当她醒来时,她正躺在床上,一只眼睛肿胀得睁不开,脸和身体十分疼痛。他正压在她身上,整个脸扭曲着。

他们的目的地是第十八大街和克莱大街，距离莉比监狱只有一个街区。沿路商店和旅馆的灯光照亮了赫米·克里奇和坐在朗对面的秃头男人的脸。雨水重重地击打在马车上，在街上溅起点点水花。尽管天气很冷，朗还是大汗淋漓。

他揣摩着逮捕他的这几个人。他估计克里奇是个下等人，只是自命不凡罢了。这个人生性喜好粗暴残忍，而且总是能信手拈来一些《圣经》中的短语或者爱国的言辞为之正名。另一个叫米勒的人在他看来更聪明，更会算计，因此也更危险。米勒的坐相很不雅观，他那残疾的腿一直从马车的这一侧伸到那一侧。朗认为米勒有可能是个普通的头目，而克里奇则是他的一名校官。他们是一对令人恐惧的人。

米勒仔细研究着他暗黄色的指甲："别指望你能从中脱身，普赖斯。我肯定你为平克顿工作，或者曾经为他工作过。他的暴徒在巴尔的摩杀了我父亲。"朗一动不动地坐着。

"平克顿还把我妹妹关进了监狱，那位显然你认识的女士。既然你们这边把她关起来，虐待她，让她受苦，那我们就会以牙还牙，尽管有一点点不同。玛格丽特出狱了，你会烂在那儿。是吗，克里奇？"

"他的确会的，米勒先生。'愿恶人的恶断绝。'"

"克里奇先生每个星期天都在一所福音教会学校教书。"米勒说，"啊，我们到了。"

透过马车的窗户，朗看到了这座由三幢砖砌建筑组成的臭名昭著的监狱的灯光。

"你想再等一会儿，四下看看最后一眼吗？"米勒问道，"你不会再见到里士满了，霹雳城堡可能是你在地球上的最后居所了。"

第四卷

骚乱

第四十四章　1862年12月

玛格丽特在弗吉尼亚长大，她最喜欢玩的是一个里面塞满了稻草的玩具娃娃。这个微笑的保姆玩具娃娃有一条她觉得颜色和图案十分迷人的百纳被一样的围裙。在多纳尔惩罚她之后的几天里，镜子里的玛格丽特，被打肿的脸上伤痕累累，那颜色也如同百纳被一样。

在那个可怕的夜晚，尤多拉带着她的财物溜出了家门，显然她宁愿让执行宵禁任务的士兵们愤怒，也不愿和玛格丽特发生冲突。尤多拉的兄弟莫里斯否认知道任何事情，只肯陈述这显而易见的事实。“她跑掉了，其他没什么可说的。”不管玛格丽特问多少问题，答案基本上都是一样的。“她跑掉了，我不知道去哪儿了，我们的关系从来不亲密。”在这些交谈中，莫里斯没有抬起眼睛看玛格丽特，她很快就放弃了。

多纳尔再次对她彬彬有礼，他对她脸上的青紫或者青紫的原因只字不提。他经常离开教堂山，经常彻夜不归。他不再到她的房间里来了，这倒使她感到欣慰。

玛格丽特没有过多考虑她的婚姻状况。这样做只会让她又一次长时间地哭泣，而这样的放纵又毫无意义，因为它总是导致同样的结果：她心甘情愿地接受了多纳尔的求婚，造成了如今的局面，这都是她自作自受。

她努力不去想朗·普赖斯，但发现这是不可能的。在一个风雨交加的下午，她拿了一些书，包好，驾着马车去了莉比监狱，她以为朗还被关在那里。她把书交给门口那个态度粗暴的门卫，但对朗是否会收到这些书心存希望不大。雨夹雪打在她的脸上，刺痛了她的眼睛，她驾车驶离，沿着国会大街行驶，在第十八大街拐弯上坡,经过另一个名声更坏的监狱霹雳城堡。她几乎不去看那些肮脏的砖砌建筑和老烟厂,它们现在被高高的木板围墙围了起来。

雪下得很大,12月初经常下这样的大雪。雪花飘零,纷纷扬扬,如绒毛般粉妆玉琢,美丽怡人,但很快就变成了丑陋不堪的棕色泥浆。人们情绪低落,闷闷不乐。圣诞节的热情受到了物资短缺和林肯解放法令在1月1日生效的前景的影响。纳特·特纳[①]的奴隶起义引起了公众的极大关注。写手们谴责“这可恶的号召煽动四百万奴隶起来暴乱,开启了人间地狱的鼎盛时期”,也激发了人们的恐惧。

尤多拉走了,一下子又找不到别的帮手,于是购物的任务就落在了玛格丽特自己身上。她买得很少,自己做饭自己吃。她到商店总是来去匆匆,她在那儿看到了战争给平民百姓带来的巨大压力。物价高得离谱,一块黄色的肥皂已经从十美分涨到了一美元多。报纸抱怨家庭的食品杂货账单也上涨了十倍之多。

多纳尔并没有粉饰南部邦联的困难:“报纸不会刊登真相,但你的耳朵还是能听到。军队缺少柴火,所以他们不管到了哪里,都会拆掉那些忠诚市民的房子当柴火。由于口粮不足,士兵们就捕捉谷仓里的老鼠烤着吃。我很高兴能从这些人身上赚到钱,但我发现他们是一群笨蛋,南方赢不了。我会把我的一切都押在那上面。”玛格丽特痛苦地想,不知道她的名字是否也在他拥有的物品清单上。

似乎是为了反驳多纳尔对南部邦联的负面看法,12月中旬,里士满的军民听到了弗雷德里克斯堡一场大战的消息,激动不已。12月13日,波托马克方面军在其新将军伯恩赛德的率领下向叛军发起进攻,随后又遭到反攻,付出了巨大的代价。朗斯特里特[②]的部队守卫着一个叫作“马耶高地”的地方,当天,发生了最为血腥的战斗。最后,伯恩赛德夹着尾巴逃跑了。

这场胜利本应使教堂钟声齐鸣以示庆贺。但恰恰相反,报纸谴责“李奶奶”未能通过反击来巩固自己的优势,从而彻底摧毁伯恩赛德的残兵败将。就在那

①纳特·特纳(1800—1831),美国黑奴,曾领导奴隶起义(1831年8月),几天内杀死白人五十七名,他率领的七十五名黑人被白人悉数歼灭,他本人被俘后被处以绞刑。

②朗斯特里特,即詹姆斯·朗斯特里特(1821—1904),毕业于美国西点军校的陆军军官,内战时任南部邦联军准将,参加了布尔溪战役、安蒂特姆战役、弗雷德里克斯堡战役、葛底斯堡战役,战后于1880—1881年任美国驻土耳其公使,1898—1904年任太平洋铁路公司专员。

场有争议的胜利两天之后，多纳尔说他在里士满的生意结束了，他们将去萨凡纳的公司办事处过圣诞节。

“那儿靠南，暖和些，至少每年这个时候应该是这样。离开里士满在我看来是个明智的主意，你的朋友还被关在这里。”他带着嘲弄的微笑喃喃地说。玛格丽特知道，除了法律关系外，这桩婚姻已经彻底地结束了。

她前去拜访了罗丝·格里诺，向她告别。罗丝想去英国，如果女王陛下的政府像戴维斯政府所迫切希望的那样承认南部邦联的话，那么伦敦将欢迎南方人。玛格丽特祝罗丝成功完成她的回忆录，并与她吻别。她拒绝亲吻小罗丝，小罗丝现在已经长成了少女，而且比以往任何时候都更加肆无忌惮。

在动身去佐治亚州的两天前，玛格丽特和西塞罗在主街上泽特尔夫人那家非常有名的餐馆共进晚餐。西塞罗谈笑风生，兴高采烈，不断地说到“让北方佬尖叫”之类的话。当她问他怎么让他们尖叫时，他的回答是一个腼腆的微笑。

“你和战俘打过交道吗？”她问道。

“偶尔。”

“你认识一个叫阿朗佐·普赖斯的囚犯吗？我相信他在莉比监狱。”

“普赖斯。”他停顿了一下，“不认识。你问这个干什么？”

“他是我在华盛顿认识的一个朋友的朋友。”

“如果需要对他特别照顾，我会很乐意做出安排。”

“你是说要特别照顾让他舒舒服服？”

“不，恰恰相反。”

玛格丽特不寒而栗。她哥哥的好脾气背后有一个残酷的基础。西塞罗喜欢伤害别人，而现在，很显然，他可以肆意妄为而不受追究。有时，他再也不像是她的亲骨肉。她答应写信，但不知道是否真的会写。

在一个狂风大作的漆黑早晨，莫里斯驾着马车把他们送到火车站。她和多纳尔登上了彼得斯堡铁路公司南行的列车。火车载着他们穿过白雪皑皑的原野，景色荒凉，色彩全无，对玛格丽特来说，也没有任何幸福或正常生活的迹象。

渐渐地，他们把雪抛在了身后。湿度很高的12月阳光洒落在铁路旁的棉田上。离开北卡罗来纳州后，敌人存在的感觉几乎荡然无存，尽管北方佬占领了南卡罗来纳州的一个海岛，一个叫希尔顿黑德的不起眼的地方，离萨凡纳不远。多纳尔说，这里主要是联邦封锁中队的加煤站，到目前为止对大陆没有威胁。

优雅的萨凡纳古城沐浴在温和的冬日阳光下。微风轻拂，从附近的大洋吹来，吹得棕榈树摇头晃脑，吹得种植在城市漂亮广场周围的美洲蒲葵沙沙作响。河中帆影如林，码头船只云集，一派繁荣景象。战争似乎在十分遥远的地方。

他们在一个叫威尔克斯太太的人那里租了房子，分房住宿，然后在威尔克斯太太的寄宿公寓楼下的餐桌上吃饭。玛格丽特的脸已经复原，最后的瘀青几乎看不出来了。当多纳尔去公司办公室忙碌时，玛格丽特则毫无兴致地在选购圣诞礼物。商店里摆满了奢侈品——产自哈瓦那的上等雪茄、法国香槟、科涅克上等白兰地和香水，凡是你能想到的，几乎应有尽有，从紧身胸衣的撑条、成匹的绸缎到护肝片，还有手工着色使林肯看上去更令人厌恶的丑陋漫画。玛格丽特给多纳尔买了一双上等的高帮松紧皮鞋和一箱西班牙葡萄酒。

圣诞夜，他硬是拉着她去河边散步。在一家拥挤的小酒馆里，六角形的手风琴演奏着《好国王文西斯劳斯》的乐曲，粗声粗气的水手们大声喊叫着歌词。多纳尔领着她沿着鹅卵石铺就的码头走到一艘油漆成浅灰色的狭长货船前。货船的两个烟囱很短，玛格丽特从来没有见过这么短的烟囱。即便是这个时候，黑人装卸工还在把成捆的棉花搬运到船上，在露天甲板上用绳子扎牢，盖上油布。

“你对它怎么看，亲爱的？”

“我对船了解不多，不过我得说它挺不寻常的。”

“很多方面都不寻常。”他赞同道，“吃水浅，航速至少能达到十八节。它的煤仓里装满了最昂贵的煤——无烟煤，它不产生烟。你看到的棉花在这里的价格是每磅九美分，但是在大西洋那边，价格是这个的十倍。这是一批麦基货啊。”

“这是穿越封锁线的走私船？”

“是啊，它是在格拉斯哥建造的，由最近在怀特岛成立的辛迪加所有。昨晚，它从百慕大的圣乔治出发，沿河高速行驶了三天。我可以补充一点，那是正常航行。”他的话音里充溢着孩童般的热情。“这艘船的潜在利润非常非常高，超过三分之二的走私船穿越北方佬海军中队的封锁线，来去自如。船长艾尔斯曾在皇家海军服役。每一趟航行，他可以从他允许携带的私人货物中净赚五六千英镑。

不过，与此相比，老板的利润可能是天文数字。”

河水拍岸，低洼地区的沼泽吹来阵阵咸风，黑人汗流浃背地搬运着棉花，而白人则唱着圣诞颂歌，这一切构成了她记忆中最奇怪的一个圣诞夜。

“这艘船有名字吗？”船的艉梁上什么也没有写。

“我在想你会不会问，她是‘玛格丽特女士’号，送给你的圣诞礼物。”

“送我一艘船做礼物？我从未听说过这样的事情。”

“现在你听说了。它的资金来自麦基威瑟斯公司，我是辛迪加的主要股东，这次它要去巴哈马群岛。我去拿骚办事处的时候，你和我将在阳光下欢度新年。然后我们将乘船去纽约，那里的商业环境很好。市长费尔南多·伍德仍然希望脱离联邦，并将该市建立为一个独立的州，与两国政府进行贸易往来。我将全心全意地支持他。”

她不只是一点点心烦意乱地说：“多纳尔，我真的更喜欢南方，甚至里士满，而不是纽约。那里是北方佬的国家，而我不是北方佬。我们必须生活在那里吗？”她可以想象她将经历的孤立、不适，甚至是排斥。

他握住她的手：“是的，这是生意上的事。”

“配偶没有一点发言权吗？”

他的笑容消失了：“如果你一定要我回答，那么是的，亲爱的，请不要破坏这个夜晚。你不愿意上船去见见船长吗？”

她跟着他走上舷梯。繁星在大河上方宝蓝色的天空中闪烁。《圣经》说，这是一个希望之星照耀世界的夜晚。即使的确存在这样一颗星，她也无处可寻。

第四十五章　1863年1月

在她靠近海军造船厂的小房子卧室里，汉娜把一块布浸在她的洗脸瓷盆里，然后把它紧贴在脸上。温水使她的脸颊和眼睑放松。当她把布拿开时，她觉得她看到水面上有一张脸，是那个勇武的南部邦联军官弗雷德里克的脸。她经常在梦中见到他，而且每天不止一次，她重温他们接吻时那出乎意料的甜蜜动人的时刻。她祈祷他的同情没有被发现，没有受到惩罚。

冷冷的阳光从狭窄的客厅窗户里照射进来，她看见父亲在写字台前处理一叠文件。那天是元旦，《解放黑人奴隶宣言》成为法律的日子。去年4月，华盛顿哥伦比亚特区已经解放了奴隶，这让西格尔少校很不高兴。他吹嘘自己支持无条件联邦党，这是民主党的一个支持战争、忠于政府的派别，但他所谓的忠诚是虚假的，意在讨好斯坦顿。当然，他支持这场战争，因为它提供了机会。在诸如惩罚南方和解放黑人等问题上，更恰当地讲他属于联邦民主党，民主党的一个派系，该派系承诺在不引发社会动荡的情况下迅速实现和平。汉娜确信，过了今天，将会有许多动荡。

她将头伸过少校的肩膀看他的工作，他好像在抄写一份给陆军部的军事装备项目报价表。文件的顶部，有人用流畅的字迹写着，“机密——不得传阅”。

“这是陆军部的额外工作吗，爸爸？”

“这是我的额外工作。某些先生愿意花一大笔钱来了解承包商的要价，这就是他们降低出价的原因。”

汉娜对他要弄的伎俩并不十分惊讶。华盛顿已经变成了一个充斥着投机奸商和趋炎附势之徒的城市，他们有的正在政府的食槽里拱着食，有的则觊觎着政府的食槽，希望分上一杯羹。

“这样的文件可以带回家吗?”

他生气了，说：“我把它们放回去，就没人知道。别担心，等着开开心心地拿钱吧。”

她本可以提醒他，他所说的钱并不会像瀑布一样落到她身上。她实际能分享到的更像是涓涓细流——大约每个月在食品杂货上多给一美元罢了。少校最近买了一匹新的骑用马，是一匹灰色的骟马，名字很恰当，叫福克西。

他把文件整理成整齐的一叠。“过一会儿你和我一起去总统官邸好吗?”按照惯例，总统和第一夫人元旦下午会在官邸接待大批祝福的普通民众。

“不了，我还要去医院上班呢，然后我要去国家宾馆看一看布思先生。”

“谁?”

“演莎士比亚作品的演员，埃德温·布思①的弟弟约翰。他在城里和伦纳德·格罗弗洽谈聘约事宜。他从来没有在华盛顿演出过，不过他在其他地方可是轰动一时的人物。晚上，他要在国家宾馆大堂里跟粉丝们见面，我在《星报》上看到的。”

西格尔擦着他的单片眼镜。“我对这类事情不感兴趣。”

这也不足为奇。虽然汉娜和父亲同处一室，但他们越来越多地生活并活动在各自不同的世界。她不想过多地了解他的世界，怕她的失望会变成厌恶。

在毛皮帽子和手套的保护下，她在中午前动身前往史密森学会附近的兵工厂广场医院。她每周在那里工作几天，出于爱国责任感在病房里帮忙。她不再有固定的工作。这座医院改变了她的生活，尽管她看到了痛苦和折磨，但这是一个向好的改变。

对每个人来说，华盛顿都发生了很大的变化。在弗雷德里克斯堡，伯恩赛德将军毁了自己的名声。“他不想像麦克莱伦那样被人说成是贪生怕死，”少校说，“所以他派了一万人上山，发动了一次又一次该死的进攻。南军的炮兵和六路纵队的步兵摧毁了他们，没有一个人到达高地的石墙那儿。然后再来一次轻骑兵的冲锋。伯恩赛德的参谋人员说，他有一段时间精神失常。”接替伯恩赛德的是

①埃德温·布思(1833—1893)，美国悲剧演员，以主演莎士比亚悲剧《哈姆雷特》而负盛名。

约瑟夫·胡克[①]将军。“好斗乔”的任务是为春季战役重塑军队。

汉娜自从上次在德里克·福利的小剧团演出之后就再也没有登过台。德里克不再干卖鞋的工作，自愿当起了救护车夫，可能是为了逃避更危险的前线任务。军需队而不是医疗队负责监督救护队，但效果不佳。汉娜看着从波托马克河的码头运来的伤员受到粗暴对待，感到不寒而栗。她还听说，一些伤员躺在那里，醒着，但毫无防卫能力，他们的贵重物品会被偷得精光。

有一次，她在医院碰到了德里克，当时他已经下班了。他华丽的装束显示出一种新的富足。他告诉她，泽菲拉·康福特爱上了一位来自密歇根的已婚军官，作为一名军队洗衣工跟随他跑掉了。“没有损失。”他傲慢地说，“每个街角都有迷人的女士，她们都比那头母牛的分量轻。”

汉娜步行去医院，穿过的街道跟泥塘差不多。几堆肮脏的雪在惨淡的阳光下融化。转过街角，她看见三个士兵在用石头殴打一个黑人，他们把那个黑人追到一条小巷里。过了一会儿，汉娜听到了惨叫声。

她跑进小巷，但小巷里空无一人。木板围墙上的一扇门“砰”的一声关上了。士兵们把他们的虐待对象带到某个地方继续他们的游戏去了。解放也许已经成为这块土地上的法律，但在人们的心中，实施这一法律将是一个漫长的过程。

一朵孤云飘过史密森学会几个塔尖的上空，那白炽的光芒吸引了她的目光。她在云端看见了弗雷德里克的脸，就像在画布上一样。

去弗吉尼亚的那趟旅程点燃了汉娜身上的某些东西。无论她需要向自己证明什么，她都已经证明了。她不想再女扮男装去战场，她也不想再跟南方叛军进行战斗，她最不想的是跟弗雷德里克发生冲突。

她在医院七点钟下班。她直接去了位于第十六大街和宾夕法尼亚大道交界处的国家宾馆。在大理石大堂的煤气灯下，年轻的布思正在接待一群邋遢的记者和身份体面的女士与先生。汉娜认出了来自巴尔的摩的英俊的伦纳德·格罗

①约瑟夫·胡克（1814—1879），美国西点军校毕业的陆军将领，曾参加墨西哥战争，南北战争爆发后任志愿军准将，参加过数次重要战役，以“好斗乔”知名。弗雷德里克斯堡战役惨败后，他接替伯恩赛德担任波托马克方面军司令，重组军队，但在钱瑟勒斯维尔战役中依然败给南军，造成北军严重伤亡。他在葛底斯堡战役前夕辞职，但后来在查塔努加战役中协助联邦军队取得胜利。

弗，他现在在E大街经营着自己的剧院。

她轻声问人群后面的一位胖女士："有没有当地签约的消息？"

"哦，有的。布思先生宣布，他春季将在格罗弗剧院演出。你有见过这么帅的人吗？"

她没有。这位来自马里兰州的朱尼厄斯·布鲁特斯·布思[①]家族的年轻后代，二十多岁，身材修长，体格健壮，有着柔软的黑发和小胡子。他炯炯有神的眼睛微微向上翘起，带点异国情调。他有着著名的运动天赋，善于在他的演出中即兴表演各种惊险的特技、危险的跳跃和激烈的打斗。汉娜注意到他一只手上缠着绷带。

"觉得我怎么样，先生？"布思用深沉而威严的声音说。他俨然是在向一个在小笔记本上记录什么的记者发表演讲："这是耻辱，是恶劣行径。任何有一丝爱国主义精神的正派白人男女都不会容忍。"

"他指的是《解放黑人奴隶宣言》吗？"汉娜问刚才给她提供信息的人。

"是的。"

"跟他在一起的那个人是谁？"一个身材娇小、金发碧眼的女人紧靠着布思坐在一张圆形的天鹅绒沙发上。她崇敬地注视着这位演员。

"他的情妇，艾拉·特纳，这位大姐在俄亥俄大街开了家妓院。我估计他能得到任何他想要的女人，他可以得到我。"她咯咯直笑，人们嘘她。布思热情地瞥了她一眼，然后继续往下说。

"这个所谓的联邦总统是一个庸人，简直跟个农民一样，他的品位也就是一个农民肮脏的低级趣味的幽默。唉，他的表演不再仅仅是滑稽可笑。就像诗圣所说的，'那个毁坏上帝作品的令人恶心的丑八怪，那个地球上非凡的大暴君'，决心要用他那该死的黑人平等主义，把整个社会，把南方和北方都搞垮。我们必须把他赶下台，你可以引用我的话，先生。"

大堂的另一边，有人发出嘘声。这位演员放下金发女郎的手，跳起身来。"是谁发出这种怯懦的声音？大胆说出来。我很乐意捍卫我的观点，手枪、长剑或赤

①朱尼厄斯·布鲁特斯·布思（1796—1852），美籍英国演员，以主演莎士比亚历史剧《理查三世》而出名。埃德温·布思和约翰·威尔克斯·布思均为其儿子。

手空拳，随你挑。”大理石柜台后面，一名职员低头看着客户登记簿。一个脸如面团的男人鬼鬼祟祟地走向楼梯，另一位客人则将头埋在报纸后面。

布思坐了下来，一个记者举起手：“你说要把暴君赶走，布思先生。你是说从11月起一年之后选举麦克莱伦将军当总统吗？”

“太慢了，尽管我赞许将军对奴隶制的宽容态度。这和南方人的观点是一致的，我一直觉得他跟南方人特别亲近。”

“嗯，既然你不打算在选举中让林肯下台，那你打算怎么做？”

布思深深的黑眼眶似乎变得更大了。他的眼睛里出现了一种神情，这种神情令汉娜紧张不安。“我把这件事情留给了其他人，连同麦克佩斯的提醒：夜长梦多，能快则快。”

“天哪，他在说叛国的话。”一个男人说，他的话正好与布思的话重叠在了一起，布思宣布他和特纳小姐想休息一下，准备退场了。那记者追问道：“先生，您不怕发表这样煽动性的言论吗？”

“我不怕，先生。我们的先辈曾经教导我们要热爱自由和正义，如果有必要的话，还要推翻压迫者，以获得公民的福祉。亚伯拉罕·林肯就是这样一个压迫者。”

“斯坦顿部长的侦探会逮捕说这种话的人。”

“我倒想看看他们怎么逮捕我。欢迎他们来试试，不过我建议他们要带着武器来。”

零星的掌声表明人群中有几个脱离分子。虽然汉娜不喜欢布思的话，但她来这里是有目的的。她和其他人一起往前挤，手里拿着一本皮封面的小本子。布思挥舞着他的铅笔签名，他的微笑和蔼可亲，十分迷人。

“你好，亲爱的。”当汉娜走到他跟前时，他说，“你叫什么名字？”

“汉娜·西格尔。我是个演员。”

“还是一个非常漂亮的演员。”他的黑眼睛具有催眠的效果，这双眼睛连青铜铸就的少女都可以诱惑。“你是当地人吗？”她说是的。“我们通常会从我们演出的城镇挑选一些配角演员，我们在格罗弗剧院的受聘演出时间是4月下旬。如果你有兴趣，就去找格罗弗先生。”

“谢谢你,布思先生。我非常感激。”

“不客气。”他煞有介事地鞠了一躬说,但他的目光明白无误地指向了卧室、幽会和自由恋爱。他转向下一位崇拜他的粉丝,汉娜则悄悄地走开了,手中紧紧地捧着她的小本子,仿佛捧着珍贵的宝石一样。

虽然他给了她一个极好的机会,但她不知道能否利用这个机会。布思对总统的仇恨使她心神不宁。另外,尽管布思长得很英俊,但他根本不能与勇敢的军官弗雷德里克相比,回家的路上她一直在想他。

第四十六章　1863年1月

霹雳城堡由三幢砖房组成。最大的是原先的烟草厂，面朝凯里大街。两幢较小的建筑形成了一个四合院，被高高的木栅栏隔开，后面是一堵角上有岗亭的砖墙。这座监狱关押着等待军事法庭审判的南部邦联官员、被怀疑不忠的平民、联邦军队逃兵和被指控的间谍。这里有煤气灯、自来水，还有人粪臭，和这条大街北段的莉比监狱一样。

朗错过了圣诞节，因为他受到了四个人的特别关注，他突然觉得他们很像《启示录》第六章中的四个骑士：骑白马、红马、黑马的骑士和那个骑灰马的名叫死亡的骑士。第一个，也是说话最有权威的那个人，是他被捕那天晚上第一个遇到的秃头男人。他的名字叫西塞罗·米勒，是玛格丽特的哥哥。他在政府的职位是什么，朗说不上来。他认为米勒不会允许囚犯向他提问。这样一个冷酷无情、精于算计的男人居然会和他所爱的女人有关系，这使他十分困惑。

米勒在一间小小的办公室里接待了他，跟他在一起的还有那个监狱里古怪的监狱长乔治·亚历山大。亚历山大上尉穿着黑色长筒袜、带扣的黑色齐膝短裤和宽松的黑色衬衫。他的胡子又长又黑。那只无论他走到哪里都跟随着他的大猎狗尼禄也是黑色的。

朗双手被铐在身后，站在那儿。秃头把穿着厚底鞋的脚搁在一张凳子上。室外寒冷彻骨，室内阴冷透心。

“把你带来的那个流氓马尔斯没有在你那儿问出有用的信息。但我相信你有事情要告诉我们，二等兵罗杰斯。你还是继续要把戏叫自己罗杰斯吗？”

“我的名字就是阿尔比恩·罗杰斯。”

米勒叹了口气:"哦,是的,当然。那么告诉我,你都记住了哪些密码?"

朗说他不知道什么密码。秃头把问题重复了五次,朗每次的回答都一样。"监狱长,"米勒说,"带他去内室。"

亚历山大上尉陪着朗走过大厅时,嘴里还在说着自己的事儿。他是佐治亚州人,在联邦海军服役了十三年,他的狗尼禄与三只成年熊搏斗并杀死了它们。即使朗只穿了蓝色军装的布条儿,尼禄也会把他的喉咙撕得稀巴烂。

所谓的"内室"有煤气灯,但没有窗户,地面泥泞不堪,散发着令人作呕的臭味儿。结着水珠的墙上挂着给十二名犯人用的球镣和铁链。此刻,只有一个骨瘦如柴的人被关在里面,朗认识他。"斯库利!"

约翰·斯库利抬起头来,接着很快把他湿淋淋的眼睛转向了别处。亚历山大说道:"酗酒把他的脑子弄坏了。除此之外,他还染上了一种病,是从我们偶尔关在这里的那些女人身上传染来的。我们走这边。"

这扇门通向大楼后面的院子。亚历山大把他领到砖墙前,指着那些弹孔。"运气不好的人就在这里被处决,你可能就是其中之一。与此同时,你可以在我们所说的死囚牢房里休息。"

这是内室一侧的一个岗亭一样的漆黑房间,没有光亮,缺乏新鲜空气。亚历山大"砰"的一声关上门后,这里只剩下可怕的寂静。

当西塞罗·米勒再次盘问他时,朗见到了第三个骑士,一个驼背的高个子,不停地吐出烟汁,烟汁滴到他灰白的胡子上。"卡法特先生曾是诺福克市的一名警探。"米勒说,"囚犯们称他为反基督者。"卡法特傻傻地笑着:"把你在里士满的联络人名字给我们。"

"我没有,我不知道你在说什么。"被关在死囚牢房里三天三夜,朗饥饿难耐,筋疲力尽,竭力抗拒着抑郁的情绪。

审问进行了十五分钟,然后,那秃头放弃了。"把他交给你了,约翰。"

卡法特推着朗来到一幢较小的房子里,那是一间泥地房间,中间矗立着一根大约七英尺高的柱子,两套手铐从上面吊下来。卡法特命令朗脱下他的衬衫,然后踮起他的脚趾,把他的两个手腕放进一套手铐里。卡法特锁上手铐,打开工具箱,拿出了一根皮条。他在朗的背上抽了一下,显然很开心。朗咬紧牙关。

卡法特又抽了九下,每下都往肉里切得更深,流出更多的血。朗抱住柱子,把自己的脸颊紧贴在柱子上,以免叫出声来。

“够了。暂时。”卡法特用一块破布擦了擦血迹斑斑的皮条。他让朗挂在柱子上,他的后背和肩膀痛得火烧火燎。

快到二十四小时了,他们把他放了下来。一名看守用一种刺痛的药膏敷到他的背上,把他的衬衫还给了他。朗在倾盆大雨中踉踉跄跄地来到主楼的办公室。在那里,他遇见了第四个骑士,一个他之前见过的人。

“来了,先生。早上好,先生。”赫米·克里奇说道,“我希望你喜欢我们的款待,是吗?”朗叫他滚蛋,克里奇给了他一巴掌。

“好了,好了,我们有正事要办呢。”米勒说道。装有栅栏的窗户外面,一场反常的冬季暴风雨肆虐着,大雨瓢泼,电闪雷鸣,而不是下雪。“我们讨论另一个问题吧,普赖斯先生。是的,我说的是普赖斯,别管我是怎么知道你的名字的。谁送你来里士满的?你为谁工作?”

朗的两只脚摇晃着,说:“我不为谁工作,我属于海因茨尔曼的部队——”克里奇扇了他一巴掌。

“请再说一遍。”米勒说道,“你为谁工作?”

反反复复的审问和否认持续了一段时间。最后米勒说:“把他带出去,带到笼子里去。如果没有别的办法的话,天气也许能恢复他的理智。”朗对人的邪恶有了新的认识。他的三个走狗是暴徒,可能会肆无忌惮地施虐。而米勒的残忍是经过反复权衡、精心算计的,他是骑那匹灰马的骑士。

克里奇穿上一件油布雨衣,他和一个看守把朗带到露天的院子里,把他推进一个角落里一只生锈的铁笼子。克里奇抬眼看着暴风雨。“‘他们所种的是风,所收的是暴风。求你也照样用狂风追赶他们,用暴雨恐吓他们。’”

看守锁上笼子。漆黑的天空闪烁着耀眼的白光,克里奇快乐的脸上淌着雨水,然后消失了。朗跪在泥地里,紧紧抓着铁条,同时也试图紧紧抓着他剩下的勇气。

他们在笼子里关了他两天两夜。一股极地气流紧随暴风雨而来。他躺在地上，浑身战栗，说着胡话，当他们把他从地上抬起来的时候，雪花已经染白了他的头发。

他一会儿发热，一会儿发冷，这样过了一个星期。他靠自己的意志活了下来。他靠一遍又一遍地对自己说，只要不向他们投降，发烧的汗水和阵发的寒战就会过去而活下来。当他表面上看上去恢复了生机的时候，他变成了一副长着胡子的骷髅。他得到了一件新的土布衬衫，地板上铺了稻草算有了床，还有一块木头作枕头。他的大折刀早就被没收了。

他被安置到了一个被称为“平民房”的房间里，在主楼二楼的一个长长的大厅的一端。同住一室的还有三个人：一个叫兰普林的胖子，会坐在那儿盯着自己的手看好几个小时；约翰·斯库利；朗的同事普赖斯·刘易斯，总是那副老样子，是个牢骚满腹的家伙。

“那个该死的平克顿把我们遗弃在这里了。我受尽酷刑折磨，我要他负责，等我回到华盛顿——”

“你找不到他的。”朗说道，“他在芝加哥，麦克莱伦辞职时他也辞职了。”

“那谁在负责呢？”

“我不知道。”

随着1月的过去，朗的疼痛一点点减轻，他慢慢地恢复了体力。那个秃头没有再次出现，朗估计他暂时把精力放到了其他事情上。

他们获准自由出入二楼，其中包括所谓的监狱客厅，那是一间粉刷过的房间，在大厅的另一端，窗户上装有铁条。在这里，囚犯们聚在一起，可以长时间地聊天。他们遐想着他们的食物。“你们注意到了吗，骑兵打仗之后，我们总是能吃到更多的肉？”他们没完没了地谈论着逃跑、挖地道和其他计划。“我在帕尔默斯厂认识的一个小伙子，他用一根烧红的针扎在脸上。天哪，一定很疼啊。他们以为是天花，就把他扔进了监狱医院，他在晚上爬出了窗户。但没有第二个成功的例子。”

朗从愤愤不平的普赖斯·刘易斯那里得知，哈蒂·劳顿是在韦伯斯特被绞死后得到交换的。朗对自己的工作只字未提，他不知道刘易斯有多坚强，不知道他是否会突然出卖他人来换取自己的自由。

一个身材矮小、身体虚弱的中年妇女，长着一个鹰钩鼻，胳膊上挎着一只篮子，定期到监狱来。她分发硬糖、毯子、扑克牌、铅笔和旧书。“那是范·卢小姐。”卡法特告诉他。“疯婆子爱联邦，这谁都知道，但她是温德的朋友。他认为她没有恶意。要换了我，我会把她背上的皮都剥掉。”卡法特定期为随机挑选的囚犯提供那类服务，他们被拖到另一幢楼，回来时浑身是血，其中一人被卡法特扔在客厅地板上几分钟后就死了。一个生无可恋的囚犯喊道：“这里这个人可以释放了。”几个小时后，看守前来把他的尸体搬走了。

1月伊始，冰雪融化，大地解冻。阳光洒满了各个房间，也吸引了一小群一小群的人跑到街上驻足观看。霹雳城堡没有规定囚犯不能靠近窗户，亚历山大监狱长喜欢让他的囚犯被公众奚落虐待。一个阳光明媚的早晨，朗坐在“平民房”的窗边，突然一个尖细的声音传来：“对不起，先生，我不相信我有这个荣幸。”那个鹰钩鼻的女士站在那里，她的头歪向一边，像一只好奇的小鸟。原本可能是金色的蓬乱卷发已经褪变成了灰黄色，一件褴褛的棉质连衣裙使她那寒碜的外表变得雪上加霜。他和她握手时，她的手干得像纸一样。

“我叫伊丽莎白·范·卢，先生。你叫什么？”

“二等兵阿尔比恩·罗杰斯。”

“哦，是的。哦，罗杰斯。”她茫然地笑了笑，在篮子里翻找着。“我还有一把梳子，我有一些胃药。哦，还有这本书。我担心它不太适合成年绅士，但有一些漂亮的插图。请你用它来消磨时间好吗？”

她尽量靠近囚室，把书塞给他。她的蓝眼睛是那么清澈和热情，立刻改变了他对她的印象。这本破旧的书是一本鹅妈妈①的书，棕色的封面上有褪色的金字。他一拿过去，她就大叫：“啦——啦，我走了。”然后她便自顾自唱着歌，轻快地穿过大厅扬长而去。

他又坐了下来，翻着发黄的书页。他在关于玛丽小姐的那一页停了下来。

---

①鹅妈妈，1781年英国伦敦出版的童谣集《鹅妈妈摇篮曲》假托的作者名，一个虚构的老婆婆，鹰钩鼻，尖下巴，骑在飞行的雄鹅背上，最早出现在1781年的《鹅妈妈歌》中，其名字源于1697年的童话故事集《我的鹅妈妈》。

在询问玛丽的花园是如何长满植物的那一行中，有人用铅笔在“你的”这两个字下面轻轻地画了线。再翻过几页后，“嗨，事情又能怎么样呢？”他发现了“扎牢我漂亮的棕色头发”这句话的“头发”下面也画了线。

在《旅馆》的插图页上，“面包师”三个字下面画了线，他浸泡在浴缸里的球状“鼻子”周围还画了一个圆圈。

他没有发现其他痕迹。他把书放下，用稻草把它盖上。下划线是随便画的，还是有什么其他用意？他想起了范·卢小姐一度试图用眼神传递什么信息，便断定可能是后者。

你的、头发、面包师、鼻子。面包师、鼻子、头发、你的。

他屏住呼吸，飞快地转动着脑子，如果把它们转换成英语单词，再加以适当排列。

那么，“面包师”是Baker，“鼻子”是nose，“你的”是your，“头发”是hair。

“Baker knows you're here.”

贝克知道你在这里。

第四十七章　1863年2—3月

2月，范·卢小姐每周两次来霹雳城堡。朗只是远远地瞥她一眼，她不走近他，她的行为让他感到困惑和沮丧。他是在绝望中出于希望而误入歧途，因而自己想象了书中的信息吗？

这个月的最后一天是星期六，天气晴朗，温暖如春。朗和十几个囚犯在有围墙的院子里享受半小时的自由。这不是什么大恩惠，满溢的茅坑在阳光下冒着水汽。

蓬头垢面的范·卢小姐带着一篮鲜花出现了。她冷漠地看着囚犯们在院子里拖着脚步散步，她看见了朗，便迈着假装斯文的步伐，傻笑着向他走来。

“要来朵花吗，先生？让你一天心情敞亮。”

这些花全都是些拙劣丑陋的东西，铁丝扎着墙纸碎片，上面涂了一点水彩颜料。他选了一朵。“谢谢。”他心想她要是带面包来就好了。监狱正在奉行杰斐逊·戴维斯的斋戒日，这是总统为了节省食物和测试所有优秀反抗人士的忠诚度而颁布的法令。商店和市场这天都关门大吉。

她挽起他的胳膊。“跟我走一走好吗，先生？”走了几步，她从牙缝里发出嘶嘶的声音，“别看我，皱眉或大笑，就好像我在胡说八道。我不知道他们会允许我们谈多久，那个亚历山大猪想阻止我和犯人说话。特纳想要完全撤销我的监狱通行证，亏得有我的朋友约翰尼·温德。”他们转身离开臭气熏天的茅坑。“贝克上校要把你弄出去。”

“他怎么知道我在这里的？”

“我告诉他的。”

"你为他工作吗?"

"不。我们没有时间做详细解释,我会帮助你越狱。"

"怎么越狱?"

"我这里有个内线。"

朗将一只手探进自己的胡子里,抓住了一个让人讨厌的不速之客,将它捏死了。"你不是一点点疯狂,范·卢小姐。"

"我希望不是这样。但他们肯定一直以为我是这样,所有那些狱卒和他们的施虐狂侦探。"

"他们中有两三个人我希望有一天能在中立的地方见到他们。"

"请注意听好了,安排在下周五,天黑后两个小时。你有钟表吗?"

"没有。他们把什么都拿走了。"

"那你就得尽量自己估计时间了。朝向卡里大街的门将会打开,看守会在别的地方。直接去运河,不管遇见什么人或碰到什么事都不要停下来。我的一个情报员会驾着一辆马车在那边等,很可能是查尔斯城的罗利先生。他是一个给监狱送食物的农民,他可以在夜间自由行走。"

"之后会发生什么呢,等我——?"她突然抽身走开了。监狱长亚历山大出现在阳光下,尼禄紧随其后。范·卢小姐从篮子里抽出一朵纸花,挥舞着。

"亲爱的上尉!这朵花是专门送给你的。"她蹦蹦跳跳地穿过院子,在头顶挥舞着那朵花。大猎狗狂吠着,她把泥土踢到狗的脸上。上尉听了哈哈大笑,戒备也解除了。

朗旋转着纸花,真是个奇怪的人。她会不会聪明到经营着一个包括农民、屠夫和天知道还有谁在内的间谍网?他敢相信她答应的下星期五会有一扇门开着吗?

他决定他必须相信。平克顿完了,但是那位可恶的贝克上校给了他一个向这些混蛋复仇的机会。为斯莱奇复仇,为他自己复仇。他的生命在霹雳城堡已经一文不值,他还不如在这个疯婆子身上赌一把。

星期三,当朗的期待越来越高时,米勒又出现了。

“我的职责要求我去巴尔的摩和纽约工作了。”他说道，一名看守推着朗朝监狱客厅走去，那里已经没有闲人了。“请在凳子上坐下。”

这个3月的下午，浓云密布，天色阴沉。赫米·克里奇站在朗身后，在手掌上拍着一只鼓鼓的袜子。他告诉朗，那只袜子里有迷你枪弹。监狱长亚历山大等在敞开的门口，阻止别人进入。

米勒站在朗的前面，左脚的鞋子磨得吱吱作响。“嗯，普赖斯先生，告诉我，你是怎么认识我妹妹的？”

“我不认识。”

米勒瞥了克里奇一眼。那侦探说：“‘耶和华恨恶撒谎的舌头。’”他把那只装得满满的袜子砸在朗的肩膀上，一阵剧痛从他的胳膊传到脖子。

“她婚前的名字叫玛格丽特·米勒，华盛顿和巴尔的摩的玛格丽特·米勒。”

“我来自纽约北部。”

克里奇打了他，朗差点从凳子上摔下来。米勒很生气，使朗害怕的是他眼睛里那疯狂的凶光。范·卢小姐倒是没有疯，米勒才是个疯子。

“那真出人意料，普赖斯。你就是在说谎，你这个肮脏阴险的骗子，我妹妹认识你。”

“一定是搞错了。”

克里奇又打了他。

提问继续，殴打也继续。朗的头垂了下来，他的嘴角鲜血直流，一块牙齿碎片掉落在他的脚边。快到半个小时的时候，米勒变得狂怒无比。

“我习惯于得到我想要的信息。我不能以审问你为职业，我有很多更重要的事情要做。但我会让你崩溃的，普赖斯先生。我会成功的，因为我对自己愿意使用的方法不加限制。我会回来，我会成功的，你会趴在我的脚下，把一切都告诉我的。”

米勒狠狠地把他的常礼帽按在自己头上。“把这堆狗屎放到他该去的地方。”克里奇将那只血迹斑斑的袜子扔在地上，一把拽住朗的左臂，把他拉起来。朗忍不住发出一声刺耳的喊叫。

他踉踉跄跄地走过那些在走廊上观看审讯过程、吓破了胆的囚犯。在“平民房"的门口，克里奇踢了他的后腰一脚，朗一个大马趴跌倒在地上。兰普林、约翰·斯库利里和普赖斯·刘易斯盯着他，但没有上前帮助他。朗躺在地上，右脸颊浸在鼻子里流出来的血中。

到了星期四的时候，他几乎站立不住。他浑身疼痛，从紫色的双腿，到瘀青的胸部，到酸痛的胳膊和肩膀。再过二十四小时多一点的时间，他必须得想办法逃跑。如果有人阻止他，他连反抗的力气也没有。那天晚上，他几乎没怎么睡觉，辗转反侧，焦虑和疼痛丝毫没有缓解。

米勒周五没有回来，这是一个好消息。第二个好消息是天气，暴风雨又来了。乌云压城，乱云飞渡。大风吹得监狱窗户格格作响，每隔几分钟就下一场大暴雨。

夜幕降临时，风暴仍未减弱。朗僵硬地躺在稻草里，竭力猜测着已经过去了多少时间。最后，他毫无把握地挣扎着站了起来。普赖斯·刘易斯从瞌睡中醒来："你要去哪儿？"

"厕所，想吐。"

朗拖着脚走进大厅，他的左腿颤抖着，几乎站不住。他赶紧靠在墙上，以免摔倒发出很大的声响。过了一会儿，他一瘸一拐地走向楼梯。雷声震撼着大楼，掩盖了其他的声音。

他知道，夜间只有一个看守在楼下大厅巡逻。他祈祷那是忠于范·卢小姐的看守。楼下，所有的气灯都关掉了，只有一盏灯亮着，亮着的那盏灯的灯光也被调得很暗。他缓慢而艰难地一步一步向入口走去。他从发光的煤气灯下走过，他那弯着腰的影子赫然出现在他前面的墙上。

雷声隆隆，地板震动，还剩下十步。

还剩下九步。

六步……

突然的自信像威士忌一样温暖了他。有时候在生活中，霉运接踵而至，不讲道理，毫无缘由。但有时候，骰子也会朝着正确的方向滚动。所有的牌都是王牌。再走两步，他就能走出大门，走进瓢泼大雨中了。

这雨下得真是好极了，既凉爽，又去污。雨势滂沱，他看不见运河沿岸的灯光，也看不见一个街区外的莉比监狱窗户里的灯光。他在通向运河的第十八大街的鹅卵石斜坡上滑倒了，爬起来，跌跌撞撞前行。果然，有一个人身着雨披，头戴黑色宽边帽，坐在一辆马车的座位上，马车套着双骡子套索。男人、骡子、马车，一片银光闪耀，接着，霹雳一闪，银光消失了。

朗从后面走近马车："是罗利吗？"

一支枪的圆圆枪口从雨披下面戳了出来："普赖斯？"

"我藏哪儿？"

"稻草下面，赶快。"

爬车轮的感觉就像在爬高山。他呻吟着，挣扎着爬过去，扑倒在潮湿的稻草上。他仰面躺着，把稻草堆在他的腿上和躯干上。马车已经开动了，在高低不平的路面上颠簸着。朗的一只手碰到了一个在动的东西。

他躺在那儿，脸暴露在雨中。这个农民会把他带出城去，他可以休息一会儿以恢复体力，然后继续前往华盛顿，然后——

他听到一匹马走近的声音。"是巡逻人员，把自己盖好。"朗翻过身子，抓了几把湿漉漉的稻草盖在头上。他几乎不能呼吸，他的脸紧紧地贴在马车的木板上。有什么东西发出吱吱的声响。

"停在那儿别动。你是谁？你是干什么的？"

"查尔斯城的休·罗利，我是给监狱供应食品的，这条路我一星期走两次。"

"见鬼的，在夜里干这个，给我看看你的通行证。"

"把你的灯笼拿过来，靠在这儿，我不想让墨水糊了。"吱吱声又响了起来，离朗的一只耳朵很近。

过了一分钟，巡夜人说："行了，你可以走了。"有一小点冰冷的东西触碰到朗的脸颊，他几乎尖叫起来。第二只老鼠咬住了他的一只手，他无法控制地挥打了一下。"那是什么？"

"谷仓老鼠。"罗利说，"我努力想把它们清理干净，但总有几只能跟着来。"

"好吧，我有办法解决。"

罗利的声音一下子紧张起来："你要干什么？"

老鼠又咬了朗的手。他听到了一层层的声音:暴雨怒号的声音,巡夜人的马走近马车的声音,手枪击铁扳起的声音。闪电在附近划出耀眼的白光。巡夜人俯身在马车边上,把手枪里的子弹全打进了稻草里。

一颗子弹打中了朗。在他失去知觉之前,他最后听到的一句话是巡夜人说:“这样你的老鼠问题就解决了。”

第四十八章　1863年3月

有支离破碎的光亮。感觉回来了，右腿沉重而僵硬，最轻微的动作都会带来疼痛。

他揉了揉眼皮，看到了一个房间，一床打满补丁的被子，一块粗糙的木板，是有人手工雕刻完成的。一块被阳光照亮的薄纱窗帘在敞开的窗户上飘舞，窗外是一个葡萄架。他说了一声“哦”，记起来了。

“醒了。”一个男人说道，“我妻子正在炖牛肉汤，我想你一定饿坏了。”

朗看到他的救命恩人站在床边，两只大手垂落在臀部。“我们这是在哪里？”

“罗利的农场，查尔斯城县。前天晚上到的。”

他的记忆涌上心头：逃跑、暴风雨、老鼠、枪声。罗利接着说：“我担心你死了，但在离开巡夜人之前，我又不敢看你。等我停下来时，我看见他把你的腿打伤了。我赶紧尽力把伤口扎牢，然后继续赶车。”

朗用手指拨弄着搁在被子外面的胡子：“这些我都不记得了。”

“运气站在了你这边，暴雨和雷声继续猛烈发作，城市边界的警卫挥挥手让我通过了。我们在日出时到达这里，大约是暴风雨停止的时候。我们的牧师之前是学医的，他把子弹取出来，包扎了你的腿。附近的普通医生都是反叛分子。”

朗又挪动了一下腿，痛得扭曲了脸。“感觉好像要终身残疾了。”

“别这样想，不过会瘸一段时间。我儿子艾克在给你做拐杖。啊，雷切尔太太端汤来了。”一个丰满的女人端着一个木托盘走进了房间。

汤热气腾腾，味道鲜美。朗喝汤的时候手脚还不灵活，有两次他把汤洒到胡子上。跟汤一起端来的是两片涂有乡村黄油的白面包，他吃了半片。罗利的妻子指着盘子里的牛骨头:“吸点骨髓吧,它会让你长力气的。”

他刚好有足够的力气按她的吩咐去做。很快,他沐浴在温暖的微风中,睡着了。

日子一天天过去,他休息,吃喝,等罗利忙完一天的田间活儿回家后跟这位农民聊天。战争的消息少之又少。朗询问伊丽莎白·范·卢的情况,他说她根本不像是一名间谍。

“因为她是个女人,而且她表现得那么疯狂。”罗利赞同道,“她骨子里就是个联邦人。我记得她是在费城上的学。她九岁还是十岁的时候,她的家人就把奴隶解放了。不是每个弗吉尼亚人都是奴隶制度的一部分。我从来就没有把人当作私有财产,不管是黑人还是白人,我都不会。”

“这是个里士满间谍网。它有多大规模?有多少人?”

“不知道。她保密得很好,为了保护大家。我知道有一家铁路公司的一个负责人是的,还有一个德国肉店的屠夫——”

“雷兹,我见过他。”

“——但我只知道这些,这个农场是她的一个站点。”

“什么意思,站点?”

“侦察人员接收密码情报的地方,范·卢小姐每星期送两三份情报来。他们会发回要求,搜集特定类型的情报,像我这样的情报员会把这些要求送到她那里。”

“谁发送的要求?她为谁工作?”

“嗯,我估计是联邦军队吧。侦察员是间谍,但他们属于军队。你很快就会见到一个。”

“安排我逃跑的不是军队,是上校贝——是别的人安排的。军队怎么会掺和到这里来?”

“胡克将军。他在去年年底设立了某种谍报分支机构。”

“你听说过一个叫平克顿的人吗?他在半岛上为麦克莱伦将军管理着一个特勤局。”罗利摇了摇头。“或者叫E. J.艾伦少校?”

“他我也没听说过。我最好去照看一下我的那些下蛋母鸡。早上，艾克会帮你试拐杖的。”罗利把床头灯调暗，留下朗在那儿思考他入狱后所发生的重新洗牌的事情。军队新的间谍部门跟拉斐特·贝克有什么关系吗？他要到了华盛顿才能知道。这就是他的目标，华盛顿。他沉沉睡去的时候，脑子里还一直在想着这件事情，灯还亮着。

他在梦里看到了玛格丽特，还有她的哥哥西塞罗和赫米·克里奇，他们在折磨她。他被吓醒了，直冒冷汗。月光把踏板和被子照得雪白，有人吹灭了灯。他醒了一个小时，被噩梦弄得心烦意乱。

第二天，他在罗利高大强壮的儿子和那根拐杖的帮助下迈出了最初的几步，拐杖是一根硬木树枝，形状粗糙，但表面被涂了一层清漆。走了十步后，他的右膝盖发软，但艾克就在边上，用火腿一般大的手抓住了他。“你会成功的，先生。你做得很好。”

晚上有的时候，朗听到有骑马的人到来或离去。一个阳光明媚的早晨，罗利带进来一个穿着农民服装、下巴很尖的精瘦男人。朗猜想，他最多不过二十五岁，但他的脸因饱经风霜而布满了皱纹。他那深橙色的长长八字胡让他看上去有些阴险。

“利奥尼达斯·惠特克。”他一边握手一边自我介绍，“我的任务就是把你送到波托马克河。你要是没问题的话，我们明天出发。”

“我没问题。”朗说道，尽管他的一条腿痛得很厉害。他必须赶到华盛顿，想办法找米勒、克里奇等人报仇。办完这件事后，他得解决玛格丽特的问题。很明显，她的婚姻是个错误，最终一定会结束。如何与玛格丽特的哥哥相处，是他无法理性处理的事情，现在还不行。这始终是个大问题。

与惠特克一起的旅程需要四天。这位侦察员骑着一匹沙色的马，朗则在一头骡子上颠簸。他们白天躲藏，晚上赶路，穿过田野和林地，避开大路和南军巡逻队，前进的速度很慢。惠特克是个十分谨慎的人，只在他认为有必要的时候才说话，而朗却是个咄咄逼人的提问者。他很快就套出了在他不在时发生的变化。

战争头两年的错误太低级，带来了很大的困扰，新任指挥官胡克得出结论，搜集情报应该纳入军队的职权范围。他的宪兵司令马塞纳·帕特里克[1]将军创建了军事情报局,并任命一位耶鲁大学毕业的律师、前纽约第一百二十步兵团司令官乔治·夏普上校为局长。夏普带领一群侦察兵在各处站点搜集有关里士满的情报。

"你认识一个叫贝克的上校吗?"朗问道。

惠特克嚼着一片草叶,看着一只硫黄色的蝴蝶在他伸出的一只脚上空盘旋。他们在一条水流潺潺的小溪边的空地上休息,等待日落。

"认识,我们都认识贝克,他直接为斯坦顿工作,自称是国家侦探警察局局长。他们从事秘密活动。帕特里克将军不喜欢这样,但贝克已经深陷其中,所以我们奉命避开他和他的手下。"

暮色中,有两个年迈的地方志愿军成员在一块玉米地对面"喂喂"地朝他们喊叫。他们拼命跑了一程才摆脱了他们,尾随而来的只是几发滑膛枪子弹。骡子背上两英里的疾驰让朗的腿撞击得很惨,疼痛的火焰再次被点燃。

他们在天黑时经过一个名叫威登维尔的小村庄。在阿奎亚河南面的波托马克河附近,惠特克带着他来到一间小屋,小屋的主人是一个身材结实的黑人,名叫埃金斯。一直到最后,朗也始终没有弄清楚到底是不是这个名字。埃金斯的衣服十分破旧,但他处事果断坚决。他把朗带到一只藏在河岸芦苇丛中的独木舟那儿。从砍树到烧焦再到掏空树干制成独木舟,全是他自己一个人干的。他每周两三趟渡过波托马克河,有时传递情报,有时护送乘客。

"十年前,主人把我卖了。"埃金斯解释说,"把我的妻子克莱蒂和儿子小埃金斯卖给了另一个人,那人是从北卡罗来纳南部来的。唯一的好消息是,我的新主人在他加入叛军之前解放了我。我本可以跑到北方去,但我留在了这里,尽我所能去战斗。他们带走了我的妻子和儿子,他们拆散了一个家庭。我发誓,等到林肯大获全胜并绞死杰夫·戴维斯之后,我会找到克莱蒂和小埃金斯的。"

和埃金斯在一起的第一个晚上,视野太清晰了,不能过河。第二天夜里起了雾,在浓雾的掩护下,他们用篙撑船,并用桨划向马里兰州。埃金斯帮朗下了小

①马塞纳·鲁道夫·帕特里克(1811—1888),美国大学校长和陆军军官,在美国内战期间担任联邦志愿军将军,在波托马克方面军中担任宪兵司令。

船。"你现在站在自由的土地上了,你安全了。告诉亚伯拉罕老爹,埃金斯是他这边的又一个好战士。"

"我会的。"埃金斯紧紧地握着他的手,活像一把老虎钳。

埃金斯跳进小船,划走了。朗扣上雷切尔·罗利夫人送给他的旧牛仔夹克的纽扣,从鞋里掏出一粒小石子,动身前往华盛顿。

当朗出现在K大街那位爱尔兰女房东的门口时,她惊得尖叫起来。她已经把他的房间租出去了,以为他早就死在了半岛。但她有一个小房间,一个重新装修过的阁楼。他的东西都存放在了她的地窖里,她不忍心卖掉它们。

"可是我没有房间给格林格拉斯先生了。"她说道。

"格林格拉斯先生不会回来了,费伦太太。"

"他……? 哦,天哪。"她在自己身上划着十字。

朗把自己收拾干净,并说服女房东把他的胡子修剪到合适的长度。他刷了刷他的黑色西装,西装已经折叠了很长时间,以至于那些皱纹看起来似乎是永久的了。他用一根黑色的鞋带在白衬衫的领子上系了一个蝴蝶结,然后迈着疲惫的脚步向陆军部走去。

"我来这里见拉斐特·贝克上校。"

守在入口的卫兵昂起头:"宪兵司令贝克没有预约不见客的。"

"他会见我的,告诉他名字,阿朗佐·普赖斯。"

"我无权——"

"告诉他我的名字。"朗说道,眼神中露出一丝凶光。他们两人只相差两三岁,但那个卫兵看上去面白肤嫩、不谙世事。朗的样子却像一个刚刚从火灾现场走出来的人一般。卫兵让他在长凳上坐等,平民百姓和高级军官匆匆忙忙地进进出出,一副妄自尊大的神气,没有理睬他。卫兵跑着步回来了。

"走楼梯到地下室,房间在走廊尽头。"朗往台阶下走去时,听到了一个极其洪亮的声音。他认为是斯坦顿的声音,那声音在拒绝上午某位来访者的请求。

楼下煤气灯照亮的走廊里没有窗户,一片昏暗,散发着华盛顿永远不会散去的露水和湿气的味道。贝克站在门口等着,活像画框里的一幅画像。他亲密地和朗握手。

“我们把你救出来了。天哪，我真高兴。”

“我很感激你，贝克上校。”

“我安排你离开弗吉尼亚是因为我尊重你的能力，普赖斯先生。进来，把门关上。我们有很多事情要谈呢。”

他似乎不像朗记忆中的那样傲慢。他那双冷漠的灰色眼睛也没有以前那样充满敌意，或许这只是朗的希望罢了。他办公桌上一个别致的金色相框里放着一幅女人的微型油画肖像。贝克注意到了朗的好奇心。“这是我妻子。”朗不知道贝克有妻子。

他们谈了一个小时。朗讲述了自从艾伦·平克顿把他和斯莱奇派到里士满以来他所经历的一切。

“你知道平克顿已经完全出局了。”贝克说。

“别人就是这么告诉我的。你认识我描述的那个人吗，西塞罗·米勒？有点跛，左腿比右腿短？”

“他声名在外，我听说过。他在他们的信号部职位很高，被认为是他们最聪明的特工之一，有人说他的头脑不太正常。根据你告诉我的关于霹雳城堡的事，你一定也有类似的怀疑。”

朗点了点头：“你是怎么知道我被监禁的？”

“范·卢小姐不是我的特工，但我偶尔会接触到她的信息，至于通过什么渠道我们不便讨论。几年前，她把一个自由的黑人女孩送到费城接受教育，费用由她支付。这个女孩留在了北方，但战争开始后，范·卢小姐要求她回到里士满去。我不知道她是怎么做到的，但这个年轻的女人恰恰就在杰夫·戴维斯的家里找到了一份工作。侍候他的饮食，负责他的食物。”

“太棒了。”朗说，虽然他了解范·卢小姐的情况，但对此他并非一点也不感到惊讶。

“一天晚上，西塞罗·米勒和戴维斯共进晚餐，他们讨论了你的案子。那个黑人女孩在餐厅里进进出出好几次。范·卢小姐报告了女孩无意中听到的情况。”

贝克拿出一个雪茄盒，银制的，显然很贵。朗谢绝了。“我不能请你喝酒，我是个禁酒的人。”贝克说得相当虔诚，“请允许我问一下你以后的打算和想法。”

“上校，我要看到那些脱离分子被彻底打败，我要看到他们中最坏的那些人去死。”

“我赞赏你的决心。我们过去的关系确切来说并不十分亲密，但志同道合并不一定非要关系亲密不可。如果像你所说的那样，你的目标是惩罚叛贼，我可以保证你会有很多很好的机会。你可以利用你的经验为我工作，或者你可以放弃这些经验去参军。你给我的印象不像是一个喜欢兵营生活的人。”

“是的。”

“那你还有什么好说的？”

朗怀疑这是在和魔鬼签订协议，但他并不在乎。

“好的，长官，我签约。”

“好极了。”贝克绕过办公桌走过来，亲如兄弟般地在他肩膀上拍了一下。“助理秘书彼得·沃森先生会处理好文件并跟你商量薪金和津贴问题。我们这个部门的薪水很高，我想你应该向芝加哥的平克顿先生提交一份正式的辞呈。”

“我会的，他还欠我工资呢。”

“我怀疑你拿不到了，他离开时，拖欠了人们大量的工资。我们的运作效率要高得多。”贝克伸出手来。“欢迎加入国家侦探警察局，先生。在我们完成历史使命之前，我们会看到杰夫·戴维斯在地狱里被炙烤的。”

第四十九章　1863年6—7月

酷暑难耐的夏天,华盛顿似乎在疯狂地寻欢作乐。旅馆、剧院、国家赛马场生意兴隆,成群结队的士兵和平民争相观看赛马以图丰盈自己的钱包。部队军官带着他们的情妇招摇过市,过去的轻率行为导致拖儿带女的妇女在城里随处可见——这些孩子被称为"半岛私生子"。华盛顿哥伦比亚特区的一些有钱的前居民正悄悄地从里士满打道回府,他们对南部邦联不再抱有任何幻想,他们担心南部邦联的失败为时不远。

战争继续在地平线下隆隆地进行。自6月中旬以来,陆军部收到报告,称李将军的军队正从弗雷德里克斯堡向卡尔佩珀运动,这可能预示着对北方的第二次入侵。6月9日,斯图尔特的一万名骑兵在布兰迪车站与同等数量的联邦骑兵进行了十个小时的激战。这一次,联邦骑兵表现优异。

在西部,尤利西斯·格兰特收紧了对密西西比河畔维克斯堡的套索。尽管有关于他酗酒的流言,格兰特还是赢得了政府的青睐,他似乎是联邦军唯一获胜的将军。

朗对付的敌人近在咫尺。

他在阁楼里点上一支蜡烛,用一根棍子撑开了一扇小窗户,空气纹丝不动。他拍了拍耳边嗡嗡作响的一只蚊子,打开了最新嫌犯的卷宗。

昌西·赫尔先生是耶鲁大学的毕业生,在当地一所学院给年轻女孩授课。他还为一些报纸撰写文笔洗练、措辞犀利的文章。赫尔在这些文章中指责政府利用3月份通过并签署的《登记与征兵法》压制异见,非法侵犯公民权利。新法案虽然尚未实施,但已经在威斯康星州、印第安纳州和宾夕法尼亚州引发了骚乱。赫尔称该法案是专制暴君制定的邪恶法律。他煽动性的观点引起了贝克的注意。朗将于明天早上拘捕赫尔先生,陪同的还有另一名特工。

他们在赫尔的公寓外会合。尤金·桑德斯特罗姆是贝克这个组织的新员工。尤金身材瘦削,和蔼可亲,总是笑容满满,讨人喜欢。贝克招募他时,他一直在为加入当地警察部门而进行训练。尤金让朗想起了战争最初几个月里自己的样子,满脑子毫无价值的理想主义。

朗和尤金是贝克私人警察部门大约四五十个人中的两个。除了贝克本人外,大概只有斯坦顿先生知道确切的数字,其余的人都不知道。朗觉得有趣的是,这位戴着鱼缸一样的眼镜、说话似乎有哮喘病、长得像个小矮人的部长,竟然成了华盛顿最令人畏惧的人物。他在斯坦顿身上看到了西塞罗·米勒的影子。斯坦顿是一个要求绝对服从的狂热分子,任何人,无论男女,只要有一丁点儿不忠行为,他都会下令逮捕和拘留。记者、神职人员、和平谈判的支持者、心怀不满的军官,贝克全都把他们抓在自己的网中。

“后面三楼。”他们走进暗沉沉的楼下大厅时,朗说道。他走在前头,爬上嘎吱作响的楼梯,经过里面散发出霉烂饭菜气味的紧闭房门。楼梯井上积满污垢的天窗使阳光变得昏暗,如同暮光中的雾霾。朗的彩格呢西装热得让人不舒服,汗水浸透了他的衣领。

“这家伙怎么回事?”尤金边往上爬边问道。

“给报纸写煽动性文章。说什么人们不应该服从征兵法律,英国应该承认南部邦联,诸如此类的狗屎东西。”

“这么说人们不能再发表自己的意见了?”

“在这个城市不行。”朗从他的短外套里悄悄掏出那支点三一英寸口径的科尔特手枪。扎克按照他的承诺把它转交给了费伦太太,让她妥善保管。扎克又在威拉德宾馆的餐厅里干活了,但干得并不愉快。

三楼,楼梯旁边的一扇门打开了,一个胆小如鼠的女人走了出来。朗说道:“回到里面待着。”惊恐万状的女人看到了他的枪,忙不迭地按照他的吩咐做了,差一点跌倒。

在公寓后楼的门口,朗用征询的目光瞥了一眼手里拿着一把四响夏普斯小手枪的尤金。尤金紧张地点了点头作为回答。朗敲响了门。

“谁呀?”

“警察。”

接着是一个女人的声音。“谁呀,昌西?”

“我不知道,亲爱的。他们说他们是警察,他们肯定是弄错了。”钥匙转动的声音,门往里面打开了。

“你叫昌西·赫尔?”

“没错,先生。”赫尔五十岁左右年纪,已经开始发福。他长着一张红润的圆脸,络腮胡子像羊排一样。他令人联想到了米考伯[①]。“您有证件吗?”朗给他看了一下他的铁皮徽章,一个圆圈里有一颗星星,中间的一根条子上压印着“国家侦探警察局”的字样。赫尔软了下来,说道:“我被捕了吗?”

“就这么回事。穿上外套。”

“什么指控?”

“等有人想告诉你时会告诉你的。”

“请出示你们的逮捕令。”

“我们不需要。”

“人身保护令——”

“不存在。尤金,跟着他,别让他碰任何东西。”尤金慢慢绕过他的搭档,朗看了他一眼。赫尔在他们之间冲进大厅。那女人尖叫起来:“哦,别这样。”

朗转过身,一把抓住赫尔的衣领,把他拉了回来。他用枪托猛击赫尔的右耳,赫尔倒了下去,连忙抓住楼梯的扶手才避免摔倒。朗把他拉起来,拿枪口抵住他的脸。

“还要吗?”朗摇晃着浑身颤抖的赫尔,“你还要吗?”

“不,不,我不会反抗。让我站起来,告诉霍滕丝我没事。”尤金朝那个在公寓里哭得歇斯底里的女人走去。

赫尔在出去的路上磕磕绊绊了好几次,他吓坏了。“你们要带我去老国会大厦吗?”

---

①米考伯,英国作家狄更斯小说《大卫·科波菲尔》中的人物,是一个无远虑而老想着走运的乐天派。

“卡罗尔扩建的房子,他们专门为你留了一套舒适的公寓。”尤金沮丧地望着朗。朗盯着他看,直到他把目光移开。这个男孩要参加战争还有很多东西需要学习呢。

同一个星期,第四十三游击队骑兵巡逻营的下士弗雷德·达舍载着一车俘虏进入里士满。一个星期前,这些北方佬在劳登县被莫斯比的手下抓获。另外两个骑着马的游击队员拿着步枪,守卫在马车的两侧。

押送囚犯是一名战士所能被分配到的最卑贱任务。过去几个月里,弗雷德已经干过十几回这样的活儿了,他已经习以为常。他不可能期望他的指挥官会对他更好,弗雷德报到时,他已经把自己的想法说得清清楚楚。弗雷德记得那天莫斯比冷冰冰的眼神。奇怪的是,他还记得莫斯比战地办公桌上那本精装的图书。普鲁塔克[①]的《比较列传》。

“我们都不喜欢对方,达舍先生。但我们有共同的使命,所以我们将抛开个人恩怨。不酗酒,服从命令,一切都相安无事。不要在任何方面越雷池一步,否则任何借口都不管用,我将新账老账一起算。”

弗雷德不需要详细解释。在福基尔的司令部营地,有个在莫斯比手下服役的北方佬逃兵,住在一个农民家里,强暴了房主未成年的女儿。莫斯比亲自审判,一名中士用手枪押走了那个犯罪士兵,那个士兵就再也没有出现过。

约翰·莫斯比的游骑兵是一群乌合之众,包括粗俗的联邦逃兵、南部邦联受伤归队的老兵以及泅渡过波托马克河到福基尔县司令部寻找这位游击队长的心怀不满的马里兰州人。莫斯比称他的手下为“大企业集团员工”。弗雷德与他们无事不往来,但他们不知道如何像真正的士兵那样操练或搭建帐篷。当他们没有袭击任务时,他们就在老百姓提供的住所里睡觉,吃的饭也都是老百姓为他们准备的。大多数人都是被征募去劫掠财物的。最近,他们中有些人在夏洛特斯维尔卖了北方佬的货,分得了三万美元。莫斯比承认,贪婪可以激发他手下大多数人的积极性。他允许他们在突袭之间为所欲为,只要没有对平民犯下罪行。

①普鲁塔克(46? —120?),古希腊传记作家、散文家,一生写有大量作品,其中最有名的是《比较列传》(又称《希腊罗马名人传》)。

这些“大企业集团员工”都是神枪手，他们无休止地练习。作为一支部队，他们给敌人制造了很多麻烦。他们袭击了奥兰奇和亚历山德里亚铁路——让机车脱轨，把桥梁烧毁，将枕木挖起，并用松木油将它们焚烧，大火又恰到好处地熔化了铁轨。莫斯比游击队令他的名声传遍了整个南部邦联，并使他晋升为上尉，后来又晋升为少校。

弗雷德看上去比这个营里的大多数人都稍稍要像样一些。他找了一件不错的浅灰色短便装上衣，在上面缝了两条杠，莫斯比授予了他这两条杠，故意让他对他以前的军衔存个念想。他那双及膝的长靴上配有马刺，他还有一条在一次突袭中从一个死去的北方佬身上缴获来的联邦军队点四四英寸口径科尔特手枪背带。

他驾着马车穿过一座通向贝尔岛的戒备森严的桥。自战争开始以来，这个詹姆斯河中的小岛就时不时地被用作监狱。目前，贝尔岛关押着五六千名囚犯，他们住在圆锥形的帐篷里。帐篷密密麻麻地布满了这六英亩的土地，四周是防御工事。最初人们认为贝尔岛的野外空气对健康有益，但夏季的炎热和冬季的寒冷证明了这是一个谬误。这儿的条件十分原始。囚犯们在这条河里洗澡，也在这条河里取水饮用，还把这条河当作厕所。贝尔岛的年轻指挥官博西尤克斯中尉是个严格执行军纪的人。

弗雷德以最快的速度跟博西尤克斯办完交接手续，放了他的下属休假，然后便躲到里士满的一家酒馆里去了。他在那儿把疼痛的左腿搁到一张木头凳子上。这是一种多么奇怪的生活啊，他在心里反复思量着。为了事业，他居然在一个他不喜欢的人手下听差，虽然他的专业精神足以克服西点军校的势利并认可莫斯比的军事技能。他能喝的时候就喝，保持适度的清醒。

和汉娜·西格尔在一起的片刻时间，对他产生了深刻的影响。汉娜·西格尔是一个奇怪而漂亮的女孩，她曾想当一名士兵，直到她发现了战争的现实。他认为他不可能再见到她了，至少在战争结束之前是这样。如果他去找她，他很可能会发现她已经是有夫之妇，或者离开华盛顿了，身后没有留下任何蛛丝马迹。

他不再相信南方会赢，不管它聚集了多少莫斯比、斯图尔特或者李这样的人物。北方在人力和物力方面的资源太过庞大。他明白，在北方佬的子弹呼啸而过的时候，四处奔驰、穿越松林、腾跃小溪、跳过倒伏的树木，所有这一切都十分危险，都很容易导致其中一颗子弹要了他的命。世事无常，看开就好。除了内疚，除了对在那个雨夜他冲动地吻过的女孩的思念，他的情感已然焚毁殆尽，不复存在。

“再给我来一杯。”他对店主大喊道。弗雷德喝完第四杯酒的时候，已经累得不想动了。他躺在长凳上，耷拉着脑袋，过了一夜，他的梦中全都是汉娜和被他失手杀死的那个小姑娘交织在一起的形象。

玛格丽特发现，纽约并没有她想象中的那么孤寂封闭，也远没有她想象的那么充满敌意。她去洛德和泰勒饭店或A.T.斯图尔特·马布尔干货店时遇到的许多北方佬非但不是食人魔鬼，事实上还相当和蔼可亲。此外，该市的反战情绪也很强烈。《每日新闻》和《商业日报》编辑们的那些夸夸其谈，虽然不公开支持南部邦联，但他们调侃这一立场的口吻居然如此胆大妄为。她认为假如这些编辑是在华盛顿，那么他们将面临牢狱之灾。

如果财富和不动产是幸福的基础的话，那么多纳尔位于纽约北格拉默西公园的排屋是已婚妇女想要的一切。这幢排屋给玛格丽特提供了一间宽敞的卧室、一间缝纫室、一间书房、一间音乐室——整整三层楼，下面还有一层专门供仆人使用。一个黑人妇女为他们做饭，另外两个是姐妹的黑人妇女做客厅侍女，一个名叫菲尼亚斯·法利的上了年纪的爱尔兰男子负责管理家务。他们晚上都回自己家住宿。

玛格丽特像个安静的幽灵一样住在那幢排屋里，熟悉的活动全都尘封搁置。特罗洛普先生无法消磨她的时光，雨果[①]先生的重磅新著说的是一个穷人因为偷面包而被追捕了一辈子的故事，只不过这部小说太厚了，让人不能长时间舒服地握在手里阅读。她重拾了记忆中的钢琴课，用小型立式钢琴演奏民歌——《奥拉·李》和《洛雷娜》——这两首歌都写于芝加哥，但很久以前都被当成了南方的歌曲。她常常想起在监狱里的朗·普赖斯，当她演奏那些悲伤的歌曲时，这种思

①雨果，即维克多·马里·雨果（1802—1885），法国作家、法国浪漫主义文学运动领袖，早年持保皇党观点，后转向自由主义，主要作品有《爱尔那尼》《巴黎圣母院》《悲惨世界》《惩罚集》等。

绪尤为强烈。

独立日那天，出于好奇，她去了下百老汇大街，观看一年一度的游行。她撑着遮阳伞，站在并不能完全挡住自己身子的阴凉处观看，觉得这样的游行也不过尔尔。有两三支军乐队，几支乌合之众一样的骑兵部队，还有那个一直由老年人担纲的三人组合，这些老年人表演的是《76年的精神》。纽约部队显然缺位了，十二个团被紧急调往宾夕法尼亚州参加一场大战。从头条新闻来看，结果对玛格丽特这一方不利：叛军失败在即！南部邦联即将崩溃！米德[①]将军看起来将大获全胜！

她从来没有听说过米德将军这个人，直到6月下旬，当时米德接替胡克成为波托马克方面军的第六任指挥官。胡克在钱瑟勒斯维尔败给李后被流放到了田纳西州。那场战役让李失去了非凡超群的爱将杰克逊，杰克逊因枪伤和截肢于5月10日死于肺炎。联邦军队在此事件上没有任何功劳，杰克逊是被南部邦联的哨兵意外击中的。

凭多纳尔的人脉，给她弄到一张第十四大街音乐学院的通行证并不难。两点钟，州长将在那里向纽约民主党协会发表讲话。当玛格丽特悄悄地坐到自己的座位上时，人们都盯着她看。一个单身女人，如果不是妓女在寻找顾客，那就可能是蔑视传统的那种类型。

霍雷肖·西摩，一个五十多岁的不起眼的人，正在奥尔巴尼第二个市长任期内。他重申反对《登记与征兵法》，他声称该法律违宪，其配额不公平。他谴责共和党人，并发誓要派个人代表去斯坦顿那里请求废除该征兵法，以此来推动反对该法案的斗争。他的话引发了最后四分钟的热烈掌声。

之后，玛格丽特花了十分钟才拦下一辆双轮双座马车。有几辆车对她的招手做出了反应，但每次都有一个粗鲁的纽约人冲到她面前并跳进了马车。最后一个企图这样做的人是一个胖女人，玛格丽特用遮阳伞戳了戳那女人的大腿，抢先一步跳进了出租马车。

下百老汇大街上，公共马车、运输马车、手推车、牲畜川流不息，还有绝望的

---

①米德，即乔治·戈登·米德（1815—1872），美国内战时期联邦军将领，在葛底斯堡击败李将军率领的南军，但因纵容南军脱逃而受责。

行人冒着生命危险从马路的这一边穿越到另一边,步行到目的地通常更快。在马车里,她再次读了一遍来自里士满的罗丝的长信。就在她准备离家前去观看游行的时候,一个陌生的男人把这封信送到了仆人进出的门口。

这封信的日期是5月14日,因此在一些非法渠道中已经滞留了很长一段时间。罗丝在伦敦找到了一家出版商,她很快就要动身去英国,一方面推销她的回忆录,同时也推进英国对南部邦联事业的同情。她真是好样的。

不一会儿,马车把玛格丽特送到了绿色宜人的格拉默西公园住宅区。当她付钱给马车夫时,她看到一个身材修长的男人从公园南边的另一辆出租马车上下来,正是埃德温·布思。上个月,多纳尔陪着她去看了布思演的《哈姆雷特》,这是他晚上带她去某个地方的难得机会之一。多纳尔辩解说,位于富尔顿大街的麦基威瑟斯公司生意一直很忙。她怀疑他花同样多的时间在酒馆和音乐厅,毫无疑问,还有一两个妓院。

玛格丽特不再为这种想法感到内疚:婚姻是一个空壳,一个她渴望摆脱的错误。但有什么依据呢?她没有丈夫通奸的证据,只是怀疑多纳尔经常毫无悔意地背叛她。如果她真的解脱了,她将永远背负着离婚的耻辱。除了肮脏的名声和另一种孤独,她还能得到什么呢?

其中一个黑人女仆佩内洛普好像见不得人似的低声跟她打招呼。"有位先生在书房等您,麦基小姐。"

"我没有约客人。是谁呀?"

"说您认识他的,说他想给您一个惊喜。"

长时间在户外活动,玛格丽特热得浑身是汗,她想洗个澡。她对这位无礼的不速之客感到恼怒。她猛地推开书房的门,看到一双落满灰尘的黑鞋子搁在精致的大理石桌子上,不由得倒吸了一口凉气。"西塞罗!"

"你好,亲爱的妹妹。"他把脚从桌子上挪下来,把一直在看的一份《论坛报》放在一边,站起来吻了她的脸颊。"你的脸色像龙虾一样红润呢。"

"我在外面太阳底下晒了一整天啊。我怎么也没想到会在这儿见到你。你在这里做什么?"

西塞罗向大厅里看了看,关上门。"希望跟你和多纳尔共进晚餐啊,如果你们邀请我的话。"

"我怀疑多纳尔不会回家,他大多数晚上都不在家。"玛格丽特对她的婚姻问题只字未提。

"遗憾。"西塞罗说,"那么,也许下周吧。"

"他准备星期一坐船去拿骚。你打算待多久?"

"我不确定。我要拜访几个熟人,这么说吧,来了解一下这个城市的脉搏。"

她坐在他旁边,整理了一下自己的裙子。"那不是特别危险吗?"

"比你想象的要好一些。我去过芝加哥、巴尔的摩,甚至多伦多,都没有遇到什么困难。我以肯塔基州的铜头蛇[①]律师身份旅行。"

"铜头蛇,我最近经常听到这个说法。"

"铜头蛇是同情我们南方的人,大多在中西部,但这里也有一些。我知道他们佩戴一枚铜币作为徽章。"他拾起刚刚丢下的那份《论坛报》。它最醒目的标题是:"敌人全线败退!"

"多纳尔看这破玩意儿吗?"

"是的,还有其他一些支持共和党的报纸。他说要了解情况,我们不需要依赖提供消息的人。"

西塞罗的秃顶在热浪中闪闪发光,就像玛格丽特的脸颊一样。高高的窗户外,小公园的绿色在午后的灼热阳光下逐渐消退。

"今天早上我经过《论坛报》大楼。"他说,"碰巧看见格里利本人在大门口和一个人争论。那个老胆小鬼穿着你在报刊上看到过的白色外套。他就是一个我想送上绞架的北方佬。"

西塞罗的眼神有一种特别的惶惑,几乎像蛇蝎一般。"你必须告诉我你到底为什么来这里。毕竟这是敌占区啊。"

"严格来说,当然是这样。但你必须意识到这个城市对战争持有强烈的反对态度。西摩州长在春季选举中险胜过关,但他在纽约和布鲁克林以巨大的优势获胜。工人们处于混乱之中,尤其是爱尔兰人。他们恨富人,恨共和党人,而最重要的是他们恨黑人,他们把征兵问题归咎于他们。这是一个不稳定的情况,它

①铜头蛇为北美及澳大利亚的一种剧毒蝮蛇,此处指美国内战时期同情南方的北方人,通常含有贬义。

可以被利用。”

“利用？怎么利用？”

他一瘸一拐地走到窗前。他背对着她说道：“那我肯定不知道，我只是在猜测。”他的语气变了，一堵墙似乎出现了。

“西塞罗。”他转身面对着她，“你和这些你所说的熟人打算制造混乱吗？”她与其说是不赞成，不如说是害怕。他哈哈大笑起来，把自己的一只手掌按到猩红色的马甲上，装出一副震惊的样子。

“我吗？你性情温和的哥哥吗？你怎么会这么想呢？”

“我可以问一下你住在哪里吗？”

“你可以问，但我不会告诉你。这是为了我们俩的安全着想。”

他不愿意告诉她，她也不敢进一步追问。她把话题转移到李将军孤注一掷地试图将战争推进到北方的话题上。很显然，他在宾夕法尼亚州葛底斯堡①小镇那儿两天的血腥战役中被击退了。

他们吃了一顿丰盛的晚餐，有罐装鸡肉和春季蔬菜，还喝了淡玫瑰红的葡萄酒。尽管西塞罗古怪而神秘，但分别了很久之后，玛格丽特很享受和他在一起的时光。七点半，他彬彬有礼地吻了吻她，一瘸一拐地走下石阶，转身向列克星敦大道走去。他的影子在他前面伸展开来，在他一瘸一拐地走出视线时，左右摇摆着。

男管家菲尼亚斯·法利在门厅里挡住了她。“夫人，我想早点回家可以吗？这些个夜晚，我不想让我的艾琳一个人待在家里。”

“当然可以，菲尼亚斯。你家小区有什么麻烦吗？”

“大家都聚集在街上，夫人。大肆饮酒，胡乱说话。就是那个征兵法案，有钱的绅士可以用三百美元买个人替代，但穷人不行。那些志愿消防队的小伙子们对为黑——为非洲人而战这种观念特别愤怒。我担心下个月第一批征兵名单出来时，麻烦会更大。”

一个不稳定的情况，它可以被利用。

---

①美国宾夕法尼亚州南部的一个城镇，美国南北战争葛底斯堡战役的战场，以联邦军胜利而告终，成为美国南北战争的转折点。美国总统林肯在此发表过著名的“民有、民治、民享”的演讲。

“你可能是对的。无论如何，赶紧回家吧。”

回到楼上，她脱掉衣服，洗了个澡。夜空中，爆竹声声，烟花飞舞，发出红的、白的、蓝的光。黏糊糊的空气中传来远处铜管乐队的音乐声。她关上百叶窗，躺到床上继续吃力地啃读维克多·雨果的小说。多纳尔半夜才回家，她已经睡着了。

第五十章　1863年7月

4号之后的星期一，贝克把他叫了进来。“看看这个。”

名为《向篡位和暴政开战宣言！》的印刷粗糙的传单谴责这项法律草案，并呼吁“惩罚那些玷污我们自由殿堂的小偷、伪君子和暴君”。

“这是从哪儿来的，上校？”

“纽约，我在那儿的警察总局内安插了个人。这些传单出现在星期五，也就是假日前。征兵人员在征召身体健康男子的名字时曾受到威胁，甚至遭到殴打和石头袭击。我们怀疑一个叫约翰·安德鲁斯的人在煽动暴民骚乱，里士满也有可能派人来指导或协助他。”

“安德鲁斯是什么人？”

“一个来自弗吉尼亚州的小律师，他在纽约已经待了四年了。我要你坐火车去那儿。如果发生暴力，把暴徒交给警察，找出煽动他们的人，逮捕或清除他们，就当是杀死敌军。你不会受到质疑或批评。”

贝克冷冷的灰色目光，他授权谋杀时的那份平静，让朗感到震惊，这不再是一件容易做的事情了。“我明白了。顺便说一下，我给平克顿先生写信，收到回信了。他寄来了我一半的工资。”

“我很惊讶你能拿到这么多。”

“他说所有的延误和纠纷都源于这个部门。”

贝克愣住了。“我对此一无所知。在纽约，你可以找警队的线人寻求咨询。不过，千万别想着找警察合作。一半的巡警都是骗子，但他们都必须遵守规则，而你不必。”

一头猪在威拉德宾馆后面的巷子里赖着不走，紧闭的厨房门后面传来一片嘈杂声。朗站在门边抽烟。一个衣衫褴褛的黑人摇摇晃晃地向他们走来，他的目光因为疾病而变得呆滞，他伸出一只手。

扎克说："我们帮不了你，去医院吧。"那人继续蹒跚地往前走去。"他得了天花，是吧？"

"看样子是。生病的人太多了，都像那样到处乱走。"

扎克向那头猪扔了一块石头，然后在围裙上擦了擦双手。朗解释了这次任务："两双眼睛总比一双好，你也许可以去我不能去的地方，自从你上次追捕反叛分子到现在过去好长时间了。"

"半岛战役以来就没有过。你觉得纽约有反叛分子，是吗？"

"我有一种感觉，他们不会是穿军装的人，但他们仍然是敌人。"

"倒真想抓一两个呢。当然啦，如果我是白人，我就可以完全彻底地参加战斗了。"

"你真是牢骚满腹呢，扎卡赖亚。"

"你要是长着黑皮肤生活在这个国家，你也会牢骚满腹的。"

"到一个新的黑人团去参军会不会更高兴点？"

"哦，我知道那是怎么回事。有色人种得不到他们付给白人士兵的入伍赏金。每次发薪水也少十美金。另外，黑人还得自己买军服和装备。不了，谢谢。我就跟你一起去，领班不会喜欢的，这么仓促。"

"如果他反对得太过强烈，我可以安排他到老国会大厦去闭门思过。"

扎克摇了摇头："天哪，你是在哪里突然变得这么凶了呢？"

"你觉得是哪儿呢？里士满。"

7月9日星期四一早，他们坐火车到达。即便在一个有八十万人口的城市里，也很难找到一个愿意为黑人提供房间的旅馆。最后，他们成功在沃特大街找到了一个水手寄宿处，那里距离挤满了近海航船和远洋轮船的索思大街的那些码头只有一个街区。在富尔顿大街不远处，有一栋精美的希腊复古式建筑，那里是玛格丽特丈夫的办公室。朗是用华盛顿的城市指南确定了这一点的。

贝克雇用的线人肖恩·拉迪侦探就在市政厅公园西边默里大街的一条小巷子里跟他们见了面。拉迪是一个慈祥的爱尔兰人，长着一头卷曲的白发和一个西瓜大小的肚子。他对朗说的第一句话是："这是谁？"

"扎卡赖亚·奇索姆。他跟我一起工作。"

"天哪，然后呢？"

拉迪向他们描述了约翰·安德鲁斯的外貌：六英尺身高，红胡子，右手戴着红宝石戒指。朗在笔记本上记下了安德鲁斯的办公室地址。

"华盛顿怀疑南部邦联还有其他特工在城里。"

"肯尼迪警长也有同样的感觉。但我们不知道他们是谁，也不知道他们在哪里。"

"反叛分子有经常出没的地方吗？他们有聚集的地方吗？"

"我想我已经告诉你们我所知道的一切了，我得到的钱不多。再见。"

朗一把抓住拉迪的手腕，将他转过身来，并将他的手臂扭到他的腰部。拉迪的下巴贴在了砖墙上。

"你想再考虑一下吗？另一种选择是发现自己在斯坦顿先生的名单上。名单上的人往往会突然消失。"

"天哪，放开我。我告诉你。"朗退回身子。"到那个'安乐窝'试试，在邦德大街和鲍厄里大街的转角处。他们应该叫它反抗者的安乐窝。"拉迪离开的时候喊道："你要是让那个黑家伙在爱尔兰人的社区里游荡，就再也见不到他了。"

约翰·安德鲁斯二楼的办公室被锁得严严实实，它位于市政厅北面的埃尔克大街。朗检查了一下门下面的一层灰尘。"好久没人来过了。"

这一天剩下的时间和星期五所有的时间都让他想起了奥菲士深入地狱的传说，只不过他们是在寻找间谍，而不是欧律狄刻。在沃特大街的运动员之家，一群大喊大叫的人围着一个用墙圈起来的坑，那里，四只巨大的挪威老鼠正与一只瞎了一只眼的斗牛犬在搏斗。他们眼看着斗牛犬死去。没人认识安德鲁斯。

在附近的妓院里，妓女们邀请他们来分享这些"商品"，连扎克也被邀请。一些最丑陋的人穿着最华丽的衣服，包括黑色网眼长袜和带有小铃铛的猩红色靴子。有个胖女孩觉得她曾经和一个像安德鲁斯的男人在一起过，但不记得细节了。

他们继续拖着沉重的脚步来到帕克大街和维西大街的赌场，在那里，根本就没有钱赌博的穷人们把钱浪费在了法罗牌戏和骰子上。没人认识安德鲁斯。

在被称为天堂广场的三角形购物中心，街道交叉汇聚，形成了那个“五点区”，这是该市最邪恶的贫民窟中心。十几个肮脏的孩子围住了朗和扎克，拉着他们的手，央求着要钱。他们让朗想起了那个费金[①]帮。他掏空了口袋里的硬币。孩子们向他们扑来，就像那些老鼠扑向斗牛犬一样。朗根本就没费劲去打听安德鲁斯这个人。

破败不堪的鲍厄里大街曾经是一条时尚的街道，现在到处都是当铺、枪械店和音乐厅。“安乐窝”是一个破破烂烂的工人客栈。“白人的地方。”扎克说，“你自己进去吧。”

酒馆污渍斑斑的墙上挂着一面英国国旗和一幅乔治三世的平版印刷肖像，此外还有一面法国三色旗、一幅德伐日夫人在断头台旁编织的版画、一面南部邦联战旗和一位报界艺术家所展示的“石壁”杰克逊英雄形象的绘画。叛乱分子的安乐窝，名不虚传。酒吧老板和那几个早上十一点喝威士忌的顾客都不认识约翰·安德鲁斯。至少他们是这么说的。

在靠近列克星敦大道的第四十三大街有牛贩子专门出没的牛头旅馆，朗想买两桶贮藏啤酒。因为扎克的缘故，朗在酒吧门口被拒之门外，他被晒黑的脸一下子变得通红。扎克赶紧用一只手按住他的胳膊，让他冷静下来。

他们在旅馆后面拥挤的牛栏附近闲逛，看到一个人正在从马车上卸下木箱子。他的样子鬼鬼祟祟，那些箱子里装着金属罐头。朗悄悄说：“我们过一会儿回来。”在西四十八大街的一个消防站外，身穿黑衬衫的志愿消防员们对他们冷嘲热讽——“嘿，黑鬼，给我们唱支黑鬼歌吧。”——一小时后，他们又回到了牛头旅馆。朗用一把镐打开了一座仓库后面紧锁的门。那车夫送来了四个木箱子，朗用小刀把盖子撬开，拿出一个没有标记的罐头。他把罐头拿出来让扎克闻一闻。

---

①费金，狄更斯小说《奥利弗·特威斯特》中指使孩童犯罪的人物。

“松油。”

“松油。”朗说道，“足以引起很多很多场火灾啊。”

粗野的男人，浸透汗水的衬衫，工装裤，带平头钉的靴子。有几个女人，跟男人一样口出恶言。他们全都用恶毒的目光盯着扎克。烈日下，第三大道水汽蒸腾。朗估计这个人群有两百人。

朗看了看他的怀表，现在是九点钟。他站在一辆马车的车轮上，可以看到第四十六大街第三选区东侧一排四层砖混结构房屋里的征兵办公室，里面的情况一目了然。这是唯一一个准备在周六早上办公的办公室。伤残退役军人部队三个神经紧张的成员守卫着门口。两三个身强力壮的女孩就能够制服他们。

宪兵司令的一名部下走了出来。“根据国会通过的《国家征兵法》，第二十一选区第九征兵区的征兵，现在开始。”

人群中喃喃低语。一个工作人员转动了摇奖机的曲柄。另一个人被蒙住眼睛，从摇奖机中取出一张折叠好的纸条。他把它递给了门口的那个人。

“第一个应征入伍者是威廉·琼斯，第二十二征兵区，第四十六大街，第十选区拐角处。他人在吗？”

他不在，人群回以嘘声。操作人员退后，摇奖机再次转动。更多的名字被抽了出来，但没有公布。一辆向北行驶的马车响着铃铛，无法移动，直到观众勉强挪出通道。

朗比他周围的大多数人穿得都好。他穿着一套黄褐色的亚麻布套装，敞开的领子上系着黄色的扎染印花大手帕，头上戴着一顶上面镶有条纹绸帽圈的黄色草帽。他可能是一个成功的商人，抑或是一位乡村医生，如果不是扎克，他多半不会引起人们的注意。很明显，他把他朋友招募进来是一个错误。等合适的时候，他会建议扎克乘火车回到华盛顿去，但他估计扎克会拒绝。

十点左右，一个朗之前没有注意到的身材修长的年轻人开始向人群发表夸夸其谈的演讲。“是崇拜黑人的黑人共和党人把我们弄到了这个地步。”那个年轻人下身穿着一条黑色的裤子，上身穿一件脏兮兮的白色夹克，头上戴着一顶饰有刺绣帽圈的吸烟帽，他的翻领上装饰着一枚闪闪发光的小小圆形徽章。

“我们该怎么办？你真是个聪明的混蛋。”一个掉光了牙齿的老太婆说道。

“组织抗议,选出领导人,制订一个计划。”

“制订——你说——什么?”一个人喊叫道。人们都笑了起来,那个年轻人微笑着表示他和他们是在一起的。

“采取行动,你们不需要枪。我看马厩里有干草叉,建筑工地上有木头,阴沟里有破碎的铺路石,用那些东西。”那年轻人注意到朗正在看着他。

朗用胳膊肘推了一下一个仿佛在自己汗水里洗了个澡的工人。“他是谁?”

“以前从没见过他,但他不是说得很对吗?”

朗继续往前挪动,没有人认出那个戴着吸烟帽的年轻人,朗观察了他半个小时。然后扎克的一句话分散了他的注意力,当他再看的时候,年轻人已经不见了。朗记住了他的脸。

中午时分,征兵负责人宣布:“我们今天的名额已满,办公室关门了。”他“砰”的一声关上门,粗暴的人群开始散去。

朗解开他的扎染印花大手帕,擦了擦脸。这个城市面临着一个漫长而炎热的周末。酒吧会全天营业。他得继续寻找安德鲁斯,以及那个身材修长的年轻人,直到周一早上征兵重新开始。

扎克跟在他身边,警惕地左右张望着。因为扎克的肤色,他们在这里是敌人,而且他们两人都明白这一点。

太阳像一个黄色的疖子悬在屋顶上。穷人们纷纷离开他们的出租屋,希望能呼吸到一点凉爽的空气,但是没有。朗和扎克继续听到人们义愤填膺的说话声。傍晚时分,他们分开了,扎克去了黑人贫民窟,朗则信步来到了第十选区。

当他走进艾伦大街的一家酒馆时,他的神经绷紧了。一个右手小指上戴着一枚红宝石戒指的红胡子男人站在椅子上,周围都是喝啤酒的听众。

“要是没有战争,就不会有征兵。要不是为了奴隶的事儿,就不会有战争。所以谁该对此负责呢？黑鬼啊。所有黑皮肤的男人、女人和小孩都应该对此负责。”

一个听众说:“杀了他们。”

约翰·安德鲁斯笑了。“这是一个好主意。我请大家喝一杯，先生们。让我们谈谈星期一的事情吧。”

朗大胆地靠近他。安德鲁斯周围的人一直压低声音说话。过了一会儿，安德鲁斯说：“好吧，伙计们，我们要给他们点教训，好吗？”他的伙伴们纷纷表示同意，安德鲁斯慢悠悠地走了出去。朗数到十，然后跟了出去。

一个男孩正对着墙撒尿，朗跑过去时撞到了他，他便大声咒骂起来。安德鲁斯回头一看，发现了朗，便一头钻进了公寓楼的过道。朗加快脚步追了上去。

过道像洞穴一样黑暗。它向下倾斜，经过一个小小的后院，那里有一个穿着屠夫围裙的男人正在搅拌一锅热气腾腾的棕色油汤。再往前走，一个五口之家蹲在泥地上，用手从桶里抓东西吃。朗不停地奔跑，房子之间的距离如此之近，遮挡了所有的阳光。

他在迷宫般的贫民窟里跟丢了安德鲁斯。当朗重新回到空旷的街道上时，西边的太阳已经变得又大又红。他步履沉重地来到市政厅公园，发现扎克在那里来回踱步，不敢坐到那些长凳上去。

“我遇到了安德鲁斯，但被他溜掉了。他正在煽动骚乱。”

“除了星期六通常会发生一些事情外，黑人身上似乎也没什么大事发生。尽管如此，他们还是有点紧张。我和一位正在洗衣服的女士聊天，她说星期一会有大事发生，黑人最好小心点。”

“现在我得去办点事儿，扎克。”

“我知道了。”朗对他讲了他打算去一趟北面。

“我在旅馆见你。自己小心。”

“哦，当然。”扎克叹了口气，好像他知道，如果他碰巧走错了路，遇到了错误的白人，小心翼翼也是没有用的。一个穿着制服大衣的巡警，晃着大都会警察局著名的武器——一根洋槐警棍，向他走来。扎克继续往前走，一个孤独的身影在红红的暮色中投射出长长的影子。朗正在前往格拉默西公园的路上。

第五十一章 1863年7月

他敲了四下门，在石头台阶上等了将近五分钟。终于，扇形窗户里出现了一丝萤火一样的微光。一个门闩嘎吱一响，门开了一半。玛格丽特举起一盏灯来看他，她的另一只手里稳稳地握着一支五管转轮手枪。她乌黑的头发在灯光下宛如瀑布飞流直下，晶莹闪亮。他迅速摘下草帽，好让她看清他的脸。

“哦，我的天哪。”

“你好，玛格丽特。请让我进去。”一个巡警出现在列克星敦大道。他环视着公园，一盏牛眼灯在空中摇摆。她往后退去。她穿着一件丝绸或其他薄材料制成的沙色睡衣，一条带花边的贴身内裤的裤脚拖到了她裸露的脚踝。朗关上了身后的门。

灯光将他们圈在了一个黄色的圆里。玛格丽特好不容易挤出一个紧张的微笑。“我通常晚上不接待男士来访。”

“我想是的。”

“多纳尔要在拿骚待十天。”

“我知道。这个我已经确认过了。”

“怎么？哦，我让你站着太不礼貌了。请把你的帽子放在桌子上。这边走。”

来到客厅，她放下灯，将俯瞰公园的窗户上的窗帘全部拉上。她似乎不那么紧张了，但不敢直视他。朗坐在一张长沙发上，完全被她的美貌和他对她的感情弄得身心交瘁，这种炙热的感情已经压抑了好几个月。她坐在长沙发的另一头，两人之间隔着一段距离。

“你是怎么发现多纳尔不在家的？”

“我是个侦探啊。很多侦探工作都是常识,但枯燥乏味。我在城市指南中查了麦基威瑟斯的公司,我还发现这个地址和多纳尔的名字列在一起。今天晚上我在你们家的仆人回家的路上跟踪了他,他在一家酒馆前停下来。我给他买了一杯威士忌,两杯过后,他就变得健谈了。我没想到你会一个人来这儿,我只想知道你在里士满是否受到了伤害。”

“我们12月份离开了里士满,我们在萨凡纳过了圣诞节。”

“我在3月份逃脱了。”

“我不可能知道。”

“即使你在那里也不会知道的。”他同意道,“他们不会为有人越狱做广告的,除非这些事件非常轰动,无法掩盖。我实际上就是走出了霹雳城堡。嗯,跌跌撞撞地。我得到了帮助,但我不能告诉你。”

“是啊,我们仍然处在对立面,不是吗?”

“不会持续太久的。尤其是在葛底斯堡战役之后。”他将她的双手紧紧握在自己手中。她的皮肤很冷,她的头发似乎散发出一股香草的味道。“你没事吧,玛格丽特?你幸福吗?”

“幸福?我从来都没有这么惨过。我嫁给多纳尔是个错误,我以为他在很多方面会需要我——”她犹豫了一会儿,“一段时间肉体上是这样,但一旦他得到了他想要的,就开始失去兴趣了。现在我成了一个摆设,如同厨房的火炉一样,这就是多纳尔心目中的妻子。顺便补充一句,他觉得自己没有义务忠于妻子。在我嫁给他之前,这件事我也是满腹疑虑。我只能怪我自己,还有那个该死的贝克,是他把我关进监狱的。”

黑暗的房间里一片寂静,将他们包裹在一种情不自禁的亲密中。“如果你对多纳尔有这种感觉,那就离开他。”他说这句话时感觉自己的脸在发热。

“天哪,是的,我想要离开他,但有一件事不行啊。我发过誓,违背誓言是可耻的。”

他悄悄挨到她身边,他们的膝盖碰在一起了。丝绸睡衣下,她的轮廓清晰可见。“多纳尔不是一个合适的丈夫,你刚才是这么说的。我爱你,我会爱你到永远。”

"朗,请别。"

"这是真的。什么也改变不了这一点。"

"这场战争——"

"忘记战争。"

"我们怎么能忘记呢？有这么大的鸿沟,双方有那么多的仇恨。"

"我们两个之间没有。"

"你真的以为我们可以克服我们自身,克服已经发生在我们身上的事情吗?"

"也许不会很容易,但是我们可以这么做。等时机成熟我们就远走高飞。"

"你在纽约要待多久？你在办案吗?"

"是的。有一个征兵办公室今天开始抽名字了,所有征兵办公室星期一都要开张。华盛顿担心可能会发生骚乱,也许是南部邦联的人煽动的。我被派到这里来尽我所能阻止它。"

"所以我们还在打这场战争。只不过我没能为父亲报仇。"

"也许你天生就不是那个料,也许你应该把它留给别人。"他刚要提起她哥哥,就赶快收了回去。他不能告诉她米勒在监狱里对他做了什么。于是,他说:"在俄亥俄州,我父亲是一名牧师。他告诫人们,以眼还眼会让两个人都变成瞎子。"朗意识到,这也是他最近选择忽视的一个告诫。

她叹了口气:"也许你是对的。有时候我都觉得自己也不了解自己,都不知道自己在这个世界上要去哪里。"

"你就跟我走。你准备好行装,离开这座房子,让我把你带到华盛顿去。你那儿的住所还在吗?"

"哦,在的。我本想卖掉它,可形势发展得太快了,我都没来得及处理。"

"等我们到了华盛顿,再决定下一步怎么办。第一步是离开你的丈夫。"

"但愿我有这个勇气。"

"你有的,这个我知道。"他抓住她的双肩,她的两只乌黑的眼睛睁得很大,有点害怕。他向她俯过身去,她没有退却,也没有抵抗。他亲吻了她。一开始她没有反应,接着,很突然地,她的双臂一下子抱住了他的脖子。

终于,拥抱结束了,两人哈哈大笑着,喘着气。玛格丽特向后一靠,头发蓬乱，双颊绯红。她解开了系在睡衣领子上的缎带。

她让客厅里的灯亮着，领着他穿过黑暗往楼上走去。大门紧闭的屋子热得像火炉一样。

“我爱你，朗。这样做是可耻的，完全不正当，可是我实在没有办法。”

“我爱你，玛格丽特。现在爱你，永远爱你。”

“抱着我。吻我。”

潮湿的头发垂落在他的额头上，一滴汗水流过他的鼻子，有点痒。他温柔地吻着她。

很久以后，凌晨三点，他们躺在彼此的怀里，听到远处传来铃声。她低声问道：“那是什么？”

“火警。离这儿很远。”但这让他想起了星期一的早晨。

她沉默了一会儿后说道：“我必须告诉你一件事，我哥哥在城里。”

“你哥哥西塞罗吗？”

“是的，他从里士满来的。他不认识你，我曾经问过他。”撒谎的混蛋，他在心里骂道。

“你说到南部邦联的特工。”玛格丽特继续说道，“他可能是其中之一。”

他的脑海里浮现出霹雳城堡、克里奇、米勒，以及他遭到毒打的情景。他怎么能告诉她呢？也许将来有一天他可以，但现在不行。他还有任务要完成啊。“他在哪儿？在哪个宾馆？”

“他不肯说。”

“那你为什么告诉我呢？”

“因为，如果我们俩之间都坦诚相待——如果我们的关系更进一步——我就不能保留秘密。”

他相信她的话。这使他感到宽慰，然而也使事情变得更加复杂，因为他有自己的秘密啊。他用平淡的语气说道：“嗯，既然我们不知道他在哪里，我们就不去操心他的事了。假如周一上午没有发生大麻烦，我就在周一晚上来找你，差不多这个时间。要是我有事脱不开身，我就周二晚上来这儿。无论如何，我都会来的。”

“我会等你。”她亲吻他。

他走了，心里乱成一团。他真希望她要是没有提起她哥哥的事情就好了。现在他必须去寻找米勒，如果可能的话就逮捕他。

真是荒谬的想法。隐藏在茫茫八十万人口中，他怎么可能找得到他。

但是，米勒很显眼，很容易被人认出来。或许朗还真的能够抓住他呢。在里士满受到如此虐待之后，他能控制住自己不去做他发誓要对米勒做的事情吗？要控制住自己的怒火很困难。

他无论如何都得这么做。他将履行自己的职责，将米勒毫发无伤地移交给他的上司，同时，带着玛格丽特远走高飞，去开创他们新的生活。

无论如何。

第五十二章　1863年7月

朗之前刮胡子时从不割伤自己。但星期日早上，他的手一滑，剃刀划破了脸颊，他流了很多血。他不知道这是否是一个征兆。

他让扎克离开这座城市。

“不，先生。我见过那种糟糕的样子，我不能像被鞭打的狗一样逃跑，我得反击。”

无情的热浪中，两人在东西两边游荡，发现动荡不安的现象随处可见，但并没有出现即刻会发展成危险的场面。他们在四点左右逛回到鲍厄里大街。朗走进那个“安乐窝”，扎克则待在外面。

一个醉汉躺在锯木屑和他自己的呕吐物中，一个头颅硕大、眼神凄苦的服务员正无精打采地用肮脏的抹布擦拭着这堆乱七八糟的东西。朗在吧台买了一杯威士忌，值班的是一名新来的酒吧招待。朗在伤痕累累的木头吧台上又放了三张五十美分的纸币，酒吧招待扬起一条眉毛。朗告诉了他自己想要的东西，三张纸币立马就消失了。

“是的，他来过这里，中午前后。脑袋光得像个鸡蛋，走路的时候身子往左一歪一歪的，这是不是他？”

“是他。他有没有说过他的名字？”酒吧招待摇摇头。“他就住在这附近吗？”

“说不上。他对我的一些常客说了一会儿话，把他们的火点得挺旺的。他们明天要去计划一些事情。”

“计划什么？”酒吧招待瞄了一眼刚才放过那几张钞票的地方。朗又在那儿放了三张。

“他们说要去抓黑鬼,他们要抓一些黑鬼来烤。”

“还有吗?”

“我得做生意去了,你看。我不是什么都能听到,他们说到过索德大道。我听他们说到过几次‘军械厂’,还说到‘轮船’什么的。”

纽约州军械厂,第二大道二十一号。联邦轮船制造厂就在附近。枪械,这两个地方都有生产和储存,贝克曾有一张单子给他。他把一枚硬币递给那个可怜的傻孩子,然后走了出去。

那个又热又阴的星期一,纽约的天气糟透了。

朗让扎克去黑人贫民窟搜一遍,寻找他们已经确认的反叛分子——安德鲁斯和那个身材修长的年轻人。朗再次提到了西塞罗·米勒,扎克可能会遇到他,但这种机会十分渺茫。“六点左右在市政厅公园跟我会面。”

八点半的时候,朗口袋里揣着手枪,站在第四十六大街和第三大道的拐角上,就在征兵办公室的对面。它九点开门,但宪兵司令部的人并没有马上抽取名字,好像他们预料到会有麻烦似的。大约十点半,也就是第一个名字被从摇奖机里抽出来的几分钟后,朗听到了一个低沉的吼声,就像大海的波涛一样。北面蒸腾的热浪后面,男男女女从第四十七大街跑进第三大道。朗一开始估计有一百多人。人们不断涌来,后来他估计有三四百人。他们挤满了街道,还有太多的人自发地聚集在一起。

他们挥舞着标语牌:禁止征兵!他们示威性地挥舞着棍棒、铁链、石头和切肉刀。有些人爬到电线杆上,用斧头切断电线。电报把马尔伯里大街和三十二个警区连接起来。没有人鼓动,暴徒不会攻击通信系统。

人们簇拥在一辆被挡住路的马拉街车周围,把乘客拖下车来,对他们拳打脚踢。两个暴徒把一个年纪较大的女人扔到马车踏板上,一个按着她,另一个撩起她的裙子。

骚乱的人们在征兵办公室前聚集,其他人则继续往南进发。朗认出了来自第四十八大街消防站身穿黑衫、头戴皮革消防头盔的消防员。越来越多的人从第四十七大街蜂拥而来,有一千多人。

女人们大声骂着下流话。男人们高喊着:“杀了富人!”暴乱的人们将怒火集中在大约六十名挥舞着洋槐警棍、冲进他们当中的分管区警察身上。警察用警棍对付任何挑战他们的男人、女人、小孩。这是一场失败的战斗。如果有一个暴徒倒下,就会有四个取而代之。由于寡不敌众,一些警察逃跑了。剩下的警察用力敲打征兵办公室的门,门一开,他们就冲了进去。暴徒们跟在后面,也随之涌入征兵办公室里,并喊道:“他们从后面跑掉了,胆小鬼。”骚乱的人们号叫着。

“烧了它!”

“杀了富人!”

“吊死黑鬼!”

“废除征兵法,废除征兵法!”

朗看见有金属罐子和瓶子往前传递,一直传递到征兵办公室里。他之前见过这些罐子。有人扔了一根火柴,火球从门口喷发出来。一个站得太近的人身上烧着了,像一只被斩首的鸡一样四处乱跑。暴徒哈哈大笑着任由他燃烧。

两个女人用铁管袭击一个跛脚的士兵,那士兵的头像西瓜一样被打破了。第三大道成了人潮汹涌的海洋。第五十伤残退役军人部队的士兵全副武装出现在了第四十六大街。有的结实强壮,有的苍白无力,尚未完全康复。他们的中尉命令暴民撤退,男人和女人都朝他冲去。士兵们向人群开枪,伴随着可怕的尖叫声。骚乱的人们纷纷倒下,其他人则踏着他们的身子,攻击和驱散士兵。身穿黑衫的消防队员挥舞着像鞭子一样的皮带,撕破了一些人的脸。

一个暴徒用拳头猛地推了一下朗的脸。“你为什么不参加战斗?杀了富人!”朗立刻对着他大声喊叫道:“把他们都杀了!”一边在空中挥舞着拳头。那暴徒满意了,便继续向前走去。

火焰烧穿了征兵办公室的墙壁,向上蔓延到公寓房间。地板轰然坍塌,墙壁顷刻倒塌,火花飞溅,如洪流滚滚。火警铃声在十字路口叮当作响,但马匹和装备无法通过人墙,消防员也不敢特别卖力尝试。

在接下来的两个小时里,暴徒们多次分组。从三十多岁到四十多岁的人组成的那些团伙四处游荡,在第四大道挖掉纽黑文铁路的铁轨,闯入商店,抢走任何有用的或需要的东西,然后放火烧掉剩下的商品。朗猜测,燃烧瓶里的液体是一种叫作“希腊火”的调制物。

中午时分，乌云密布，眼看大雨即将来临。燃烧的建筑物产生的烟雾像是在乌云下面增加了第二层乌云，烟灰颗粒纷纷扬扬，落在朗的头发里。他兜里揣着枪在街上闲逛，既感到惊骇，又感到愤怒，也感到内疚，因为作为一个男子汉他无法阻止这场破坏。他也不应该去尝试。

每隔几分钟，人群中便会有谣言传来：“他们杀死了约翰·肯尼迪。”

“这肮脏的家伙亲自来这儿阻止我们啊。”

“好哇，肯尼迪警长死了！”

警察的头儿被杀？混乱变得一发不可收拾。

大约两点钟的时候，朗穿过第三大道一群漫无目的的人群，周围全是残破的马车、大车、手推车和翻倒的有轨电车。有人喊道：“军械厂，军械厂。”朗发现了他周六见过的那个身材修长的年轻人的绣花吸烟帽。“我们去端了军械厂，每个人都去拿武器！”暴乱分子再次振作起来，涌进十字路口，向着第二大道奔去。

朗用肩膀挤过那些走得较慢的人。实在无法通过时，他便掏出他的科尔特手枪。一个戴着眼罩的魁梧男子用刀尖抵住朗的喉咙，伸手去拿枪。“我的了。”朗一枪射中了他的一条腿。

人们尖叫着，从受伤的那个人身边向后退去，给朗让出了一条通往大道的小路。那个身材修长的年轻人看到了他，开始逃跑。一辆手推车的辕杆绊倒了他，他一个大马趴跌倒在大道一侧的木头人行道上。朗缩短了和他的距离。

身材修长的年轻人坐起身来的时候吸烟帽也掉了下来，接着他从外衣口袋里掏出一支大口径短筒小手枪，朗朝他的胸部开了一枪，第二枪打中了他的前额。身材修长的年轻人侧身倒在了地上。

周围几个街区的商店和公寓全都陷入了火海，烟雾在暴风雨之下变得越来越浓。不时地，一群穿着礼服大衣的警察好像又发起了一次冲锋。每次都有几个骚乱者倒下，但警察总是撤退。

暴徒们冲向南边，来到第二十一大街，来到一幢五层的木头房子那儿，上面有一块写着“马斯顿公司”的招牌。朗的那份清单上写着，马斯顿公司在下面两层房子里制造卡宾枪，存放的地点是三楼的训练大厅，里面还有比较老式的滑膛枪、刺刀和弹药。这份清单上还写着，乔治·奥普代克市长是马斯顿公司的幕后合伙人。

暴徒们砸破了大门，冲进里面。一百多名警察用警棍进行攻击。接着是一场激烈的混战，指节铜套、干草叉子、砖头石块、瓶瓶罐罐，纷飞乱舞。暴徒们挤满了军械厂的大门。有些人冲到三楼，踢掉窗玻璃，将卡宾枪、滑膛枪和刺刀扔了下来。

接着，里面有人将房子点着了火。这幢老旧的建筑像纸一样燃烧着。不到两分钟，火焰便吞没了楼梯，烧到了三楼。困在屋子里的暴徒尖叫着从破碎的窗户中跳下来。那些在一楼的人拳打脚踢，踩着他们同伙的身体逃跑。门外站着两排警察，凶狠地殴打骚乱的人群，打得他们血淋淋地、一堆一堆地倒在地上。朗惊得目瞪口呆，这不是战争，这是集体精神错乱啊。

他开始往南走，很快就撞上了一群往北走的贫民窟的人。“当心，当心，鲍厄里暴徒来了！”朗还没来得及躲避，那伙人便向他碾压了过来，把他撞倒在地，用脚踢他，用石头扔他。然后，他们继续向前冲去，一边还唱着：“鲍厄里暴徒一统天下，鲍厄里暴徒一统天下。”朗挣扎着站起身来，痛得恶心。剃须刀的伤口重新裂开，鲜血溅满了他那套早已经褴褛不堪、污渍斑斑的黄褐色亚麻布外衣。

他在小巷里穿行，遇见其他帮派，便躲藏起来，或者绕道避开。他往南面走去，穿过一片荒原一样的地方，这里有被抢劫的商店、破碎的玻璃、燃烧的车辆、坐在或躺在路边石头上的受伤的人，还有好多人在屋顶上观看这些大戏，有黑色的食腐大鸟飞翔在不祥的天空。一百个人正向北行进，一面唱道：“我们要把老格里利吊死在酸苹果树上。”

他在五点半到达了市政厅公园，一路上看到了暴民实施暴力的桩桩件件事情。他在那儿闲逛了一个小时，所过之处，一片狼藉，有被砍成引火柴一样的长椅，有为保卫市政厅而设置的小型火炮，有窗户被砸得粉碎的临时营房。漂亮的市政喷泉被砸成了碎片。水从中央管道涌出，形成了一个小小的池塘。扎克在什么地方？

仿佛是朗的恐惧召唤来了扎克一样，他的头从一辆翻倒的敞篷旅游车后面伸了出来。他腰带上系着一把短剑和一根警棍。

“你没事吧，阿朗佐？你这么个狼狈相啊。”

“你也好不到哪儿去。”扎克衣服的袖子成了碎布条，卷曲的头发上沾满了砖灰。他的左眼几乎被肿胀的眼睑遮住了。

“发现我们认识的人了吗？”

扎克摇了摇头：“遇到了一些抓捕黑人的人。不过，我逃掉了，运气不错。我从没见过这样的情形。东河那边，他们烧毁了一批黑人的棚屋。你听说了吗，他们在住宅区烧了一个黑人孤儿院？每个人都逃了出来，只有一个小女孩没逃出来，他们杀了她。我从一个警察那里听说的。他说人们还差点杀了警察的头儿。”

“肯尼迪警长。”

“他在一家医院里，叫贝尔什么的，遍体鳞伤。我们现在干什么呢？”

“继续寻找该负责的人，记得那个戴吸烟帽的人吗？他死了。”

“你干的？”

“是的。你愿意回到鲍厄里大街的那个地方去吗？”

“为什么不呢？不可能有比我看见的情景更吓人的了。”

炽热的烟雾笼罩了这座城市。由于乌云和烟雾，黄昏来得很早。他们小心翼翼地走着，手不离武器；他们穿过被洗劫的街道，街道上的煤气灯被砸得粉碎。他们拐过一个弯，看见一个年老的黑人，身体肥胖，头发雪白，脖子上吊着一根绳子，绳子拴在灯柱上。他的裤子上别着一块标语牌，上面写着：禁止征兵！扎克禁不住破口大骂。

鲍厄里大街相对比较平静。酒馆灯火通明，生意兴隆。朗从一个还敢在大街上停着手推车做生意的小贩那里买了两个烤番薯。火警铃声不停地响着，远处枪声四起。朗从“安乐窝”的平板玻璃窗往里看。酒馆里挤满了人，男人们胡喝海饮，高声大笑，好像过节似的。他打了个寒战，有时摸上来的牌都是王牌。

“他在那里，享用免费午餐，庆祝呢。”

扎克歪过头，一脸困惑。

“米勒，这次我们会抓到他的。”

第五十三章　1863年7月

朗在打空了的科尔特手枪弹膛里重新装上子弹。他跟扎克简短地说了几句话，扎克便沿着邦德大街小跑着走了。当他的表告诉他已经过了三分钟时，他握紧放在口袋里的枪，向“安乐窝”关着的门走去。酒馆装了铅玻璃的精致窗户扭曲了内部的形象，有的碎裂，有的重影。两个面带微笑的西塞罗·米勒举起两只啤酒杯，用两张嘴喝了起来。朗估计那群人有四五十个。

他迅速而安静地走进屋里，在锯木屑上留下了一串脚印。他没有引起人们的注意，直至走到米勒身边。米勒一句话还没有说完，就感觉自己受到了挤压。他转过身，一脸怒容。

“你好，米勒。借一步到那边的桌子边简单说个话。”

米勒看见了鼓出的枪，朗的位置刚好使其他人看不见它。有一个人说道：“喂，朋友，他是谁呀？”

米勒的一条眉毛里渗出汗珠。“一个老朋友。”他拖着一只脚走过锯木屑，来到一张空餐桌边。他的笑容完全是假装的，又十分丑陋。“你到底是怎么发现我的？难道我妹妹——？”

“你妹妹跟这事毫不相干，无论她在哪儿都毫不相干。”他又补充了一句，目的是想保护她。“我们一起从这儿走出去，假如你要拉拉扯扯，我就一枪打死你。我不在乎。”这与其说是肯定造势，还不如说是虚张声势，现在他根本无意杀害玛格丽特的哥哥。

“好吧，好吧。”米勒说，“让我把啤酒放下。”

朗点了点头，意识到酒吧里已经出现了抱怨声。再过一会儿，人们可能会做出反应。米勒抡起手臂，把啤酒朝朗的脸上扔去。

朗气急败坏，两眼一黑。米勒踢了他的胯部两次。“这人是个该死的警察特务。”

六七名顾客朝朗冲了过来，米勒赶紧跑到他们身后。朗踉跄着靠在桌子上，疼痛难忍。当第一个人来到他跟前时，他拔出了手枪，扳起击铁。

枪把他们镇住了，为他赢得了时间，他赶快溜了过去。米勒穿过昏暗的大厅，已经逃到了后面。外面的门“砰”的一声关上了，朗听到一声枪响。他一把推开后门，看见扎克斜靠在小巷对面的木板围墙上，扎克的左裤腿膝盖以上都是血。在那条街区的南端，米勒转向西边，不见了身影。

“让我看看。”朗蹲下身子察看扎克的伤口。扎克裤子上那个鲜血淋漓的洞在天空的红光下看起来呈黑色。大火从哈德逊河一直燃烧到东河。

“没啥大问题，只是擦伤。别让那人跑了。”

“他走不快。我们得把它扎起来。天哪，扎克，我很抱歉。”

扎克从他破烂的袖子上撕下一条长长的布条。他把布条折成一个护垫，让朗把另一条布条绕在他的腿上，然后在护垫的顶部打上结。“挺好，挺好。别让那小子跑了。”

朗冲到小巷的尽头。在布利克大街以西两个街区的地方，米勒像只受惊的螃蟹一样仓皇逃窜，尽管一瘸一拐，但速度还算快。朗从他身后追了上去，扎克顽强地跟在后面。

夜晚的军队正在行进。当朗和扎克穿过几个十字路口时，他们瞥见几伙爱尔兰人正在向窗户扔砖头，在排水沟里放火，还在追逐那些运气不佳的行人。枪声噼啪作响。红色的天空营造出一种怪异的日光。

他们穿过又一条被破坏殆尽的街道——百老汇大街。一辆被遗弃的马拉街车正在闷烧，几乎像一具黑色的骷髅。到处都是碎玻璃，像红宝石一样闪闪发光。一个黑人推着一辆装满家用物品的手推车，费力地从他们身边走过，后面跟着三个黑人小孩。“快点，快点，我们得去市政厅那儿。那儿安全。”

扎克和他们的猎物一样一瘸一拐得很厉害，但他紧紧跟着。他指了指米勒正在逃跑的身影。“那个人不知道他要去哪里。那些街道都是黑人的街道啊，我昨天在那里来来回回地逛了一整天。”

奔跑中，朗的脑子里留下了一些支离破碎的印象，破烂不堪的棚屋早已被捣毁和洗劫一空，小花园毁坏殆尽，衣服和炊具被扔得遍地都是。汤普森与布利克大街交界处一家黑人的食品杂货店着火了。往前一个街区，过了沙利文大街几步远的地方，米勒又回头望了一眼。他停住了奔跑的脚步，拿着手枪在街中央站稳。朗把扎克推到一边，其实没有必要，子弹离目标还远着呢。米勒又跑了半个街区，来到麦克杜格尔大街，跑进了角落里的一座公寓，房子里飘着烟。扎克说："他干吗要去着火的屋子里呢？"

"他也许以为浓烟可以遮蔽他的身形。他也许吓坏了，根本就没动脑子。"

朗在公寓附近一盏昏暗的煤气灯下评估着形势。这座三层楼的建筑看起来已经被遗弃了，浓烟从一楼的窗户中滚滚而出，在其中一扇窗户里，他看到了火光。"和之前一样，我进去。你看着后面，以防他溜出去。"

"你在里面要小心。"扎克一瘸一拐地走进了这座廉价公寓和一间破旧小屋之间的一条狭窄通道。朗的手心满是汗水，因为追赶导致胸口都痛了。他拿着手枪，蹑手蹑脚地进了大楼。

剧烈的浓烟刺痛了他的眼睛和鼻子。他左边的一个房间，木门在闷烧着。他蹑手蹑脚地走向后面漆黑的楼梯，一个声音向他发出警告。米勒向他开枪时，他赶紧贴到了墙上。他开枪还击，稍稍瞄低了一点，目的是把他打伤而非打死。

米勒在一扇后门上狠狠地踢着撞着，一边还气急败坏地咒骂着。他打不开门。

"投降吧，米勒。你逃不掉了。"

楼梯上传来的不规律的砰砰声说明米勒正往二楼逃去。烟雾越来越浓。一楼后屋的一扇门在火焰的侵蚀下突然坍塌，照亮了凹凸不平的墙壁和大部分栏杆不是折断就是丢失了的楼梯。那个该死的傻瓜为什么要上楼去？从窗户跳下去吗？

朗爬上楼梯时，楼梯摇晃起来，眼看就要坍塌了。米勒再次开枪射击，朗回击了两枪，然后听到米勒的一只脚拖过地板的声音，正在朝大楼前面移动。

地板散发出巨大的热量，火苗在铺设得很不平整的木板之间闪烁。一块地板在朗的重压下折断了,他的一条腿从洞里穿了下去。他赶紧一把抓住上三楼的楼梯中柱,把腿从洞里拔了出来。他拍灭裤子上正在燃烧的几个窟窿的余烬。屋子里充斥着大火的呼啸声和爆裂声。朗再也听不到米勒的动静。

他侧着身子慢慢向前移动。又有一块地板燃烧着并塌了下去,大厅变得更加明亮,耀眼的火光照亮了前面两扇关着的门。朗推了推左边那扇门,大概是被闩住了还是被什么东西挡住了,门推不开。他跑过大厅,试着打开另一扇门,门可以打开。

他往后退了一下,用脚踢门。米勒开枪时,他跳到了一边。黑黑的房间里,米勒是一个昏暗的剪影,映衬在一扇被火焰般的天空照亮的敞开窗户上。

朗开枪太迟了,米勒已经蹲下身子,隐藏在了黑暗中。朗又开了两枪。当他再次扣动扳机时,击铁落在了空弹膛上。他连忙把手伸进口袋,然后突然想起,没有子弹了。

他悄悄绕过门边:"你个混蛋,你在哪儿?"

米勒稍稍移动了一下,有那么一会儿,他的脑袋像台球一样闪闪发光。他举起了枪,朗赶紧跪倒在地,向旁边滚去。米勒开枪,随着回响的消失,他听到了与自己的空枪发出的一模一样的声音。

他站起身来,在外衣上擦了擦双手。他的眼睛正在适应这被大火照亮的黑暗。"我看见你在角落里。都结束了,米勒。我会带你回华盛顿,这样就少了一个放火闹事的反叛分子——"

米勒拿手枪朝他投掷过来,朗向左一闪躲开了。地板在朗脚下开裂,这次他找不到可抓住的东西,掉进滚滚浓烟中。

他侧身着地,虽然有些晕眩,但还是从正在吞噬半个房间的火焰中滚了出去。他瞥见在米勒想要跳下去的那扇窗户正下方有一扇开着的侧窗。他在烟雾层下屏住呼吸,向那扇窗户爬去。上面的一层楼已经坍塌了一半,紧接着那层楼从墙壁上脱落,在米勒的身体下面开始倾斜倒塌,他吓得尖叫起来,掉进了熊熊烈火中。朗冲到窗口,一头钻了出去。

他的头重重地落到了地上。他挣扎着站起身来,眨着眼睛,一边剧烈地咳嗽着。一团火焰遮住了房间的内部。他好像又听到米勒在尖叫,但不能确定。

当火焰从三楼的窗户冒出来时，他向后退去。米勒出局了，他不是被朗的子弹打死的，而是被自己的恐惧烧死的。这事儿他能向玛格丽特解释清楚吗？要是米勒被监禁在狱中，那么他和她也许还有机会在一起，可是现在米勒死了，他怎么可能再跟她在一起呢？

有一块燃烧的墙壁向外坍塌下来。朗赶紧跳向远处，撞到隔壁小屋那道破败的尖桩栅栏上又弹了回来。麦克杜格尔大街传来一片混乱的喊叫声：

“我们抓住你了，黑鬼。”

“绳子在哪里？”

“卑鄙的混蛋——”有什么东西堵住了扎克的喊叫声。朗赶紧朝着那里的骚乱跑去，心怦怦地狂跳着。

第五十四章　1863年7月

扎克仰卧在街上，四个白人包围了他。他们都是普通的人，穿着破破烂烂的衣服，毫不起眼。其中一个人的眼睛往外斜视，另一个人的肚子大得下垂，第三个人留着蓬乱的白胡子，第四个人的下巴往后缩进。朗看到了两把打开的折刀、一对木棍和一根硬头软鞭。硬头软鞭是一种纽约街头常见的武器，一根绳子上吊着一个装有铅弹的小皮袋。

这四个人不凶神恶煞，甚至不算可怕，只是因为暴动的原因让他们有点嚣张。朗从他们脸上看出了这一点。他们撕掉了扎克腿上的绷带，重新打开了他的伤口。他的前额挨了一击，鲜血从他的右脸上流了下来，他看上去一脸茫然。

那个下巴往后缩进、年纪还不到二十岁的男人朝朗咧嘴一笑。“一起来吧，朋友。我们在后面的巷子里抓住了这个黑鬼。”

“邦斯在找绳子。”那个拿着硬头软鞭的斜视眼说，他是四个人中年纪最长的。“后面几个街区的地方有个五金店，里面还有些东西。”

第一个人说道：“我哥哥在爱尔兰旅的第八十八纽约团当兵，登上了弗雷德里克斯堡的马耶高地。要不是那些该死的黑鬼，他是不会死的。”

那个斜视眼说：“等邦斯一回来，我们要让这家伙看看我们是如何处置自命不凡的黑鬼的。”

一缕汗水顺着朗的脸颊流下来，他拔出左轮手枪：“我不这么认为。”

“你是干什么的，警察？”那个大肚子问道。

“只是一个不愿意看见这种事情发生的人。”

那几个人面面相觑，他们有四个人，朗只有一个人。他们有人数上的优势，但他有手枪。扎克明白接下来会是什么结果，便用手肘支撑起自己的身体。那大胡子将泥土踢到他的脸上，朗扳起击铁。

“不要再踢了，离他远点。”

斜眼睛说道：“小伙子，讲点道理啊。你是白人，我们是白人，黑鬼出来抢白人的活，强暴白人的妹妹，你在乎这样的黑鬼吗？”

北面，朗的身后，一个新的声音喊道：“伙计们，我找到绳子了。”有人突然将一根棍子扔了过来。朗一猫腰，躲过了。棍子从他身边飞了过去。

斜眼睛将两个拳头贴在屁股上。“蒂龙，你扔木棍可真是冒险啊，他原本可以一枪毙了你。不过他没有，是吧？想知道我是怎么想的吗？我想他的手枪是空的。他用一把该死的空枪吓唬我们。”

他们傻笑着，互相推搡着，跳着舞步般朝着朗走来，斜眼睛走在最前面。斜眼睛拿着装着铅弹的袋子拍打着他的一条腿，砰砰地响。现场被大火照得雪亮，廉价的公寓已经化为一片巨大的灰烬。朗看见一辆警车在百老汇大街驶过，像圣诞玩具一样小，远水救不了近火。

“抓住他。”斜眼睛咆哮着。看不见的邦斯从朗的身后跑上前来，抱住了他，于是斜眼睛将硬头软鞭一记击中朗的头骨，差点把他打昏过去。其他人拥在他的四周。在他们把手枪从朗的手中夺走之前，他用手枪猛地击中了一个家伙的前额。他像米勒一样踢他们的胯部，那个被他踢中胯部的人火了。“你个钟爱黑鬼的家伙！”一块磨得飞快的钢片在他眼前闪着红光，那人把折刀一刀捅进了朗的左腿，然后猛地拔了出来。

另一个人的刀划破了朗的外套和衬衫，刮伤了下面的肋骨。朗的两条腿不由自主地跪倒在了水中。他倒下身去，火红的夜晚变得越来越黑。那个大胡子用脚踢他被刀割破的地方，朗感觉有热血在流。

“别把他打晕了。”这是斜眼睛的声音。朗的脑子里嗡嗡直响，但他听到了他的声音。“蒂龙，你和迈尔斯让他翻过来趴在那儿。抬起他的头，如果有必要就扇他耳光。我想让他看看这个。邦斯，把套索固定好。”

“我们不该杀了他吗？他可是个目击证人啊。”那个大肚子说道。

斜眼睛从裤子口袋里拿出一品脱威士忌，打开瓶塞，喝了一口。他把瓶子递了过去。“目击能证明什么？警察不会因为我们杀黑鬼而追捕我们。邦斯，快点，把绳子系好。”分叉的闪电划破长空，接着是一声巨大的雷鸣。

有人坐在朗的背上，拉着他的两只耳朵让他抬起头来。一波又一波的恶心向他袭来，他浑身乏力。那些白人把扎克架起来，重重地拍打着他的后脑勺，直到他低下头去套进绞索里。他们架着他走到灯柱前，把绳子扔过灯柱，两次没有成功，第三次才成功了。四个人围在绳子旁边，另一个人抬着朗的头。

“他在看吗，费利克斯？”

“在看。”坐在朗背上的人说。

“那我们开始，伙计们，我数三声。大伙儿一起，一，二，三——拉起来，拉起来。”

他们把扎克拉到离地六英寸的空中，他发出哽咽的声音。当他们再把他拉高三英寸时，他的双脚开始在空中胡乱蹬踏。大胡子男人把绳子系在柱子上，他们走开来拍拍手上的灰尘，欣赏着自己的工作：一个自由的黑人，像个瘦骨嶙峋的玩偶一样悬挂在绞索上。

“他死了，伙计们，我听到他脖子断裂的声音了。”斜眼睛说，一副敢作敢为的神气。“又少了一个玷污我们美丽城市的黑鬼。”又一道闪电迸发过后，风刮得更猛了。豆大的雨点打在街上。

长着大胡子的人说道：“赖利，你得去找牧师了，你现在有很多事情要忏悔。”斜眼睛哈哈大笑。“我才不会呢，杀死害虫并不是什么罪过。来吧，我们再找黑鬼去。”

那人从朗的背上站起身来，朗的鼻子先着地一头栽到地上。五个人手挽着手，悠闲地走了，齐声唱着一首关于爱尔兰岛古老家乡的歌。扎克的尸体在热风中旋转。

天空打开了闸门，释放出一股汹涌的洪流。一分钟后，一条条河流般的雨水冲刷着朗脸上的泥土。一道闪电划过，把整个世界刷得雪白，大地在颤抖。伤口疼得十分厉害。“我会像扎克一样死在这里吗？”他心想，接着陷入了黑暗中。

凶猛的暴风雨在一个小时内就停止了，而且也并没有扑灭那么多的火灾。空气再次变得又热又湿。在纽约北格拉默西公园，玛格丽特一直等到两点半，然后爬上楼梯来到卧室。

火警铃声响彻云霄，天空一片红色，弄得她根本无法入睡。她满脑子萦绕着对朗的思念。他明晚来，明晚他会在这里。她准备了一只手提箱，里面装着她想要带走的物品：一些她最喜欢的东西和几件结婚前的衣服。其余的都留给多纳尔了，他给她买的所有东西。他可以把它们卖掉、烧掉，或者把它们扔进地狱，她才不管呢。

第二天早上，那两个黑人姐妹没有来，厨娘也没有来。菲尼亚斯·法利来晚了，心情沉重，心烦意乱。虽然雷暴迫使人们躲在屋里，暂时中止了骚乱，但仍有数十人受伤，无数的人死亡，黑人男女和儿童的生命受到威胁。"可怕，可怕。"菲尼亚斯不断地说着这句话。

他带来了一份《论坛报》。玛格丽特看了格里利的社论。

邪恶势力一直在致力于煽动一场不能归咎于自发的公众愤怒的暴动。任何有思想的人都不会怀疑骚乱者是在某些操纵者的指导下行动的。这些操纵者对他们进行精准指导，精心策划他们的城市骚乱、抢劫和谋杀计划。

西塞罗在哪儿？朗怎么了？随着时间的推移，她的恐惧和焦虑不断加剧。到了晚上，菲尼亚斯很不忍心地跟她道别，回家去保护他的艾琳。她就一直在楼下踱步，穿着厚厚的旅行装，浑身大汗，吃不下饭，睡不好觉，不想离开客厅窗户，她在那儿再次看到了映衬在红色天空下的屋顶。

她的邻居是一位退休的老先生，曾在市中心交易所的经纪公司工作。七点半的时候，他来看看，确定她没出什么事。他知道她只有一个人，便问她愿不愿意跟他和他妻子一起过夜。他们有空余的房间。不，她说，她会没事的，在名声响当当的格拉默西公园这儿，她什么也不怕。这是一个可悲的谎言。

"我希望你再想想，麦基太太。整个区域到处都是暴徒啊。"

玛格丽特摇了摇头："我留在这儿。我这么做很重要。"

老先生简要地描述了当天发生的一些恐怖事件：一帮暴民袭击了存放着四千支卡宾枪的联邦轮船制造厂；第十一纽约志愿兵团的士兵在第三十五大街用

两门小型野战炮对付暴徒，野战炮向人群发射霰弹；第九大道上设置了路障，尽是损毁的马车、大车、倒下的电线杆和缠结在一起的电线；州长西摩回到该城，在军队临时司令部圣尼古拉斯酒店的台阶上发表讲话，介绍了暴动的状况，命令骚乱者停止行动，但仍然斩钉截铁地说征兵将进行到最后。

还有更多。刚刚在葛底斯堡受尽磨难的士兵们被赶回去镇压叛乱。不幸的黑人被无缘无故地枪杀或吊死在路灯上，黑人女子从她们的住所被拖出来刺死。老先生没有说“可怕，可怕”，但是他的摇头和紧握的手表明他就是这个意思。他离开一个小时后，一个排的警察从第二十大街开进公园，在四周驻扎下来。

门厅里一张绿色的大理石桌子上，一个密封的羊皮纸信封一次又一次地吸引了玛格丽特的目光。那是她给多纳尔的告别信，她在信中声明她要离开他，和另一个男人在一起。

黎明时分，她睡意全无，仍然穿戴整齐，拿着信封来到写字台那儿。潮湿和烟味使房子变得臭不可闻了。自周六以来，她让自己沉浸在希望和欢乐中，现在看来她觉得自己是个彻头彻尾的傻瓜。

她打开信封，把信纸撕得粉碎。她又写了一封信，热泪顺着脸颊无声地奔流而下。她不知道朗是死是活，但她知道他不会来把她带走了。今晚不会。永远不会了。

第五卷

阴谋

第五十五章　1863年11月—1864年1月

逃离纽约后好几个星期，玛格丽特一直害怕多纳尔看到那封短信后会暴跳如雷。信中说她再也不会跟他一起生活了，并害怕他会找她。当她发现他没有这样做时，她感到一阵失望。后来，她痛定思痛，这才认识到，他的无动于衷证明了这桩婚姻早已名存实亡。

她首先去了巴尔的摩。她发现米勒家的那幢排屋尘封已久，像被废弃了一样。家具上覆盖着白色的布。一个邻居说，西姆斯去给驻扎在城里的联邦军队做饭了。她将房子交给一个不动产中介，从三个银行账户里取了钱，然后前往华盛顿。

这个城市对快乐的追求比她记忆中的还要疯狂。深秋昏暗的日子里，欢乐聚会比比皆是，私人演出方兴未艾，大型酒店舞会频繁，所有这些，报纸上都有详细描述。献身慈善的女士们精心举办义卖会，为卫生委员会筹集资金。该组织实际上接管了为军队提供后勤服务和食物的工作。卫生委员会开办医院，经营巨大的仓库，并派出一支支运货马车队源源不断地前往军营，送去从敷料、药品到预防坏血病的洋葱和土豆等各种物品。

这个社交季注定会有一种异国情调。女主人们正在计划为俄罗斯舰队的军官们举办盛大的招待会，俄罗斯舰队将在波托马克河锚泊过冬。玛格丽特没有亲身经历过任何一个活动，她都是从报纸上看到这些事情的。她只在必要的时候才离开富兰克林广场的排屋。

她再也没有收到罗丝的来信。南方在葛底斯堡战败后，南部邦联驻英国和法国的使节未能赢得这两个国家对他们政府的承认。北方的报纸说南方永远不会得到承认了。战地新闻报道中出现了新的名字——托马斯①和谢尔曼②，因为他们在遥远的田纳西州奇卡莫加河与卢考特山的领导才能而受到赞扬。林肯宣布11月份的感恩节为国家节日，这是联邦信心复苏的证明。玛格丽特一个人吃饭，在默默无言的极度不情愿中准备了一顿简单的饭菜。那天晚上，她对着镜子，发现自己的头发中已经生出几缕白发。

商店里，圣诞商品琳琅满目：木头做的士兵、儿童玩具气枪、会唱歌的机械娃娃以及法国香水、女士披风、男士烟盒等。由于骚乱后没有得到她哥哥的任何消息，所以她不知道该如何送礼物给他，也不知道送到哪里。除了朗，她没有别的人需要买礼物送，但是朗已经走了。他们在一起的那个夜晚，是一个销魂蚀骨的激动回忆，每当她沉湎于此太久，依然会使她感到沮丧。她怪自己的说法太有说服力，而且说得太频繁，说他们在战争时期的爱情是不可能的。朗肯定认为她说的是对的。

来自巴尔的摩的演出人约翰·T.福特在第十大街新建了一座辉煌绚烂的“泰斯庇斯神庙”，正享受着他成功的喜悦。在两周的时间里，他邀请了著名的约翰·威尔克斯·布思出演他的著名角色——理查三世，以及英文版的法国戏剧《大理石的心》中的雕塑家拉斐尔。

玛格丽特在后一部戏剧的广告中看到了汉娜的名字。她雇了一辆马车将她载到福特剧院，在那儿花了七十五美分买了一个座位，那是该剧院最好的座位。

煤气灯给漂亮的新剧院带来了融融暖意。舞台口装饰着莎士比亚的半身像。剧场座无虚席。她的座位在舞台右侧第一层楼厅的前排。她感到一种非同寻常的兴奋，这是被舞台左侧第一层楼厅前排尽头的双人包厢上那些爱国旗帜所激发的。从她的座位上，她可以直接看到对面的包厢，这个有利条件只有坐在她这一边第一层楼厅前排的人才有。坐在楼下的那些经常吵吵闹闹的普通百姓根本看不见那个包厢。随着室内灯光的暗淡，包厢里的引座员把花边窗帘推到

---

①托马斯，即乔治·亨利·托马斯（1816—1870），美国内战时期的联邦军将领，固守田纳西州奇卡莫加城（1863），在纳什维尔战役（1864）中重创南部邦联军队。

②谢尔曼，即威廉·特库姆塞·谢尔曼（1820—1891），美国内战时期的联邦军将领，曾参加布尔溪战役、维克斯堡战役等战役，率军横越佐治亚州，攻克亚特兰大（1864），晋升中将，任陆军总司令（1869），著有《谢尔曼回忆录》。

一边,露出了几把椅子和一个大的软垫摇椅。亚伯拉罕·林肯酷爱看戏,经常出人意料地光顾福特剧院和格罗弗剧院。

年轻的布思先生首先登场,受到了热烈欢迎。他长得特别英俊,他的讲话声震屋顶。与表演风格内敛自然的他的哥哥埃德温不同,他更喜欢大幅度的手势,舞台动作恣意而激烈。他扮演一个可怜的雕刻家,这位雕塑家爱上了一个更爱钱的女人,但他吸引观众的注意力并非易事。玛格丽特周围的那些人都在注视着那个空包厢。

幕布升起十分钟后,另一侧的第一层楼厅前排响起了一阵惊呼,然后是掌声。黑暗中,林肯穿过一条通道来到那个双人包厢,坐在摇椅上。他的妻子没有和他在一起,一名平民警卫站在他身后的阴影中。

掌声响起,传到了乐队那儿和上面的楼座。林肯站在那里对人们的欢迎表示感谢,然后用手势向舞台示意,让演员们继续。布思先生以夸张的鞠躬向憔悴的总统致意。玛格丽特觉得布思看上去很生气。林肯和他的警卫在最后一幕戏前一分钟离开了。

她不确定汉娜会不会理睬她,但她还是在剧院后面的小巷里等着。置身于一群渴望见到男主角的轻浮女人之中,她感到很尴尬。当汉娜第一个走下台阶时,她松了一口气。"汉娜? 我在这里。"

汉娜认出玛格丽特之后吃了一惊。她很快镇定下来,向她跑来。汉娜尚未卸妆。她的眼睛四周画满了皱纹,脸颊和嘴唇涂满了鲜艳的胭脂与口红。

"天哪,你在华盛顿干什么?"

"我和多纳尔分手了。我看到了你的名字,就被吸引过来了。你刚才演得挺好,汉娜。"

"谢谢! 这是个小角色,但我挣钱了,所以终于可以称自己为专业演员了。布思是不是很棒啊?"

"他给人的印象非常深刻。你有时间吃晚饭吗?"

"哦,对不起,福特先生要为全体演员举行晚宴。听到你们分手的消息,我的心都碎了。我们必须再见面,好好聊聊。你还住在富兰克林广场的家吗? 我一有空就写信给你。"玛格丽特不知道她是否真会写,汉娜似乎拘谨而矜持。

她揣摩的思绪被聚集在舞台入口处大约五十个人的掌声打断了。布思身穿毛皮领大衣，头戴丝质帽子走了出来。年轻女子向他抛来大量花束和两张折叠的字条。汉娜紧紧握住玛格丽特的手，低声说了些什么，但玛格丽特在一片嘈杂声中什么也没有听见。当布思在节目单上签名时，他的那双黑眼睛炯炯有神。有人问了他为林肯表演的感受。

“让他到剧院来看戏太让人恼火了，打乱了大家的节奏。我也不喜欢向一个该死的暴君鞠躬。”人群的窃窃私语停止了。有两个人毫无顾忌地鼓起掌来。玛格丽特没有再和汉娜说话就悄悄离开了。

12月，玛格丽特给汉娜买了一套玳瑁梳子，新年的时候她仍然没有收到她朋友的来信，那件用碎花纸包着的礼物就一直放在抽屉里。

挂着黑色窗帘的黑色布鲁厄姆马车驶进了H大街和I大街之间的小巷。朗数了数，在一栋窗户挂着窗帘的两层楼房前，有九匹配着马鞍的马拴在铁柱上。马车驶近时，马儿嘶鸣起来，还跺着脚。朗跳下马车，尤金·桑德斯特罗姆和另外两名贝克手下的侦探紧随其后。坚实的橡木门后面传来钢琴乐声和大笑声。1月的空气中，四位侦探呼出的气犹如团团阴云在弥漫。星星冰冷而遥远。

朗解开外套的纽扣，松开他胳膊底下插在手枪套里的点三六英寸口径的六响海军科尔特。这是一款简单可靠的武器，生产量很大，在联邦这边应用广泛。他在扎克被吊死的时候丢失了那支旧的手枪，那把枪更大，它的优点是更具威慑力。

桑德斯特罗姆用嘴哈着自己的双手。“这个窝点叫什么名字？”

“蓝鹅。”朗接着对马车夫说道，“驶出去，向他们发个信号，把囚车拉上来。”贝克的单位拥有一辆旧的警用马车，在车门上安装了巨大的挂锁。马车夫抖了抖缰绳，布鲁厄姆马车沿着小巷驶了过去。

“名单上有多少人？”另一个侦探问道。朗拿出一份文件，借着前门上方煤气灯的亮光看了看。

“六个人。”

“他们的头儿正在举办一场盛大的聚会。”

“他的目标是通过波托马克河运送七八十个妓女过去。他们每个人都是反叛分子。”

“或者说别人指控他们是反叛分子。”桑德斯特罗姆说。

朗瞪了他一眼。“一回事。”然而,实际上尤金是对的。在没有确凿证据的情况下就把可疑的叛国分子抓起来,这是一桩龌龊的勾当。朗尤其讨厌骚扰女性,但是他不能忽视拴着的马上的那三个麦克莱伦马鞍。贝克坚持认为妓女可以把军官们灌醉,然后从他们口中探听情报。

“跟着我。”

那些白人杀死了扎克后,他倒在街上昏迷不醒。一个黑人理发师发现了他,把他带到了自己家里,并让他儿子去报了警。朗在贝尔维医院的病房里待了一个星期,与此同时,来自葛底斯堡的几支部队开赴这里平息了骚乱。朗只记得那一周的最后三天。

恢复过程相当漫长、艰难而又令人沮丧。他愈合的伤口在寒冷中很痛,他朝橡木门走去时,感觉到每一步都很艰难。

他把海军科尔特对准钥匙孔,一枪把锁芯打得粉碎。他一脚踹开门,冲了进去,屋里瞬间爆发出一片呼喊声、尖叫声、家具掀翻声、玻璃打碎声和人的破口大骂声。

一个没扣上蓝色军上衣纽扣的上尉从楼梯旁的长长走廊里飞快地跑了出去。朗朝那个军人脚后跟的地板开了一枪,那人立刻停了下来。朗喊道:“后门已经被我的人堵上了。我们要逮捕这栋房子里的犯人。顾客可以离开,只是别惹麻烦。”

一个头上白发堆得很高的慈母似的妇人气冲冲地从旁边的一间客厅里冲了出来。“你这肮脏该死的混蛋,你是谁?”

朗出示了他的徽章:“你们中有一些女士要去乘船旅行,她们可能要去里士满工作,招待自己的同类。”

“该死的,你这个狂妄的小畜生,你不能跑到这里来,你以为你是谁?”

他用大拇指扳起那支单发手枪的击铁。“如果您是汉娜夫人,那您的名字不在我的名单上。但是如果您再哇啦哇啦,我就把它加上去。”

汉娜老鸨用橙色脂粉覆盖的脸吓得发白，她连忙抓着自己满是赘肉的脖子往后退去，发出奇怪的咯咯声。朗看了看名单。“下面是我们想要的人。玛丽·安·阿贝拉德、迪米蒂·巴斯金。布茨，也叫海伦妮·冈瑟。尤拉莉娅·米姆斯，这里说她是黑人。乔茜·斯坦和安妮·惠顿。把她们揪出来，伙计们。”

侦探们跑上楼去，那些顾客则收拾好自己的大衣、帽子和手套，偷偷溜了出去。朗听到了那辆囚车驶进小巷的声音。很快，第一个女孩下来了，是被尤金·桑德斯特罗姆硬拉下来的。她把她的斗篷搭在自己的一条胳膊上，她的胸脯几乎要从她的衬衣里露出来了。她恶狠狠地咒骂桑德斯特罗姆，直到他用手枪猛地捅了一下她的肋部。“闭嘴，捂好你的胸口。”朗笑了，桑德斯特罗姆学得很快。

到了午夜，他们已经把那六个妓女铐起来锁在了漆得乌黑的马车里。朗押送她们去老国会大厦，但他和马车夫一起坐在了外面。要是坐到里面，她们很可能会把他撕成碎片的。

这整件事情实在令人恶心，但这是他在康复后回到拉斐特·贝克手下工作时选择的游戏。贝克和斯坦顿的策略使他震惊，每个月都有数十人被捕，包括记者、民选官员、政府职员、任何被发现反对或怀疑战争的人。有些人被判入狱一两天，有些人则被无限期地关押在人满为患的监狱里。朗知道他不应该为他讨厌的人工作，尽管如此，他还是留了下来。他还能有其他什么地方可以像平克顿训练他做的那样参加这场战争吗？

他安慰自己的良心说，每逮捕一个人都是对扎卡赖亚·奇索姆的一种补偿，他为他的朋友感到悲伤。扎克死得很不幸，他认为这都是因为他自己的黑皮肤和白人的虚伪。他认为在北方这块土地上他不可能被接纳。这是一个痛苦的结局，死亡已经非常残酷，现在还要往伤口上撒盐。扎卡赖亚·奇索姆死的时候肯定觉得自己不是一个人。

1月份一个阴冷的下午，雪花在昏暗的天空中旋转飞舞，朗站在第六大街的码头上，双手插在大衣口袋里，常礼帽拉低遮住前额。他和拉斐特·贝克看着尤金·桑德斯特罗姆和其他三名警探从一排出租马车和巡逻马车上卸下妓女。这些女人再也不咒骂或反抗了，监狱把她们吓唬得服服帖帖。她们拖着大旅行箱或者鼓鼓囊囊的毡制手提包，吃力地爬上木头跳板，登上有舷侧明轮的小轮船。贝克的手下没有一个人上前帮忙。一个红头发的小女孩抽泣着，抚摸着栖息在她肩上的一只病恹恹的鹦鹉。

贝克很高兴："七十二个对国家不忠的女人走了，她们不会再来打扰我们了。阿朗佐，干得漂亮。"

"是的，很好。"

他的语气令贝克皱起了眉头。朗不在乎地看着这艘轮船装载着这些"货物"离开，这些有着脱离联邦思想的妓女。毕竟，女人对联邦构成了实实在在的、令人震惊的巨大威胁，不是吗？贝克手下的所有军人都会同意这一观念。

一想到这些，朗完全沉浸在了不快的情绪中，于是他说了声"对不起"，便一头扎进旋转的雪花中走开了。

第五十六章　1864年5月

“在客人们提出建议之前，让我先回顾一下我们的情况。”

杰斐逊·戴维斯在内阁会议室的会议桌顶头说道。高大的窗户上勾勒出倾盆大雨，简直就好像上天在为南部邦联哀悼似的，西塞罗坐在角落里的一把椅子上这样思忖着。戴维斯政府的情势最近灾难性地急转直下，唯一能帮助他的也只有这样的哀悼了。

被西塞罗和许多其他人认为不称职的戴维斯还遭受了他个人的不幸。两周前，他心爱的儿子约瑟夫爬到住宅阳台的栏杆上摔了下来。乔·戴维斯当时四岁，是戴维斯失去的第二个孩子。

“在怀尔德尼斯和斯波齐尔韦尼亚两周的战斗中，李将军损失了一万八千人。”总统说，“同样的时间里，敌人损失了大约三万六千人。我了解萨姆·格兰特，他是一个残暴而不计后果的军人，他视人命如草芥。”

西塞罗的右手悄悄地伸过去搔他结着可怕疤痕的左边背部。他的手臂、肩膀和脖子上都布满了烧伤的疤痕，从衣领上方可以看到凹凸不平的隆起的红色肉脊。他的左耳朵仿佛像一块融化后又变硬了的变了形的蜡。他怀疑，压根儿连妓女都不会瞧一眼他赤裸的身子，除非是她喝醉了酒或者走投无路了。

陆军部部长詹姆斯·塞登清了清嗓子，请求人们注意。他是一个瘦弱不堪、形同鬼魅的人，身体虚弱，病魔缠身。戴维斯对身体不好的人有一种奇特的亲和力，毫无疑问，出于同病相怜。戴维斯点头表示同意他发言。

塞登说话带有柔和的弗吉尼亚口音。“总统完全正确。林肯的新任总司令挥霍兵员无度，就好像他们是小孩子游戏中的筹码一样。他享有林肯的充分信任，所以他的政策肯定会继续下去。他可以损失三万六千或五万，然后再补充兵员。我们的损失却不是那样容易弥补。”

西塞罗看了一眼他的上司威廉·诺里斯少校。西塞罗是在巴尔的摩认识诺里斯的，他一直对诺里斯的英俊外表愤懑不已，嫉妒他在女人面前的成功和在耶鲁大学的一帆风顺。诺里斯是信号部的主管。

在场的耶鲁律师不止他一个，紧靠戴维斯左边的是犹太人国务卿本杰明[①]，他坐在那里，像一座橄榄色皮肤的小佛像，若有所思地抚摸着他修剪整齐的胡须。来自圣克罗伊岛、纽黑文和新奥尔良的朱达·本杰明是总统最信任的同事。他在会议桌上的位置，以及塞登在桌子另一端的位置，确立了他们的不同地位。

戴维斯接着说道：“谢尔曼已经进入佐治亚州北部了。本·巴特勒在半岛上，很可能威胁到彼得斯堡。西格尔在河谷里只有大约八千人，但是看看那让我们付出了什么代价啊。”他指的是杰布·斯图尔特，五天前，即5月11日，斯图尔特在耶洛酒店战役中受了致命伤。

“李将军的部队经过两个星期的血战已经筋疲力尽。我们无法给他们提供抗敌的枪弹，无法给他们提供御寒的衣服，无法给他们提供足量的食物。我们勇敢的孩子们在战场上分到的食物就是几盎司面粉、一点腐坏的熏咸肉，如果运气好点的话，也许还有一勺米饭或糖蜜，就一整天啊，先生们。此外，达尔格伦上校突袭失败后，在他的尸体上发现的命令证明，林肯的战争手段已经堕落到了最下三烂的地步。”

去年3月，达尔格伦带着四千骑兵来“敲过门”。据称，他的任务是解放贝尔岛的囚犯，让他们肆无忌惮地对里士满的民众进行报复。突袭被挫败了，达尔格伦在国王和王后县毙命，但在他的口袋里，人们发现了那些命令，鼓励解放的囚犯在“这座可恶的城市”里进行烧杀，然后暗杀戴维斯和他的内阁成员。李将军勃然大怒，用休战旗包着那份命令的副本，将它送给米德将军。米德满不在乎地说命令是假的，并发誓说从来没有发布过这样的命令。华盛顿也对此表示否定。林肯所雇用的人既是杀手，也是骗子。

---

①本杰明，即朱达·菲利普·本杰明（1811—1884），美国律师，曾在南部邦联政府任司法部部长、陆军部部长和国务卿，内战结束后逃往英国，成为英国王室的法律顾问。

戴维斯把苍白的双手交叉着放在会议桌上。雨点击鼓般敲打着窗户。塞登嘟囔着说，他们应该把煤气灯点起来。戴维斯说："马上，我们先把这件事情结束掉。"国务卿本杰明捋着自己的胡子。

"诺里斯少校，你说吧。"

"谢谢总统先生，先生们。"诺里斯站起身来，微微一笑，仿佛在对他们共同的彬彬有礼表示谢意。这位少校四十多岁，军装上饰着灰色和金色的穗带，举止优雅，有军人风度。西塞罗搔着他有疤痕的手。

"我相信你们都知道米勒先生，他是最勇敢的特工之一，也是我手下最优秀的特工之一。你们已经收到了他去年夏天在纽约完成任务的情况报告——他的英勇行为不幸因为一个敌方特工的残暴干涉而功亏一篑。"西塞罗精心编造了一个与朗·普赖斯在一座着火的房屋里搏斗的故事。这与事实几乎毫不相关。普赖斯在那个"安乐窝"里把他逮到之后，西塞罗完全吓坏了，只知道没命地逃跑。对抗从来不是西塞罗的风格，除非是他在力量占绝对优势的情况下。

他完全被吓蒙了，不假思索便一头冲进了那幢公寓。他闻到了烟味，看到烟从破碎的窗户里袅袅升起，但是他血脉偾张，晕头转向，无法理解其中的含义。同样的歇斯底里使他跑上楼去躲避普赖斯的追捕。大火吞噬了大楼，普赖斯跌下了楼板，西塞罗也一样。

他衣服的左边着火了，他设法从窗口跳了出去。他一遍又一遍地滚着，即便那个时候，如果不是公寓着火的墙壁碎片砸到了他身上，他可能还真的安然无恙。他拖着衣服上的火焰跑了起来。

他误打误撞地碰到了一个人的雨水桶，桶里刚好盛满了最近的暴风雨落下的雨水。他把脑袋和肩膀都浸在水里，然后用桶里的水浇透了他的下半身。他的整个左半身全都是冒烟的破布条。这时，真正的疼痛开始了，让他更加恶心的是烧伤皮肉的浓烈臭味。

他跌跌撞撞地走着，也许是对死亡的恐惧在驱使着他前进。不知怎么的，他来到了下曼哈顿城区一对夫妇经营的小旅馆，人们都知道这对夫妇同情南部邦联。他躺在床上，一边哭泣，一边痛骂，直到医生来了之后用鸦片酊将他麻醉才止住了这种极度痛苦的状况。等他再次醒来后，便又是如此。

他歇斯底里地喊叫着要看镜子，他看到了自己的绷带。四个星期后，绷带被取下，但他早就知道自己已经变成了丑八怪——二度致残。

诺里斯少校说："米勒先生三周前找到我，告诉了我他的想法。我让他来介绍吧。"

诺里斯坐了下来。西塞罗鞠了一躬，敷衍地飞快朝他们一笑。他想要谋杀朗·普赖斯，他想要单枪匹马给南部邦联带来胜利，他知道他能做到。

"先生们，我这个想法的核心并不是我的创见。我们经常在报纸上看到它被提出来加以讨论。我指的是通过谈判达成的和平，这将使我们南部邦联不受阻碍地存在下去，作为一个独立的国家。"

塞登皱起眉头看着窗外的雨。戴维斯端详着他苍白的双手。不过，国防部部长本杰明却不再捋胡子了。

"我们还有另一个更紧迫的问题。我指的是格兰特上个月停止交换俘虏的命令，这完全是一个不讲道德的企图，目的是减少我们的人力，我们必须强迫格兰特退让。与此同时，我们必须努力实现更大的目标，即按我们的条件实现和平。通过传统的谈判我们无法达到这两个目的。我们必须有一个讨价还价的筹码，一张比敌人手中任何东西都要厉害的王牌。"

"究竟是什么呢，先生？"本杰明问道。

"亚伯拉罕·林肯，先生，绑架并牢牢地把他控制在里士满，控制在我们手里。"

本杰明话音轻柔但语气尖锐地说："林肯有警卫，军事警卫或平民警卫，视情况而定。"

"没有想象中的那么多，国务卿先生，他也不是经常带警卫。他经常在没有人护送的情况下坐着马车在镇上四处转悠，或者独自一人偷偷溜进戏院看戏，弄得他的手下手足无措。"为了烘托效果，西塞罗故意停顿了一下，"我最近到华盛顿去确认了一下。"

此话一出，他们纷纷坐直了身体。诺里斯暗自一笑。但塞登却阴沉着脸，这是麻烦的信号。他说道：

"诺里斯少校已经告诉过我这个计划的要点，总统先生。我不赞成，理由很多，其中最重要的是个人风险因素。脑子正常的人谁会企图去干这种事情？"

脑子正常的人谁会试图去干这种事情？西塞罗真想扑向塞登，把他那自鸣得意的脸揍得面目全非，谁也认不出来——

他们都盯着他看。一度，他脑子一片空白，他那谄媚的笑容凝固在了那儿。

“我会，先生。正如我所说的，我实际上早已在华盛顿秘密工作了。”

“天哪，你是怎么到那儿去的？”塞登不满的语气表明他知道自己要输了。

“波托马克河上存在大量非法交通往来。只要支付二十美元，当地的船夫就会不顾巡逻炮艇和在马里兰州沿岸的北方军而冒险干这事儿。”

诺里斯说：“正如您所知道的，国务卿先生，信号部不仅仅是旗帜、气球和密码情报。我们在特殊的领域有资源。例如，虚构身份的文件。”

西塞罗鞠了一躬，介绍自己的新身份：“海勒姆·赛思，马里兰州农村一家小报的出版商，愿为您效劳。当局根本就不关心赛思的来去。结果，我已经盯上了几个有能力帮助组织和实施我这个计划的人。我相信我会找到更多的人。北方佬的首都到处都是对林肯政府的暴行厌恶得要死的人。此外，我们还可以召集在波托马克河沿岸活动的游击队来补充我们的人力。”

他等待着。大雨敲打着窗户，倾盆而下。内阁会议室变得十分阴暗，仿佛他们是在霹雳城堡昏暗的内室里开会一样。本杰明先生深思熟虑地发表了自己的意见：

“你的计划很有进取心，你的勇气也无可置疑，特别是考虑到你去年7月所遭受的可怕的人身伤害。我将在满足两个条件的情况下批准这个计划。第一，如果计划失败，本届政府将会撇清与这件事的关系，以免对此承担责任。我的另一个条件很明显，最终决定权在总统手中。”

戴维斯低下头，显然心里很纠结：“我这一生从来没有人教导过我以这样的方式进行战斗。我知道时间已经不站在我们这边了，而且我们的局面危机四伏。诺里斯少校，我授权你起草一份计划备忘录供我审阅。如果我同意的话，你就可以把计划付诸实施，但要理解，正如本杰明先生所说，如果，啊，如果我们在抓到俘虏之前计划失败，我们将否认一切。”

诺里斯情不自禁地迸发出溢于言表的巨大热情：“先生，谢谢您。请放心，我们不会让您失望的。”

戴维斯将他乳白色的眼睛转向西塞罗。“你有机会成为南部邦联的大英雄，米勒先生。”

还有更重要的东西呢，西塞罗心想，重要得多呢。他冷静的外表掩盖了他的得意。他不会像克里奇那样滔滔不绝地背诵《圣经》，但他知道有一句恰当的格言：“主说，申冤在我，我必报应。”

第五十七章　1864年6月

游击队现在增加了两个连，B连和C连，并计划增加更多的连。新人被莫斯比的名气和声望所吸引，不断地前来投奔。

几个月前，南部邦联国会废除了《游击队法》，几乎使独立的军事力量消失殆尽。托马斯·罗瑟准将曾向李将军抱怨过游击队，谴责他们是“一伙伙盗贼”，说他们给整个军队打上了邪恶的烙印。莫斯比飞奔到里士满，向李将军求情，并在《游击队法》被废除的情况下赢得了豁免。春季和初夏期间，格兰特调动部队在斯波齐尔韦尼亚县以及科尔德港对李将军的部队发动了并不十分成功的猛烈攻击。那些游击队员则在劳登县和福基尔县苟延残喘了下来——新闻界和老百姓称之为“莫斯比的南部邦联”。

威廉·史密斯上尉是莫斯比的密友，领导着B连。由于熟悉弗雷德的背景，他向弗雷德提出了要求，并将弗雷德提升为中士。“尽管有人说你是一个过分喜欢玉米威士忌的人。”史密斯直言不讳地说。

杰布·斯图尔特在耶洛酒店战役中的死对弗雷德打击很大。他实在不敢恭维这个浮华炫耀的骑兵将领把他放逐到莫斯比的部队的行为，或者命令将汉娜·西格尔投入里士满某个肮脏的监狱这样的做法或想法。但他也不能忽视斯图尔特的军事天赋和他对军队的重要性。斯图尔特的死开始改变弗雷德的生活，这倒是始料未及的，一个低俗喜剧的插曲使它浮出了水面。

莫斯比派弗雷德和十个人参加所谓的玉米巡查：从被怀疑支持联邦的农民

那里搜刮脂膏。这些人大多是贵格会[1]教徒,都是些门第高贵的人。弗雷德很不情愿骑着高头大马闯入他们的农场,抢走他们剩下的粮食和牲畜。

弗雷德这支小分队里的一个人引起了一种他在服兵役时很少感受到的厌恶。这个新兵,个子高大,头发乌黑,来自亚拉巴马州。弗雷德估计他在十八到二十一岁之间。他有赫拉克勒斯[2]的身体和兔子的大脑。他在默夫里斯伯勒失去了两个兄弟,因此对北方佬怀有刻骨铭心的仇恨。他说他从来没有打伤过敌兵。“我开枪,要么没打中他们,要么打死他们。”他经常这样吹嘘,那种快乐的样子与一个低能儿无异。

但凡有人愿意听,这个年轻人便会令人生厌地向他描述他最骄傲的时刻,那就是他在约翰·威尔克斯·布思的一次南方巡演中见到过这位演员。“他演得真不错,之后我来到后台,布思先生和我握手,还在他的化装间里给我倒了杯威士忌。我们谈到我们如何讨厌同情黑人的该死的共和党人。布思说他想杀几个,我说我也想。我们紧握双手达成一致。”

没有人知道刘易斯·鲍威尔去年冬天是从哪里冒出来的。很有可能是从别的部队逃过来的,因为他很有经验。他似乎也无所畏惧,弗雷德总是把这样的无所畏惧等同于愚蠢。鲍威尔感觉到了弗雷德不喜欢他,并也通过侧视和窃笑来表示自己的不喜欢,尽管他从不违抗命令。玉米巡逻的另一项任务是销毁在偏远地区发现的酿酒设备。莫斯比坚持认为酒精不仅祸害士兵,还夺走了珍贵的粮食和饲料。在一个可以看见不远处蓝岭山脉的名叫布卢蒙特的小村庄附近,弗雷德的小分队突然扑向一个仍在运作的小酒坊。经营这家小酒坊的是一个八十多岁、牙齿全掉光的老人。他们把盘管拆得七零八落,将煮锅打得七洞八穿。在弗雷德的允许下,他们还自说自话地拿了一些酒喝了起来。

弗雷德也加入了进来,喝得酣畅淋漓。当傍晚的落日将红色光芒洒向大山时,他命令小分队回到马上。他把一只脚踩在“男爵”的马镫上,蹿上马背的劲儿使得太大了,居然从另一边摔了下去。他所有的部下都在看着他。

---

①又称教友会,17世纪中叶由英国人乔治·福克斯所创。其教徒不信奉任何正式的经典,也不遵守其他基督教团体坚持的洗礼、圣餐等仪式,主张绝对和平。

②赫拉克勒斯,希腊神话中的大力神,力大无比,以完成十二项英雄业绩闻名。又译海格力斯,罗马神话中称为赫丘利。

大多数人都竭力忍住笑，但刘易斯·鲍威尔除外。他指着坐在黑色骟马旁昏昏沉沉、烂醉如泥的弗雷德，激动得一个劲儿地大呼小叫。

要是换了别的时候，弗雷德也许会耸耸肩膀，一笑置之，甚至还拿它开个玩笑。可这会儿他心情抑郁，便不觉得这有什么可笑的。坐在一堆臭气熏天的马粪团上，他突然痛苦地意识到自己怎么会变成这个样子了。

小分队返回营地时，恰巧碰上一名四处免费分发宗教书刊的小贩。这些宗教书刊小贩在乡间游荡，为部队提供《圣经》和宗教宣传品。基督教的复兴周期性地席卷军队。最近一段时间，战前曾是新教圣公会主教的利奥尼达斯·波尔克将军为胡德将军、哈迪将军和约翰逊将军在广受公众关注的仪式上施了浸礼。

这名宗教书刊小贩正在分发宣传品。出于礼貌，弗雷德拿了一份，打算过后把它扔掉。他把那四页宣传品塞进口袋里，后来就忘了，直到晚上才又发现了它。他借着灯笼的光亮仔细看了一下。

它的题目叫《酒是魔鬼》。他想起了坐在马粪团上的耻辱，喝得酩酊大醉，头昏眼花，便打开了宣传品。这本小册子的简短说教提出了一个问题：如果一个人想要挣脱联邦企图强加给南方的枷锁，同时又心甘情愿地让自己成为酒精的奴隶，那么他的奋斗还有什么意义呢？这位匿名作家在他的文章中还插进了一些鼓舞人心的名言。康沃利斯勋爵说："一夜醉酒会使早晨阴云密布。"圣保罗在给罗马人的信上说："行事为人要端正，好像行在白昼，不可荒宴醉酒。"哲学家塞内加[①]的话像一盆冰水泼在弗雷德身上，如醍醐灌顶："醉酒只不过是自愿的疯狂。"

他把小册子又读了一遍。没有灿烂的光芒从天而降照耀他身上，没有成群的天使前来歌唱，然而，这是一种心灵的顿悟，深刻而完整，一如它的宁静而私密。在一个弗雷德睡觉的农民谷仓里，他手里握着他的酒壶，两眼久久地盯着，思考着过去几年它给自己的生活所带来的毁灭。他走到外面，打开酒壶的塞子，把威士忌倒在泥土里。他一身沐浴在满月的皎洁清光中，从水井里汲水将水壶灌满。

---

①塞内加，即卢修斯·阿尼厄斯·塞内加（公元前4—公元65），古罗马哲学家、政治家和剧作家，罗马皇帝尼禄的老师，因受谋杀尼禄案的牵连而自杀，其哲学著作有《论天命》《论愤怒》《论幸福》等，悲剧有《美狄亚》《俄狄浦斯》等九部。

6月底，史密斯上尉派弗雷德去见莫斯比中校。这位司令官住在一间农舍的卧室里，把餐厅当作司令部。弗雷德敬礼。“请坐，中士。我马上就好，然后和你谈谈。”弗雷德对莫斯比的热情感到惊讶。接下来还有什么？是训斥他从“男爵”身上摔下来出尽洋相的狼狈？但那是几周前的事了。

莫斯比把鼻梁上的老花镜抬高了一点，签完了一系列命令。他把笔放在一边，盯着弗雷德：“史密斯上尉报告说你的行为举止有了明显的变化，达舍中士。你对此有什么要说的吗？”

弗雷德清了清嗓子：“没什么特别的，长官。我过去犯过错误，我在努力纠正这些错误。”

一只雄性红衣凤头鸟落在敞开的窗台上，歪着脑袋，好像是在往屋里面窥探。它发现没有什么令它感兴趣的东西，便飞走了。莫斯比说：“你承认了这一点，对你有好处。喝酒，是吗？”

弗雷德的脸涨得几乎和那只飞走的鸟一样红：“是的，长官。喝酒，喝太多了。”

“你现在清醒了吗？”

“我已经一个多月没碰过一滴酒了。”

“这是一种负担吗？”

弗雷德正要否认，突然重新考虑了一下：“长官，是的。半岛上发生那件事情以来，我一直没有解脱出来。”

“失手杀死了那个小女孩。斯图尔特将军说起过所发生的事情，这对任何人来说都会是个可怕的负担。”

“是的，长官。这件事一直困扰着我。威士忌可以——就是说，它可以让人更容易忘记。我终于明白了它对我的影响。”

“好极了。”莫斯比说，“鉴于这一变化，当里士满向我们要求一名志愿者时，我想起了你。我们将配合信号部执行一项危险的任务。完整的细节还没有透露给我，但我知道这个任务涉及让一名志愿者处于相当危险的境地，去搜集情报。”

“间谍工作，长官？”

“你可以称之为间谍工作。信号部要物色一个人在华盛顿待几周。斯图尔特将军告诉过我，说你在那里待过，所以你一定了解那个城市。”弗雷德说是的，他在那儿待过。“那好，如果你愿意冒这个险的话，我马上就写命令。”

弗雷德飞快地转动着脑子：汉娜还在首都吗？他能找到她吗？莫斯比清了清嗓子。

“是的，长官，我非常愿意。我直接去华盛顿吗？”

“不，先去里士满。你将在那里成为一名等待交换的联邦战俘。你将有另一个名字和另一个身份，由信号部提供。收拾你的装备。我的勤务兵将把文件送到史密斯上尉那里。你可以在天黑前离开，就这样。”

弗雷德从椅子上跳起身来，动作之猛，不禁令莫斯比薄薄的嘴唇抽搐了一下，露出一丝微笑，这在他身上不常见。他主动与弗雷德握手，使弗雷德感到惊讶。“我很骄傲，我的手下有一个人愿意承担这项任务。祝你好运。我希望你能忘记我们过去的芥蒂，如果你心中还有这种愿望的话。”

“有，长官。绝对有。”

虽然此时此刻，他心里除了惦记汉娜·西格尔之外，几乎没有多少空间可以容纳下任何其他事情。

第五十八章　1864年6—7月

玛格丽特不可能永远隐居下去。尽管多纳尔和朗给她留下了难以弥合的情感创伤，但因为性情使然，她强迫自己回到了这个世界，甚至是分裂的华盛顿这个世界。她每周两次在史密森学会附近的兵工厂广场医院的病房工作。一家报纸呼吁招募志愿者，这吸引了她来到这家医院。她为自己正名的理由是伤兵中有一定比例是南部邦联的战士——战俘。

在医院里，她和各种各样的北方佬混在一起：扎着绿色腰带的傲慢军医，未婚且外表端庄、工作高效的护士，性情温和得有点奇特的男护士，一声不响的黑人勤务工，还有那些运送伤员的联畜运输车夫。那些车夫先是像运送许多根木材一样把他们运来，然后又满不在乎地把粗劣的松木盒子拖走，里面装着医院救不了的那些人。

令玛格丽特感到吃惊的是，她居然泰然自若地接受了这项工作。脓水和鲜血，截肢和毒气，并没有困扰到她。当一个年轻的士兵乞求一勺水或一只手来握住时，他的效忠对象就不再重要。不管是北方士兵还是南方士兵，他只是一个受伤的人，以及报纸上所谓的"屠夫账单"上的又一个条目。

玛格丽特收到了一封信，是多纳尔在纽约的律师斯帕克斯和斯派德韦尔写来的。斯派德韦尔先生的文字既夸张做作又晦涩难懂，说出了玛格丽特早就料到的东西。她对多纳尔的任何财产都没有合法的要求权。他打算用唯一可行的理由——通奸——与她离婚。由于他不了解朗，所以他不得不编造证据并花钱买证人，这是一种常见的做法。她希望扮演她通奸情人的男人能相对体面一点。

夏天来了，鹅掌楸和紫荆的花朵已经凋谢殆尽。美洲西鲱鱼子也从酒店的菜单上消失了。在巴尔的摩，亚伯拉罕·林肯获得了全国联盟党[1]的连任提名。这次大会将他的副总统哈姆林[2]换成了田纳西州的军事长官安德鲁·约翰逊[3]，玛格丽特对此人一无所知。华盛顿在专利局和邮政局用火炬游行和彩灯装饰来庆祝提名。据说，最激进的共和党人并不特别想让林肯重登总统宝座，因为他主张与南方破镜重圆，而不是对南方实施惩罚。

民兵每周在富兰克林广场操练两次。当地居民们带着客人瞻仰最终矗立在国会大厦穹顶上的“武装的自由女神”像。迷信的人们乞求华盛顿的许多灵媒成全，希望能和在战斗中丧生的亲人交谈。许多逃到北方的黑奴在大街上无所事事，找不到工作，找不到吃的。

玛格丽特在富兰克林广场有个朋友，一个并非她刻意结交的朋友。范妮·菲奇太太住的地方跟她的家隔着两个门户，家里有九个仆人。年初，作为一个好邻居，她给玛格丽特送来了一盘她厨师烤的苹果馅饼。菲奇太太是个充满活力的小个子女人，长着一头火红的头发，过于健谈。她第一次来访时，就告诉玛格丽特，已故的菲奇先生，就是佐治亚州菲奇家族的菲奇先生，用一支马车车队从城里搬运人粪而发了一笔大财。夜间搬运粪便这个行当异常辛苦，也就过早地耗尽了菲奇先生的生命，但却保障了他这位没有子嗣的遗孀衣食无忧。

范妮是百分之百的脱离联邦独立派。6月下旬，当财政部部长蔡斯的辞职被公之于众时，她得意地说：“他知道联邦已经彻底失败，随时都会崩溃。”玛格丽特被逗乐了。范妮这是希望很丰满，现实很骨感。

7月初，一支由骑兵和步兵混合组成的南部邦联部队入侵马里兰州，并占领了四十英里之外的弗雷德里克。朱巴尔·厄尔利[4]将军强索二十万美元，否则他会烧了这座城市。弗雷德里克的那些议员们屈服了，厄尔利便继续向华盛顿进军。夏天的困乏立即被恐惧所取代，尽管脱离联邦分子丝毫也不感到恐惧。范

①全国联盟党，当时共和党人为了争取民主党人的支持而暂时改用的名称。

②哈姆林，即汉尼巴尔·哈姆林（1809—1891），美国副总统，曾任参议员、缅因州州长，主张解放黑人、武装黑人。

③安德鲁·约翰逊（1808—1875），美国第十七任总统（1865—1869），推行对南方宽容政策，激怒激进派共和党人，导致政治上的倒台。

④朱巴尔·厄尔利，即朱巴尔·安德森·厄尔利（1816—1894），美国内战时期南部邦联将领，曾指挥驻守谢南多厄河谷的南军，大败联邦军队，后来被联邦军彻底击溃，遂被解职。

妮把玛格丽特带到她的缝纫室，用一个神秘兮兮的炫耀招数打开了门。工作台上放着一面尚未完工的南部邦联战旗。

“等厄尔利将军进城时，我就把旗挂出来。你知道，他在西点军校受过教育，37班的。”

“斯坦顿肯定会要格兰特派兵。”玛格丽特说。

“格兰特正忙着攻占彼得斯堡呢，他当然不会这么做。鲍勃·李不是缠了他好几个月了吗？此外，格兰特从来没有清醒到能打胜仗的时候。”

厄尔利的入侵在华盛顿引起了极大的骚动。玛格丽特定期出去查看《星报》上的公告。7月9日星期六，一张张很长的纸条报告说，厄尔利在莫诺卡塞河遇到了卢·华莱士[1]将军率领的一支联邦部队，并击败了它。老朱布[2]现在可以直接向首都进军了。

星期日，一群乳臭未干的小男孩、一帮年迈的地方志愿军成员和一伙伤残退役军人部队的康复人员混杂在广场上操练，让人看了心里难受。那天傍晚，公告警告说，厄尔利已经到达罗克维尔。第二天早晨，街上挤满了从罗克维尔和第七大街的道路上拥来的难民。他们背扛车推，带着衣服和贵重物品，讲述了叛军焚烧和抢劫农场的可怕故事。一个牛群慌慌忙忙地跑过富兰克林广场，一个骑马的农夫在后面追赶，他喊叫着，厄尔利会屠杀每一个人。

那天下午一点半左右，玛格丽特听到了北面要塞传来的炮击声。她被这炮击声弄得紧张不安，这时正好范妮派女仆邀请她去喝茶，便正中她的下怀。范妮非常激动，倒茶时连手都在颤抖。“明天这个时候我就要升旗了，潮流终于开始逆转了。”

玛格丽特什么也没说。她听说有一整支联邦军队正从波托马克河上赶来拯救这座城市。后来，一个送食品杂货的黑白混血男孩兴奋地告诉她，霍雷肖·赖特[3]将军第六军团的部队已经在第六大街下船了。

---

①卢·华莱士，即刘易斯·华莱士(1827—1905)，曾经是议员、将军、法官、律师、州长、作家、外交官、艺术家、发明家、雕刻家、剧作家，著有小说《公正的上帝》《印度王子》，最著名的是写基督降临的小说《本·赫尔》。

②朱布，朱巴尔的昵称。

③霍雷肖·赖特，即霍雷肖·古弗尼尔·赖特(1820—1899)，美国内战时期联邦军将领。

晚上，范妮的黑人车夫送她们沿着第七大街向史蒂文斯堡驶去。据范妮说，林肯总统曾经在那里的胸墙上仔细观察过敌人，并把他的头暴露在了狙击手面前。“错过了一个机会。”她深感痛惜。

他们沿着第七大街缓慢行驶。马车夫在大量涌入城市的马里兰州人中间艰难穿行。在农舍的院子里，家家户户用粗麻布袋和手推车装着货物。月亮从北方地平线上被大火染红的热雾后面升起。在离史蒂文斯堡半英里的地方，成群的难民使马车完全停了下来。范妮命令马车夫掉转车头。

星期二的早晨仍然十分炎热。玛格丽特穿上她最轻薄的细布衣服，带上阳伞，出门去看看一夜之间究竟发生了什么事。有两件事触动了她：首先是华盛顿民众的不寻常状态。孩子们在院子里和小巷里玩耍，好像没有威胁存在似的；购物者像往常任何一个工作日一样挤满了商店。即使有恐慌，她也看不到任何迹象，除了四处游荡的牛群，以及带着成堆物品在杂草丛生的地块上扎营的难民。

在第七大街，她看着第六军团的部队正开拔前往救援那些要塞。士兵们虽然年轻，却有着比他们年纪大得多的人那样坚韧不拔的眼神和晒黑的脸。他们的制服没有两套是一模一样的。这些都是热血老兵，北方还有许许多多这样的战士。范妮以及和她一样的人总有一天会将他们的战旗付之一炬，或者将它们束之高阁。

玛格丽特看见一个个连队从她身边走过，脚步沉重，数不胜数，搅起尘土飞扬，她不禁咳嗽起来。当她往家走的时候，她知道，战争失败了。

到了星期三，危机结束。朱巴尔·厄尔利没有迈进华盛顿的大门，被迫离开了。玛格丽特回到了她的医院岗位。星期五晚上七点半左右，她驾着自己的四轮单马轻便马车驶进了排屋后面的小马厩。这真是一个难熬的下午。在她的病房里，有两个小伙子，其中一个来自密西西比州，因伤势过重而死。那个密西西比州的士兵就死在她眼前，当时玛格丽特坐在他身边，试图帮他写完一封给他妻子的信。他的胳膊突然耷拉下来，把铅笔从她手里打落。她哭了。

夏夜闷热而寂静。她走进厨房，摘下帽子，急切地想脱掉衣服，浸在温水里泡个澡。因为长时间站立，她的双腿酸痛不已。

她走进黑暗的客厅,划了一根火柴。光照亮了坐在翼状靠背扶手椅上的她的哥哥,一双白色的棉手套搭在他的一个膝盖上。玛格丽特轻轻地尖叫了一声,火柴掉落在了地上。

"天哪,你怎么进来的?"

他微微一笑,实际上是脸部的一个抽搐,说:"我有万能钥匙,我大约六点钟到的。事实上,这是我第二次来了。哦,还有,请不要叫我西塞罗。现在我是马里兰州的海勒姆·赛思先生。要看看我的证件吗?"他的左手移向衣领。玛格丽特的嘴巴和眼睛都睁得溜圆。

"你的手怎么了?"

他露出那些伤疤。"这还不是全部。"他用一根手指钩住他用来代替领结的老式白色丝绸硬领圈。他把硬领圈从脖子上拉开,露出更多丑陋的红色组织。

"实在是难为情,我不能展露其他的伤疤,其实我整个身体的左侧都是。在纽约骚乱期间,我不幸被困在了一幢着火的房子里。我逃了出来,虽然偶尔我也真希望我没有。"

"那太可怕了,我很难过。你来这儿还是来做秘密工作的吗?"

"的确是的。"

"你来华盛顿要冒着巨大的风险啊。"

"理由充分。"

"你刚刚说你之前来过这里。是今天一早吗?"

"啊,不,那是在冬天。我没想到你当时住在这里。我敲前门只是为了确认一下,没有人回答。一个邻居,一个红头发的小个子女人走过来告诉我说你确实住在这里。不是跟多纳尔一起,我猜。"

"多纳尔和我分手了。也就是说,我离开了他,就在去年7月我见到你之后。我嫁给他是个可怕的错误。他正在办理我们的离婚手续。"

"嗯,他是个极好的配偶人选。没有白头偕老,太可惜了。"听他的话音,他对此不感兴趣。"恐怕我不能给你经济上的帮助,甚至不能给你很多作为哥哥的支持。我正在制订一个方案,政府最优先级别的方案。我说了切勿外传,好吗?我不想往别的方面去想。"

他舔了舔嘴唇:“我所做的不过是在戴维斯把南部邦联搞垮之前拯救它而已。”

“拯救南部邦联?凭你一个人?”她一直盯着他的眼睛,差一点没忍住笑。

“我不能透露细节,只能说,一旦计划成功——一旦我们动手——那就是打在要害上。这个行动会非常大,大到让你大吃一惊。这就是为什么必须保密。”

他说的打在要害上是什么意思?他是否打算攻击林肯内阁中的某个人?还是林肯本人?这简直是疯了,可是他就坐在那儿,泰然自若地说着这些令人发指的话语。

房子在寂静中发出嘎吱的声响。她累坏了,想休息。她被缠绕得太紧了。“你真以为我会背叛你或者做任何对你不利的事情吗?虽然我们渐行渐远,但也没那么远。好了,你想吃点什么吗?我自己做饭,没有仆人,但我可以——”

“不用了,谢谢,我马上要去H大街,有个约会。别告诉任何人我来过这里。南部邦联已陷入绝境,我不允许任何人妨碍我的计划,违反规定将受到惩罚。如果有必要,任何人都可以被牺牲。”

虽然以前她也担心过西塞罗的精神状态,但她从来没有像现在这样害怕过他,现在她真的害怕了。她把一张凳子拉到他的膝盖旁,轻轻地抚摸着他那只变形的手。

“这件事我想多了解一下。是意外吗?”

“不。还记得你问过的那个警探吗?普赖斯?拜他所赐。”

玛格丽特的胃猛地痉挛起来。

“当时我告诉你我不认识他,我没说实话。我把他关在里士满的监狱里,但他逃跑了。不过,在那之前我挺开心地惩罚了他。我真想把他的眼睛从他的脑袋里挖出来。”

她低声说:“西塞罗,发生了什么?”

“发生了什么?”又是那种离奇古怪的抽搐般的微笑,“战争发生了,热爱黑人的废奴主义发生了,我们父亲被谋杀的事情发生了。一件你似乎已经忘记的谋杀,玛格丽特。”她的手飞了出来,一记刺痛的耳光。

她立刻对此道歉。她刚开口道歉,他打断了她。“好了,这事儿让我明白了。

我在这儿不受欢迎，我不会再来了。”他一把抓起他的棉手套，把手套戴到满是疤痕的左手上。

“求你，西塞罗，我不是——”

“哦，是的，你就是要惩罚我。不过，你变得软弱了，玛格丽特。在最需要勇气的时刻变得软弱了。”他猛地从椅子上跳起身来，站得笔挺，像个军官一样。

“我本以为你会充满热情地支持我的工作，可是你没有。所以，让我再说一遍我之前说过的话，任何威胁到我们的人都将被牺牲。任何人。再见。”

他左脚厚厚的鞋子刮擦着地面，费力地朝前门走去，走进夜色中。玛格丽特用双手捂住自己的脸，吓得浑身发抖。

第五十九章　1864年7月

一个金发姑娘用一只托盘端来两杯啤酒和一罐贮藏的啤酒。她十七岁左右年纪，对那个男演员垂涎三尺。“妈妈不赞成在家里喝啤酒，但你来了她会破例。”

“亲爱的姑娘，谢谢你。”布思拍拍她的屁股，给了她一个迷人的微笑。“请允许我介绍房东的女儿，安娜·萨拉特小姐。这位是海勒姆·赛思先生，安娜。”

“你好，先生。”安娜行了个屈膝礼。西塞罗尽其所能，热情地笑了笑，宽大的硬领圈和棉手套遮住了他的伤疤。

“你这孩子太可爱了。”布思说，“要是你再大一点，我就求婚了。”安娜咯咯地笑着，急忙跑了出去。

布思检查了一下大厅，关上了门。西塞罗从二楼的窗户望出去，H大街下着灰蒙蒙的细雨。这幢砖砌的房子位于五百四十一号。布思忙着往酒杯里倒啤酒。

“房东太太是个寡妇，来自马里兰州。她和丈夫经营一家小酒馆，但在他去世后，这成了她的负担。她这个人不会伤人，而且很信神，从所有那些宗教小摆设中你就可以看出来。她的大儿子艾萨克在南部邦联军队服役。约翰，那个小儿子，是通往里士满的秘密交通线的联络员，干得十分出色。来，干杯。”

西塞罗伸手去拿啤酒杯。当他举起酒杯时，看到啤酒里浮动着一副假牙。他吓得扔掉了啤酒杯。布思一声大叫，一把接住了半空中掉落的啤酒杯。只有一点点啤酒洒出了杯外。

布思哈哈大笑着，说：“请原谅，开个小玩笑，好吗？我喜欢开玩笑，这一点我的朋友们都太了解了。”他把牙齿从啤酒里捞出来，高高地举着。“象牙，不过是很好的仿制品。我还有一只蜘蛛和一条虫子。给,用我的。”他们交换了啤酒杯,西塞罗并不觉得有趣。

“请坐。”布思优雅地做了个手势,坐到椅子上,跷起二郎腿。这位演员的优雅着装让西塞罗自惭形秽:一件宝蓝色礼服大衣,黄蓝格子的双排扣丝绸马甲,合身的灰色裤子,高及脚踝的方头靴子,除了H大街上的泥浆,纤尘不染。他向西塞罗敬酒:“那么,为成功干杯。”

西塞罗也向他回礼:“你开始招募人手了吗?”

“约翰尼·萨拉特是第一个。很快就会有更多人。”

“好。我们很快就会把人安插到华盛顿去,监视目标的行动。他的监视会持续好几周时间,这样我们就不会错将一些异常现象当成日常活动。”

“怎么样的一个人?”

“莫斯比上校游击营的一个人。这家伙西点军校毕业,熟悉这座城市。他去南方之前在这里当过兵。他叫达舍,不过我估计他会用假名。我听说他很可靠。”

“他最好可靠,这是一场输赢巨大的游戏。我怎么才能找到他呢?”

“他会联系你的,但只有在必要的时候。他是作为被释放的战俘回来的。”

“格兰特已经终止了战俘交换。”

“一对一的交换确实终止了。但我们的监狱人满为患,所以我们准备单方面释放犯人,远至南边的安德森维尔为止。”

布思大口喝着啤酒,然后又倒了一些。这个演员有酗酒的名声,如果他酒后说话太随便,可能会危及行动。西塞罗认为这种风险可以接受。

布思在起居室里踱来踱去,一双黑色的眼睛闪闪发光:“这是个绝佳的时机,赛思先生。那个暴君早就应该被推翻了。”

“整个南方都赞成这样做。”

“不仅是南方,先生,林肯自己家里的一些人看到他被赶下台也不会不高兴的。”

西塞罗吃了一惊,说:“我不太理解你的意思。”

“这没什么难理解的。你不觉得斯坦顿部长也不愿意当林肯的哈巴狗吗?”

“你是说——?”

“不是说说而已,先生。演员交际广泛,耳听八方。你不记得部长曾经辱骂林肯是‘原始的大猩猩’吗？正如拜伦所写的：‘仇恨是迄今为止最长久的快乐。’”

“布思，你真的是说联邦政府中有人跟我们一样对实施这个计划感兴趣吗？”

“一点不假。”

“他们会帮助我们吗？”

“暂时不谈这个问题吧，赛思先生。”布思自鸣得意得让人恼火。西塞罗怀疑，除非自鸣得意的布思先生主动告诉他，否则他根本不可能了解到更多的情况。这人是个一流的操控者，这让他生气，但这对招募智力较低的人很有用。

他们又交谈了一会儿。布思拒绝说出可能参与到这个计划中的人的名字。西塞罗也有一个人要联系，但他没有告诉别人。毛毛雨停了，他准备走：“我们明天晚上再见面好吗？”

“到我的房间，国家宾馆。九点好吗？”

“我会去的。为成功干杯。”

“让暴君下他该下的地狱去吧。”布思笑着说，笑得西塞罗的心都凉飕飕的。

西塞罗厌恶华盛顿有很多原因，其中最大的原因是其颠沛流离的庞大有色人种人口。林肯把这个城市变成了一个名副其实的自由黑人收容所。好在他们还没有被允许乘坐公共交通，其中有一辆车便是西塞罗第二天早上在宾夕法尼亚大道乘坐前往乔治敦高地的车。

雨停了，只留下闷热而潮湿的空气。竖起的硬领圈让他热得要命，但硬领圈掩盖了他的伤疤，他那副羊皮手套也一样。他戴着一顶引人发笑的厚实粗花呢绿帽子，拿着一本红色封面的城市指南。帽子和书都是预先安排好的接头暗号。

战争开始时，舒适宜人的乔治敦大学校园被南方的学生遗弃了。上课仍在继续进行，不过有些建筑已经被改建为临时医院。西塞罗找了一条能俯瞰渡槽桥和波托马克河上防御工事的长凳。不一会儿，一个穿戴得像只孔雀的矮个子男人沿着小路走来。西塞罗认定他就是那个人。他得到的描述是那人有一头剪得很短的白发和一道决斗时留下的伤疤。他假装在研读那本红色的旅行指南。

那陌生人鞠了一躬，说道：“这儿有人坐吗，先生？”

“没有，先生。”那人撩起他礼服的后摆，坐下，然后调整了一下他一只眼睛上的单片眼镜。

西塞罗瞧着一艘驳船缓缓向下游驶去，船上载着三门巨大的迫击炮。“西格尔吗？”

“是的，就是我。大家通常叫我西格尔少校。”

西塞罗没有理会他的抱怨。“我叫海勒姆·赛思。”

“挺好的，我觉得。”西格尔的英语有口音，他的举止也十分粗鲁。

“你是德国人吗？”

“奥地利人，在军队服役多年了。”

“现在在斯坦顿的陆军部工作。有人告诉我说，你可能愿意接受任务。”

“要看是什么任务。要看你想要什么了。”

“要什么还没决定。”

“那我想我们得谈谈预付款的事了。那些狡猾的律师叫它什么？聘用定金。”

鱼上钩了。

“你想要多少？”

在国家宾馆的三楼，他发现布思头发蓬乱、衣衫不整，而且喝得不是一点点醉。这位演员的膝盖上有一个女人，一个性感的金发小妞，穿着棉质短灯笼内裤和紧身胸衣。

布思挥动着他长长的雪茄。“这位女士马上就要离开，你来之前我们一直在玩。”从隔壁房间乱七八糟的被褥可以明显看出这次娱乐活动的性质。“这是埃拉·特纳。跟赛思先生打个招呼，埃拉。”西塞罗脱下他的粗花呢帽子致意。

“埃拉住在俄亥俄州她姐姐的沙龙里，但她不在那里工作。埃拉是我的。”西塞罗曾经在报纸上看到，布思的名字和新罕布什尔州一位非常受人尊敬的黑尔参议员女儿的名字成双成对出现过。

埃拉说：“很高兴见到你。你的手怎么了？”

“皮肤问题。”埃拉眨了眨眼睛，匆匆地到卧室穿衣服去了。她一脚把门踢上之后，布思闲庭信步般走到一张开着柜门的写字台前面。他拿出一个雕花玻璃酒瓶。

“来点白兰地吗？非常优质的货。”西塞罗摇摇头。“我喝点你不介意吧。”布思的浓重口音表明应该有人介意一下，他的身子在摇晃。

“那么我们谈什么呢？”布思将一杯白兰地一饮而尽，仿佛在喝矿泉水似的。一些“非常优质的货”沿着他的下巴流了下来，弄脏了他那件花哨的衬衫。

西塞罗低声描述了他和陆军部西格尔少校会面的情况。“如果我们需要内部情报，这位先生会帮助我们。我会给他报酬的。”他没有提西格尔的名字，也没有提他们协议的任何细节。

埃拉匆匆地走出卧室。“吻我，约翰尼，我要走了。”西塞罗呆呆地坐着，眼睁睁看着他们亲吻。他多么羡慕那个演员啊，他多么希望自己也能像他一样——身体健全，体格健壮，对女人有吸引力。西塞罗的嫉妒几乎变成了仇恨。

埃拉轻快地走出房间，留下了浓重的香水味，时刻提醒人们她来过这里。布思闩上了门。西塞罗再次谢绝了白兰地，布思也再次自斟自饮。

“你可以信任这个家伙吗？”

“只是在他挣钱的时候。他不像你那样是个爱国者，布思先生。他只是个唯利是图的雇佣兵。他也许是个有用的情报渠道，但一旦他不再有用，我们就会切断联系，很可能会杀了他。”

布思仰起头哈哈大笑：“我喜欢你，赛思先生。你十分坦率。”

“摆在桌面上的牌。我们没有任何犯错或误解的余地。”

布思又喝了些白兰地，然后说道：“我从昨天开始就反复思考这个计划，我建议我们在格罗弗剧院或者福特剧院绑架他，他经常污染这两个地方。而且，我认识这两个剧院的人，福特剧院是我的首选。我在那儿的马厩里安顿了一匹马，用来取我的邮件。”

“哪里下手到时再说。”

“既然由我来负责，我想应该由我说——”

“到时再说。”

在第六大街，有人拿手枪开了一枪。西塞罗怒目而视，布思也怒目而视。

还是布思先把目光移开了。

第六十章　1864年8月

“莫希干酋长”号轮船空转着发动机漂浮在波托马克河上，等待着拥挤的第六大街码头腾出泊位来。灰色的雾霭模糊了城市的树木和建筑物的全景。国会大厦的穹顶耸立在这些物体的顶上，还有史密森学会的红色塔楼以及没有竣工的第一任总统纪念碑尚未形成尖顶的一截塔身也一样。错综复杂的感情困扰着弗雷德。某种怀旧的快乐与周旋在敌人中间的强烈感觉交织在一起，相互冲突。

他在树荫里坐下，背靠着栏杆，点燃了最后一支雪茄的烟头。一个影子落在他的腿上。从詹姆斯河畔的锡蒂波因特运来的五十名联邦囚犯中，肯定有四十九人问过他问题了。第五十号来了，是一个长着一缕小胡子、掉光了牙齿的瘦高个。

“热死了。”瘦高个说道，弯腰屈膝的样子。

“是啊。总是这样吗？”

“不知道，从没来过这儿。”瘦高个挠着脸上的一个疥疮疤。“那个谢尔曼啊，他正在猛攻亚特兰大呢。”

“他们是这么说的。”

“亚特兰大一旦陷落，也许就大功告成了。”

“无论如何，快了。”

“你在哪个监狱？”

“一个新监狱。米伦，佐治亚州。”

“船上还有其他从米伦来的吗？”

“没有了。”也不太可能。劳顿营是一个南部邦联的俘虏拘留营,本打算安置安德森维尔拘留营容纳不下的俘虏,要到秋天才接收人。信号部建议他为自己编造一段历史。

“我和我的朋友,我们在丹维尔。一号楼,面包房旁边,今年夏天热得要命。”

但肯定不会比里士满罗克茨区那个廉价酒店的客厅更热了。煤气灯嘶嘶作响,厚重的窗帘遮住了日光,一个名叫米勒的信号部特工给他排练了大半天:

“名字、军衔?”

“杜安·西尔斯,中尉,伊莱·朗将军骑兵旅,坎伯兰方面军。”

“你家在哪里?”

“纽宰恩,肯塔基州。地图上紧邻列克星敦的一个小点,盛产马的地方。”

“什么时候在什么地方被俘虏的?”

“奇卡莫加,第二天。9月20日。”

“你是怎么从米伦拘留营出来的?”

“我父亲在肯塔基州的立法机构担任了两届议员,他是忠诚的联邦派,但他的兄弟,我的叔叔,在戴维斯政府里位高权重。”

他们一遍又一遍地练习。弗雷德不喜欢这个“老百姓”,他的秃顶像个鸡蛋,脖子前面和左手上有紫红色的疤痕,走路一瘸一拐。他有狂热的目光,而且动不动就发出冷笑。与他相比,约翰·莫斯比可以算得上是慈祥和蔼的了……

轮船嘟嘟地鸣响着汽笛,钟声阵阵。新获自由的士兵们欢声雷动,挥舞着帽子,“莫希干酋长”号被绞船索牵引着靠上长长的码头。弗雷德也加入了其中。他们以松散的队形沿着码头慢慢走去,穿过滚动着桶的装卸工人和一队向他们的运输船只行进的补充兵员。新兵们用羡慕的目光望着这些蓬头垢面、满身污秽的人,他们很可能不需要再打仗了。

码头的顶端,一个声音粗哑的中士挥手让他们跟上:“‘战士之家’往这边走。你们先吃饭,然后接受审查。”

弗雷德走出了队伍:“厕所在哪,中士?”

“那边,帆布围墙的另一边。别耽搁太久,长官。”他一看弗雷德的肩带便肃然起敬地说。弗雷德比较随意地向他敬了个礼,带着一点嘲弄的味道,然后就顺着他鼻子嗅到的气味来到那条臭气熏天的地沟边。地沟与码头的顶端正好被一块方形的肮脏帆布挡着。当弗雷德进来解开扣子时,一个装卸工人正在地沟里哗哗啦啦地撒尿。

装卸工漫不经心地点了点头,便走了。弗雷德扯下他的蓝色羊毛衬衫,把它卷成一团。他把包裹团夹在胳膊下,走出了围墙。他迅速地向一处兔子窝一样的拥挤小仓库走去,他感到自己的心跳加快了。

在码头顶端看不见的地方,他把军装塞进一个垃圾桶里。他那件灰色棉质工作服的后背上已经露出大块大块的汗渍。在离码头半英里的地方,他很容易就融入了摩肩接踵的行人和熙熙攘攘的车马中,他觉得自己安全了。

他仔细观察着热闹非凡的街道上的那些面孔。战时的城市一片混乱,他能在哪里找到她呢?他将如何开始寻找呢?他只知道她的名字。难不成他要挨家挨户地上门去问:"有一个叫汉娜·西格尔的女孩和她父亲住在这儿吗?"他也没有时间,这件事情让他一筹莫展、百般无奈。

他在一个制绳工厂外面一道围墙的微弱阴影下走着,把手插进衬衫下面摸了摸那根帆布腰带,那是他们押着所有人在一面休战旗的引导下,穿越锡蒂波因特那儿联邦军的防线时给他的。腰带内侧的一个夹层里装着钱,另一个夹层里装着伪造的联邦军队薪水卡。他从第三个夹层里拿出一张软绵绵的纸,上面写着地址:H大街五百四十一号。

玛丽·萨拉特是一个其貌不扬、眼神呆滞的女人,与她起居室里那些过于炫目的宗教物品形成了鲜明的对比。一个耶稣石膏像,脸色苍白,血流如注,挂在木头十字架上。对面的墙上,画得色彩鲜艳的圣母玛利亚在壁龛上看着她的儿子受苦。

"西尔斯先生,见到您我们很高兴。"女房东说道,她的笑容有点紧张。

"很高兴来到这里,夫人。我有重要的工作要做。"

"哦,是的,我们知道。有一些衣服前天就送来了,我儿子约翰晚饭前应该会回家的,他一直急于见您。我没法给您提供高档的住处,我的普通房间都住满了。我把我女儿安娜阁楼里的房间腾出来了,您可以住在那里。"

“谢谢,夫人。一定合适的。”

“挺热的,很遗憾地说。”

弗雷德微微一笑:“现在是夏天呢,夫人。”

“这边请。”

他可以在阁楼一半的空间里站直身子,屋顶很陡。萨拉特夫人的女儿用平头钉将自己的一些私人物品钉在了裸露的椽子上。用以颂扬爱情和友谊的诗歌卡片,褪了色的丝带,朗斯特里特将军、李将军以及人们记忆犹新的已故杰布·斯图尔特的纪念品照片,他那骄傲的眼睛、他那大胡子、他那放在膝盖上插着羽毛的帽子,让人难以忘怀。好几张卡片上有男女演员的照片。弗雷德只认出了一个人,埃德温·布思英俊的弟弟约翰。

他脱下衬衣,用萨拉特夫人端上来的一盆温水洗了一下。在餐厅里,他见到了那个性格温和、身材矮胖的年轻人,他自我介绍说他叫路易·韦克曼。

“我在后面三楼有个房间,约翰尼进城的时候会住到那儿。我们是在圣查尔斯学院认识的。”韦克曼在战俘总事务委员会办公室做职员。“我们很可能在某个地方有你的记录。”

“很可能。”如果记录里包括了根本不存在的士兵。

萨拉特夫人端上一盘煮牛肉和一碗红薯。一个身材粗壮、双手沾满灰尘的男人往楼上走去的时候朝他挥挥手。他下楼来之后,自我介绍说他叫约翰·霍拉汉,是雕刻墓碑的。他“扑通”一声坐在桌子前,以久居家庭旅馆的专业水准三下五除二地挑选好食物。

年轻的约翰·萨拉特很快就出现了。不到五分钟,他便对弗雷德倾诉衷肠,说他在亚当斯快递公司做一份临时职员的工作,而且很讨厌这份工作。他身材修长,长着一头淡黄色的头发,弗雷德觉得他比他母亲聪明得多。晚饭后,萨拉特坐在别人偷听不到的门廊上,递给弗雷德一支烟,又给他划了根火柴。

“你知道你该怎么做,我猜。”

“我知道。”弗雷德说,“我明天就开始。”

“你知道约翰尼·布思吗,那个演员?”

“只闻其名。”

“他想要跟你见面。华盛顿的事情都由他在办。”

“我听说了。他在哪儿?”

“他昨天还在纽约筹钱。昨晚他骑马去了查尔斯县。去找地产,他想要开个马场。”约翰·萨拉特的微笑告诉弗雷德,那仅是个借口而已。

“我明白了。”

“你得在乡下走很多路,才能找到那种好地产。”

“你是说你走了很多逃跑的路吧。”

萨拉特咯咯地笑了起来:“没错。哎,你想去麦克菲酒吧喝杯啤酒吗?太热了,我渴死了。”

“好啊。”弗雷德掸去裤子上的灰尘,眯眼望着暮色中天空耀眼的铜色阳光。他很不情愿地补充道:“我想他们应该有咖啡吧,我戒酒了。”

第二天,作为第一步,他来到了总统公园的总统官邸。

他跟着其他参观者一起在公共厅堂里游走,两眼滚动不停,一边不断地表达着他的震惊,那些猎取纪念品的人所造成的破坏太大了。东厅窗帘上一块块布被剪刀剪走,一条条墙纸不翼而飞。绿厅的室内装饰被人用刀子或剪刀破坏得惨不忍睹。

下午,他和许多其他平民百姓一样,在白宫和三层楼的陆军部之间被践踏得一塌糊涂的草地上休息。一顶草帽遮挡在他的脸上。这是总统官邸比较舒适的一边,虽然里面蚊子肆虐,苍蝇横行。南区的马厩和公共事业建筑星罗棋布,再远处的公寓区可以看到擅自搭建的一座座棚屋。恶臭无惧任何阻挡,从运河坚定不移地飘来。

他打开一本从希林顿书店的旧书箱里淘来的书。爱伦·坡的小说充满了刺激和华丽的语言,但他几乎没有注意这些。这本书只是一种道具。他注视着总统官邸的北门廊。

大约四点钟的时候,一个黑人马夫驾着一辆漂亮的四轮四座大马车来到门廊处。一个穿着及膝短裤的老迎宾员扶着车门,总统和他那满脸阴沉的妻子走了出来,后面跟着一个身穿深色礼服大衣、头戴高顶黑色大礼帽的强壮男人。这是被指派保护林肯的大都会警察局警察之一，两名警官上白班，另外两名上夜班。他们从不穿制服，隐蔽地携带着点三八英寸口径的左轮手枪。他们直接受华盛顿特区的警察局长指挥，警察局长是林肯的一个老朋友，随时都全副武装。米勒对白宫的安全问题了如指掌。弗雷德知道，沃德·拉蒙局长非常担心总统的安全，因此，采取了非同寻常的保护措施。

在杰斐逊铜像附近的阴影处，林肯夫人用威吓的口吻对丈夫说了些什么。他温顺地点点头，帮助她爬上了那辆敞篷马车。四个身穿制服的骑兵骑着黑马小跑着来到马车后面。他们是俄亥俄轻骑兵，驻扎在总统官邸后面。林肯在城里游览时总是由他们陪同。

总统坐到座位上，拿起缰绳。第二个马夫给那个不明身份的平民牵来了一匹沙色的马。林肯喝令拉车的马匹朝左转。马车在那些表示良好祝愿的人群中驶去，人们挥舞着头巾，高喊着“小心”之类的话。总统掀了掀自己的高顶大礼帽向他们致意。

俄亥俄骑兵驾着他们的马跟在四轮四座大马车后面。骑在沙色马上的那个人走在最后，目不转睛地打量着人群。林肯驾车驶出了大铁门，在宾夕法尼亚大道右转，他的警卫人员紧随其后。他们会不会从第七大街出发，去“军人疗养院”的总统别墅？总统官邸的主人经常在那里避暑。不过，林肯最近限定自己只是在热得不舒服的夜晚才去那儿小住。

弗雷德留意了一下时间，用舌头舔了舔铅笔尖，在一个小笔记本上匆匆记了下来。他把爱伦·坡的小说夹在腋下，漫步走向站在门廊阴凉处的老迎宾员。

“对不起，打扰一下。刚刚离开的那个人，那个骑马的平民，我好像认识他。来自大都会警察局，对吧？”

“不，先生，他是个特别警卫，是贝克上校的手下。林肯总统不喜欢所有的士兵屁颠屁颠地跟在他后面，有时想摆脱他们，他更喜欢贝克的手下。”

弗雷德亲切友善地脱帽致敬。“谢谢，我大概是弄错了。”

在铁栅栏附近，他停下来在他的小笔记本里又记了一行字。他从容不迫地穿过大门，消失在宾夕法尼亚大道的人流中。

两周后的一个午夜,他在萨拉特夫人的阁楼里醒来,想起了一件他原本忘记的事情。戏剧,汉娜·西格尔说她参演过一些戏剧。

他在黑暗中再次躺下,睁着双眼,笑了。

第六十一章　1864年10月

亚特兰大在9月初被谢尔曼攻陷。北方人欢欣鼓舞，但杀戮仍在继续。在成千上万的家庭悲剧中——父亲、儿子、情人，要么死亡，要么伤残——西格尔一家不仅逃过了悲剧，还经历了好运。在朱巴尔·厄尔利的突袭失败后，一些惊慌失措的郊区房主以低于市价的价格出售他们的房子。少校抢购下了一座有四个房间的屋子和谷仓，它坐落在靠近罗克维尔路的一个地方，在城郊，那里林木葱郁，风景秀丽。

当他宣布他买了房时，汉娜说道："爸爸，这钱是哪儿来的？你一个星期有多少次跟我说你的工资太低、工资太低？"

"是啊！我没法去和那些混蛋上司谈工资，但我一直在做投资——军用物资。别费那个脑筋了。"

"因为我只是个女人？"

这种讽刺使他厌烦。"实际就是这样。别说了，我得忙这个计划了，整个部都在忙这事儿。士兵们要在11月投票给总统，他们要么在战场上投票，要么我们带他们回家休假投票。斯坦顿说如果我们不这么做，就咔咔咔。"他的一只手像断头机一样砍着。

"林肯自己党内的一些人都想要杀了他，你知道。在他们看来，他不够强硬。我听说斯坦顿私下里也这么认为，但我不相信。华盛顿是个八卦盛行的肮脏城市。"

多亏了伦纳德·格罗弗和约翰·福特，华盛顿成了一个繁荣兴旺的戏剧之城。

格罗弗喜欢汉娜的表演，把她放在他备选的年轻女性名单上，当特邀明星需要补充配角时，便随时可以签约。乔·杰斐逊把瑞普·凡·温克尔这个著名角色带到格罗弗剧院时，她就和这位机智有趣的乔·杰斐逊一起合作过。但与美国戏剧界的那头老狮子埃德温·福雷斯特在两周的保留节目中一起合作就不那么令人愉快了。汉娜在《李尔王》中五次扮演贡纳莉。

福雷斯特多年来一直拥有忠实的观众，尽管他的名声从未从1849年的阿斯特普莱斯歌剧院暴乱中完全恢复过来。批评者仍然声称他与鲍厄里大街的恶棍和一无所知党成员合谋，通过暴乱将英国悲剧演员麦克雷迪赶下了纽约舞台。汉娜不喜欢福雷斯特，一个夸夸其谈的五十八岁老头，目光里仍然充溢着好色。

10月，格罗弗让她在《沃尔多叔叔的智慧》中扮演一个配角，这是流行喜剧样式里并不典型的一个例子：老于世故的城里人败在了一个精明机灵的新英格兰乡巴佬手下。汉娜不喜欢这出戏，但喜欢薪水。

白天排练完之后，她通常去一家那些职业演员们经常光顾的咖啡馆吃饭。一天晚上，德里克·福利几乎是毕恭毕敬地一瘸一拐走到她的桌子前面。他已经离开了那个救护部门，他的一只脚被一个喝醉酒的随军小贩打了一枪。

德里克厚着脸皮奉承她，问她能不能在格罗弗面前替他说句话。为了不让他纠缠下去，她说她愿意。

“你把头发留长了，汉娜。这样很迷人。”

“谢谢。”汉娜一绺绺的金色长发漂亮地披散在她时髦的蓝色夹克肩上。“格罗弗先生坚持认为他的女演员看起来要有女人味。”

德里克还是忍不住脱口而出一个攻击性的问题：“你不喜欢军人了吗？”

“那是很久以前的事儿了，德里克。这道坎我已经过了。见到你真高兴。再见。”

约翰·威尔克斯·布思经常在城里出没，虽然在舞台上不经常露面。汉娜又一次在国家宾馆遇见他在接待那些铁杆粉丝。她站在一群粉丝的后面，听他大声说道：“一个非常巨大、非常巨大的损失。她是一位真正的南方爱国者，她的死比许多男人都要勇敢。”

“她不是有个女儿吗?”有人问。

“平安地安置在巴黎的一所女修道院学校里。”汉娜明白他说的是罗丝·格里诺,她的死讯早在几天前就已经见诸报端。罗丝从苏格兰的格里诺克坐船到哈利法克斯,然后到北卡罗来纳州的威尔明顿。“神鹰”号轮船在大海汹涌的波涛里颠簸,穿过封锁中队的封锁线驶往开普菲尔河。罗丝为里士满带来了公文急件,她坚持天一破晓就让人划船送她上岸。凶猛无羁的海浪倾覆了那艘敞篷小船,罗丝溺水身亡。陪同她的那些人倒是幸存了下来。汉娜伤心地思忖,不知道玛格丽特对这件事情会怎么想。

第二天下午,经过漫长而疲惫的排练,汉娜从格罗弗剧院的后门走了出来。初秋的暮色已经降临。大楼另一边的宾夕法尼亚大道上传来的军乐表明有游行正在进行。她断定,是林肯约翰逊俱乐部的游行者。铜管乐队演奏着《我们来了,亚伯拉罕老爹,又是三十万》,而不是在众多集会上听到的为乔治·麦克莱伦所选的曲目。民主党人正在把这位失败的将军奉为美国迅速停战和通过谈判实现和平的最佳机会。

汉娜独自行走时总是保持警觉。所以,她注意到一个穿灰褐色套装的男人懒洋洋地靠在一条小巷的墙上,小巷通往第十三大街。她一走近,他就摘下帽子,好像要说话的样子。她从他较远的地方绕着走,同时避开他的目光。

“西格尔小姐吗?”

她大吃一惊:“难以置信。达舍少校?”

“眼下我叫西尔斯。杜安·西尔斯。”

他庄重地握了握她的手。他看上去瘦了,有点憔悴。

汉娜一直等到剧团里两个去吃晚饭的人走过他们身边。等到她跟他们挥手告别,然后才低声问道:“你是不是当了逃兵?”

“哦,不,但我可以解释。我一直在找你。”

“是吗?”尽管两年多过去了,但一看到他的眼睛,她仍然会双膝发软。她想起了弗吉尼亚那个可怕的夜晚,他是怎样救了她,还有他是怎样吻了她。

“坚持不懈地在找。”他说,“我记得你说过演戏,所以我就看了那些剧院的每一个专栏，看了每一个广告。我看到有一则报道，列出了这部戏剧的演员名单，终于知道去哪儿找你了。”

“非常荣幸，达——西尔斯先生。我可以问问你住在哪儿吗？”

在小巷冰冷的紫色阴影里，他的眼睛流露出警惕的神色：“一个家庭旅馆。”

“我回家给爸爸做晚饭，你愿意和我们一起吃晚饭吗？”

“是的，西格尔小姐，我愿意。”

他们坐了一程轨道马车，又走了几个街区，来到海军造船厂附近的屋子。他们发现少校戴着灰色手套和一顶新的黑色高顶大礼帽。汉娜介绍了她的朋友西尔斯先生。少校跟弗雷德握了握手，犀利地盯了他一眼，将他的脸铭记在心，然后说道：“我不能留下来吃饭，我在威拉德宾馆酒吧跟人有个约会。”门“砰”的一声关上了，留下他们俩在屋里。

她做饭时，他坐在她旁边，几乎一句话也不说。汉娜端上了炖菜，拿来了前一天烤好的一条面包，还有一瓶沾满灰尘的莱茵白葡萄酒。她说很抱歉，没能提供红葡萄酒。这个屋子里但凡有一滴红酒进门，少校都会喝个精光。

他们在厨房的灯光下吃饭，轻松自在，其乐融融，就好像是相识多年的老友。不过，她觉得弗雷德有点紧张，外面哪怕有最轻微的声音，他都保持警觉。他不说他来华盛顿干什么。她从他的沉默寡言和使用假名推测，一定是秘密的军事行动。她不在乎。在谈到他最近的军队经历时，他只谈到了他的前任指挥官斯图尔特将军的不幸去世。她没有问他现在听从谁的指挥。

在正门口，他把帽子戴在头上，说道：“我不知道要在这里待多久，我想抓住一切机会见你。我完全可以根据自己的需要来安排时间。”

“那么明天怎么样？明天应该是很轻松的一天，我要到晚上才排练。我们有一辆双轮轻便马车和一匹马，我可以带你去看看我父亲在罗克维尔路附近买的小屋。我会准备好野餐，你说去哪儿我就去哪儿叫你。”

他想了一会儿：“好吧。就去那个家庭旅馆，在H大街，五百四十一号。中午吗？”

汉娜开心极了，满怀期待：“能再次见到你真是太高兴了，杜——哦，我不能叫这个名字。你永远都是弗雷德里克·达舍。我向你保证,必要时我会记得是西尔斯的,我是个好演员。”

“那是。我很想看你在舞台上的演出,如果这次不行,那就等战争结束后看吧。战争很快就会结束了,我们这边的人都明白。好了,西格尔小姐——”

“汉娜。”

“好的,汉娜。谢谢。”他向前倾了倾身子,好像要吻她似的。她踮起脚尖伸长身子,他却退了回去。“那么明天中午。”

她掩饰住自己的失望。“小屋就我们两个人,爸爸整天都在忙工作。”

“就我们两个人,我期待这次会面。”

他们的目光互相锁定。她知道明天会发生什么事,仿佛他们确定无疑地签订了一个无声的约定一样。他道了晚安,走了。汉娜拍着双手,在房子里旋转着,又跳又唱。

中午前五分钟,她来到了H大街的一栋砖砌家庭旅馆前。弗雷德挥挥手,跑下台阶,跑向那辆小小的双轮轻便马车。一个骑马的人疾驰而过,转过房子的拐角,把他那漂亮的枣红马拴在室外楼梯脚下的柱子上,然后头也不回地跑上了二楼。

“那是约翰·布思,演员!”

弗雷德把草帽的帽檐拉低了一点:“是吗?我从没见过他。很难想象他会和萨拉特夫人,或者住在这里的人打交道。”

大约一点钟,他们来到了罗克维尔路附近的小屋。汉娜把野餐用的篮子提到小厨房里。家具还没有搬进来,房间里没有什么东西,空空荡荡,但多亏了前房客,打扫得很干净。阳光穿过百叶窗,照射在客厅的橡木地板上。汉娜跑到一个柜子前,她在那里放了一条毯子,红蓝相间的羊毛毯。上个星期天,她和少校就坐在毯子上,计划着什么地方放置什么家具。也就是说,她在计划,而少校则在一旁抱怨。他想所有家具都买新的。“我们有钱。”

“来,这个更舒服些。”她抖着毯子把它展开,弗雷德帮她铺开毯子。只有微弱的声音从附近的小路传来,厄尔利的炮火在那里留下了很深的弹坑。

他们面对面紧紧地拉着毯子,望着对方。他有点像叹息般地发出一个痛苦的声音,紧接着他喃喃地喊着她的名字:“汉娜。”他把毯子扔在地上,一脚踩到毯子上,一把抓住她。

她既激动又害怕,张开双臂搂住他的脖子吻他。他会不会觉得她太瘦弱,太像个男孩子了?千万别这样,当他们面对面跪着的时候,她这样想。他们撕扯着对方的衣服,就像饥饿的孩子突然被带到了一张摆满美味佳肴的桌子旁。

事后,他们躺在坚硬的地板上,身上盖着毯子。汉娜的金色头发呈扇形披散在他的肩膀上。他的手臂枕在她的身子下面,强壮有力。她从来没有过如此心醉神迷的感受。

“我觉得我一见到你就爱上你了。”他说。

“我觉得我也是,看中我的小伙子本来也不多。”

“我们互相还不十分了解。”

“你不能谈你的工作,了解就更少了。”他一言不发。“你还会来华盛顿吗?”

“不知道。我猜不会了。”

“我什么时候还能再见到你?”她翻过身子,紧贴在他一边的身上。“我爱你,弗雷德里克。我受不了劳燕分飞。”

他温柔地亲吻她。“我爱你。等战争结束,我要带你去我的家乡,弗龙特罗亚尔小镇附近,在谢南多厄河谷。一个养马场,我们家拥有很长时间了。我担心那个该死的谢里登①这会儿早就把牲口抢光了,也许连房子也夷为平地了。但那土地仍然是我的,我会重建。那是个美丽的地方。”

“我很想看看那个地方。”她爱恋地抚摸着他的脸,“战争对你来说很可怕吗?”

“跟别人差不多。在半岛上一个叫加利克斯兰丁的地方,确实发生了一件可怕的事情。它让我沮丧了很长时间。”

---

①谢里登,即菲利普·亨利·谢里登(1831—1888),美国内战时期联邦军将领,曾任骑兵部队司令,对打败南部邦联军队有重要贡献,战后任路易斯安那州和得克萨斯州军事指挥官(1867),后晋升陆军上将(1883)。

"你愿意跟我说说这事儿吗?"

"还不是时候,以后再说。"

"战争真的很危险。那么多意想不到的……"她说不下去了。

"没事的,我不会让那种事情发生的。"他举起她的一只手亲吻着,"过去这两三年里,我没有多少生活目标,现在我有了。"

她的眼泪情不自禁地流了出来:"哦,亲爱的,我也是。我也是。"

第六十二章　1864年10月

紧闭车门的马车在繁忙的车流中嘎吱嘎吱地驶过宾夕法尼亚大道。朗骑着一匹红褐色的母马，紧靠在左边的门口。这是10月最后一个星期五的晚上，也是他在白宫执勤的第一个晚上。

被分配到白宫执行任务显示了贝克对朗的信任，但这没能给他带来他在国家侦探警察局的常规工作所带来的那种原始的满足感。他不再为只靠左轮手枪，在没有任何逮捕令的情况下就逮捕人而感到纠结。当他在没有证据的情况下围捕嫌犯时，他告诉自己，即使只有一半的人有罪，那也是为了拯救联邦。如果嫌犯反抗，他会很乐意打得他的牙齿吞下肚去。他要为斯莱奇让那些脱离分子付出代价，也要为扎克·奇索姆复仇。

今晚他感觉自己像个殡仪员。他的每一件服饰，单排扣羊毛西服、马甲、领带和宽边毡帽，全都是黑色的。他左臂下的吊带里装着一把精致的迪恩亚当斯点三六英寸口径手枪，这是一种五发双动式手枪，比他的海军科尔特左轮手枪还轻巧。贝克坚持要他买下来。“沃德·拉蒙因为总统的生命受到威胁而什么话都说得出来，不管是真是假。要是有可能的话，他会把林肯绑在椅子上，不让他进剧院。”朗对拉蒙的事情记得太清楚了。这个称平克顿是机会主义者和惯于自吹自擂者的家伙是哥伦比亚特区的警察局长。

瘦骨嶙峋、一脸病态的总统在北门廊把他胖乎乎的妻子扶上了马车。他甚至都无暇看朗一眼，忙着命令联邦轻骑兵卫队的四个骑兵留下来。

一场雷暴在西边发出低沉而持续的隆隆声。狂风席卷着团团灰尘穿过大街小巷，夹杂着垃圾碎片、破碎的报纸以及城市里经久不衰的混杂恶臭。朗很少在宾夕法尼亚大道上看到过这么多穿军装的人。从北部和西部开来的每列火车上都下来数百名被批准休假的军人前来投票。政府正竭尽全力拯救林肯总统的第二个任期。贝克说,几个月来,斯坦顿经常对那些被怀疑支持民主党候选人的军官的晋升令搁置不理。

朗听到了音乐声。他在看到游行的人群之前闻到了火把的烟味儿。他们合着乐队的音乐节奏,以十路纵队拥入了宾夕法尼亚大道。他轻轻地敲了敲马车的门:“我们正赶上选举游行,总统先生。我建议我们绕道。”

“他们是支持我的还是反对我的?”

朗眯起眼睛,仔细望着,前面几排队伍举着很大的四四方方的透明灯箱,上面有题词。“绝对是支持您的。我看到有一个大象俱乐部的灯饰,还有一张麦克莱伦将军的画像,配着一幅标语,上面写着‘自由的敌人’。如果您愿意,我们可以去第十一大街。”

“好吧,但在拐角处停一下,让我看看。我在这个城市没有那么多赞赏我的人啊,你知道的。”

朗理解林肯沉闷乏味的幽默。在提名大会之前,一些共和党人希望他让位给一个更容易被接受的候选人,格兰特,或者本·巴特勒。林肯用搁置的办法否决了一项重建法案,于是激怒了该法案的起草者——俄亥俄州参议员韦德[①]和马里兰州众议员戴维斯[②]。8月,他们在格里利的《论坛报》上表达了他们的不满。“韦德—戴维斯宣言”指责林肯篡夺国会权力,指责他是在制定法律,而不是遵守法律和执行法律。

朗让马车夫停下车子,以便让马车里面的人能看到游行。第十一大街的人很少注意到那个从马车窗口探出头来的人。许许多多的火把、灯笼和透明灯箱穿过十字路口,后面跟着乐队,然后是载着“支持林肯的老兵”的马车队,又有一支乐队,又有更多的游行者。朗打开怀表。

---

①韦德,即本杰明·富兰克林·韦德(1800—1878),美国政治人物,激进共和党人,担任参议员(1851—1869),反对奴隶制,他联合提出的《韦德—戴维斯法案》与林肯总统发生冲突,他反对约翰逊总统的重建南方政策,提出弹劾总统,弹劾没有成功,后竞选参议员失败。

②戴维斯,即亨利·温特·戴维斯(1817—1865),美国政治人物,国会议员,反对林肯的战时政策,尤其是人身保护令。

“对不起，先生，开演的时间早就过了。”

“是的，我受够了，太冷了。”玛丽·林肯发话了，依然像朗记忆中那次穿越巴尔的摩恐怖之旅时那样脾气暴躁。

“好吧，大娘，我们走。”马车顶上轻轻一敲，他们便继续前行。在第十一大街和F大街的拐角处，一个街头揽生意的小伙子对着路人大喊道：“福特剧院这边走，一个街区就到福特剧院，福特剧院的座位还有空。”

马车从F大街向右转到第十大街，停的位置不对，这样林肯就只能在路边下车了。煤气灯照在门边艳丽花哨的海报上。福特剧院正在“不遗余力地重演戴恩·鲍西考尔特先生那部令人心碎的戏剧——《纽约街头》”。朗下马，他把缰绳和一枚硬币递给一个黑人男孩。

“演出一结束就在这儿等吗？”小男孩问道。

“不，结束前十五分钟。”

一道闪电划过长空，点亮苍穹，但雷声还停留在远处。车门打开。林肯的丝绸帽子撞在了门上，他在它落地之前一把抓住了它。他笑了，他的目光聚焦在了朗的身上。“喂，我以前见过你。哈里斯堡第一次见，对吧？”

“您的记忆力真好，总统先生。我叫普赖斯，我那时在平克顿侦探事务所工作。”

“是的，普赖斯先生，欢迎来到城里最无聊的岗位工作。”

林肯帮助他的妻子下车。她也记得朗，她皱起鼻子，像是有点嗤笑的味道。有权有势人的生活也有其自身的烦恼啊。

约翰·福特和一位助理经理跑出来迎接林肯夫妇，并陪着他们上了铺着地毯的楼梯。朗跟在后面。漆黑的一楼大厅前区座位上，一排排观众转过头来，他们从他们的后面走过。有人惊呼道：“是他呀。”人们鼓起掌来。林肯挥舞着他的高顶黑色大礼帽，被他愤怒而不耐烦的妻子拖着往前走去。

有一条通道从一楼大厅前区通往总统包厢。实际上，它是两个包厢，中间的隔板被移走了。富丽堂皇的壁纸是酒红色的。林肯先为他的妻子摆放好椅子，然后靠到栏杆上鞠躬致意，感谢人们的掌声，这时候演员们都在舞台上等着。总统撩起他礼服的燕尾，坐进了一把摇椅里，看见朗走出包厢到过道里他指定的位置上去，忙说：“不，不，普赖斯先生。留下，看戏。”

朗谢过他，回到了包厢里，背靠着门站在那儿。林肯夫人从饰有小珠的包里拿出一把扇子，“哗”地甩开，声音很响。她那张开扇子的炫耀方式吸引了一楼大厅前区另一边观众的目光。

当晚的情节剧错综复杂，涉及一个叫费尔韦瑟船长的受了冤屈的人，一个名叫巴杰的奸诈的银行职员，以及一个刚毅的英雄，叫马克什么的。朗没花多少注意力看戏，他盯着剧场里他能看得见的区域。

五幕戏的第二幕结束后，管理人员放下了幕布。朗问总统或他的妻子是否想要出去。玛丽·林肯厉声说：“不要。”一楼大厅前区的另一边，人们站了起来，一边聊天，一边走向过道。朗看见玛格丽特独自坐着。

“我可以出去一会儿吗，总统先生？”

“当然可以，普赖斯先生。出什么事了吗？”

朗说了个谎话：“没有，先生。”

他站在过道里，心中充满了内疚和再次萌发的渴望。玛格丽特的脸在他的脑海里宛如喷射的火光闪烁。他认定，在纽约除了努力把她从自己的心海里和头脑里清除出去外，别无他法。几个月过去了，痛苦减轻了，尽管它永远不会消失。

当他回到包厢时，玛格丽特正在仔细看着总统和他的妻子。她看到了他。节目单从她手中滑落，她浑身僵硬，丝毫没有注意到她挡住了一位正努力想回到自己座位上的先生的路。她的眼睛像黑色的蛋白石一样灼灼发光，他再也无法将目光移开。

防火帘升起，煤气灯罩变暗。福特先生从幕布后面走了出来：“女士们，先生们，为了向我们尊贵的来宾总统和第一夫人表示敬意，我们安排了一个特别的节目。萨森先生，你们在今晚的演出中十分喜爱的演员，将为我们朗诵一首托·布坎南·里德①先生的赞美诗《飞奔吧，谢里登》。”

“嗯，现在是选举时间。”林肯低声对朗说道，“不会有什么损失。”

---

①托·布坎南·里德，即托马斯·布坎南·里德（1822—1872），美国诗人和肖像画家，作品有《新牧歌》《海边的房子》《西尔维亚》和《夏日故事》等。

观众对宣布的消息报以口哨和欢呼。一个星期前，在谢南多厄河谷，菲利普·谢里登将军骑着他的黑色高头大马林齐，从温切斯特一路奔驰到锡达克里克，率领军队反攻朱巴尔·厄尔利。谢里登获胜后，诗人们立即纷纷公开发表他们的赞美诗。里德很快就受到了人们的欢迎。

萨森先生是一位移居美国的英国演员，他走到舞台的脚灯前大声呼喊道："'万岁，谢里登万岁！万岁，万岁，骏马和男子汉！'"朗的眼睛一直盯着玛格丽特。

第二次幕间休息出现在第五幕之前，用广告词的话说，"蔚为壮观的最后一幕！贫民窟里的地狱！"朗怀疑舞台效果也不能复制他所经历的事情。他再次走进过道，看见她就在那里，脸上带着一种忧心忡忡的奇怪表情。

"你好，朗。看见你我差点晕过去。"

"我也一样，你看上去很美，玛格丽特。"她确实很美，翠绿色的丝绸服装，黑色的披肩，头发在后脑勺上扎成高高的卡多根发式，白色的小玫瑰装饰着一个个发卷。

包厢门打开了。林肯出来了，玛格丽特紧张得屏住了呼吸。他热情地微笑着，使他那张长满黑斑的丑陋的脸变得好看了一点。"你好，普赖斯先生，这位可爱的客人是谁呀？"

"一个老朋友，先生。叫——"

"麦基夫人。"她抢着说道，"晚上好，林肯先生。"

"晚上好，亲爱的。我们以前没见过。你是华盛顿人吗？"

"从巴尔的摩移居到这儿来的。说实话，先生，恐怕您会叫我马里兰脱离分子。"

"嗯，麦基夫人，这是可以原谅的。我可是在我的一些朋友那里惹了很多麻烦，因为我认为等我们恢复和平时，我们不应该无情地痛打南方人。我提议向迷失的同胞们伸出援手，让他们快乐轻松地生活。"

"你在跟谁说话？"林肯夫人大声问道。

"是我们警卫的一个年轻朋友。"接着林肯低声说道，"如果夫人抓到了我和别的女人在说话，那就麻烦了。请原谅。"他回到了包厢。锣声响起，标志着最后一幕的开场。玛格丽特那件漂亮的绿色礼服，前胸裁剪得很低，露出了那天晚上在格拉默西公园他拥入怀中的柔软丰满身体。

“朗,你为什么不来我那儿?”

“我来不了。”

“为什么?”

他将她的双手捧在自己的手心里。她的皮肤暖暖的,散发着好闻的香水味,让人想起玫瑰花瓣的芬芳。“我不知道,假如我解释清楚,你会不会再次恨我。”

“什么意思?我为了你抛弃了我的丈夫,你至少应该说实话。演出结束后有空吗?”

“等我把他们送回总统官邸就有空了。”

“那就来找我。我住在——”

“我知道你住哪儿,富兰克林广场,我每隔几天就驾马车路过一次。我看见你在那些窗户边走动。”

“那你为什么不——?”

“因为我不能面对你,玛格丽特。”

“——别跟别的女人调情。”

“我没有,我只是对普赖斯先生的朋友寒暄一下。”

“一个女性朋友。”

“别丢人现眼了。人都在看着呢。”

刺耳的对话还在继续,但朗几乎没有听见。玛格丽特的眼睛里闪烁着泪水。煤气灯罩变暗了。“来找我,朗。我会等一整晚。”

“我会来的。”

“你以前也这么说过。”

“我会去的,我保证。”他紧紧握了一下她的手,然后从过道里溜进了包厢。林肯夫人的愤怒溢于言表。总统把摇椅从她身边挪开,坐在那里茫然地盯着舞台。人们说他会做噩梦,还会有抑郁期,难怪。

朗靠在墙上,内心翻江倒海。最后一幕戏的幕布拉开了,那是一间公寓房的内景。在第一层楼厅前排座位的另一边,玛格丽特的座位空着。他们将在黑夜变得更深之前上演最后一场戏。

第六十三章　1864年10—12月

“你不知道你伤害我有多深。你无法想象。”

在富兰克林广场，风吹过，团团灰尘被闪电染成了银白色。雷声还停留在遥远的马里兰州山区。又是一场没有雨的风暴。

朗坐在那里，手指间夹着香烟。他脱掉了殡仪员一样的外套，解开了领带。玛格丽特站在窗前，看上去就像在福特剧院时一样整洁、完美。大厅的钟敲响了午夜的钟声。

“朗，我必须知道。你为什么不来找我？”

“因为发生了一些可怕的事情。我得负责任，你哥哥西塞罗当时在纽约——”

“我没有瞒着你。我在格拉默西公园见过他，他去了那里。”一根飞来的树枝打在窗玻璃上，声若枪响。由于闪电不断，所以她没有点灯。狂风刮过，刮得上面的楼层吱嘎作响、呜咽悲鸣。朗找到一个大理石托盘，用来掐灭他的香烟。

“我追踪到了他，这是我的任务。我知道他是南部邦联的特工，我在一个脱离分子出没的地方找到了他。我刚要逮捕他时，他跑了。我追他，他跑进了一幢在骚乱中着火的大楼。他一定是吓坏了，没有多想。我逼得他无路可退了，然后他想杀我。大楼完全烧毁了，我差点就逃不出来，他没有出来。”

玛格丽特全神贯注地听着。她伸手到后脑勺，拔下发夹，抖了抖头发，将浓密的黑发披散在肩头。她的裙子上仿佛撒落了一裙子小小的白色玫瑰。“你被关在里士满的时候，我哥哥折磨过你，对吧？”

“你怎么知道的？我从没告诉过你。”

“他告诉我的。”

“什么？”朗大步向她走去，想看看她脸上的表情。她快速地绕过他身边，哗啦哗啦地摆弄着一盒火柴，点亮了灯。她连衣裙的上半身露出深深的乳沟，于是一下子令他触发了一种完全不合时宜的反应。他情不自禁。

“坐下，朗。我会尽我所能告诉你。”

他伸手去拉她的手，但她避开了，她选择了客厅对面的一张长靠椅。她坐下来，双手十指交错地紧握着放在膝盖上。

“西塞罗没有在那场大火中被烧死。和你一样，他逃了出来，但是他遭受了严重的烧伤。他这里有伤疤——”她碰了碰自己的喉咙，“还有这只手。这件事情对他影响挺大，要说有可能的话，那就是让他变得更坏了。面对我哥哥的真相，我很难接受。他是个可怕的人，彻头彻尾——我不知道怎么说。中毒了。”

“你最近是在什么地方见到他的？”

“这儿，这个客厅里。”

“什么时候？”

“7月份。就在朱巴尔·厄尔利发动袭击之后。”

“他在华盛顿干什么？间谍任务？”

“我估计是的。他来去用的是假名，海勒姆·赛思。他一直在说他要独自拯救南部邦联，他谈到了行动会非常大，大得让我大吃一惊。这是他的原话，大吃一惊。”

“什么行动？袭击一个人？袭击一幢建筑？袭击国会大厦？袭击总统官邸？我们接到报告说加拿大的南部特工密谋在纽约纵更多的火。类似的事情吗？”

“朗，我发誓，他没说。他威胁我，而且并不十分隐晦。”

“怎么威胁的你？”

“我理解他的意思是，如果我把他说的任何话说出去了，就会遭到报复。我觉得西塞罗像是精神错乱了，我几乎很难想象他是我的同胞兄长。他有点病态，那种以伤害他人为乐的变态家伙。他为自己正名的理由是说他们是敌人。”

“我觉得你的判断基本没错。”朗凝视着狂风肆虐的秋夜里荒凉寂寞的富兰克林广场。

“你没有来纽约找我是因为你认为你要为他的死负责吗？”

他向长靠椅走去，玫瑰花瓣的香味在他周围弥漫。

“叫我如何面对你？叫我如何跟你一起生活啊？我做不到。”

“天哪，这场战争把人们像陶瓷一样打得粉碎。看看它对我们做了什么。毁了我们。毁了我们。”

他坐在她身边，没有碰她，但他明显感觉到了她身上的温暖。“玛格丽特，你想为你父亲报仇雪恨，你想惩罚什么人，这是可以理解的。”

“我知道，但这是错的。”她用拳头击打着自己的膝盖，“愚蠢，我从来就没有这个秉性。我不是那种女人，我曾以为我是，但我不是。”

“但你为他们做了间谍。”

“这是一场游戏，一场女士和男士的娱乐，由罗丝主持。罗丝已经死了，她在去威尔明顿的路上淹死了，你知道吗？”

“是的，报纸上有很详细的报道。”

“战争变了，是吗？它不再是一场游戏了，我已经发现了这个道理。”

“我也发现了，每一个说战争撑不过九十天的西点军校的将军也发现了。每一个戴着用羽毛装饰的帽子、骑着高头大马、以为自己参加了一场崇高的十字军征战的叛军阵营的纨绔子弟也发现了。战争改变了，它改变了每个人。”他太紧张了，紧张得胳膊和腿都生痛。他的双手在两个膝盖之间交织着。

“我和你哥哥再也没有什么不同了，玛格丽特。我开始享受伤害敌人的乐趣，一部分是因为我争胜好强，一部分是因为我想为我失去的朋友报仇。我认为悠悠万事唯工作为大。谎言、欺骗、凶杀，这些我都习惯了。我有一个已故的朋友，一个叫格林格拉斯的侦探，曾经告诫过我，他说污垢是可以抹掉的。我当时没听进去。”

她双臂交叉着抱在胸前，低着头。他害怕自己一碰她就会激怒她，但他无法克制自己的手。他轻轻地把自己的一只手放在她的手上，她抬起头来。闪电照亮了她泪如泉涌的眼眸。

他们一动不动地坐了几秒钟。然后，她仿佛屈服于某种魔力似的，猛地扑向前去，与此同时，他也做出了同样的动作。他们紧紧地拥抱在一起，他们的嘴唇紧紧地吻在了一起，那么如饥似渴，那么迫不及待。

楼上，温存过后，他感到温暖和困倦，他好不容易挤出一个苦笑，说道："我觉得我忽略了一个可能与这次重聚有关的问题。你丈夫在哪里？"

"在哪个女人的床上，很可能。"她吻了吻他的嘴角，"管他呢？"

"你仍然是有夫之妇，对吧？"

"时间不会太长了，多纳尔会提起离婚诉讼，我已经收到了他律师的信。"

她转过身来仰卧着，紧贴着他的肋部。他拉起被子，用手抚摸着她。

"我得继续我的工作。"

"我猜你也会这么做。"

"但我不会放弃你，再也不会放弃了。我们会'休战'一段时间，直到'休战'自然结束。"

"直到南方投降？"

"是的，投降是不可避免的。南方还能再战一段时间，但他们没有足够的人力物力来取胜。"

"我们脱离联邦并发动战争是错误的吗？"

"是的。所有关于州权和保护传统的言论，说这是一种生活方式——一个人也许可以部分或全部接受。但是有一件事是难以接受的，那就是奴隶制。它是邪恶的，必须结束。"

"你预计什么时候会结束？"

"明年，我希望。如果我们运气好的话还会更快一些。"

"我们的'休战'能持续那么长时间吗？"

"我会尽力。"

"我也会。"

他不敢告诉她，他不抓到西塞罗决不罢休。如果有必要，尤其是在什么大计划浮出水面之后，他会用武力逮捕他。最后一道闪电把天花板染成白色，然后熄灭了。他们一起躺在像未来一样深不可测的黑暗中。

那天上午晚些时候，朗通知拉斐特·贝克，西塞罗已经在华盛顿露面。他在离开玛格丽特的床之前，告诉了她他会向贝克报告。她一言不发，既不说好也不说不好。

贝克将朗所描述的米勒的伤情复制到一份庞大的文件中，这份文件记录了南部邦联信号部疑似特工的情况。“我会告诉拉蒙，有人在这里看到了米勒。我无法想象他会留在这里，但我们会保持警惕。不管他策划什么阴谋，很可能需要有当地的同谋。”

“没错。”朗说，“但问题是他们是谁？怎么找到他们？”

两个人对这两个问题都没有答案。

朗检查了排屋前门和后门的锁，说它们不够牢固了。他去一家五金店买了新的锁，然后下到潮湿的地窖去找工具，回来时却两手空空，于是他又回到五金店里买了工具。一天上午，他不需要在白宫执勤，便把旧锁拆了下来，换上了新锁，新锁有可以锁死的粗大插销。玛格丽特用一顿丰盛的早餐回报了他，有火腿鸡蛋、粗玉米糊和她自己烤的饼干。

圣诞节，他给她买了一份礼物，当她打开漆器礼盒时，她感到迷惑不解。

“这是一把点三一英寸口径的科尔特手枪。非同寻常的武器，我有一段时间也用过它。它很适合放在你的手提包里。我们去总统官邸后面的公寓那儿，我教你怎么开枪。”

“我有一把大口径短筒的小手枪，为什么还要再弄一把枪呢？”

“因为德林格的小手枪只能发射一颗子弹。因为你一个人住，我无法时刻陪在这里。因为格兰特放宽了交换俘虏的禁令，满大街都是几个月没见过女人的联邦军人。因为城里几乎也有这么多南部邦联的逃兵。因为我爱你。”

玛格丽特吻了他，讨论到此结束。

第六十四章　1865年1月

华盛顿以一种让布思感到恶心的乐观情绪来庆祝新年，白宫里那个该死的暴君轻而易举地赢得了连任。里士满仍然认为，林肯可以被用来作为讨论和平条件的筹码。之所以不是释放南部邦联的俘虏，是因为格兰特已经允许再次交换俘虏了。

卑鄙的谢尔曼将军通过电报送给总统一份圣诞礼物——海港城市萨凡纳。谢尔曼的军队和紧随其后的第二支掠夺大军已经把佐治亚州变成了一片废墟。现在，这位被他的朋友们称为"库姆普"的谢尔曼准备把他全面战争的恶毒计划带到南北卡罗来纳州了。钟爱黑人的国会正在强行通过一项废除奴隶制的宪法修正案。整个世界正在被彻底颠覆，但第二次美国革命失败了。布思心爱的南方正在走向失败、投降、屈辱。随着这一点变得越来越确定，他对那个罪魁祸首的仇恨也与日俱增。

1月份一个灰蒙蒙的早晨，头痛欲裂、垂头丧气的布思打扮好自己准备上街，那是一些他通常喜欢的军用风尚：黄铜骑兵马刺、防护手套、左边卷起的帽檐、有黑色羽毛装饰的深灰色杰夫·戴维斯毡帽。

他对他的职业不再像以前那样感兴趣了。他最近在格罗弗剧院演过罗密欧，不过他的表演仅是死记硬背台词而已，虽然比他已故的父亲要严肃一些，他父亲喜欢吹嘘自己可以在莎士比亚戏剧的保留节目轮演中扮演任何喝得烂醉如泥的主角。他经常这么做。

让家里的其他人去承担那些荣耀吧：他的哥哥埃德温拥有他所缺乏的行为准则，或者他的弟弟琼——小朱尼厄斯·布思——对经营戏剧表现出强烈的兴趣。在布思家的这群孩子中，约翰·布思是最差的一个，他更关心的总是名声，还有就是女人，而不是他的职业所要求的艰苦工作。现在，到了二十六岁的年纪，他陷入了自己这个伟大使命的魔障。

为了实施这一计划，他纠集了一群他能找到的最佳阴谋家。塞缪尔·阿诺德和迈克尔·奥劳克林是来自马里兰州的儿时好友。奥劳克林打扮奢华，肤色黝黑且英俊；阿诺德文静而朴素。阿诺德在他兄弟的饲料店当店员，奥劳克林则是一名普通的农场工人。两人以前都曾当过兵。

布思招募了头脑简单、一脸傻笑、长着龅牙的戴维·赫罗尔德，因为他经常去打猎，熟悉马里兰州南部的乡间小道和偏僻小路。来自烟草港的德国小个子阿兹罗特熟悉波托马克河的水流，他是一名马车制造工人，但他参加了军队，作为一名秘密渡船工为事业而战。

还有约翰尼·萨拉特，他们见面的地方就是他母亲经营的家庭旅馆，不过每次见面的人数从不超过三个。他们谁也没有见过其他所有人，非万不得已，他们不会这样做。布思认为这是保护这次行动的好办法。

这些人数量是够了，但并不是理想的人选。阿兹罗特和赫罗尔德没有脑子，阿诺德有时脑子一根筋，而且好争论。这个团体缺少一个布思可以派去杀人的自觉自愿执行此项任务的优秀士兵。这一计划有很多让布思每天一早八九点钟就喝上烈酒的烦心事，此乃其中之一。

“约翰尼？”埃拉在卧室里嘀咕着问道，“你要出去吗？”

他把一件斗篷披在肩上。起居室里真臭。弄脏的衬衫和内衣被挂在椅子上，或者扔在角落里。书桌上摆放着六七个威士忌酒瓶。他不喜欢雇用会窥探他住处的家庭女仆，而是让埃拉每周打扫一两次。

“我要去福特剧院。”他大声说道。他的同事福里斯特今晚要演《杰克·凯德》。布思想再订一次总统包厢，进一步研究一下。

“我们还没吃早饭呢。”

“去餐室，签单就可以。”

埃拉靠在门框上，她矮胖的身体完全挡住了门框，她噘起嘴。她那华丽而俗气的晨衣敞开着怀。他看见她，便皱起了鼻子。

“我还要你，约翰尼。不要走。”

“别了，埃拉，我累了。我脑子里还有别的事呢。”

她掀起包裹在身上的晨衣。“约翰尼，求你了，别走。你最近变得很奇怪，老是和那些浑浑噩噩的下流坯子混在一起。”

“闭嘴，闭嘴！”布思冲到书桌前，把一个几乎空了的瓶子朝她扔了过去。埃拉一声尖叫，闪身躲开了。瓶子在墙上摔得粉碎，玻璃碎片散落了一地。酒往下流的时候把墙纸弄脏了。

“哦，你脾气太坏了，约翰尼，太坏了。”埃拉看了一下门框四周，时刻准备着他再扔东西的时候快速往回逃跑。布思用颤抖的手捋了捋小胡子，指着碎玻璃。

“等我回来的时候把它清理干净。”

那天下午，在“北方特别行政区”边缘的一家咖啡馆里，他跟萨姆·阿诺德见了面。他们选择了远离其他顾客的角落里的一张桌子。

“我们将在两天后执行我们的计划，也就是18号，星期三。”布思说，“福里斯特将再次扮演杰克·凯德，这是林肯喜欢的一出戏。”

“为什么？”

“我怎么知道？我又不是他的知己。杰克·凯德领导了一场奴隶起义，也许这个猢狲喜欢看奴隶背叛主人。”

阿诺德对着他的瓷杯皱起眉头，咖啡还没有尝过。“我还是一如既往地反对。我们怎么知道他会来看戏？有时报纸要到傍晚才公布消息，有时他们根本就不公布。”

“我们必须冒这个险，福特剧院是一个理想的地方。”

“约翰尼，我一直跟你说，那绝对不是个理想的地方。在剧院，尤其是福特剧院，绑架他是不明智的。福特剧院的包厢没有单独的楼梯，唯一的出路是穿过一楼大厅的前排座位。”

“我们要把他捆起来，从包厢里放落到舞台上，距离只有十二英尺。我轻而易举就跳下去了。”

“我们要带着一个成年人一起跳吗？”

布思脸色煞白，小声说：“你能不能小声点？”

“对不起，对不起。但这是个实实在在的问题。如果他挣扎怎么办？他个子挺高。”

“他手无缚鸡之力，大部分时间总是病恹恹的。”

“总会有保镖的。”

“你拿枪对付他。我们会把迈克尔布置在汽灯控制板那儿，就在提词员桌子的旁边。等林——等我们那个人一到台上，他就会关掉整个剧院的灯。戴维将牵着马等在后门，但愿他不会蠢到做不好这件事情。”布思轻蔑地摇了摇头，补充了这么一句。

萨姆·阿诺德一把推开他的杯子。“我不喜欢这样，我不干。这就是我的回答，约翰尼。我不会干的，除非我们等他出了门，门外我们的机会要好得多。”

“该死的——该死的，萨姆——”坐在前窗边上的两个老奶奶转过头来怒目而视——“这是我的计划，我觉得怎么合适就怎么执行。”

“是吗，约翰尼？我还以为是里士满的计划呢。”

布思的手猛地往旁边一挥，把两个咖啡杯全都打落在地。满头乱发的店主老人拖着笨重的脚步从厨房里走了出来。“怎么回事？谁在捣乱？哦，布思，是你啊，有失远迎。”

这位演员从口袋里掏出几张绿背纸币，扔向老人。“如果你不想要我光顾，欢迎我的地方有的是。”他从邻桌上一把抓起装饰着羽毛的帽子，狠狠地瞪了萨姆·阿诺德一眼，大步流星地朝门口走去，黄铜马刺叮当作响。

老人拿着一块抹布双膝跪下。“布思家那些人呐，他们都疯了。你朋友是最疯的一个。”

阿诺德说：“人们叫他们‘马里兰州的疯布思’不是无缘无故的。”

1月18日星期三晚上，林肯没有去福特剧院看戏。不过，这没有什么关系。萨姆·阿诺德的反对阻止了布思实施他的绑架计划。

他给阿诺德写了封信说，他们将改变绑架计划，从马车里绑架林肯，一有机会就实施。布思是个轻易不认输的人，但面对的现实是，他别无选择。他需要阿诺德,所有的人他都需要,即使没有一个人能胜任这项工作。

布思被风吹来的雨蒙住了眼睛,没有看到蜷缩在国家宾馆前门的那个人。“上尉？布思上尉吗?”那人一步跨出来,他们撞了个满怀。

“你这该死的笨蛋,差点把我撞倒了。”

“上尉,非常抱歉。我等了半天,希望你能路过这里。”一双深陷在苍白皮肤中的巨大黑眼睛带着孩子般的恳求注视着他。这个年轻人又宽又扁的鼻子和耷拉的眉毛,使他的脸看起来像个白痴。“你不认识我了吗?”

“不认识,而且谢天谢地。靠边站,否则——”

“上尉,”那人打断他道,“我们在南方见过面。你当时在亚拉巴马州蒙哥马利的一家剧院演出。”

一种模糊的记忆被唤醒了。“你叫什么名字?”

“佩因,长官,刘易斯·佩因。”他迅速地瞥了一眼雨霏霏的人行道,没有人注意他们,甚至连大名鼎鼎的布思先生也没有人注意他。佩因凑了上来,这种方式让布思感到恶心。

“演出结束后我去见过你,在你的化装间,我们美美地干了一杯,那时我叫刘易斯·鲍威尔。鲍威尔,是个军人,最近在莫斯比的麾下干过,但是他厌倦了。你不知道吧,上个礼拜有一天,在费尔法克斯县城,鲍威尔就这么消失了。他的军装和一切都不见了。处理难民事务的联邦士兵说,‘小子,你叫什么名字?’我说,我叫刘易斯·佩因。”

这么说,是个逃兵。“嗯,我还真记得你,佩因先生,但请原谅,我还有事。”

“哦,我只是希望我们能再喝一杯,这样我可以问问你最近怎么样。我知道你比以前名气更大了。我一直很自豪地说我是伟大的约翰·威·布思先生的朋友。但我懂的,你忙,上尉。”佩因看起来很伤心,他伸出一只手来,准备结束谈话。

布思突然忘记了寒冷的雨,忘记了湿气已经渗透到了他的皮肤。这个年轻人身材魁梧,看上去强壮如牛。而且,布思觉得他也是彻头彻尾的蠢蛋一个,但他被布思的名气迷住了。

他需要一个听话的士兵。

他露出最为灿烂动人的笑容。“佩因先生，我为我对老朋友的无礼道歉。我的事情可以一个小时后去办。我们一定要喝一杯，以纪念在蒙哥马利那次愉快的会面。”

“我们可以去雅座酒吧，我付钱。”佩因激动地大声说道。

“哦，不，佩因先生，不。”布思个子矮一些，所以他把一条胳膊搭在佩因宽阔的后背上，挺费力的。“我们去喝点我藏在套房里的上等威士忌，这是我的荣幸。来吧，先生。真的无以言表，再次见到您我太高兴了。”

第六十五章　1865年2月

里士满团伙仍然在范·卢小姐疯狂表象的背后成功地运作着。她的特工告诉她，军队和政府内部有不寻常的活动，推测是李准备把他的绝大部分部队转移到北卡罗来纳州，在那里继续战斗到最后一个人。

与此同时，贝克的侦探们调查了每一个针对林肯的死亡威胁，每一个关于炸弹阴谋的谣言，每一个来自线人的离奇线索。为了处理这些报告，贝克每次都让他的手下没日没夜地工作。他派出多个小组到蒙特利尔、纽约、费城、芝加哥、哥伦布等地，还派出很多小组在华盛顿那些肮脏的角落里搜寻，到马里兰州的乡村道路上巡逻。“当绝望的人面对失败时，他们会从争取胜利转向复仇。”贝克说，“我们绝对不能心存侥幸。”

2月13日，星期一，朗和桑德斯特罗姆坐火车去巴尔的摩。有人向一个黑人女仆吹嘘说，他会帮忙绑架林肯。巴尔的摩警察局给陆军部发了电报。

两个侦探裹着毛皮领的外套，坐在车厢头部一个铁的火炉旁。朗又开始蓄他的胡子了，胡子里已经有斑斑的白色。他望着他们路过的那些荒芜孤寂的树林和田野，天空开始飘落雪花。“尤金，我不喜欢这个地方。”

桑德斯特罗姆问道：“为什么？”

“记忆里尽是糟糕的往事。从纽约到里士满，全都是不堪回首的记忆，只有一个例外。”

“那位女士。”

朗点了点头。

“我去年读了一本关于加州的旅游指南，好像还可以。”

“金子不是都挖光了吗?”

“不过阳光充足,常年如此。”

“我在俄亥俄州长大,那时候并不讨厌冬天。”朗说,“我喜欢滑雪橇和溜冰,但我现在讨厌冬天。我讨厌寒冷,还有那种阴暗,再就是落地五分钟就脏的雪。”

“我打赌让你沮丧的是战争,而不是天气。”

“战争,还有这种工作。”朗望着万物萧条的苍茫大地说。

“我把那本旅游指南借给你看。”

“谢谢。我会看的。”不过,他不必担心改变自己生活中的任何东西,直到南部邦联放下武器,所有还未被打败的顽固不化的叛军以及那些想要杀人和扔炸弹的人全部被抓起来、关进监狱或绞死。

“他打了她。”那位身材高大的女士说,她在巴尔的摩港口附近经营布兰森夫人的家庭旅馆。“可怜的萨比娜拒绝了他的勾引,他就像条野狗一样扑向她。我不惊讶,他在这里的时候,我每天都能闻到他身上的酒味。”

朗问道:“他什么时候租的房间?”

“一个星期前的今天,我的感觉不好,但——你知道,钱就是钱。”

雪花从杂乱客厅的窗户外面斜飘过来。朗在自己的膝上打开一本笔记本:“他叫什么名字?”

“他在卡片上签的名字是卢·史密斯。‘勒乌——卢。’我几乎看不懂他写的字,他显然没有受过教育。”

“说说他长什么样好吗?”

“高,比你们两位先生都高很多。”桑德斯特罗姆仔细察看着自己的指甲,表情不满。“六英尺,也许还要高一两英寸。他的前额从发际线往外倾斜,像这样。几乎像眼睛上方的一个架子。他看上去像个智力有缺陷的人。但身材——哦,他是个希腊神一样的美男子。”她用手帕给自己扇风。

桑德斯特罗姆说:“我们想和那个女孩谈谈。”

布兰森夫人带他们来到一个冷冰冰的阁楼上,椽子上挂着一盏谷仓里用的灯笼,照亮着阁楼。萨比娜·李是一位细皮嫩肉的年轻黑人女性,她漂亮的脸被打得青一块紫一块,有点破相。她额头上缝了六七针,像是一条忧虑的皱纹。

“萨比娜,这两位先生是侦探,从华盛顿来的。你能把所发生的事情告诉他们吗?”

“这样我们就能抓住那个坏蛋。”朗说道。

萨比娜在小床上支起身子,双臂交叉在法兰绒睡衣的胸前,她似乎觉得自己太暴露了,其实不然。“星期六晚上,十一点半左右,我正在打扫厨房。他喝得醉醺醺的,像只臭鼬一样进来了。我们聊了一会儿,然后他用手在我身上乱摸。我让他别这样,他哈哈大笑着继续摸。我再次告诉他,住手。我真的很害怕,我抓起一把切肉刀。这样一来,他就对我发大火了。他把我手里的切肉刀打掉,打我的肚子。他骂我黑鬼,还骂了很多脏话。他再狠狠地打我,我就吐了。他从厨房椅子上扯下一条腿,用它抽打我。”

“要知道,先生们,我表姐韦罗妮卡病了。”布兰森夫人解释说,“我一直陪着她,直到她丈夫的火车星期六晚上到了,他是一名巴俄铁路的司闸员。十二点半我回来时,发现萨比娜倒在地板上,昏迷不醒,血流不止。”

桑德斯特罗姆说:“这是一个感人的故事,但是总统受到的威胁呢?我们是为这事儿到这里来的。告诉我们史密斯是怎么说总统的。”朗看了他一眼,但桑德斯特罗姆没有理会。

“哦,他在开始喝他的‘马尿’之前说了很多关于总统的事情。他当时喝得酩酊大醉,所以我也没当一回事。他说他和一些朋友要绑架林肯先生。他骂了好多难听的话,我一想起就脸红。”

朗说道:“萨比娜,这很重要。史密斯有没有提到哪天实施绑架?”

“有的,先生,他提到了。后天,星期三。”

“他很明确吗?”

“是的,先生。他说他得回到华盛顿去赶那个聚会——他称它为聚会——星期二中午。”

“他有没有说会在哪里动手?”桑德斯特罗姆问道。

“他说林肯先生去看戏的时候。”

“福特剧院?格罗弗剧院?哪个剧院?”

“这戏是在一个医院上演的。不是晚上，是白天。林肯先生和他的妻子，他们俩都去看戏，就在那个时候动手。”

朗轻轻拍了拍她的手：“谢谢，萨比娜，你提供了很大的帮助。你也一样，布兰森夫人。”

“千万别让林肯先生出事，两位先生，他是一位伟人。他解放了黑人，等战争结束了，他会给人们带来幸福的生活。”

“可是居然有那么多人想要阻止他。”朗说道。

星期二上午，拉斐特·贝克从斯坦顿的办公室拿来了白宫的日程安排。朗和桑德斯特罗姆从椅子上跳了起来。

“先生们，那个黑人姑娘应该得到奖赏，而且要确保她得到一张天堂的入场券。瞧这儿。”贝克指着那张写得密密麻麻的单子上的一个条目说道，“明天下午三点钟，就在士兵之家附近的坎贝尔医院，埃·卢斯·达文波特和戴利的巡回剧团其他成员将为康复患者演出《静水流深》。总统和夫人将出席，然后拜访战士们。报纸上周刊登了这篇报道。”

“他们不能去。”朗说道。

“我对部长也是这样说的。他会正式通知白宫，让总统到其他地方去。总统不喜欢这样，但他会配合。斯坦顿听到这件事情很紧张。”

贝克将一只穿靴子的脚搁到写字台的一个角上。“总统的马车将按计划继续去坎贝尔医院。马车夫也是原来的，但是没有骑兵护卫。你们两位先生坐在车内，全副武装。”他说道，好像是临时的想法。

寒冷刺骨的空气刺痛了布思的脸。他那匹独眼小母马欢腾雀跃，他在巴尔的摩花了八十美元买下了它，钱花得值。他用戴着防护手套的手在母马的脖子上安抚着它。一切都准备就绪，没有什么被忽视的。

在他的后面，约翰尼·萨拉特坐在一辆老式的迪尔伯恩马车的座位上，有一部分身体被一大丛没有树叶的树丛挡住了。那是一辆普通的灰色马车，中间和后面的侧帘都拉得很低。林肯将从他的马车上被揪出来，捆绑到这辆马车上。

在华盛顿哥伦比亚特区的一个约会地点，阿诺德和奥劳克林会加入进来，护送马车穿过波托马克河东支流的大桥进入马里兰州。到了烟草港，乔治·阿兹罗特将负责连夜横渡波托马克河。弗吉尼亚第九骑兵团的一支分遣队将护送俘虏到里士满以北十五英里的度假胜地阿什兰。1月份，约翰尼·萨拉特在那里待了近两个星期，安排一切。上个星期，布思通过交通员给米勒发信号，明确了日期。他用维热涅尔字母表和一个新的关键短语“胜利来了”写了这条信息。

在一次匆忙前往纽约的行程中，他到格拉默西公园的排屋里与埃德温道别。弟弟的告别仪式似乎过于隆重了，埃德温当然不知道个中的原委。接下来，布思拜访了深受他们爱戴的在费城的姐姐阿西娅。当他给她一个密封的袋子要她放进她丈夫的保险柜时，她感觉到有些不对劲。他不愿告诉她里面有什么。实际上，袋子里一份是他的遗嘱，把他微薄的那点财产留给了她、琼和埃德温，还有一封信，致有关人士。这封信描述了布思对南方的无限忠诚，并证明绑架这个北方佬的暴君是理所当然的。

这个地方离市区很远，第七大街上车马稀少，尤其是在一个黑黝黝的冬日下午。三十分钟前，有两辆救护车驶过，把伤员送到医院去。过了一小会儿，三个瑟瑟发抖的护士坐着一辆敞篷的四轮单马轻便马车向南驶去。无论往南走还是往北走，布思目力所及，看到的林地、农舍、畜栏和谷仓，全都一派萧瑟凄凉。灰蒙蒙的大地上，哪儿都没有人活动的迹象。阿兹罗特和佩因躲在马路对面一个破破烂烂的鸡舍后面，每个人都带着一支手枪和一支双管猎枪。这些武器存放在一家依然叫作萨拉特的乡村小酒店里，这是一个补给站。

布思在看到马车之前就听到了马车驶近的声音。向南半英里处，道路弯弯曲曲，而且是下坡。“约翰尼，做好准备。我想他就要来了。”

萨拉特捡起缰绳。两匹马从凹陷的路上出现了，接着是那辆大马车，一辆朴实无华的黑色双排座开合式顶篷四轮马车，顶篷合拢着，以抵御冬天的寒冷。马车夫前面低矮栏杆的每一个角上，都有小小的星条旗在飘扬。布思的胃开始作痛，他的脑海里，突然蹦出《理查三世》的第五幕里里奇蒙在博斯沃思原野的演讲——“啊，我自认为是你的上尉”——他把斗篷从脸上扯开，下意识地脱口而出。

“用和善的目光看着我的军队。”

拉车的马在冰冻的路面上敲击出嘚嘚的蹄声。

“把你那凹痕累累的吃人镣铐交到他们手里——”

他举起一只戴着手套的手,在空中画了一个小圆圈。佩因从鸡笼后面骑着马出来了。他穿着一件大衣,戴着一顶油腻腻的便帽。他把猎枪朝头顶上方举了一下,示意布思他看到他的信号了。

“让我们来执行对你的惩戒吧!”

布思把母马退到离萨拉特的马车更近的地方,那辆大马车几乎和他们并驾齐驱了。一扇方形的白云母薄片窗户反射着昏暗的日光。佩因开枪时大马车正好挡住了他的身子,枪声回荡在空中。

马车夫扬鞭策马飞奔,白云母薄片窗户猛地升了起来。一个人探出身子,用手枪瞄准。布思得意的笑容消失了。大马车的另一边也有人开枪。布思那匹极易受惊的母马喷着鼻息,一个劲儿地往旁边躲避。“不是林肯!”萨拉特喊道,“到底是谁?”

链条咯咯作响,车轮辘辘转动,四轮马车冲了过去。布思看见佩因和阿兹罗特骑在马上,一脸困惑,又惊又怕。马车夫一脚踩下刹车,拉紧缰绳。大马车摇晃着停了下来。两名男子跳下车,朝袭击地点跑回来。“快走,散开。”布思向马路对面的同伙大声喊道,“把车丢掉,约翰尼。爬到我后面来。”

“可是还有手枪和弹药在里面——”

“该死的,爬上来,除非你想被抓住绞死。”

约翰尼·萨拉特飞身跳到母马背上,抱住布思的腰。两个奔跑过来的人向疾驰而去的佩因和阿兹罗特连续开了好几枪。布思用踢马刺拼命踢着母马跑进树叶掉光的灌木丛中。他们有备而来。他们是怎么知道的?

低矮的树枝抽打着他的脸,很快,他两边的面孔伤痕累累。他可以轻而易举地把追捕者抛在后面,他们肯定是政府的侦探。但这绝不是什么安慰。白宫里的那个暴君依旧安然无恙。母马驮着他们离开了这个倒霉地方,布思咆哮着他所知道的所有肮脏诅咒。

朗在贝克的办公桌上猛击了一拳:“我们不应该让他们跑掉的。我们骑马就好。”

“是的,是我的错。”贝克的话让朗的心情更加糟糕,“我本该派六到八个人去,而不是两个人。”

“我认识萨比娜·李所说的那个人。”

“我们发个史密斯的小传单,如果那真是他的名字的话。发给我们的人,发给宪兵纠察队和大都会警察局的人,并下令逮捕和拘留任何与他有一丁点相像的人。”

桑德斯特罗姆扮了个鬼脸。“那不知道要多巧呢,这个城市有无数个藏身之处,是不是也有可能我们再也见不到他们了呢,上校?也许我们把他们吓跑了。”

“那也说不定天使会在正午时分的宾夕法尼亚大道上跳舞呢。不要自我庆幸。他们会以某种方式再试的,战争马上就要结束了。里士满要么沦陷,要么被遗弃。杰夫·戴维斯面临绞刑或者终身逃亡。记住我说的话,这些都是丧心病狂的人。”

第六十六章　1865年3月

莫斯比四个连的游击队员在位于波托马克河和拉帕汉诺克河之间的"北颈"的乔治王县过冬。他们的老地盘劳登县和福基尔县已经无法支撑整支部队。在"莫斯比邦联"被夷为焦土的村庄和农田里，再也找不到食物和饲料了。在"北颈"露营期间，他们吃的是浸透了浑浊的泥水、用半个水壶充当煎锅在陈年油脂里煎了一下的发霉的饼子。他们少得可怜的一点肉，由于放得久了，臭味已经很重，但拿来在火堆上烤一下，通常会把臭味烤走一点。弗雷德手下的八个人是一个伙食团队，只有一把刀，就是他的那把刀。于是他们便用棍子、木片当工具，或者直接用手抓着东西吃。

史密斯上尉已将他提升为少尉，这不是什么大的荣誉；他接替了一名饱受花柳病折磨，最后因肺炎而死的军官。他那匹漂亮的黑马"男爵"，因为一天到晚踩在潮湿的泥地上，蹄子都烂了。战马的肋骨像笼子的栏杆一样清晰可见，它浑身都是流脓的疮。"男爵"因缺乏饲料而奄奄一息。弗雷德打算在不可避免的事情发生之前让它安乐死。

他给汉娜写了好多长长的信，全都写在了脑子里，没有纸啊。他身体有病，瘦弱不堪，浑身乏力，唯一支撑着他的是他们在一起的那些日子的甜蜜回忆，以及汉娜答应当这场受到诅咒的战争结束时在华盛顿等待他团聚的希望。孤独寂寞与物资匮乏，阴雨连绵及冻雨不断，使他重新燃起了对烈酒的渴望，但他强忍着。

12月下旬，他们几乎失去了他们的指挥官。有传言说，福基尔县有一支联邦骑兵先遣队，莫斯比前往侦察，他在雷克托汤一位友好的老乡家中停下来吃晚饭。纽约第十六团的骑兵发现了拴在外面的战马。在随后的混战中，莫斯比腹部中了一枪。即使倒下了，他还是镇定自若地从衣服上扯下了徽章。他躺在血泊中，给了那个联邦军官一个假名。他们以为他必死无疑，就离开了他。莫斯比后来告诉里士满的报纸，说他在昏过去的时候也是这么想的。菲尔·谢里登向他的部队宣布了莫斯比的死讯。莫斯比恢复了过来，愚弄了他们所有人。他在首都受到了英雄般的欢迎，李将军在那里热情地接待了他，南部邦联国会在一次会议中还为他设立了一个特殊的席位。

3月初一个天气恶劣的夜晚，莫斯比在一支小护卫队的护卫下坐着一辆有篷的轻便马车进入位于"北颈"的营地。一个勤务兵把弗雷德召到上校的帐篷里。

"少尉，怎么样？"

"还可以，长官。您好吗？"

"还可以。还是能感觉到它就在这里。"莫斯比戳了戳自己的肚子。他脸色苍白，跟他苍白的笑容十分相称。雨水冲刷着帐篷，台灯提供不了丝毫暖意，仅有一摊光亮而已。"我从里士满带来了几位客人，他们正在戒酒。我需要一个可靠的人来领导一支特遣部队。"

"是吗，长官？"弗雷德说道，警觉地跳起身来。很久以来，没有人用"可靠"这个词来形容弗雷德了。

"等他们到了，我会进一步解释的。你管自己休息，请原谅，我先给保利娜写完这封信。"

弗雷德小心翼翼地坐在一张三脚凳上。他身上有一股泥土味和湿羊毛的臭味。他挠了挠毛茸茸的脸颊，捉出一只扭动着身子的螨虫。他用两个开裂破损的指甲将它碾死，然后将它弹开。莫斯比集中注意力在给妻子写信。

滂沱大雨中，弗雷德听到有人走近。当一名军官和两名平民走进来时，他站了起来。这位军官瘦骨嶙峋，眼睛凹陷，留着黄色的龙骑兵式小胡子，看上去有点狂热。两个平民都披着斗篷，戴着湿透的毡帽。其中一个用一只满是疤痕的手摘掉了帽子，他是个秃头。另一个人在南部邦联行将崩溃的困境中竟然令人惊讶地显得腰肥体胖，他戴着圆圆的小眼镜，那一双古怪的黄褐色眼睛使弗雷德毛骨悚然。

“先生们，把板条箱拖过来，尽量坐得舒服些。”莫斯比说，“先介绍一下。罗兰·哈尼中校，弗雷德里克·达舍少尉。”

“长官。”弗雷德很快地敬了个礼说道。

“西点的人。”莫斯比说。

“很好。我上的是南卡罗来纳军事学院。”弗雷德觉得，他在哈尼的眼睛里看到了狂热的火焰。

“我们里士满来的客人。米勒先生，在信号部高就——”

“你好。”那秃顶说道，仿佛对方好不好无所谓一样。他朝弗雷德伸出一只没有伤疤的手，他的手又冷又湿。“我的同事，亨博尔特·克里奇。”那腰肥体胖的人点点头。弗雷德不喜欢米勒，但这个人让他更不喜欢。

莫斯比说道：“哈尼中校到这里来，肩负着戴维斯总统授权的特殊使命。有人试图绑架亚伯拉罕·林肯，并在谈判期间将他作为人质扣留。”

弗雷德惊呆了，问：“谈判什么，长官？停战？”

米勒说：“这是总统和他内阁的事。你没必要知道。”

“不管怎样，”莫斯比继续说道，“这些尝试都没有成功。里士满已经决定实施另一个方案。”

“我们提出的建议。”米勒得意地微笑着说。

“哈尼中校的专长是爆破。”莫斯比说道，“他将被安插到华盛顿，当确定林肯和他的内阁成员在总统官邸开会时，哈尼中校会在大楼内或周围放置炸药，然后将其引爆。”

克里奇第一次开口说话：“‘因为他们忿怒的大日到了，谁能站得住呢？’《启示录》第六章。”

“简直神了，克里奇先生引用《圣经》就这么信手拈来。”米勒笑着说。这使另一个人很高兴。

在随后的沉默中，弗雷德几乎忍不住笑出声来。他们是认真的吗？他们真的会考虑这种不光彩的行为吗？这时，他想起了一些事情：南部邦联军队里不断增长的屠夫账单，被派往前线替人送死的白发苍苍的老者和乳臭未干的孩童，令人绝望的各种短缺，大路上一群群逃兵嘲笑和咒骂任何试图命令他们回到前线去的人。里士满这种别出心裁的攻击绝不是出于任何军事目的,而是强行攫取最后一磅血淋淋的肉,以补偿即将到来的失败。

米勒皱着眉头看着弗雷德:“哪儿错了吗,先生?”

“不,不,这个——太惊人了,仅此而已。”

“这对那只猢狲和他那些钟爱黑鬼的亲信们来说,倒是有点惊人呢。不过,在哈尼中校执行他的任务之前,他需要总统官邸和周围场地的草图和平面图。我很高兴,这么说吧,我们已经安排好了,保证能拿到这些资料。我们有一个特工可以进入华盛顿的大部分办公室,包括那些政府大楼。一旦计划开始实施,我们的特工就会尽快复制那些图纸,到一个待定的地点,越过波托马克河,然后把材料交给哈尼中校。”

“我要你带领护送中校的小分队。”莫斯比说道,“你将听从他的命令。”

“是,长官。就这些吗?”

米勒舔了一下他发黄的牙齿:“不完全是。我们不希望我们的特工在完成他的,啊,爱国服务之后跟任何人说话。等哈尼中校对材料的真实性感到满意之后,他就会给这个特工一笔十分可观的酬金,现金,好让他放松警惕。这个时候,少尉,你得杀了他。”

“长官?”

“别傻看着,我说得很清楚。西格尔少校单程跨越波托马克河,我们就能省下答应给他的一大笔钱。”

有什么东西在弗雷德的内衣里面爬动,但是他不敢动:“那名特工的名字叫什么?”

“西格尔,他在陆军部工作。他的军衔跟联邦军队没有什么关系,他在奥地利当过兵。”

难道汉娜的父亲和这些人有关系?她不止一次地告诉他,他在海军造船厂附近他们父女家里仅见过一面的那个人永远对他低下的地位和微薄的薪水牢骚满腹。弗雷德一直保持着他的脸一动不动,以掩饰他的惊恐。我不会参与谋杀她父亲,也不会去蓄意谋杀任何人。

莫斯比站起身来:“还有没有问题了?很好。我明早得离开你们,先生们。

米勒先生，恐怕我们只有一顶帐篷给你和你的同伴。我们已经找来了所有能找到的防水布和毯子，希望你们能过得舒服。”

“我也希望如此。”这次是米勒皱起眉头望着莫斯比，“走吧，克里奇，我需要喝点更烈的东西。”

两个穿平民服装的人走了出去。莫斯比让哈尼也离开了。弗雷德磨蹭着。“还有别的事吗，少尉？”

莫斯比直视着他，直到他低下了头。他胆怯了：“没有了，上校。”

“恐怕我不能相信你的话。是不是要你杀那个间谍让你不舒服？让那个猪一样的家伙去干吧，我觉得他可能会喜欢。”

“好的，长官。谢谢，长官。”弗雷德脱口而出，“不过天哪，我们涉及的是什么呀，长官？”

“我尽量不问自己这个问题。少尉，晚安。”

弗雷德走进黑暗中。片片冰块击打在他长满胡须的脸上。雨夹雪。

莫斯比免除了他直接的谋杀任务，却依然让他参与其中。他不能，他绝对不能，因为他终于跨越了生命中的黑暗深渊，找到了他所喜欢的人……

他几乎是不知不觉地朝一个点着灯的小帐篷走去，这是一个名叫皮布尔斯的随军小商贩搭建起来的。弗雷德咳嗽了一声，表明他来了。皮布尔斯喊了一声“进来吧”，弗雷德便迈进了臭气熏天的帐篷。皮布尔斯那张脸像是一张上了年纪的天使的脸，他的灵魂像一只食腐鸟的灵魂。

“哎呀，长官，看看谁来了，喝凉水的兵。”

“今晚不是。”弗雷德伸手在裤子口袋里摸出皱巴巴的纸币，“你有什么喝的？”

二十分钟后，弗雷德蜷缩在了一个已成为废墟的谷仓里被烧毁的横梁下，他倾倒水壶，吞下了一些随军小贩卖给他的非法酿制威士忌。

一股酸水回到了他的食道，他吐了出来，擦了擦嘴。“天哪！”这里面到底是什么？胡椒？硫酸？这会毒死他的。但是他需要它，几个月来，他第一次感到需要它。

第六十七章　1865年3月

夜雾遮蔽了河流，裹住了马蹄声。弗雷德骑着一匹患有关节炎的花斑马准备去胶水厂。前天，经过一个小时痛苦的犹豫，他给了“男爵”一枪。

队伍里排在第二位的是哈尼中校，然后是克里奇，最后是弗雷德挑选的三名士兵。他穿着打了补丁的大衣，觉得自己臃肿得像只大笨熊。他一整天都咽不下一点食物。那不是疾病，而是将灵魂折磨得痛苦不堪的饥饿感。偶尔喝几口皮布尔斯先生调制的饮料也只能模糊接下来会发生什么的现实。仅是模糊而已，无法彻底清除干净。

一根上面安着牛头盖骨的木桩标明了送情报人靠岸的地点。波托马克河在这里流向东北，就在再次拐弯之前，河道变宽，水流奔向东南，流进切萨皮克湾。在他们的对面，隐藏在黑暗中的是马里兰州的波普溪。

弗雷德把铁皮灯笼的金属圆环从腰带上摘下来。他把灯笼递给那位更年轻的士兵：“点亮，但一定要关闭遮光板，直到我们看到他们的信号再打开。”

他们六个人并肩坐在河边，空气中有股潮湿的味道。河水轻轻地拍打着河岸，其他唯一的声音是一只夜间活动的鸟儿的叫声。那士兵点了好几次，终于点燃了灯笼里的蜡烛。在他关上遮光板之前，火焰在克里奇的圆眼镜上跳动。这个里士满的间谍微笑着。

“你明白这件事情由你来了结。”弗雷德对他说，“我不愿意做。”

“少尉，这件事情我们讨论过了，而且我同意了。我会按照米勒先生的要求处理的。我告诉过你具体的方式和时间。”

“该死，我真不知道你怎么会这么高兴干这事儿。”

“因为我所做的是正确的，长官。上帝站在我们这边。圣保罗建议以弗所人穿上上帝的整件盔甲。正义之胸铠，信念之盾牌——”

“省省吧。”弗雷德气愤地抱怨道，但是克里奇还是继续往下说。

“——拯救之头盔，神灵之宝剑。穿上这样的盔甲，我可以用一颗纯洁的心打击恶人。”

“你这些屁话是从哪里来的？看在基督的分上，你怎么可能认为杀死另一个人是高尚和正义的呢？”

“我反对你亵渎救世主的名字。我是一个虔诚的信徒，我在上帝的眷顾下养育了九个孩子。我不喜欢你蔑视我的信仰，也不喜欢你蔑视《圣经》。”

彻底疯了，弗雷德心想，大脑被战争给煮烂了。

他的手下开始互相交谈。他听见河里有声音，便嘘了一声，让他们安静。随后传来轻轻的水声，一只猫头鹰鸣叫起来。弗雷德向一名士兵发了个信号，那士兵也发出猫头鹰的鸣叫作为回应。

他站在马镫上，弯下右手让它暖和一下，然后将手伸到他的外套下面去拔他枪套里的手枪。克里奇兴奋地拍了拍他的胳膊。

“有亮光。”起初很微弱，后来便亮了起来。“马丁，向他们发信号。”

那士兵举起灯笼，把遮光板打开又关上三次。水面上的亮光灭了，然后再次出现，闪烁了三下，停了一会儿，又闪烁了第四下。二等兵马丁也再次打开又关上遮光板。

弗雷德把他手枪的击铁松了回去。一艘十英尺长的小舢板的船头冲破浓雾，向他们驶来。弗雷德喊道：“确认一下你的身份。”

“西格尔。”他的口音很像“齐格尔”。这声音不是那个划小舢板的人发出的，划船的人上了年纪，还是个黑人。他穿着一件破烂的军装衬衫，但没有穿外套。一盏灯放在他身后的横坐板上。弗雷德不明白，黑人怎么能与那些想要奴役他们的人结成联盟，但许多人还是这样做了。听说有些人甚至穿着南部邦联的灰色军装参加了战争。

那乘客站起身来，小舢板顿时摇摇晃晃。弗雷德的印象中，西格尔身材有点粗壮，但由于雾气飘浮缭绕，很难看清。船夫什么也没脱便跳进了浅水里。他拉住船头的缆绳，等那乘客走向前来，踏到坚实的地面上。克里奇说：“胜利。”

那乘客说：“惩罚。”

“少校，见到你我们万分高兴。”克里奇费力地从马鞍上爬了下来，他那匹疲惫不堪的马似乎如释重负地呻吟了一声。弗雷德命令马丁打开灯的遮光板，给他们照明。他们不得不冒这个险，直到这桩倒霉的买卖成交为止。

西格尔穿着一件深棕色的羊毛大衣，上面有别致的纽扣和用饰带镶嵌的圆环。他那顶棕色毡帽的帽顶很高，帽檐潇洒地卷着。他很自信地站在那里，几乎有点沾沾自喜地从自己的肩头扯下一条皮制公文包的带子，看他的样子更像一名外交官，而不是个间谍。他把单片眼镜换成了双片眼镜。镜片把他的眼睛放大得如同鸟蛋般大小。他的目光从一张脸跳到另一张脸，最后瞧着弗雷德。

“我认识你。”

“是的，我们见过面。请不要提名字。”弗雷德下了马，指着哈尼。“这位先生将检查您的包裹。把灯给中校。”弗雷德对马丁说。

“这边走。”哈尼说。他厌恶地打量着西格尔。显然，和叛徒做生意真的美妙无比，但没人说你必须尊重他们。

西格尔跟着哈尼，得意地笑着，似乎表明他完全控制了局面。他几乎完全蒙在鼓里。克里奇面露喜色，完全像一个即将享用圣诞晚餐的人。

走上河岸不远，哈尼就把灯笼换成了西格尔的公文箱。他蹲下身子，解开明亮的铜扣，利索地把文件拿了出来。“把灯拿低一点。”西格尔照做，一边跺着脚，呼出的气像一小团一小团云朵。

哈尼用膝盖当桌子，检查了一下那六七份折叠起来的纸，然后一一打开，仔细审查。时间在一分一秒地过去。弗雷德觉得嘴巴干得不行。等这一切结束，他就从马鞍上取下水壶，把剩下的威士忌一饮而尽。

哈尼折叠起最后一份文件，将它们重新放回箱子里，合上箱盖。“付钱给他。”他对克里奇说。老船工对弗雷德说道：

“很高兴生意做得挺快。我们回去时是退潮，逆流，得划更长时间。”

克里奇舔了舔嘴唇。“少校，我要伸手到外套里面去拿钱。”他用右手慢慢地抽出一个厚厚的棕色信封。“数一数，好吗？这是我们商定的价格。”

弗雷德的神经高度紧张。这是计划好的时刻——西格尔贪婪地被真金白银分散了注意力，全然不顾克里奇和所有其他人在干什么。

西格尔拿一根手指撕开信封，他兴高采烈地掏出一叠用带子扎着的四分之一英寸厚的北方美钞。他拒绝接受南部邦联的钞票。他舔了舔拇指，数钱。这时，克里奇把左手伸进大衣口袋里，拿出一把炮铜色的闪闪发光的进口五响克尔手枪。

那三个士兵向弗雷德投去惊恐的目光。他连忙朝下做着手势，示意他们保持安静。西格尔数完钱，抬起头来，看到克里奇端着手枪。"这是干什么？这到底是干什么？"

"恐怕我们不能放你走，长官。你也许会拿这笔交易去吹牛，如果你把钱递给我并接受即将到来的结果，那就容易些。"

西格尔眼镜后面的眼珠子瞪得大大的："你们这些该死的混蛋，你们背信弃义。"

克里奇伸出一只手："钱，长官。"西格尔低下头，仿佛屈服了。突然，他将信封朝克里奇的脸上扔去，他一下扑倒在地，滚动着身子。对于他这样年龄的人来说，其敏捷度真是够惊人的。

哈尼中校不听弗雷德的劝告，没有带随身武器就从营地出发了。几个年轻的士兵不知道该怎么办。西格尔的拳头里握着一把他藏在身上的短粗的四管手枪。他趴在地上，伸手向站在弗雷德左边的克里奇射击。克里奇一把抓住弗雷德的胳膊，把他拽到自己跟前当挡箭牌。他在弗雷德身边开了一枪，但没有打中。西格尔回击了两枪。弗雷德的胸口受到重重的一击，他踉跄了一下。

他张开四肢倒在泥地里，与其说是害怕，不如说是惊讶和生气。然后感觉到了疼痛。

剩下的事情发生得很快。克里奇没有还击，而是从岸边逃走了，一只手还拍击着自己的帽子。西格尔骂着一些听起来像是日耳曼语的脏话，朝哈尼开了一枪，但没有打中。"上船去，黑鬼！"西格尔踢了一脚两眼睁得溜圆的船夫，船夫急忙爬上小舢板，解开了船桨。弗雷德胸部的疼痛弥漫开来，他摸了摸大衣的前襟，把手指举到眼睛附近。在暗淡的光线下，那鲜血看起来像是柏油。

西格尔踩着水花，回到船上。“快走，快走啊！”他开了最后一枪。那几个士兵的坐骑嘶鸣着猛然弓背跃起。

黑暗中，克里奇大声喊道：“他拿走了钱，他拿着钱跑了。”

弗雷德似乎在他生动多彩的人生道路上飞翔。在弗龙特罗亚尔小镇，他还是个小孩子，阳光普照的草地上他嬉戏玩耍。毛色油亮的骏马驰骋而过，鬃毛飘扬。西点军校的平原上，他在军号声、战鼓声和迎风飘扬的战旗中操练队列。在他辞职前，他看到自己坐在参议院的会议厅里。就在他杀死那个小姑娘的那一刻，他蔑视了加利克斯兰丁。灯光边上的莫斯比称他为可靠的战士。空荡荡的房子里，他怀抱着西格尔的女儿……

声音变得越来越弱，铁皮灯笼里的烛光渐渐暗淡下来。他意识到大限已近，但是默默地呼喊着不愿意死去。他已经从黑暗中走了出来，现在，就因为这意外的一枪，他又回去了。他不想回去。哦，不……

“汉娜。”临死前那一刻，他轻轻地呼喊着。

第六卷

暗杀

第六十八章　1865年3月

汉娜在朦胧的美好期待中漂泊着，一天又一天，一周又一周。格兰特不断地向彼得斯堡发动猛攻，并威胁着里士满的安全，所有人都说，战争将在夏天到来之前结束。弗雷德·达舍会脱下军装，骑着高头大马，沿着第七大街的道路奔驰而来，然后，他们将坐在门廊上，手牵着手，计划他们的人生。

他们在北郊的那所房子里共同度过了不多的几周时光，那些美好时刻给她带来了从未体验过的满足。然而有一天，就像他突然神秘地出现一样，他也突然神秘地消失了。尽管他派一个小男孩送来了一封短信，说等战争一结束他便会马上前来与她重逢。他在信上签的字是“永远爱你的，弗雷德里克”。这封信她读了无数次，每读一次，幸福感便油然而生。信上的每一行字都浸透了泪水。

3月4日，星期六，她在阴沉的天色下观看了总统就职典礼。国会大厦台阶下摩肩接踵的人群中，她看见，当瘦弱憔悴的总统走到平台上的铁桌前，阳光像预示着什么一样穿过云层射向大地。人群中兴奋热烈地低声传播着传言，说那位新任副总统早些时候在参议院宣誓就职仪式上喝醉了。安德鲁·约翰逊面色红润，粗俗得像个农民，他坐在那儿眨巴着眼睛望着天空，而总统则动情地说着对任何人都不怀恶意、对所有人都仁慈有加的话语，说着包扎国家创伤的愿景和珍惜公正、持久和平的勉励。

她在总统上方的楼座上发现了约翰尼·布思。她并不太关心其他来宾，但是看到他在那里，她吓了一跳。他苍白的脸上，那双黑色的眼睛射出异常狂热的光芒。他是怎么弄到票的？通过他情人贝茜·黑尔的参议员父亲吗？为什么？整个戏剧界人人都知道他是个坚定的脱离分子啊。

汉娜的父亲买了一张十美元的黄牛票去参加在专利局举办的总统就职典礼舞会。她没有问他是陪谁去的,她估计一定是个妓女。第二天早晨他八点钟才回到家里,两眼浮肿,走路摇晃,他借口说是因为波尔卡舞、肖蒂什轮舞和兰谢舞跳得太多了。

总统就职典礼两周之后,布思在福特剧院为一位同僚演员表演了一晚的义演。汉娜去看了演出。剧院里只有一半的人,可能是因为报纸上宣布总统和夫人将在格罗弗剧院看《浮士德》的缘故。

布思出演了他著名的角色之一,《叛教者》中的恶棍佩斯卡拉。汉娜发现他的表演不尽如人意,因为他的台词说得结结巴巴,好像他没有集中注意力,或者是喝多了。在最后一幕的决斗中,他脚下一绊,对手的道具短剑划伤了他的手背,他跪倒在地。观众发出一阵惊呼。

布思站起身来,朝黑暗的观众席投去一个微笑,然后带着流血的手继续演出。前排的观众对他报以热烈的掌声。他的笑容似乎凝固在了脸上。她两次看到他的目光在空荡荡的总统包厢里徘徊。她试图到后台去接近他,向他表示祝贺,但人群太拥挤,她很快就放弃了。

华盛顿的心情与她的心情堪称绝配,这座城市感受到了春天的勃勃生机。少校的心情一如既往地异常愉快。他随意花钱买新衣服,经常光顾城里的赌场,并再次向汉娜许诺更好的时光将会来临,却没有解释原因。然后,有一天,在没有任何预兆的情况下,他晚上没有回家。她担心他是在哪个赌场或低级酒吧受到了攻击或者被杀害了。

第二天一早,她急匆匆赶到陆军部。一名工作人员告诉她说,西格尔少校昨天送来了一张便条,说他生病了,等病好了马上会回来上班。她谢过那位工作人员就离开了。在她走出门去的路上,她遇到了一位神气活现的先生,她认出他就是贝克上校,这个令人讨厌的人的秘密警察部队威胁任何被认为不忠于联邦的人。

那天晚上她一个人吃饭。她一边嚼着玉米面包,心不在焉地用手指摸着盘子上的面包屑,一边苦苦思索着父亲不可思议的失踪。她用炉子上加热的井水在铁皮盆子里洗碗,当她干完活并把灯熄灭后,她决定明天向大都会警察局报告他的失踪。

她准备睡觉时，从西边吹来的一阵春风把房子吹得嘎吱乱响。她正把法兰绒睡袍套过头顶，突然一个像枪声一样的声音吓了她一大跳。风把门刮上的声音？前门和后门她都闩上了呀。她蹑手蹑脚地走进穿堂，心跳得很快。

厨房里亮着一盏灯，有强盗入室了……

荒唐，强盗可不会点亮灯把自己暴露在光天化日之下。她赤着脚，悄悄来到厨房门口。

"爸爸！"

"你好，汉娜。"他坐在餐桌边，正在脱沾满泥巴的靴子。他的毡帽和棕色羊毛外套扔在地板上。

"你去哪儿了？我担心死了。"

"到弗吉尼亚遛了一圈。"他打开一个公文皮箱，从里面拿出一个棕色信封，并将它打开。他在两个手指间摩挲着一叠纸币。"一千五百美元，这一笔买卖立竿见影。"

"买卖？买卖什么？"

"平面图，白宫的平面图。"

"你卖——？爸爸，我不明白。"

"有什么不明白的？我就是想挣钱。南部叛军花钱购买情报，我不知道他们为什么要那些平面图，我也没问。"他把钱扔到桌子上，"去给自己买件新衣服，而且这事儿千万别说出去。"

汉娜慢慢地坐到他对面的椅子上："你是说你背叛了你为之工作的那些人？"

"我欠他们什么啊？他们给我的薪水少得可怜。这是买卖。不过，比我想象的艰难。那些叛贼也不想付我钱，所以他们欺骗我——想把我干掉。我只好奋力一搏，逃过了一劫。"

"跟多少人搏斗？"

"五个军人，还有一个戴眼镜、相貌凶恶的家伙。"狂风呼啦一声打翻了门外走廊上的一把椅子。"你有一次带到老家来过的那个家伙，他就是其中的一个军人。"

“弗雷德里克?”

“我不记得他的名字了,但我认识他。他运气不好,挡了一颗子弹,战争的牺牲品。”西格尔耸了耸肩膀说道,“还有吃的吗?”

汉娜将自己的指甲抠在掌心里,以免自己陷入歇斯底里:“爸爸,弗雷德里克怎么样了?”

“我打中了他。这关你什么事?他不就是个熟人吗?”西格尔在一个食橱里翻找着,“该死的,我们只有苏打饼干了吗?”

“他不仅仅是一个熟人,他是我的爱人。”

西格尔的一块饼干掉在了台子上。“什么时候的事情?”

“去年秋天,一个月的时间里,我几乎每天见他。你在这里的时候我没带他回家,因为他在为另一边做间谍工作。我不知道他到底在做什么,只知道他来华盛顿很秘密。战争结束后我们打算结婚。”

少校似乎一时不知所措:“唉,那你得改变你的计划了。”

“他死了吗?”她向他跑去,情不自禁地提高了嗓门,“弗雷德里克死了吗?”

“我没有时间摸他的脉搏,但我想是的。汉娜,亲爱的——”

她猛地扭开身子:“别碰我!别碰我一根手指头。你背叛了信任你的人,还杀了我唯一在乎的人!”

他朝她吼叫道:“只不过是又一个该死的叛贼!我是意外射中他的。我别无选择,我要救自己的命啊。这是战争,仅此而已,一种战争行为。”

“你是个杀人凶手!叛徒和杀人凶手!”

西格尔抓住她的手腕,将它弯了过来:“我受够了。我赚钱是为了我们俩,但我得到的全部回报却只有一个女儿像哈比[①]一样对着我尖叫。”

“放开我!你的所作所为要遭报应的!我要向当局举报你!”

他的两眼睁得溜圆,他松开了她的手腕。她差点儿摔倒,但稳住了身体,靠在椅子背上。

“别像个疯子一样说话,你不会举报自己的父亲的。”

“走着瞧。”

①哈比,希腊神话里一种脸及身躯似女人,而翼、尾、爪似鸟的怪物,残忍贪婪。

少校的表情好像转换得很快，一会儿担忧，一会儿生气，一会儿又变成担忧，似乎无法判断她的决心。最后，他做出了判断。

“不，汉娜，你不会的。如果你喜欢那个叛贼，那我很抱歉，但我不知道这事儿啊。天涯何处无芳草。去睡觉吧，哭一哭，就会睡着了。明天你会感觉好一些。我们又多了一千五百美元。我得找点吃的。”

汉娜锁上了自己房间的门。她穿好衣服，把斗篷披在肩上，打开窗户，顶着大风爬了出去。

她点亮了一盏灯笼，将轻便的马车套到母马身上。马不太情愿在漆黑一片、狂风肆虐的夜晚出门。不可避免地，少校听到了母马的嘶鸣。他咚咚咚地跑到走廊上，只见她驾着马车，疾驶而去。

少校脱得只剩下马裤，他的一只手里握着一个杜松子酒瓶。“你要去哪里？汉娜，回来。我们谈谈。”

她狠狠地抽打着母马，任凭她的父亲站在风中，一个可怜的、半裸的男人，她对他已经感觉不到一丝丝的情感。

因为要与在弗吉尼亚的军队经常用电报联系，陆军部的灯整夜都亮着。值班的哨兵拒绝让她进去，说贝克上校要六点半或七点才会到。在她的恳求下，哨兵的态度软化了下来，让她走进了接待大厅，并警告她不要离开那里。她坐在其中一张长凳上，两眼怔怔地望着前方。楼上，电报接收器发出咔嗒咔嗒的声音，宛如骨头格格作响。

贝克派了两名特工陪着她回家，一个名叫桑德斯特罗姆，另一个名叫普赖斯。他们的样子就像是饱经风霜、无所顾忌的人。

“这个时候他可能已经走了。”他们驶上第七大街时，汉娜说道，“我不知道他是否会在上班的时候把这事儿吹牛吹出去。他有时很有胆量，他认为我没有这种胆量。”

普赖斯说：“我们会处理的。”

来到走廊上，汉娜站在一边，普赖斯从外套下的枪套里掏出一支枪。他小心翼翼地慢慢把门打开。“待在这儿，小姐。”他示意另一个侦探跟着他。

三分钟后，普赖斯摇着头走了出来。“不在那里，床铺恢复原状了，炉子上的咖啡壶还是热的。”他的目光移过她身边。“谷仓。”

“还有厕所。”桑德斯特罗姆说。

邻居家的一只母鸡跑过院子，在地上啄食，他们悄悄地朝谷仓摸去。普赖斯正伸手抓住谷仓的门，想把它打开，突然桑德斯特罗姆说道：“他在那儿。”少校从厕所里出来了，两条背带垂落在屁股上，手里拿着一张报纸。

“西格尔，你被捕了。”普赖斯大声说道。少校在门廊的蓝色阴影中发现了汉娜。她本以为他会大发雷霆，却惊讶地看到他的目光竟然无动于衷。他扔下报纸，奔向满是车辙的街道。

桑德斯特罗姆三步就把他抓住了。侦探把一个用绳子拴着的鼓鼓囊囊的皮包甩了出去，重重地砸在少校的后脑勺上。少校双膝跪下，头皮上流血。桑德斯特罗姆再次揍他，实属没有必要。普赖斯一把抓住他的胳膊。

“行了，给他戴上手铐。”

少校侧身躺在地上，呜呜咽咽地说：“我得穿戴整齐啊。”

桑德斯特罗姆冷笑道：“是啊，为了去老国会大厦，你是得把自己打扮得漂漂亮亮的。快起来。”

少校摇摇晃晃地从汉娜身边走过，看也不看她一眼。她坐在门廊的摇椅上，那些阳光明媚的下午，弗雷德里克曾经在这把摇椅上摇啊摇。她盯着自己的双手，直到侦探们带着她父亲从房子里出来。他穿着他最好的棕色西装和格子背心，看上去神清气爽，整洁漂亮。他头上临时缠了个绷带，给他平添了几分海盗的样子。一条短短的链条悬垂在他手腕上的铁手铐之间。

普赖斯说：“我觉得你最好不要跟我们一起去了，西格尔小姐。”

“好的。”

桑德斯特罗姆推了一下少校。“等等，我得说几句话。”桑德斯特罗姆刚要反对，普赖斯便用眼神阻止了他。少校面对着他女儿，昂首挺胸，两眼闪现出骄傲的光芒，尽管处境如此尴尬。

“我从来都没有想过你会这么做，绝对想不到，我看错你了。多年来，我一直以为，你只是一个丫头片子。跟其他所有的丫头片子一样，柔弱，懦弱。我犯了个错误，一个严重的错误。”他的脸上露出怪异的、几乎是忧郁的微笑。

“我总归是培养了一名战士。”

桑德斯特罗姆说：“走。”

汉娜听到了轻便马车离去的声音，但没有去看。辘辘的马车声渐渐消失在了邻家孩子蹦蹦跳跳沿着大路上学去的叽叽喳喳声中。那只母鸡回到泥地上啄食了。汉娜把双手举到脸上，大声哭了出来，那是一声长长的、疲惫不堪的哀号，饱含着痛苦和挫折。

第六十九章　1865年4月

联邦胜利了！

* * *

感谢赐予胜利的上帝！

* * *

挂出你的横幅吧！

* * *

叛军的武器、大炮和财产全部被收缴。

官兵被假释并获准回家。

陆军部，华盛顿

1865年4月9日下午9点

本部已收到正式报告，

今天，在阿波马托克斯县城，

按照格兰特将军提出的条件，

李将军及其军队向格兰特中将投降。

细节将尽快公布。

陆军部部长

埃德温·麦·斯坦顿

玛格丽特是在第二天早上，也就是4月10日得知了南部邦联投降的消息。黎明时分，总统公园附近的炮兵部队鸣响了礼炮。噪声把她吵醒了。她坐起身来，拨开前额上的头发。她的眼睛盯着床头对面的两扇大窗户，玻璃都被震碎了。

所以一切都结束了。3月下旬，她和朗在一起的最后那个夜晚，他就说不会太久了。当时他被派去保护总统，后者准备乘坐“女王河”号轮船前往锡蒂波因特与还在战区的格兰特将军商量事情。林肯带上了他的妻子，还有他的儿子泰德。

她望着破损的窗户，既失望又宽慰。她开始相信，南方事业的命运很可能在卡罗来纳州那些好斗之士庆祝萨姆特要塞陷落的时候就已经注定了。在过去的几个月里，反思摧毁了原先她对南方及其特有制度的不加思考的忠诚。正是这种制度导致了南方的脱离，以及随之而来的一切流血冲突。

隆隆的炮声一整天都在宣告着胜利。教堂缓慢而有节奏地敲响着钟声。报童大声呼喊着，说政府将再次在公共建筑上点亮巨大的灯饰进行庆祝。

就在上周，当彼得斯堡和里士满被攻陷，杰夫·戴维斯逃离时，类似的爱国主义狂欢也点燃了整个城市。然后，解放了的黑人在亚历山德里亚那座古老的李氏庄园的草坪上翩翩起舞。共和党人在专利局的台阶上举行集会。演讲者痛斥南部邦联的领导人，痛斥他们中许多人曾在那里接受过教育的西点军校。华盛顿哥伦比亚特区的一名最高法院法官要求，“那些享受公费吃穿和受教育的人必须先上绞刑架”。副总统约翰逊，虽然性情暴躁，但相对冷静，他痛斥逃亡的戴维斯，直到人们高声大叫：“绞死他，绞死他！”玛格丽特在《星报》上看到过有关报道，有一种不祥的预感。现在，继续倡导宽恕精神的林肯，在自己党内激进派中的敌人几乎和他在里士满曾经有过的敌人一样多。

南部邦联人在他们放弃里士满之前放火烧毁了它。玛格丽特不知道西塞罗是否幸免于首都末日的毁灭，她希望他安然无恙，能恢复理智。也许在牧师或医生的帮助下，他能摆脱仇恨的泥沼。尽管她认为不太可能，但是她还是怀抱希望。

整个星期一和星期二，挂着国旗和爱国旗帜的马车络绎不绝地驶过她的那幢排屋，参加庆典的人们挥舞着葡萄酒和香槟酒瓶，大声欢呼着。黑人聚集在广场另一边西沃德国务卿住所的外面，他们用圣歌和《自由的战斗呐喊》对着房子唱响小夜曲。一场马车事故摔断了西沃德的胳膊并撞碎了他的下巴，他仍在康复中。

林肯星期日从锡蒂波因特和里士满回来了，但朗没有任何消息。她猜测他的职责太重大了。他走之前说过，只要一有可能他就会到她这儿来的，但是如果他在城里，她需要他，她可以给一个叫梅普斯的人留个信，他是国家宾馆酒吧的吧台服务员。“叫人送去，如果很紧急，你就自己拿去。不要介意那里从来没有见过身份体面的女人。”他带着讥讽的微笑说。也为了他的缘故，她希望战争尽快结束。朗最近的眼神很奇怪，几乎像死人一样，他走路、说话的样子就像一个身心俱疲的人。他的衣服穿在身上变得十分肥大松垮，他吃得很少。

南方投降之后，联邦士兵从码头上和桥上蜂拥而来，人们立即向他们敬上美酒，献上月桂枝叶编成的花环和鲜花，城里的女士们满怀感激地拥抱和亲吻他们。玛格丽特星期三出门，推推搡搡地穿过一群群退伍老兵。奇怪的是，许多南军士兵也在街上闲逛，没有受到骚扰。在宾夕法尼亚大道，一支由四个穿着叛军灰色军装、像行走的尸体一样的人组成的乐队用鼓点和喇叭演奏着《迪克西》。听众们吹着口哨鼓着掌，而且，当演奏结束时，他们恳求乐队再演奏一遍。

星期三的《星报》报道，格兰特将军将于星期二前来与总统协商有关事项。星期四下午，玛格丽特逛完商店，买了些食品杂货，步行回到富兰克林广场。从半个街区外，她看见一个壮硕的联邦军士兵在那幢排屋的门廊上看书。那人的蓝色军上衣和军裤弄脏了，沾满了泥巴。她急忙向他走去，准备打发他走开。

他听见她来了，从那本烫金的皮面小书本上抬起头来。他左手拿着《新约》。在他的拇指和破烂的袖口之间，露出了已经封口的刀伤，一条肿痛发炎的红红的疤痕。

他慌忙站起身来，有点阿谀逢迎般地摘下他那顶法式军帽。他的脸色苍白得像张米纸，他的眼睛在小小的圆眼镜后面露出奇怪的黄褐色。要不是那双眼睛，他实在很像一个教堂司事或乡村律师。

“麦基夫人？我们一直在等你。”

“对不起。”

他飞快地环顾了一下大街，然后低声说道：“我叫克里奇，亨博尔特·克里奇。你想见的一位先生在里面等着，他派我在放哨。”

她既困惑又惊慌，爬上了他前面的台阶。“请把这个拿一下。”她把那只杂货店的袋子交给他，袋子里面装着萝卜、四季豆和用棕色包装纸包着的一小块烤肉。

“乐意效劳。”他用一种令她毛骨悚然的目光扫视着她的身子，“不需要用钥匙，夫人，门开着。”

楼下的门厅里弥漫着一股紧闭房间的气味，还有灰尘和浓浓的雪茄味，雪茄的烟雾从客厅里冒出来。在她跨进拱门之前，她已经知道是谁在等着她了。

“西塞罗。”

他穿着肮脏的蓝色军装坐在她最好的沙发上。不知怎么的，他那只跛的左脚硬是穿上了一只靴子，搁在一张上面有刺绣的脚凳上，靴子的底松了，跟也破了。干泥屑乱七八糟地散落在精致的刺绣上。他的两排牙齿中间斜斜地叼着一根长长的雪茄，看上去十分自在。“亲爱的妹妹，你好。”

她竭力想装出一个微笑：“你当真是在我的房子里进出自如啊。”

“但你在这里装了新锁。不过，和往常一样，我来的时候装备齐全。”他把钥匙圈弄得叮当作响。

“我没想到你会来。”她说，竭力掩饰自己的不安。

他用雪茄烟做了个手势，在空中留下了一条窗花格式的烟痕。“你已经见过我的中尉克里奇先生了。克里奇，这是我妹妹，玛格丽特。”

“是的，长官，我们在外面愉快地交谈过了。”

“我们需要一个安全的地方来办件事情，玛格丽特。一般情况下我们不会来打扰你，但我们的固定聚会地点，位于H大街的一个家庭旅馆，没法用了。可怜的女房东被南方的投降搞得悲痛欲绝，把她的房客全都赶了出去，然后把自己锁在里面进行哀悼。”

“你是怎么想办法进到这个城市来的？”

“这绝对没有什么困难。可惜的是，信号部已经不在里士满运作了，但它还保留着一个仓库，里面存放着从死去的北方佬俘虏身上剥下来的军装。我和克里奇在这里受到了欢迎，就像战胜敌人的英雄一样。我们不会打扰你太久的，不过今天晚些时候我们可能还需要用一下这幢房子。”

“我怎么能拒绝我自己的哥哥呢?”她说，尽管她很想这么做。“你们俩有谁想要洗一洗吗？你们饿了吗?”

克里奇振奋了一下，但西塞罗替他们俩做了回答：“不用了。别拘束，克里奇。我要和我妹妹单独谈谈。”西塞罗抓住玛格丽特的胳膊肘，用力的程度非同一般，他几乎是狠着劲把她推到了通向厨房的有霉味儿的长长过道里。

她生气地挣脱身子：“我不明白你为什么还要回到华盛顿来，但我希望这跟你在里士满所干的工作没有关系。战争结束了。”

“对我来说没有结束。”

“你到底是在——?”

“行行好，别问问题了，别把自己绕进去。”她想起了他以前发出过的赤裸裸的威胁，任何人都可以被牺牲。

“我们在万不得已的时候才会用你的房子，然后我们就会消失。要是事后有什么人来查问，就说我们从没来过这里。你什么也没看见，什么也没听见。”他用疤痕累累的那只手的食指轻轻抚摸着她的手腕，一种使她不寒而栗的抚摸。“我还有最后一个任务要完成。”

“为了戴维斯?”

“胆小如鼠的戴维斯先生在里士满被点燃的时候就打包裹滚蛋了。这项任务是我自己的。”他停顿了一下，“暴君将受到惩罚。”

“暴君?”她重复了一遍，她愁的是自己太了解他了。

“我想我得洗洗手。如果你能给我们沏点茶，那就太好了。我们走了很长的路，而且坦白说，我已经被老百姓的过分奉承弄得筋疲力尽了。”他的嘴抽动了一下，极其勉强地想挤出个微笑来。

“我去沏茶。我必须说我不喜欢你的同伴。”

“克里奇？他可是个优秀的战士，一名信基督的绅士。我不敢肯定我们俩谁更恨林肯呢。”

他轻轻地拍了拍她，好像她还是一个性格倔强的小孩子。“去沏茶吧，然后我们就会躲起来。一个小时之内还会有一位客人来，我会接待他的。我觉得你最好待在楼上，事实上你必须这样做。”

她转过身，局促不安地朝厨房走去。

十分钟之后，她端着一个托盘来到客厅。克里奇从他的书上抬起头来，有点讨好地微笑着。她想到了朗，希望他能突然走进门来，接着她明白，这将是灾难性的。他也许会攻击西塞罗，将他撕成碎片。

“衷心感谢。”西塞罗说，他在窗口望着广场。“等这场战役结束后我会更从容地来拜访你。”战役，中尉，任务。他是不是自以为是个军人，要像乔·约翰斯顿将军那样在北卡罗来纳继续战斗下去？

楼上，暮色昏沉，越来越暗，她坐在那里，手里拿着朗送给她的一本书，T.福勒·海恩斯的《财富与健康的新黄金国》，颂扬加利福尼亚州的书页如同是用俄语印刷的一样。她的眼睛模糊，手掌出汗，她听着卧室里时钟的每一个嘀嗒声。

楼下大厅里传来响声，表明客人来了，这时，广场四周的灯也都亮了。她蹑手蹑脚地走到楼梯口，从楼梯端柱那儿伸长脖子朝下看。

西塞罗一瘸一拐地走到大厅里去接待来访的客人。他和一位衣着讲究的绅士握了握手，然后示意他到客厅里去。客人一把摘下他的宽边帽子，玛格丽特认出了这头黑发和这位演员的外形，布思。两人消失了。客厅的门关上了。

她透过破碎的窗玻璃，凝视着宛如喷泉般飞溅在天空的蓝色和红色的烟花。爆竹声声，彩光熠熠，闪烁在她憔悴的脸上。一个小时之后，她看到了下面街上的三个男人。其中两个身穿蓝色军装的人和布思握了握手，然后朝相反的方向走了。她数到二十，便急匆匆地走下楼去。

银茶壶空了，泥巴弄脏了精美的地毯，雪茄的浓烈气味久久不散。“西塞罗，别干这事儿了。战争结束了。”

她看见了他那锃光瓦亮的秃头，她看见了他那古怪忧伤的眼睛，她看见了他那残破不全的身躯。她还听见了他说的话：“对我来说没有结束。”

她知道她该怎么做，她祈祷事后上帝会原谅她。

第七十章　1865年4月

朗说道:“难以置信,没有别的词可以形容。”他弓着身子坐在国家宾馆的酒吧里,麻木在那些他无法分享的喧闹欢乐之中。

第四杯威士忌放在他的面前,捧在他的双手中间。深浓的琥珀色中,整个街区只剩下几堵没有窗户的墙。捡破烂的有白人也有黑人,他们在残垣断壁堆中穿行拾荒,或者仅仅是在那里徘徊闲逛,他们也感到目瞪口呆,不敢相信自己的眼睛。

“里士满。”桑德斯特罗姆说道。

“该死的反叛分子烧了他们自己的房子。据说是市长下的命令,目的是销毁政府记录。他们要花好几年才能重建被烧毁的地区,用一百年的时间才能抚平伤痕。”

“但是战争已经结束了,这才是重要的事情。”

宾夕法尼亚大道上,又有一支游行队伍响亮的铜管乐声和鼓点声证明了这一点。烟雾缭绕的酒吧里,所有的叫嚷声、说笑声和热情友好的动作也证明了这一点。但是,朗看到并闻到了弗吉尼亚州乡村的情景和味道,那绵延数英里的道路、山丘和田野,全部都被炮火炸毁了。那腐烂的尸体和死马,埋在泥土里,几英寸深的泥土如何挡得住这熏天的恶臭。那些被烧焦的树木,如同发黑的手,伸向春天的苍穹。

“我不知道那些经历过的人怎么能说结束就结束啊,尤金。对我来说,这永远不会结束。”朗一口吞下威士忌。

“今晚剩下的时间你打算干什么?”

朗凝视着酒吧后面的镜子里那个眼睛凹陷的模样，他有好几个月没有理发了，他需要换件衬衣。他那套黑色外套上的褶皱已经很深，他不知道熨斗还能不能将它们熨平，肩部的装饰把他外套的左边弄得鼓鼓囊囊。谦谦君子朗已经死了。

“再喝一杯，我就做决定。”

“我们已经喝了四杯了，我都快要倒下了。”

“抓住吧台。”朗朝他的朋友梅普斯打了一个响指，示意他的酒杯空了。

“现在几点了？”桑德斯特罗姆问道。

朗从马甲口袋里掏出一只胖乎乎的镀金怀表。他用拇指的指甲轻轻一弹，表盘就露了出来。“九点十分。”

“这表链长得足以勒死一头牛了。新的？”

他举着手表，以便让桑德斯特罗姆能看清刻在表壳里的精美文字。

感谢

你的服务。

亚·林

1865年

“总统给了我一只，给了比尔·克鲁克一只，以感谢我们在锡蒂波因特的旅程中保护了他的安全。他说这是他妻子的主意，但我怀疑不是。这些天，她盯着人看，就像这些人是玻璃做的一样。我估计她随时都有可能精神失常。”朗关上盖子，把怀表和链子塞回口袋里。

“我要去看看玛格丽特，回来之后我一直没有去看过她。贝克把我们弄得太忙了。”

酒馆的喧闹声突然降了下来，沉静像海浪滚滚而来般在酒吧里弥漫开来。“我觉得你不用去找她了。”桑德斯特罗姆说道。

朗把小酒杯放到嘴边，瞥了一眼镜子。玛格丽特的脸出现在他身后，她是房间里唯一的女性，显然很紧张。

“你说过如果有急事我可以到这儿留言，我没想到你会在这里。”

“贝克今晚放了我们假，我打算一喝完酒就去敲你的门呢。”

她数得清他面前的空杯子：“请跟我出去一下。”

她刺耳的声音驱散了他脑海中的一些迷雾。他把几张纸币塞给桑德斯特罗姆，紧紧抓住她的胳膊，领着她穿过人群，朝街上走去。趴在吧台上和坐在桌子边的那些男人笑得十分狡黠。朗恶狠狠的表情吓得他们都不敢发表议论。

在宾夕法尼亚大道上，一阵狂风扬起尘土，撞击着他们。“怎么了，玛格丽特？你看上去心神不宁。”

“是的。我哥哥和一个叫克里奇的人早些时候来过我家。朗，他们在策划暴力行动，我认为是针对林肯的。”

他醒了，就好像梅普斯给他端来冷水把他浇醒了一样：“现在？南部邦联投降了呀。”

“西塞罗说这事跟戴维斯无关，他声称这是他的计划。你知道，作为男人，他从来都不是最冷静稳重的。”

“我在里士满认识克里奇，他是一个暴徒。他和你哥哥是怎么进城的？”

“打扮成联邦士兵的样子，他们还见了另一个人。”

“谁？”

“约翰·威尔克斯·布思，那个演员。”

“在什么地方？”

“富兰克林广场，他们半小时前还在那儿，西塞罗说他们今天深夜还要再会面。他们通常聚会的那个家庭旅馆因为老板娘对南方投降感到悲伤而关闭了。”

“那么我们去富兰克林广场。”

“我有马车，一个小男孩在拐角处帮我看着马车。”两分钟之后，朗驾着那辆像钢琴箱一样的小马车，朝着那幢排屋疾驶而去。

富兰克林广场上，黑人又在对着西沃德的住所唱小夜曲。玛格丽特的手指紧紧抓着朗的胳膊。“驶过去，不要停车。我离家时把灯都熄了。”入口处上方的气窗透出灯光。他抖了抖缰绳，他们飞快地继续向前驶去。

“绕到小巷里去，我没闩上后门。”

“我不想让你跟我一起进去。”

“哦，我要进去。”她说，声音里有一种奇怪的哽咽，“我也许能让西塞罗冷静下来，好让你逮捕他。”

马车拐进了小巷。“你确定你能让我这么做吗？”

“是的。他做的事情不对，但他是个病人。”

他们来到一道木板栅栏的尽头。她说：“就是这里。”他跳下马车，把缰绳缠绕在鞭柄上，伸出双手帮她下车。她扑到他身上，倚靠了一会儿，他抚摸着她的头发。

“镇静。一切都会好的。”他说这话时自己都不能确定他是否说得对。

他们蹑手蹑脚地穿过小花园，花园里有一个装饰性的喷泉映照着朦胧的月光。朗解开外套的纽扣，把肩带向前拉了一下，他把左轮手枪从皮枪套里拔了出来。后门的台阶吱嘎作响，他希望窗户不要开着。

“准备进去。”他用一只手抓住门把手。他转动门把手，推门。上过油的门没有发出任何声响就打开了。

借着一条走廊远端散射过来的灯光，他可以看到厨房的工作台和砧板。他听到他们在交谈。“他们又在客厅里了。”她轻声说道。他扳起左轮手枪的击铁。

“待在我身后。”

“嗯，好的。”

他离开厨房，轻轻地踩着地板，小心翼翼地试探着每一块地板。等到他把背紧贴在客厅门口的墙上时，时间仿佛过去了几百年。他分辨出了那些声音，并竭力压抑着这些声音所引发的怒火。

“那些哭哭啼啼的胆小鬼失去了勇气。”西塞罗·米勒正在说话，“我们已经减少到只有三个人了，再加上约翰尼。但他们都是优秀分子，佩因和赫罗尔德会处理掉西沃德。”

“在他的屋里。”

“是的，就在路对面。应该很容易，他还卧床不起。阿兹罗特将强行闯入约翰逊住的酒店房间去解决他。布思将很荣幸并且也很乐意去刺杀暴君和格兰特将军。”

“格兰特夫妇明晚肯定会去福特剧院看演出吗?”

“各大报纸都宣布了这件事。正如你所料,林肯喜欢廉价的喜剧。之后我会送布思出城。佩因和戴维·赫罗尔德会骑马去萨拉茨维尔,跟阿兹罗特会合,然后去烟草港。我倒是真的不怕逃不掉,陆军部的电报员会延迟发出警告。守卫城市桥梁的某些士兵会睁一只眼闭一只眼,某些巡逻人员会走错路。在华盛顿有朋友就是好。”

“有北方佬想要他死,这到底是不是真的?”

“我不敢十分保证,赫米,但我们是这样听说的,通过一长串复杂的线人了解到的情况。我们可能没有同谋关系,但我们应该有某种程度的默契。”

朗一个姿势站久了就手脚发僵,他便把重心移到了左脚上。他脚后跟下面的木板一下吱嘎吱嘎响了起来。客厅里有什么东西哗啦哗啦地翻倒了。“见鬼,是什么东西?”

朗大步跨进门口:“先生们,你们被捕了。”

米勒眨巴着眼睛。“啊,我们的老朋友普赖斯间谍。”他说道,神情镇定自若,令人惊讶。“或者叫罗杰斯吧?你还有多少个名字?”朗恨不得一枪崩了他,也恨不得一枪崩了那个坐在那里、双手抓着椅子扶手、脸色苍白的克里奇。克里奇嗤之以鼻。

“‘他满口是咒骂、诡诈、欺压,舌底是毒害、奸恶。’”

“闭嘴,你这个亵渎神灵的混蛋。还记得下一句吗?‘他在村庄埋伏等候,他在隐秘处杀害无辜之人。’它描写的当然就是你们这两个豺狼。”

朗的身后,玛格丽特的裙子沙沙作响。西塞罗看见了她,对朗说道:“我正在想你是怎么知道的,我早该看出她的弱点。”西塞罗对玛格丽特喊道:“你和他上床了吗?这就是你出卖我们的原因吗?”

“哦,西塞罗,你怎么了?”她轻轻地溜过朗的身边,伸出一只颤抖的手,“让我们帮助你吧。”

朗的大声警告来得太晚了。米勒突然一个箭步,朝她冲了过去。他抓住她的手腕,把她甩到自己面前,他的另一只胳膊钩住她的腰:“来吧,开枪杀了她。”他一脸狰狞地疯狂喊叫着。

朗感觉到他右边有动静，立刻转过身去。克里奇将一张凳子朝他的头扔了过来。他立刻躲闪，不巧一只脚踩到了一块小地毯上滑向一边，使他失去了平衡。克里奇伸双手来抢左轮手枪。朗的手指一勾，子弹穿过镶着框的彩色石印画里那个大山的湖，钻进墙里。克里奇夺过手枪，抡起胳膊，用枪管狠狠地打了朗两下。玛格丽特大声喊叫起来。

朗踉跄着往地上倒去。他伸出双手往下一挡，缓冲了一下，然后扑通一声仰面倒在地上，并挣扎着想站起来。只见克里奇的眼镜一闪，他把脚往后一缩，狠狠踢向前去，踢中了朗的下巴。朗的头撞到了木地板上，他两眼金星直冒，紧接着黑暗迅速闭合并吞噬了一切。

有火焰闪烁，起初很微弱。他闻到弥漫在地下室里的那种发霉的潮湿气味。他的脸颊贴在泥地上。

他的视力恢复了，他可以看到玛格丽特就站在他的右边。火焰在克里奇拿着的一盏灯的玻璃灯罩里跳动，他的另一只手里握着一支很长的蓝色科尔特手枪。米勒站在最低的那级台阶上，像个小妖怪一样咧着嘴笑。

“再次问候晚上好，普赖斯，或者罗杰斯。克里奇先生在你打盹的时候把你挪到了新住处。地窖里没有窗户，除了这段楼梯外没有其他出口。克里奇先生会忠实地守着这段楼梯，直到明天晚上我们完成任务。约翰逊死，西沃德死，屠夫格兰特和他的暴君恺撒以及他们的女人一起死。我会牵着马在福特剧院后面等着，然后我们平安无事地溜之大吉。你这辈子余下的时间一直都会记着这事儿，你什么也干不了，只能干瞪眼。”

“米勒，如果你杀了人，地球上就没有安全的地方了。你可以爬上世界最偏远的高山，但这没有用，你会被追捕，直到你被抓获。”

西塞罗用一只手的手指敲着另一只手的手掌，发出毫无生气的干巴巴的掌声。“非常漂亮的演讲，不过徒劳无用。联邦也许赢得了几场战斗，但我将赢得战争。从现在到明天，好好想想这事儿吧，你这个主张人人平等的狗屎。”

他吐了一口唾沫，唾沫正好落在朗的一只眼睛里。克里奇哈哈大笑起来，朗挣扎着想坐起身来，玛格丽特阻止了他。

克里奇把灯放在一个装钉子的小桶上。他退到一边,让米勒走在他前面上楼梯。米勒一边拖着脚,一边吹着口哨。沉重的门关上了,门闩锁得死死的。朗伸出手去摸玛格丽特的手,她的手像大理石一样冰冷。

第七十一章　1865年4月

灯芯烧成了蓝色，发出噼啪的声响。朗的怀表显示现在是凌晨两点十分。他砰砰地敲着楼梯口的门。

"克里奇！"

足足用了五分钟才唤醒了他们的看守。终于，有沉重的脚步声沿着走道传来。

"我们的灯需要添油了。"

"我不会开门的。"

朗咒骂着，一屁股坐倒在地下室硬邦邦的泥地上，玛格丽特可怜兮兮地坐在一个旧箱子上。她脸上所有的脂粉和化妆品已经消失殆尽，只剩下苍白的素颜。

"我们怎么办呢，朗？"

"我不知道。"这个问题他问了自己好几个小时，他们一起看着灯芯噼里啪啦地走向黑暗。

光亮一消失，他的时间感就扭曲了。他靠着一排架子坐着，玛格丽特在他身边，依偎在他的臂弯里。他默默地盘算着各种计划，每一个他都否定了。克里奇是个禽兽，但他不笨。

他猜现在一定是早晨了。他听到一阵什么东西奔跑的声音，玛格丽特赶紧扑向他。"这里有老鼠，我觉得有一只在我腿上。"

他急忙爬起身来，像个西班牙舞蹈家一样跺着脚，直到有什么东西在他脚后跟下吱吱尖叫。他仔细听了一下。

“我好像把它踩死了。”

黑暗中，只有玛格丽特刺耳的呼吸声。

过了一会儿，他再次爬上楼梯，再次擂响了门。他大声呼叫着，直到克里奇回来。

“干什么？”

“女士内急，我们下面没有如厕之地。”

“用桶，地上也可以。她没有必要再扮那种端庄了。”

“克里奇，你个该死的，讲点礼貌，对——”

“让她尿在地上。”

“该死的混蛋！”朗猛烈地撞击着门，撞得门都摇晃起来。

他们被关在这地下室，经受着与世隔绝的恐惧煎熬。他们明知道那些疯子准备在柯克伍德大厦袭击安德鲁·约翰逊、在威廉·西沃德的住所袭击他本人、在福特剧院晚上演出《我们的美国堂兄》时袭击林肯夫妇和格兰特夫妇，却无可奈何，心急如焚。

“你哥哥可能得到了我们政府某些人的帮助。”朗说道，“帮助他脱身，至少。”

“这怎么可能？怎么可能有人在战争结束之后变成叛徒啊？”

“仇恨根深蒂固，玛格丽特。我听到关于斯坦顿的传言很久了。我不太相信有什么阴谋，但你哥哥为什么要编造一个阴谋呢？”

沉默。从楼梯那边传来微弱的吱吱声。他站起身来，等待着，浑身紧张。

老鼠没有过来。十分钟后，朗坐了下来，困得令人难以置信。在他的脑海里，有一只时钟在嘀嗒作响。

他们无论如何得离开这里。

玛格丽特先睡着了，她的头斜靠在他的一个肩膀上。他坐着一动也不敢动，生怕把她弄醒。他一遍又一遍地策划着方案，全都有瑕疵。他没有武器，嗯，可能有一件，但是跟手枪没法比。更糟糕的是，他根本没有办法引诱克里奇开门。

他的头因为饥饿，也因为他受到的毒打而疼痛不已。一只脚已经麻木了。他竭力忍着不打哈欠，感觉自己在漂移。他想象着有一只沙漏，沙子在外流，鲜红色的沙子像是从伤口里流出来的鲜血的颜色。

这画面占满了他的脑子，他睡着了。

他在惊恐中醒来，也许已经过去了一个小时，或者一整天了。他在黑暗中眨着眼睛，竭力想驱走睡意。

他小心翼翼地从玛格丽特身边脱出来，她轻轻地打着呼噜。他来到地窖的另一边，把睡着时胀满膀胱的尿撒了个痛快。

他摆着撒尿的姿势站在那里，心中充满了挫败感。

他屏住了呼吸。

他回到玛格丽特身边，轻轻推了推她的肩膀："醒醒。"

她咕哝着从睡梦中醒来，看到了他胡子拉碴的脸，抚摸着它："怎么了？"

"我想要你充当一下演员，我看到克里奇在楼上看你的眼神。你听到他骂你的坏话了，好吧，你就假装成他认为的那种人。我想他会喜欢的，极端的伪君子。"

他在她身边蹲下来："这就是我们要做的。"

"克里奇先生？"

"你想要什么，娘们？"克里奇的声音有点沉重，也有点疲惫。这也许会让他的反应变慢，朗侧身蜷缩着躺在楼梯脚下。

"我想把自己洗洗干净，那个侦探睡着了。你有手枪，我伤害不了你。开开门吧，让我到厕所里待五分钟，求你了。"

她的声音低了下来，变得嘶哑，又带点讨好的味道。朗对她的表演差一点笑起来。她说："我昨晚看到你在看我。你说得对，我知道怎么取悦男人。可是我饿了，一盆水，一点吃的东西——厨房的彩色盒子里有个面包。给我五分钟，然后我会好好报答你的，克里奇先生。"

朗几乎不敢呼吸。

“如果我这么做了，发现你欺骗了我，我就一枪崩了你。”

“你不用这么做，我保证。”

又是一阵沉默。“好吧，等等。”

克里奇拖着沉重的脚步慢悠悠地走了，一会儿之后又回来了。“别站在门口。”朗的上牙咬进了下唇，直到尝到血的味道。他曾交代过玛格丽特，往下走三步，不要多走。

门闩一阵乱响，挡在他眼前的黑暗变亮了。玛格丽特说：“看，他在那儿。我跟你说过，他睡着了。”

“一级一级地走。”

“哦，谢谢，我太感激你了。”朗将一只眼睛睁开一条缝，看着她撩起裙子。克里奇提着他昨晚用的那盏灯和那把左轮手枪。玛格丽特走到顶端的楼梯踏板上，走到跟他近在咫尺的地方，说：“你能告诉我现在几点了吗？”

“快十点半了。”

“晚上了吗？”她的焦急几乎暴露了他们的计划。

“我放你出来不是为了回答问题的。把自己洗干净，然后我们去卧室。过来，我好把门关上。”

玛格丽特走进过道，克里奇伸手去够门把手。她的手飞快地抓住了他上衣的翻领，她使劲将他往旁边一拉，把他拉到了阶梯上。

他的手枪响了。当他滚下台阶时，那盏灯像一个抛物线从他手中飞了出去，滚进地下室。油灯的储油罐砸碎了，把一股油泼到了坚实的地面上。灯芯引燃了油，油便迸发出一道火苗。

克里奇仰面躺着，呼呼地喘着粗气。朗踩着克里奇的胳膊，把手枪夺了过来，正是他自己的那支五响手枪。克里奇拼命挣扎着想站起身来，他从上衣里面的刀鞘里拔出一把餐刀。他咬紧牙关，牙齿闪亮着冒泡的口水。他拿刀刺向朗，朗一个闪身躲开，朝克里奇的手腕开了一枪。一阵血雨，餐刀旋转着飞了开去。

朗用双膝跪在克里奇身上，他的头发垂落到了自己的眼睛里。克里奇用手去抓他，朗用手枪把他打了回去。他扔掉手枪，从马甲上拉出怀表和表链。他把长长的表链套在克里奇的脖子上。

克里奇两眼鼓凸，他又粗又短的手指连忙快速地伸向撕裂他皮肤的金属链条。在那之后，朗的记忆一片空白。

愤怒过去之后，他抬起头来，看到玛格丽特用双手紧紧捂着自己的嘴巴。一滴滴汗珠从朗的下巴上掉落下来，他的呼吸开始放缓。表链陷得太深，几乎看不见了，只能看到克里奇的脖子上有一条细细的血圈。朗感觉头晕目眩，恶心欲呕，便把表链松开了。克里奇死了。

他在自己撕破的裤子上擦干净了表链上的血迹。油的火焰在泥土中渐渐熄灭。他用指甲打开了他的手表盒，表面的石英玻璃显示出蛛网状的裂缝，指针停在了十点三十五分。

玛格丽特双膝跪下，张开双臂搂住他。“我们没事了，我们安全了。”她说，像摇孩子一样轻轻摇着他，安慰他。

几分钟后，当他恢复了常态，他们便跑到上层，来到富兰克林广场。

远处，有消防铃在响着。军队士兵和大都会警察局的警察拿着火把围住了西沃德那幢排屋的入口。朗和玛格丽特匆匆穿过已经被踏平的草地，来到武装人员的警戒线前。他向一名警官出示了他的警徽：“这里发生了什么？”

“一个人说他是来送西沃德先生的医生配的药，他带着一把刀进了西沃德先生的卧室，他刺中了一名男护士和国务院一个送信的人。那人还把小弗雷德·西沃德打得很惨，把他打昏了。”

“国务卿怎么样了？”

“他很机智，赶紧从床上滚下了地，正好砸在断了的胳膊上，但他没有受到攻击。”

“凶手被抓住了吗？”

“没有，他逃掉了，这不是最糟糕的。几分钟前，一名刺客在福特剧院开枪击中了林肯。格兰特没去那儿，他跟他妻子改变了计划，他们坐火车去了新泽西。”

“总统……？”

“受伤了，他们把他送到了剧院对面的一座房子里。那个演员布思开的枪，然后从包厢里跳到舞台上，从后门逃了出去。”

朗抓住玛格丽特的手，他们离开富兰克林广场，穿过人群聚集、骑兵疾驰的黑暗街道，向东走去。在第十大街，警察拿着洋槐木警棍在福特剧院的门前组成了人墙。人们推推搡搡，高喊着：“烧掉它。”

大街对面的房子属于一个叫彼得森的家庭。房子外面的人比剧院里的人安静些，尽管朗和玛格丽特在他们中间走动时，听到了一些毫无根据、矛盾重重且煞有介事、振振有词的传言。有人说整个内阁都被暗杀了，有人说格兰特夫妇在去新泽西州的火车上被谋杀了，还有人说总统早已经死了。不过，每个人都知道，副总统并没有受到攻击，也许那个被派去刺杀安德鲁·约翰逊的人临阵胆怯了。

朗遇到了一个他认识的记者，便向他询问有关情况。是的，很多观众和演员都认出是布思。“他把手枪扔在包厢的地板上，他跳到舞台上时用拉丁语喊了些什么。他被包厢里的彩旗钩住了一个马刺，重重地摔到了地上，可能摔断了腿，要是把他的脖子摔断就好了。”

一整夜，马车快速地把医生和总参谋部官员送到彼得森的住所。发疯般要焚烧福特剧院的普通民众逐渐散去。数百人聚集在寒冷的黑暗中，但很少有人说话，而且说话者也只是低声细语。朗和玛格丽特坐在剧院前的路边石上。天亮后，开始下雨。朗脱下自己的外套，披在她的头上。

他们又湿又冷，继续守夜。七点半，一位上校打开了彼得森家的门。所有的谈话戛然而止。雨冷彻骨髓，声若波涛奔腾。

“女士们、先生们，我很遗憾地告诉各位，刚刚七点二十二分，总统逝世了。”

玛格丽特哭了起来，痛哭的并不止她一个人。朗说：“我先送你回家，然后我得去报告，我得帮忙抓住那些干了这件事情的人。”

接林肯夫人的马车来了。她紧紧抓着两个军官，一边摇摇晃晃地走下台阶，一边痛哭着。城里某个教堂的钟声敲响了，其他教堂的钟声也随之响起，当，当——雄浑的钟声回荡在浩瀚苍穹。

“今天星期几？我都忘了。”朗问道，他们挤过默默无言的人群。玛格丽特倚在他的肩膀上，雨水和泪水交融在一起。

“星期六，15号。明天是复活节。”

他听着钟声，想起了马赛厄斯·普赖斯的复活节布道。“这么说，林肯也是在耶稣受难日殉难的。”但这一次，不会有复活。

第七十二章　1865年4月

从此以后，在朗的记忆里，那个复活节就是一个“黑色复活节”。政府大楼和办公大楼、剧院和音乐厅、富人宅邸和穷人陋室都垂挂着巨大的黑色饰物，妇女们都穿上了丧服。男人们的胳膊上佩戴着黑纱，或者衣领上别着黑丝带。

星期天，晴空万里，阳光灿烂，但这并不适合首都的气氛。贝克把他的人召集到陆军部。会议室里，烟雾弥漫，人们做着各种推测，斯坦顿部长在那里对他们发表了讲话。每个人的身上都装饰着黑色。

斯坦顿的那张哈巴狗脸带有一种奇怪的死灰色，他在侦探们面前踱来踱去，俨然拿破仑在他的部队面前一样。“我对已经发生的悲剧负有很大的责任，我反对总统去剧院看戏，但反对的力度不够，我没有说服他。现在，我不会善罢甘休，你们也不能善罢甘休，直到策划这起暴行的主谋被绳之以法。我们知道主要的凶手是谁。萨拉特家庭旅馆的一名房客，约翰·萨拉特的一个校友，名叫路易斯·韦克曼，昨天前来自首。他指认了萨拉特团伙，并证实布思经常与他们见面。我已经批准每人悬赏两万五千美元捉拿大卫·赫罗尔德和乔治·阿兹罗特，另外还悬赏五万美元捉拿布思。巴尔的摩警方会找到并逮捕两个叫阿诺德和奥劳克林的人。不过，我把所有这些人都称作爪牙和雇工，谋杀我们敬爱的总统的计划是由里士满的最高层策划并批准的。布思和他的同伙是由那个冷血小人操纵的，我指的是没有道德底线的杰斐逊·戴维斯。他将上绞架，他们都将上绞架。”

朗夹在桑德斯特罗姆和另一名侦探埃弗顿·康格之间，康格最近刚从哥伦比亚特区第一骑兵团来到这儿。西塞罗·米勒说这个计划纯粹是他自己的，斯坦顿知道吗？如果知道，那么他是故意把责任推到南部邦联的总统身上吗？

“贝克上校负责嫌犯的追捕工作。追捕将立即开始,所有案犯均推定有罪。不要对他们手软,先生们。他们丝毫也没有对我们被暗杀的领袖手软。”

朗说道:“用斧头。”

桑德斯特罗姆用斧头砍进位于俄亥俄大街的那家妓院的门。结果可想而知:女人的抗议声和尖叫声,与召唤忠实的信徒做礼拜的教堂钟声形成了奇怪的对比。

朗带头冲进楼下的门厅。“锁好后门,把女人们扔到马车上。埃拉·特纳呢?”他喊道,“埃拉·特纳在哪儿?”

那天晚上,布思的情妇和其他妓女被关在老国会大厦监狱里,她不知怎么弄到了氯仿并试图自杀。当他们第二天早上听说这件事的时候,桑德斯特罗姆说:“她自杀未遂,真是太糟糕了。”

由于抓捕嫌犯的工作正在进行中,贝克的手下根本就没有参与国葬的准备工作。星期一,那个愚蠢的刘易斯·佩因回到了萨拉特太太的家庭旅馆。守株待兔的侦探们把他逮了个正着,还有玛丽·萨拉特和她的女儿安娜也一同被捕。当时朗在第十大街忙碌。

“继续走,一直走到马车前面。”他用枪管捅着嫌犯约翰·福特。

“简直无礼至极。”剧院经理说。福特剧院的演员们,包括霍克先生、爱默生先生和基恩小姐,也大声地表示支持他的抗议。

“你很幸运我们没有一把火烧了这个地方。”朗说道,“尤金,等他们所有人都出来了,弄把挂锁把它锁上。”

吓得胆战心惊的演员、舞台工作人员和售票处收银员推推搡搡地挤上了警察的马车,他们被塞在马车里,就像鲱鱼被装进铁皮罐头一样。一个老头子恳求朗:

“先生,我叫白金汉,是个看门人,我只是在这儿挣点外快。我在海军造船厂做了很多年的木匠,我是忠诚的,问一下我的老板就知道。”

“上马车。”朗说。

星期二，亚伯拉罕·林肯安卧在白宫东厅的黑色灵柩车上接受公众瞻仰。华盛顿陆军部的最高指挥官额外增加了一万美元的奖金通缉布思，市议会又增加了两万美元。骑兵、华盛顿骑警和独立搜查人员急匆匆赶往马里兰州追捕仍然逍遥法外的共谋者。那天晚上，在花了两天时间把嫌疑人拘捕到老国会大厦监狱之后，朗来到了贝克的办公室。

"长官，我要求从华盛顿哥伦比亚特区这儿脱身出来，我想去追捕这伙罪犯。"

"都是那些奖金在诱惑你吗，普赖斯先生？"

"上校，我根本不在乎钱，我跟戴维斯及其同伙有一笔账要算。"尤其是其中的一个。朗没有把西塞罗·米勒的名字透露给任何人。每当他有冲动想要说出口的时候，他总是会及时地控制自己，因为米勒说华盛顿的高层人士牵涉其中。拉斐特·贝克离埃德温·斯坦顿仅有一步之遥。

"你是否对嫌犯的藏身之处有特别的线索？"

朗记得米勒提到过萨拉茨维尔和烟草港，他不喜欢撒谎，但是他没有说实话："没有，长官。"

"好吧，考虑到你在里士满所受的苦，我让你去。"

"谢谢，上校。"

"跟所有骑马前往马里兰州的我的部下一样，你要及时向我报告。这不是请求，这是命令。"

对此，贝克也许有不可告人的紧急原因，米勒可能掌握着答案。

4月19日，星期三，教堂的钟声和礼炮宣布葬礼将于中午在白宫举行，随后在宾夕法尼亚大道举行游行。朗骑马慢跑着越过波托马克河东支流的桥进入乔治王子县时，听到了隆隆的炮声。一小时前，他离开总部时贝克告诉他，那个同谋者德国人阿兹罗特在萨拉茨维尔的一个小村庄附近已经被抓获。

朗骑着马，经过了一大群一大群骑着马的士兵以及其他规模较小的武装平民。朗既没有停下来，也没有与他们交谈。下午三点左右，他到达了萨拉茨维尔。在那里，他发现有军队警戒哨守卫着萨拉特酒馆，门上还钉着一张用粗陋的字迹写的通知。

停业

美国政府命令

他把他那匹浑身是汗的马放在一棵刚开始长叶子的大橡树的树荫下休息。人们以为警察工作很浪漫，但他很久以前就从平克顿那里学到了，实际上大多是靠单调乏味的苦干得来的。他用饲料袋给马喂食，用饮水槽给马饮水，然后向南出发寻找米勒。

他骑着马进入通往农舍和小屋的小路，每次都出示他的警徽。“我跟您描述一下一个人，然后打听一下您有没有见过他。”

“杀害林肯的凶手之一？”农民或房主通常会这样问道。

“是的，如果您见过他，您会记得的。”

但没有人记得他。

他浑身灰头土脸，骑马骑得腰酸背痛，那天晚上，他在树林里宿营。他一边驱赶着咬人的小虫子，一边从鞍囊里拿出一块硬饼干吃，就着溪水把它咽了下去。整个星期四到星期五，他都一直在寻找米勒，他的靴子上沾满了泥巴和粪便，还被公鸡和猪猡追赶，但他没有找到米勒的任何线索。也许玛格丽特的哥哥早已经越过波托马克河去了弗吉尼亚州，也许带着布思，也许没带布思。

星期五晚上，他的挫败感越来越强烈，身心俱疲，濒临崩溃。他静下心来，将马拴在附近，头靠在马鞍上，开始休息。林肯的殡葬列车现在应该已经离开华盛顿了，载着总统的灵柩和他儿子威利的棺材，回到家乡去。威利的棺材是从墓地里挖掘出来的，随同林肯的灵柩一起被送回斯普林菲尔德去，旅途漫漫，天地同悲。朗多么希望他当时能在车站向他们表示最后的敬意啊。

星期六早晨，他骑着马来到烟草港。这个地方名副其实，有一股烟叶的味道。他找到一家酒馆，吃了煮熟的囫囵蛋和玉米粥，还喝了一品脱啤酒。他付账的时候，问起米勒。酒馆老板是个瘦弱的人，脸上马上明显地亮堂起来。

“哦,我见过他,他的马瘸了腿,他在富勒的马厩里重新买了一匹马。富勒无法理解,怎么会有这么古怪的人,腿瘸得很厉害,脖子和一只手上疤痕累累。就我自己而言,我不太喜欢他的长相,我觉得这人有点疯了。他在这里吃了晚饭,然后在富勒家过了夜。”

那个马厩的主人富勒说:“我卖了一匹枣红色的老马给他。他的衣服脏得一塌糊涂,好像他长时间在外面过夜。”

“他要去哪里?”

“他问去里弗赛德的最佳路线,那在小湾的西岸。”

“靠近弗吉尼亚?”

“很近,是的。”

“船夫还在那里工作吗?把人摆渡到反叛分子的领地上去?”

富勒立刻警惕起来,说:“我什么也不知道。”

朗已经上了马鞍,拨转马头出了马厩院子。

星期六傍晚,他骑着马来到里弗赛德,那里充其量只是河边的一个旅途停留点。一道硫黄色的日光伸展在小树林的上方。他经过黑人的棚屋,听到了一支口琴演奏《奥拉·李》的动人乐曲。他的后背疼了起来,他的大腿内侧也因为长时间骑马如同烧灼般疼痛。

他策马缓步驶过那些摇摇欲坠的凸式码头,那里停泊着小舢板、小划艇和捕虾小船。一位上了年纪的黑人男子坐在一个码头上修理捕蟹笼。朗重复了一遍他的描述。

“没有,我相信我没有见过这样的人,先生。”这人紧张的眼神出卖了他。

朗没有威胁他,相反,给了他一美元硬币。“这人是密谋杀害林肯的反叛分子之一。”

老人咬了一下硬币,然后塞进口袋里。“钱我收下了,因为我有九个孩子要养活,但是我告诉你实话,是因为林肯所做的事情是为了我们这些人好。沿着南岸走大约半英里路,见到一块圆圆的石头就拐到一条很小的沙路上,石头有这么大。”他举起双臂,画了一个两英尺长的弧线。

“沿河往下游走大约四分之一英里，你会看到我堂兄威尔夫的小屋。威尔夫是个黑白混血儿，对波托马克河了如指掌，就像了解自己的手一样。我今早把那个白人送去了威尔夫那里，这人好像脸色苍白，病恹恹的样子。他说他觉得不舒服。你说他是坏人？”

“他是个杀手。”朗说着，骑上马。“非常感谢。”他又扔给那个人一美元硬币，那是他最后一枚。“照顾好那些孩子。”

他在黑暗中错过了那块石头和沙路，当他意识到自己走过头了，便立马回头。他一直等到月亮升起，津津有味地吃完剩下的最后一块饼干。当白色的月光照耀着树林时，他毫不费力地找到了那条沙路。

他把马拴好，检查了他的迪恩亚当斯手枪，确保五个弹膛里都装有子弹。他把平顶帽挂在马鞍的鞍头上，然后向流水潺潺的河边走去。他闻到了烟囱里烟的味道。

当他在小道上转过一个弯时，小屋出现了，一扇没有玻璃的窗户里面透着灯光。他慢慢地走近，却没有在黑暗中看见拴着的马。马嘶鸣起来，小屋里有人扔下了一个金属器具。“那是什么？”米勒的声音。

“不知道，先生。这个偏远的角落不常有人来。”

“该死，我们本应该一小时前就过河的。”

“你说你想吃东西啊，先生。”

“不是这种猪食。”

朗蹲在窗台下，默默地数到三，然后跳起来，把左轮手枪对准屋里。玛格丽特的哥哥坐在那里，在一盏煤油灯的光亮下，汗流浃背。一个脸色黄得像冬南瓜的瘦长年轻人，一条胳膊搂着他黑得发亮的妻子站在那里。

“米勒，坐着别动，要不你死定了。”

米勒的脸上掠过一阵混乱的情绪，最后露出了一个奇怪的自鸣得意的微笑。他举起伤痕累累的左手。“我猜你抓住我了。”

朗的眼睛因疲劳而有点模糊不清。“两只手。”他说道，说时迟那时快，米勒抓起左轮手枪，把右手交叉在左手上，枪管喷出火焰，子弹在朗的耳边嗖地飞过。

米勒掀翻桌子，房主的妻子尖叫起来，米勒转身朝她腹部开了一枪。他一把抓起灯笼扔到地上，灯芯草散落在地板上，立刻燃烧成一片火焰。米勒冲出了朝向河边的门。

“哦，迪伊，哦，迪伊，他杀了你。”威尔夫呜咽着，试图把他奄奄一息的妻子从迅速蔓延的大火旁抱起来。朗跑过小屋的拐角，看见一个影子沿着月光照耀下的河岸朝一只小划船移动。米勒听到他追了上来，便开了两枪，两枪都没有打中。

米勒挣扎着爬进小划船，把系船索从铁桩上解开。朗扔下手枪，蹚进河水中。他纵身扑向船舷，拽住米勒的两个肩膀。两人一同往后跌倒，摔进河里。

米勒绝对不是羸弱之人，他们在水里挣扎时，他狠狠地踢着朗，然后用指甲猛抓他的脸。朗掐住米勒的喉咙，两个人淹没在水中。朗紧紧抓住他的猎物，让他窒息，想要停止他的呼吸，结束他的生命……

他想起了玛格丽特，他想起了米勒还有秘密。他喘着粗气，嘴里呸呸地吐着，把米勒从浅水里拖起来，把他转了个身，重重地打向他的下巴，米勒摔倒在河岸上。

“杀了我，一了百了。”

朗从额头上摘下一小片水苔草，他看见了地上的左轮手枪。米勒也发现了它，便向它滚去。朗跑上河岸，一脚踩在米勒去摸手枪的手上。

“哦，不。你有问题要回答，布思在哪里？”

“谁？”

朗抓住他的两个翻领，狠狠地将他拽起身来。“别装傻，他在哪儿？”他猛地推了他一把，将他的头重重地撞到泥地上，“哪儿？”

“你就直接去地狱吧。”

“想让自己更难受吗？”

“更难受？”米勒哈哈大笑起来，他的表情怪异，既有害怕，也有反抗。“你不知道它的意义。如果我把我知道的都告诉你，我的命就一文不值。你可以用钉子钉穿我的手和脚，但你从我这里什么也得不到。你自己去找布思吧。”

第七十三章　1865年4月

朗一路骑马回到华盛顿，他一直没有将左轮手枪插回枪套，时刻准备射击。米勒垂头丧气地坐在马鞍上，双手被反绑着，走在他前面。这支两个人的队伍吸引了一些农民和他们的家人到路边，但是没有人干涉。朗的手枪也吓得人们不敢提问。他们在星期日午夜之前到达了城里。

朗尽管饿得肚子咕咕叫，衣服发臭，感觉浑身肮脏，但他还是把米勒送到了老国会大厦监狱的台阶上。他对值班的卫兵说："把他单独关起来，没有贝克上校的授权，任何人不得见他或和他说话。"监狱看守向另一个看守做了个手势，那人割断了绑在米勒手腕上的绳子。米勒将他的一条腿甩过马鞍，摔落到地上，腿摔折了。

那个拿刀的士兵问："我们要不要去叫个外科医生？"

朗看着躺在他脚边的这一堆可怜东西，米勒的眼皮跳动着。

"不用，他在装。"

朗没有让任何人来得及反驳，便调转马头走了。

他睡了两个小时，醒来后，在脸盆里倒满了温水。他洗了洗身体，看着水从清澈变成深灰色。他在一面小镜子前借着烛光刮了胡须，然后把一条有点偏小的毛巾裹在腰上，坐下来写报告。七点钟，他把报告送到了贝克的办公室。

"米勒说是他而不是戴维斯策划了这次谋杀。他声称我们政府里有高层人士给予了合作，帮助那些同谋逃跑。"

贝克把穿着靴子的双脚搁在办公桌上，这通常是表示怀疑的动作。

“是什么人？你在这里没有说他们的名字。”

“他一直不肯说。即便他知道，他也不会说，他怕遭到报复。”

“我们把他隔离起来，那有可能让他崩溃。”贝克轻蔑地把报告扔在一边，这让朗有点不舒服。或者说，也许所有的事情都让他不舒服。连续数小时的鞍马驰骋，他仍然浑身酸痛。他想见玛格丽特。

但事实非他所愿。九点刚过几分钟，贝克办公室里一阵喧闹声把朗从一间侦探们用来做案头工作的小牢房一样的房间里引了出来。贝克站在大厅里，正和一位陆军中尉商量着什么，激动得嗓门很大。朗跑过来时，贝克喊道：“奥贝恩少校的搜索队已经到达了贝尔平原，在波托马克河弗吉尼亚一侧。奥贝恩找到了目击者，他们说看到布思和赫罗尔德骑马往南面去了，往拉帕汉诺克河的方向。布思的腿用夹板固定着，一定是在福特剧院跳到舞台上的时候摔断的，他不可能跑得很快。这次出征我将亲自带队，你可以骑马和我们一起去吗，普赖斯？”

朗疲惫不堪，随时都会倒下，但是他说道：“可以的，长官。”

“把康格、桑德斯特罗姆找来，再找三四个人。一小时内准备好。”

他们在午夜的黑暗中乘船渡过了波托马克河，弗吉尼亚州那边有新的马在等着。他们穿过饱受战争蹂躏的乡村，以惊人的速度向南疾驶，每隔一小时左右就有一名部队的通信员沿着大路跑来迎接他们。大约上午十点半，在打发了最后一名通信员后，贝克将马调转身来，对他那几个满头大汗、衣衫凌乱的侦探们说道：

“布思和赫罗尔德躲进了罗亚尔港附近的一个农场，第十六纽约骑兵团的一支小分队发现了他们，显然他们已经在那里待了一段时间了。陷阱的门已经关上了，先生们。”

贝克在洒满阳光的路上飞奔而去。朗用脚后跟踢了踢他所骑的那匹肚腹下垂的灰马。他和桑德斯特罗姆、埃弗顿·康格以及其他人吃着贝克扬起的灰尘，奋力尾随而去。

下午两点左右，在一名陆军下士的带领下，他们来到了一条绿树成荫的小路尽头的一扇大门处。在小路的远端，朗看到有一座漆成白色的农屋、一个鸡舍、一个玉米穗仓库和一个很大的烟草房。

在大门附近，一名骑兵军官和一名下士用枪指着一名俘虏。俘虏是一个二十岁左右的年轻人，身上穿着破破烂烂的淡棕色衣服，两眼十分惊恐。军官向贝克敬了个礼。“杰思罗·默多克中尉，长官。”

“拉斐特·贝克上校，我是负责人。那个人是谁？”

“那人叫威利·杰特，长官。昨晚是他把布思和赫罗尔德带到了这个农场的。他认识加勒特兄弟，这个地方是他们的。他建议那两个亡命徒在这里休息，等雇到船夫就把他们送过拉帕汉诺克河去。我们一抓住他，他就全招了。”

一只黄色的蝴蝶好奇地绕着朗盘旋，一只嘲鸫在附近的灌木丛里鸣叫。贝克拔出他的陆军科尔特左轮手枪，俯下身，拿枪口顶住杰特的额头。

“他们藏在哪里？”

“在——在——”威利·杰特吓得几乎说不出话来，“在烟草房里，至少我认为是这样。”

“默多克，你的人呢？”

“就在小路那头，长官。就在那丛灌木树篱后面看不见的地方。”

“我们下马，步行进去，别说话。等我们一到他们的房子边上，就分成左右两路，但再前进得等我的信号。”朗将迪恩亚当斯左轮手枪从肩上的枪套里拔了出来。

春风荡漾，他们向前走去，脚步轻松愉快得有点奇怪，一股股尘土从阳光斑驳的小路上升起。新的季节，嗡嗡声、沙沙声，此起彼伏，交响重叠，与隐蔽在灌木树篱后面的士兵们的紧张面孔和警惕目光形成了鲜明的对比。贝克的眼睛在帽檐下闪闪发光。

小路变宽了，延伸到一个门前庭院。一个中年平民，穿着犁鞋和工装裤，站在这幢维护得很好的农舍的门廊上看着他们。贝克直接向他走去。

“我是华盛顿侦探警察局的拉斐特·贝克上校。你是谁？”

“理——理——”那农民摇着头，对自己说话结巴很生气，“理查德·加勒特。我——我——我和我的兄弟们是这个农场的主人。”

“我们了解到你们藏着两位客人。”

“没——没——没有啊，长官，这儿附近没有客人来啊。我们——”他说到这儿停住了，因为一只长耳朵的猎犬从烟草房后面跑了出来，汪汪叫着，其他看不见的狗也加入了进来。另一个更年轻的平民从玉米仓库里探出头来。一个骑兵拿着他的卡宾枪瞄准了他。那个年轻的男人赶紧把手举过头顶，畏畏缩缩地向他们走来。

“我是约翰·加勒特。请别开枪。”

贝克说道：“如果你配合，我们就不会开枪，加勒特先生。布思和赫罗尔德在哪里？”

有一只猎犬一直狂叫不停。约翰·加勒特瞥了他哥哥一眼，后者皱起眉头让他闭嘴。约翰·加勒特上下点头，那是抱歉的意思吧，朗想。“理查德，如果我们不说，他们会逮捕我们的。”还没等他哥哥反应过来，约翰·加勒特就把目光转向了烟草房，并且低声说：“在那儿。”

贝克笑了，他急速地往上拉了一下他宽宽的腰带，大步朝那个烟草房走去，示意其他人跟着他。朗紧跟在他后面，桑德斯特罗姆和康格各在一边。来到烟草房外，贝克大声喊道：“布思？赫罗尔德？你们已经被包围了。放下武器投降吧。”

随后的沉默持续了很长时间，朗不禁怀疑加勒特兄弟是不是骗了他们，那些谋反的犯罪分子是不是已经溜走了。终于，有人回应了。朗听出了这个声音，圆润洪亮但虚弱无力。

“我不想扮演懦夫，我要求公平决斗。”

贝克轻蔑地哼了一声：“好了，布思先生，那个你得不到，你也没资格提要求。你出来还是不出来？”

“不出来。”

烟草房里有人喊道：“我愿意出来。”

贝克挥手示意康格往前走到烟草房门口。朗和其他人听到布思和他的同伙激烈争吵的声音。门打开了，一个粗壮的年轻人双手举过头顶，跌跌撞撞地走到阳光下。贝克喊道：“布思？”

漆黑的室内射出一颗子弹，侦探和士兵们立刻散开。贝克扑倒在地上。康格关上了门，默多克的两个手下抓住赫罗尔德，把他拖到了玉米仓库。贝克跳起身来。

“你们去捡些疏松的干草回来，把它堆在烟草房的两边，我们把他烧出来。”

五分钟之内，他们做好了准备。贝克喊道：“这是你最后的机会，布思先生。”

没有回应，贝克拿帽子拍打着自己的腿。

“康格先生，点火。”

没有油漆过的老旧谷仓一旦被火点燃，就会像饱含油脂的木柴一样燃烧起来。火焰舔过壁板上的缝隙，迅速向里面蔓延。“普赖斯，到那边去，往里面看看。告诉我怎么回事。”

朗小跑着来到烟草房没有堆干草的一边。他把一只眼睛贴在一条裂缝上，看见布思背着一把卡宾枪，夹着夹板的腿伸在前面。烟草房里一捆捆的干草已经着火了，布思红色的脸显出一种疯狂而憔悴的神情。

“我看到他了，长官，他显然很痛苦。”

“那么开枪。”朗脖子上的汗毛都竖了起来。“在他逃跑之前杀了他。”

朗转过身来，不敢相信自己没有听错。

“长官，他跑不了了，他受伤了。”

“照我说的做，普赖斯先生，打死他。”

接着，朗看到，眼前所有的云遮雾障都悄然消失殆尽，关于究竟是谁策划了华盛顿那起令人发指的谋杀的问题终于有了答案。贝克的脸大汗淋漓，充满期待。他周围的人，无论是平民侦探还是现役军人，眼睛都齐刷刷地盯着朗。

“我说了，打死他，普赖斯先生。”

这是蓄谋已久的事情，朗心想。

“长官，我不能这样做。布思必须跟西塞罗·米勒一起接受审判。”

“这是我给你的命令。”

烟飘过朗的身边，刺痛了他的眼睛。在这个阳光明媚的春日午后，一切都在土崩瓦解，所有的理性、所有的逻辑、所有的人性……

一种奇特的平静突然降临到朗的身上，他的心跳减慢。他感觉仿佛有一阵凉爽的微风沐浴着他的全身，虽然在烈火的炙热中这是不可能的事情。

“上校，我拒绝执行命令。这个国家应该看到布思接受审判并受到惩罚。”

贝克举起他的科尔特左轮手枪，沿着枪管朝朗的头望去。“服从命令，普赖斯先生。你为我工作。”

朗在他那套黑衣服被汗水浸湿的口袋里摸索着，摸到了那个警徽。

“不，长官，从此刻起不再了。”他把徽章扔在泥地上，关闭左轮手枪的击铁，将手枪塞进外套里面。他离开了燃烧着的烟草房。

贝克手握科尔特手枪，伸直胳膊，持续了整整十秒钟，朗屏住呼吸等待着。

枪管垂落在贝克的身边。他涨红着脸大声喊道：“康格！把门打开。谁来——随便谁——打死布思。这是我的命令！”第十六纽约骑兵团的一个中士跑到敞开的烟草房门前，开了一枪。那人雀跃着挥舞了一下他的武器。“他倒下了，打穿了他的脖子。”

“把他弄出来，把他弄出来。”贝克狂叫着。桑德斯特罗姆跑上前去，同情地瞧了朗一眼。朗朝院子中央的六个人走去，那是一道人墙。一些士兵和侦探扛着布思瘫软的身体穿过被火照亮的烟雾出来了。

朗继续朝那些站在他和小路之间的人走去，除了拉斐特·贝克，所有的人都往后退去。朗的心怦怦直跳，他径直走到贝克面前，停了下来。

贝克举起他的科尔特手枪，把枪口顶在朗的下巴底下。

“普赖斯先生，你完了。”

朗轻轻地碰到枪管，把它推到一边。

“没那么容易。”

他横跨一步，从贝克身边走了过去，沿着小路向他的马走去。

他后来得知，波士顿·科比特中士射出的子弹实际上只是将约翰·威尔克斯·布思打昏了而已。这个演员在加勒特家的门廊上一直躺到晚上七点钟，两次苏醒过来说话。“告诉我母亲，我是为国捐躯。”他说。然后，当他看到威利·杰特时便问道：“那人背叛了我吗？”七点过几分钟，他就死了，带着他的秘密去了地狱。

朗独自一人骑着马，天一亮就到了城里。一片暗淡的银色天空在头顶铺开。哀悼的绉纱掉落在路边的阴沟里。有一些伤残老兵已经出来了，他们穿着破烂的制服，拿着他们的帽子乞讨。一个胖得像一栋房子一样的睡眼惺忪的妓女，用她涂着口红的嘴尖声喊叫着勾引他。朗继续策马前行。

马沿着宾夕法尼亚大道慢慢地往前走去，天开始下毛毛细雨。当他把缰绳交给威拉德宾馆门前的一个黑人侍者时，大雨倾盆而下，浇在他的帽顶上，从帽檐上滴落下来。他躲进门去，而那个侍者却仍然站在路边，帽子也没戴，一副凄惨的样子。

有六七个早起吃饭的人占据了酒吧的桌子。酒吧里有好几个招待，其中一个招待朗认识，是一个留着浓密的赤褐色胡须、左边的袖子别在上面的爱尔兰人，他向他打招呼。迈克尔在半岛上麦克莱伦手下服役时失去了一条胳膊。

"波旁威士忌，迈克尔。"

"这么早？"

"请倒吧。好的那种。"

迈克尔在玻璃酒杯里倒上酒。"估计今明两天都有瓢泼大雨，也许更多天呢。"他将倒满酒的杯子轻轻放到他的顾客面前，"星期一夜里我看到你们的一只鸟飞走了。"

朗将酒杯端到了嘴边，问道："你什么意思？"

"老国会大厦里的那个反叛分子啊。你不知道吗？等等。"

迈克尔在酒吧后面的一堆报纸里翻找着，他找到了他想要的那份报纸，《星报》。"第二版。"

南部邦联间谍

自杀。

* * *

老国会大厦监狱囚犯

被发现吊死在牢房里。

* * *

政府承诺进行调查

以排除不法行为。

朗发现米勒的名字就在第一段里，玛格丽特的哥哥在被监禁的第二天晚上就死了，当时朗正在马里兰州参加追捕行动。

他想起了米勒说过的话，说假如他坦白了他所知道的，那他的生命将一文不值。他是不是预见到了自己的这个弱点，然后就招供，于是导致了这样的结果？他是不是为了不想受酷刑便用床单做成套索而自杀？这是一个精神错乱者的行为，还是有其他能进入监狱的人让他噤声呢？像布思一样，西塞罗·米勒也带走了答案。这里面有没有拉斐特·贝克和埃德温·斯坦顿阁下想要永久隐藏、秘而不宣的东西呢？

迈克尔清了清嗓子："要点早餐吗？"

"我觉得不饿。"朗付了酒钱，把没喝完的酒留在吧台上就走了出去。

第七十四章　1865年5月

持续不停的大雨敲打着火车站的棚屋。巴尔的摩和俄亥俄铁路公司的440型烧木柴炉子的漏斗形烟囱缓缓地喷出一缕细烟，飘向棚顶。空气湿度很高，一片雾气蒙蒙，使得那些匆忙赶路的旅客和搬运工如同虚无缥缈的幽灵。朗带着行李站在一节客车厢后面的踏板边上，跟早晨这令人忧郁的黑暗非常合拍。这感觉更像是3月而不是5月。

他在等待时抽了一小截雪茄烟，玛格丽特回到屋里去找她的朋友了。站台上的小木轮发出的声音引起了他的注意：一个二十岁左右的小伙子，或者说他的残躯，坐在一辆方形的手推车上。他的指关节上系着皮垫，奋力地推着车向车头挪动。他的双腿已经被锯掉了，皮革保护着被锯断的残肢。

小伙子阴沉的眼神触动了朗内心的某处，他摘下宽边帽子致意。“早上好，士兵。”

“早上好。”

“你是哪一边的？”

小伙子用指节护垫刹住车。“这重要吗？”他推着小车走了，消失在一团团的蒸汽中。

朗望向另一个方向，看见玛格丽特和她的朋友汉娜·西格尔从车站的门里走了出来。汉娜的父亲被控叛国罪，在老国会大厦监狱经受牢狱之苦。这位少妇是一名演员，她的金发被剪得又短又乱，衣服全是灰色和黑色，就像一个修女的衣服，根本不像一名演员。玛格丽特说她在战争中失去了一位恋人。

“对不起，我迟到了。”汉娜握着朗的手说。她脸色苍白，没有一点血色。“玛格丽特描述了你们的旅程，路途漫长啊。”

“它应该很愉快很有趣。”朗这样回答，恰恰是因为他怀疑情况有可能正好相反。在他的旅行袋里，装着从纽约到巴拿马地峡的船票，他们将在两天之内通过巴拿马地峡，然后用第二套船票沿海岸航行到加利福尼亚州。

“你们要去西部了，真令人兴奋。”汉娜说，“而且非常勇敢。”

玛格丽特说：“我们俩都已经尝够了东部的滋味。”

“你有去旧金山的计划吗，普赖斯先生？”

“没有。但我们会一帆风顺的，加利福尼亚机遇遍地。”总之，T.福勒·海恩斯那篇令人陶醉的散文就是这么说的。一提到将来，他突然想起了叠在他内袋里的那封信。

黑人搬运工们把最后的行李搬进了车厢。一名列车员喊叫着“统统上车”。“我会写信的。”汉娜保证道，拥抱她的闺蜜。

“也写信告诉我你父亲的情况。”

“哪怕他们判他绞刑？结果很可能是这样。”

“哦，汉娜。”玛格丽特把她拉进怀里，这次的拥抱几乎如同慈母一般。汉娜努力微笑着。朗摘帽向汉娜致意，扶着玛格丽特踏上踏板。

“好可怜的人啊。”当他们在豪华座位上落座之后，玛格丽特叹了口气，“她失落绝望透顶了。”

朗将自己的帽子扔到头顶上方的行李架上：“跟她同样处境的人有很多呢。”

车厢内热得像地狱，火焰在前面一扇开了孔的炉门后面闪烁。火车开动了，玛格丽特向汉娜挥手告别。他们驶出车棚，进入雨中，她和朗便靠回到车座上，一度沉默。他们手挽手，朗的食指轻轻抚摸着她无名指上的普通金戒指。

“我有东西要给你看。”

“什么？”

“一封信，我去总台结账的时候它就在那儿了。”他从口袋里掏出那封信，在膝上展开。

这几段文字，字迹优雅，满篇赞美有加：才能杰出，品格高尚。还有承诺：未来光明，一家计划在国内外迅速扩张的公司。玛格丽特盯着签名。

“你的老东家。”

“是的,是老板,在芝加哥。平克顿先生想再雇用我。”

“这是你想要做的事情吗?我们可以把票退掉。”

“这是我唯一会做的事情。”朗说道,火车咔嚓咔嚓地驶过北部郊区,那里的树木全都死光了,只是矗立在那儿,再也长不出绿色。弹坑遍布田野和道路。他想到了所有的杀戮和暴行;他想到了在一段时间内,他变成了一台只适合杀戮和暴行的机器。

“我不想参与其中了,玛格丽特。我只是想让你看看。”

“由你决定。”

“谢谢。”

他将信撕了,走到车厢的顶头,往手指上吐了些口水来保护手指,拉住滚烫的炉门把手。他把碎片扔进火里,任由信在火中燃烧,自己则沿着走道走了回去。心灵的康复十分艰难,是一个漫长的过程。像玛格丽特的朋友这样的人,生活被毁了,可能永远无法康复。对他来说,至少秘密战争已经结束了,尽管斯莱奇的话将永远萦绕在他的心头。污垢是可以被抹掉的。

他用这句话治愈了自己的心灵创伤。那么他会是永久干净的吗?就在前一天晚上准备就寝的时候,玛格丽特开了一个毫无恶意的玩笑,说他每天把手浸在脸盆里好几次,他就发脾气了。

她的战争也结束了,她感觉自己辜负了父亲,这让她耿耿于怀。她承认自己会为哥哥西塞罗感到悲伤,因为这是必要和恰当的,但她对他的爱已因他最终的结局而枯萎。

他们任何人,无论怎样,都无法忘却这场伟大的战争。它将是他们一生中独一无二的最重要事件。他们永远也摆脱不了它。当他们经过巴尔的摩时,朗把玛格丽特紧紧地抱在怀里。她目睹着这些熟悉的场景,默默地流着眼泪。

后记

美国内战期间的谍海博弈史，从我多年前注意到它的那一刻起，就是一个让我难以释怀的主题。我向自己承诺，如果有一天我有机会，而且有出版商愿意分享我的兴奋之情，我会就此写一本小说。

我认为值得注意的是，内战时期的间谍活动在相对较短的几年时间里所呈现的弧线。一开始，双方的努力都是建立在热情之上，而不是经验之上。在最初的几个月里，这种间谍活动业余得可笑，当时军事热情压倒了常识，每个人都预测战争会很快结束。曾几何时，平克顿的特工蒂姆·韦伯斯特在里士满被抓并被处以绞刑，间谍活动不再是绅士淑女的游戏，而是一场没有规则的野蛮争斗。

涉及这个题材的文献并不多。一些由剧中真实人物撰写的第一手资料是不可靠的。我特别指的是艾伦·平克顿的《叛乱间谍》和拉斐特·贝克的《美国特勤局史》。学者们很久以前就认为两者都因私利而有失偏颇，与历史上的评论相去甚远。这两本书读起来都趣味盎然，但不能提供有用的信息。

直到今天，林肯被约翰·威尔克斯·布思及其同伙暗杀一事仍然是个谜，在某些方面还存在争议。其中的问题是：

是不是里士满政府及其特勤局成立了一个由布思领导的“行动小组”？最近一部名为《报复来了》的著作认为就是这样。

是不是被林肯温和的重建态度激怒了的激进共和党人怂恿或者勾结了阴谋分子？1937年，一个非专业的历史学家奥托·艾森席姆出版了一本书，名叫《林肯为什么会被谋杀?》。艾森席姆提出了这样一种理论:躲在忠诚面具后面的埃德温·麦·斯坦顿密谋杀害了总统,然后协助布思及其同伙逃跑。这本书流行了十年左右,直到它的“证据”最终被证明是错误的,它的论点被摒弃,但是那些看到阴谋无处不在的人除外。

当然,这两种理论都是小说家有价值的素材,我已经充分利用了这一点,就像我在《北方与南方》三部曲的第二部《爱情与战争》中所做的那样。在那本书中,基于“如果……会怎样?”的前提,我杜撰了一个我认为似乎可行的阴谋,刺杀杰斐逊·戴维斯。戴维斯受到了许多同党的憎恨,他的生命也像林肯一样多次受到威胁。

布思策划绑架林肯,然后将他连同西沃德和约翰逊一起杀害的阴谋,所涉及的那些人的行动细节在很多书中都有详细描述:谁在什么时候会见了谁,谁入住或离开了哪家旅馆,等等。我对此已经做了简化处理,并在几个实例中稍微改变了一下日期。关键的细节没有改变,但我必须再次提醒大家的是,里士满参与这一阴谋还只是推测,并非事实。

1861年8月的一个雨夜,对罗丝·格里诺的住所进行的喜剧式的监视,正如本书所描述的那样,的确发生了,当然,书中虚构的人物不在现场。

“自由”号气球的飞行是虚构的,它代表了劳教授那个航空部队所做的侦察。

汉娜在卡特利特车站被抓获是有事实依据的。一个化装成士兵的身份不明的年轻女子被送到詹·爱·布·斯图尔特面前,斯图尔特下令把她送到里士满去,理由与他在小说中所说的非常相似。这个年轻女子的命运不得而知。没有一个勇敢的军官来违抗斯图尔特的命令而救她。

为了写这部小说,我把国务卿威廉·西沃德的住所搬到了华盛顿的富兰克林广场。实际上,他住在拉斐特广场。

历史人物的生命并没有随着战争的结束而结束。以下是其中一些人的遭遇:

拉斐特·贝克的残酷手段玷污了他的形象,招致媒体的谴责。1866年,他以准将军衔从陆军部退休。次年，他出版了之前提到的备受争议的回忆录。他于1868年去世。

投降一个月后，联邦军队在佐治亚州抓获了杰斐逊·戴维斯。两年的监禁毁了他的健康。虽然他被指控犯有叛国罪，但从未受到审判。1868年，约翰逊宣布大赦之后，戴维斯回到了他在密西西比州的种植园。他在自己最后的日子里写了一部两卷的南部邦联史。他于1889年去世。

约翰·辛格尔顿·莫斯比战后重操旧业，在弗吉尼亚州担任执业律师。他成了一名共和党人，支持格兰特竞选总统，并被另一个内战对手海斯总统任命为美国驻外领事。莫斯比是南方叛乱中最有趣、最神秘的领导人之一，他于1916年去世，享年八十三岁。

1864年，乔治·麦克莱伦作为民主党总统候选人，只获得了三个州的支持。他的声誉因为在半岛战役中犹豫不决而一直无法恢复。他曾担任过一届新泽西州州长，于1885年去世。他的儿子小乔治·麦克莱伦既是国会议员也是纽约市市长。

艾伦·平克顿在军事情报部门的短暂职业生涯中，即使不算无能的话，也被普遍认为建树平平。这通常归因于他对麦克莱伦的愚忠——为了取悦和支持他的庇护人，不惜牺牲真相和良好的判断力。回到芝加哥后，平克顿继续领导了一个成为国际私人侦探机构和安保机构的组织，现在该机构依然存在。平克顿的特工们在全国范围内打击犯罪，他们追捕西部的不法分子，包括臭名昭著的布奇·卡西迪[①]匪帮。但随着时间的流逝，初衷发生了变化。这个在内战时期曾经是自由废奴主义堡垒的机构，却站在了莫莉·马圭尔斯劳工组织的对立面，受雇于宾夕法尼亚州的煤田，运用暴力手段破坏罢工，还迫害霍姆斯特德钢铁厂罢工的工人，诸如此类的行为损害了它的形象。即便如此，艾伦·平克顿依然被认为是打击犯罪的先锋和创新者。1884年他去世后，他的儿子罗伯特和威廉继承了

①布奇·卡西迪（1866—1909），原名罗伯特·莱罗艾·帕克，美国逃犯。原先是一个偷牛贼，后来成为劫匪，专门抢劫银行和火车。

他创立的事业。

埃德温·麦·斯坦顿在战争结束后只活了四年,那是一段风风雨雨的岁月。他与安德鲁·约翰逊长期不和,后者于是将他赶下了台。当参议院拒绝批准罢免斯坦顿时,约翰逊又解雇了斯坦顿。斯坦顿把自己关在办公室里,在那里待了几个星期。在弹劾约翰逊遭遇失败之后,他离开了政府,仅多活了一年,他的健康彻底垮了。

那位出类拔萃的伊丽莎白·范·卢一直在为联邦从事秘密工作,直到战争结束。尽管经常受到怀疑,但由于她的影响力和精心塑造的疯狂形象,她毫发无损地活了下来。当北方人攻进城时,里士满的大多数人都如丧考妣般悲伤不已,唯有范·卢小姐欢欣鼓舞。"真是一个辉煌的时刻！……文明向前迈进了一个世纪!"作为对她所做贡献的奖赏,格兰特总统任命她担任里士满邮政局局长,她在这一岗位上任职长达八年之久。她于1900年去世。她在肖克山公墓的墓碑后来受到污损,这是有人对她从事间谍工作的报复。

谋杀林肯的同伙命运各异。埃德温·斯坦顿下令用轮船将布思的遗体快速运到华盛顿,并用一只一模一样的帆布袋混淆布思的遗体袋子。布思的埋葬同样充满着神秘色彩,遗体被埋葬在那个老首都的监狱里,就在泥地上挖了个洞下葬。只有斯坦顿和几个心腹知道尸体的下落。

在斯坦顿的指导下,拉斐特·贝克负责搜集证据对布思的同谋进行指控,共有八个人:赫罗尔德、佩因、阿兹罗特、奥劳克林、阿诺德、萨拉特夫人,加上爱德华·斯潘格勒这位福特剧院临时的木匠兼舞台工作人员,他曾负责在剧院后面的马厩里照管布思的马匹,还有马里兰州治疗那位演员断腿的塞缪尔·马德大夫。审判的结果——裁定八人全部有罪——毫无疑问。赫罗尔德、佩因、阿兹罗特和萨拉特夫人被处以绞刑。另外四人被押送到南佛罗里达州近海的德赖托图格斯群岛联邦监狱服刑。

和过去一样,位于哥伦比亚的南卡罗来纳大学成了我的研究基地。感谢在我的朋友乔治·特里博士指导下的托马斯·库珀图书馆的工作人员,也要感谢南卡罗来纳大学位于希尔顿黑德岛的博福特分校图书管理员简·朗格斯特。

乐于助人的个人和机构为我解决了许多难题。尤其要感谢丹尼·哈特勒,以及位于里士满的弗吉尼亚历史学会的研究人员。我特别感谢纽约内战圆桌会议的前任主席帕特·法尔奇。法尔奇先生审查了手稿,发现了一些虽小但有意义的错误,现已全部纠正。他理解我努力想要把每一件事情都弄正确的热情。一如既往,我必须声明,假如有错,任何提供帮助的个人或机构都不对我将事实和虚构结合起来编写的故事负有任何责任。

感谢企鹅出版集团普特南公司的达顿和纳尔两个部门的一些个人,感谢他们对这个项目的热情支持。衷心感谢企鹅出版集团维京公司和普卢姆公司的总裁克莱尔·费拉罗、负责西格妮特/纳尔公司的路易斯·伯克、西格妮特/纳尔公司的编辑部主任卡罗琳·尼科尔斯,当然还有菲莉丝·格兰,她是总负责人。

出版这本书,我的编辑道格·格拉德和我第一次合作。我很高兴把道格的名字加入这些年来在我的小说中发现瑕疵并巧妙修正的优秀编辑名单中。

这篇后记将于1999年夏末完成。等到它付梓的时候,我将会跨越一个重要的里程碑。

1950年4月12日,《奇思妙想与科幻小说》杂志开出了一张二十五美元的支票,这是我经过几年的尝试后卖掉的第一篇小说的报酬,那时我才十八岁。一千五百字的故事《机器》有时候仍然会出现在一些选集里。2000年4月将是我作为职业作家的第五十个年头。

使之成为可能的是出版商、编辑和公众。这些年来,读者们一直对我青睐有加,我希望我也给予了一定的回报。比经济收益或者畅销书地位——我对这两者从来都没有预期——重要得多的是,尼亚加拉瀑布般的书信和电子邮件告诉我,我的书所发挥的作用不仅仅是打发时光,它们在给人愉悦的同时也带来了一些美国历史知识及其参与世界事务的信息。

五十年的作家生涯,需要的不仅仅是大量的辛劳和忧虑,还需要别人大量的帮助和支持。我尤其必须感谢过去二十五年中担任我的律师兼优秀顾问的弗兰克·R.柯蒂斯先生。他总是有求必应,而且总是正确无误。

感谢我的四个孩子,尽管他们的父亲每周有几个晚上会消失在那间烟雾呛人的地下室办公室里,但他们还是出色地长大了。最重要的是,我要永远感谢我的妻子雷切尔,在将近五十年的婚姻生活中,她忍受着一个有时喜怒无常的作家,但仍然鼓励他。她的爱和理解,博大无垠。

约翰·杰克斯

康涅狄格州格林威治

1999年8月15日

译后记

美国著名历史小说家约翰·杰克斯的《谍海沉浮》描绘了美国内战时期南北双方的情报工作。故事情节跌宕起伏，扣人心弦。书中充满了各种人物和事件，真假难辨，虚实交错，正义与邪恶共生，美丽与丑陋相伴，真诚与虚伪并存，善良与凶恶同在，为读者呈现了一幅由真实与虚构交织而成的美国内战历史图景。

约翰·杰克斯沉浮的谍海里，有跌宕的人生。

朗·普赖斯是一个牧师的儿子，身为废奴主义者，他理所当然地投身于北方阵营，成为平克顿侦探事务所的一名特工。他以北军逃兵的身份深入南方搜集情报，并在南方的监狱中受尽折磨。后来，在北方其他间谍组织的帮助下，他逃离南方，转而在北军控制的领地中负责清除异己分子和南方间谍的工作。他受命保护林肯总统，但林肯依然在福特剧院被刺身亡。他参与了追捕刺杀林肯凶手的行动，但凶手却被朗的上司杀人灭口。他抓到了刺杀林肯总统的幕后策划者，但犯人被投入监狱后无故毙命。通过种种迹象和严密的逻辑推理，他察觉到刺杀林肯总统不仅仅是南方人的复仇行为，也可能是北方人的惊天阴谋。

西塞罗·米勒出生于一个富裕家庭，是坚定支持南方独立的“反叛者”。他的父亲是报纸的出版商和编辑，在一次集会上被北方特工枪杀。自此，西塞罗不仅为了南方的事业，也为了给父亲复仇，踏上了坚决反抗北方、反抗林肯政府的不归路。这名被作者描绘成骑着一匹名为“死亡”的灰马的铁杆反叛分子，身居南方特勤部门的高位，手段狠辣地对付北方间谍。他以联邦士兵的身份潜入北方城市，收集情报，网罗死党，策动暴乱，破坏征兵。他成功将联邦陆军部职员安东·西格尔少校拉下水并获取了不少情报。他纠集同情南方的亡命之徒，策划并刺杀了林肯总统。这名南部邦联的特工被北方特勤人员擒获后，很快就莫名其妙地死在了狱中。

约翰·杰克斯沉浮的谍海里，有凄美的爱情。

北方特工朗·普赖斯与南方间谍玛格丽特·米勒在林肯总统就职典礼的现场一见钟情。当玛格丽特为了给父亲报仇，参与了为南方服务的秘密特工活动后，朗出于无奈逮捕了她，并将她投入监狱。在狱中，玛格丽特不堪忍受非人折磨和骚扰，为了出狱，不得不嫁给她并不爱的未婚夫多纳尔。朗深深地爱着玛格丽特，答应带她远走高飞，但因误以为自己害死了玛格丽特的哥哥，无颜面对恋人而放弃了这份爱。玛格丽特也深深地爱着朗，在她哥哥策划重大阴谋时，她大义灭亲，检举了他。最终，玛格丽特毅然决然地离开了毫无爱情的丈夫，朗也果断地放弃了间谍工作，一对恋人双双远走高飞，去开辟他们新的生活。

北方姑娘汉娜·西格尔喜欢女扮男装去战场探险，并且喜欢演戏。她在一场战斗中与南方军人弗雷德里克·达舍邂逅。弗雷德里克不仅救下了差点被南方士兵侵犯的汉娜，还不惜违抗上司的命令放走了这位女扮男装前来“看大象”的美丽少女。为此，弗雷德里克付出了沉重的代价。在受命前往华盛顿执行谍报任务的过程中，弗雷德里克与重新点燃他生活希望的汉娜重逢。他们度过了一段如胶似漆的美好时光。弗雷德里克向汉娜承诺，战争一结束，他就会前来与她团聚。然而，弗雷德里克在一次执行任务时被汉娜的父亲安东·西格尔少校误杀。西格尔少校在联邦政府陆军部工作，为金钱出卖情报。汉娜因悲愤交加，检举揭发了父亲，导致他被逮捕并面临绞刑的结局。

在《谍海沉浮》中，我们看到许多情节非常离奇。例如，林肯总统竟能轻而易举地自由出入社交场合，演员约翰·布思刺杀林肯总统的背后竟是西塞罗的个人动机，军队总司令居然可以像演戏一样你方唱罢我登场，的确让人感到费解。

在《谍海沉浮》中，我们看到许多事情十分古怪。例如，从南方逃到北方的黑人扎克的惨死，显示出北方人对黑人的歧视甚至比南方人更为严重。即使逃到北方，黑人也难以看到光明的未来，哪怕是像扎克这样为北方事业服务的人。一个人仅仅因为肤色是黑色，便无缘无故惨遭杀害，的确让人难以理解。

在《谍海沉浮》中，我们看到许多做法十分荒诞：不讲法律，不讲规则；抓人无需理由，杀人警察不管；贪官当道，腐败盛行；权钱交易，徇私舞弊；刑讯逼供，草菅人命；等等。的确让人难以想象。

美国的情报工作开始得很早。在反抗英国殖民者的独立战争时期，美国就建立了情报组织。1776年，大陆军总司令乔治·华盛顿委托骑兵第二团的本杰明·塔尔梅奇少校负责组建海军情报机构，美国的情报组织由此起源。然而，此后美国的情报组织建设一直处于不温不火的状态。

美国内战时期，国家几乎没有专门的情报机构，获取情报和从事间谍工作的手段也十分原始。在维护社会稳定方面，政府的警察部门作用也十分有限。因此，当时私人侦探机构异常活跃。平克顿侦探事务所因成功秘密保护林肯总统前往华盛顿就职而名声大噪，生意兴隆，后来甚至被纳入军队从事军事情报工作。

世界上最早的私人侦探是19世纪上半叶的法国人弗朗索瓦·维多克。然而，更为人熟知且具代表性的私人侦探及侦探机构，则是美国的艾伦·平克顿及其创立的平克顿侦探事务所。19世纪中期，美国的工商业与畜牧业迅速发展，同时也成为盗贼与强盗觊觎的目标，抢劫火车是当时最为典型的手段。由于国家警察在人力、财力与体制上的限制，无法给予工商业主与农场主足够的保护，于是企业性质的私人警察部门便趁机填补了这一空白。

西方世界的私人侦探机构和准警察组织比比皆是。它们在许多国家发挥着重要的社会作用。目前，美国的私人侦探机构有数万个，雇员总数达到160万，是美国正规警察人数的三倍。该行业的年营业额已超过1000亿美元。例如，《谍海沉浮》中提到的平克顿私家侦探机构目前在全球十多个国家设有分支机构，雇员总数达到数万。

在美国情报事业的发展史上，有两大事件刺激了情报工作的快速发展：一件是1941年的珍珠港事件，另一件是2001年的“9·11”事件。这两大事件让美国人痛定思痛，下决心不惜重金、竭尽全力地加强情报工作。于是，美国《国家安全法》等法律相继出台，同时催生了国土安全局等机构。在以总统为首的统治集团的推动下，美国的情报组织迅速膨胀，其结构之复杂、编制之庞大、经费之丰厚、活动之频繁、手段之多样，无其他国家可与之比肩。

美国的情报体系由三大系统构成，分别为：国家安全委员会系统，其中最著名的机构是中央情报局（CIA）；国防部系统，包括国防情报局、陆军情报与安全司令部、海军情报局、空军情报局、国家安全局等；国务院系统，其中最著名的是联邦调查局（FBI），还有原子能委员会等。这些机构下辖无数个情报机关，构成了复杂的情报网络。

美国的现代情报工具除了派遣间谍人员、物色情报提供者等手段外，主要依靠其先进的信息技术和庞大的计算机系统，应用文字处理程序、电子表格程序、关系型数据库、网络浏览器、流程图软件、链接分析软件、电话分析软件、安全软件、出版软件、统计分析软件等大量现代技术，通过合法的开源情报和非法的私密监听等渠道，几乎无孔不入地获取情报。

《谍海沉浮》是一部历史小说。约翰·杰克斯利用美国内战的背景，揭示了政界、军界、商界和普通百姓的日常生活，以及特勤战线的内幕，再现了美国内战时期南北双方令人唏嘘的地域磨难与社会现状。

《谍海沉浮》也是一部言情小说。作者通过朗与玛格丽特的爱情喜剧性结局，以及汉娜与弗雷德里克的爱情悲剧性结局，描绘了跌宕人生的悲欢。

翻译出版《谍海沉浮》，要感谢的人很多。感谢我的老母亲洪兰珍，我的妻子黄诚华，我的女儿董洁心、女婿朱骞，以及外孙女朱文心。谢谢你们给我带来的好运。

感谢所有关心和支持我翻译工作的人们，感谢你们一直以来的大力支持。

董惠铭

于上海苏州河畔的北岸长风

图书在版编目（CIP）数据

谍海沉浮 / （美）约翰·杰克斯（John Jakes）著 ；董惠铭译. -- 杭州 ： 浙江教育出版社, 2024. 9.
ISBN 978-7-5722-8062-7

Ⅰ. I712.45

中国国家版本馆 CIP 数据核字第 2024S5K559 号

责任编辑	冯　岩	封面设计	钟吉菲
责任校对	滕超萍	责任印务	曹雨辰

谍海沉浮

DIEHAI CHENFU

[美]约翰·杰克斯(John Jakes) 著　　董惠铭　译

出版发行	浙江教育出版社 (杭州市环城北路177号　电话:0571-88900037,88900061)
图文制作	杭州兴邦电子印务有限公司
印　　刷	浙江新华数码印务有限公司
开　　本	710mm×1000mm　　1/16
印　　张	30.5
字　　数	610 000
版　　次	2024年9月第1版
印　　次	2024年9月第1次印刷
标准书号	ISBN 978-7-5722-8062-7
定　　价	108.00元

如发现印、装质量问题,影响阅读,请与承印厂联系调换。

电话:0571-85155604